U0679536

MINGUO TONGSU XIAOSHUO
DIANCANG WENKU

民国通俗小说典藏文库·张恨水卷

春明外史

张恨水 ◎ 著

（第三部）

中国文史出版社

目　录

第五十九回

里巷荒芜蓬门惊枉驾
风尘落拓粉墨愧登场

却说杨杏园将朱鸾笙的历史，说了一遍，结果还是文不对题，他说自有一个原因。富家驹便问原因安在？杨杏园道："那是第一回的事，今天是第三回的事呢。"因就把两个月前自己曾和朱鸾笙同过一回席的话说了一遍，富氏弟兄听了，都叹息了一会儿。

原来那天晚上，朱鸾笙遇雨而归，就抱头痛哭了一顿，那个公寓里掌柜的，知道她是没有借着钱，也替她发愁。不过他看朱鸾笙是二十来岁的青春少妇，人物俊秀，一定要把她赶出公寓去，又有些不忍，加上她是大户人家一位少奶奶，也不敢轻待以非礼，又只好容纳她住了几天。一天上午，天气很好，趁着公寓里的人都出门了，便踱到朱鸾笙屋子门口来，说道："朱太太，你这款子怎么样，总得想个法子呀。"说着就踱了进来。朱鸾笙道："自然我要想法子，不能一辈子住在这里。"掌柜的道："我问你一句话，你还是要老顾着你那个身份呢，还是可以模模糊糊地，找一条路子呢？"朱鸾笙被他问了这一句话，脸上就像喝醉了酒一般。勉强放出庄重的样子，镇静着自己。说道："你这话我不很明白。怎样是模模糊糊地找条路子？"掌柜的斜着眼睛望她，脖子一扭，说道："得了，你不明白。"朱鸾笙看着这人嬉皮涎脸的样子，早知道了，心想我随便怎样下三滥，不能为你这几个钱欠账来求你，便道："你不用废话，欠你的钱给钱。"掌柜的被她这一句话一顶，也就无辞可对了，说道："很好，只要你能给钱，我们还说什么呢。日子有这久了，我们不能老等，请你告诉我们一个日期。"朱鸾笙道："给你一个日子就给你一个日子，准在一个礼拜里头给你，你看怎

1

么样？"掌柜料定她在这几天之内，也没有法子可想，便道："就许你一个礼拜的日期。到了日子不给，再和你算账。"说毕，一拍腿就走了。

朱鸾笙虽然说了这个硬话，其实她一点儿把握没有，关起房门来，将一个枕头，搁在叠的被条上，便在床上横躺下来慢慢想心事，心里计划着，要怎样才能够弄得一批钱。从前常常听见人说，什么女子经济独立，如今看起来，这倒是实话呢。自己在床上躺了一会儿，又坐了起来，两手撑着下颏，脸朝着窗子外，呆呆地望着天，好像天上写了字，替她想出了法子似的。望了一会子天觉得不舒服，复身又到床上去躺着。这样爬起睡倒，闹了半天，忽然止不住眼泪往外流。将枕头哭湿了一片，就这样过去了一天。到了晚上，睡在床上，格外地要想，由晚上一直想到大天亮，反而睡着了。

次日起来，已是上午，对着镜上散开头发来梳头，只见两个眼眶子，已落下去一个圈圈，脸上憔悴了许多。自己埋怨自己道："我这不是发呆，这样地想一阵子，钱就来了吗？说到归根，我还是应该早去找钱去，别挨到了日子没有钱，给掌柜的笑话。"这样一想，实在保不住面子了，便写了两封信，给她两个稍微知心女朋友。这两个人，一个是赵姨太太，一个是钱少奶奶，都是常在一处看戏，一块打小牌的人，信上原写得很简单，只请她们来谈谈，所以都来了。钱少奶奶先来，见朱鸾笙这种样子，知道请她来，不是好意，先就说了一番后悔的话，以为从前在外面胡闹胡逛，都是错了。为了这个事，和家里人大吵几顿，几乎脱了关系。现在我是明白了，也就迟了，银钱不要提，那是十分不方便，一家人也都把我当了眼中钉，处处看人家的眼色，我有什么法子呢，只好忍受着罢了。我劝你还是忍住一口气，回天津去吧。凭咱们一个娘儿们，要去的不能去，要做的不能做，哪里撑得住这一口气呢。朱鸾笙听了这一派话，全是不入耳之言。既不好驳她的话，又不能不说出一段缘由来，好问她借钱，便叹了一口长气，说道："唉！你这话，我怎样不知道。可是各人家里，有各人家里的一本账，不能一个样儿看的。清官难断家务事，我这话，对谁说呢。"

说到这里，停了一停，然后又笑了一笑，说道："您是知道我的脾气的，就是要这个面子，现在落到这般光景，朱家就是要我回去，我哪有脸进他的门呢？"说着，又对钱少奶奶笑了一笑，接着道，"我现在想自己找个安身立命的法子，不要再去求人。可是，可是……可是还得请人帮一点儿小忙呢。"钱少奶奶道："只要可以帮忙的地方，我一定也是帮忙的。就怕力量小，帮不上忙呀。"朱鸾笙道："没有什么大不了的事，我就只要筹个二三百元的款子，事情就好着手了。"钱少奶奶道："早几个月，这一点儿款子，凭我一个人，就能帮忙，现在可不行，我要筹这些款子，还没有法凑起来呢。不过您既在困难中，无论如何，我总要替你想点儿法子。"说时，将她手上提的钱口袋慢慢解开，伸手在里面掏了半天，摸出一张五元的钞票，含着笑容，交给朱鸾笙道："这一点儿小款子，原拿不出手，你暂收着零花，过一两天，我手边下活动了些，再送一点子来。"朱鸾笙穷虽穷，这几个钱，她还是不看在眼里。便对钱少奶奶道："我不过这样说，不是马上就要。现在我手上零花的钱还有，不等着使。蒙你的好意，我是很感激，让你手边下活动一些的时候，再给我设法子吧。"钱少奶奶看她不要，倒反有些难为情。一定让朱鸾笙收下来是不好，收回钱口袋里去也不好，只得将钞票拿在手心里，对朱鸾笙："你嫌少吗？"朱鸾笙道："我的大姐，现在是什么年头儿，我还敢把五六块钱，当作小钱看吗？我是要等着求您的时候，再求您呢。因为怕是早到了手，我又散花了，不是怪可惜的吗？"钱少奶奶料她一定不肯收的，只得说道："那也好，过一两天，我再和你想法子。"又谈了几句，她就走了。朱鸾笙经过这一番教训，知道向人借钱，是没有希望的事了，又打消这一番计划。

第二天，赵姨太太来了，看见朱鸾笙行李萧条，心中早就明白了一半，便问道："你几时搬到这里来住的，怎样我一点儿不知道？"朱鸾笙道："赵太太，你看我这种情形，还不应该躲着一点儿吗？"赵姨太太点点头，说道："您不用说了，你的意思，我都明白了。我不知道，那就算了，现在我已经知道，无论如何，我得给您想点儿法子。"说时，将她手上提的钱口袋，慢慢解开，伸手在里面一掏，就掏出一卷钞票，数也没有数，便交给朱鸾笙道："这一点儿款子，我原拿不出手，你暂收下零花，慢慢地再想一个长久度命的法子。要不然的话，你就搬到我家里去住，诸事也方便些。"朱鸾笙手上接着钞票一看，怕不有五六十元，不料心里一动鼻子一耸，眼泪几乎就要抢着滚出来。但是自己总要顾着体面，极力地忍住眼泪，对着赵姨太太道："你这番好心，实在难得，我也不必说多谢了。不瞒您说，我

3

就为欠多了这公寓的债，没法子抽身。现在有了这些款子，我既可以自由自在出去想法子了。"赵姨太太道："您打算怎样哩？"朱鸾笙道："唉！我哪里还有什么打算，做到哪里算到哪里罢了。"赵姨太太道："您总不能一点儿计划都没有呀！"

朱鸾笙踌躇了一会子，说道："像赵太太这样待我，总算是个知心人，我还有什么不能说的。不过我这是个傻主意，闷在心里有好几天了，我总怕不成，还不能说就是这样做呢。"赵姨太太道："什么傻主意，您说出来我听听。"朱鸾笙红着脸，忽然笑了一笑。说道："这可是个笑话哩。我不是还能唱两句戏吗？我想靠着这个本事搭一班子去唱唱看，若是唱出来了，也是一行事业，这辈子也就有饭吃了。就是一样，真要做这一行，请客做行头，还得先垫上一笔本钱哩。"赵姨太太道："依说呢，这也不是做不得的事。可是干这行，一定人家瞧不起的。以后亲戚朋友，都不来往了。你乐意吗？"朱鸾笙冷笑了一声，说道："亲戚？有亲戚顾我，我也不会落得这一般光景。要说到朋友，老姐姐，不是当面奉承您的话，像您这样的人，一千个里头，也挑不出一个啦。也是十有九个不来往了。反正是人家瞧我不起，我敞开来不顾面子，也不过是这样。"赵姨太太道："朱府上能让出台吗？"朱鸾笙道："我们脱离关系了，各干各的，他管得着吗？"赵姨太太道："这个样子说，你是一定要做的了。"朱鸾笙道："推车抵了壁，没法儿办啦，您想想，除了这个，我还有什么好的法子吗？"赵姨太太道："要进这一行，也得人介绍，您有熟人吗？"朱鸾笙道："那倒是有的，从前给我说戏的那个王驼子，现在北京，他就和戏园子这一行人很熟，托他出来说，没有不成的。"赵姨太太道："制行头要多少呢？"朱鸾笙道："那可没准儿，多的，整千整万，也花得了。少呢，也要个三四百块钱。真是没奈何，筹不出来的话，二三百块钱，那是少不了的。"赵姨太太道："我现在不敢全办得到，多少我还可以给您想法子，五天之内，您听我的信儿。"朱鸾笙见她这样说，便谢了又谢。又声明无论多少钱，绝不是凭着口说借了，就算借了，另外也得写个借字。赵姨太太倒谦逊了一阵，认为不必。

自这日起，朱鸾笙就正式筹划下海的办法，把公寓里的债还了，还剩了一些钱，在当铺里取出两件衣服，便去找王驼子。这王驼子，住在天坛外面，一个小矮屋子里，朱鸾笙找了半天才能够找到。那里是乱石头砌的半截矮墙，墙露着一个缺口，那就算大门，门里小小一个院子，四五根木棍绊着十来根烂绳子，绕着两条倭瓜藤儿。那下面是个鸡巢，拉了满地的鸡屎，这边一辆破洋车只剩一个车轮子，倒在一边。横七竖八，堆一些破缸破罐。洋车旁边一只泔水桶，一大片湿地，脏水漏成一条沟，直流到门口来。门边下，恰又是个小茅坑。大毒日头底下，晒着一股奇怪的臭味，一直往人脑子里钻。朱鸢笙要在往日，看见一点儿脏水，还要作一阵恶心，这种地方，眼睛也不看一看。这次无奈是解决生活问题，不能不进去。只得吞下一口水，鼓着勇气，问了一声道："这儿有人吗？"就在这个当儿，上面矮屋里挑起了半截破竹帘子，伸出一个脑袋来。毛蓬蓬地披着头发，一张又黄又黑的脸翻着两只麻眼珠子望人。朱鸢笙一看，却是一个中年妇人，敞着半边胸襟，站在那里。她便答应道："劳驾，这里有个姓王的吗？"那妇人道："不错，你是哪儿？"朱鸢笙见她这样不会说话，又好气，又好笑，便道："这是王驼子家里不是？"一语未了，只听见有人从里面答应出来说道："啊哟，这是朱家少奶奶，请里面坐，请里面坐。"一面说着，一面就跑出来一个人。他穿了一条蓝布短裤，赤了双脚，踏着鞋子。上面露着脊梁，搭着一条灰黑色的毛绒手巾，正是王驼子。他看见朱鸢笙站在墙边，忙说道："这是想不到的事，您怎样有工夫到这儿来。屋子里脏得很，怎么办？"朱鸢笙一看这个样子，不必要他往屋里让了，便将现在的住址告诉了他，说是有要紧的事商量，请你今天去一趟。王驼子道："可以可以！今天就去。您请到屋里歇一会儿。"朱鸢笙道："我还有事，不必了，回头再谈吧。"说毕，便走了。

王驼子以为朱鸢笙还如往日一样的阔，又是介绍他去说戏，所以当天就找到朱鸢笙公寓里来。朱鸢笙也怕他不能轻易相信，自己落得要去唱戏，便把自己脱离了家庭，生活困难的话，对王驼子一一说了。然后就说，凭着自己会唱两句戏，打算实行下海，请王驼子找个地方，好出台。王驼子万不料朱鸢笙有这样一着，一时竟找不到相当的答复，踌躇了一会子，才说道："真是要唱戏，倒不愁没地方去露。可是能拿多少钱，可没准儿。凭着您朱府上少奶奶那个字号，总也能叫几成座。"朱鸢笙道："那可不行。我是和朱家脱离了关系的，若是还挂朱家的字号，他们家里是不会答应我的。我这要出台，只有隐姓埋名地干。"王驼子笑道："那可难了，别说就

5

是您啦，多少学了五六年戏的，上台吃得住吃不住，还没有准儿哩，就凭您……"王驼子说到这里，顿了一顿。朱鸾笙道："我不姓朱，就不能唱戏吗？"王驼子道："能是能，可是什么事情，都讲究个字号儿，唱戏也是这样。这字号一是有名，别提货怎么样，就真有人说好爱买，若是不成个字号儿，哪怕货是十足挺好，先没有法引动人。您这初上台，好像卖烟卷似的，创牌子，价钱得贱，货又要好，能销不能销，还得碰运气哩。"朱鸾笙听了王驼子的话，一团高兴，就冰消瓦解。问道："依你看怎么办呢？"王驼子道："现在我也不能说定，先让我给您找找路子，找得了，再来回信。"朱鸾笙这时反没了主意，只好答应着。

过了两天，王驼子忽然高高兴兴的，走了来就对朱鸾笙道："这真是您的好运气，也许就这样发财。现在长辛店的妙舞台，派人到北京来邀角，讲了好几个，都没有说妥，昨天我遇见他，说了有您这样一个女票友，愿意去客串几天，问他欢迎不欢迎？他也是在旗的，很知道您府上的名声，说是您若愿意去，那就好极了。只要您乐意的话，回头我就带他来。"朱鸾笙道："你怎么说我是票友呢？"王驼子道："那没关系，咱们外面说是客串，好让人家看得起咱们，其实和那边承办的人说好了，还是照股拿戏份。"朱鸾笙道："那倒使得。不过听你的口气，我还是用着真名姓上台，这个我还不敢。"王驼子道："长辛店是个小地方，北京城里的人，没事谁到那里去，您唱三年五载，恐怕也没人知道呢。您要在北京唱的话，不上天桥，要想搭别个班子，戏码没法往后挪，戏份是更别提。这要出京去，就是矮子队里出长子，准是您的大轴子，这就是个面子，将来唱红了，上保定，上张家口，那儿不许您去。"朱鸾笙听王驼子所说，倒也有理，便问一个月能拿多少钱？王驼子道："少了您一定不去的。我和他去说说看，大概一两百块钱，那总有的。"这些钱，往日朱鸾笙是看得很平常的。现在漫说有一二百块钱一月，就是一二十块钱，也是好的。当时就依允了王驼子的办法。王驼子又问朱鸾笙有行头没有？日子很急要全做，那是来不及了，只有去买现成的一个法子，若是凑得出两百块钱来，六七成新的差不多很可以买一点儿了。朱鸾笙因为赵姨太太已经答应和她筹一笔款子，谅来一二百块钱，总是有的。便道："那我倒是早已想好法子了，总不会误事的。"王驼子见她如此说，也就不必去追问，由她去办。

又过了两天，王驼子和她接洽得很有些头绪，可是赵姨太太许的那笔款子，始终没有送来。朱鸾笙实不能等了，便亲自到赵宅去见赵姨太太。偏是事不凑巧，赵姨太太又病了。朱鸾笙便借问病为由，一直到赵姨太太屋子里来，坐在她床面前和她谈话。先不过说了一些闲事，后来屋子里没有人了，赵姨太太便握着朱鸾笙的手，轻轻地问道："你办的事，现在怎么样了？快成功了吗？"朱鸾笙道："事是快办好了。"说到这里，眉毛一皱，又苦笑了一笑。赵姨太太将头在枕头上点了两点，若有所悟，依旧握着朱鸾笙的手，摇了两下，说道："我对不住你，我所说的那个话，因为害了这场病，搁下来了。你等着要那个钱用吗？"这句话，正问在朱鸾笙心坎上，便点了一点头道："不瞒你说，我并不知道你病了，正是为了这件事来的。现在……"赵姨太太道："我的款子，并不在手边，非我自己去拿，那是不成的，怎么办呢？有是有个法子，还可以想，不过我很不愿那样办。"朱鸾笙笑道："真是您有些为难，那就算了，您帮我的忙，还算小吗？"赵姨太太道："也不是什么大为难。就是给我梳头的那个老妈子，她手边倒有几百块钱，出两个利钱，叫她借个十天半月，那是可以的。不过我不好向她开口。"朱鸾笙道："那是自然，怎好叫您去和她借钱呢？说出来，她也不会信呀！这么办吧，您就老实说是我借，请您做个保人，您看怎么样。"赵姨太太道："对了，我也是这样想。将来我的病好了，我就在银行里取出钱来，替你还她，这不就解决了吗？"

赵姨太太一面说，一面就叫人把那个梳头的老妈袁妈叫来。赵姨太太告诉她说："我原答应移挪两百块钱给这位朱少奶奶，现在我不能起床，要失信了。你有钱吗？你若是拿得出来，就给你五分利，由我作保，准没有错。"袁妈笑了一笑，说道："我哪里有这些钱。"赵姨太太在枕头上哼着说道："不是和你说笑话，是真的。"袁妈道："有可是有，可不在手边，还得去拿呢。"赵姨太太道："那倒不要紧，你今天去拿，或者今天晚上，或者明儿个早上，送到朱少奶奶公寓里去就成了。"朱鸾笙见她这样设想周到，很是感谢。和她客气了几句，告辞回公寓去。到了次日，那袁妈果然带着二百块钱，送到朱鸾笙公寓里来。她的原意，以为朱鸾笙虽然借钱，空牌子一定还在，现在一看行李很是简单，倒有些后悔起来。好在这钱是赵姨太太作保的，心想果然有什么不稳的话，可以和赵姨太太去要钱，那我倒

7

也不怕她。因这样转念一想，所以就把钱拿出来了。却对朱鸾笙道："朱少奶奶，您要不用了，请早点儿交还我，这钱是转借来的呢。"朱鸾笙说："没有错，二十天之后，你到这里来拿钱吧。"朱鸾笙这原是随口说出来的一句话，在她心里想，二十天之内，赵姨太太还不会替她还清吗？袁妈见她说得很自然的样子，也就信了。

朱鸾笙把钱到了手，留下二十块钱零用，其余的便一把交给王驼子去办行头。恰好那边妙舞台的经理，也就和王驼子订好了条件，一路来见朱鸾笙。那人穿一件宝蓝夏布长衫，手上戴了一只玉镯子，又拿一把雕毛扇，竟是个二十年前的人物。看他样子，不过五十来岁年纪，一张马脸，却是胖胖的，见人一笑，露着满嘴的麻牙齿。脑袋上虽然没留辫子，可是前半截剃头，后半截蓄发，还是光复初年流行的鸭屁股式。朱鸾笙一想，就凭他这个样子，能拿出整万的本钱来开戏院子吗？当时王驼子也怕朱鸾笙瞧不起，走来就和她吹上一起。说这位赵德三先生，本来也在政界上做点儿事，因为他府上在长辛店，所以在那里盖了一个园子。朱鸾笙虽然不能十分相信，但是看赵德三那种正正经经的神气，又不是滑头的样子，也就和他实行开起谈判来。说来说去，约定了五块钱一出戏。唱一出，算一出。照一个月算起来，日夜合演，有三百块钱一个月。就是演日不演夜，也有一百五十块钱一个月。

朱鸾笙算一算，除了开销而外，总还能落下几个钱，而且也免得流落在北京。算计一定，也就答应了。因为彼此不是按月定包银，赵德三只留下三十块钱，给朱鸾笙作为定钱，约好两天后，一路到长辛店去。那王驼子就自己承揽了朱鸾笙的场面，由他拉胡琴，荐了他把兄弟快手张做打鼓佬，跟包的也是王驼子代找，就把他的侄儿王得发荐给朱鸾笙用，朱鸾笙本来不知道世道艰难，对于梨园规矩，越发是一窍不通，所以王驼子怎么说，怎么好。托王驼子买的行头，也是由他一人报账，价钱多少，自己也不知道。花了一百六七十块钱，买了二十多件衣服，总也不算少。可是这些衣服，只有两三件六七成新的，其余都很旧。有两件水红绸的古装衫子，背脊上还有两大块黑迹，大概是头发拖的。朱鸾笙皱着眉，手里拿着那几件行头，拨过来看看，又拨过去看看，说道："这个样子穿得出去吗？先晓得这个样子，不如少做两件，还可以有一分很新的。"王驼子笑道："您这还当着在家里玩儿票呢，可以花钱百十块做一种行头，那都不在乎，现在哪能够那样打比呢。"朱鸾笙道："打比是不能打比，总要穿得出去才好。"王驼子道："没事，那种小乡镇上，有这样的衣服，穿给他看，他就看得很好了。"朱鸾笙见木已成舟，悔也是没法，只得罢了。便和王驼子商量了一阵，就着行头择定了三出打泡戏。也是王驼子的主意，说是现在演《贵妃醉酒》，有不用凤冠霞帔，改穿古装的。这里有两件古装，还算不坏，让那里人瞧个新鲜，第一天就是《醉酒》吧。朱鸾笙也觉理由充足，决定第一天演《醉酒》。

　　到了次日，和王驼子一班人，便到长辛店来了。这种地方，虽说离北京很近，并不是商埠，在朱鸾笙看去，自然很简陋，偏是住的地方，又是一家老客店。屋子极小，里面一大半地方是土炕，上面铺着一床芦席，四周都花了边了。土炕是靠着窗户的，窗户也不过人样高，用些报纸糊着，纸都变成黄色了。那里一块玻璃也没有，屋子里阴沉沉的。靠墙摆了一张小桌子，什么颜色已经看不出来了，上面有许多刀伤和烟卷烧的痕迹。此外就一点儿什么也没有了。朱鸾笙仔细闻了一闻，觉得这屋里还有一种说不出来的气味。再看一看那芦席，比北京城里人家的地席还不如，脏也就脏极了。她在公寓里虽然受了几个月的委屈，但是那公寓，还是上中等的。第一，屋子里就裱糊得雪白。现在看看这里，是生平所没有看见，所没想到的地方，早就是浑身不舒服。王驼子他们，也在前面一间屋子里住了，引着许多乱七八糟的人，在那里谈话。一会子，那个妙舞台经理赵德三也来了。说是朱老板将来上台，总得也要人配戏的，有几个人得先介绍介绍。有一个唱小丑儿的胡金宝，她在这里多年了，也上了几岁年纪。朱老板见面的时候，倒要格外客气些才好。后台那些人，都叫她大姨儿呢。他说这话，分明是告诉朱鸾笙不要姐妹相称。他约好了，明天带她到后台去先看一看，便到前面王驼子屋里去了。朱鸾笙一想，我也受过一半辈子荣华富贵，今天落到这般田地，还要叫大姨，去巴结一些不相干的人，未免不值得。听着前面屋里，有谈有笑，一个人坐在黑暗的屋子里，好不寂寞，因此在这客店里的第一夜，对着那一盏淡黄色的煤油灯，先就哭了一宿。

　　次日下午，赵德三王驼子带她同到妙舞台后台去。她在外面看这戏院子，就全是木头板子架搭成功的，这一看，就有些不妙，才到后面，推开一扇木壁门，里面是小院子，一些大小女孩子，在那里纷闹，里面就是后台。朱鸾笙是票过一次戏的。后台不干净，她也知道。这个后台，就更糟了，香瓜皮，桃子核，和着鼻涕浓痰，铺了满地，那一大盆，众人共用的洗脸水，正放在中间，遍地透湿。别的还罢了，不晓得哪里来的一股汗臭气味，十分难闻。因为这个缘故，那逐臭的苍蝇就成群结队地在人丛中飞舞。那些后台的人，见来了一个新台柱，都不免用视线注射在朱鸾笙一人身上。先是王驼子介绍她和后台管事见面，随后又把唱小丑的胡金宝，唱老生的杜元洪，唱小生的柳碧仙，次第给朱鸾笙介绍了。朱鸾笙一看那些人，都带着三分流像，先就不愿意，那个小丑胡金宝，有四十上下年纪，梳着一个小辫子髻，穿一件对襟水红褂子，拿着一柄大芭蕉扇，跋着鞋，挺着胸，一招一招地走来走去。朱鸾笙到了这种地方，形单影只，没法子，也只得敷衍各人几句。别人还罢了，那胡金宝口里嘿嘿地一脸假笑，令人讨厌极了。自己不愿在后台久待，马上就走了。那些人见她一来就走，脸上的气色又不好，大家就笑着说，这个人大概本事不坏，你看她搭着多么大的架子呀。胡金宝道："别忙，咱们明儿个台上见。"大家也就存着这个心事，到明日看她的戏怎么样。

可是那赵德三为着赚钱起见，和朱鸾笙也就早鼓吹了一阵，虽然海报上没有说出她的历史，可是外边早传遍了，说是这个姓朱的，乃是一个制台的少奶奶，和男伶中的德珺如一般，来头非常地大，听的人不在乎听戏不听戏，也就愿意来看这个人，究竟是怎么一个样子。所以朱鸾笙登台这一日，竟卖了一个满座。至于她的本事，在她自己看，以为很好，人家也不肯说一个不字。其实那时玩票，是把钱往外花的，不好也没关系。而且都是票友，人才总不能像内行怎样齐整，比起来，总可以对付。现在真上了台，就不能当着好玩。朱鸾笙自己一想，也不敢十分认为有把握。所以到后台化装以前，就找着配戏的胡金宝柳碧仙，对一对戏词，胡金宝说："不用对吧？像这样的戏，还错得了吗？"朱鸾笙也是大意，料着这高裴力士的说白，也不能弄出多大的错，不对也就算了。出台之时，她在门帘里叫了一声"摆驾"。那些为着看她而来的人，早就震天也似的一声响，叫了一个门帘彩。及至门帘一掀开，杨贵妃一出台，大家一见，不是平常那种戏装，梳着高髻穿的是水红色的古装，心里还想着，她或者是很时髦的古装青衣花衫，所以穿这种衣服，也就不甚为奇。后来朱鸾笙唱了一大段，不见有好处。她初穿古装，做的身段又不能合辙，台底下就纷纷议论起来了。所幸她的扮相，还不失为秀丽，看戏的人，为了这点，原谅她没有叫倒好。那配戏的胡金宝，见她不过如此，却凭着她小丑的地位，在台上冷嘲热讽。她借着戏为题，对朱鸾笙说："启奏娘娘：金丝鲤鱼看见娘娘穿了美丽的新古装，朝见娘娘。"这"新古装"三个字，正是讥讽行头是旧的。后来高力士进酒，杨贵妃问什么叫作同宵酒。她又说："改良的年头儿，这个酒是用新法子制造的。从前的规矩，同取消了，这就叫同销酒。"台下有些人，明了胡金宝命意的，知道她是挖苦朱鸾笙，都说这家伙真损。台口上的人所说的话，朱鸾笙都听见了。她对于这事，真是又羞又气，虽然哭不出来，脖子都变成紫色了。她勉强把这出戏唱完，心都碎了。匆匆卸装，回得客店去，往炕上一爬，两只手抱着头，伏在枕头上，痛哭了一顿。

第六十回

事不由人冲寒谋去路
饥来驱我坠溷误前程

　　当朱鸾笙在屋中恸哭之时，恰好王驼子在窗户外面经过，听见里面窸窸窣窣的声音，便隔着窗户问道："朱老板，您怎么啦？"朱鸾笙说不出话来，抬头望了一望窗户，依旧伏在枕头上流泪。王驼子知道一定有事故，走进房来，就说："您有什么事为难吗？"朱鸾笙坐起来道："我不唱戏了，今晚上就搭夜车回北京去。"王驼子不料她会说出这句话来，一惊非小。便问道："你这是什么意思，我不明白。今天戏园子里，上座足够十成，他们戏院子里的人，很是乐意呢。怎么着？您一见买卖好，就要……"王驼子说到这里，觉得言重一点儿，顿了一顿，才接着道，"就要不干，难道买卖不好，您才愿意干吗？"朱鸾笙道："买卖好不好，我管不着，干脆，我不愿意唱戏了。"王驼子道："怪呀！好容易，费了九牛二虎之力，才找着这一个地方上台。刚唱了一天，就说不干，这是什么缘故呢？"朱鸾笙道："你不看见那个胡金宝，在台上和我捣乱吗？"王驼子笑道："我说为的什么，就为的这个。那要什么紧，拖人下水，先打湿脚，她要和您配戏的话，能不按着规矩，在台上胡扯，和您为难吗？"朱鸾笙道："怎么不能？今天我受她的气，就受够了。"王驼子道："她是个小丑，在说白上面，多说一两句笑话，随她说去。就凭她，能把咱们砸下来吗？"朱鸾笙道："我不为这个，我就是不愿受人家的闲气。"王驼子道："唉！朱老板，混饭吃，哪儿免得了这个呀。凑付着能带得过去，那就行了。就依着您，今晚上就走，请问您使了人家几十块钱呢，能说不还给人家吗？真还人家的话，我想也花去好些个了，未必拿得出吧？不还人家，您可以走，我可走不脱呢。"朱鸾笙一时为了气不过，所以说出要走的话，现在被王驼子几句话提醒，竟是无话可说，默默地坐在一边。王驼子又道："您别生气，您听我说，什么地方，来了一个新人，总免不了人家欺侮的。只要咱们真有能力叫座，一走，戏园子里就没生意，那么，谁也得巴结咱们。胡金宝她若还是和咱们捣乱，咱们真有本事叫她滚蛋。要出气，咱们要那样出气。咱们因为她捣乱，就退包银不演，倒好像怕她似的，那不成了笑话吗？"王驼子带冤带劝，闹了半天，才把朱鸾笙心事说活动，将要走的话，暂时丢开。

可是从第二日起，上座就一天差一天。朱鸾笙的戏既然平常，行头又不漂亮，实在振作不起来，不过因为她生得很清秀，有一班醉翁之意不在酒的观众，见她出台，还是提高着嗓子，睁着眼睛向台上叫好，台风总不算沉闷。不过唱了半个月了，朱鸾笙总没见着一个钱。王驼子先是告诉她，您既然是这里的台柱，要拿出一点儿身份来，别五块十块地和戏园子里要钱，到那个时候，我自然会和您去要。朱鸾笙也就信了。可是王驼子口里这样说，事实上一个钱也没讨来。其初，朱鸾笙总也没有催过。后来一日挨一日，竟没有拿钱的指望，她实在忍耐不住了，便自己找着赵德三，问他要用五十块钱。赵德三说："朱老板，您到长辛店来，也不过十七八天，用了六七十块啦。"朱鸾笙道："这是哪来的话？六七十块，六七十个铜子，我也没拿着。"赵德三道："不能呀，那些钱，都是由我亲手交给王驼子的，绝没有错。难道他一个钱也没给你吗？我这里有账的，不信我查给你看。"说着赵德三便捧出账簿子来，一笔一笔查给朱鸾笙看，果然不错，已经支用六七十元。

朱鸾笙这一气非同小可，马上走回客店来，质问王驼子，是什么理由，吞没这些款子。王驼子见她走进门来，脚步走得很快，脸皮儿绷得铁紧，颜色是黄黄的，眼皮下垂。先是不说什么，坐在王驼子对面，目光直射在地下。停了一会儿，然后才问王驼子道："请你问一问赵先生，他到底是给钱不给钱？若是不给钱的话，就说明了不给钱，我有我的打算。"王驼子知道她来意不善，说道："他怎样能说不给钱呢？不过日子有点儿移动罢了。而且前几天我因为场面上他们要钱花，在赵先生那里也支动了二三十元钱。"朱鸾笙道："二三十块钱恐怕还不止吧？"王驼子道："另外我和赵先生借了几十元钱，那是我一个人的事。和朱老板的款子没有关系。"朱鸾笙道："这样说，赵先生是肯给钱的了。怎样我回回问起来，你总说是不忙呢？"王驼子被她这样一问，倒逼得没有话说，用手搔了一搔头，嘴里又吸了一口气。朱鸾笙道："别怪我当面说，你是以为我初次唱戏，就好欺侮的，是也不是？以后我的钱，我自己去拿，不劳你的驾。你用了我多少钱，咱们有账算账，照算。"王驼子道："朱老板，你太什么了……就是为这几十钱的话，您就生这么大的气，至于吗？"朱鸾笙究竟是个大家出身的人，见王驼子并没有热烈地抵抗，坐在那里局促不安，两只手老是浑身上下地摸痒。朱鸾笙一翻身，走出门去，一面说道："我不管那些，用我多少钱，我扣多少钱。"说毕，走回自己屋子里去了。

那王驼子见她柔懦无能，越发地不放心上，好在场面上的人，都是一党，朱鸾笙一举一动，都在他们包围中。从那天决裂起，朱鸾笙天天逼着他们要钱，最后才交十块钱出来，要和他们吵吧？唱起戏来，又要场面上做一半主的，便不敢十分得罪他。要说和王驼子讲理吧？自己举目无亲，他们人多，讲他不赢。有一日是大风天，戏园子里，也不过上座百十来个人，有一小半，还是看白戏的。赵德三这天正到戏园里来，在后台一个人自言自语地道："这一阵子总是赔，也不知道怎么回事。像今天这样子，大家别混了，裤子都要当掉啦。"胡金宝道："赵先生，你这话，别对我们说啦。叫座不叫座，是台柱子的事，和我们什么相干？嘿！我早就说这一个月不成不是？好啦，再刮两天风，自己唱给自己听得了。长辛店的人，谁也到过北京，蒙市，那可不成。"朱鸾笙听到这话，好不后悔，若是在朱家安分守己，现在还是安然地做着少奶奶，何至于跑到长辛店来，住这样和鬼窟一样的客店，再说受苦能赚钱也罢了，自己身边，又是王驼子一党包围着，弄几个钱，也是好这几个坐地分赃的。听赵德三那种声音，对我已经不客气了，我还待在这里，看他的颜色吗？好在我的账还没有用过头，这时我走了，他也不能说我拐款，那些半新不旧的行头，也是废物，不唱戏要它也没有用。行李带来不多，丢了就罢了，算什么？

朱鸾笙心里一起要走的念头，立刻就要走。马上把穿的衣服，打了一个小包袱，其余零用的东西，一齐丢了不要。一看手表，现在是八点钟，九点钟正有一班车，由这里到北京去。趁着天刮大风，大家都缩在屋子里，便提了那个包袱，轻轻悄悄地走出客店来。这时天已漆黑了，一阵一阵飞沙由拐弯的冷胡同里，随着风向人身上扑了来。人家的黄土墙上，安着一个破玻璃罩子，里面放了一盏小小的煤油灯。放出来的不是光，只是一片黄黄的颜色，映在这寂寞的空气里。人在这惨淡的境况中走，不但不看见自己的影子，仿仿佛佛，连自己都成了一个影子。这时心里也来不及害怕，只是低着头，用眼睛望着地下，极力地向前走。到了车站上，也不是平常那样拥挤，稀稀落落三四个人，坐在屋子一个犄角上打瞌睡，朱鸾笙买了票也坐在露椅上等着。一会儿工夫，火车到了，朱鸾笙提着那个包揪，自走上火车去，坐在窗子边，一看车站附近，倒是电灯通亮，可是灯光以外，越发是黑气沉沉的。只听那些电线，被那掀天的大风一吹，呜呜地叫着，发出一种凄惨的声音。外面这样大的风，站台上除了火车站上几个执事人员，在惨白色的灯光下，晃晃荡荡而外，不见什么生物，只是一派荒凉景象。朱鸾笙对着窗子外叹了一口气，心里想到，长辛店呀长辛店，我们再见吧。火车开了，她心里转觉又有些恋恋。心想我在长辛店，虽然不得意，究竟也是一门职业留住了我，这回到北京去，白牺牲了许多东西，依然还是漂泊无依，不见得就有好机会哩。自己不高兴，说走就走，似乎少考虑一点儿。但是转身一想，不走的话，在长辛店站得住脚吗？站不住，将来又往哪里跑？真和王驼子这一班人鬼混，哪一日是出头年。丢了一二百块钱东西，那算什么，当年在朱家的时候，一场小麻雀牌，还不止输这些个钱呢。想到这一层，心里又坦然起来。

当晚上到了北京，已是十一点钟了，要去找人，也不方便，便在西河沿春风旅馆去投宿，身上还带有二十多块钱，一两天内，也不必急于解决生活问题。心想在长辛店也吃苦够了，索性舒服他一晚上。便叫茶房开了一个中等房间。又叫茶房沏了一壶龙井茶，买了一些南式点心，坐在铁床上，慢慢地吃。只这时候，却有一阵嬉笑之声，送入耳鼓。朱鸾笙也是住过饭店和旅馆的人，知道这种现象，很不足为奇，所以并不留意，可是那种笑语之声，自从听得以后，有两三个钟头，还没有间断过。自己睡在床上，对着一盏孤灯，未免百感交集，一夜好睡，次日醒来，已是将近十点，梳头镜盒，本来带着的，关着门梳了一个头。因为听见楼下有卖报人叫唤的声音，打开门来，打算买份小报看看，一伸头，恰好隔壁屋子里走出来一个妇人，和她打了一个照面。朱鸾笙认得她，也是从前在一处游逛的女伴，人家都叫她程四小姐，她实在的名字却是程元贞。朱鸾笙一时不留心，便失口叫了一声"程小姐"。程元贞一见她，早就想背过脸去的，现在人家已经先行招呼了，不好不理。便欣然改着笑容，抢上前一步，执着朱鸾笙的手道："啊哟，原来是朱少奶奶，久违啦。"说时，她的一双目光，早射在朱鸾笙屋子里。一见里面，放下一个衣裳包袱，还有一个小提箱，好像是从哪里出门来，决计不是特意到此来开房间的。朱鸾笙道："可不是好久没见，坐着谈谈吧。没事吗？"程元贞道："没事，很愿意和你谈谈呢。"于是朱鸾笙让进来坐，一面按铃叫茶房沏茶。

茶房进门，见这一位生女客，却认得程四小姐，未免出乎意料以外，对朱鸾笙浑身上下，不住打量一番。程元贞似乎知道，瞪了茶房一眼，茶房才走了。程元贞朱鸾笙谈了一阵，才知道她现在和朱家已经脱离了关系，看那样子，也是漂泊无依。心里暗算了一会儿，倒以为是个合作的好伴侣，便探着她的口气问道："朱少奶奶是由天津来吗？"朱鸾笙随口答应了一个"是"字。程元贞道："这旅馆里价钱倒是不贵，不过长住是不大合适。"朱鸾笙道："我在这里也是暂住一两天。让我想定了以后安身度命的法子，再做打算。"程元贞道："要不然的话，你就搬到我那里去住，我是欢迎的。我那里是一座小小的西式房子，有七八间房子，空的多着呢。"朱鸾笙不很知道程元贞的历史，原先仿佛听见人说她和家庭脱离了关系，全靠她的姐丈供给她的费用。这样说来，她就是她姐丈的外室了。便故意问道："府上人不少吧？哪有许多屋子空呢。"程元贞道："没有什么人，就只有一个老妈子，一个车夫。另外还有一位老太太，是我一房远亲，给我看屋子的。哪有什么人呢？"说到这里，朱鸾笙立刻醒悟过来。心想她既有家，为什么昨晚到旅馆里来住？昨晚上，我听隔壁屋子里有人说话，说了半夜，那就有她在内了。这样看起来，她的行动，恐怕不能十分正大光明，很后悔不该和她打招呼。虽各做各事，彼此不妨碍，但是这旅馆里的人，看见我和她认识，而且又和她住在紧隔壁，难免惹了很重大的嫌疑，怪不得茶房那样鬼头鬼脑，他还猜我不是好人呢。但是已经让程元贞谈话，也不能驱逐人家走去，只得装着不知。

这天朱鸾笙在外面找了几处朋友，心里虽然抱着求人的心事，绝不能够和人见面就说起这事来，而且自己又要保存着体面，也不肯随便就说出求人的话，所以跑了一天，依旧还是回旅馆来住。偏是一进门，又遇见了程元贞。这时，程元贞不是一个人了，另外和一个男子汉在一处，看那人穿着一套白纺绸做的西装，戴着平顶草帽，架着大框眼镜，也不过三十上下年纪，极其时髦。朱鸾笙一看，心里早明白了，招呼程元贞是不好，不招呼她也不好，心里一点儿主意没有。那程元贞和西装少年并排而走，她却毫不在意，老远就笑着点了一个头说，你刚回来。朱鸾笙随便答应了一句，三人前后走上楼。到了房门口，大家都站在楼口的栏杆边，让茶房拿钥匙去开门。这时朱鸾笙好奇心重，要仔细看看那西装少年，究竟是怎么一等人，不免复看了一眼。那西装少年，也不知道朱鸾笙是哪一路人物，一样也偷看她。在此彼此要看之时，打了一个照面，那西装少年要表示大方，索性带着笑容，和她点了一个头，朱鸾笙觉得这人，也并不是那样可以讨厌的浮滑子弟，礼尚往来，不能藐视人家，因此也微微地点了一个头。茶房刚将两处房间打开，随后从楼下走上来一人。这人穿着一件蓝印度纱的长衫，手上拿着一顶巴拿马草帽，当着扇子摇了上来。程元贞回头一看见，便道："客先到了，你主人翁才来。"那人对西装少年拱了一拱手，说道："对不住。但是还不算晚，你们也是刚到呢。"少年笑道："不要紧，主人翁没到，有主人婆招待，那也是一样。"说着话，三人一同进那边的房间去了。朱鸾笙这才知道那西装少年是一位客，和程元贞没有关系。

进得屋里，刚坐下一会儿，茶房捧着一本油纸糊面的菜单进来，说道："晚饭给您预备一点儿什么菜？"朱鸾笙将菜单子接过来，翻了一翻，还没有说要什么菜呢，程元贞进来了，便对朱鸾笙道："晚上没事吗？"朱鸾笙道："没事。"程元贞道："你不必要菜了。回头咱们出去吃一点儿东西，一块儿听戏去。"说时，将那菜单子一把接了过来，顺手送给茶房道："拿去吧，我们不吃你们旅馆里的饭。"茶房笑道："程小姐，您又拦住我们的生意。"程元贞道："不吃你们的饭，给你们省些米，让你们多挣几个钱，那还不好吗？"茶房道："您是明白人，还有什么不知道的。咱们的饭不算钱，那是一个幌子，全靠在菜上沾客人一点儿光呢。"程元贞笑道："你倒肯说老实话，你们当茶房的，管那些个呢，多给你们几个钱小费就得了。去吧，别啰唆了。"茶房笑着出去，将房门随手带着掩上。朱鸾笙道："北京的旅馆吃饭不包菜，这个毛病很大，住一块钱的房间，恐怕倒要吃上两块钱的菜。"程元贞道："菜果然好吃，那也罢了，可是又不大好。"朱鸾笙道："住旅馆的人，和住饭店的，又有分别。住饭店的人，多半原是住在北京的。住旅馆的不然，都是京外来的远客。出门的人，哪里过得许多讲究，在旅馆里随便吃饱了就算了。"程元贞道："你这话很有理，但是我们住旅馆，却是当饭店一样住，当然可以过些讲究了。我请你去吃顿河南馆子，回头一块儿去听戏。春明舞台，我们已经定了一个包厢。"

朱鸾笙暗想，她请客必定有那两个男子汉在内。虽然清自清，浊自浊，不怕什么，究竟瓜田李下，要受些嫌疑，便道："你为什么这样客气？我倒不敢当。过一天大家有空再说吧。"程元贞听她的口气，早知道她的用意，便道："那两位客，一位是童秀夫，一位是秦士狂，都是很文明的人，我介绍你会一会，他们一定很客气的。"朱鸾笙不肯自认是顽固分子，又不愿意和这种人来往，便道："不是那样。因为我和人家初次见面，似乎……"自己说到这里，也不知道怎样措辞好，急忙之中，找不到一句话，来替代"似乎不便"四个字，只说"似乎什么呢"。程元贞道："是我请，又不是让他二位请，你有什么不能去哩？他二位不是和你一样，都是我请的客吗？"朱鸾笙一想，一个人住在旅馆里怪闷的，跟着出去混个半夜也好，自己这个时候，正是找朋友的日子，也不要太拂了人家的盛情，便道："好吧，我陪你吃餐饭，戏我倒是不要看。"她一答应，程元贞立刻逼着到隔壁屋子里去坐，介绍之下，那童秀夫有程元贞一层关系，不过如此。秦士狂却对朱鸾笙十分客气。谈了一会儿，先是到饭馆子里去吃饭。吃过饭之后，却由秦士狂会了账，朱鸾笙一见，让位生客会了账，心里未免不安，那秦士狂更又进一步，还要她去听戏。程元贞道："我们反正包了一个厢的，你不去，我们不少花钱，你去，我们也不多花钱，你又何必不去呢。"秦士狂道："对了，况是这时候回旅馆去枯坐，也没意想，除非嫌我们粗鲁，我们就不敢勉强。"朱鸾笙笑道："这话太客气，我只好奉陪了。"于是乎他们一路又去看戏。

这是大家第一次集会，那童秀夫虽然对程元贞说说笑笑，程元贞还是躲躲闪闪。到了次日，就不很大忌讳，当着朱鸾笙的面，放着胆子又闹又笑。好在那秦士狂，知道朱鸾笙的来历，不敢像童秀夫一样放肆，不过极力地借着缘故来接近。一日之间，他就到这春风旅馆来了五六回。朱鸾笙又不是呆子，心里还有什么不明白。论起外表来，这秦士狂西装革履，不见得讨厌。不过他用对付程元贞的手腕，来对付自己，这是不能默认的。心想若要自己尊重自己，唯有早早地跳出是非圈，搬出这旅馆去。这样一想，心里就没有了主张，算来算去，只有赵姨太太是个好人，她或者还能替我想点儿法子。虽然自己借了袁妈二百块钱，是赵姨太太作保的，但是日期已久，料她已垫着还了。这个时候去见她，她见我这种狼狈情形，未必还会向我要钱。主意已定，便到赵家去。

不料一到大门口，那里的门房认识她，便道："您不是朱家少奶奶吗？"朱鸾笙道："是的。"门房道："您大概这一阵子，不在北京，所以不知道，我们姨太太前半个月，就去世了。"朱鸾笙听了这话，正是半空中，打了一个霹雳，妇人的心肠是容易受感动的，心里就像被什么东西震动了一下一般，立刻要流下泪来。呆呆地站在门口，进来是不好，立时走去又觉有什么事情丢不下似的。正在这个当儿，老远地有人喊了一声"朱少奶奶"。朱鸾笙回头看时，正是那个借钱的袁妈。心里不免说声"惭愧，怎样正遇着她"。那袁妈看见朱鸾笙如苍蝇见血一般，一阵风似的走了过来。说道："朱少奶奶，这是哪里说起呀，我们姨太太去世两个礼拜了。"说时，眼眶子一红，她手上掀起一片衣襟角，便向脸上去擦眼泪。朱鸾笙道："我也是刚刚听见说。我到天津去了一趟，昨天才回来，一点儿也不知道呀。这里太太，我又不认识，我不便进去。不知道你姨太太设了灵位没有？"袁妈道："没有设灵位呢。朱少奶奶还住在那公寓里吗？"

朱鸾笙知道她这句话，是有意的。一定她借的那笔款子，赵姨太太没还她，现在是要来讨债了。对于住址一层，是否可以告诉人，应当考虑一下的。袁妈不等她答应出来，又道："我还有几句话和您说，这就一路和您去谈谈。"朱鸾笙见她这样说，料着是甩不下手的。便道："很好，你雇两辆车，我们一块儿去吧。"袁妈巴不得一声，马上雇好两辆车，一路到春风旅馆来。袁妈见朱鸾笙行李越发简单了，已经成了一个没把葫芦，要错过这个机会，以后到哪里向她要钱去。于是老老实实地对朱鸾笙说，那笔款子，请朱少奶奶就还我，已经过期不少日子了。朱鸾笙道："你们姨太太，没有把款还你吗？"袁妈笑道："这是朱少奶奶借的钱，她怎样会代你还哩？"朱鸾笙不好说我猜她一定会还的，只说道："她原对我这样说过的。"

袁妈道："这是您错了。当时朱少奶奶拿钱的时候，怎样不当着姨太太的面，交代一声呢？"朱鸾笙一想，这话对了，现在既没有当面交代，就是赵姨太太替我还了，她要不承认，我也没法子指实呀。说道："既然赵姨太太并没有付还，自然我要拿出来，请你两三天后，再到这里来，我自然有一个切实的办法。"袁妈想道："好呀，两三天后，你还不打算给钱呢。"便装着笑答道："并不是我小气，见着朱少奶奶就要钱，可是您也忙，我又不得闲儿，不容易见着面呢。现在朱少奶奶就给我吧，省得过两天我又来。"朱鸾笙道："今天身边没存着钱，三天后，你到这里来，我给你就是了。"袁妈道："少奶奶手上，还短着钱使呢，您这是客气话了。"朱鸾笙道："今天我身上实在没带着钱，过两天还你就是了。世界上哪有当时讨钱，就当时问人要的。"她说这话时，把脸就板下来，表示对袁妈不高兴的样子。

袁妈对朱鸾笙的状况，早就知道了，要在她面前摆少奶奶的架子，她是不受的，便道："您说这话，那是很有理的。可是您也得替我想想。您到北京来，是一个客位，住一半天也能走，住十天半个月也能走，若是见面不问您要，知道哪天再来呢？再说您住在北京，又没一定的地方，叫人家怎么样子找您呢？"朱鸾笙道："你说这话，是疑心我要骗你的债吗？"袁妈道："这可是您说的话，我们当下人的，不敢这样胡说八道。您先别着急，有法子，您慢慢地去想，听便你怎么说，今天您不给我钱，我是不能走的。"说毕，左腿架着右腿，两只手向前一抄，抱着大腿的膝盖，把脖子一扬，一句话不说，静等着朱鸾笙答复。朱鸾笙好说了一阵子，又歹说一阵子，那袁妈非要钱不可，总是不走。朱鸾笙顾着面子，既不能和她吵，又没钱拿出来让她走，这简直为难死了。她们先回来的时候，隔壁屋子里的人，都没有回来，这时童秀夫和程元贞都回来了。她听见这边屋子里，有两个人的声音，唧唧喳喳，好像拌嘴似的。后来静听了许久，知道是为讨债的事，程元贞一想，秦士狂托我的事，这倒是个机会。于是就隔着壁子，叫了一声："朱姐，请过来，我有话和你说。"朱鸾笙正在为难，听程元贞的口音，似乎有意帮忙，心想请她调停一下也好。便对袁妈道："你等一等，我到隔壁去就来。"说着上这边来，那童秀夫却笑着出去了，似乎闪开来，让她们谈话呢。程元贞拉了她的手，一同在床上坐了，低低地道："你们那边谁来了？"朱鸾笙也不隐瞒，就把事情一老一实说了，皱着眉道："你看我怎么办呢，不逼死人吗？"说着两手伸开一撒。

程元贞含着微笑，想了一想，然后正色说道："法子是有一个，不知道你肯不肯办。"朱鸾笙听她这话，心里就明白了。还问道："什么法子呢？"程元贞道："我的事，不能瞒你你也知道。我哪里愿这样，也是为势所迫呀。你若是……"说着，她凝视着朱鸾笙的脸，见她并没有怒色，因道，"你若是肯出来交际，我给你介绍几个朋友，这一点儿小债，不算什么，马上可以了结。以后也就不会这样困难了。"朱鸾笙红着脸，摇了一摇头道："这哪里使得？"程元贞道："你说使不得，为着什么使不得，还是为自己呢，还是为家庭呢？自己，不必说了，落到这一步田地，还谈什么身份？有身份又怎么样，谁说你一声好？为家庭呢，你是没家庭的了，你吃家庭的亏还小呀。趁着这个时候，找一条出路是正经。不然漂流到什么时候为止呢？好像现在吧，你这样为难，白受人家的逼，你只管有身份，谁管你？"这一篇话，说得朱鸾笙低头无语。程元贞又道："就是那位秦先生，对你的意思很好，只要你将就一点儿，我看他一定帮助你的。就是你的意思，大概也不会讨厌他。"朱鸾笙到了这时，脸色沉了一沉，握着程元贞的手，停了一会儿，然后发出很低微的声音，问道："不会有人知道吗？"程元贞道："那有谁知道。"朱鸾笙道："到了现在，我也没有法子，只好听你的话。不过也不能专以金钱为目的，乱七八糟的人，我是不能理的。"程元贞道："那听便你呀，别人哪里能干涉呢？"朱鸾笙道："我还要请你帮我一个忙，想法子把那个老妈子打发走了。"程元贞笑道："两百块钱，那算什么，归我和你了吧。"

她二人有这一番交涉，当日晚上，就由秦士狂带着朱鸾笙去看电影，非常地亲密。过了几天，秦士狂和童秀夫回天津去，朱鸾笙就搬到程元贞家里去住。她家在个上海式的胡同里，是一座半中半西的小房子。不但陈设很好，而且电灯电话，一切都有。朱鸾笙先是很奇怪，为什么程元贞有这好的房子，还喜欢住旅馆？后来才知道她的意思，她在外面，还是挂着少奶奶的招牌，不是极熟的人，不能让人知道自己的内幕。因为要这样，才可以抬高自己的身价，多弄人家几个钱。这一来朱鸾笙把朱老板的字号取消，又恢复朱少奶奶的大号。约莫有两个月，认识了好些朋友。那个秦士狂，是常来往京津两地的，来了，一定找她，两人又比较熟些。到了这种程度，朱鸾笙的身世和景况，对于秦士狂，自然没有法子秘密。所以一到了后来，秦士狂也常到程元贞家里去。有一天华伯平在五洲饭店请客，有秦士狂杨杏园在座。当秦士狂没来以前，华伯平亲自去催请，叫他把朱鸾笙带来。同时又叫在座的人，另外找了两个时髦女子。因此一会儿，杨杏园再由华伯平口里，知道朱鸾笙的为人。三个月后当那天晚上，杨杏园和富氏兄弟谈到她的时候，所以很是详细。富家骏道："唉！高明之家，鬼瞰其室。所以那阀阅门第，要讲些什么礼仪虚套，我想对症下药，也是不得已而为之。"杨杏园笑道："这是女性一方面，逍遥浪荡的下场头。那么，反过来说呢？"富家骏对富家驹望着一笑，然后问道："听见没有？这是你的当头一棒呢。"

第六十一回

拥絮听娇音惺忪温梦
煨炉消永夜婉转谈情

富家驹听了这几句话，未免有些不好意思，顿了一顿，便笑道："我想杨先生不是说我，我也不够资格。"杨杏园道："夜深了，谈得都忘了睡觉呢，我是倦了。"说着自走回房去睡觉。刚一扭着电灯，只见桌上摆着两封信，有一个西式信封，是钢笔写的字。拆开一看，那信是：

杏园先生：

　　我没说什么话以前，我要先对先生表示一番惭愧。先生是一个博爱者，只有求你原谅了。现在，我几笔钱，万万是不能少的，想了几天的法子，都没有一点儿头绪。不得已，只好向先生开口。一个人，希望人家老来尽义务地帮助他，那是很可耻的。不过我的身世，先生已经知道，我就求佛求一尊，免得到处去出乖露丑了。信到之后，请先就回我一信，我可以自己来拜访。特此敬请刻安！

后学科莲　敬启

杨杏园一看信，想道，真是我大意了。差不多有两个月了我没有送钱去。但是也很奇怪，怎么她亲戚家里，一直到现在还不救济她。心想我写信叫她来拿钱，那自然是没有道理。就是我亲自送钱去，让她当面对我道谢，也是不对。于是写了一封信，拿两张十元的钞票，放在里面，叫人专送到史科莲学校里去。史科莲接到信，不料钱就来了，而且如此之多，心里自然觉得可感。

原来她入学校以后，没有到余家去，自己的旧衣服，全没拿来。这时已是十月寒天了，身上还穿的是夹袄。幸是一个姓汪的同学，送了她一件旧的绒紧身衣。不然简直不能上课了。无论如何，非做一身棉衣不可。自己计算着，买棉花自己做，有个六七块钱就够了。此外零星花费，还差个一二元，若是杨杏园能接济十块钱，那是很足很足的了，现在收到二十块钱，超出预算一倍。而且他信上又说，若是钱不够，还可以写信去问他要，觉得他对于李冬青的托付，是十分放在心上的。由此看来，人生得一知己，真是可以无憾了。但是姓杨的虽然是受人之托接济的，在我个人，却不可以这样想。要这样想，也就真是忘恩负义了。现在自己没有棉衣，不能出门，只好把衣服赶着做起来了，然后再去谢他。当日她就托了一个同寝室的同学，叫蒋淑英的，去买了布料棉花回来。六点钟的时候，吃过晚饭，她就在寝室里，把衣服裁了。

那蒋淑英正洗了脸进屋子里来，伸手到窗户台上，去拿雪花膏，见史科莲把线毯铺在窗子边，那张条桌上。将剪的衣料铺好，撕着棉絮，一张一张向上面铺，便笑道："你的性子太急，丢了饭就赶这个。"史科莲用手摸着蒋淑英的棉袄衣裳角笑道："你穿得这样厚厚的，是饱人不知饿人饥啦。你瞧我。"说时，将右手翻着左手的袖口给她瞧。蒋淑英道："你既然怕冷，为什么上次我送一件袄子给你，你不要呢？"史科莲道："阿弥陀佛，你一共只有两件大袄子，我再要穿你一件，你不和我一样吗？"蒋淑英道："我要没有衣服穿，我还可以回家去要，你和我不同呀。"蒋淑英一面说话，一面将雪花膏敷在掌心里搓了一搓，然后蹲着身子，对着镜子往脸上抹。接上问道："小鬼，今天你哪来了许多钱？"史科莲早见身后有个人，便对蒋淑英瞟了一眼，说道："哪里的钱？天上会掉下来吗？还不是家里送来的。"蒋淑英会意，就没有作声。

等那人走了，扑通一下，关着门响，史科莲笑着对蒋淑英道："你真是个冒失鬼，也不看看有人没人，你就问起来。"蒋淑英笑道："啊！我明白了，你这个钱，是要守秘密，不能告诉人的呢。"史科莲脸色一沉，然后又笑道："胡说。我对你说真话，你倒瞎扯呢。"蒋淑英道："那么，你为什么不能公开？"史科莲道："我不是对你说了吗？我到这里来，是一位密斯李帮助的。密斯李自己也是没钱，是她一个男朋友姓杨的拿出来的。临走的时候，密斯李又拜托那位杨君，请他格外接济，所以他又特送这一笔款子来。"蒋淑英道："你说过，姓杨的和密斯李非常的好，这样看起来，果然不错。你想，他对于密斯李的朋友，都是这样，对于本人，更不必说了。他们两人订了婚吗？"史科莲道："这话说起来，恐怕你也不肯信。他两个人订有密约，是终身作为朋友的。"蒋淑英道："我不信，世上哪里有这样的事。一男一女，既然能约为终身的朋友，为什么不干干脆脆地结婚呢。"史科莲道："我也是这样想。但是好几次探密斯李的口风，她自己很坚决地说是要守独身主义的。你想，这不很奇怪吗？"蒋淑英道："她既不和姓杨的结婚，姓杨的算是绝望了，为什么还这样和她好呢？"史科莲低着头在铺棉花，于是下颏一伸嘴一撇，笑道："什么！绝了望！绝了什么望？你准知道吗？"蒋淑英红着脸道："呸！你成心找碴儿了。你要擘嘴，我就把你这事宣布出来。"史科莲又瞟了她一眼，依旧低着头铺棉絮，口里说道："你自己呢？"蒋淑英没有作声，走过一边，自去叠床上的被窝，叠好了棉被，就开门要走。史科莲道："你去上自修室吗？若是点名，你就说我病了。"蒋淑英笑道："好好的人，说什么病了。"一面说着，一面开门，忽然把身子往里一缩，连说几声"好冷"，又将门来关上。史科莲道："怎么了，刮风了吗？"蒋淑英道："风倒是不大，你来看看，下了这一院子大雪。"史科莲道："你别吓我，今天一天，到了后天，我就有棉衣服上身，我怕什么？"蒋淑英道："你说我冤你，你来看。"

史科莲丢了衣服，走过来一看，只见院子里地上，果然铺了一层仿仿佛佛的白影子。走出房门，刚到廊檐下，忽然两点雪花扑到脖子上，着实有些冰人，说道："这天，真也有些和穷人为难，十月半边下，会下起这大的雪来，奇怪不奇怪？"于是赶紧走进屋来，将房门关上。蒋淑英道："屋子里还不安好炉子，今夜里恐怕有些冷了。我今天盖的是一床新被，你和我一床睡，好不好？"史科莲笑道："你早就说着有一床新被，我看看是什么好东西。"走过来看时，却是一条黄绫子的被面，滚着墨绿花瓣，被里是白色绒布的，又软又厚。蒋淑英早铺好了，竟是盖掩了满床。史科莲道："你一个人为什么盖这大的被？"蒋淑英道："这原不是我的被。"史科莲笑道："你这倒好，还没有结婚，先同盖着一床被了。"蒋淑英捏着拳头，竖起手来，就要打她。这里手还没有伸出去，房门扑通一下，十几只皮底鞋，顿着地板直响，一窝蜂似的进来四五个同学，口里都嚷着"好冷"。她们两个人只好把刚才说的话，一齐丢下。大家谈了一会儿，外面已经打了就寝的铃。蒋淑英笑着赶快就脱衣服，往被服里一钻。口里喊道："密斯史你还不来睡吗？一会儿要灭电灯了。"史科莲道："我赶着要缝几针呢。网篮里我还有一支洋烛，电灯灭了，我不会点蜡吗？"一句话没说完，同寝室的人眼前一黑，电灯灭了。史科莲摸索着把洋烛点了，放在窗台上，依旧缝那件袄子。蒋淑英就喊道："死鬼！今天天气冷，要你一床睡，你倒搭起架子来。"史科莲道："你等一等，我一会儿就来。"蒋淑英在被窝里滚着翻了一个身，口里说道："你不来就罢。"也就不作声了。先是同寝室的，你一言，我一语，还有人说话，后来慢慢地都沉静了。

史科莲在烛影之下，低头做事，渐渐听到微细的鼻息声。偶然一抬头一看，玻璃窗外的屋瓦上，有浓厚的月色。把脸凑着玻璃上看时，又不是天色漆黑，又没有月亮，正是落下来的雪，积成一片白了。仿仿佛佛听到院子里，有一种瑟瑟之声，如细风吹着树叶响一般。她想道："这雪大概下得不小，不然，怎么会响起来呢？"这时也不知道哪里来的一股冷气，只觉扑在人身上，有些寒飕飕的。洋蜡的光焰，摇摇不定。一个大屋子，只有这一点儿火光，未免浑沉沉的。手上拿着的针，竟会捏不紧，掉得不知道到什么地方去了。史科莲一来是冷，二来一个人坐在这里，也很孤寂，便也罢了事，钻到蒋淑英脚头来睡，自己坐得浑身如冷水洗了一般，这时睡在这柔软温厚的被窝里，非常地舒适。自己只微微一转身，被服里仿佛有一阵粉香，袭进鼻子来。史科莲便用脚敲着蒋淑英道："这床被真过于考究，里面还洒了香水哩。"蒋淑英睡得熟了，哪里知道，嘴里却哼了一阵。史科莲惦记着天下雪，明天身上没有棉衣服，怎么出房门。心想着我祖母，一定也很念着我的。别人罢了，瑞香姐姐，和我是极要好的，绝不因为我穷，就不理我。我脱离你家，和你并没有翻脸，你怎样也不来看我一看？如此说来，亲者自亲，疏者自疏，久后见人心，一点儿不错了。我幸得有个杨杏园接济我，若是不然，我岂不要冷死吗？蒋淑英她常常自悲身世，她还有叔叔，有情人可以帮助她，我呢？

正想到蒋淑英的事，只听见她一个人在被窝里，忽然咯咯地笑将起来。史科莲道："原来你没有睡着呀。你笑什么？"但是蒋淑英并不作声。过了一会儿，她又咯咯地笑，说道："别闹，再要闹我可恼了。"史科莲道："你见鬼，我身也没翻，谁和你闹了？"蒋淑英道："你把那一枝花，折下来，让我带回去。"史科莲这才明白，原来她是说梦话呢。今天这东西也不知在什么地方和她的情人玩疯了，所以到了晚上，还是说梦话。我看她虽受家庭的压迫，但是她爱情的生活，却很是甜蜜，两下比将起来，也足可以补偿她的损失。我真不想好到什么程度，只要能有她那样的景况，也就心满意足了。自己越想越睡不着，抬起头来，看一看，窗子外面，越发地白了，大概雪还没有止住，不由得叹了一口气。可是她左一翻身，右一翻身，倒把蒋淑英惊醒了，问道："你几时到我床上来的，我一点儿不知道。"史科莲道："我睡了两个钟头了。"蒋淑英道："你想什么心事么，怎样还没睡着？"史科莲道："我有什么心事，你才有心事哩。"说时，一个翻身，便由被服里钻到这头来。蒋淑英笑道："死鬼，你胡闹，半夜三更，在被窝里捣乱。"史科莲一头伸出被窝，一头睡在蒋淑英枕头上，笑道："我不是和你捣乱，我要审问审问你。"蒋淑英道："你审问我什么？"于是史科莲摸着她的鬓发，对她耳朵边道："我问你，今天上午你在哪儿来？"蒋淑英道："不是替你买东西去吗？"史科莲道："买东西以前，你还出去了一次呀。"蒋淑英道："就在街口上买些东西，哪儿也没去。"史科莲轻轻地说道："你还不肯招认呢。你在梦地里，早是不打自招了。"于是把她说的话，学了一遍，少不得还加重些语气。蒋淑英缩在被窝里笑道："这是真的吗？"史科莲道："不是真的，我怎样会说到你心眼里去？"蒋淑英道："该死，她们听见没有？"史科莲道："她们都睡着了，大概没有听见。你到底到哪里去了？"蒋淑英道："哪里去了呢？是他打了电话来，一定要我到中央公园去。"史科莲道："这个冷天，跑到中央公园去喝西北风吗？"蒋淑英道："今天上午，不是很好的晴天吗？他要我到社稷坛去晒太阳，说这在科学上有名词的，叫'日光浴'哩。"史科莲道："学校里有的是大院子，那儿也可以晒太阳，一定跑到中央公园去做什么？"蒋淑英道："他一定要我去，我有什么法子呢？"史科莲道："说了半天的他，我还没有问你，这个他究竟是谁？"蒋淑英一翻身，将背对着史科莲，说道："明天早上不上课吗？夜静更深，越说越有精神，是什么道理？"史科莲笑道："也好，明天我当着同学的面，再来问你吧。"说到这里，两个人都睡着了。

次日是蒋淑英先醒，一看窗子外面的雪，堆得有上尺厚。再一看那头，还放着史科莲一件夹袄。心想这要不给她一件棉衣服穿，今天真要把她冻僵了。于是自己下床来开了箱子，取了一件旧小毛皮袄，放在床上，自己却另换了一件旗袍。史科莲也被她惊醒了。蒋淑英怕她不肯穿，先就对着她耳朵边说了一阵，然后说道："我今天要出去一趟，你得陪着，你暂且穿一穿，到了晚上，你脱还我，你看怎么样？"史科莲道："陪你到哪儿去，你先说出来。"蒋淑英伏在床沿上，笑着对她耳边道："你不是早就笑我，要办这样，要办那样吗？现在有几样东西，我倒真是要办，你好意思不和我去吗？"史科莲听说，一头往上一爬，笑着问道："喜信到了，什么日子？"蒋淑英伸出一只手，连忙捂着她的嘴道："冒失鬼，不能对你说，对你说了，你就嚷起来。"史科莲分开她的手，笑道："去我是跟你去。你必得把实话先告诉我。"蒋淑英道："那是自然。起来吧，快要吃稀饭了。"史科莲当真披上皮袄，走下床来。不过身上穿了人家一件衣服，同学虽然不知道，自己总有些不好意思，生怕让人看出来了。于是又穿上一件蓝布褂子，将皮袄包上。其实天气冷，换一件衣服，这是很平常的事，谁也没有注意到她。吃稀饭之后，紧接着上课。一直把一天的课上完了，蒋淑英也没有说出买东西的话。

到了下午，寝室里的炉子，学校当局，已经赶着安好了，炉子煽着火，满室生春，已经不冷了。史科莲又问蒋淑英道："你不是说上街吗？现在怎么样？"蒋淑英道："地下这样深的雪，怎么上街，明天去吧。"史科莲道："早上说的时候，没有下雪吗？"蒋淑英笑道："傻子呀，早上说的话，我冤你的哩。"史科莲道："你冤我，那不成，那我不穿你的衣服。"说着，就解纽扣。蒋淑英走上前，将她按住，说道："你好意思吗？你明天脱还我也迟吗？"只见房门外，老妈子叫道："蒋小姐，您的信。"蒋淑英接过信来，老妈子道："送信的还在大门口站着等您的回信哩。"史科莲听说，连忙跑上前来，问道："什么事，又约着上中央公园去踏月吗？"蒋淑英道："别胡说了，是我姐姐来的信。"史科莲道："这大雪，你姐姐巴巴地专人送封信来做什么？"蒋淑英道："我也不知道，只说叫我连夜就去，前几天她倒是害了病，我打算后天礼拜瞧她去呢，难道她的病更沉重了吗？"史科莲道："这信是谁的笔迹呢？"蒋淑英道："是我姐夫的笔迹哩，我就为这个疑心啦。"史科莲道："这大的雪，你打算就去吗？"蒋淑英道："他这信上，又没写明，我很着急，非去看看不可。"因对老妈子道："你对送信的人说我就去，他先回去吧。"蒋淑英说毕，戴上手套，披了一条围巾，匆匆地就往外走，到了大门口，自有许多人力车，停在那里。雇了车坐上，一直就向她姐夫洪慕修家里来。这时天上虽不下雪，可是风倒大了。风把屋上积雪，刮了下来，如撒细盐一般，吹得人满身。蒋淑英在车上打了两个寒噤，心想，我那姐夫是个促狭鬼，别是成心冤我来的吧？这样的风雪寒天，他要和我开玩笑，我对他虽不能怎样，我一定要叽咕我姐姐几句的，洪慕修这东西嬉皮笑脸，最不是好东西，他冤过我好几回了。

她坐在车上，一路这样想着，究竟猜不透是什么事。说是姐姐病重得连信都不会写的话，究竟不敢信。他家里有电话，为什么不打个电话通知我哩。一直到了洪宅门口，才不想了。但是那个地方，先有一辆半新不旧的汽车停在那里。进门之后，那门房认得她是老爷的小姨子，便叫了一声"蒋小姐"。蒋淑英道："这门口是谁坐来的汽车？"门房道："一个日本松井大夫，刚进门呢。"蒋淑英听了这话，不由吓了一跳。问道："是太太病了吗？"门房道："是，病重着……"蒋淑英不等他说第二句，一直就往里走。这时虽然天还没有十分黑暗，走廊下和上房门口的两盏电灯，都上火了。随着玻璃窗子，只见她姐姐卧室里，人影憧憧，却是静悄悄儿的，一点儿声音也没有。身不由主地，脚步也放松起来了。走进房去，只见洪慕修哭丧着脸，坐在一边。一个日本大夫，穿着白色的套衣，站在床面前，耳朵里插着听脉器的橡皮条。手上按着听脉器，伏着身子，在那里听脉。她姐姐蒋静英，解开了上衣，敞着胸脯，躺在床上，那头发像抖乱了的麻团一般，散了满被头，脸上自然又黄又瘦，那眼睛框子，可又大了一个圈，而且陷下去许多。蒋淑英见大夫瞧病，隐在身后，就没有上前。洪慕修看见她进门，站起来，含着苦笑，点了一点头。一会儿，那日本大夫将脉听完了，回转头来，和洪慕修说话。洪慕修这才对蒋淑英道："难得二妹妹冒着大雪就来了，你姐姐实在地盼望你呢。"蒋淑英先且不答应他，便走到床面前执着蒋静英的手道："姐姐，你怎么病得这样厉害？"蒋静英点了一点头，慢慢地说道："先原当是小病，不料……唉！就这样……一天沉重一天。你来了，请两天假吧。"说着又哼了两声。

这时那日本大夫正和洪慕修在外面屋子里谈话，蒋淑英要去听大夫说她姐姐的病怎么样，也到外面屋子里来。只见那日本大夫，一只手夹着一根烟卷，在嘴里吸着。一只手伸出一个食指，指着洪慕修的胸面前道："她这个病，很久很久就……"说到这里，拍着腹道，"就在肚子里了！这是不好的，很不好的。"说着伸出五个手爪，向上一托道："不过是，不过是，没有……没有什么……没有发表出来。现在……她把病发大了。"说时，两只手向二面一分，又道："所以现在很不好办，明白不明白？"蒋淑英听那日本大夫的口音，她姐姐的病，竟是没有什么希望了，心里不免着了一惊。正想插嘴问一句话，只见她姐姐五岁的男孩子小南儿，牵着乳妈的手，从外面进来，他见了蒋淑英，就跑了过来牵着她的手叫"小姨"。蒋淑英蹲下身子去，两手抱着他，问道："南儿！你从哪里来？今天我来急了，忘了带东西给你吃，你生气吗？"南儿道："妈不好过，叫我乖乖的呢，我不生气。"蒋淑英见他那个小圆脸儿，又胖又白又红，把两个指头撅了他一下，又对脸上亲了一个吻。笑道："你这小东西，嘴是会说，不知道这两天真真乖了没有？"乳妈道："哪儿呀？我就不敢让他进来。"蒋静英在里面听见南儿说话，便道："乳妈，把南儿带进来我瞧瞧。"蒋淑英听说，便抱着南儿坐在床沿上。蒋静英抚摩着他的小手，说道："我死了倒不要紧，丢下这小东西，谁来管你？"又问道，"孩子，我要死了，你跟着谁？"南儿用手摸着蒋淑英的脸道："我愿意跟小姨。"洪慕修正走进房来，听见了他们所说的几句话，笑道："小姨她哪里要你这样的脏孩子。"蒋静英叹了一口气，说道："跟是不能跟小姨，将来被后娘打得太厉害的时候，请小姨出来打一打抱不平，那就成了。"蒋淑英道："姐姐说这样的丧气话做什么？这大的小孩子，他知道什么呢。"蒋静英慢慢地说道："你以为我是说玩话呢，瞧着吧。"

洪慕修看了一看他夫人，又看了一看他小姨，坐在一边默然无语。蒋淑英坐在床沿上，给她姐姐理着鬓发，露出雪白的胳膊。胳膊受了冻，白中带一点儿红色。骨肉停匀，非常好看。洪慕修想道："我这位小姨，和她姐姐处处都是一般，唯有这体格上，比她姐姐更是丰润，很合新美人的条件。听说她有了情人，不知哪个有福的少年，能得着她呢。"蒋静英看他呆坐便问道："你连累了两晚上，应该休息休息，今晚上你让妹妹陪着我吧。"蒋淑英道："不，我还是在外面厢房里睡。"洪慕修道："你床上弄得乱七八糟地怎样要人家睡？"蒋淑英怕她姐姐也会误会了，说道："我不为的是这个。"说着，有些不好意思，低着头用手去整理床上垫毯，又拂了一拂灰。蒋静英道："你还是在我这里睡吧，你晚上睡得着，定比他清醒些。"她也不愿违拗病人的话，只得依着她。这屋子里独煽了一个炉子，很是暖和，炉子上放了一把珐琅瓷壶，烧着开水，卜突卜突地响。

到了十二点钟以后，老妈子和乳妈都睡觉去了，只剩蒋淑英一个人。她便在静英枕头边，抽了一本书看。这书是一本《红楼梦》，是她在病里解闷的，蒋淑英就着电灯，躺在一张软椅上看，约莫有两小时，房门轻轻地向里闪开，洪慕修先探进一个脑袋，然后侧着身子，缓缓而进。蒋淑英一个翻身，连忙坐了起来。洪慕修向床上指了一指，问道："她醒过没有？"蒋淑英将书放在椅子上，站起来对床上望了一望，说道："大概没有醒呢。"洪慕修顺便就在对面一张椅子上坐下，望着书道："二妹，你真用功。这一会子工夫，你还在学堂里带书来看呢。"蒋淑英道："哪里呀，这是姐姐看的一本《红楼梦》呢。"洪慕修笑道："现在的青年，总说受家庭束缚，我以为比起老前辈就解放得多了。譬如看小说，什么《聊斋》《西厢》，从前男子都不许看的，不要说这样明白的浅显的《红楼梦》了。现在不但男子可以自由地看，女子也可以自由地看，这不算是解放吗？"蒋淑英笑说："其实人学好学歹，还是看他性情如何，一两部小说，绝不会把一个人教坏的。"洪慕修道："你不要说这话。"说到这里，昂头望着天花板，咬着嘴唇皮，笑了一笑。然后说道："不瞒你说，我本来就是一个老实孩子，自从看了这些爱情小说以后，不知道的也就知道了。后来遇见她，"说着，手往床上一指道，"就把小说上所得的教训，慢慢地试验起来了。"蒋淑英听他所说的话，太露骨了些，只是对着微笑而已，没有说什么。洪慕修又问道："二妹，你看这《红楼梦》，是一部好小说呢，是一部坏小说呢？"蒋淑英笑道："在好人眼里看了，是好小说，在坏人眼里看了，也就是坏小说。"洪慕修将手一拍道："二妹说的话真对，你真有文学和艺术的眼光。"蒋淑英心里想，你又是这样胡恭维人。学一句话，何至于有文学眼光，又何至于有艺术眼光。

　　洪慕修见蒋淑英含着微笑，以为自己的话恭维上了。又道："二妹，你的文学天才很好，为什么要进职业学校，去学那些手工？"蒋淑英道："我有什么文学天才，连给朋友的信都不敢写呢。姐夫你这话不是骂我吗？像我们学了一种职业，将来多少有点儿自立的本能，可以弄一碗饭吃。学了文学，又不能做一点儿事，反而把一个人弄成柔懦无能的女子，那是害了自己了。"洪慕修笑道："二妹，你还要怕没有现成的饭吃，要自食其力吗？"洪慕修这句话的言外之意，蒋淑英已经是懂了，却故意不解，笑道："不自食其力，天上还会掉饭下来吃吗？"洪慕修道："我是常常和你姐姐提到的，一定要和你找一个很合意的终身……"蒋淑英听他说到这里，便站起身来，走到床面前，对床上问道："姐姐，你要茶喝吗？"蒋静英睡得糊里糊涂的，摇了几摇头，口里随便地答应道："不喝。"洪慕修这算碰了一个橡皮钉子，自然不好接着往下说，但是就此停住，一个字不提，也有些不好意思。当时抬头看了一看壁上的小挂钟，说道："呀！一点钟了。二妹要睡了吧？在学校里应该是已睡一觉醒了。"蒋淑英道："不忙，我还等她醒清楚了，要给药水她喝呢。"洪慕修笑着拱拱手道："那就偏劳了。那桌上玻璃缸里，有饼干，也有鸡蛋糕，你饿了，可以自己拿着吃。"蒋淑英嫌他纠缠，便道："你请便吧，不要客气。"洪慕修只得走出去了。

　　自这天起，蒋淑英便住在洪家。无奈蒋静英的病，一天重似一天，洪慕修不能让她走。洪慕修虽在部里当了一个秘书，不算穷，但是他的家庭组织，很是简单，就是一个车夫，一个听差，一个乳母，一个老妈子。平常小南儿跟乳妈在一边，就是他夫妻两人吃饭。一大半的菜，还是由太太自己下厨。现在蒋淑英来了，是她每天和洪慕修同餐。她本是一个爱干净的人，因此每餐的菜，也由她手弄，不愿经老妈子一手做成。一天蒋淑英将做的菜端上桌来，洪慕修看见笑道："我真不过意，要二妹这样受累。"蒋淑英道："姐夫怎样陡然客气起来了？我们又不是外人，怎样提得到受累两个字？"洪慕修道："怎样不是受累，你在学校里，还要干这个吗？"蒋淑英道："我这是帮姐姐的忙呢。设若你府上没有用人，我能看着厨房里不煽火吗？"洪慕修道："二妹说得有理，但是我也不能静坐在这里看着你做事。"于是也拿着两只碗，在饭盂子里盛了两碗饭。先把一碗放在蒋淑英的席上，然后才盛了自己的一碗饭。蒋淑英笑道："越说姐夫越客气起来了。"洪慕修道："你能做菜，我就能盛饭，这就叫合作啦。"说着索性将碗里的蒸咸鸭，挑了两块肥厚的，夹着放到蒋淑英的饭碗上，笑道："我前天才知道你喜欢吃这个。这是特意在稻香村买的南京鸭子哩。"蒋淑英笑道："这样说，我就不敢当。"洪慕修道："这样就不敢当，那么，你在这里，不分昼夜地伺候病人，我更不敢当了。"蒋淑英道："我希望我们以后都不要客气，大家随随便便，你以为如何？"洪慕修道："这个就很好，正是我盼望的事。"说时，洪慕修在盛饭，恰好蒋淑英的饭也吃完了，洪慕修伸着手，就要去接碗。蒋淑英把碗往怀里一藏，却不肯要他盛。洪慕修道："二妹，这就是你不对了，刚才你还说，大家随随便便，怎样你首先就不随便起来呢？"蒋淑英道："这是你和我客气，我怎样也随便呢？"洪慕修笑道："我哪是客气，我是自己在盛饭，顺便和你盛一碗啦，反过来说，你若是在盛饭，随便和我盛，我也是不辞的。"蒋淑英笑道："为了一碗饭，倒办了许久的交涉。你真要盛，我就让你盛吧。"说毕，当真笑着将碗递给洪慕修，让他盛了一碗饭。因为有了这种随便的约束，以后谁要不随便谁就没理，蒋淑英也只得随便了。

第六十二回

枕上托孤心难为妹妹
楼头拼命意终惜卿卿

又过了三天，天气越发地冷了。蒋淑英的小毛皮袄，已经借给史科莲穿了。自己身上，还穿着一件小棉袄，一件旗袍。因为大家坐在病人面前闲谈，蒋静英看见妹妹没有穿皮袄，问道："你怎样不把皮袄穿了来？不冷吗？"蒋淑英道："来的那天，忘了穿来。我又懒得巴巴地回学校去，专门穿皮袄。"蒋静英道："在我箱子里，你拿一件穿吧。去年我就说送你一件皮袄，到如今还没有履行呢。"洪慕修道："这次二妹操劳得很，我们是越发地要谢她了。你的衣服，一来不是新的，二来也不合身份，我明天到皮货庄，去替她挑一件吧。"蒋静英道："那也是应该的，可是人家哪等得及呢？"于是用手在枕头底下摸索了一会儿。因为人实在太疲倦了，翻不转身来，摸索了半天，也没有摸到什么东西。洪慕修会意，连忙上前，在枕头下抽出一把钥匙来。于是将钥匙交给蒋淑英道："你姐姐的冬衣，都在那两只大红皮箱里，你自己去拿吧。"蒋淑英摇摇头道："在屋子里我不冷，不用费事。"蒋静英在床上，只把一双眼睛望着她，哼着道："你客气什么呢？"蒋淑英见她这样，不便违拗，只得打开箱子挑了一件哔叽面的小毛袄子穿了。

到了吃晚饭的时候，洪慕修又开了话匣子，笑道："二妹，你穿你姐姐的衣服，越发像你姐姐了。不过你姐姐年老些，也没有你这样……"说到这里，便顿住了，只管吃饭。蒋淑英笑道："同胞的姐妹，自然相像，这有什么可奇怪的哩。"洪慕修见她并不着恼，就笑着问她道："二妹，明天我去买一件袄子送你，你愿意要滩皮呢，愿意要羔皮呢？"蒋淑英道："等

34

姐姐好了再说吧。"洪慕修道："这和她生病不生病，有什么关系？我看要漂亮，还是滩皮的好。面子呢，新出的印度缎，好吗？"蒋淑英道："我们当学生的人，哪里要穿那好的料子。现在最时髦的衣服，就是印度绸，印度缎，我最不赞成。中国出的是丝织品，我们为什么不要自己的出产，反要穿外国绸子呢。"洪慕修笑道："如此说来，足见你爱国心热。我就送你一件绿色素缎的面子如何？"蒋淑英道："那样料子，价钱更贵，何必呢？"洪慕修道："既然送人的礼，就不能不送好的。"蒋淑英听他这一句话，也就置之一笑，没有深于注意。不料当天下午，洪慕修就和她买着来了。买来了不算，立刻打了电话，叫了苏州裁缝来，给她裁料子。年轻的人，没有不爱穿漂亮衣服的。洪慕修这样热心地要给她做衣服，她自然不能拒绝。

可是洪慕修虽然这样高兴，他夫人的病，越发是沉重了。本来蒋淑英来了以后，蒋静英的病仿佛轻松了些。药吃下去，可以维持原状，不见变卦。不料这几天又不对起来，热度有增无减，缓缓地呼吸不灵。那个松井大夫早也就说过，恐怕发生肺炎。若是变了肺炎，那是很棘手的。洪慕修心里想，总也不至于，因为他夫人，向来是没有肺病的呢。这时他夫人发生了呼吸不良的现象，那松井大夫，仔细检查了一番，然后将洪慕修找到一边说道："你这夫人实实在在有肺炎了。不过发炎的地方很小，现在还不要紧。"洪慕修听了这话，吓了一大跳，松井大夫看见洪慕修惊慌的样子，便道："我看你慎重一点儿好！还是搬到医院里去住好！在医院里好，医院里招待周到一点儿。"洪慕修道："好吧，让我和病人商量一下，看她意思怎样？"松井大夫又吩咐了两句，便叫洪慕修派人跟着去拿药。这里洪慕修既不便对他太太说，自己一个人又拿不定主意，便问蒋淑英意思如何。蒋淑英道："这个日本医生断的病症，未必就丝毫没有错处。我看换一个大夫瞧瞧，姐夫以为如何？"洪慕修道："我并不是省钱，不过因为松井在中国时间很久，诊治又很仔细，所以让他一直看到现在。既然他没有再好的法子了，我自然要另请一个大夫瞧瞧，据你看，是请哪个大夫瞧好？"蒋淑英道："听说有个德国大夫克劳科，对于肺病，是很有研究的，请他来看看也好。"

洪慕修本来也就相信克劳科的本领，经了聪明的小姨子一保荐，越发非请不可，立时就打了一个电话到克劳科主任的普禄斯医院去。医院里回电话，三点钟克先生就回私宅去了。洪慕修听了，复又一个电话，打到克劳科家里去。电话叫了半天，好容易有人接上，说道："今天是礼拜六，克先生到西山去了。"洪慕修道："什么时候回来？"那边道："礼拜一上午回来。"说完了这句，就把电话挂上了。洪慕修对蒋淑英道："你看，这位克大夫，是这样自在，星期六和星期，有急病的也没法治了。"蒋淑英道："既然是克劳科不在城里，还有别的好大夫可请没有？"洪慕修道："这松井的本领，就是特等了，再要找比他本事好的，据我所知，除了克劳科，实在没有第二个。"蒋淑英道："既然这样，明天还请松井一次，到了后日再请克劳科来，似乎也不迟。"洪慕修道："怎样等得了两天？这附近有个中国西医，叫李济世，也是很有名，不如花几个钱，叫他来看看。"蒋淑英也以为很是，立刻就把那个李济世大夫请来。那人穿一套漂亮的西装，嘴上养些短胡子，倒很像一个外交界的人物。他听了一听脉，一路摇着头出来，说这没有希望的人，若是早让我来看两三天，或者还有些办法，现在是不成了。于是中文夹英文的说了几句病理，就叫回头派人到他医院里去取药，径自走了。洪慕修白花了五块钱的马金、四毛钱的车钱，就只得了这一句话，没有什么希望了。洪慕修的听差老周，也算是个老用人，他在外面嚷了起来说："怎么请这样一个大夫来看病！他是专管打六零六的，什么也不懂，别看他们门口电灯那么大，招牌那么大，他知道什么？"洪慕修听了，大为扫兴。这时自己越发拿不定主意，就派人去把蒋静英的叔父婶母请来。又把自己几个亲戚也请了来。

蒋淑英的叔叔蒋国柱，他见洪慕修始终请的是西医，很表示不满意。他便对洪慕修道："姑爷，不是我说你。你们这维新的人物，太迷信外国人了。这种内科的病症，西医是不成的，应该请中国大夫看看。"洪慕修道："现在她已变成肺炎了，恐怕中国药吃不好。"蒋国柱道："哪来的话？就凭我亲眼看见的，也不知道治好了多少痨症，一点儿小肺炎，有什么要紧？"其余的亲戚，也都附和着说："西医治不好，我们自然不能老指望着西医来治。"洪慕修一个人，拗不过众人的意思，只得请了一个中医来治。那中医一看病人形势严重，用不相干的药，四平八稳地开了一个方子。但是怕药价便宜了，病家不能肯信，又在上面加了两样贵重药品。洪慕修对于此道本是外行，原想不把药给病人吃，又受不了众人的包围，只得照办了。这样混了一天，病势越发地沉重了。上午又换了一个中医，他虽然说没有生命的危险，也说不是一两天治得好的。

洪慕修看看，他们还是没有办法，只得又把松井大夫请了来。松井说，药水是来不及了，只有打针。而且以打针论，每天一次，恐怕还不行。洪慕修觉得还是他说得在理点儿，就用了他的办法，用打针来治疗。这针打下去，总算病人清楚些。可是她疲倦已极，话都懒于说。又这样过了一天，已是礼拜一了。洪慕修打了两三次电话，才把那个克劳科大夫请来。他又不大会说中国话，将病看了以后，他就问以前请中医看的，是请西医看的？洪慕修不便告诉请了中医的话，只说是请松井大夫一手治的，又把治的法子说了一遍，克劳科认为松井诊断不错，一样地打了一针，也就走了。这时，蒋国柱和一班来探病的亲友，对西医一致攻击。说什么叫肺炎，中国就向来没有这样一种病症。若说腿烂了，眼睛坏了，外国那些挖挖补补的法子，是比中国外科强些，这种内科，外国药，哪里吃得好？蒋国柱听了这话，又解释着道："诸位哪里知道，就是这些外科，也是中国人发明的。你们要看过《三国志》，华佗给关公刮骨疗毒那一段，就知道中国的外科，古来实在好。因为失了传，所以现在没有人精。我想外国人的外科，总也是在那时候，从中国学了去的。外国人在中国几十年，一定会把我们的内科，也偷了去的。"洪慕修听了这话，又好笑，又好气，但是一张口难敌众辞，只得默然。结果，还是依着叔岳丈，把昨天那个中医请了来。那中医也说自己没有办法，最好是赶快另请高明，方子也不肯开，他就走了。这个时候，那些主张请中医的，又转过论调来，说是让日本大夫打针维持现状再说。到了这时，洪慕修越发是没有主意了，只是哭丧着脸从里跑到外，从外跑到里。

到了下午，松井又来了一次，便实实在在告诉洪慕修，说是人已没有了希望，至多可以把她的生命，延长到晚上十二点钟。洪慕修一听这话，两行眼泪，不禁就直流下来。这天下午，也不忙着找医生了，只是呆着坐在病人的对面一张椅子上。蒋静英大半截身子躺在被窝外面，那两只枯蜡似的胳膊，压在被窝上，连移动着都没有气力。她的脸，两个颧骨高张，眼睛越发凹了下去，紫色的嘴唇皮不能合拢，露着一口雪白的牙齿在外，一个粉装玉琢的美人，现在简直成人体标本。洪慕修也觉得实在可惨。蒋静英睡在床上眼睛似闭不闭，除了她胸脯面前一起一落，做那很艰难的呼吸而外，人是一点儿没有动作。洪慕修看看，又不期悲从中来，断断续续地流着眼泪。

到了晚上，她忽然睁开眼来，对屋子里周围一望，见叔叔婶婶丈夫妹妹都在这里，便将手略微抬起来一点儿，指着房门外道："小南儿哩？"洪慕修道："在外面，你要看他吗？"自己便出去，叫乳妈把小南儿抱了进来。蒋静英把手连招了几招，叹了一口气，又说了一个"来"字。小南儿既想他妈，看他妈这个样子，又有些怕，先走到蒋静英的脚头，两只小手扶着床沿，慢慢地往他母亲头边走来。小眼珠望着他母亲的脸，不敢作声。蒋静英握着小南儿的小手，半晌，没有言语，只是呆望着他，大家看她那个样子，似乎有千言万语不能说出来一样，也都悄悄地不作声。蒋静英眼泪汪汪地喊着小南儿道："孩子，我要回去了。你……要……好好地跟着爸爸。"说时，她的声浪，极其低微，眼睛复又转望着洪慕修。洪慕修会意，便坐在床沿上，接过蒋静英的两只手，说道："静英，你知道吗？我在这里。"蒋静英微微地点了一点头，表示知道。洪慕修把头低下去，靠着蒋静英的脸，说道："我们相处八年，你帮助我不少，我很对不住你。"蒋静英用她瘦小的手，将洪慕修的头抚摩几下，露着牙，做了一番苦笑，于是她又把眼睛望着蒋淑英，意思要和她说两句话。于是洪慕修走开，让蒋淑英站到床面前来。女子的心，是慈悲的，一点儿也矜持不住。蒋淑英这时，已经哭得泪人儿似的，两个眼圈通红，鼻子里只管息息率率作声。蒋静英对她摇了一摇头，意思是叫她不必哭。蒋淑英也怕引着病人伤心，极力地忍住着哭。蒋静英将小南儿的手牵着，交在蒋淑英手上，然后望着她的脸，现着很恳切的样子说道："小南儿明天就是没娘的孩子了。北京城里，只有你是我的同胞的手足，只有……你……可以替我分忧。我这孩子，你要多多地替我照应一点儿……"之后她自己涌泉也似的流着眼泪，不能再说了。蒋国柱夫妇看见这个样子，也都走到床面前来。蒋静英见面前围着许多人，只把眼睛望着他们，那呼吸是一阵急促一阵，喉咙管里，一阵痰响，可怜一个青春少妇，就香销玉碎了。到了这时，大家都不免失声而哭。小南儿见着许多人，围住他母亲哭，他也跳着两只小脚，哭着叫妈妈。大人见了这种样子，越发地忍不住哭声了。

从这一晚起，洪慕修在衙门里请了两个礼拜假，办理丧事，料理善后。蒋国柱夫妇，第一二两天，也在这里帮着办些事。他们究竟是有家的人，不能耽搁，第三天就走了。蒋淑英便留在这里，替他照应家务。过了一七，蒋淑英一算，自己离学校有半个月了，便对洪慕修道："姐夫，没有什么事吗？我想回学校去看看。"洪慕修道："这回我家不幸，遭了这样的事，连累二妹荒废学业，我实在过意不去。二妹要回学校，我怎敢拦阻。不过你一走了，我或者不在家，可怜我那孩子。"说到这里，洪慕修就用手绢去擦眼泪，哽咽着说不下去。蒋淑英见他这个样子，姐姐的灵柩，骨肉还未冷哩，那托孤的情形仿佛还在眼前，怎样能硬着心一定要走，只得暂且按下不提，过了一两天再说。又过了两天，自己觉得非回学校去看看不可。但是只要一对洪慕修说，他就哭丧着脸，叫人不好启齿。这一天下午，外面很大的风，蒋淑英正围着炉子向火，电话机铃铃地响起来，出于不意，倒吓了一跳，因见屋子里没有人，便走上前接话。谁知打电话来的，正是史科莲。她说："你不回学校来吗？我知道你那边有事，本不愿打电话来的。可是我看见前面号房里，存着你的许多信，而且有双挂号的，恐怕有要紧的信在内，我不能不告诉你了。"蒋淑英听她那种口气，都有气似的，便道："你没有看我那些信，是哪里来的吗？"史科莲道："我怎样能看你的信呢？"蒋淑英道："不是说你拆我的信看，你没有看看那信封上写着是哪里来的吗？"史科莲道："我只看见那信封上写了一个'张'字，都是自本京发的。"蒋淑英道："好好！我这就回来。"说毕，将电话挂上，便告诉洪慕修，马上要回学校去。洪慕修道："外面这样大的风，你怎样出门，明天再去吧。"蒋淑英道："我有一个同学，害了病了，我非去看一趟不可。"说毕，走进屋子去，戴了帽子，披上围巾，两手把围巾往前面向怀里一抄，就要出门。洪慕修笑道："二妹你真有事，我还拦得住你吗？你看！这大的风就这样走了去吗？我到衣橱里，把你姐姐那件皮大衣让你穿了去吧。我又不出门，车夫在家里也是闲着，我就让他送你去。"说毕，一迭连声，嚷着车夫拉车。自己又忙着把那件皮大衣取了出来，双手捧着，交给蒋淑英。蒋淑英以为人家的盛意不可却，只得穿上大衣，坐了他的包车，兜着风向学校里来。

　　原来她的情人叫张敏生，早有白头之约的，平常要有三天不见面，一定也有一个电话相通。现在二人有半个月没有见面，也没有通过电话，两方面都有些着急。在张敏生一方面，是不知蒋淑英为了什么事，老是不见面。蒋淑英也就怕张敏生疑心，急于要见面解释一番。她听到说学校里来了许多信，有姓张的寄来的，她就料到全是张敏生的信。只有他的来信，没有我的回信，他岂不要更加疑心。因此一路在车上盘算着，要怎样去解释才好。偏是事有凑巧，在半路上，就碰见了张敏生，他穿着大衣，夹了一包书在胁下，在马路边上走。蒋淑英连忙就叫"敏生敏生"。张敏生一抬头，蒋淑英早是跳下车来，迎上前去。张敏生看见她先是一喜，后来一见她身上穿了皮大衣，坐的是白铜光漆崭新的包车，立刻又收住了笑容。蒋淑英道："我遭了一件不幸的事，姐姐死了。这半个多月，我都在姐夫家里，没有回学校去，你知道吗？"张敏生淡淡地答道："我仿佛听见说。"蒋淑英笑道："我实在走不开，不然，我早就回学校，今天是同学打电话给我，说是我来了好多信。我猜这里面就有你的信在内，所以急于要回来。"张敏生笑道："急于要回来，是半个月后才回校。若是不急于要回来呢？"蒋淑英道："你说这话，太不原谅了，你想我的姐姐死了，我在那里和她照料一些家事，这也是应该的。"张敏生道："你很对得住你令亲，你令亲也很对得住你。你看，你穿这皮大衣，坐着包车，简直不像一个学生了。"蒋淑英道："你这话是什么意思？"张敏生道："这样大的风头上，别把你吹冻了，你回学校去吧。我的意思，全在我写的信上，你回去瞧我的信就知道了。"说毕，转身便走。蒋淑英看他那个样子，似乎已经气极了，不过张敏生说的话太不客气，不好意思去叫他，自己也就转身登车。

到了学校门口，叫车夫自回去，一进门就见号房笑着迎了出来，说道："蒋小姐你有好些个信在这儿。"说着，捧了一大捧信封，交给蒋淑英。她分了一半信，插在大衣袋里，左手依旧叠了一大半拿着，右手便一封一封地拿开来看。从头看到尾，倒有三分之二是张敏生写的。自己一面查信，一面走着，忽然有人在肩膀上拍了一下，说道："咳！好漂亮"蒋淑英回头看时，正是史科莲。她先笑着道："难为你，还记得回来。"蒋淑英道："你别提，早就要回来，我那个亲戚死命地留着，也是没法。"说着，将眉毛皱了几皱，微微地叹一口气道，"你以为我愿意在那里待着呢，真腻死我了。"两人手搭着肩膀，一路说话，走进寝室去。史科莲一看屋里没有人，笑道："你再要不回来，不定要惹出什么麻烦，你看那个朋友来的信那样勤，他有多么着急？"蒋淑英眼睛在看信，鼻子里只哼了一声。

史科莲因为人家看情书，不愿在人家面前待着，自走开了。由五点钟走开，直到七点钟回来，只见蒋淑英还在看信。她人躺在床上，把那些拆开的信封，铺了一片。手上拿着一张信纸，竟自发了呆。史科莲道："写信的实在耐写，看信的实在也耐看，怎么你还在看信？"蒋淑英眼圈红红的，叹了一口气。史科莲伏在床上，用手摸着她的脸，低声笑道："你两个人不是相好的吗？这个样子，似乎是闹别扭了。"蒋淑英道："男子的心……"只说了一个"心"字，下面就说不出来了。史科莲猜想着那些信上，一定有许多不客气的话，越说是越引动她的心事的。便笑道："记得你走的那一天，我和你一床睡，听到你说了一晚上的梦话。今天我又要和你睡，看你说些什么，也许又可以探听你一些秘密出来。"蒋淑英听了这话，误会了意思，以为不但情人疑心，连朋友都疑心起来了，心里倒是有一阵难过。勉强笑道："你今天非在我床上睡不可，看我又会说什么话。"史科莲笑道："我管得着你这些闲事呢。"史科莲说了这话，便拖着她起来，说道："走！上自习室去吧，你也和那间屋子，太疏远了。"蒋淑英道："你先去，我洗把脸就来。"史科莲信以为真，先走了，谁知一直下了自习室，那蒋淑英还没有来，回到寝室里，也没有看见她。

史科莲心里一惊，便在前前后后各寝室里去找，始终也没有看见蒋淑英的影子，心想莫非她出门去了。于是一直追到大门口来，问号房道："你见蒋小姐出去了吗？"号房道："不是今天下午回来的吗？没有出去。"史科莲道："她出去了，也许你没有看见。"号房道："我今天下午没有离开过这儿，出去了人我怎样不知道？"史科莲听他这样说，复身又转回来。重新在楼上楼下，跑了一周。可是这时候教室里的电灯，都已灭了，自己胆又小，不敢闯进去开灯，便一面走着，一面轻轻地叫"密斯蒋"。一直到下楼的地方，仿佛听见一阵哼声。不听这个声音，也还罢了。一听这个声音，史科莲不觉毛骨悚然起来。恰好有一个老妈子走楼下过，史科莲胆壮起来，便将老妈子叫住。问道："你看看，那楼梯下是谁在那里。"老妈子过去一看，不觉叫起来道："这不是蒋小姐，这是怎么了？"史科莲听说，心益发慌了，扶着楼梯的扶手，连跑带滚地滚了下来。在电灯影里，只见老妈子扶着蒋淑英上半截身子，让她坐在地上。蒋淑英的棉袍滚满了尘土，就是脸上，也有半边灰迹。头靠着老妈子的腿，双目紧闭，面前吐了许多黏痰和脏东西，袖子上还拖了一截。史科莲摇了她两摇，不见她作声，哇地一声叫了起来。这时，惊动了大众，都跑近前来看。舍监也来了，看看这样子，先叫人把她抬回房去。安顿好了，校医也被学校里请来了。他将蒋淑英的病一看，说道："这是不要紧的，无非受了一点儿刺激，加上寒风一吹，就晕倒了。但是她腿上，有一处伤痕，又似乎是在楼上摔下来的一样，好好地照应照应她，就会好的。"校医看着去了，一会儿就送了一瓶药水来。这可把史科莲忙个不了，给她洗换衣服，足足闹了两三个钟头。

蒋淑英醒过来的时候，夜已深了。史科莲伏在床上，对着她的耳朵问道："你这是怎么了？我可吓了一跳呢。"蒋淑英还没有说话，先就流出两行眼泪。史科莲抽出手绢，缓缓给她揩脸上的眼泪。因对她道："我很知道，但是这也很容易解释的，为什么要急得这个样子？"蒋淑英道："我实在愤极了。我除非死了，人家才相信呢。"史科莲逆料张敏生来的信，一定有什么过分的话，只是自己不好问，便默然地坐着。蒋淑英道："你以为我真是病得这个样子吗？老实告诉你，是我上自习室的时候，站在栏杆边，越想越气，我也不知道怎么着，似乎要极力闹一下，才能痛快。想到那里，我糊里糊涂就向楼下一跳，不料那一下，就跳得我昏天黑地。"史科莲听了，不觉笑起来。说道："你这不是发傻，凭你在楼上往楼下一跳，就会跳着跌死吗？既然不会死，跌得这样七死八活，这算什么意思？"蒋淑英一想，这事实在做得极其幼稚无聊，也微笑起来。史科莲见她精神好些，才放心去睡。

不料学校里得了些风声，小题大做起来，派人到蒋国柱家里去报告，说他侄女病很重，请他领回去医治。当报信人到蒋家的时候，恰好洪慕修在那里。他就说："小南儿念他妈，又念他小姨。不如把二妹搬到我那里去调养，孩子有个伴，二妹在那里，也有人伺候。"蒋国柱就不大喜欢这侄女，因为得了哥哥一笔遗产，对于这侄女的教育费不能不担任，心里巴不得蒋淑英早一天毕业，早一天出阁，减轻负担。这种特别开支的医药费，当然是不愿出的。洪慕修是个有钱的侄女婿，他既愿戴上这一顶帽子，乐得赞同。因此这日上午，洪慕修就坐了汽车，到蒋淑英学校里来，和学校当局说：接她回家去。蒋淑英虽然不愿意洪慕修来接，她猜着是叔叔差他来的，就跟着上了汽车。不料车子一开，一直开到洪慕修家门口。

蒋淑英人虽疲倦，可是她还能够生气的。脸色一变，在车子上就对洪慕修道："姐夫，怎样把我接到你家来，你送我到叔叔家去，或者医院里也可以。"洪慕修道："我并不是把二妹接到我家来。因为我那孩子，念你念得嘴都干了，我实在不忍。我特意把车子绕到门口来，让他来看一看你，也许以后就不念了。你身体不好，请不必下车，我去抱他出来。请你看在他母亲面上，你哄他两句话，回头我就送你到医院里去。"这几句话，说得蒋淑英心平气和。一会儿工夫，洪慕修在屋里把小南儿抱出来。他一出大门，就嚷着"小姨小姨"。洪慕修将他送进汽车来，说道："你念了两天两夜的小姨，现在小姨来了，你去亲热亲热吧。"蒋淑英抚摩着他的小脸，笑了一笑。洪慕修不等她说话，又把小南儿抱下车来，说道："你不要吵你小姨了，小姨不舒服呢。"小南儿两只手抱着汽车门，又哭又嚷道："不！不！我要小姨。"带小南儿的那个乳娘，也走了出来，对蒋淑英道："蒋小姐，这孩子真惦记着，你到家里来坐一坐吧。"蒋淑英看见这样，心里也是老大不忍，只得下车，由乳娘揽了进去。这里洪慕修告诉汽车夫，让他把汽车开走。可是学校里的史科莲，她还以为蒋淑英是到医院里去了，这天下午特意打了一个电话到蒋家，问是什么医院。那边是老妈子回电话，说是不知道。史科莲不得要领，未免有些放心不下，就决定亲自到蒋淑英叔叔家去探问。

这一天过了，次日便是星期日，又恰好天气和暖，便到蒋国柱家来访问。后来一问到蒋淑英在洪慕修家里养病，不觉替她捏了一把汗。本想到洪家去看看，转身一想，一来自己不认得洪慕修，二来这一去，又似乎有些刺探人家秘密的嫌疑，万万去不得。如此一想，就把去看病的念头打消。自己一面走路，一面替蒋淑英想想，以为她这种行为不对。前晚既然有跳楼之举，当然对于自己的行动要洗刷一番，怎样昨日又重到洪家去？自己这样一面想一面走路，信脚所之，自己没留心到了什么地方。及至自己醒悟过来，糟了，这并不是回学校的路。到学校去，应该是往北，现在却是往南，正来个反面了。一看走的地方，仿佛到杨杏园那里去不远，自从得了人家的帮助，并没有向人家道谢一声。今天走得顺路，何不去做个顺水人情？有了这个主意，雇了车子，一直就到杨杏园家门口来。

这拜访男客，自己还是破题儿第一遭，走进门，浑身就觉得有些不舒服，一看眼前并没有人，又不好意思高声问人，便故意将脚步放重，又轻轻地咳嗽了两声。但是她虽有这样使之闻之意思，始终没有见人出来。踌躇了一会子，又退出大门去。一看门框上有电铃的钮子，便按了一下电铃。一会儿走出一个人来，上下打量一番，便问找谁？史科莲道："这儿是杨宅吗？"那人道："这儿姓富，不姓杨。"史科莲问头一句话，就碰了钉子，脸上红将起来，回头就要走。还是那人道："我们虽不是杨宅，这里可住着有个杨先生，你这位小姐是找他的吗？"史科莲道："对了，他在家吗？"说到这里，看那人有些惊讶的样子似的，便又道："从前这里不是有个李太太吗？我就是……我就是她的亲戚。"那人道："您贵姓？"史科莲道："我姓史。杨先生要是不在家，他回来的时候，就请你告诉他一声吧。"说毕，抽身又要走。那人道："请你等一等，我给你进去看一看，也许在家里。"史科莲听说，便站在门外。

一会儿，杨杏园亲自出来说道："哎呀！史小姐，今天何以有工夫来？请里面坐。"杨杏园把她让到后进那一间客房里来，对面坐下，先寒暄了两句，便问史小姐喝咖啡的吗？史科莲道："不必客气了，我们总也算很熟的人哩！"杨杏园笑道："是一个朋友送了一些咖啡和外国点心，我是很酸涩的，自己没有把它吃了，留着待客呢。"于是杨杏园一面叫听差去煮咖啡，一面盛四玻璃碟子可可糖柠檬饼干之类，放在茶几上。史科莲正爱吃这些东西，也就不客气，随便地吃。一会儿听差将咖啡煮熟了，杨杏园又亲自取出一碟糖块来，放在史科莲面前。笑道："乡下人学外国排场，是学不来的，这糖只好用手来拿了。"说着拿了一块，放在自己杯子里。又道："请你多放上一点儿糖吧，也没有牛乳哩！史小姐在令亲府上，没有看见这样喝咖啡的样子吧？"说着，将手上的大茶杯举了一举，又把那个大白铜茶匙，舀了咖啡便喝。史科莲见他谈论风生，不觉把进门时的拘束状态，解得了许多，便问密斯李没有来信吗？杨杏园道："两个礼拜前来了一封信，曾提到了史小姐的事。看那样子她是很惦记的。"史科莲道："她的那番盛意，我今生是忘不了的。就是杨先生种种协助，我也非常地感激。"说时，低头用茶匙搅咖啡。杨杏园道："这事若是老说起来，让人家听见，未免寒碜。万望以后不要提，若是真要再提的话，我就不敢和史小姐见面了。"史科莲见他说得这样恳切，笑道："天下哪有协助了人，还不要人领情的。"杨杏园道："这是极小的事，也值不得领情呢。不要提吧，不要提吧。"

史科莲不能说，也就只笑了一笑。她从前在李冬青一处，和杨杏园见面，大半都是和李冬青说话，和杨杏园交情尚浅，就无甚可说。现在少了一个李冬青，越发找不到什么话谈。所幸杨杏园的态度，极其自然，先问问学校里的组织，后又谈谈李冬青的身世，史科莲只是吃着糖，喝着咖啡，脸上带着笑，跟着话音，附和一二句，坐谈了一个多钟头，总算谈得还不寂寞。史科莲因不愿久坐，便告辞要走。杨杏园看她很受拘束的样子，也不再留，便进屋子去，将几盒已经开封了的糖，叠在一处，交给史科莲道："请不要嫌吃残了，带回学校去，留着看书的时候解渴吧。"史科莲笑道："吃了不算，还要带了走吗？"杨杏园道："我原不客气，我才把这东西相送，若是不受，那就嫌它是吃残的东西了。"史科莲笑道："既然如此，我就真不客气了。"于是将几只糖盒叠在一处，夹在肋下，和杨杏园鞠了一个躬，说声"再会"。杨杏园道："有工夫的时候，也许亲到贵校来奉看，今天算是很怠慢了。"一面说着，一面送她出了大门去了。

第六十三回

气味别薰莸订交落落
形骸自水乳相惜惺惺

　　杨杏园送着史科莲出门而后，走回正屋，只见富家驹带着笑脸，相迎上前。杨杏园误会了他的意思了，先说道："这是那位密斯李的朋友，到我这里来问她的消息呢。"富家驹却随便答应了一声，又道："今天晚上有人请客，杨先生去听戏吗？"杨杏园道："我这几天心绪很不好，不去吧。"富家驹道："今天的戏好，可以去一趟，有一个人托我介绍和杨先生见一面。"杨杏园道："谁？要和我在戏园里面见面。"富家驹道："这人杨先生也许认得，他的老子是个小财阀。他是有名的公子哥儿金大鹤。"杨杏园道："哦！是他，倒也听见说过的。他要会我做什么？"富家驹笑道："他现在捧那个天津新来的角儿宋桂芳。"杨杏园道："这个人唱什么的？"富家驹道："早几年原是唱老生。现在是生旦净丑，无所不来。"杨杏园道："这是一个戏包袱罢了，够得上捧吗？"富家驹道："她原是因为唱老生红不起来，所以改了行，什么都来。表示她多艺多才，是个出众的角色。一些好奇的人，也相信她有本事，就把她捧起来了。"杨杏园道："金大鹤这个人的性情，我听见人说过，专门做人不做的事。人家爱的，他说不好，人家不要的，他故意去提倡。其实这也无甚意思，不过卖弄他有钱罢了。"富家驹道："这回不是他捧角，是代表他一个亲戚捧角。"杨杏园道："他的亲戚呢？"富家驹道："他的亲戚，也是天天到，不过坐在包厢里，不作声地看戏罢了。"杨杏园道："这也很奇怪了。他这个亲戚捧角，为什么还要人代表？有人代表，为什么自己天天又到？"富家驹道："因为她这人是位姨太太，不便出面，就请金大鹤代表。金大鹤

46

每日在池子里，替她包两排椅子，那姨太太就独坐在包厢里。"杨杏园道："这宋桂芳，不是坤角吗？一个姨太太这样拼命地捧一个坤伶，这是什么意思？"富家驹道："我们也是很为奇怪的。据许多人传说，这姨太太和宋桂芳发生了同性爱呢。"杨杏园笑道："女子同性爱的这件事，我始终认为含有神秘的意味，不敢十分相信。再说，是两个常在一处的女子，因为友谊浓厚，发生同性爱，那犹可说。一个姨太太和一个坤伶，素不相识，无缘无故，发生同性爱，这话有些不可解。因为姨太太爱那坤伶，或者一部分为着艺术关系，坤伶爱姨太太，为着什么呢？"富家驹道："当然是为着金钱。"杨杏园道："既然为的是金钱，那姨太太花了许多钱，买她这一段虚伪的同性爱，那不太冤吗？照现在讲恋爱的学说而论，或者从灵到肉，或者从肉到灵，或者灵肉一致。要说同性爱，当然完全属于灵的方面，然而现在她两人，有一个专门是为钱的了，灵也是落空的。这爱字从何而起呢？"杨杏园和富家驹，正站在当中屋子里，大谈恋爱，富家骏笑了出来道："这事果然有些奇怪，我要看看去。"富家驹道："你总以为我是造谣的。你若不信，今天晚上，你同我到荣喜园去看一看，就可以证实我这话是有根据的了。"富家骏少年好事，就怂恿着杨杏园务必去看看。好在富家驹捧的晚香玉，正和宋桂芳同在一个班子里，他是天天晚上要到的，吃过晚饭，从从容容，三人同到荣喜园来。

那些看座儿的，见富家驹进来，一阵风似的拥着招待。那些在座的人，都站起来点了点头，笑着说道："刚来？"富家驹随声答应一声"刚来"。看座的就引他三人在一列空位子上坐下。富家驹轻轻地对杨杏园说道："那个姨太太已经来了。靠台边第三个包厢里，不就是的？"杨杏园抬头看时，只见那个包厢里，有一位二十多岁的妇人，穿了一件鹅黄色的袍子，衫袖及袍子四周，都绣着葱绿色的花朵。右手举起来，夹着一根烟卷在那儿抽，露出亮晶晶的一个钻石戒指，光线四射。远望那人，虽然十分艳丽，但是她两颊很瘦削的，身体也极单弱，好像有病似的。那一个包厢里，果然并没有别人，只有一件绛色的灰鼠斗篷，放在身边一张椅子靠背上。她一只手夹着烟卷，一只手却曲肱放在栏杆上，侧身而坐，态度极其自然，一点儿也不受拘束。杨杏园问道："这姨太太抽鸦片吗？"富家驹道："那我倒不知道。不过她向来是这一副害痨病的样子。"正说时，只见三四个人，簇拥

47

着一个华服少年，走近前来。那后面三四个人，有提着茶壶桶的，有捧着狐皮大衣的，有胳膊上搭着俄国绒毯的。早有人抢先一步，把那条绒毯铺在椅子上。那少年圆圆的脸，黄黄的颜色，一张大嘴，露出两颗金牙。对于在座的人，照例地含笑点了一点头。富家驹起身，迎上前去，对大家说了两句话，他便走过来，对杨杏园拱一拱手道："啊哟！这就是杨先生，久仰久仰。"富家驹道："这就是金大鹤先生。"杨杏园道："兄弟也是久仰得很。"金大鹤道："早就想去拜访杨先生，因为没有人介绍，不敢冒昧从事，今天难得杨先生到此，过两天一定到贵寓去奉看。"杨杏园虚谦了两句便和他各人归座。

富家骏在一边，听戏却不在乎，一方面看看包厢里，一方面看看金大鹤。不多一会儿，只见一个人，头上戴着獭皮帽，瘦小的身材，尖尖的脸，满面孔都抹上了白粉。身上披着一件玄色的长袍，套着琵琶襟的青缎马褂，男不男，女不女，倒带着一团妖气。她走进那姨太太坐的包厢里，随随便便，就在那姨太太身边坐下。富家骏问他哥哥道："那包厢里刚来的是谁？"富家驹道："那就是宋桂芳，你不认得吗？"杨杏园听说，也连忙抬头去望。但是一看那宋桂芳，浑身上下，没有一点儿动人之处。她和那姨太太坐在一处，谈了一会儿，便走开了。不多时候，她又变成了戏装，出台唱戏。当她出台的时候，前两排的座客，果然是拼命地叫好。这天她正唱的是《女起解》，反串旦角。你看她那枣核的脸，又是配上一张阔嘴，一唱起来，露出一粒金牙，只觉俗不可耐。富家骏轻轻地说道："据书上说，从前有人喜欢吃狗粪，论理实在说不过去。如今看起来，这事竟是真的了。"富家驹道："小一点儿声音吧。你就知道她在唱戏以外，没有别的本事吗？"他兄弟俩是无心说话，杨杏园倒是有心听着。一会儿戏完了，故意慢慢地走，看那姨太太究竟怎么样？见她果然也起身很快，一转身就由包厢侧面，转到后台去了。杨杏园问富家驹道："她上后台去做什么？"富家驹道："她常常在散戏之后，带宋桂芳回家去呢。"杨杏园笑着点点头，也没有再问。

回得家去，富家驹道："杨先生，你看金大鹤为人怎样？"杨杏园笑道：《红楼梦》上薛蟠一流的人物罢了。"富家驹见杨杏园下这样刻毒的批评，顿了一顿，似乎有一句话要说，又不敢说似的。杨杏园笑道："你以为我这个譬喻不对吗？"富家驹道："这个譬喻，是很对的。他本是个人物不漂亮，性格不风流的纨绔子弟。只是杨先生这样一说，一定不屑与为伍，他有一句话托我转达，我就不敢说。"杨杏园笑道："你且姑妄言之。"富家驹道："他想请杨先生吃饭，恐不肯去，特意叫我先征求同意。"杨杏园道："请我吃饭，下一封请柬就是了。我去就请我，不去就拉倒，这也用不着先要派人征求同意。"富家驹道："他是专为请杨先生的。杨先生若是没有去的意思，他就不必请客了。"杨杏园道："这样说来，宴无好宴，会无好会，我不去了。"富家驹道："不是我替他分辩，其实他们没有什么坏意思，不过仰慕杨先生的大名，要联络联络。"杨杏园笑道："胡说！我有什么大名，让他们去仰慕。就算我有大名，有大名的人，多着呢，他为什么不去联络，单单要联络我？"富家驹笑道："这样一说，我就没有什么可说的了。他所以要联络的意思，无非是想请杨先生在报上替宋桂芳鼓吹鼓吹。"杨杏园道："那还不是实行贿赂？我怎样能去。"富家驹道："我就知道杨先生不能去。不过他这回请客，我想宋桂芳和那姨太太都要到的，倒可以去看看。"杨杏园道："说了一天，究竟这位姨太太姓什么，至今还不知道。"富家驹道："金大鹤对于生人，他是不承认代表别人捧角的。就是对于熟人，他也只肯承认一半。我实说了吧，这姨太太是金大鹤姑丈的如夫人，以辈分论，当然算是姑母。金大鹤的姑丈姑母，都回南去了，只留下姨太太在北京。因为金大鹤家是内亲，诸事都托金家照管。金大鹤带着她捧角，是很有愧的。我们见了那姨太太只含糊叫一声冯太太，从来不和她谈什么家世的，她人极其开通，说话也很知大体。不信，杨先生只要去吃饭，就可以会见她了。"杨杏园道："冯太太也到吗？那我越发地不便去了。"富家驹道："嘻！怕什么。她比男子还要大方些呢。"说到这里，杨杏园也不往下说，自去睡觉。

到了次日，那金大鹤果然来了一封请柬，请次日在菁华番菜馆吃西餐。杨杏园看了一看，就随手扔在一边，没有注意到它。不料到了上午，那金大鹤又亲身来拜访。他先是在前进和富家驹谈话，随后便由富家驹引进来。杨杏园就是要躲，也没有地方可躲了，只得相见。金大鹤抱着拳头，一面作揖，一面笑道："冒昧得很，冒昧得很。"杨杏园笑道："正是不容易来的贵客，怎么说冒昧的话。"金大鹤一面对屋子周围一望，笑道："这地方雅致得很，应该是文学家住的。"杨杏园道："这都是富府上的布置，兄弟不过借居呢。"金大鹤道："这两天天气都很好。"杨杏园道："对了，比前几天是格外暖和些了。"金大鹤道："贵新闻界有什么时局好消息？"杨杏园道："时局的消息，正靠政界供给，新闻界哪有什么消息呢？"金大鹤且不用茶几上敬客的烟，自在身上掏出一只很长的扁皮匣子里取出一根雪茄在嘴里咬着，然后又掏出铜制的自来火匣，啪的一声，放出火头，将雪茄燃着。一歪身躺在沙发上，咬着雪茄，上下乱动，有意无意地道："是，时局很沉闷！"说了这句话，彼此寒暄的客套，都已说完了。各自默然。

还是金大鹤很不受拘束，笑道："杏园兄，昨天是什么时候回来的？"杨杏园道："一直看完了才回来，要想找金先生谈两句，金先生已先走了。"金大鹤笑道："实不相瞒，我天天哪里是去听戏？不过是履行一种债务罢了。你看宋桂芳唱得怎样？"杨杏园知道绝不能在捧角家面前，说一句他所捧的戏子不好，便笑道："自然是好。"金大鹤笑道："本事是有，可是她并不照规矩行事，据内行的眼光看来，那简直是胡闹。不过她交际的手腕，很是不错，我是受人之托，不得不和她帮忙呢。这一层或者杏园兄已经听见说了。"说时，脸朝着杨杏园发笑，咬着雪茄一上一下地动，表示他很不在乎的样子。杨杏园道："平章风月，我是一个外行，所以个中消息，我也不很知道。"金大鹤道："今天一早，我专人送了一张帖子过来，看见吗？"杨杏园道："看见了，金先生太客气。"金大鹤拱了一拱手，笑着说道："我很怕杨先生不赏脸，所以亲自前来敦劝，我还有一句话要声明，这是一点儿作用都没有的，一来是我打算请几个朋友，在一处叙叙。二来有几位朋友，很愿和杨先生见一见面，我借此好介绍介绍。我想经了这番说明，杨先生不会再推辞的了。"

这一席话，说得令人无辞可推，他也只好依允了。金大鹤道："杨先生平常的时候，怎样消遣？"杨杏园道："我是终年穷忙，没有什么机会去逛。"金大鹤笑道："我们正是相反，每天逛得昏天黑地，简直不知道怎么样是好。先父未去世的时候，给我找了许多差事。一天要把十个身子去上衙门，恐怕都有些忙不过来。所以找是让他老人家找，衙门我是不到的，只是在家里静候着他的停职令，可是天下事，越不在乎，越是稳固，我一个差事也没丢。这我们又说句老实话，都还不是看着先父的面子。"杨杏园笑道："这是贤者多劳。"金大鹤道："我劳什么，一天到晚逛呢。有几个衙门，我挂名都在一年以上了，我还不知道他那大门是朝南朝北，到了发薪的日子，那边听差打来一个电话，我就叫听差去取，取来了，只当是捡来的钱，足这么一胡花，逛得越有劲了。"杨杏园笑道："这都是资格问题。有金先生这样的声望，自然乐得快活，况且府上是富有之家，还希望用金先生的薪俸吗？金先生若是领了薪水不用，反显得小气了。"金大鹤最爱听这种话，便道："杏园兄这话，句句都说到我心眼里去了，我真是佩服，我非常愿和老哥谈谈。今天上午有空没有？我们一路吃小馆子去。"杨杏园道："不必，明天再叨扰吧。"金大鹤哪里肯，一定逼着杨杏园去吃午饭，又邀了富家驹作陪。杨杏园这才看透了他，人家越说他能花钱，他是越爱花的。论起他前来一番结交的诚意，不能说坏。无奈他张嘴说话，不是听戏逛窑子，就是那部那衙，谈久了，真有些刺耳，这一餐饭，杨杏园领教良多，所以到次日菁华番菜馆的那席酒到得非常的迟。

　　一进门，就有三个异性的人，射入他的眼帘，一个是冯太太，一个是宋桂芳，一个却是富家驹捧的晚香玉。杨杏园对于富家驹，很是自然。富家驹与杨杏园虽是年纪相差不多，可是父亲的朋友，在他面前，带着所捧的坤角同坐，究竟有些不好意思。那晚香玉却认得他，早站起来，将身子蹲了一蹲，叫一声："杨先生。"因为富家驹不喜欢坤伶那种半男半女的打扮，所以晚香玉莅会，挽了一个双髻，穿着豆绿印度缎的旗袍，在电灯下面，青光炯炯射人。杨杏园和她点了一个头。金大鹤早含着笑将在座的人，一一介绍。介绍到冯太太面前，冯太太竟不是鞠躬，老远地就伸出一只手来，这个样子，她竟是要行握手礼的了，杨杏园只得抢前一步，将她的手握着。冯太太先笑道："杨先生很忙的人，居然肯来，荣幸得很。常常在报上看见大作，我是早就知道你的大名了。"杨杏园道："可笑得很。不足挂齿吧？"这时，两人站得很近，见她脸上脖子上，全抹了很厚的一层粉。眼睛下，隐隐似有一道青纹，两额上，还有一片很密的雀斑，隐在粉里。杨杏园和这样一个粉装玉琢的女子站在一处，不但感觉不到一点儿美趣，并且见她那样憔悴，只是可怜。回头再看那宋桂芳，马褂脱了，又套上一件锦云缎的坎肩，若不是在她帽子下，露出两截鬓发，竟要认她是个男子了。大家坐了下来，宋桂芳和冯太太正坐在一处，其余的宾客随便坐了。冯太太拿起那块菜牌，和宋桂芳同看，指着说道："这牛排，怪腻的，咱们掉个什么？"宋桂芳道："龙须菜，好不好？"冯太太皱了眉，望着她道："昨天你吃凉的，差一点儿坏了事，又吃这个，咱们都换空心粉，你看好不好？"宋桂芳扭着身子噘了嘴道："我是爱吃龙须菜的。"冯太太拍着她的肩膀道："得了，别嘴馋了，跟着你姐姐学没错。"宋桂芳把头偏着，靠在冯太太肩膀上，笑道："好吧，就那么办。"

　　杨杏园正坐在她二人对面，见了未免有些肉麻。心想同性爱，难道真有这回事，不然，她两人何以这样亲密？再转过头去看看富家驹和晚香玉，却反而和平常人一样，晚香玉手上拿了手绢，露出一排白白的齿，咬着手绢一点儿巾角，只是把眼睛斜着微笑。一会儿西崽端上菜来，那冯太太自己加上酱油，问宋桂芳要不要？自己加醋，也问她要不要，自己加上胡椒，也问她要不要，简直真不怕麻烦。冯太太对杨杏园道："今晚上我妹子的戏不坏，反串《恶虎村》的黄天霸。您有工夫去看一看吗？"杨杏园道："宋老板真是多才多艺，又能够演短靠武生，我很愿意瞻仰的，不过今天晚上，还有一处约会，恐怕不能来，第二次再演这个戏，我一定要到的。"冯太太笑道："杨先生来不来，我们倒不敢勉强，总得请您帮忙，多多地鼓吹几回呢。"杨杏园道："那自然是可以的。"宋桂芳道："您府上在哪儿，过一两天，我过去请安。"杨杏园道："那就不敢当。"说时对富家驹望着，说道，"我和富大爷住在一处。"冯太太笑道："那更好了，将来你要会杨先生，倒有一个伴儿呢。"说时，眼睛斜视着晚香玉。在她斜视的时候，只见金大鹤举着一只大玻璃杯子，正在喝酒。她就用勺子敲着盘子沿，当当作声，在座的人以为还有谁演说呢，立刻都镇静起来。冯太太对着金大鹤道："我的大少爷，你喝什么酒，这样敞开来喝。"她说了这句话，大家才知道她是说金大鹤的，都爽然若失。金大鹤正仰着脖子喝酒，听了盘子响，将杯子已然放下。听见冯太太说他，便笑道："不要紧，这是葡萄酒，你怕是白兰地吗？"宋桂芳道："不提起酒，我都忘了。姐姐，我也喝一点儿葡萄酒，成不成？"冯太太伸出手将她面前玻璃杯子按住，说道："瞎说，该挨骂了。"金大鹤笑道："我看她怪馋的，在我这杯子里，分一点儿去喝吧。嫌脏不嫌脏？"宋桂芳道："人口相同，嫌什么脏，你就把那杯送过来吧。"冯太太道："谁敢，送过来，杯子也是要砸掉的。"宋桂芳笑道："得了，让我喝一口吧。"冯太太道："一口也不许喝。"宋桂芳道："一口不成，喝一点点吧。"冯太太笑道："我不能太不讲面子，就给你喝一点点吧。"于是拿着汤匙，在金大鹤酒杯上蘸了一蘸，笑道："这是一点点，就给你喝吧。"说时，将汤匙送到宋桂芳嘴内。宋桂芳喝了之后，将右手胳膊支撑在桌上，扶着脑袋，放出很慢很低的声音说道："哎哟！我醉了。"金大鹤笑道："别使那股子劲了，这不是台上呢。"杨杏园见他们开起玩笑来，一点儿也没有顾忌，倒觉得有趣。不过宋桂芳那个样子，越是撒娇，越是酸溜溜的。自己坐在她对面，只是报以微笑。

一会儿工夫，咖啡送上来了。杨杏园便对金大鹤道："多谢多谢，我要先行一步。"大家点了一个头，冯太太又伸出手来，和他握了一握手。杨杏园走后，晚香玉也站起来，说道："我要去扮戏了，别误了事。"宋桂芳道："我也要去的，一块儿走吧。"冯太太道："我今天不去了，散了戏，你就来吗？"宋桂芳道："回去早了，你也没事，何妨到包厢里去坐坐，回头我坐了你的车子去，不好吗？"冯太太道："散了戏，你到我家里来是了，戏园子里我去不去，再说。"宋桂芳晚香玉去了，来客也陆续地去了，只有冯太太和金大鹤在这里。冯太太便问道："我昨天约你给桂芳邀一场牌，你办得怎么样了？"金大鹤道："我为一件事耽误了，迟个一两天准办到。"冯太太冷笑道："什么耽误了，干脆，你不愿办就是了。你求我没有不给你办到的，我求你的事，你就是这样推三阻四的。"金大鹤道："我明天准办到，我要办不到，就是你的孙子。"冯太太又笑说："别这样昏天黑地地发誓了，做事诚实一点儿，那就成了。"金大鹤道："听戏去不去？我们一块儿走。"冯太太道："我要回去过瘾了，今天大半天没有扶枪呢。"

冯太太别了金大鹤，自回家去。走进房，只见火酒炉上的锅子咕咕嘟嘟直响，水蒸气腾云似的往外面喷。冯太太便喊道："陈妈，这屋子里炖的是什么？没有事，就把我的炉子做玩意吗？烧了火酒，不算什么，着了屋子怎么办？"陈妈由外面笑进来道："我刚离开，太太就进来了。谁敢在这炉子上炖什么呢，这是炖的那碗牛肉汤。"冯太太道："怎么不在厨房里炖去？"陈妈轻轻地说道："那厨子真讨厌，我晚上到那里去取这碗牛肉汤，他总要问，并且打破砂锅问到底，闹个不了。我想这里有的是炉子，就在

53

这里炖吧，恐怕比煤炉子上炖的，火工还要到些呢。"冯太太一面脱衣服，一面说道："嘿！你可别和他们乱说，他们这些东西，门房里一坐，什么也要说出来。"陈妈道："我没说什么。我就说这牛肉汤是太太自己吃着补身子的。"冯太太笑道："你又懂了，这是补身子的。"陈妈笑道："这有什么不懂？猜也猜得出一点儿来啦。"冯太太道："别说了，给我点上灯吧。"陈妈在床底下一摸，掏出一只光漆漆的书式匣子，放在床中间。只将匣子的活机一按，盖子自开，里面却是一套烟家伙，烟灯放在中间。陈妈将灯点了，把壁上挂的一个四弦琴匣子取下来，打开来，里面并没有琴，却是两根烟枪，也把它放在床上，烟家伙两边，一边摆了一根。冯太太穿着猩猩大红紧身袄，斜躺在床上。陈妈端了一张小软椅过来，便伏在床沿上烧烟。冯太太在左右两边，各吸了七八口，便捧着一本小说，就着烟灯看，慢慢地便迷糊过去了。

忽然有人摇着身体道："嘿！今天晚上睡得真早啊。"冯太太睁眼一看，却是宋桂芳进房来了。冯太太道："这就散戏了吗？"宋桂芳且不理她，搬了那张椅子，坐到火炉边去。冯太太道："我这屋里很暖和的，你还怕冷吗？"宋桂芳道："外面又下雪了。我那洋车，棉布篷子又坏了。到你这儿来，迎面地吹着老北风，真够瞧的。"冯太太听说，连忙就在暖壶里，倒了一杯热茶送给她。一看火酒炉子，是灭了，锅还在上面。揭开锅盖，半锅水，犹自热气腾腾的，水中间，放了一只白玉细瓷碗，里面大半碗牛肉汁，浓厚异常，看去有如黄油一般。冯太太取了碗出来，在条桌抽屉里，寻出一双象牙筷，将这浓汁里面的牛肉块渣，一齐挑拨在一个小碟子里，只剩一碗浓热的汤汁，便端来给宋桂芳喝。宋桂芳端起碗，皱着眉道："今天这汤，格外地油腻了。你喝一点儿，好不好？"冯太太道："我早喝了，你喝吧。"宋桂芳将牛肉汁喝了。冯太太递了一玻璃杯温水，给她漱口，又就着炉子，铜旋子里的水，拧了一把手巾，给宋桂芳揩脸。宋桂芳笑道："你的老妈子，倒也享福，这时候就都睡了。我一来，倒把你忙坏了。"冯太太道："是我吩咐了她们，我不按铃，叫她们别进来。"宋桂芳道："我说呢，刚才我进来，还是陈妈掀帘子的，怎么一会儿她就睡了，干吗不让她们进来？"冯太太道："她在这里，我说一句什么也不方便。"宋桂芳笑道："你越是这样鬼头鬼脑的，她们越是疑心。她们不要说我是一个男子改扮的吧？"冯太太笑道："你若是个男子，那也好办，我就跟你跑了。"宋桂芳道："你也别太高兴了。你们老爷一回京，还能让你这样天天往外面逛吗？"冯太太道："因为这样，所以我乐一天是一天。你别瞧我是一个太太，我不如你唱戏，自由自在。"宋桂芳道："又要发牢骚了。咱们躺着烧烟吧。"

说时，宋桂芳也脱了长袍子，和冯太太对躺在床上烧烟。宋桂芳道："你说唱戏好吗？人家的扇子不停手。我们要穿几层衣服在台上跳。人家冷得在屋子里守着火，我们还得脱衣服上台。那个苦，也就够受了。像我呢，是一个名角儿了，一个月也不过挣个几百块。像那些当零碎和跑龙套的，一天拿几十个铜子，吃饭都不够，那也有意思吗？你们当太太整万的家私，一点儿事儿不用做，还是茶送到口，饭送到手，那不好吗？"冯太太道："有钱算什么？我们在这青春年少的时候，不能趁心趁意乐一乐，给人家老头子做姨太太，就像坐牢一般啦。一个人坐了牢，有钱又有什么用处？人家总喜欢上游艺场，上公园，我就怕去得。为什么呢？看了红男绿女成双作对，自己也要惭愧。就是从前，戏我也不去听的。老头子约我几多回，我才敷衍一次。后来老头子走了，我听了你几回戏，就和你认识了。"说到这里，笑了一笑。放下烟签子，将手指头在宋桂芳额角上一戳，说道，"是你那回反串小生，公子落难，怪可怜的。也不知什么缘故，我痴心妄想，就真把你当了那个公子。嘻！可惜你也是个女子，不然！我们两人倒对劲儿，难得你看得我的心事出，常到我这里来陪我谈谈。又蒙你费了许多的事，引我到你家里去了几回。但是这种事，我实在提心吊胆，生怕让人家知道。"说毕，又长叹了一口气，说道，"你看见我极力拍金大爷的马屁吗？他就是我们老头子托了的，叫他管着我呢。他是一个花花公子，这些路子，他没有不熟的，到你家里去一两回，不要紧，去得多了，是瞒不过他的，以后还是不去好。反正你是一个女孩子，你一个人和我来往，他们随便怎么疑心，也疑心不出什么来，还是你到我这儿来吧。"宋桂芳道："你们老爷回来了，我还能来吗？"冯太太道："只要他不把那一位带来，你就能来。"宋桂芳笑道："你不要瞎说了，你们老爷来了，我一个姑娘家常跑来，算什么一回事？"冯太太道："那也不要紧，有男子的家里，姑娘就不能来吗？你别在我这里住下就是了。"

55

两人正在说话，仿佛听到隔壁屋子里，一阵电话铃响。冯太太道："咦！这时候，谁有电话来？我们谈了这久，老妈子大概都睡了，让我自己接去。"说毕，丢了烟签子，顺手在衣架上拿了一件斗篷，披在身上，趿着棉鞋，便去接电话。那边说："你是冯宅吗？请冯太太说话。"冯太太道："你贵姓，我就姓冯。"那边说："您就是冯太太吗？我姓宋。我家姑娘，现在还在您公馆里吗？要是在这里，叫她来说话。"冯太太将耳机搁下，便叫宋桂芳来接电话。宋桂芳道："我躺着呢，我妈有什么话，就叫她对你说吧。又刮风，又下雪，反正这个时候，我也不能回去。"冯太太信以为真，便又拿着耳机问道："你是宋大妈吗？桂芳说她躺着懒得起来，有什么话就对我说吧。"那边说："她睡了吗？那可不成，她今晚上务必回来。"冯太太道："有什么要紧的事吗？"那边说："有三百多块钱的行头钱，她约了明天一早就给人家呢。她倒好，没事似的，一睡睡到十二点回来，要钱的来了，我怎么办？劳您驾，催她回来吧。"冯太太觉得这问题太大了，便叫了宋桂芳自己来接话。宋桂芳先和她妈歪缠了一会儿，随后又说："听便怎么样为难，今天晚上，我不能回家了。要钱的不是明天早上到咱们家来吗？明天早上，我就回来见他们，这也没有什么了不得吧？"说毕，一噘嘴把耳机挂上，二人重到房里来烧烟，宋桂芳却是一言不发，呆在床上。

冯太太看着，忍不住要问。便道："是哪里的行头钱？"宋桂芳道："别提了，越说叫人心里越着急，今天晚上，还是好睡一晚，明天一早回家，和他们拼去。"冯太太道："一下就要拿出三百块钱来吗？"宋桂芳道："可不是？恐怕还不够呢，我原不敢做这些行头，因为你对我说了，金大爷准给我邀一场牌，我想金大爷绝不推辞的，以为这个钱总有指望，所以把想做的东西就做下了。现在金大爷不肯帮忙，我想你也是没有法子，我只忍在肚里，不肯对你说，省得你为难。"冯太太在床上坐了起来，在烟卷筒子里，取了一根烟卷，就烟灯上点了。两个指头夹着烟卷，放在嘴边，深深地吹了两口。然后喷出烟来，一支箭似的，射了出去。眼睛看着烟慢慢散了，复又吸起来。这样两三回之后，她突然对宋桂芳道："钱呢，我手边下倒有几个。不过这个月，花得太多了，已经过了三千了。我现在若不收束一点子，将来老头子一回京来查账，我是不得了。但是多的也花了，省个三四百块钱，也无济于事，这个忙，我一定可以帮你的。只是愁着这笔总账，不容易算。"宋桂芳道："你们老爷很喜欢你的，他回来了，你多灌他几回米汤，他就可以不算账。"冯太太笑道："我也喜欢你，你怎么不灌我的米汤哩？"宋桂芳道："女子对女子，有什么米汤可灌？"冯太太道："怎么没有？"于是轻轻地对宋桂芳耳朵里说了一遍。至于她究竟说些什么，下回交代。

第六十四回

已尽黄金曲终人忽渺
莫夸白璧夜静客何来

　　却说宋桂芳问冯太太，要怎样才能女子灌女子的米汤。冯太太便对宋桂芳耳朵里，轻轻说了两句。宋桂芳对冯太太笑道："这有什么不成？妈，我这里给你磕头了。"宋桂芳说毕，果然磕下头去。冯太太叫了一声"哟"，连忙将宋桂芳扶起，笑着说道："你真做得出来。我给你说着玩，你真拜起来了。"宋桂芳笑道："认干儿子干姑娘，先都是说着玩的，哪有真要做大人的呢？认是认了，可是认姑娘没有白认的，你得给点儿赏钱啦。"冯太太笑道："没有什么赏钱，晚上带着小姑娘睡，给点儿乳水小孩子吃，解解饿吧。"宋桂芳笑道："成，我也只要吃一点儿乳水就成了。"宋桂芳这一阵恭维，恭维得冯太太真个喜欢起来。让冯太太将大烟抽完，宋桂芳索性装作了女儿的样子，和冯太太一头睡了。

　　到了次日早上，想尽法子，把冯太太弄醒，说道："干妈，我要走了，你说的那话，怎么办？"冯太太笑道："我既然答应了你，还能冤你吗？"于是将散着蓬蓬的头发，理了一理，披了一件衣服起来，就打开箱子，取了三叠钞票，交给宋桂芳。宋桂芳远远地对箱里碰了一眼。说道："妈，你老人家情做到底，在那二叠上，还分一半给我吧。"说时，用手对那箱子里一指，冯太太笑道："你这孩子，有点儿不知足吧？"宋桂芳道："你老人家再给我几十块，若是金大爷给我打牌，那个钱我就不要了。"说时，宋桂芳顿着脚，扭着身子，噘着嘴，只是发出哼哼的声音。冯太太对于她老爷，也是这样撒娇惯了的。可是宋桂芳对她一撒娇，她也是招架不住。便又在箱子里，拿了几十块钱给她，共总一算，倒有三百五六十块。宋桂芳接了钱，给冯太太请了一个安，就回家去了。

她去后，冯太太倦得很，往被服里一钻，又睡着了，一直睡到下午三点钟，方才起床。冬日天短，梳梳头，洗洗脸，天已黑了。于是又抽了两口烟，便在电灯底下吃早饭，正吃饭，金大鹤来了。冯太太依旧吃饭，没有起身。金大鹤自己在她对面坐了，笑道："今天的饭很早，吃了饭，打算上哪儿去？"冯太太笑道："这是早饭，不是晚饭。"金大鹤道："什么，今天闹到这时候吃早饭，昨晚上没有睡吗？"冯太太笑道："和我干女儿闹到四点多钟才睡，你想，白天怎得起来？"金大鹤道："哪个干女儿？"冯太太道："你说还有谁？"金大鹤笑道："是宋桂芳吗？那倒巧，她有一个年轻的干爸爸，现在又有一个年轻的干妈了。"冯太太正用筷子夹了一片风鸡，要送到嘴里去，听了这话，筷子夹着菜悬在半空，连忙就问道："谁是她的干爸爸？我怎样不知道？"金大鹤看了一看冯太太的脸色，摇摇头，笑道："你两个人感情太好，我不能告诉你，伤了你两人的感情。"冯太太这才吃着菜，扒着饭，随随便便一笑，说道："我们有什么感情？叫干妈也是好玩罢了。漫说她不是我的女儿，就是我的女儿，我也不能禁止她拜干老子啦。"金大鹤点着脑袋笑道："你两人仅是干亲，那倒罢了。"冯太太便又停着了碗筷，对金大鹤一望，问道："不是干亲就是湿亲了。我问你怎样的湿法？"金大鹤笑道："你别着急，我也没说你是湿亲啦。我的意思，以为你们不应该称为干儿干母，应该称为干夫干妻才对哩。"冯太太鼻子里哼了一声，冷笑道："干夫妻就是干夫妻，怕什么？你不服气吗？"金大鹤道："笑话！我为什么不服？因为这样，所以你问她的干老子，我不能告诉你。"冯太太道："一个坤伶决计不止一个人捧她，别人在她头上花钱，我知道是有的。但是说她拜了别人做干老子，我可没有听见说。"

金大鹤且不作声，在皮匣子里取出一根雪茄，一个人斜坐着抽烟。冯太太道："你说那人是谁？"金大鹤道："你已经表示不相信了，我还说什么？"冯太太道："你果然说出真名实姓，有凭有据来，我当然相信。"金大鹤慢慢地喷出一口烟，笑道："自然有名有姓，难道凭空指出一个人，说是她的干爸爸不成？"冯太太道："你说是谁。你说！你说！"说时用两只胳膊摇撼着桌子。金大鹤互抱着两只胳膊，昂着头，衔着雪茄，只是发微笑。冯太太用筷子在桌上夹了一块残剩的鸡骨，往金大鹤脸上一扔。说道："说呀！耍什么滑头？你再要不说，我就疑心你是造谣言了。"金大鹤道："你真要我说，就说了，你可别生气。"冯太太道："你说得了，绕这些个弯子做什么？"金大鹤道："你在包厢里，天天对池子里望着，不见第二排有个小胡子吗？"冯太太道："不错，是有那样一个人。他是谁？"金大鹤道："他叫熊寿仁。可是因为他老子的关系，那样的漂亮人物，却得了一个极不好听的绰号。因为他父亲绰号狗熊，他就绰号小狗熊。父子一对，都是嫖赌吃喝的专家。此外他还有一门长处，就是能花钱捧角。捧起角来，整千地往外花。宋桂芳是一个刚刚红起来的角儿，添这样，添那样，哪里不要花钱。现在有这样一个肯花钱的人捧她，她哪有不欢迎之理？在一个月前，她就常和熊寿仁在一处盘桓了。其名说是拜小熊为干爸爸，可是她并没有这样叫过一句。"

冯太太听了，虽然有些不高兴，可也不肯摆在面子上。便笑道："她靠唱戏，能弄几个钱，有人这样替她帮忙，我也替她欢喜。"金大鹤道："我没有说完啦，说完你就不欢喜了。小熊这个人虽肯花钱，可是大爷的脾气，很厉害。他要在谁头上花钱，谁就要听他的指挥，受了他的捧，又要受别人的捧，那是不成的。他早知道宋桂芳和你很好，因为你是位太太，他没挂在心上。可是他因宋桂芳常在你这里住下，总不放心。听说他已经和宋桂芳说过，不许她再在你这里住。宋桂芳不能不答应，因为一刻儿和你就断绝关系，不好意思，叫小熊给她一个限期，她要慢慢丢开你哩。"冯太太鼻子哼了一声，冷笑道："你不用在我面前玩戏法子，你大概碰了她的钉子，就在这中间挑拨是非，对不对？"金大鹤道："我说了不必告诉你，你一定要我告诉你。现在告诉了你，你倒说我挑拨是非。我反问你一句话，你就明白了。这几天，她和你要钱没有？"

冯太太见他问得很中关节，倒是心里一跳。却依然放出镇静的样子，笑道："问我要钱了，怎么样？"金大鹤道："大概开口不少吧，给了没给？"冯太太不愿意往下说了，便道："你怎样知道她和我要钱，而且开口很大？"金大鹤道："她要了这回，就要不到第二回了，怎样不大大地开口？"冯太太不能再吃饭了，将碗筷推在一边，拿一只手撑着头，望金大鹤呆了一会儿。金大鹤道："我这话说得对不对？我看你这样子，钱都给她了。不给她呢，她还要敷衍敷衍你。你这一给了钱，我刚才说慢慢丢开你的话，恐怕都办不到，简直就要断绝关系了。"冯太太道："你说得这样厉害，你是听见谁说的？"金大鹤道："和那小熊跑腿的人，有一个也常常跟着我一处混。因为他和小熊借两次钱没有借到，昨晚上在戏园子里遇见我，将我拉在一边，他告诉我说，小熊是天津一家戏园子里的股东，已经和宋桂芳约好了，叫她到天津去唱戏。宋桂芳挣的包银，是宋桂芳的，小熊跟着她到天津去，供着她的吃喝穿。宋桂芳的母亲，走是让她走，要她先拿出一笔安家费。她因为要大大地敲小熊一笔钱呢，这安家费不愿和小熊要，打算出在你头上，那个人要见好于我，所以把这话对我说了，好让我们防备着呢。"冯太太道："据你这样说，这事竟是千真万确的了。"金大鹤笑道："那我不敢说，你瞧吧。"冯太太一想昨晚上宋桂芳要钱那种样子，实在可疑。把金大鹤这话，合并起来一看，竟有几分真了。便道："你说她要到天津去，这话倒有些像。在一个礼拜以前，她曾说过，天津有人请她去做台柱。不过后来我问她，她又含糊其辞了。"金大鹤道："那个时候，大概就打算和你要钱了。说明了，怕你不给钱呢。"冯太太越想越疑，便进房修饰了一番，和金大鹤同到荣喜园去听戏。

冯太太且不进包厢，一直便上后台。天天宋桂芳来得挺早的，今天只剩一出戏，就要上台了，还是没来。一直等了十几分钟，才见她拥着斗篷，推开门匆匆往里一闯。她一见冯太太在后台，笑着说："今天你倒比我早。"说毕，一面脱下长衣，就去扮戏。冯太太本想问她一两句话，一来因为此处人多，怕人听见了。二来又怕她并无上天津去的意思，糊里糊涂一问，未免有伤感情，依旧还是忍住了。她对镜子在擦粉，冯太太站在身后，对着镜子里问道："今天晚上散了戏，还到我那里去吗？"宋桂芳刚要对镜子里点点头，又变作想摇摇头。头刚摇了一下，于是说了三个字："再说吧。"冯太太是有心的人，看她这种情形，果然认为她变心了。也就坦然置之，不再追问。戏毕也不上后台了，就叫金大鹤把汽车送回家，要看宋桂芳究竟怎样。

不料这天晚上，宋桂芳果然就没来陪她烧烟。冯太太一想，拿了我的钱去，马上就不来，其情可恼。我们虽同为女子，但是我爱你的程度，在爱男子以上，你这样待我，那完全是骗我的钱了。想到这里，便将自己的存款折，仔细算了一算。自从结合金大鹤捧宋桂芳以来，前后不到两个月，足花了二千五六百元。当时用钱只顾痛快，没有计算到一切利害，而今一想，那些钱花了，买不到人家一点儿好感，算是白花了。若是换过来说，将这些钱用在一个男子头上，那男子对我，当如何感激呢？常言道得好，婊子无情，戏子无义，一点儿也不错。转身一想："金大鹤说的话，也不能有一句信一句，也许宋桂芳拿了钱去，碰巧有事不能来。"因此又慢慢想开。

到了次日下午，接到金大鹤的电话，说是荣喜园今天回戏了。我在电话里打听了一下，说是宋桂芳走了呢。冯太太听了这话，气得身上发抖。呆了一会儿，还不放心，又亲自打一个电话到荣喜园去问。那里前台的人，票房以至看座儿的，没有不认识冯太太的。听说是冯太太来的电话，便把实话说了。说是宋桂芳脱离了这里的班子，又带了几个人走，今天不能开演了。冯太太这才死心塌地，将原谅宋桂芳的意思，完全抛去。走回卧室，点了烟灯，倒上床去烧烟。除了吃两餐饭，连房门也不出，只是睡在床上。一睡两天，什么事也没问。

金大鹤见她两天没出头，又亲来访她；走进房，只见她披着一把头发，梳的发髻都拖到背上来了。再看她穿了一件小毛皮袄，只是披着，没有扣住纽扣，露出里面的对襟红缎小紧身儿。金大鹤笑道："怎么着？这时候，还是刚起来吗？"冯太太道："我这两天睡也睡得早，起也起得早，哪是这时候起来，不过没有出房门罢了。"金大鹤道："宋桂芳到天津去的事，你打听清楚了吗？"冯太太道："打听什么？我无非花几个钱，可是这样一来，我倒看破了，世上人除了自己，是没有可靠的。以后我也不出去了，也不要交朋友了。"金大鹤笑道："你所说的不交朋友，是单指不交女朋友？还是男女朋友都不交？"冯太太道："女朋友都不要，还要男朋友做什么？"金大鹤道："你这话，在男子口里说出来，还可以。在女子口里说出来，恰好是相反。"冯太太道："怎么样相反，我不懂。"金大鹤看床上点着烟灯，伸了一个懒腰，歪身倒在床上烧烟，笑道："若把宋桂芳换个男子，你花了这些钱，就不至于是这样的结果。"冯太太道："呸！不要我骂你。"金大鹤一跃站起身来，扶着她的胳膊，笑道："快梳头去吧。梳了头，我们一块儿瞧电影去。"冯太太将金大鹤的手一推道："为什么这样拉拉扯扯的。以后无论有人没人，你少和我闹。"金大鹤道："哟！宋桂芳不来了，你也

62

讲起规矩来了，你不愿我在这里，我就走。"说时一伸手就要去掀帘子。冯太太道："你瞧，烧了我挺大一个泡子，又扔在那里了，你好好把那个泡子抽了，我才让你出去。"金大鹤道："我不要抽，我烧给你抽吧。"

这句话刚说完，陈妈进来说，有人打电话找金大爷。金大鹤道："怪呀，谁知道我在这里，就打电话来找我。"陈妈道："他说姓胡。"金大鹤这就知道是富家驹打来的电话，便去接话，问有什么事？富家驹道："我请你打牌，你来不来？"金大鹤道："是替晚香玉打牌吗？你在哪个地方开房间？"富家驹道："不开房间，就是她家里。"金大鹤道："她家里吗？那个小屋子挤得实在难受，我不能来了。"富家驹道："我们这是打小牌，抽不了几个头钱，再一在旅馆里开房间，人家落什么呀？"金大鹤笑道："你真会替晚香玉打算盘，我看她又怎样地报答你。"富家驹一再地在电话里要求，说是临时找人，东不成，西不就，无论如何，你得来一趟。金大鹤推辞不掉，挂上电话，也不进冯太太的房，只隔着门帘子说了一声"明儿见"，就坐了汽车到晚香玉家来。

这个地方，本来是一所冷静的胡同，街灯非常稀少，恰好这天晚上电线又出了毛病，黑黢黢的，只是在星光之下，看见一路矮屋子。金大鹤只和富家驹白天里来过一回，哪一家是晚香玉家，竟记不起来。便叫汽车夫停住车子，敲门去问一问。汽车夫更有主意，将喇叭一按，呜呜响了几声。一会儿工夫路南呀的一声门开了，由门里射出一道黄光来。只见一个人手上捧着一盏玻璃煤油灯，探出半截身子来。那人将一只手掩着灯光，对汽车望了一望。自言自语地道："是的吧？"这边汽车夫就问道："劳驾，哪儿是田家？"那人听说，捧着灯，直走到胡同外面来，说道："这里就是，这是金大爷的车子吗？"金大鹤眼尖，早望见是晚香玉跟包的，便跳下汽车。那人道："您啦，今天这胡同里黑，我照着一点儿吧。"于是侧着身子举着灯往前引导，金大鹤就跟着一盏灯走。

走进院子，只见左右摆着两个白炉子，上面放着拔火罐子，那浓烟标枪似的，直往上冲。下手厨房里灯火灿亮，两三个人，在那里忙得乱窜。上面那间房子里，一片笑语声，那跟包的喊道："金大爷来了。"晚香玉的娘田大妈，早已将风门打开，先哈哈地笑了一阵，说道："我说怎么样？我说是大爷来了不是？我们这穷胡同，还有什么人在这儿按喇叭。哎哟！大爷，您仔细点儿，这屋子可没你们家茅房那样平整。又没个电灯汽灯，漆黑漆黑的，您瞧不见吧？"金大鹤道："不要紧，不要紧。"一句未了，只听见当郎扑通两声响，倒吓了一跳，连忙停住脚，问道："怎么了？"屋子里早有人接着笑道："你可仔细一点儿，她这里满地下都安下了机关，你别像白玉堂一般，走进铜网阵去。"田大妈笑道："我的大爷，你进来吧，没什么，这又是他们刚才搬炉子添煤球，把簸箕水壶，扔在路头上，没有收好。"金大鹤一面走进屋里一面笑道："富大哥太不会办事了，怎么不送田大妈几盏电灯点点。"富家驹道："我不知道金大爷赏光，肯到这地方来，若是知道，我早就在这里安上电灯了。"

金大鹤走进屋子，只见富家驹、殷小石、任黄华三人，围着铁炉子向火。屋子中间，斜摆着桌子，配着椅凳，正是等人打牌的样子。金大鹤笑道："瞧这个样子，竟是局面都成了，只差我来呢。"正说话时，忽然有一样东西，往嘴里一触，回过头一看，却是晚香玉含着笑斜站在身畔，拿了一根烟卷在嘴上一碰，说道："大爷，请抽烟。"说毕，擦了一根火柴，给他点上。金大鹤俯着身子，就着火将烟吸了，笑道："劳驾，田老板。"说时见她穿了一件枣红色的旗袍，细条的腰身，短短的衫袖，短短的领子，头分左右，挽了双髻，在后看去，露出那脖子上的短发和毫毛，乱蓬蓬地，有一种自然美。金大鹤喝了一声彩，笑道："今晚上更美了。你们同行，穿着男子的长衣，戴上男子阔边呢帽，把一种曲线美，完全丢了，我就反对。像你这种打扮，多么好。"晚香玉啐了金大鹤一声，说道："什么曲线直线，别让我骂你。"金大鹤对着富家驹道："你问问你大哥，有这句话没有？这'曲线美'三个字，是不是骂人的话？"富家驹笑道："你那张嘴，真是不能惹，又骂到我头上来了。"金大鹤本是站在晚香玉面前，于是执着她的手问道："有这个好妹妹，你还不要吗？据我看她未必愿要你做她的哥哥呢。"晚香玉道："你们说话，干吗拿我开心？"说着将一根火柴，按在火柴盒子磷片上，用一个指头儿一弹，弹到金大鹤脸上来，说道："我烧你的眉毛。"金大鹤身子一闪，便要抓住晚香玉，田大妈却捧了一杯热茶，送到金大鹤面前，说道："您喝茶吧，别小孩子似的闹了。富大爷他们等您半天了。"

她一面说着，一面笑着，周旋得金大鹤坐下，早就在桌上蒙了毡子，端出一盒麻雀牌哗啦啦向桌上一倒，于是用手将牌搅动了一番，说道："快动手吧，别挨了，恐怕又要闹到夜深散场。"晚香玉也就走到富家驹身边，将他衣服一扯道："先是老埋怨金大爷不来，这会子人家来了，你又坐着不动，是怎么一回事？"富家驹便道："来吧，来吧，我们来吧。"于是和着任黄华、殷小石、金大鹤三人坐下打牌。晚香玉就端了一个凳子，坐在富家驹身后。任黄华正坐在对面，偏着头，用眼光自桌面上向这边看来笑道："好意思吗？我们都是单的，就是你那边是双的。"晚香玉道："你们一样有相好的朋友，若嫌一个人，我们可以请来。"田大妈在一边笑道："你这孩子不会说话，任先生要你看牌，你就坐过来给他看牌得了。"她说了这句话，听厨房里刀勺碰着响便出去。金大鹤在桌子犄角边和任黄华头就头地说道："怎么回事，今天这种情形，竟是开了禁了。"任黄华对富家驹一努嘴，笑道："要不然，为什么这样竭诚报效。"金大鹤道："报效后的程度，到了什么地步，你知道吗？"富家驹将手上的牌，敲着桌子道："打牌，你们说什么，要公开说的，不许这样私下瞒着说鬼话。"任黄华和金大鹤，彼此都对着富家驹一笑，也不往下说什么。任黄华问晚香玉道："你到富大爷家里去过没有？"晚香玉道："没有。"任黄华道："嘿！那房子真好。最好的又要算是大爷那间住房。据他们老太爷说：娶第一个儿媳，总得大大地热闹一番。新房免不了有许多人来看，自然也要办得十分美丽，我想你虽没有看过，大爷一定也对你说了的。"晚香玉道："他没有对我说过。他的住房好不好，我管得着吗？"任黄华道："你管不着，谁管得着？"晚香玉挺着脖子道："别拿我开心了。我们是什么东西，配吗？"又扭头一笑。任黄华道："你别生气，我有证据的。"便对富家驹道："老富，我问你，依托我做媒没有？"富家驹皱眉道："哪里来的事？你还是打牌，还是说笑话？"大家哈哈大笑起来，他们一面打牌一面闹着玩，非常地热闹。

这个打牌的意思，并非是论输赢，也不是消遣，第一个目的，就是给晚香玉抽头，因此四圈牌打下来，就有二百多块钱头钱了。田大妈不时地在桌子前后绕来绕去，便说道："先吃饭吧，吃完饭再打，就有精神了。"金大鹤道："我不能再打了，还有事呢。"大妈道："早着呢，忙什么？"金大鹤掏出金表来一看，说道："咦！这就十二点了。"田大妈道："您那表一定不准，我看还不过十一点吧？你要有事，吃饭后只打四圈吧。"金大鹤道："照你这样说，打四圈还是最少的数目啦。"田大妈笑道："可不是？求神拜佛的，好容易把诸位老爷请了来，总要大大地热闹一番，您给我们菊子多做两件漂亮行头，才有面子。"殷小石便拍着晚香玉的肩膀道："菊子，这是你的小名吗？"于是学着戏腔，唱着韵白道："好一个响亮的名字哟。"晚香玉举起拳头来，做要打的样子，说道："我揍你。"任黄华金大鹤不约而同地叫好，说道："这可真是演《梅龙镇》啦。"

大家正闹之际，酒菜已经摆上，虽然是晚香玉家里办的菜，可是叫了山东厨子在家里做的，所以酒席是很丰盛。席上有一碗烩割初，又多又鲜又嫩。金大鹤拿着勺子舀着往嘴里送，便将嘴唇皮拍着板，研究那汤的后味。笑道："这厨子不错，我们得叫他到家里去做两回吃吃。"殷小石道："不但味好，而且多。我们上山东馆子去吃这样菜，若是有七八个人，一个人一勺子就完了，真是不过瘾。"任黄华道："这是杀鸡的时候，脖子里流出来的血，很不容易多得的。若是一碗割初，给你盛得多多的，他要杀多少鸡呢？"金大鹤将勺子在烩割初的碗里搅了一搅，说道："这一碗割初不少，似乎不是一只鸡的。"田大妈正站在桌子一边点洋烛，说道："我知道您几位都喜欢这个，所以叫厨子多做一点儿，这是五只鸡做的呢。"金大鹤道："您太花费了。"说毕，又对富家驹伸了一伸大拇指。富家驹见田大妈如此款待，心里越发是得意。觉得头钱少了，自己也有些不好意思。因此最后四圈牌，头钱越发多，竟抽有三百多元。富家驹本来也赢了几十块，益发凑在里面，于是八圈牌一共抽了六百元的头钱。这样一来，田大妈自然是乐不可支。

金大鹤殷小石都有汽车，停在胡同口上，打完了牌，让车子开进来，各人坐了车子要走。任黄华殷小石却是同路，便搭他的汽车去了，这里只剩下富家驹一个人。富家驹道："我这车夫，也不知道到哪里去了，田大妈给我雇一辆车吧。"晚香玉正站在他身边，听见他说，暗暗地将他的衣服，牵了一牵。富家驹会意便不作声了。田大妈到厨房里去，看着厨子收拾碗碟，他们的老妈子也在外面屋子里收拾东西。晚香玉沏了一壶好茶，便陪着富家驹在里面屋子里喝。富家驹道："刚才你为什么不让我雇车走。"晚香玉道："沏了这一壶好茶，您喝一碗。"富家驹道："就是这个吗？"晚香玉道："今天因为你们来，把我父亲都赶起走了。他预备了一点儿好烟膏，我给你烧两口玩玩，好不好？"富家驹道："我不会那个，算了吧，我倒

66

是要洗澡去。"晚香玉道："什么时候了？哪里去洗澡。"富家驹道："到饭店里开一个房间去，就可以洗澡了。"晚香玉道："为洗澡去开房间，那不花钱太多了吗？"富家驹道："这种办法，做的人很多，那算什么。"晚香玉笑道："有钱的大爷，不在乎吗？"富家驹笑道："你也去洗个澡，好不好？"晚香玉红了脸道："胡说！"

富家驹见她所答的话，那样干脆，与自己原来预想的情形，大相径庭，不免大为失望。于是取出一支烟卷来，擦了火柴吸烟，默然坐在那里。晚香玉偷眼一看，斟了一杯茶，放在他面前，笑道："干吗？想什么心事？"富家驹笑道："我不想什么心事，我也想不出什么心事。"晚香玉将一个指头对富家驹的额角，戳了一下，笑道："你怎么这样死心眼儿，你想，就在今天这一场牌之后，说出这句话来，不是太……"晚香玉说到一个"太"字，就不能往下说了。富家驹正要追问时，田大妈已经进门来了。富家驹道："我的车夫来了没有，我等着要回去了。"田大妈道："倒是有两点钟了，车夫还没来呢。"富家驹不愿等，自己穿上大衣，便走出门来了。胡同口上，停了一辆汽车，却也没有留意。富家驹一想这个时候回家，捶门打壁，惊醒家里许多人，很是不便。好在到惠民饭店很近，就在那里开一个房间睡一晚吧，就此倒真可以洗个澡。主意想定，便一直到惠民饭店来。这饭店里茶房迎上前来，笑道："大爷，您就只一个人吗？"富家驹道："一个人，天晚了回不了家，只好来照顾你们了。"

富家驹正在夹道上走着，只听见有一个人叫了一声茶房，这声音非常熟悉。那人不是别人，正是晚香玉。富家驹一想道："奇怪？她居然追着来了吗？我且别让她找着，先躲一躲，看她怎么办。"于是将身子一闪，藏在一扇木屏风后。那里正是茶房的休息所，听候叫唤的。只听晚香玉问道："今天掉到哪间屋子去了？"一言未了，有一个人答应道："这儿这儿，怎么这时候才来？"又听见晚香玉道："我不是早已说了，今天许来得很晚吗？"说了那话，接上听见砰的一声，关了一扇门。这茶房看见富家驹突然藏起来，也莫名其妙，不便作声。这时富家驹走到屏风外来，自言自语地笑道："我还以为是熟人，躲着吓她一吓，原来不相干。"茶房笑道："这人大大有名，提起来，富大爷就知道了。"富家驹道："提起来就知道？这是谁？"茶房道："唱戏的晚香玉，您不知道吗？"富家驹听了这话，宛如兜胸中打一拳，十分难过。但是在表面上，依然持着镇静。笑问道："这夜半更深，到这儿来做什么？"茶房微笑了一笑，也不作声。富家驹因要侦查他们的情形，就叫茶房紧间壁开了一个房间。轻轻地问道："间壁住的这个人，是做什么的，你知道吗？"茶房轻轻地答道："是一个镇守使呢。打湖南来，还不到两个月，在晚香玉头上，恐怕花了好几千了。"富家驹道："他叫什么？"茶房道："名字我可不很清楚，只知道他姓马。"富家驹道："他叫晚香玉来，今天是初次吗？"茶房道："不，好几天了。"说毕，昂头想一想，笑道，"大概是第四天了。"富家驹听了这一套话，心里真是叫不出来的连珠苦，在浴室里先洗了一个澡，然后上床才睡。但是心里有事，哪里睡得着？睡了半天，又爬起来打开房门。在夹道里张望张望，见茶房都已安歇了，走近隔壁的房间，便用耳朵贴门，听了一阵。那里虽然还有一点儿叽叽咕咕的声音，但是隔着一扇门，哪里听得清楚，空立了一会子，无精打采地回房，清醒白醒地睡在床上，自己恨晚香玉一会儿，又骂自己一会儿，一直听到夹道里的钟打过四点才睡着了。

第六十五回

空起押衙心终乖鹣鲽
不须京兆笔且访屠沽

富家驹次日醒来，已是十一点钟，洗了一个脸，茶也没吃，慢慢地就走出大门。只见田大妈坐了一辆人力车迎面而来，富家驹见了她，她却没有看见富家驹。车子到了饭店门口，就停住了。田大妈给了车钱，开步就要向里走。富家驹忙叫住道："田大妈，这样早到饭店里来找谁呀！"田大妈一回头，看见富家驹，脸上立刻变了色，红一阵，白一阵，张口结舌地说道："大爷你早呀，在哪儿来？"富家驹微笑道："昨晚上我没回去，住在这饭店里，刚才起来呢。"田大妈道："我说呢。昨天晚上太晚了，回不了家，这可真对不住。"富家驹笑道："是我懒得回去，不是不能回去，也没有什么对不住。田大妈这时候来了，到饭店里找谁？"田大妈道："上海来了一个人，要请我们姑娘到上海去，我去回断他呢。"富家驹道："这是好事呀，回断他做什么？"田大妈道："咳！话长，再谈吧。"田大妈说完这话，匆匆忙忙，就进饭店去了。

富家驹在街上雇了一辆车，垂头丧气地回家。一进房门，就见钱作楫留了一个字条在桌上。拿起来一看，上面写道："老富，昨晚上乐呀，这时候还没回来。钱留字。"富家驹也不知道心中火从何处而起，一把就将它撕了，扔在地下，便倒在床上，摇着两只腿想心事。听差走进房来说道："后面杨先生说了，您回来了，请您到后面去坐坐。"富家驹正也没了主意，和杨杏园谈谈解闷也好，便走到后面来。只见杨杏园捧着一本英文书，躺在沙发椅上看。富家驹道："杨先生还是这样用功。"杨杏园将书一扔，笑道："我很有到美国去玩一趟的野心，所以几句似通非通的英文，总不时地温习一两回，以备将来出洋应用。其实这倒是妄想了。我要是能和贤昆仲掉一个地位，我这个希望，就不成问题。可是天下事就是这样，想不到的难于登天，想得到的，反而看作平常。"富家驹心虚，生怕杨杏园绕着弯子说他，未免脸上红了起来，笑道："这些日子，我实在荒谬极了，学校是没有去，钱倒花得不少。从今日起，我要改过自新了。"杨杏园笑道："你怎样忽然觉悟起来了？"富家驹叹了一口气道："咳！我到今日，才觉得娼优并称，实在是至理。把爱情建筑在金钱上，那完全是靠不住的。"杨杏园道："我看你这样子，定受了很大的刺激，何妨说出来听听。"富家驹道："我真不好意思说。因为杨先生劝我多次了，我总是不觉悟。"杨杏园笑道："这样说，大概是晚香玉的事了。她有什么事对你不住吗？"

富家驹也不隐瞒，就将自己昨夜在晚香玉家打牌，和在饭店里碰到晚香玉的事，一一说了。杨杏园笑道："你这弄成了偷韩寿下风头香了。"富家驹道："说出来，杨先生或者不肯信，连这个偷字，我都是不能承认的。我想，我昨晚倒住在上风，可是晚香玉的香味，倒在下风头了。"杨杏园不觉触起他的旧恨，长叹一声道："都道千金能买笑，我偏买得泪痕来。老弟，你能觉悟，花了几个钱，那不算什么！以后还是下帷读书吧。像你这样年轻，前途大有可为。在花天酒地里，把这大好光阴混了过去，岂不可惜？不是你自己说破，我也打算劝你一番。现在你已在情场上翻过筋斗，这话，我就不用得说了。"富家驹道："杨先生常常看佛书，要怎样入手，一定知道。像我们从来没有研究过佛学的人，也能看佛书吗？"杨杏园笑道："何至于此，受这一点儿激刺，你就看破红尘了吗？老实说，佛家这种学说，把世事看得太透彻了，少年人看了，是要丧元气的。"富家驹道："那么，杨先生为什么看佛书呢？"杨杏园道："我是老少年了。你我何可并论？况且就是我许多地方，也未能免俗，这佛书算是白看了。我以为倒不必看佛书，就是把你所研究的功课，设法研究出一些趣味来，那些牢骚，自然也就会丢掉的。"富家驹道："从今天起，我要把功课理一理了。况且不久就要年考，真要闹个不及格，那倒是笑话。"杨杏园笑了一笑，也没有说什么。

在这一天下午，杨杏园接到李冬青一个包裹，里面是几件衣服，要杨杏园转交给史科莲的。杨杏园便打了一个电话给史科莲，问道："衣服是送过去，还是自己来取？"史科莲说："自己来取，请明天上午在家候一候。"到了次日，史科莲果然来了。杨杏园道："年考近了，密斯史，还有工夫出门？"史科莲道："嗐！不要提，为着一个同学的事，忙了四五六天，还是没有头绪。"杨杏园笑道："大概也是一个奋斗的青年。"史科莲道："从前也许是奋斗的青年，现在要做太太了。"杨杏园道："这一定是很有趣味的事，可以宣布吗？"史科莲笑了一笑道："我想不必我宣布，杨先生也许知道，因为这事已经闹得满城风雨了。"杨杏园道："是了，仿佛听见人说，贵校有个学生，好好地跳楼，就是这个人吗？"史科莲道："正是她。"于是把蒋淑英和洪慕修一番交涉，略略说了一遍。又说："蒋淑英为洪慕修的交涉跳楼，她跳楼之后，还是到洪家去养病。她的情人张敏生，因为和我见过两次面，麻烦极了，天天来找我，叫我给他邀密斯蒋见一回面。我本想不理他，但是我看他实在受屈，所以曾去见了密斯蒋两次。真是奇怪，那密斯蒋住在洪家，竟像受了监禁，一切都失却自由，我真替她不平。"说时，脸也红了，眉毛也竖了，好像很生气似的。

杨杏园笑道："早就听见密斯李说，密斯史为人豪爽，喜欢打抱不平，据这件事看起来，真是不错。"史科莲道："并不是我多事。密斯蒋和我相处很好，差不多成了姐妹了。我见她被那个姓洪的软禁，非常地奇怪。我们既没有写卖身字纸给人，这个身体总是我自己的。为什么让人困住家里，不能出大门一步呢？"杨杏园道："北京是有法律的地方，那姓洪的把密斯蒋关在家里，那和强盗差不多，是掳人绑票。可以叫那姓张的，以密斯蒋朋友的资格，告姓洪的一状。"史科莲道："我也这样想过，可是密斯蒋不承认姓洪的关住她，那又怎么办呢？"杨杏园道："她不至于不承认。"史科莲道："就是因为这样，我才生气呀！昨日我到洪家去了一趟，我告诉她：'姓张的天天找你，你应该去见他一面。'她说：'我姐夫不让我出门，我也没办法。'我说：'行动自由，你姐夫还能干涉吗？'她说：'并不是他干涉我，他总劝静养，我不能拂他的情面。'杨先生，你想这人说话怪不怪？为顾全情面，闹得行动都不能自由了。"杨杏园听了她的话，仔细一揣想，不觉笑了起来。说道："她的话，说得并不可怪，不过密斯史没有听懂，觉得倒可怪了。你想，一个天天要她来，她不来，一个随便一留，她就不去，这哪里是人家软禁她？分明是自己愿要受软禁。我看她和姓张的要绝交了，你不管也罢……"

　　杨杏园说时，望着史科莲，似乎下面还有话，他忽然淡笑一下，又收住了。史科莲道："我看也是如此。不过我很替她发愁，她若是不回来，学业固然是荒废了，恐怕还不能得着什么好结果。我今天还去看她一次，作为最后的敦劝。她真是不觉悟，那也就算了。"杨杏园笑道："不必了。天气很冷的，在路上跑来跑去，为别人喝饱了西北风，人家也不见情。不如在我这里便饭，然后将我的车子送密斯史回校去。"史科莲道："冷倒不怕，就是怕去了，遇见那个姓洪的。我看见他那种殷勤招待，一脸的假笑，就觉有气。"杨杏园笑道："幸而密斯史到我这儿来，我很随便的。不然，密斯史倒要厌我一派虚情假意。"史科莲笑道："我说话是不加考虑的，杨先生不要疑心。"杨杏园笑道："我也用不着疑心，因为我招待得很冷淡呢。"

　　正说到这里，只见听差托了一个托盘，端着一壶咖啡，两碟奶油蛋糕，送到茶几上来。听差将咖啡斟了两杯，自走出去了。杨杏园搭讪着将糖罐子里的糖块，一块一块，往着咖啡杯子里放。史科莲见他一直放下五块糖，还要向下放。不觉笑道："你既喝咖啡，为什么又这样怕苦？"杨杏园道："我并不怕苦。"史科莲道："既不怕苦，为什么要放下许多糖呢？"杨杏园这才省悟过来了，一看手上，两个指头，还钳着一块糖呢。史科莲一说破，越是难堪。便笑道："我听了密斯史所说密斯蒋的事情，我正想得出了神，我不知所云了。"史科莲也略略看出他的意思，并不客气，一面喝咖啡，一面吃蛋糕。因为这样，杨杏园也不便再说请她吃饭，又谈了一会儿，史科莲告辞要走，约了年考考完，再来畅谈。杨杏园和她提着东西，送到门口，看她雇好了车子，上了车，才转身进去。

　　史科莲到了洪家，一直进去，只见蒋淑英围着炉子，在那里结红头绳的衣服。她见史科莲进来，连忙将那衣服，交给旁边的老妈子，让她带去，笑问史科莲道："学堂里问了我吗？我现在身体全好了，决计明后天回学校去。"史科莲见屋子里并没有人，便问道："你这话是真的吗？"蒋淑英脸一红，说道："我前前后后想了几夜，觉得还是回学校去的好。况且年假到了，我总要去考一考。"史科莲见她已这样说了，当然用不着劝她，而且谈了没有多久，洪慕修就回来了。自己不愿多坐，便回学校去。

　　洪慕修笑问蒋淑英道："你这位同学，年纪很轻，衣服又很朴素，倒觉得淡雅宜人。"蒋淑英道:"你不要看她年纪轻,她很能奋斗,她现在念书是她一个人的举动哩。"洪慕修道:"这过渡的时代,青年男女,真是危险,据我看,十个就有九个发生了婚姻问题的。"蒋淑英道:"你不要瞎说,她自己念书,是因为她寄住在亲戚家里,不愿看人家的眼色,因之离开那些人,自己干自己的,并不是为了婚姻脱离家庭。她自己的婚姻,我想她一定能完全做主,谁也干涉不了,谁也破坏不了。"洪慕修觉得话中有刺,笑道:"那是自然,谁也不能干涉谁。"蒋淑英趁着这种说话的机会,便对洪慕修道:"姐夫!我在这里叨扰许多天,我实在不过意,我要回学校去了。"洪慕修听她这话,脸上并不表示诧异,很自然地答应道:"二妹怎样客气起来了?我怕你是把话反说,觉得有什么事不安适了。"蒋淑英道:"笑话了。姐夫这样招待,还有什么不安适?我到姐夫这里来,原是养病,现在病既好了,我怎样还在这里叨扰?况且马上要考年考,我当然要回学校去考的。不然,我岂不要留级?"洪慕修道:"那是当然。今天晚了,二妹不必去,明天去吧,用功也不在这一天。今天晚上,我请二妹吃小馆子,吃完饭,一同去看跳舞,这算我是欢送你。"蒋淑英道:"我又不出京,欢送什么?"洪慕修道:"实在因为令姐去世以后,你帮我不少的忙,这算是我酬谢你。"蒋淑英道:"这样说,我越发不敢当了。"洪慕修笑道:"其实都是笑话。不过因为留洋学生会,今天晚上开纪念会,我有两张票,顺便请一请你。"蒋淑英向来就羡慕这种文明的集会,听了洪慕修这样说,便欣然地答应去。

　　一到了六点钟,洪慕修先换上了一套极漂亮的西服。便问蒋淑英:"要穿长衣,穿短衣,或是穿西服?你姐姐箱子里都有。"蒋淑英道:"不必费事了,我就是随身的衣服去。"洪慕修笑道:"二妹到底是老实人,你说外行话了。像这种会里太太小姐们,是越穿得华丽,越是有身份。若穿着随随便便的衣服去,人家是要笑的。"蒋淑英道:"若是非穿华丽的衣服不可,我就不去了。"洪慕修道:"你姐姐箱子里有的是,你随便就可以挑一件穿,为什么不去?"于是找了一把钥匙交给蒋淑英,让她去开箱子。洪慕修把两只手插在裤子袋里,站在一边,含笑看着。蒋淑英正搬弄着衣服,只见金光灿灿,一件颜色鲜明的衣服,闪入眼帘。提起来一看,乃是一件鹅黄电印缎的灰鼠旗袍,周身滚着绿色的花珠辫,越是闪映生光。洪慕修在一边看见说道:"就是这件好。这件衣服,差不多做了二百块钱啦。那个时

73

候，我正在得到一笔意外的财喜，有一千多块钱，所以给你姐姐做了一件上等衣服。这是去冬做的，她只穿了一回，所以还像新的一样。你穿着试试看，一定很合身的。"蒋淑英一看，也是很爱这件衣裳，果然穿上。索性在衣橱抽屉里，找了姐姐的一双鞋子换了。立时，便一洗寒素之态。洪慕修因为天气冷，坐人力车是不好，叫一辆汽车来，和蒋淑英同坐，并把他夫人的皮外套亲自给蒋淑英套在身上，然后才一路出去。

到了留洋学生会，一看那朱漆的大门，四柱落地，一盏大月球电灯，照得通亮，气象已然非凡，门口汽车马车摆了满地，赴会的人纷纷进去。这地方真是能表现出中国人确能步武西方文明，所有进门的人，无一个男的不是西服，无一个女的不是绮罗遍体，脂粉流香。而且很多是一对一对去。蒋淑英心里想道："幸而我换了衣服来，不然，我真不好意思下车了。"洪慕修把她扶下车来，二人进去。里面果然是钗光鬓影，履舄交错。东边大饭厅里，坐着许多男男女女，在里休息吃东西。洪慕修和蒋淑英拣了一副坐头，叫着西崽过来，要了两份大菜。蒋淑英一面吃饭，一面看那吃饭的人，都是男女并肩，谈笑风生。那赴会的人，纷纷而来，越发地多了些。喝过咖啡，也就跟着洪慕修上跳舞厅去。这时，那院子里的松架挂着五彩绢灯，和那迎风飘荡的万国旗，互相映辉。跳舞厅里，灯光如昼，一对一对的男女含着满脸的笑容，在人堆里找着朋友说话。西边音乐队里顷刻奏起乐来，这里男女各自成双，就拥抱着跳舞。洪慕修低着声音，轻轻地问蒋淑英道："二妹，你也会跳舞吗？"蒋淑英摇摇头。洪慕修："可惜你不会这个。你若是知道，我们也就可以加入了。"说话时，只见一个艳装女子，坐在一边，来了一个穿漂亮西服的男人，和她行一个礼，说了几句话，两人就挽着胳膊，加入跳舞队里去了。蒋淑英道："这跳舞也可以和生人来的吗？"洪慕修笑着轻轻地说道："别说外行话了，让人听见好笑呢。"蒋淑英道："那么，你怎样不去找一个人跳舞？"洪慕修道："我是可以去的，丢下你怎么办呢？我们看一会子，也就行了。"这样的跳舞，足足闹有两点多钟，蒋淑英看得乐而忘倦，一直等会也散了，方才坐车回家。

洪慕修在汽车上问道："你觉得有趣吗？"蒋淑英道："有趣是有趣，但是这种交际的地方，我们当学生的人，不宜常来。"洪慕修道："那为什么？"蒋淑英道："太繁华了。"洪慕修道："你这话就不对。人生不过几十年光阴，不找些乐趣，老老实实地过着，那是何苦？尤其是人生的青春时代，是平生最美的一段岁月，若不在这个时候找一些快乐，到了年老，自己就有那种豪兴，处处不得欢迎，也找不到一个相当的伴侣，回想今日，可惜不可惜？"蒋淑英笑道："照你这样，青年人不应该做事，是应该玩的。"洪慕修道："做事也要做事，玩也要玩，那些刻苦耐劳的人，我以为是没有看透世事，究竟是个傻子。"蒋淑英到了这繁华场中，本来就受了一种冲动。加上洪慕修拼命鼓吹取乐主义，仿佛也觉得人生在世一场，为什么不快活快活？那些到会的男女，一对一对，既得了精神上的愉快，物质上也是享受不尽。要说青年人，实在要这样寻快乐，才算美满。她心里这样想着，自己依傍着洪慕修坐在车里，只是出神，她的手被洪慕修握住，也不觉得。

到了家里，已然是夜深，老妈子伺候着茶水已毕，便已走开。蒋淑英喝了一盏茶，便要回房睡去，洪慕修道："二妹，你别忙着睡，我有一句话问你。"蒋淑英道："什么事？"洪慕修道："你明天果然要回学校去吗？"蒋淑英道："年考快到，我不能不去了。"洪慕修沉吟了一会儿，问道："那是留不住的了。"蒋淑英笑道："你虽留客，也不能让客把正事都丢了呀。"洪慕修道："二妹要是走了，小南儿就要闹了。因为他丢不下你。"蒋淑英道："没有的话，至亲莫过于他的母亲。他的母亲把他丢下，也就算把他丢下了。我和他有什么深切的关系，哪有丢不下之理？"洪慕修道："正因为他没有母亲，才要你呢。"说到这里，洪慕修一看窗户外面，夜色沉沉，万籁无声。于是又走近一步，放着很低的声音面对蒋淑英说道："二妹，我的一番心事，你还不能谅解吗？我觉得我们要图这一生的幸福，最好是合作。"蒋淑英自和他看跳舞以来，已经心神不定。及至他表示很恳切的样子，要有话说，自己心里就乱跳起来。便掉着身去，背对着洪慕修坐下。

洪慕修抢着上前，握住了蒋淑英的手道："淑英，我一颗心早就是你的了。我希望你记着你姐姐的话，可怜小南儿无靠，允许我的要求。"蒋淑英道："姐夫，你放手，我有话和你说。我老实告诉你，我是早与人有婚约的了。"洪慕修道："我也知道一点儿。但是据我想，绝没有人像我这样爱你。而且叫你嫁给那漂泊无依的青年，去吃辛苦，我也很是不忍。你今天晚上，没有看到跳舞会里的那些人吗？他们是多么快活？你我二人，若是能合作起来，也就一样地可以快活起来。你若是愿意吃辛苦，不要幸福，那是你的自由。可是我若得不着你，我这几个月的心事，付诸流水，我今生没有一点儿希望了。我就死在你面前吧。"说着就跪了下来。蒋淑英道："你这是做什么，有话尽管站起来说。"洪慕修道："你不答应我的婚事，我就不起来。我不但无面见别人，而且无面见你。我这一生的幸福就靠你这一句话了，淑英！你忍心不答应我吗？你一点儿都不能怜惜我吗？你这一走，我只有两条路，一是出家，一是自杀了。"说着，那声音越短促越凄惨，竟会掉下泪来。于是举起衫袖，在脸上擦泪。蒋淑英道："这也不是什么悲惨的事呀，你怎会哭起来？"洪慕修见她一说，越发地大哭起来。呜呜咽咽，闹个不止。蒋淑英坐在椅子上，他就伏在椅角上哭。蒋淑英本想详详细细解说几句，无奈他哭得抬不起头来，无词可进，真闹得蒋淑英没奈何。只得说道："你这也不是尽哭的事呀，有话你起来再说。"洪慕修道："淑英，你答应了我的要求吗？"蒋淑英道："我也有我的苦衷，你让我慢慢地对你说，你只管起来坐着。你这样子，倘若老妈子撞了进来看见，怪难为情的。"洪慕修道："那我不管。你不答应，我是不起来的。"蒋淑英皱着眉顿着脚道："你这样子，叫我怎说话呢？"

洪慕修看她的样子，差不多算是松了口了，这才站将起来。蒋淑英道："你对我这一番心意，我是很感激的。但是……"洪慕修一听她说到但是两个字，赶快地拦住说道："你的事，我都知道。只要你愿意答应我的婚事，绝没有人有权干涉你。"蒋淑英道："虽然没有人干涉我，但是我自己的良心可以干涉我。"洪慕修道："我对你这样表示诚意，难道还不能得你一分同情吗？不然，为什么答应了我的婚事，你良心就要干涉你？"蒋淑英道："我不是那样说。你不知道我还认识一个姓张的吗？"洪慕修道："认识他要什么紧呢？无论男女，一个人总有几个朋友。就是朋友关系密切，却也不能干涉朋友的婚姻大事。"蒋淑英道："你可知道，我和他的关系？"洪慕修道："我全知道，你不用说了。你若不能允许我的要求，干脆你就说个'不'字，只要你说了这话，断绝我的妄念，我自然有我一番打算。"

蒋淑英在洪家住了这久，受了洪慕修种种优待，心已软了一半，这是不能坚决拒绝者一。加之，洪慕修是部里一个秘书，对于物质上的供给，很是令人满意。张敏生呢，只是一个穷学生。这其间，当然洪慕修可取，这是不能坚决拒绝者二。若谈到感情，洪慕修目前的情形，简直以性命相争，这又是断断不能坚决拒绝者三。唯其如此，所以总想洪慕修谅解，不要求婚。如要自己说出一个"不"字，却没有这种勇气。但是要说答应呢，自己和张敏生虽没有正式订婚，但是两人必然成为夫妇，都已默认。就是朋友方面，大家常常说笑，也成了公开的秘密。这时要抛弃姓张的，一来不忍，二来怕生枝节，三来怕外人议论。因此在允与拒两个字上，自己都不能决定。当蒋淑英尽量犹豫的时候，洪慕修握着她的手，做很恳切或焦急的样子，望她答应。洪慕修越是这样，她越是没有了主意。洪慕修道："你到底怎么样？你若是不作声，我就算你默认了。"说时，将正屋门一关把背撑着门，静静地立着，听蒋淑英的吩咐。到了这时，蒋淑英不依允，也只有依允的一法了。

到了次日，蒋淑英已不谈上学的事，据洪慕修的意见，家里正缺少人主持家政，蒋淑英嫁过来了，就不必到学校去，年考不年考，就不成问题了。她这天既然没有到学校去，史科莲料定了她已实行要嫁姓洪的，也就不去再多她的事。可是此日下午，张敏生又到学校门房里来，请史科莲问话。史科莲也不让他上接待室，就在学校门口挡着张敏生，正色说道："张先生，我们并不是朋友。我不过因为密斯蒋的关系，给你带了几回口信，并非我喜欢多这种事，你们的事还是请你们自己去解决。张先生常常到我们学校里来，很不合适。我要说句很爽快的话，彼此都应该避嫌疑才是！"张敏生拿着帽子在手上，微微地鞠了一个躬。说道："我原因为密斯史非常任侠，所以敢来问一两句话。而且我除了这里，也没有地方去打听密斯蒋的消息，只好来麻烦。既然密斯史认为不便，以后绝不敢来烦扰。"说毕，抽身就走。自己正是满怀悲愤，现在又被史科莲说了几句，越发地难受。他自己一人，一面走着，一面低头想心事，抬头一看，路旁有一家大酒缸，忽然想起喝酒来。于是走进酒店，就在那大缸边坐下。

这种酒店，是极其简陋，一个一丈来见宽的铺面，东西横列着两口极大的酒缸，倒有一小半埋在土里。缸面上，铺着缸盖，也像桌面似的。上面摆着几小碟东西，什么油炸麻花、花生豆、咸鸭蛋之类。另外有一张一尺见方的桌子，横摆在小柜台面前，上面也摆了几个小碟子。只见一个五十来岁的人，一杯酒放在小机凳上架着，一只手抱扶着膝盖，一只手扶着酒杯子出神。看他嘴上也有几根稀稀的长胡子，他不时地把手去慢慢理着。张敏生正和他对面，他也偷看了几眼。这酒店里，就是掌柜一个人，没有伙计，他正靠着柜台上几只小瓦坛，在那里看小报，口中念念有词。只见张敏生进来坐下，连忙丢了报，笑着问道："您来啦，喝酒？"张敏生道："喝酒，来一壶白干。有什么下酒的？"掌柜的一看他穿西式大衣，不是主顾，大概还是初次到大酒缸。笑道："我们这里，可没有什么下酒的，待一会儿，有一个卖烧肉的来，你可以切些烧肉吃。"张敏生道："好！你先把酒拿来。"掌柜在那瓦坛里打了羊角壶一壶酒，放在他面前，又送了一份杯筷过来。

这时张敏生又看喝酒的那人，穿了一件羊皮黑布大马褂，反卷着一层衫袖。手腕上戴着一只绿玉镯子，完全是个旧式的人物。可是看他的胳膊，筋肉结实，那手指头黄黑圆粗一个，并不像斯文人。他一双眼睛，却是垂下眼皮来看人，好像不肯露他的眼神一般。一张马脸有几个白麻子，脸上被酒气一托，黄里透红，精神极是饱满。张敏生一看，这人虽没穿长衣，气概非凡，恐怕不是下贱之辈，一时又猜不透他是何等样人。这一来，倒把自己一腔心事，扔在一边，不住地偷看他。

自己闷闷地喝了半壶酒，卖烧猪头肉的，背着一只小木盆，走了进来，把盆放在地上，自己也蹲着抬起头来问道："先生，要肉吗？"张敏生笑道："我不是先生。有几个先生上大酒缸来喝酒的？"这句话说了，连那个喝酒的胡子也笑起来了，便搭腔道："你老哥这话很对，可是像您这个样子，到哪儿也有人叫先生。"张敏生拍着衣服道："大概是这件旧大氅的缘故吧？"一面说笑，一面买了一大块猪头肉。卖肉的切好，张敏生分了一半，送到那胡子面前，说道："老人家，这个送你下酒。"那人道："咱们并不认识，你请我吗？"张敏生笑道："我请了您以后，就认识了。"那人道："你这大哥说话痛快，我交你这个朋友，咱们坐到一处喝两盅，好不好？"张敏生听说，就把酒菜搬了过来，对面喝酒。后来一谈，才知道这人叫袁卫道，前清是开镖行的。现在没有事，靠他儿子养活。他只说他儿子是一个学校里的技术教师。张敏生道："令郎就是袁经武先生吗？老先生，失敬！失敬！"袁卫道笑道："刚才你自己说了。这大酒缸没有叫先生的人来，怎么您也叫起先生来？"张敏生见他说话，极为痛快，便有些高兴，和他喝酒吃肉闹了一下午，问明了袁经武的地点，约着明日去拜会，会了酒账便走出酒店来。

　　这时，淡淡的黄色日光，照在人家西边墙上，空气里一点儿阳气也没有。那挟着尘土高飞的西北风，向人扑面而来，令人走路都抬不起头。衫袖及脊梁上，只觉得一阵阵寒气袭人。张敏生心想挟着酒兴，到洪慕修家去，当面质问蒋淑英去的。这时酒被风一吹，在胸中荡漾起来，人有些支持不住。便叫了一辆人力车坐上，径直回家去。正走到王府井大街，有一辆马车追上前来，仍然一看马车里面，坐着一男一女，笑嘻嘻地。那女子不是别人，正是蒋淑英。张敏生也不知什么缘故，只觉一股热气，由胸中勃发出来，直透心顶，一时天旋地转，人几乎要从人力车上跌将下来。马车快一点儿，不多一会儿，已走到人力车子前面去了。正好马车后那片玻璃窗，并没有放下窗帘，在后面看那马车里面，蒋淑英和那男子并肩而坐，时时交头接耳，很亲密地说话。张敏生只是发冷笑，鼻子里不住地发出来一个哼字的声音。那马车到了东安市场后门停了，蒋淑英扶着那男子下车，并排地走进东安市场去了。

第六十六回

成竹在胸有生皆皈佛
禅关拥雪僻地更逢僧

　　却说张敏生遇到了蒋淑英，心里非常难过，一路走着，一路揣想。心想，那男子一定是洪慕修。这时他二人精神上物质上都感受着愉快，自然舒服。我用冷眼看你吧！现在我且不理你们。张敏生坐在车上呆想，车子已到了市场北门。忽然一想，我何妨也到市场里去走走，看她在里面究竟做些什么。这么一想，立刻叫车子停住，给了车钱，自己进去。先在市场兜了一个圈子，没有碰到。回头重又走回来，只见他两人在一家洋货铺里买东西。洪慕修低声下气含笑问蒋淑英，要这样还是要那样。这洋货铺门口，正有个卖纸笔的摊子，张敏生一面买笔，一面对洋货铺里望着。蒋淑英起先并没有向外望，也没有看见张敏生。后来起身要往外走，见张敏生正站在门口，四目相视，立刻涨得满脸通红，心里也就情不自禁地卜突卜突跳将起来。在洪慕修他并不认得张敏生，自然也不觉得蒋淑英有什么特别情形。便挽着她一只胳膊，说道："走吧，我们吃面去。"蒋淑英既不能拒绝他挽扶，又不好意思和张敏生招呼，只得退在洪慕修身后，低着头走路，和张敏生挨身而过。卖笔的问道："先生，你倒是要笔不要？"张敏生这才不呆望着这一双比翼之影，付了笔钱，就随后跟来。

　　看见他们进了一家小铺子，也就跟着进去。听见他二人在一间屋子里说话，便在隔壁一间屋子里坐了。只听蒋淑英说道："刚才真吓我一跳，我遇见那个人了。"洪慕修道："是那个姓张的吗？你在哪里看见他，怎样不作声？"蒋淑英道："就是在那洋货铺门口。那个穿破西装，傻子也似的站在摊子边，那人就是。你正挽着我呢，我怎样好作声？"洪慕修笑道："你从前不是说，他的学问很好吗？这会子也说他是傻子了。"蒋淑英道："傻他是不傻，不过读书读成了一个书呆子，没有活泼的精神。"张敏生听到这种批评，爽然若失。自己本打算当面去见蒋淑英，去质问她几句的。现在一想，就是去质问她几句，她也未必自己认为无理。由此看来，天下人除了自己，是靠不住的。胡乱吃了一碗面，也不再往下听了，会了账，一个人怏怏不快，走回寄宿舍去。天气既冷，酒意也没有散尽，打开被服便睡了。

到了次日，在寄宿舍里闷坐了半天，懒去上课，也懒去会朋友，随手拿了一本拜伦的诗，坐在火炉边看，看不了几页，就发生厌倦。忽然一想，昨日和袁卫道有约，要去拜会他父子两个，我何不去和他谈谈。他那人非常痛快，请教些武术，也可以一破胸中的积闷。于是立刻披了大衣，到袁卫道家来。

因为袁经武是个技术教师，家里也有个小小客厅，听差把他一引，引到小客厅里来。正中横着一张红木炕，上悬信武将军亲笔画的一丛墨竹。旁边是彭刚直一副对联，"威武不能屈，力行近乎仁"。左壁悬了一张前任总统画的一笔虎，也有一副老对联配着，是"缓带轻裘羊叔子，纶巾羽扇武乡侯"。右壁四幅故事画，乃是圯桥进履之类。对面对，一列八把太师椅，炕几和方桌上，也陈列一些古玩，却有两样特别的。一是一柄古剑，一是一只瓷器的五色斑斓神虎。张敏生一看，这屋子里，倒是别有风趣，一望而知袁氏父子虽是武人，却也很解事。不多大一会儿，走进来一个二十多岁的少年，穿了一套猎装，黑黑的皮肤，身体魁梧，精神饱满，一脚跨进门，对张敏生注视了一番，然后笑道："你老哥，莫非是来会家父的？"张敏生道："阁下是经武先生？"袁经武笑道："草字经武。昨天家父说了，今天有位张先生到这里来，我想就是张先生。"张敏生道："兄弟姓张，老先生在家吗？"袁经武道："在佛堂里，可以引张先生去。"于是他在前引导，转了几个弯，进了一个小院子。

院子上面三间正屋，全打通了，正中悬着一副如来入定的大圣像，下面一张琴台，只陈设了一只墨石古鼎，一瓷盘香橼，一只大木鱼，并没有信香纸烛之类。屋子四周，都是经书的架子，和百叶梅花的小盆景。不但没有古玩陈设，连桌椅都没有。地下干净无尘，一列排着五个高矮蒲团。

袁卫道和一个头发苍白的老和尚，相对在蒲团上坐着。老和尚手里捻着一把佛珠，用指头一个一个地掐着，眼睛似闭不闭，脸上似笑不笑地和袁卫道谈话。张敏生一进门，他两人都站起来，袁卫道便给两个人介绍，那是张先生，这是清水方丈。张敏生见老和尚慈祥的面目，和蔼可亲，便对他一鞠躬。清水合掌笑道："我们有缘，请坐。"袁经武退出去，他们三人都在蒲团上坐下。张敏生和袁卫道谈了几句话，那和尚却是手上掐着珠子，一声不响。袁卫道道："昨天我在酒店里看见你，心神不安，拼命地喝酒，我就料你精神上很不自然。今天你又变了一个样子，好像心里有一桩事，极想丢开，又丢不开似的。我听你说话之中，不断地想心事，常常丢了下句，你心里一定很乱呢。"清水笑道："何必管人家的心事？"袁卫道道："我问明白了，好替他帮忙。"清水摇摇头笑道："这个事，你不能帮忙。"袁卫道道："怎么不能帮忙？"清水笑道："生米煮成了熟饭，应当怎样？"

袁卫道分明知道是一句机锋，可以参禅，但是自己是个豪爽人，哪里能这个，却是默然无语。张敏生本来喜欢研究哲学，佛书也看过一点儿，这时听了清水的话，忽然大悟。便道："生米煮成熟饭，就吃了它。"清水哈哈大笑，站起身来，拍着张敏生的肩膀道："你有缘。"说毕，掀门帘笑着去了。张敏生呆了半天，便问袁卫道道："这老和尚在哪个庙里？"袁卫道道："他是个有德性的和尚，和北京城里这些开和尚店的和尚，是不通往来的。他现在住在后门一个小庙里，只有一个粗和尚给他烧饭。许多大庙大寺请他去，他都不去。据他说在北京城里稍微耽搁一两个月，就要上五台山去。我向来不喜欢和尚老道，因为他们全是些混账东西，唯有这个老和尚，真是干净人，我自从认识他以后，非常佩服他，也慢慢地信佛了。"张敏生听了袁卫道的话，自己默然了一会儿，说道："老先生的话不错，这个和尚，是个有本事的和尚，和他多谈几句话，也要开智慧的。"

张敏生谈了一会儿，自回寄宿舍来。一个人闷坐了一会儿。忽然一笑，连忙打开抽屉，取出信纸信封，写了三封信，这三封信，一封是呈给校长的，说是本人要到一个远地方去，呈请退学。一封是留别各位同学的，说是本人要到一个幽静地方，去研究哲学，恐怕以后不容易见面了。一封是写给他叔叔的，说是自己看破了世事，要去出家，家里不必找了。张敏生将信发出去，一直便来找那清水方丈。清水捧着一本经，正盘坐在蒲团上，并没有注意身外，张敏生走上前，恭恭敬敬，双膝一屈，就对清水跪了下去。清水一抬头笑道："你不是在袁家相会的那位张先生吗？到这里来做什么？对老僧行这个大礼，却是不敢当。"一面说着，一面立起身来。张敏生道："师父曾说和我有缘，我是来结缘的，希望师父慈悲慈悲，收留我做一个弟子。"清水道："什么？你想做和尚？做和尚并没有什么快活。"张敏生道："没有什么可以快活，那才是真快活。"清水笑道："好，我收留下了。我们厨房里，你们大师兄正在煮饭，你帮着他煮饭去。"张敏生欣诺，就做饭去。自这天起，高高兴兴，做他的和尚。可是他的同学，接了他的信，见他不知去向，有知道失恋这段故事的，都疑他自杀了。

张敏生除了几个同乡而外，要以吴碧波最是他的好友。他告别的信，就是要吴碧波转告各同学的。吴碧波看了，心里很是难过，就在他书架子和箱子里，和几个同学，公开地翻了几遍，没有找到可以寻他的线索。又过了一天，来替他收拾东西，在一个信纸盒里，发现了一个信封，上面写明德女子学校蒋淑英女士收，忽然之间触动了灵机，心想那学校里不是有杨杏园一个女友吗？何不托杨杏园去打听，准有些蛛丝马迹，可以明白。这样想着，先打好了一个电话，约他在家里等。见了杨杏园，便将张敏生失踪的话，说了一遍。杨杏园道："这事你怎么一点儿不知道？你没有听见女学生跳楼一段新闻吗？"吴碧波道："仿佛听见过一回，可是不料这事就和张敏生有关。"杨杏园道："这个蒋女士，已经另行嫁人了。就是那位张君退学出走，她也未必知道。而且张君是失恋的人，他要出走，若把出走的地方，告诉蒋女士，显然是要蒋女士去挽回他，更觉无聊了。他不走则已，既要走，对于蒋女士，是绝对不提一字的。这要到哪方面去打听张君的下落，真是问道于盲了。"吴碧波道："你这话很有理。难道这人的下落，就一点儿探听的法子都没有吗？"杨杏园笑道："怎么没有？现在让我来当一回福尔摩斯试试看，也许可以查出来。你愿意当我的华生吗？"吴碧波道："我可以跟着你去查。我看你是怎样地查法？"杨杏园道："你今日且先回去，明天十二点钟，你可以在张君的寄宿舍里等我。我先到他房间里检查一下。他屋子里的东西，想必你们已经翻过一次，希望你们不要再翻，让我到了再说。"吴碧波笑道："说做福尔摩斯，你就真摆出大侦探的架子来了。"杨杏园道："你别管，姑妄试之。"吴碧波点一点头，笑着去了。

这天杨杏园打一个电话给史科莲，将张敏生失踪的事略说了一说，问张敏生有几天没来了。据史科莲说，照日子算，在张敏生失踪的前三日，就不见他的面了。杨杏园记着了，到了次日，正是星期，按着时间，便到张敏生的寄宿舍来，吴碧波果然在这里等候。杨杏园将张敏生的箱子书桌，都检查了一次，没有什么奇异的地方。后来在抽屉里寻到了一个袖珍日记本子，杨杏园连忙抢在手里，对吴碧波一扬，笑道："哈哈！线索在这里了。"可是一翻呢，记到他失踪的前三天为止，以后就没有。空欢喜一场，一点儿影子没有。杨杏园将日记本交给吴碧波道："这里面，大概有不少的情史在内，我不便看，你给他保存起来吧。"再在抽屉里一翻，都是些不相干的稿纸抄本之类，抽屉角上，倒有几张名片，和一个邮票本子，一个上海朋友的通信地点，大概是夹在日记本子里面，一块儿落了出来的。杨杏园全拿在手上看了一看。吴碧波道："怎么样，你以为这个通信地点的字条，是个关键吗？"杨杏园道："这个也许是关键之一，不过不能说定。只是这里几张名片，都是崭新的，并且全夹在日记本子里，一定是新得来的。你看看这名片上的人名字，有熟的没有。"吴碧波接过来一看，共是四张名片，有两张认得，两张不认得。说道："这里面两个是他的同乡，一定不知道他的去处，若是知道，他早已说出来了。这两张一个姓贺的，一个姓袁的，我却不认识，也许是他的生朋友。"杨杏园道："在他出走前几日，和生朋友往来，这是值得注意的。我们向这生朋友去打听打听，也许有些线索。"

一面说着，一面检查零碎东西。抬头一看，帽架上悬着一顶呢帽，远看去帽匝的围带上，夹了一张小红纸条儿。连忙去取下来一看，却是一张电车票，那电车票上记的站名，在百花深处一站，红铅笔画了一条线，是表示在那里上车的。杨杏园道："你们这儿到西北城，路很远啦，他到那儿去做什么？"吴碧波道："这电车票也不知道是哪一个月的，有什么关系？"杨杏园道："要是很久的，不会还插在帽子上。就是插在帽上，露出来的半截，和这藏在帽带里的半截，应该是两种颜色。现在看那颜色，却是一样，一定没有好久的日子啦。我们再查一查他的日记，在十天半月之内，提到上了西北城会朋友没有？"吴碧波听说，当真查了一查，在一个礼拜之前，倒有一笔，提到了那个姓贺的。至于姓袁的这张名片，和百花深处那张电车票，却一点儿没有交代。杨杏园笑道："碧波，我对这事渐有线索了。我猜这张电车票和这张名片，就是他失踪的前一两日得到的。这个姓袁的，我仿佛听说他是一个技击家。这位张君去找他，难保不是请他做黄衫客古押衙哩。"吴碧波一拍手道："对了，准是这样。我现在想起来了，这袁经武是个有名的技击家，他在西北城住家，他家必有电话。我们查一查电话簿，百花深处一带，有没有姓袁的，若有，这电车票就是访他而得的。"杨杏园笑道："你这个提议不错，真是我的华生了。"连忙叫听差，拿了电话簿来。一查，果然袁经武家有电话，号码下注的地点，离百花深处不远。

两个人偶然学做侦探，所要的线索，居然迎刃而解，真是大喜若狂，连忙就到袁经武家来拜会，由吴碧波委婉地说出来意。袁经武道："不错，他是到舍下来了一次。昨天听到家父说，他已跟着清水师父出家了。这两天以来，家父还只是叹息呢。"于是便把清水和尚住的庙址告诉他们，请他们自己去寻访。他两人也叹息一番，道扰而出。吴碧波道："趁着今天礼拜，我索性到庙里去找他。你一个人回去吧。"杨杏园道："这位张君忽然出家，我又是怜惜，又是钦佩，我也跟着你去看看。"吴碧波道："那就好极了。我们都没吃午饭，先在小馆子里吃一点儿东西再去吧。于是二人在路旁一家小教门馆子里吃了午饭，约莫耽搁了一小时的工夫。出得店门，只见半天里飘飘荡荡，下起雪来。这雪片又大又密，半空中白蒙蒙的，由马路这边看马路那边，竟模糊不清。吴碧波道："好大的雪，回去吧。"杨杏园道："要什么紧，下在身上，一拍就落了。这时去访人，是冒雪，回家去，也是冒雪。我们正在兴头上，不要扫兴而返。"吴碧波道："好，既然如此，我们就去吧。"两个人冒着大雪，坐着人力车，就向袁经武指的那个地方来。

到了那里，原来是靠城墙脚下，半边人家的冷街市。这时，经过一场大雪，地下已是一片白色。一带矮屋，面着城墙，都闭上了大门。雪地里，除了权权桠桠，三四棵无叶枯树而外，没有见一个人影。杨杏园道："好荒僻的地方，这个地方，倒是宜于建设庙宇。"于是两个人跳下车来，在雪地里走着，挨着人家，一家一家找去。不多远，有两棵老树，立在雪里，树底下，有两堵红墙，被这高树一比，越发见小。墙上爬着扒壁虎的枯藤，零零碎碎，撒上一些雪，风吹着，沙沙地响。红墙中间，有两扇红门，也是紧闭着。门上横着一块匾，乃是宝树寺三字。吴碧波道："就是这里了，让我上前敲门。"敲了好久，才有人出来开门。吴碧波一看，是个五十多岁的瘦黑和尚。穿着一件黑布棉衲，又是满脸的络腮短胡子，他身上也扑了几点白雪，他将手扑着，不在意地问道："我们这里是庙，二位走错了吧？"杨杏园便抢着说道："知道是庙，因为这雪下得太大，车夫望不见走路，想在贵刹暂避避，讨一口热水给车夫喝。"那和尚道："热水倒是现成，就都请进来吧。"

吴碧波会意，和杨杏园闯进佛殿，见一青年和尚，穿着灰布僧袍，正笼着衫袖，站在屋檐下，看瓦上的积雪。吴碧波一看，正是张敏生，不觉失声喊道："敏生兄。"张敏生回转头一看，见是吴碧波，脸色一变。但是立刻他就镇静着，放出笑容来，和吴碧波合掌为礼，笑道："阿弥陀佛，这大的雪，你怎样到我这里来了？你是特意来寻我呢，还是无意中碰见呢？"吴碧波道："自然是特意来的。而且有一位朋友非常地钦佩你，和我一路来拜访。"于是便介绍杨杏园和他相见。张敏生道："二位冒雪而来，真是不敢当，请到里面坐吧。"于是把他二人引到佛殿左边一间小屋子里来。上面也供着一个神龛，虽然还洁净，黄色帷幕，都变成灰色了。上首摆了一张小斋饭桌，和着三条板凳，已经都分不出什么颜色。下首一列放着几个蒲团，和一个白灰煤炉子。此外，这里别无所有。吴碧波看见萧条如此，庙里的清苦就不必说了。大家围着那张小斋饭桌坐下。张敏生就找了一把泥瓷壶，三只白瓷粗茶杯来。看他揭开壶盖，在笼下掏出一个黄纸包茶叶，放了下去，就将白炉子上的开水壶来沏上，斟出三杯茶来，放在桌上。吴碧波道："我还没有请问你的法号呢。"张敏生笑道："我现在叫悟石。可是我这个和尚，倒是很随便，你愿意叫我敏生，依旧叫我敏生，都未尝不可。"杨杏园道："我看法师说话，极是解脱，在这萧寺之中，安之若素，没有大智慧的读书人，决计办不到。法师的前途，未可限量。"张敏生笑道："这不敢说，只是看各人的缘法。"杨杏园道："我见了法师，也引起了我出尘之想，我也很愿意出家了。"张敏生没有作声，对他微笑。

吴碧波见杨杏园只谈一些没要紧的话，实在忍不住了。便对张敏生道："你这回出家，实在出于我们意料以外。究竟为着什么原因？"张敏生道："碧波，我听说你也抄过佛经，至少懂得一点儿浅近的佛学。佛家不是有绮语一戒吗？"吴碧波笑道："我怎样不知道？我是问你为什么出家，又不是叫你说些风流佳话，破坏清规。"张敏生道："我正是为着犯了佛家十戒，所以赶快出家。到了现在，从前那些烦恼事情，还提它做什么？"吴碧波道："你对于以前的事，能不能略说一点儿，好让我告诉一班好友，让他们放心。"张敏生道："进了佛门，就是极乐世界，你致意他们，都放心吧。"吴碧波道："唉！我不料你一入空门，变了一个人了，竟是这样冷淡。爱情这样东西……"杨杏园见吴碧波不识时务，以目示意，摇头学着佛语道："不可说，不可说。"张敏生哈哈大笑，说道："杨先生真是解人。"吴碧波道："我是一个俗人，实在不懂佛家的奥旨。不过我们好容易找着了你，以后躲避不躲避我们，我不敢说定。你有什么未了的事，尽管告诉我，我可以替你去办。"张敏生道："我没有什么未了的事。有了未了的事还出什么家？"吴碧波道："据我看，你未了的事，太多了。就依学校里，你丢下来的那些书籍行李而论，也不能不有一个交代。"张敏生笑道："那些东西，管它怎么样呢？我看见就算是我的。我现在看不见，与我就无干了。东西是这样，其他一切，也是这样。阿弥陀佛，像这一类的话，你不要谈吧。"

吴碧波明知道他这些话，是把一切世事看空，全不挂在心上了。可是眼睁睁一个至好的朋友，就这样斩断情缘，和这个世界绝无关系，另外成了一种人，究竟心里也觉着黯然，微微地叹了一口气。说道："既然如此，我也就不说了。我们朋友还是朋友，我希望你以后常常去会我。"张敏生道："那自然可以。"说时，抬头往窗外一看，说道，"雪已经住了，你二位快走吧。再过一会儿，又下起来，天色一晚，就不好走了。"杨杏园很知趣，立刻逼着吴碧波告辞。吴碧波道："我听说老方丈道德很高，能不能引我们见一见。"张敏生道："见了也无甚可说。出家人是不讲应酬的，不必见吧。"吴碧波没法留恋，只得告别出来，一走出大门，那两扇庙门就砰的一声关上了。吴碧波道："咳！这个人竟是铁打的心肠，一点儿情义都没有了。"杨杏园道："他大概因为是初出家，怕道力不坚，就容易摇动，所以不得不如此。"说着，各人又叹了一口气。倒是杨杏园十分钦慕，回得家去，作了一篇《雪寺访僧记》，登在报上。

这一篇记，恰好被蒋淑英看见了，她这才知道张敏生做了和尚。她仔细一想，张敏生本是一个有血性的青年，从来都说要轰轰烈烈做一番事业，并没有这虚无寂灭的意思，现在突然改变了态度，不用说，一定是为着我和他脱离关系，受了刺激，所以把世事看破了。好好一个青年，为了我抛弃一切，跑到破庙里去吃苦，学业也丢了，家庭也丢了，一生的幸福也丢了，实在可惜。由可惜这一点，又慢慢想到张敏生许多好处，自己无故地抛弃他，实在没有理由。这样一想，心里非常难过。她是早上看得报，由早到晚，人就像脏腑里有病似的，说饿不是饿，说渴不是渴。只是一阵一阵心里放着一团热气，郁结一般。到了吃晚饭的时候，晚饭也没有吃，便倒在床上去睡了。睡也睡不着，那无情的眼泪，只在心里一刻悔恨之间，便涌泉似的流了出来，把一只白绫芦花枕头，染湿了大半边。再又回想到洪慕修，虽然有几个钱，又是个外交官，究竟年岁比张敏生大多了。论起学问人品来，也不如张敏生。自己图了物质上的享受，牺牲了真爱情，牺牲了学业。甚至于许多的朋友，都以为我无情无义，看不起我，于是又牺牲了人格。越想越不对，越想越悔，再想张敏生对我很平淡，也还罢了。偏是他又出了家，不说我良心上过不去，我还有什么脸见人啦。想到这里，就萌了死念。看见桌上，有一把剪刀，猛然间爬起来，便拿在手上打算自杀。

当她伸手拿着剪刀之时，恰好洪慕修从外面走进房来。说道："你不是不舒服要睡吗？怎样又爬起来了？"蒋淑英道："我睡不着，起来要茶喝呢。"洪慕修和她说话之时，一看她脸上泪痕狼藉，很是诧异。又见她手上拿着一柄剪刀，只向身后藏掩。连忙上前，将剪刀夺了下来，握着她的手道："你这是做什么，疯了吗？"他不问犹可，洪慕修一问，蒋淑英哇的一声，哭将出来。洪慕修摸不着头脑，说道："好好的，怎么样闹起来了？真怪呀。"蒋淑英倒在床去，便伏在枕头上，只管息率息率地哭。洪慕修坐在床沿上，侧着身子，一只手握住她的手，一只手给她理鬓发。低着头，轻轻地问道："你倒是说，为什么事受了委屈。只要是我错了，我都可以认错。"蒋淑英这一团委屈，怎样说得出来？说出来了，又显然是不满意于洪慕修。所以问的他尽管问，哭的还是尽管哭。洪慕修顿脚道："这真是急死人了。你一句话也不说，倒尽管是哭，这样拼命地哭，就哭出道理来吗？"蒋淑英道："你不要误会了，我并不是埋怨哪一个，也没有受哪一个的委屈。我想我的事做错了，心里难受。"洪慕修听她的话音，已经明白了一半，故意问道："你有什么事做错了？我很不明白。"蒋淑英道："你不明白就算了，也不必问。"洪慕修道："你闹到这个样子，我怎能不问哩？你设身处地和我想一想，能够不问吗？"蒋淑英道："你把桌上那个报纸的副张，仔细看一看，你就明白了。事到如今，叫我说什么呢？"洪慕修听了她的话，当真接着报仔细看了一看。当他看到那篇《雪寺访僧记》，上面有几句说：

据友好相传，上人之所以皈依我佛，情海归槎，实亦有托而逃。但言及于此，上人合十称佛，做拈花微笑状，不及一字耳。是真大解脱欤？抑其蕴悲苦于中，以减口尊欤？不可知也。虽然，上人愈如此，愈令旁观者叹息痛恨情场多不平事。尘海茫茫，使果有其人，一闻上人身居萧寺，闭门于深雪之中，亦有所动于中否？色即是空，我悟矣。

洪慕修看了这几句话，知道蒋淑英受得刺激太深，便对她笑道："你理他呢。据我看，这一定是人家弄诡计的，来破坏我们的幸福。这出家是迷信的事，那姓张的是个学科学的人，和这些迷信，冰炭不相投，他怎样会去出家。这一篇记，一定是他化名做的，正要你看见，好怜惜他呢。这种欺骗女子的手段，十分卑污，亏你还相信他呢。"蒋淑英听他所说，也有些道理，便道："他怎样知道我们就看了这份报，特意登在这上面。况且那篇记署名的人，就是那报馆里的记者。他化名冒充别人可以，在那家报馆投稿，就冒充那家报馆的记者，人家肯替他登出来吗？"洪慕修道："也许那报馆里的人和他认识，他托人家做的，也未可知吧？你这个傻子，你要上人家的当了。"蒋淑英他这样一再相劝，也就罢了。洪慕修总怕她还把这事搁在心上，又再三地对她说："这种事，在爱情场中，是很平常的。漫说姓张的并没有出家，就是真个出了家，这也只好由他。无论是谁，到了演成三角恋爱的时候，总是两个成功，一个失败。设若这回我要得不着你，不是一样地失败吗？据我想，岂但出家，恐怕性命都难保呢？"蒋淑英听了，一撇嘴道："得了，你说人冤我，你才真是冤我哩。"于是他俩说笑一阵，把这事就丢开了。

第六十七回

对席快清谈流连竟日
凭栏惊妙舞摇曳多姿

却说蒋淑英听了洪慕修的话，把事丢开了。可是洪慕修总怕报馆里再帮张敏生的忙，于是次日在部里公事房里，作了一篇酸僧臭史，投到影报馆去，将张敏生骂了个狗血淋头。他哪知道编稿子的就是作访僧记的杨杏园。杨杏园看了，倒不觉大笑一阵。

过了两天，已经快到阳历的年尾，史科莲在学校里已放年假，便带了一包东西，来看杨杏园。这时，他正在玻璃窗下，提笔作文，偶然一抬头，见史科莲进来，隔着玻璃窗点头道："请进请进。"史科莲一直走进他写字的房间来，将手上那个纸包，放在他写字桌上，笑道："这是送杨先生的一点儿东西，请你收下。可是等我走了，你才打开来看，我在这里打开来，我是有些不好意思的。"杨杏园见纸包的漏缝里，露出一小块毛绳，便笑道："不用打开，我也看见了。你这何必？一件毛绳衣服，价值要几块钱。老实说，在你这种经济状况之下，还不能送人家这一种礼。"史科莲道："就为这个，才不让你打开看哩。褂子都不能办，只凑了一件小坎肩。"杨杏园道："小坎肩就好。我最厌毛绳衣服那两只衫袖太小，绑在身上，很是不舒服。"史科莲道："这样一说，倒是花钱少，礼倒送得好了。"杨杏园道："送礼原是一种人情，不应该分厚薄。若分厚薄，就是做买卖了。好像前几天，我和一个朋友去看张敏生君，他在白炉子上烧开水，把瓦瓷壶沏茶敬客。我们一样地感谢他招待，并不觉得怠慢。"史科莲道："我正要问这件事情。听说这人做和尚去了，真的吗？"杨杏园道："怎样不真？"便把那天到庙里寻张敏生的事说了一遍。史科莲道："这人太无出息。为和一

91

个女友绝交，何至于就去做和尚。"杨杏园笑道："像这样的事很多啊。不但出家，还有为这种事自杀的哩。"史科莲道："这种办法，我不同情。青年人应该奋斗，为什么弄出这种丑态来。"杨杏园道："爱情上失败，和事业上失败，那完全是两种事，没法子奋斗的。譬如张君是失败了，要说奋斗，怎样奋斗呢？一死劲地还去找那密斯蒋吗？或者和那个姓洪的拼命吗？但是密斯蒋总不睬他，他也没有办法呀。"史科莲道："那有什么难？人家不睬他，他不睬人家，这事不就结了？自己已经受了欺，再要自杀或者是出家，不但一点儿碍不着别人的事，自己越发委屈了。"杨杏园笑道："要那样说就没有事了。这爱情是一样神秘的东西，情场也是一座神秘之府。言情的人，和别样的人不同，他也含种神秘的意味。所以他的行动，你要用常理去推测，那会一点儿也摸不着头脑。"史科莲笑道："这话我就一点儿也不懂。谈爱情怎样会含神秘的意味？"杨杏园道："要说所以然，我就说不出来。若是说得出所以然来，那就不神秘了。"

史科莲想了一想，笑道："杨先生既说这话，我想总是对的。因为杨先生这两年环境，很近乎此啦。而且杨先生又喜欢作诗，作诗的人，是喜欢谈情的，当然很在行了。"杨杏园笑道："密斯史大概看了报上的新诗，总是谈着甜蜜的爱，所以认为我们作旧诗的人，也是这样。"史科莲皱着眉道："新诗，我向来就怕看得。我觉得他们那些话，没有一句不带几分侮辱女性的意味。把他的爱人譬作小鸟儿，譬作玫瑰花，分明是把人当玩物啦。我若做了教育总长，我就要请政府下一道命令，禁止这些无赖的文人作爱情诗。"杨杏园笑道："这样说，要禁止的诗，我也在内了。"史科莲道："哎哟！你可别多心，我没有说你。我说话就是这样不留神，你千万别多心。"杨杏园笑道："老实说，文人十有八九是无赖的，是新是旧，那倒没有关系。密斯史这话，虽然不是指着和尚骂秃驴，我倒很赞成，觉得骂得很痛快呢。大凡能作几句诗文的男子，他有了意中人，不问人家对他怎样，他总要在刊物上轻薄一阵的。果然两相爱好，那还没有什么。公开地给社会上看了，不过说你对女方不尊重。若是女方不理会，你这样闹，简直是公然侮辱。况且既然两相爱好，对于对方的人格，就应该设法去抬高。若形容对方成了一种玩物，也就不算懂爱情了。"

史科莲听了这话，情不自禁地将手轻轻拍了几下，笑道："杨先生这话对了，正是我想说又说不出来的几句话。"杨杏园笑道："冬青常对我说，密斯史为人，极是爽快，我很相信。今天听了密斯史的话，越发可以证明了。"史科莲笑道："并不是爽快，我就是这样心里搁不住事，也受不了人家的委屈。你别以为这是好事，我就吃亏在这上头，现在弄得漂泊无依，前路茫茫啦。"杨杏园道："你的祖老太太，没到学堂里来看望过你吗？"史科莲道："来过几回。我因为她老人家年纪大，怕有什么差错，再三地说不让她出来呢。好在我那姑丈对老人家倒还不错，我是很放心的。"杨杏园道："密斯史有一位表姐，感情很好的，也没来看看吗？"史科莲知道他说的是余瑞香，笑道："这又要算是我的脾气不好了。她第一回到学校里来看我，是我进了学校两个月了。我因为她来迟了，见面说了她几句，她很不好意思。后来她叫听差送十块钱来了，我因为还不短钱使，又没有收下她的。大概她因为这件事，就和我恼了。"杨杏园道："令祖母既然还在她家，我看也不要拒绝太甚，还得她照应一二呢。"史科莲道："我也是这样想，本来要写一封信去道歉，恐怕她又疑心我哀求她们呢。"

杨杏园只管和她谈话，不觉已有很久的时候。冬日天短，已经是黄昏时候了。史科莲道："哎呀，天黑了，我要回去了。"杨杏园道："快吃晚饭了，在我这里吃便饭去。"史科莲道："冬夜里，街上冷静静地。加上我们那学校又在一个僻静地方，回去晚了，我有些害怕。"杨杏园道："不要紧，我没有什么事，可以送到贵校去。"史科莲道："那何必呢！我先走，不用你送，不更好吗？"说着，起身便走，杨杏园也不能强留，便一路送将出来。一到大门口，恰好胡同里的电灯坏了，一街昏暗暗地。史科莲道："咦！好黑，你们这胡同是靠近大街的，怎样也是这样黑？"杨杏园道："怎么样？密斯史有些怕吗？我送你出这胡同口吧。"史科莲道："离大街不远，可以不必送，我就雇车吧。"可是一看这附近，并没有停着人力车，杨杏园听她那口气，分明是怕，便一步一步地在后面送着。送到大街，正好是电车到了，送着她上了电车。电车上人多，史科莲不便问他是到哪里去。电车到了站，一同下车，史科莲道："你这一送我，回去要赶不上晚饭了。这南头有一家小江苏馆子，我请你吃点心再走吧。"杨杏园道："哪有要你请的道理？当然是我做东。"于是二人又在那馆子里吃了晚饭，这时天更黑了。杨杏园笑道："我这人情要做到底，还是送到贵校吧。"史科莲道："路

93

不多了，我雇车回去，不怕的。"杨杏园道："十成之八九的路程，我都送了，在乎这一二成路我不送到？"依旧是一面说话，一面慢慢走。就是这样着，已经走到史科莲的学校这条胡同里来，史科莲也就无须推辞了，就让他一直送到学校门口。

杨杏园望着所送的人进了学校门，这才回家。一进房门，看见电灯依然亮着，那件毛绳坎肩透开了，铺在桌上。上面有一张白纸，写着十几个杯口大的字，乃是："此物新制，且带脂粉香，绝非购自市上者。老何好事，不能不认此为一重公案矣。其有以语我来。"这下面又有几个瘦小的字，乃是："吹皱一池春水，干卿底事？"最后署着"剑莲"两个字。这正是何剑尘夫妇的笔迹，便知道他两人来了。一会儿听差也进来说，是何先生何太太来了，请杨先生明天去吃午饭。说时，他又送上一张条子，接过来一看，上面写着："客有自南方来者，携来安徽冬笋，南京板鸭，镇江肴肉，皆隽品也。愚等不敢独有，愿分子一杯羹。明午无事，至舍共享此物，如何？"旁边又批道："条由尊纪另呈，示秘密也。友朋中老饕甚多，大事宣传，则我危矣。"杨杏园看了，也不觉好笑，心想倒是他二人，是一对美满的姻缘，吃吃喝喝逛逛，我却十年人海，还是一个孤独者。

到了次日上午，他果然到何剑尘家去。何太太穿着轻便的青缎驼绒袍子，两只手插在衣袋里，靠着廊柱晒太阳，一个奶妈，抱着白胖的小孩，在她面前引笑。她看见杨杏园，笑道："果然来了。我们还没有催请啦。"杨杏园笑而不答，一直走进何剑尘的书房，便叹了一口气。何剑尘正在作文稿呢，放笔而起，笑道："进门一声长叹，必有所谓。"杨杏园道："还是女子好。世界上一切的男子，都是女子的奴隶。"何剑尘道："怎么突然提出这一句话来了，有触而发吗？"杨杏园笑道："我说了这话，你夫人一定不答应我的。"何剑尘笑道："你所说的是世界上的女子，她一个人出来打什么抱不平？"杨杏园道："我正看见你夫人享受清福，才有此叹啦。你瞧，你现在屋子里呕心滴血，做那苦工。你夫人淡妆轻服，闲着没事，看奶妈带少爷。是多么自在？我想天下的动物，只要是阴性的，就有哺乳子女的义务，不然，乳何以长在母亲的身上？现在一般贵族式的太太，把男子做工得来的钱，尽量地花，不但一点儿事不做，连自己本分应当尽的职务，乳孩子这一类，她也不管。做丈夫的又少不得花一笔钱，去请了人来，

94

代领这项职务。也不必谈男女平等，这样一来，女子实在太受优待了。"何剑尘笑道："我未尝不知道这个道理。可是男子到了那个时候，不能不这样办。每月花钱也有限，若是不办，她一带孩子烦腻了，就不唠叨我们，对孩子一骂二打，我们心里也不安。"杨杏园道："不然不然，天下做母亲的，都应该请奶妈替她带孩子，自己享福，请问谁又来做奶妈呢？"何剑尘道："发空议论，谁都会哟。到了有了太太，有了孩子，自然会走上请奶妈的一条路。"

他二人正在这里谈论，何太太隔着窗户说道："好哇，你们讨论起我来了。"何剑尘道："我正在替你辩护呢。"何太太道："你不用替我辩护。我问杨先生一句话，妇女出外找职业好呢，还是带孩子好呢？"杨杏园笑道："我也要问一句，设若天下的妇女和男子一样，都找职业，不带孩子，孩子该归谁带？"何太太被杨杏园反问得没有话说了，笑道："我不过说一部分女子可以如此，并不是天下妇女都不要带孩子呀。"何剑尘道："得了得了。这种无聊的讨论，不要说了。你不是说吃了午饭，要到北海去看溜冰大会吗？快些催老妈子预备饭吧。"何太太这才走了。何剑尘笑道："的确的，应该你出来打一个抱不平。你看她小孩子不带罢了，还是要赶热闹花钱去。"杨杏园笑道："前言戏之耳，其然岂其然乎？你的太太，究竟就不错，她到你这里来了，把一切的繁华习气完全去掉，头一件就不容易。现在字也认识了，相当的女红也会做了，那是旁人办不到的。至于持家，不很在行，这也难怪。一来她从前没有习过这个，和你结婚以后，又是一个小家庭，没有一个有家务的经验人来引导她，她自然是不会了。至于偶然出去听戏逛公园，花钱有限，那不算短处。"何剑尘笑道："我现在新发明了一个结婚的定论了。要主持家务，是旧式的女子好。要我们精神上得到安慰，是新式的女子好，若是有个二者得兼的女子，既有新智识，又能耐劳处理家务，那么，一出门，不致为孤独者，回家来，又不至于一团糟，那就是十足美满的婚姻了。"杨杏园笑道："这不但是你的主张，也是一班做丈夫的主张。这其间还有一个必备的条件，女子须要性格温和，不能解放过度，你不见征婚广告里，都提到这一层吗？"忽然何太太在外面接着道："这样说，不是求婚，是收买奴隶了。"杨杏园笑道："何太太还没走吗？幸而没有骂你。不然，这南京板鸭，安徽冬笋，我都绝望了。"何太太进来，笑道："不要说了，就去吃饭吧。吃了饭，我们一块儿去看溜冰。"

杨杏园跟着她到正屋子里来，果然摆着有所说的那几样菜。杨杏园吃着饭笑道："南边风味，必定要南边厨子做才对劲。你看这肴肉，切着椭圆形的片子，上面加着头发似的姜丝，不必吃，一看就知道是很好的味了。"何太太笑道："不要夸奖了，少说几回男子是女子的奴隶，就得了。"杨杏园笑道："别人夫妇间的事，我不能管。若论到你二位，可不要忘了我是月老呀。"何剑尘道："我真抱愧，我许了和你做一个月老回礼的，偏是这位梨云女士，黄土陇中，女儿命薄。而冬青女士，又是茜纱窗下，学士无缘。"何太太道："也不见得就是无缘，我们何不写一封信给李老太太，问她一问。就是不答应，大家不见面，也没有什么难为情。"何剑尘拿着筷子头，对何太太点了几点，笑道："你真是一个傻子。杏园和李女士这样浓厚的感情，果然可以结秦晋之好，还用得着人做媒吗？"何太太道："果然的，我和李先生也差不多无话不谈了，何以提到婚姻两个字，她就冷淡到十分？杨先生你今天说一句实话，和她谈到婚姻的问题上去了没有？"何剑尘笑道："你这话越问越傻了。一男未娶，一女未嫁，两下相逢，成为密友，请问，这应该往哪一条路上走？"何太太道："既然谈到婚姻问题上去了，何以又没有一点儿头绪哩？"何剑尘道："这就要问杏园自己了。"杨杏园凭他两人怎样说，总是不作声。何太太道："杨先生为什么不说，不好意思吗？"杨杏园笑道："正正经经的事，有什么不好意思？我只知道冬青对婚姻二字，有难言之隐。是怎样的难言，我也不知道，你叫我怎样说？剑尘刚说的，茜纱窗下，学士无缘。这话很对。我也只知道她是无缘罢了。不要谈吧，提到这话，就叫我觉得人生无味，要发牢骚了。"何太太笑道："杨先生用情，倒很专一。"何剑尘道："我觉得他用情十分滥呢。你说他专一，奇怪不奇怪？"杨杏园道："我用情很滥，你有什么证据？"何剑尘道："你还要我指明吗？我听见碧波说，你和一位很年轻的女士，过从甚密呢。"杨杏园道："你一说，我就明白了。这是冬青的好友，托我在物质上接济她，没有别的关系。这人姓史，你二位在冬青家里也会过的。你想，彼此都是朋友，怎能会发生爱情？"何剑尘笑道："据你这样说，那三角恋爱，竟是没有的事了。"杨杏园道："你要那样说，我就没法子辩白了。"何剑尘见他不认，也只是微笑。

三人吃完饭，何太太首先不见了，过了一会儿出来，只见她已换了绛色的旗袍，戴上孔雀翎的帽子，脸上拍着粉，肩上披着围巾，手上提着钱袋。杨杏园笑道："我说催着去看溜冰大会，怎样倒不见了，原来换衣裳去了。"何太太笑道："别笑我，你们出门不换衣服吗？"何剑尘笑道："别的我都不反对，唯有手提钱袋，我觉得有些画蛇添足。身上有的是口袋，哪里也可以放钱，为什么一定要手里另外提着这一个呢？"何太太道："里面放些铜子，也是便当的吧？"何剑尘笑道："从前大家不提钱口袋出门，就不带铜子吗？"杨杏园笑道："你不要追问什么理由了。譬如日本妇人衣服上背着那个小包袱，既不美观，也没意思，可是日本妇人非背这个不可。而且很贵的包袱，有值几百块钱的，有什么理由呢？"经杨杏园这一调停，他夫妻骑虎之势的辩论才算终结，然后三人坐车到北海来。

杨杏园的车子到得早，就先上柜上买票。当他正在买票时，有三个时装女子，也在买票。其中有一个看去不过十六七岁，梳着松辫，穿着电光乌绒的旗袍。由着衣服和头发的黑色映着手脸白色的皮肤，正是黑白分明。而且她那身上，有一种极浓厚的香粉，馥郁扑鼻。因为这样，杨杏园就不免对她看了一眼。谁知她毫不避人，对杨杏园反而注视起来。她好像有句话要说似的，见杨杏园不打招呼，却回头对她的同伴一笑，这才走了。杨杏园心想很怪，这人我并不认识她，她怎样会认识我？看她的样子，不像学界中人，又不是交际场中的人，何以这样爽直不避呢？买了票过去，和何氏夫妇一路进门，遥遥见着那女子，还在和她的同伴，向前走去。何剑尘道："前面那个穿黑衣服的，你认识吗？"杨杏园道："我不认识。"何剑尘道："你不认识，何以刚才在票房门口，她向你打招呼？"杨杏园道："她并没有打招呼。不过看那意思很想和我说话。我也不解，这为什么缘由？"何剑尘笑道："可见你的女朋友太多，她认识你，你反不认识她。不是女友之多，何以能如此？"杨杏园道："我没有法子和你辩白，但是我断定，在今天以前，绝没有会过她。"

说时，已到了漪澜堂。只见北海的水面全部结成了冰，真像一面大镜子一般。靠石栏附近的一片冰上，麋集了男女两三百人，在冰上溜来溜去，其中有一部分化装溜冰的，有的扮着戏子，有的扮着清朝的老爷，有的扮着西洋小丑，有的穿一身黑皮袄，扮着大狗熊，倒是有些趣味。此外还有一棵大白菜和一个大火锅子，都是纸糊的。白菜有五六尺高，火锅子有圆桌面那大，溜冰的人都藏在里面，在岸上看去，只见一棵白菜和一只大火锅，在冰上跑来跑去。那个装狗熊的跟着白菜后面追。后面扮戏子的扎着长靠，手上挺着大门杠，又追狗熊。恰好狗熊让一个人，向旁边一闪，屁股触在门杠上，跌了个狗吃屎。于是岸上岸下上千的人震天震地地笑起来。何太太扯着何剑尘的大衣，闪在他身后，笑得前仰后合。何剑尘微微地笑着说道："这有什么可乐的？乐成这个样子。"回头一看杨杏园，他靠着石栏，已是看出了神。

原来其中有十几个穿长袍的女子，在人堆里溜。刚才那个穿黑绒长袍的女子也在里面，她的溜法最好，只管向前直冲。对面遇着人，将身一闪，那长袍波动的形势，和她手上携着白绒绳的围巾，摇曳生姿，风流已极。何剑尘走到杨杏园身后，轻轻地拍了一下，笑道："曲线美真好看啦，你都看出神了。"杨杏园指着那穿黑绒衣的女子道："你看，她真溜得好。她把两只脚，走着舞蹈的步法，身子左摇右摆，真个如风前之柳一般。不过在许多人里面，这样卖弄身段，似乎非大家闺秀所为。"何剑尘道："女子在交际场中不卖弄风流，怎样能出风头？你说这话，真是奇怪。一个女子，加入了溜冰大会，还要斯斯文文地在冰上走小旦步子吗？"正说时，那些溜冰的女子，渐渐走到一处。人越多，势子越溜得快，迎面的微风将衣袂掀动起来，态度翩翩，真个如一群蝴蝶一般。那一只大火锅，它最是滑稽，看见四五个女子挤在一处，它便老远地撞将过来。这些女子嘻嘻哈哈一阵笑，便闪将开去。最好的是那个穿黑绒的女子，绕额至鬓，有一丛蓬松的鬈发。人一跑，鬈发被风吹得颠之倒之，越发增了不少的妩媚。杨杏园不觉笑道："此交际丛中之尤物也。"何剑尘道："你怎么连声赞好，真个未免有情吗？"杨杏园道："我不过看她太妖冶了，白说一声，有情二字，从何谈起？"

说时，溜冰队中，忽然钻出一个穿西装的矮子，嘴上略微有些胡子，态度也很滑稽。他一出面，那个穿黑绒袍子的女子，就满面春风地对他一笑。何剑尘失声道："啊，吾知之矣。"杨杏园看见何剑尘这样惊呼，便问道："怎么着？你知道这人的来历吗？"何剑尘连道："知道知道，我们坐下再说吧。"于是在避风之处，找了一个茶座，和何太太一同坐下。冰场上的溜冰男女，依然可以看见。再看和那穿黑绒衣服同来的女子，都与那矮人点头。杨杏园笑道："看这矮子不出，倒是一个交际家啦。"何剑尘道："那几个女子都很愿意交朋友的，你愿认识她们吗？我可以请那矮子介绍，我想他也一定乐于介绍的。你答应请我，我可以替你办到。"杨杏园道："笑话，我为什么要认识她？她不是交际女明星，我没有理由要认识她。她若是交际女明星，我认识她，我也要自惭形秽。"何剑尘见他这样说，也不再提。可是杨杏园看那几个女人衣袂飘摇，腰肢婀娜，在冰上种种的姿势，真有古人所说罗袜凌波之概。至于那个穿黑衣服的，又是云鬟雾鬓，愈见风流，不由得吸住了他的目光。后来溜冰快要完了，那矮子也走上岸来。他一到漪澜堂，看见何剑尘，早是取下帽子弯腰一鞠躬。杨杏园看他鞠躬那种度数，几乎成了个弧形，就逆料他是日本人。何剑尘和他招呼之后，从中一介绍，果然不错，他是京津石田洋行的行员，名叫板井太郎，和何剑尘有同学之谊，乃是至友。何剑尘让他一同坐下，请他喝茶吃点心，因对他道："你会溜冰，我倒不知道，本事很好。"板井道："自从到贵国来，不很溜冰，现在很生疏了。"说到这里，何剑尘望了一望太太，叽里咕噜，和板井说了一遍日本语。板井一面点头，一面笑着答应。杨杏园是一句日本话也不懂的，看他两人说了许久的话，都含着一点儿笑容，而且板井不住地对杨杏园望着，看那意思，正是提到了溜冰的那几个女子。只苦于不知道他们意思何在，也就没法子过问了。冬日天短，不多大一会儿，便已天黑，就各自回家。过了几天，杨杏园把这回看溜冰的事，也就置之脑后了。

这天正是阳历十二月三十一日，明天是新年，有三天的假期。在报馆里，何剑尘问道："明天你哪里去玩？"杨杏园道："没有定，大概是听戏吧！我是个孤独者，叫我一个人到哪里去玩呢？"何剑尘笑道："我有一个极好玩的地方带你去玩，而且也是你极愿意去的地方。"杨杏园道："我极愿意去的地方，什么地方呢？据我自己想，没有这样的地方了。"何剑尘道："暂时不必宣布，让你到了那个地方才让你知道，那才有趣味。"杨杏园道："你不说明，我不去。我知道你带我到一种什么地方去呢？"何剑尘道："我能去的地方，你总也能去。难道我还害你不成？"杨杏园道："你何妨先告诉我呢？"何剑尘道："告诉你就没有趣味了。你不是明天要听戏吗？我请你。听了戏之后，我们一路去吃烤鸭。吃过烤鸭，然后从从容容到这地方去玩。"杨杏园道："你何必这样客气，大大地请我？"何剑尘道："我不是请你，另外请了一个客，不过请你陪客罢了。"杨杏园听他所说，全是疑阵，好生奇怪。但是如此，却引动了他的好奇心，也就答应和他一路去。

到了次日，依着何剑尘的约，到他家里去相会。大门口却早有一辆汽车，停在那里。走到客厅里，只见前次会的那个日本人板井太郎，已经先在那里。他这才明白，何剑尘所请的客，就是这个日本人。何剑尘道："我们等你好久了，走吧，时候不早了。"于是三人一同出来，坐了门口停的汽车，一路到华乐园看戏之后，就到鲜鱼口一家烤鸭店去吃晚饭，走上楼，便在一间雅座里坐了。板井笑道："到北京来了这久，样样都试过了，只有这烤鸭子店，还没有到过，今天还是初次呢。"杨杏园道："一个吃羊肉，一个吃烤鸭，这是非常的吃法。外国人到敝国来，那是值得研究的。"

说时，进来一个穿半截长衫的矮胖伙计，肩膀上搭着一条手巾，操着山东口音对板井问道："您就是三位？拿一只鸭子来看看？"板井摸不着头脑，不知怎样回答。何剑尘道："你拿一只来看看吧。倒是不必要挺大的，我们还要吃一点儿别的东西呢。"那伙计答应去了。板井正要问，拿一只鸭子来看做什么？要审查审查，鸭子身上是否有毒吗？中国人对于卫生是不很讲究的，何以对于吃烤鸭却格外考究呢？不一会儿工夫，只见那伙计老远提着一块雪白的东西前来。及至他进屋，方才看清楚，原来是一只钳了毛的死鸭，最奇怪的，鸭子身上的毛虽没有了，那一层皮，却丝毫没有损伤，光滑如油。板井看着，倒是有些趣味。那伙计手上有一只钩，钩着鸭嘴，他便提得高高的给三人看。何剑尘看了一看，说道："就是它吧。多少钱？"伙计道："这个是两块四。"何剑尘点了一点头，伙计就拿着去了。板井笑着问道："这是什么意思？"何剑尘笑道："这是一个规矩，吃烤鸭子，主顾是有审查权利的。其实主顾倒不一定要审查，不过他们有这样一个例子，必经客人看了答应以后才去做出来。犹如贵公司订合同，必经两方签字一道手续一般。"板井笑道："要馆子里适用这个例子，吃鱼要拿鱼出来看，吃鸡要拿鸡出来看，这不太麻烦吗？"何剑尘笑道："板井先生将来要作中国游记，少不得对吃烤鸭子大记一笔。这件事，我还有几句贡献给你。论起吃烤鸭子，是老便宜坊最出名，他那里是一所两进的楼房，当我们主顾落座之后，伙计照例问是否吃鸭子？拿一只来看看？若是主顾答应是，伙计站在后面，向前面板房极力地叫着说，拿鸭子呀！在这'拿鸭子呀！'四个字之中，有表示又做成了一笔交易之意。"板井哈哈大笑道："何先生有小说家的手笔，形容得出。"杨杏园道："这却是真事，并非形容过甚。刚才这里的伙计也叫过，不过不是那样大叫罢了。"说时，何剑尘又开了一张菜单交给伙计，让他在烤鸭以外，又添几样菜。

过了一会儿，只见伙计端上两只碟子来，一碟子盛着酱，一碟子盛着青白分明、齐齐整整的生葱段子。板井想道，这也算两样菜吗？怎样吃法呢？接上，另外一个伙计，用一只木托盆，托着一只完全的烤鸭，放在屋外的桌子上。板井在屋子里向外望，见那鸭子，兀自热气腾腾的。随后又来了一个伙计，同先前送鸭子的那个人，各自拿着一把刀，将那鸭子身上的肉，一片一片地割下来，放在碟子里，放满了一碟子，然后才送进来。板井这才明白原来是当面割下，表示整个儿的鸭子都已送来了之意。他就笑着对何剑尘道："这实在是有意思的吃法，以后我真要把吃法记下来，告诉敝国的人了。"三个人将一只鸭子还没有吃完，别的东西就不能再吃了。杨杏园对何剑尘道："你不是说我们一块出去玩吗？上哪里去？"何剑尘道："自然不能失信。"于是又对板井说了几句日本话，板井笑着点点头。三个人出了饭馆，坐上汽车，进了前门，直向东城而来。

第六十八回

心隔蛮弦还留芳影在
目空螳臂起舞剑光寒

却说板井引着何杨二人，向东城来，过了东单牌楼，汽车一拐弯，转进一个小胡同。杨杏园心里很纳闷，这地方有什么可玩的？这时，汽车便在一家人家门口停了。那大门是个洋式的围墙，进里面是一所院子，院子里有一幢东洋式的房子。大门上挂着一丛草茎和白纸条一类的东西，在中国是个丧事人家树的引魂幡一般，在日本却是庆贺新年的东西。三人下得车来，板井一个人首先进门。杨杏园轻轻地问道："这是板井先生……"府上两个字，还没有说出，何剑尘好像很惊讶似的，极力地扯了他几下衣服，不让他说。杨杏园会意就不作声。穿过那院子，只见那屋门上，一个玻璃电灯罩子，上面有三个字"琵琶亭"。将门一推，杨杏园吓了一大跳，只见一个东洋妇人，拥抱着一个西装汉子接吻。他们虽然走进来了，那个东洋女子却熟视无睹的，依然和那男子亲亲热热地情话。杨杏园一直到了此时，心里才为明白，原来是个日本妓馆，何剑尘所说有趣的地方，就是这里了。

这里是个小过堂，四面是玻璃门围着，上去两层木梯，又进一重门，便是那半截楼式的正屋。当板井走到木梯边下，一个四十来岁东洋妇人出来，和板井一鞠躬，便伏到地板上的席子上。板井便站在木梯边脱鞋。杨杏园一想，糟了，我这双毛袜，破了一个窟窿，这一脱鞋，岂不有伤国体？人急智生，便对何剑尘道："呀！我一样东西，大概丢在汽车上了，让我找来，请你等等。"于是抽身便出来，一脚跨上汽车。恰好汽车夫不在车上，连忙将毛袜和衬的线袜一齐脱下，何消片刻，把毛袜穿起，再把线袜罩在毛袜上，穿好了，再进门去，何剑尘也脱了鞋，站在梯上等了。这时，杨杏园也就大大方方地脱鞋。那东洋妇人，将鞋子一齐接了过去，放在梯子边一只木柜里，便让他们进去。这里面屋子的花格玻璃门，和外面护檐玻璃门，恰好夹成一条夹道。大家光着袜子，在这夹道里走。只一拐弯，那东洋妇人，推开一扇玻璃门，进了一间屋子。屋子里，什么东西也没有，不过上面有纱罩笼住的电灯，下面铺着整洁的东洋席子。这屋与别间屋，也是菊花玻璃格扇隔的，推开一重格扇，又进一重，一直走了三重屋，都是一个样子。最后一重屋，席上多了几方绸制的软垫，和一个四方木板的小火笼。笼里一只小火盆，正燃着熊熊的炭火。那个东洋妇人，操着极不规则的北京话对大家说道："请坐下，请坐下。"于是大家盘着腿，团团地坐下。

就在这个工夫，进来两个日本女子，都不过二十岁附近。两个人手上，各托着一只铜托盘。当她一推开那格扇门，早就蹲下身去，向这边带跪带鞠躬，满面堆下笑容，说了一句日本话。板井听着笑了，何剑尘也笑了，杨杏园也跟着笑了。她们将东西送过，是三个茶碗，三个小碟子，三双银筷。那茶碗里有大半碗有色的热水，也不知道是茶不是茶，水里浸着几丝一寸来长指头粗细的糯米糕，还有一两样不识的菜叶，漂在面上。这小碟儿，也只和平常的酱油碟子那么大，里面放着三四条一寸长的咸鱼，四五条豇豆般的小秧瓜，两三条咸萝卜片。杨杏园心里想着，这或者是如中国酒席上的小菜一般，一会儿还有好吃的送出来。但是那两个日妓送了东西来之后，就坐在一处谈笑，并没有离开。接上来了一个年纪小些的妓女，手上托着一个木盘子，里面放着啤酒瓶和玻璃杯，到了面前，照例一跪一鞠躬，接上便和大家敬酒。她敬酒敬到杨杏园面前，便操了日本话来问他。杨杏园摇摇头道："我不懂日本话。"她就说中国话道："你先生贵姓？"杨杏园道："姓杨。"她就偏着头想了一想，说道："哦！杨，姓杨，我明白了。"杨杏园道："我可以问你的贵姓吗？"她倒是说了，可是闹了半天，还是没法儿懂。何剑尘才接过来道："她叫川岛樱子。"樱子笑道："对了，山大影机。"杨杏园听说，心想道："你不说我还明白，你一说，我倒糊涂了。"便问何剑尘道："是哪几个字？"樱子捉住杨杏园的手，便用一个指头，在他手心里东西南北，乱画了一阵，说道："这个影，这个机，明白不明白？"杨杏园笑了一笑，也不说不明白，还是何剑尘说明了四个字，他才恍然。

正在这时，照样地又有一个日妓，鞠着躬，送了啤酒进来，一直到第四个人头上，是个小小的身材。杨杏园一见她的面孔，好生面熟，仿佛在哪里见过。她原坐在板井身边，板井用中国话给她介绍道："这位是杨先生，认识不认识？"她对杨杏园望了一望，说道："认识。"又摇摇头道，"不认识。"杨杏园这时看清楚了，正是穿黑绒衣服，在北海溜冰的那个女子。原来她是日本妓女，这真是梦想不到的事情了，笑道："你不认识我，我倒认识你。那天不是在北海溜冰吗？"于是私问何剑尘她叫什么名字？何剑尘和她说了一大串日本话，她笑着点点头，便坐到杨杏园一处，伸手递了一张小名片过来。杨杏园接着名片一看，乃是芳园杏子。何剑尘笑道："怪不得你二位默契已久，你看她的名字，把你的台甫，都已包括在内。"杏子问道："说什么？不明白。"何剑尘又用日本话，对她说了一遍。芳园杏子对杨杏园望了一望，扑哧一笑。便将他的玻璃杯拿过来，给他斟上一满杯，说道："请干这一杯。"杨杏园道："我喝得不少了，不能喝了。"杏子将玻璃杯捧在手上，送到杨杏园嘴边，一定要他喝。杨杏园没有法子，只得就在她手上，喝了一口。何剑尘因对杨杏园道："这也是未免有情吧？"板井听了何剑尘说，因问道："什么？我不明白。"何剑尘于是说了几句日本话，把意思告诉他听了。板井一看这种情形，也就哈哈大笑。这时那山岛樱子，已经捧着一柄日本月琴，扑通扑通，弹了起来。杏子含着笑容，也就随琴调而唱，日本人说话，声音极是粗野，她那种歌调却也不大受听。板井听了，倒很像是有趣味似的，另外拥抱着一个日妓，站了起来，在一边跳舞。

那杏子眼睛瞧着板井，扯扯杨杏园的衣服，对着他笑。杨杏园又不能说什么，也对她一笑。何剑尘让杏子唱完了，便用日语和她谈话。谈完了，又对杨杏园道："怪不得她对你很有意。据她说，她在长崎的时候，有个好友，和你很相像。"说到这里，故意说两句文言道，"所谓夫己氏，焉知非有白首之约，啮臂之盟者耶？"杨杏园只是以目示意，叫他别说。何剑尘哪里管，依旧笑道："可惜你双方，言语不能了解。只好心有灵犀一点通罢了。"杨杏园道："你这真打趣得无所谓，不让主人难为情吗？"何剑尘道："主人翁正因为我从中说明，他要给你俩做撮合山呢。"杨杏园道："全是你一个人的鬼，我要走了。"何剑尘道："不会把你放下来做押账，你放心坐下吧。"但是杨杏园以言语不通，只是喝那清淡的啤酒，究觉乏味，坐了会子，一定要走。何剑尘见他不受强留，也只得由他，对板井道："都走吧？"板井以为二人有事，便答应走。芳园杏子见杨杏园要走，又把半玻璃杯酒举起来，强要杨杏园喝下去。杨杏园见她捧杯在手，不肯放下，也就未便拒绝。杏子等他把酒喝完，转身就走开。一会儿工夫，她又跑回来，取了杨杏园的大氅给他披上，临别的时候，她又是嫣然一笑。大家出了屋子，那个日本妇人便在木柜里取出鞋子，让他各人穿上。那板井倒是很客气，把他的汽车亲送何杨二人回家。

杨杏园到家，一脱大氅，忽觉胸面前有一阵香味冲了出来。心想我身上并无一件香的东西，这香从何而来，这些日本妓女，身上的香料实在不少，我只和她们坐在一处两个钟头，身上就会惹了这很浓的香味，怪是不怪？这样想时，大襟一掀，又是一阵香味，这香味从大氅里面出来，绝不是粉迹余香，便拿起大衣来，仔细一看，却闻见那香气是从大衣袋里出来的，心想大衣袋里如何有气味呢？顺手向里一掏，却掏出两件东西来。第一件是一方水红绸手绢，却拴了一个同心结子。第二件是一张四寸全身相片，那相片上正是芳园杏子的芳影。他这就明白了，当大家动身的时候，杏子曾匆匆地跑了开去，然后又把大氅取过来了，不用说，相片和手绢就是那个时候放进去的。她何以对我一面之交的人，如此做作呢？真个我和她的情人，有些貌似吗？杨杏园胡思乱想了一会儿，却又把手绢相片放下，转身一想，我这不是太傻。这不过是妓女一种谎话，借以打动人心罢了，我何必理她。这晚酒意很浓，老早地便睡了。

次日起来以后，听差的忽然进来说道："杨先生，有一个和尚要见您。"杨杏园道："有一个和尚要见我？这很奇了，我哪里认得和尚呢？但是管他认得不认得，见一见也不要紧，你请他在前面客厅里坐。"及至自己走到前面去看，原来就是出家的张敏生悟石和尚。连忙笑道："悟石师，难得来的，快请到里面。"于是就把悟石引到自己这屋里来。悟石道："杨先生大概不会想到和尚会来找你，就是和尚自己，也没有想到来找哩。阿弥陀佛，清水老师父前天在庙里圆寂了。他老人家圆寂以前，对我说了，叫我上五台去走一趟，我打算一两天内就动身。到过五台之后，我就要游历一番，说不定还要到印度去。"杨杏园拱手道："恭喜恭喜！这是好事。我早就说悟石师的前途，未可限量。"悟石道："我并不是来辞行，出家人也用不着辞行。我还是为老师父一件事来的。"说毕，在他的僧衣大衫袖里，掏出一个手抄本子，捧着交给杨杏园看道："这是他老人家半生来所作的诗。不是和尚阿私所好，这诗很有可传的。他老人家虽然没有吩咐我保留，我也不忍抛弃。但是我飘荡天下，带着到处走，不是办法。我想把这事拜托杨先生。"杨杏园不待他说完，连忙说道："请你放心，我可以负完全责任，将来可以找一个机会付印。"悟石笑道："杨先生是此中能手，且请看一看再说。不要先依允了，后来一看诗不好，又停止了。"杨杏园道："清水方丈这样道德清高的人，只看他行事，就不带人间烟火气，绝不会作出不好的诗来。不好的诗，我猜他也就不至于作了。"说时，翻开那抄本，只见都是蝇头小字，誊写得很清楚。随便看了两首，诗的体格，在王维储光羲二人之间。笑道："我就原说不错，而且不失出家人的本色。我一定留着印出来的。"悟石合掌道："那就很为感谢，我要去了。"说毕，转身便走。

杨杏园送到大门口，他已扬长而去。由南城到悟石所住的庙里，路要经过袁卫道家，他心想袁卫道与清水感情很好，清水已经圆寂三天，这事不能不告诉他一声。因此特意到袁家去，把这事报告了。袁卫道听说，嗟叹不已，埋怨悟石怎样当时不来说。悟石笑道："老先生当时知道了，他老人家是去，不知道也是去。况且他老人家早起还是好好的，到了上午，先盘坐入定，后来嘱咐几句话，就圆寂了。就是要报告，也来不及。"袁卫道点点头道："来清去白，好和尚。"后来悟石说要出去游历名山大水，走遍天下，袁卫道又赞赏不已。他的儿子袁经武也道："我们空活一辈子，哪有这个机会？我也愿意出家了。"袁卫道笑道："你也要出家？你没有那个福气。"他父子二人，都在羡慕出家，悟石微笑了一笑，向他们合掌打个问讯，转身就走了。袁经武道："这个人出家不多久，就修得道德很高了，实在可怪。这样看来，不见得和尚都是坏人。从前我说看见和尚就生气，倒是错了。"袁卫道道："靠你那股子火气，和出家人就没法子接近，你还说要出家呢。"袁经武笑道："古人说，放下屠刀，还立地成佛呢，有一点子火气，那要什么紧。"袁卫道笑道："别和我说嘴了，时候到了，上衙门去吧。"

袁经武一看壁上的挂钟，已经十点多了，实在也不能耽搁。戴上一顶帽子，套上一件马褂，便走出门来。偏是他出门走得匆促，忘记在家喝一饱茶。街边有一家新开的水果铺，陈列着许多红红绿绿的水果。于是一脚走进水果店，在果盘子里，拿起一个梨问价钱。这水果店里的掌柜是个肉胖子，坐在那里也不动身，只把眼睛斜着望了一眼。袁经武道："这梨多少钱一个？"掌柜的道："不打价，十六个子一个。"袁经武道："这也不是那样顶好的东西，卖这些个钱，十个子，成也不成？"掌柜的嫌他不是好东西这一句话，不大受听，就没理他。袁经武倒也没有留意，又在盘子里将梨挑着看了一看。掌柜的高声说道："你买不买？不买，就别乱动手。"袁经武道："嘿！做生意人，和气生财，说话客气一点儿。这样大呼小叫的做什么？我没把梨掐一块，挑着看看，要什么紧。"掌柜依旧高声说道："爱买不买，我们这东西就不让看。买一个梨，还不够你麻烦的，你给我出去吧。"袁经武道："你又不是批发生意，一个梨当然卖，为什么这样凶？"掌柜的道："我就有这样凶！你怎么样？"袁经武本来不屑于和这个人生气，看他那一派骄傲样子，料他向来是这样藐视主顾惯了的，便冷笑道："我没有瞧见过做生意人这样不讲理的！我问你，你是个什么来头？"掌柜的道："告诉就告诉你，怕你告了我不成！我对你实说了吧，我们少爷是筹边使边防军营长。"袁经武不由哈哈大笑道："就是这个，还有吗？"

　　这吗字刚说完，耳边听见身后有响动，赶紧抽身往旁边一闪，只见一个穿灰色制服的人，拿着一根藤鞭子，向前扑了过来。幸喜袁经武躲闪得快，那人扑了一个空。袁经武瞪着眼睛说道："你这人好生不讲理，怎样动手就打人？"那人举着鞭子拦腰又向袁经武抽来，口里说道："揍你这混账小子，你妈的！"袁经武倒退两步，又躲开了。那人追过来打两回，袁经武都不生气，唯他开口便伤人父母，就忍耐不住，便道："要打就打，那很不算什么。我问你是掌柜的什么人？"那人道："我就告诉你，看你怎么样？我叫毕得胜，是这里朱营长名下的弟兄。"袁经武笑道："那也难怪，你是要打人，向老太爷讨好的。可是我姓袁的，平生服软不服硬，你要打，我也不怕打。今天闲着没事，找个地方闹着玩两手，你看好不好？"这时，他们已闹到果子铺门口来了，街上人看见有个穿便衣的要和一个穿制服的打架，就停住脚来看。

正这么闹着，接上铺子里又出来三个穿制服的人。其中有一个，是一套黄呢的制服，而且挂了指挥刀，这样子，大概就是朱营长了。他一看见袁经武，便喝道："你是什么混账东西，敢在这里胡闹？"毕得胜道："营长，这小子他充好汉，要和咱们讲打。"朱营长听说这句话，早就挺着胸脯，抢上前来。袁经武不等他上前，已经退到街心。街心里的人，见有这样热闹的事，就围了一个人圈圈。袁经武道："我说较量较量，决计不会逃走的。可是这地方，是来往过路的大道，咱们别因为打架，连累别人不能走道。就是南头，有一个大敞地，咱们到那儿去玩玩。"朱营长将两只手掌，互相将手腕一擦，说道："好！谁揍赢了谁有理。咱们这就走。"街上几个警士，看见有人和朱营长在这里闹事，不解劝，责任所在，说去解劝，又实在不便上前。急得没法，只好轰看的人。现在听说他们愿意走开，喜出望外，自然也犯不着去干涉。那朱营长拖着指挥刀，挺着胸脯在前走，毕得胜拿着鞭子，和其他两个同伴，押解着袁经武，别让他逃跑。那些看热闹的人哪里肯放，也就遥遥地跟了下来。到了敞地上，他们五人一站，周围又是站满了的人。袁经武早就看见了，他们并没有带手枪，就是朱营长身上有一把指挥刀，毕得胜手上有一根皮鞭子。可是到了这时，毕得胜两个同伴，各人在街上夺了一根扁担带了前来。看的人却都替袁经武捏着一把汗。他在许多人中间一站，笑道："怎么着，你们四位一齐上吗？"毕得胜一看袁经武从容不迫的样子，就料定他有点儿武术，和他一个对一个，恐怕有些敌不过。便道："我不管那些，揍得赢的就是。"袁经武笑道："全来也好，打得热闹些。我有话在先，凭着许多看热闹的人当面，请他们将来做一个证据。我若被你们打死了，不要你们偿命。你们呢？"毕得胜道："自然也是一样。"袁经武道："好！你们就动手吧。"

在这一句之先，朱营长和他的同伴，丢了一个眼色，又把嘴一努，自己和毕得胜站在对面，让那两个拿扁担的，也各占一方，恰好四人各居东西南北一面。袁经武早看在眼里的，只不理他。当他说完了"动手吧"三个字，右边一个拿扁担的，对着袁经武的脑袋直砍下来。同时，毕得胜的鞭子，也由背后横着抽了过来。袁经武且不理那鞭子，横着一只右胳膊，向右边扁担迎了上去，已算躲开了鞭子。可是那扁担不偏不歪，正砍在胳膊正中，只听见啪轧一声，哎哟一声，扁担中断，成为两截，那个拿扁担的人，竟伏在袁经武脚下。毕得胜还没看清楚，第二鞭子又来。袁经武身子一闪，毕得胜已窜到身边，他一伸手拉着鞭子向怀里一带。恰好左边那根扁担，也侧着扑了过来。袁经武两只手抓住毕得胜，已不能去抵御。他索性让那扁担来得近切，口里喊道："好！给你们一个玩意儿看看。"身子一跳，左脚一踢，那一条扁担竟让他踢在半空，落到人圈子以外去了。扁担飞了出去，那人竟也会站不住，仰跌在地上。那毕得胜仍旧被袁经武抓着，摆动不得。袁经武笑着把手一松道："就是这副本领，还凶什么？"毕得胜哪里还能打架，只觉两条被执的胳膊，像触了电一般，都酥麻了，便蹲在地下，站不起来。

那个朱营长，究竟位分高些，他早就没预备动手，除了冷不防拣两下便宜而外，便把这事交付三个弟兄了。不料这三个人，都只战了一个回合，各各躺下，这自己还动什么手？呆在一边，却不知怎样好？袁经武对朱营长一拱手道："营长，您不是说一齐动手吗？还有您没来较量，这场架还没分胜负，我得领教领教！您别瞧这三位都躺下了，一来是他们不留神，二来也是兄弟碰在巧上，未必您上前，也躺下来吧？"他说到这里，周围看的人，轰天轰地地笑了起来。朱营长逃又逃不得，打又打不得，便喝道："你这东西，打倒我三个弟兄，你还敢和我开玩笑？你叫什么？我要叫警察拿你。"袁经武道："我们有言在先，打死人都不要偿命啦！怎么着？你们刚刚躺下，就要和我打官司吗？打官司我也不怕，咱们这一场架，总非得打完不可！"说着，身子只一耸，便立在朱营长面前。朱营长到了这时，势成骑虎，不打不行。他就存了先下手为强的念头，等袁经武过来，抽出指挥刀，劈柴也似的，向袁经武脑袋上身上乱砍。袁经武且不夺那刀，也不还手，只是东闪西窜，不让他砍着。朱营长虽然身上没有挨到一下，可是砍来砍去，老砍一个空，却累出一身的臭汗。袁经武老是这样躲来躲去，只把打架当游戏一般。朱营长越是着急，看的人越是好笑。

袁经武也觉闹得够了，然后停住脚步，故意让朱营长砍将过来。身子一偏，朱营长往前一栽。袁经武然后提起后腿对他手腕一踢，将那一把指挥刀踢在地上。一伸手把刀拾将起来，笑着将朱营长一推，对他笑道："念你是个军官，我不让你躺下。别说你这四个人，就是四十个人，也不放在我眼里。靠你们这样一点儿小前程，就作威作福，比你前程大的多着啦，那还了得吗？今天若是别人，骂是让你们骂，揍是让你们揍了，遇着我教训教训你，那是你合该倒霉。我这算是十二分宽待你们，不要你们的性命，只扫一扫你的面子就得了。你们以后，别再这样子，第二回碰到我一样的人，就不能放过你了。你不信的话，我耍两套玩意给你看看。"说时，将指挥刀拿在手上，当它是一柄单剑，就将左手一比剑诀，右手拿指挥刀向外一指，先起了一个势子，试了一试。然后上腾下扑，左盘右转，便舞将起来。他舞得一阵快似一阵，太阳底下，竟看不清指挥刀，只见一道寒光，在袁经武四周飞舞。舞到吃紧之际，空气中更是呼呼作响。那道刀光，几次逼近朱营长，离人只有几寸路，却又收回去，他吓得哪敢作声。猛然间寒光一闪，袁经武就不见了。只听当的一声，那把指挥刀落在地上。这个时候，看的人不由得轰然一声，都含有惊异的意味。那朱营长也就目定口呆，半晌说不出话来。再看先在地下躺着的那三位，这时勉强爬了起来，一点儿力气都没有。毕得胜道："营长，我们今天白白地吃了这一个大亏，不能放过这小子。不知这小子是谁？"这些看的人里面，有嘴快的，便搭腔道："论起这人，倒是别和他斗的好呢。他是袁卫道的儿子，父子俩都练把式，他父亲从前还走镖啦，谁不知道？"毕得胜道："这人我知道了，还和咱们同事啦。他就在咱们二爷那里教把式。"朱营长道："真的吗？弄到这样，咱们还有什么面子在这儿混事？得了，我也不回去了，另找上司去。若是找得了，咱们一块儿，你就回衙门去听我的信儿吧。"

朱营长扑了一扑身上的灰，就雇了一辆人力车，到铁儿胡同鲁公馆去。这鲁公馆的主人鲁大昌，是一个现任巡阅使，手下带有几十万大兵，拥有两省的地盘，他所有人，专以师长而论，就有一百多名。而且他极肯顾同乡，只要是他夕县的人，他总得给你一点儿事干。于是当时有了一种童谣。乃是：会说夕县话，就把洋刀挂。据人调查，夕县的男子，没有官衔的，只有两种半人。一是鲁大昌的仇人，二是没有出世的，还剩下半种人，就是不会说话，或不会走路的小孩。因为小孩里面也有少数挂官衔的，所以叫作半种。

朱营长原是夕县人，只因差事干得还好，所以没有去找鲁大昌。现在为了面子关系，只好靠着夕县话，去把洋刀挂了。他当时到了铁儿胡同，早就见胡同外三步一警，两步一兵，杀气森严。朱营长原知道鲁大昌在任上，不过到公馆去找他的留守副官，现在看这个样子，胡同里已经戒严，不知来了什么人。自己穿了一身武装，又不便上前去打听，只好离了胡同口，远远地站着。只在这个时候，只见马路上远远尘头大起，几辆油亮崭新的大汽车，风驰电掣而来。车子两边，各站着两个挂盒子炮的卫兵。车子里面，却是些打扮得花枝招展的女子。一辆车里有五个的，一辆车里有半打的，但至少也是四个。看这些女子的装束，一望而知，是窑子里的姑娘。一辆一辆地过去，一直过去六辆，都进了鲁公馆。朱营长心里一想，这除了鲁大帅自己来了，不会有别人，这样大叫条子。他自己在这里，要碰上机会这就更好办了。自己踌躇了一会子，只得大了胆子，走上前去。那守卫的兵士，看他的肩章，知道他是一个军官。走上前一步，问他是哪儿的。朱营长不敢说是见大帅，只好说是去会黄副官的。兵士一听他的口音，明明是夕县话，不敢得罪他，就让他进胡同口。到了号房里，朱营长掏出一张自己的名片，让传令兵送了进去。他所要会的这位黄副官，也是和鲁大昌一样的人，非常地照顾同乡。他一见有同乡前来拜访，而且又是一个营长，当然不能拒绝，便说一声请。朱营长到了副官室里，不由大出乎意料之外，却是满堂不可思议的怪客，简直不愿意进去。要知道是些什么怪客，且听下回分解。

第六十九回

宽大见军威官如拾芥
风流关国运女漫倾城

却说朱营长走进副官室，只见有十七八个穿黑布袍子的人，坐坐站站，挤了满屋子。有的提着胡琴蓝布袋，有的挟着琵琶。说出话来，都是上海口音。脸色虽然有黄的有白的有黑的，可是都带上一层鸦片烟黯，两腮上似乎有点儿浮肿。看那样子，分明是跟着窑姐儿来的乌师。这种人让他待在门房就行了，或者就叫他站在走廊下，也无所不可，何必一定还把他们引到副官室里来？自己心里，确是老大不高兴，但是看那黄副官穿了一套整齐黄呢军服，还加了一根武装带，只管在这些黑袍队里挤来挤去。自己要和黄副官说话，就不能不向前，要避嫌疑，也是不行。远远地一举手，和黄副官行个礼。黄副官笑道："原来是朱营长，好久不见啊。我听说你在那边混得很得意啊。"朱营长道："凑合劲儿。我老想来和黄副官谈谈，可又不得这个便。"黄副官道："我平常是很闲。今天你老哥来，又算赶上了。今天上午，我们大帅刚刚从任上回京。我上上下下，都得张罗。不然我一定陪你吃小馆子去。"

说着话时，朱营长可就和黄副官并排地在椅子上坐下了。朱营长四围一望，将声音放下，低低地说道："怎么回事？屋子里这些个人。"黄副官笑道："上面叫条子了。先叫了十几个还嫌不热闹，这又叫了二十多个。你瞧吧，这还早着呢。这就该闹到亮电灯，亮了电灯之后，一直又要闹到天亮。"朱营长道："我这回来，是想见一见大帅，这样一说，可又不行了。"黄副官道："瞧他高兴，要是高兴，打着牌，搂着姑娘，都可以和你见面。若是不高兴，你站在他面前，他也不会和你说话的。"朱营长笑道："既然这样，我今天愿意在这里碰着试试瞧，真碰上了，也许有个乐子。"黄副官道："我们自己兄弟说话，可别撒谎，你是愿意找事呢？还是想弄两个钱？"朱营长笑道："找事就不是弄钱，弄钱就不是找事？"黄副官道："不是那样说。我们这儿，可比别处不同，有弄钱的事，有名义的事。譬方说，你要到外县去弄个什么烟委员，或者地皮征收委员，你是准弄钱。不过是个短局。你若是弄个团长旅长，正式成立了军队的，现在没有缺出来。若是光弄个空衔，我想很容易办。可是说不定什么时候有军队给你带。不带军队就没有饷，也没有防地，试问，哪儿去弄钱呢？不过有本领，把委任状弄到手，再设法子招兵。一个旅长吧，会弄的，总可以弄到一二千人，按说，这就可以说是足额的军队了。有了名义，有了兵，这财可就发大啦。所以弄钱的差事有好处，不弄钱的差事也有好处，这就事在人为。所以我说不知道你愿意干哪一门的事啦。"朱营长笑道："我们扛枪杆儿的，干别的是不成。我想我要是干的话，还是带兵吧。"黄副官道："好！你这话搁在我心里，说不定三两天就给你弄到手。也说不定是一月两月，反正给你办到才算。"正说到这里，一个传令兵走过来说道："大帅传黄副官。"黄副官听说，对朱营长笑了一笑道："你听信儿，也许这个机会就给你找着了。"黄副官说着话，向上房而去。

那鲁大昌巡阅使是今天下午到北京的。他向来是这样，到了什么地方，别的什么事可不办，第一件就得叫条子，先弄些姑娘来闹一阵。若是没有姑娘玩，他觉得枯燥无味，无论什么事情也办不好。这北京他有公馆在这里，八大胡同又是全国驰名的莺花之窟，玩起来显着更是便利。所以他一到北京公馆，马上就吩咐开八辆汽车去接姑娘。一会子工夫，莺莺燕燕，他的那大客厅里就挤满了一屋子人。鲁大昌躺在一张大沙发上，身子向后仰着，两脚向茶几上一架，口里衔着大半截雪茄烟，慢慢地抽着。左右两边，坐了两个细小身材的姑娘。一只手伸出去，绕过来，紧紧地抱上一个。嘴上一撮短胡子，笑着一根根竖了起来。将手拍着右手一个姑娘道："我们三个人，是两个么抬一个六，这骰子的点儿不错。"说着，仰了头哈哈大笑。正在这时，黄副官进来了。鲁大昌道："我听说这些姑娘，她们都带了师傅来了。我又不请客，无非叫几个人来玩玩，要他们瞎起什么哄？一个人赏他二十块钱，让他们去吧。"黄副官答应了一声"是"，却站着没有动。

鲁大昌道："为什么不走，你还有什么话说吗？"黄副官走近了，低着声音答道："是。有一个同乡姓朱的，现时在边防军那里当营长，想到大帅手下来投效。"鲁大昌道："是我们夕县人吗？"黄副官道："是的，倒是很能办事。"鲁大昌道："别是你捣鬼吧？他怎么就知道我今天来了？"黄副官道："他今天原是来找副官的。听说大帅来了，可不敢求栽培，托副官遇着机会就回一声儿。"鲁大昌道："他来了吗？叫他进来，让我瞧瞧他是怎样一个人，究竟成不成？"黄副官答应两声"是"，退了出去。不一会儿工夫，就把朱营长引进来。

朱营长在客厅外面，就是三万六千个毫毛孔，向外冒着热气，浑身自然寒冷，要抖颤起来。脚紧紧地踏着地，浑身使出劲来，然后才跟着黄副官进了客厅门。四围都是红红绿绿，一些花枝招展的姑娘，虽然很是奇异，却不敢正眼儿去看，只有那一阵沁人心脾的香气，冲进鼻端，令人有些支持不住。抬头一看见鲁大昌在前面坐着，赶快就站定，举手行了一个礼。但是这儿还相距得远。黄副官却不曾停步，依旧走上前去。朱营长知道这种行礼不成，还是跟着人家走，走了三步，停住脚，又行一个礼。黄副官哪里理会，还是向前走，一直走到鲁大昌身边，才将身子一闪。朱营长觉得第二次行礼，又非其时，不得不举手，再行第三次礼。那些姑娘，见他走几步立一回正，行一回礼，犹如烧拜香一般，很是有趣，不由得都吃吃吃地发出笑声来。

鲁大昌见他是生人，只好把搂着姑娘的两只手抽了回来，挺着胸一坐，先问道："你叫什么名字？"朱营长道："是，叫朱有良。"鲁大昌听他说话，果然一口家乡音，便问道："你也是夕县人了。那小地名在什么地方？"朱营长道："是小朱家庄。"鲁大昌道："是小朱家庄吗？是我表兄家里啊。你一向在外就扛抢吗？你们那里人坏事倒是不做，就是一样，喜欢和日本人合伙卖吗啡。"朱营长道："是，是，有良可是没有做过。"鲁大昌道："卖吗啡的我倒是不恨，我就是恨卖海罗茵的。我部下的军官，让卖海罗茵的害苦了，谁也抽这个。东西又贵，卖贵到三十块钱一两。一两海罗茵，瘾大的还抽不了一个礼拜。他们发几个钱饷，就全在这上头花了，真是可恶。"朱营长大窘之下，大帅虽不是骂自己，可是在发脾气，自己身当其冲，站着发愣，也不知道怎样好。鲁大昌见他这样子，笑道："不用提了，你是来和我求差事的。谁叫咱们是同乡哩，我总得给你一点儿事。不过你是当营长的，我不给你团长，你也不会在我这里干。老实说，你叫我委一个司令，委一个军长，那都容易。就是这中级军官，自己要带兵的，可不能胡来。等我想想，给你一个什么事。"说时，口里咬着那半截雪茄，偏了头去沉想。

就在这时，上差送上一张名片来，他一看，是王化仙王道尹来了，便笑道："王老道来了，叫他来吧。"又对朱营长道："你别走，等一会儿。"朱营长听说，果然就不走。一会子进来一个五十多岁的人，下巴颏上，垂着一把五寸长的马尾胡子，一见就让人注意。看他尖削的脸儿，戴了红疙疸瓜皮小帽，挂着一副玳瑁边大框眼镜。身穿枣红缎子皮袍，外套玄缎团花大马褂，一步一点头地走将进来。进来之后，他还是行那种古礼，对了鲁大昌一弯腰，深深地就是一揖。鲁大昌笑道："这回你给我占的一卦，有些不灵。你说我这个月偏财好，耍钱准赢，可是这个月快完了，赢钱的日子少，输钱的日子多，仔细算一算，恐怕我都输的不少。"王道尹道："我并不是算不准。我算的偏财，并不是指着耍钱说，只要不是职分上挣来的钱，都是偏财。大帅这个月发的公债，有三千万，这一项偏财，还算少吗？"鲁大昌道："发公债怎样能说是发偏财呢？这钱也不是我一个人用，一大半发了饷了。"王道尹道："公债怎样不是偏财？大帅发一道命令，就到各县去摊派，又不费力，又不花本钱。而且这种偏财，要福气大的人才镇得住，差不多的人还不能发这财呢。"鲁大昌道："这样说，我要发公债，也是命里早注定下的了。不知道这偏财，我今年还有没有？"王道尹道："让我算一算看。"于是掐着指头，闭着眼睛，口中念念有词，念得那下巴颏下的长胡子，只是一掀一动。念完了，他睁开眼来，给鲁大昌作了三个揖，笑道："恭喜大帅，贺喜大帅，下个月偏财大发，比现在还好。"鲁大昌笑道："果然是这样吗？他妈的，下个月我再发它三千万公债吧。"王道尹道："那准成功。"鲁大昌道："你也管了十几县，你那些地方，能摊派多少呢？这个月的公债，你就办得不大好。"

王道尹走近前一步，低着声音道："禀大帅的话，化仙管的那些县分，都是灾区，实在不容易办。"鲁大昌道："你别胡说了。前些日子，你送来看的那几个小姐儿，都长得挺俊。灾区里面，长得出那样花朵似的人吗？

先别说废话，你跑到北京来做什么？"王道尹道："前天接到大帅由天津发去的一个电报，叫花仙来算一张命。"鲁大昌笑道："哦！是了。不是你提起，我倒忘了。是宋督办给我做媒，要送我一个姨太太。相片子我瞧了，人倒是对劲，可是我从前算过命，说是我今年下半年不能办喜事。我很为难，不知道怎么好？宋督办就说，打个电报把你叫来仔细算一算就行了。电报是谁打的，我倒不知道，任上没有什么事吗？"王道尹道："任上没有什么事，伺候大帅要紧。那很容易，回头我就去仔细算一算。最好大帅把那相片也赏给我瞧一瞧。"鲁大昌道："瞧相片做什么，干脆，你就瞧人得了。她叫赛瑚，在居仙院，是宋督办招呼的人儿。我因为宋督办在天津，没有叫她的条子，省得宋督办疑心我等不及，割他的靴腰子。"王道尹道："那就是了，今天晚上，我就到居仙院给那姑娘先看一看相，然后再算一张命。"说毕，王道尹转身要走。鲁大昌道："别走，你给这个人看一看相，他的官运怎样？"说时，指着一边站立的朱营长。

王道尹心想，在大帅身边站着，这人总非等闲，一定是大帅给他升官了，要试一试我的本领。因对朱营长一望，手将胡子一摸，点了一点道："巧得很，这位现在正交官运。"鲁大昌道："能不能抓印把子？"王道尹又点了一点头道："可以。"鲁大昌道："既是这样说，你把他带了去吧。你那里有十几县，随便给一个知县他干都成。"因对朱营长道，"他以前是有名的王老道，现在当了泰东道尹，你跟了他做知县去。王道尹很好的，又能未卜先知，你有什么为难的事，给他说说，他自然有法子办。总算你的官运不错，碰到这种好机会。去吧。"说时，将手一挥。朱营长做梦也想不到，这样随随便便的，就闹了一个知县做了。当时和鲁大昌行礼告别，就和王老道一路出来。

他们走了，鲁大昌便将上差叫了进来问道："我叫你打电话请韩总指挥，请了没有？"上差道："韩总指挥打球去了，还没有回公馆。已经托他那边打电话通知去了。"鲁大昌点了点头。鲁大昌身边坐的妓女，叫晚霞的，就问道："大帅，是哪个韩总指挥？"鲁大昌道："嘿！连他你们都不知道吗？他叫韩幼楼。"晚霞低着头一想，口里念道："韩幼楼这名字好耳熟。"鲁大昌道："我说他的号，你不知道，我说他的名字，你就知道了。他叫韩传信。"晚霞笑道："哦！是他，他很年轻啊，怎么做上这大的官了？"鲁大昌道："这就叫有志不在年高，无志空长百岁。人家有能耐吗。看你这样子，你倒很佩服他。一会儿他来了，我给你介绍介绍。"晚霞笑道："我不过这样随便问一问罢了。"鲁大昌笑道："不成，我总得给你介绍。"

一会子工夫，韩幼楼果然来了。他头上戴着一片瓦的学生帽，上身是细呢西装，下身是裹腿绒裤，喜洋洋地走进来。鲁大昌推开妓女，站将起来，先叫了一声"伙计"。韩幼楼道："伙计，你是真舍不得北京，又来了。你只顾玩儿，什么事都搁得下。"鲁大昌道："人生在世，干什么来了，为什么不乐？这样冷天，你跑到敞地上打球去，那也不是玩儿吗？"韩幼楼站在屋子中间一望，四面都是妓女。只有鲁大昌原坐的地方，才只有两个妓女，算是最少的了。因一面在那里坐下，一面笑道："打球玩，要什么紧，不花钱，又不耽搁正事。这样冷天，运动运动出点儿汗也是好的。"鲁大昌笑道："我叫了这些条子，我真办不了。伙计，你也分几个去，好不好？"韩幼楼笑道："不行，你的人，怎么能要？"鲁大马道："什么你的人，我的人，在我这里坐着，是我的人，离开了我这里，就不知道是谁的了。多，你也不要，给你来两个吧。"于是指着晚霞道："她很羡慕你，别辜负人家的好意，你得招呼她。"

那晚霞见韩幼楼进来，早已打量一番，心想他很像个学生，一点儿不像鲁大昌那种粗鲁的样子，武官里头倒是少见！这时鲁大昌硬给她做媒，心里很欢喜。不过自己是一个红姑娘，在许多姐妹们当面，却不能不持重一点儿，站着靠住了沙发椅子背，低了头不作声，却又偷看了韩幼楼一眼。韩幼楼怕拒绝太深了，与主人翁和姑娘的面子都有碍，只好对那姑娘微笑着点了一点头。鲁大昌道："那不行。老大哥的面子，不能不答应。"走上前，牵了晚霞的手，拖将过来，就向韩幼楼坐的沙发椅子上一推，笑道："坐着吧。"说毕，回头将眼睛向一群妓女里射去，口里笑道："瞧瞧哪一个合适，我给你挑一个好的。"这时有一个姑娘看不惯他那傻样，笑了一笑。鲁大昌便走过去拉着她的手道："你叫什么名字？"那姑娘看这样子是自己中选了，心里一喜，索性扭着头笑将起来。鲁大昌道："管你什么名字，你告诉他吧。"拉了过来，又推到韩幼楼椅子上去。韩幼楼没有法子，只得敷衍了一阵，因笑对鲁大昌道："我们先别乐，我有几句话，要对你说说。"

117

鲁大昌道："你说吧，有什么事？"韩幼楼道："叫了许多姑娘在这里，你有心听我说话吗？"鲁大昌道："也好，我们再找一个地方说话去。"于是二人离开这里，走到一间小屋子里来。

这里也可算鲁大昌公事房，门口站着两个挂盒子炮的卫兵，屋子里除了平常的桌椅之外，也有一张写字台。韩幼楼牵着他的手，和他一同坐下道："老大哥，你刚到京，什么事没有办，先叫上这些条子，不怕人家议论吗？"鲁大昌道："哪个敢议论我，咱们的势力到了这里，就是这里的皇帝，报纸都得恭维咱们。他来说我，我就抓他枪毙。"韩幼楼笑道："你在这儿，哪家报纸敢惹你。我说的，并不是指着报纸。无论是谁，在政治上活动，总有个活动的方法，玩是玩，办事是办事。像你这样办法，办事简直不在乎。你想，你带二三十万兵，有两三省的地盘，是多么大的范围，事情多么麻烦？咱们就不说替国家办事，这也总算私人的产业，好比就是铺子里的一个大掌柜的。现在你自己就正事不管，乱花乱玩。那些小伙计替别人办事，他们倒肯负责任给你干不成？人家说，上梁不正下梁歪，你部下的人，也跟着你这样胡逛起来，你还办什么事……"鲁大昌笑道："伙计，你别说了，今天我不玩了。等办完了事再乐吧。"于是按着铃就叫上差进来，因对他道："叫的那些姑娘都让她们回去吧。通知马军需官，每人给她们二百块钱，都给现洋，别给公债票。人家一个姑娘，拿了公债票，到哪儿花去？还有叫娟娟妹妹的两个，叫她到这儿来一趟，我还有话对她说。"上差答应去了。

不多一会儿，他领着两个姑娘进来，自退出去。鲁大昌一手搂着一个，因道："对不住，我今天要办公事，没有工夫玩。怎么办？"娟娟笑道："我们不敢耽误大帅的公事，等大帅公事完了，我们再来伺候得了。"鲁大昌问妹妹道："她这话对吗？"妹妹道："自然是对的。让大帅公事办好了，大帅的心里无挂无碍，玩起来就更有趣了。"鲁大昌道："好！话说得好，你们都有赏。"于是就在写字台里一翻，翻出一沓支票簿。就站着在那里抽起笔架上的笔，墨也来不及蘸，就填了两张支票，将支票撕下来，一个人递给她一张，笑道："你们话说得不错，每人赏你四千。这是日本银行的支票，一块算一块，不含糊。"两个姑娘，做梦也想不到，一赏就是四千元，连连说了几声谢谢大帅，一同走了。韩幼楼道："伙计，你是钱咬手吧？怎么随

118

随便便，一赏就是四千。"鲁大昌道："四千就算多吗？"韩幼楼道："凭你这样子会弄钱，一天花一百个四千，也不在乎。可是你得想想。"说着低了一低声音道，"你不瞧别人，你只看看你房门口两个护兵，人家不分黑日白日的，给你守卫，保护着你，他挣多少钱一个月？就算十块大洋吧，跟你一辈子，也挣不到四千块钱。两个姑娘就只说了两句好话，你听得乐意了，不到五分钟，你就赏这些。当军官的，要讲求与士卒同甘苦，才能够成大事。你这样子，是故意惹起人家的不平了。"鲁大昌道："你这话有理。他两个人，应该谢谢你才对。"于是一招手，将两个护兵叫进房来，笑道："你两个人造化，今天遇到韩总指挥给你说好话。我照样一个给你四千。"于是又到写字台边开了两张支票，一个人一张。这两个护兵这一阵欢喜，几乎连五脏都要炸将出来，倒弄得手脚无所措。

韩幼楼一想，这更不对了。我劝你不给姑娘那些钱，是为你好，并不是给这两个护兵争钱。你赏这两个护兵四千，他两人乐意了，其余的护兵呢？就算护兵全赏四千，护兵以外的弟兄们呢？这一赏，弟兄们自己因为苦乐不均，倒更要眼红了。不过人家钱都到手了，也不能破人家的财喜，只得默然。鲁大昌赏完了钱，因道："我今天不乐了，你还有什么话对我说吗？"韩幼楼道："怎么没有，就怕你不听。刚才的话，你仔细去想想，对不对？你不要看着这钱来得容易，一发公债，就是几千万。你发了三千万，加到六千万，六千万又加到九千万，都算你加过去了。三个月就是一批。那些可怜的老百姓，能让你往下加吗？大不了，他跑了不种地，也就算了。你还到哪里弄钱去？你自己就这样胡闹胡花，手下人都学样起来，军队怎样带得好？现在你就愁着军队多了，饷没有办法。若是将来筹不到钱，你这么些军队，怎样去维持？"鲁大昌越听越对，听到最后，忽然双泪交流，哭将起来。因道："老弟，你算我一个好朋友。别人都是劝我花，都是说我还要往上升，没有谁肯对我说这实话的。我并不是一个傻瓜，这样干下去，我也知道将来是不得了。到头来，我总是要让人家抓去枪毙的。"说到这里，伏在桌上，索性大哭起来。韩幼楼见他这样，以为一席话把他劝醒过来了，倒很高兴，便道："这何必哭呢？只要你觉悟起来，从此以后，把玩儿的事搁在一边，好好地干，前途还大有可为。老哥，你没听说吗？美女就是倾城倾国的东西，古来多少英雄都败在女色上面。况且你上火线，都带着美女，哪里有不坏事的道理。"鲁大昌听了，也不说什么，只是唉声叹气。韩幼楼又劝了一会儿，因为要到公府里去，约了晚上会，就先走了。

这里鲁大昌一人在家里，究竟闷得慌，也不知道要找什么玩意儿消遣才好。便叫听差到外面会客厅里去看看，有什么人在这里没有？听差去了，不多大一会儿，回来报告，将人名字背了一回，其中却有一个吴莲泩局长。王化仙王道尹也在那里。鲁大昌忽然想起来了，吴莲泩这家伙吃喝嫖赌，什么玩意儿都懂，把他叫来问一问，看有什么玩的没有？因道："把吴局长叫进来。"一会儿工夫，吴局长来了。他不过二十上下年纪，头发分开，梳得漆黑溜光。脸上一点儿胡楂子都没有，刮得干净雪白。身上穿了绿哗叽面的皮袍子，外套大花青缎坎肩，坎肩纽扣上挂着了一串金链子，大概是悬着金表或徽章。这人若不是有人喊他一声局长，真会猜他是个唱小旦的。他一进来，见了鲁大昌，老远站着，就弯了腰，垂着手站住。鲁大昌道："有什么玩意儿没有，给我想想看。"吴莲泩道："下午的时候，大帅不是叫了许多条子吗？"鲁大昌道："咳！别提，一时我不高兴，把她们都打发回去了。"吴莲泩道："叫多了，也实在不好，不如挑几个好的叫了来，也有趣，也清静。"鲁大昌听说，垂头想了一会子，笑道："法子倒是使得。刚才小韩在这里劝了我一阵，我说要改变宗旨的，怎么不到六点钟，我又还原了。王老道不是来了吗？叫他进来给我算算命看，我究竟能不能够玩。若是我命带桃花，那是命里注定了的，或者不要紧。"于是又叫上差出去，把王道尹叫进来。

王道尹一进门就笑道："大帅叫我算的那一张八字，我已经打听得来了，赶着算了一算，八字很好，那人命带贵人。"鲁大昌道："你先别算人家的命，把我的八字，仔细推算一下子看。据人说，美人儿是要不得的，有什么倾城倾国的话。我想人生一世，不乐做什么。可是也不能误了正事。若是像我一样，为了玩儿，把地盘全丢了，我还乐什么呢？我上次堂会，听到《珠帘寨》那出戏，那个老军，说什么纣王宠妲己，周王宠褒姒，唐明王宠爱杨贵妃，都弄出乱子来。我倒要算算命，究竟能玩不能玩？"王道尹道："大帅的八字，我仔细算过多次了，大帅是劫重，可是妻宫也好。正要借一点儿阴性，把劫一冲，才不至于阳气太重。古来的皇帝，哪个不是三宫六院七十二妃。要这么着，才阴阳合德，能成大事。凡是大人物，都是天上星宿下界，他命宫里有多少妻财子禄，没有下凡之先，天上就给他配好了。要不这样，他在天上做神仙多么快活，何必下凡呢？所以玉皇大帝，就许下许多好处，让他下凡，安心去整顿乾坤。大帅的前身，我也占过卦的，大概是天浪星。这天浪星越有美人配合，才越能替国家做事。国运也像人运一样，国运走到命带桃花的时候，就要这种风流将军来治。天下无论什么事，都是这样，会用的，害人的东西，会用得有利。不会用的，有利于人的东西，反而会坏事。美人虽然能倾城倾国，可是相夫成功的也不少。像薛丁山的樊梨花，杨宗保的穆桂英，韩世忠的梁红玉，不都是前朝的故事吗？"鲁大昌道："得！你这话有理。不管美人好不好，反正我是不得了的。现在想改良也来不及，豁出去了，我还是玩。"

这时，那吴莲沚局长，还垂手垂脚，站在一边。鲁大昌望着他道："要玩得斯文一点儿，我们可以到饭店里去开一间房间，少找几个人乐一乐。你先去定好房子，我就来。"吴莲沚答应去了。坐上汽车，一直就到西方饭店来，一共开了四间大房间。然后打电话给他的朋友卫薄。这卫薄号伯修，原是铁路上一个段长，只因为常在火车上伺候大帅，鲁大昌就认得他了。有一次火车在一个小站上，要耽搁一天一晚，非常地枯寂，便跳脚道："这地方我真待不住，一个娘儿们也没有。"卫伯修看见大帅这样着急的样子，便私下对鲁大昌道："找是可以找到一两个，不过是规矩人家的，不知大帅要不要？"鲁大昌道："管他呢！你把她叫来瞧瞧看。"卫伯修说是白天人家害臊，不肯来，晚上一定送到。这是正午说的话，鲁大昌倒催了好几次。到了晚上，果然送了两个女子来了。一个二十四五岁，一个十六七岁，都有七八分姿色。鲁大昌大喜，就留在专车上。到了晚上四点多钟，鲁大昌赏钱，她也不要，后来说了实话，年纪大的，是卫伯修的太太，年纪小的，是卫伯修的妹妹，因为大帅在这里闷不过，所以来陪大帅，不敢领赏。鲁大昌听了，大为不过意，只得让她们去了。一回了任，就升了卫伯修做副局长，卫伯修总也算如愿以偿了。

第七十回

声色相传儿原跨灶物
锱铢计较翁是惜财人

鲁大昌手下高等的军官和几个高等文官，见公馆里没人，便找到饭店里来了。一见吴莲沚，便问道："大帅呢？"吴莲沚先是装假不肯说。到后来被催不过，就说在楼上，一百零二号。大家听说，一阵风似的，拥上楼来。这些人差不多和鲁大昌闹惯了的，不客气就推开一百零二号的门，只见正面桌上摆了酒菜，鲁大昌和两个艳装女子同饮。大家都道："不行，不行。找妙人儿，大帅一个人乐吗？大家都得乐。"鲁大昌又不好说是卫局长的太太和姑小姐，只是傻笑。这两个妇人的脸都红破了，不知道怎么好。还是卫太太年纪大些，只得硬着头皮，招待大家坐下，卫伯修一见众人上楼，十分不好意思，就溜了。吴莲沚上楼，只听到嚷成一片："还找两个人吧。"吴莲沚因为太太也在这里，别让人硬拉了去，溜下楼来，带着太太出了饭店，至于饭店里闹什么乱子，只好暂时不管。走出饭店之后，吴太太道："你别走啊，一会儿大帅叫你怎么办？"吴莲沚道："许多客在这里，大帅不会叫我的。这里到游艺园近，我先送你到那里去听戏。"

二人到了游艺园，在坤戏场，包了一个厢听戏。一看这天晚上的戏单，乃是虞美姝的大轴子。吴太太道："听说这虞美姝是一个阔人介绍来的，所以一来就这样红，你知道这阔人是谁？"吴莲沚道："怎么不知道？是冉老头子啦。这老头子和我一起赌过好多场，牌九很厉害。去年他在天津，赢过八十多万。现在这老头子手上有几十万家私，什么事也不干，专门捧男女戏子消遣。就说他的干女儿，以打数论，恐怕也有好几打了。这虞美姝，不知道他在哪里认识了，把她带到北京来，恐怕不会红，极力地和她鼓吹。

122

自己又定了许多包厢，请人去白听戏。他这样一来，也就慢慢地捧起来了。"吴太太道："这样捧法，那得花多少钱呢？"吴莲汕笑道："那倒不要紧。他是父子两个捧，分着出钱，就不多了。"吴太太笑道："胡说，哪有父子二人捧一个坤角的道理？"吴莲汕道："我说这话，你自然不信，他的儿子叫冉伯骐，也玩儿票。玩票的名字，叫耕云阁主，他又绰号花花太岁，玩笑场中的人，谁不认得他？"吴太太笑道："若真有这事，这儿子年轻些，岂不占老子的便宜？"吴莲汕道："清官难断家务事，谁知道呢。"说着茶房过来沏茶，摆水果碟子。吴莲汕问茶房道："冉将军常来吗？"茶房满脸堆下笑来，弯了一弯腰，说道："您哪，将军不大来，倒是大爷常来。"吴莲汕道："冉大爷今晚上来了没有？"茶房对池子前排一望说道："这也就快来了。"茶房走了，吴莲汕脸对着太太道："怎么样，我说的话是对了吗？你看，已经来了。池子里那个穿绿哗叽长袍子，戴瓜皮小帽的，那人就是冉老头子的儿子冉伯骐。"

　　吴莲汕由这里往下指，恰好冉伯骐抬着头，要看包厢里的女客，二人打了一个照面。吴莲汕笑着点了一点头，又将手招了一招。冉伯骐也拱了一拱手，因见吴莲汕招他上楼，虽然他带有女眷，料也无妨，便笑着走上楼来。吴莲汕从中一介绍，然后落座。在这时候，吴太太就留心看了一看冉伯骐的形状，见他绿哗叽长袍上，又另套上青云霞缎的马褂，光烁烁的纽扣上悬了一串金链子，似乎也系着一个徽章。他约在四十上下的年纪，虽然脸上刮得光光，又抹了一层粉痕，两鬓下一道青隐隐的痕迹，却看得出，分明有了络腮胡子了。鼻子上架着一副阔边大框眼镜，眼珠不停地在那里面转。他头上戴的那顶小帽子，是一个圆圆的小珊瑚顶儿，帽子迎面，又嵌了一块小小的翡翠。看他这样大年纪，打扮起来，倒又是十四五岁的公子哥们一样。彼此坐得离着很远，他身上那一阵一阵的香味，偏是向人鼻子上直扑将来。吴太太心里想，看他这样就不是好人，怪不得说他父子二人同捧一个坤角了。这里正在看他，他也向这边偷看过来。目光一对，彼此倒有些难以为情。冉伯骐是很机灵的人，索性面对着吴太太问道："吴太太听过这虞美姝的戏吗？"吴太太道："没有听过。不过听说很不错呢。"冉伯骐道："这就快要出台了，待一会儿你瞧吧。"吴莲汕笑道："贤乔梓对于这虞美姝，倒是很肯提携，大概花钱不少吧？"冉伯骐笑道："咳！我们

123

老人家，他冤啰！花了一千开外了，只得人家叫两句干爹而已。若是由我一手包办，绝不能花了这些钱。"吴莲沚听他说出这种话，也不免好笑，说道："伯骐兄，你既可以包办，为什么又不包下来呢？"

冉伯骐还没有答话，只见台上电灯，突然一亮，那鼎鼎大名的虞美姝已经出台。冉伯骐道："你瞧瞧，她出台这一亮相，多么有精神！"吴莲沚仔细看时，那虞美姝大概也有十七八岁年纪，圆圆的脸儿，身体倒是长得很肥满。不过人不很高大，胖而不失其活泼，也就不见得怎样美丽。今天演的是一出新编的戏，穿着一套时髦的宫装，在灯光底下，鲜艳夺目。冉伯骐道："今天的戏，她还不十分对劲，最好她是去一种小丫鬟，颇能显得聪明伶俐。"吴莲沚笑道："这个样子，我就很满意了。"冉伯骐听到人家认为满意，心里一喜，笑道："只要老兄有一句话，她在北京就有饭吃了。"吴莲沚道："我又不是一个评剧家，又不是什么内行，怎样来一句平常的话，就这样值钱呢？"冉伯骐道："自古一经品题，身价十倍。您在鲁大帅那儿，是个天字第一号的红人，而且朋友又多，只要替她一鼓吹，大家一捧，就捧起来了。"吴莲沚笑道："别说我不是红人，就是红人，与戏子有什么相干？"冉伯骐笑道："关系大着啦，譬如我们家父，他不过是一个退职的武官。你瞧，他经手捧的人，有几个不红起来的。老实说，他老人家就不懂得什么叫看戏，只要女孩子长得还漂亮，他老人家就说这是好的。"吴莲沚笑道："冉将军虽不懂，伯骐兄可是名票友啦。你不会当当将军的顾问吗？"冉伯骐笑道："别提了。老爷子疑心重，说多了话，那是找骂挨。"吴莲沚倒引得笑了。因为惦记饭店里的事，起身先走，很不在乎地留吴太太和冉伯骐同座听戏。他二人有说有笑，一直到戏唱完了，冉伯骐还约着说，过天再会。

这个时候，有人走了过来，将冉伯骐的衣襟扯了一下。回头看时，乃是虞美姝一个跟包的。说道："虞老板请大爷到她家里去一趟。"冉伯骐向周围一看，没有熟人，低低地说道："这夜深我不去了。有什么事明天再说吧。"跟包的笑道："她父亲知道大爷不高兴他，大爷要去，他绝不出面。有什么话，大爷就和虞老板当面说得了。"冉伯骐道："她没有什么很急的事找我呀，明天就迟吗？"跟包的笑道："总有点儿事情。要不，何必一定要您今天晚上去哩？"冉伯骐被他说得活动了，便道："你先告诉虞老板，叫她先回去吧，一会儿我就来的。"跟包的见他已经答应，便先去了。冉伯骐踌躇了一会子，不去吧？的确是一个好机会。去吧？又怕虞美姝要这样要那样。这几天自己就很闹饥荒，没有钱用，哪里还经得起这些贪得无厌的人来需索呢？冉伯骐踌躇了一会子，觉得要是不去，总有些对人不住。走出戏园子，见自己的小伏脱车，停在一家咖啡店门口，自己觉得有点儿渴，顺步便推门进去，找了一间雅座坐了，要了一杯乳茶、一碟乳油点心，一面吃着，一面在想心事。

就听有女子的声音问道："哪屋里？"伙计将门帘一掀，说道："在这儿。"冉伯骐回头一看，只见虞美姝蓬着一把头发，身上披了一件玄呢斗篷，托肩下一排水钻辫子，在电灯下光闪闪的。原来她正耸着肩膀笑呢。冉伯骐手上拿着一方玫瑰蛋糕，向盘子里连指了几指，对她笑道："来来！吃一点儿点心。"虞美姝手扶着门帘子，笑道："我不吃点心，特意来请你的。劳您驾，把车送我回去吧。"冉伯骐道："你自己的马车哩？"虞美姝道："我嫌那匹马太老了，跑又跑不动，车夫要起钱来还是挺上劲，昨天包满了月，我就把他辞了。"冉伯骐道："既是虞老板没有车，我当然可以送你回去。还早呢，坐下来喝一点儿再走，忙什么？"虞美姝见他一再地相请，只得走进来，解开领下的斗篷扣带。冉伯骐看见，连忙走上前给她提着后领，将斗篷提了起来，挂在墙上的衣钩上。

这时虞美姝露出身上一件豆色绣花缎袍，十分光耀夺目。她在冉伯骐对面一张椅上坐下，嫣然一笑道："咱们倒好像初见面似的。你老望着我干什么？"冉伯骐说着戏白道："因为大姐长得好看，为军的就爱看上一看。"虞美姝笑道："别损了，你请我吃什么？"冉伯骐道："也喝杯茶吧。"虞美姝道："我不，我要喝一杯咖啡。"冉伯骐道："咖啡这东西，非常兴奋的。你要喝了，这晚上别打算睡觉了。"虞美姝道："不要紧，我非到三点钟，也睡不着。"说时，便按着铃叫伙计来，要了一杯咖啡。冉伯骐笑道："你真有本事，怎么知道我在这儿，马上跟了来？"虞美姝道："你到哪里，还要人找吗？你自己先就告诉人家了。这门口不是停着你的汽车在那儿吗？"冉伯骐笑道："你知道我汽车的号码吗？"虞美姝笑道："我不但知道你车子的号码，我只要一见你的车子，我就认得。"冉伯骐道："你的眼睛，倒真是厉害。"虞美姝笑道："咱们不是有交情吗？这一点儿小事，那又算什么？"冉伯骐偏着头，望着虞美姝的脸，笑道："这话可是你说的，咱们真有交情吗？"这时，伙计已经将咖啡端上来。虞美姝夹了糖块放在杯子里，只管用茶匙在杯子里搅，低着头没有理会。冉伯骐道："咱们有交情吗？你说这话，可别屈心。"虞美姝眼睛一溜，伙计已经出去了，然后笑道："你这人说话，真是一个冒失鬼。刚才伙计在这里，你老盯着我问，叫人家多难为情呀。"冉伯骐道："又不是说别的什么，说的是朋友的交情，那要什么紧。"

虞美姝喝着咖啡，默然了一会儿。冉伯骐道："在戏园子里，你叫跟包的找了我一次。现在你又亲自找来，有什么事要和我商量吗？你就在这儿对我说，省得我到你家里去，不好吗？"虞美姝道："我没有什么事要找您。不过我妈说，有几句话，要和您谈谈。"冉伯骐笑道："你妈要绑我的票吗？"虞美姝道："大爷，您这话说得欠慎重一点儿，也不管别人受得起受不起吗？我说句老实话，现在天天拿的戏份，那足够花的了。这回由上海来，用了老太爷几百块钱做盘缠，心里就很过不去了。哪里还能够再问大爷要钱？就是走来添两件行头，对付着也办过来了。上次老太爷给我编了一本戏，叫作《杨贵妃》，我就急着为难。不演吧？我妈说他老人家高高兴兴编的戏，做不好，还对不住人呢，还敢说别的吗？演吧？就得再添好几件行头，只好对他老人家说，等天气暖和点儿再演。我妈就有个糊涂心事，说是不好意思对老太爷说，对大爷提一提，也许大爷能捧一捧你。我就说要大爷出钱，不是要老太爷出钱一样吗？就没有让她说。"冉伯骐用脚抖着，笑道："我很佩服你，你真会说话。绕了老大一个弯子，还是要我帮忙呢。"虞美姝道："不敢啦，是这样比方着说呢。"冉伯骐道："你的意思，我明白了。你母亲的意思，我也明白了，这用不着到你家里去，你对我这样比方着一说，我十分知道。制行头呢，我不敢承认那个话。一千八百是制行头，三十五十，也是制行头。多了，我拿不出。少了，制出来也不是个东西。干脆，过两天我送你一百块钱，你自己去办。你办也好，你不办也好。"

虞美姝听了冉伯骐的话，觉得他虽然是一个捧角家，倒不容易骗他的钱，比他父亲，真胜似一筹，便笑道："谢谢大爷，唱戏的人，行头是一样本钱，只要大爷拿钱出来，敢说不办吗？不过还是大爷那句话，一千八百是办，三十五十也是办，可办不好呢。"冉伯骐笑道："听你这口气是嫌少呢，过两天再说吧。"虞美姝因为今晚是初次开口，也不便怎样深追，说道："大爷说的话，全叫人家没法子回答，我只好不说了。今天晚上，能不能到我们那里去玩玩？"冉伯骐道："去了，你妈还是这些话，我也是这样答应，何必多此一举呢？"虞美姝笑道："大爷总以为我们除了要钱，就没有别的话可说吗？这样说，那我也不敢再请了。我还想借借光，请大爷把车送我到家门口，成不成？"冉伯骐道："那自然可以的。你妈若是疑心要说什么，那怎么办？"虞美姝瞟了他一眼，抿嘴笑道："大爷的汽车，送我们一回，那也不算什么，怎么就东拉西扯，说上这些话。不送就罢，现在还雇得到车呢。"便喊道，"伙计，你给我去雇一辆车。"伙计一掀门帘，伸进头来问道："虞老板，回家吗？"冉伯骐便摇摇手道："不用不用，我送她回去。"于是在身上掏出钱来会了账，就在衣钩上取下虞美姝的斗篷来。虞美姝将背靠近冉伯骐，冉伯骐将斗篷向她身上一披，她回转头来，望着冉伯骐笑道："劳驾。"冉伯骐也是一笑，便和她一路出门，坐上汽车，送她到家。

这时候已经快到两点钟了，冉伯骐在虞家门口并未下车，一直就回家去。他和他父亲冉久衡虽都住在北京，可是早就分了家，各立门户，并不住在一处。所以他这边，就是他夫人主持家政，并无别人。这时候，他夫人正生了病，彻夜不睡。冉伯骐进了房，冉少奶奶便哼着道："我病得这样子，你也该早点儿回来，哪有这样不分昼夜捧角的。"冉伯骐道："你一有了病，心里不耐烦，就要向我找碴儿。我回来早些晚些，和你的病有什么相干？"冉少奶奶道："你回来早一点儿，遇事也有个照应。像你这样昼夜不归家，我一口气不来，死了也没有人知道呢。"冉伯骐道："能生气，能和人家吵嘴，这还会死吗？我看你的精神十足呢。"夫妻二人，你一句，我一句，吵了一顿，也没有吵出一点儿头绪。到了次日清早，冉少奶奶趁着冉伯骐没醒，就摸下床来，打了一个电话给她婆婆冉太太，把冉伯骐的错处数了一顿。冉太太虽然不能偏听儿媳的话，可是冉久衡父子昏天黑地地捧角，她也是不以为然的。当时冉太太放下电话，便和老头子又唠叨了一顿。冉久衡听说，便吩咐听差打一个电话给大爷，叫大爷到公馆里来。

冉伯骐屡次打算和父亲借钱，都没有得一个回信，这时候父亲忽然打了电话来，心下倒是一喜，心想莫非老头子心里活动了，愿意给我几个钱，这个机会不要错过，趁着他高兴，三言两语，也许可以和他借个一千八百的。这样一想，连午饭也没有吃，便坐了汽车来看他父亲。冉久衡口里衔着虬角小烟嘴，烟嘴上插着一支烟卷，直冒青烟。他身上穿一件淡青哈喇袍子，笼着衫袖，躺在一张软椅上出神。冉伯骐进来了，他只把眼睛望了一望，没有作声，依旧抽他的烟卷。冉伯骐在面前站了一站，回头看见一筒三炮台烟卷，正放在他父亲面前，便在筒里自拿一根。两个指头拿着烟卷，在茶几上顿了几顿，很随便地望着他父亲的脸，问道："叫我有什么事吗？"冉久衡道："你以为我借钱给你呢，所以来得这样快。不然，三请四催，你也不来吧？"冉伯骐笑道："你老人家这样一说，这就难了。来快了，你老人家要说是想钱来了。来迟了，你老人家一定又要说不听话。到底是来得快好呢？还是来得迟好呢？"冉久衡道："这个我且不说，今天你母亲和我吵起来，说是你昼夜不归家，少奶奶在家里生病，你也不管，这成什么事体？"冉伯骐道："何至于就昼夜不归呢？不过这两天晚上，听虞美姝的戏，散了戏才回家，可是也没到别地方去。至于她的病，我是天天请大夫瞧，有两个老妈子伺候着茶水，也就很周到了，还要我在家里愣陪着她吗？"冉久衡道："虽然这样说，家里有病人，究竟在家里多待一会儿的好。"冉伯骐道："既然你老人家这样说了，从今天起，我就晚出早归。不过有一层，这两个月钱花得太空了，还想问您借几个钱用用。"冉久衡一撅胡子道："没有！我也不得了，顾不了你。"冉伯骐道："这回的确算是借款，三个月内准还。去年借您几百块钱，没敢失信，到日子就还了吧？"冉久衡道："你别提那笔款子了，拿来不到两个月，零零碎碎，又被你弄回去了。现在我对你是坚壁清野，谈到银钱，一个镚子也不和你往来。这并不是我绝情，我仔细替你算算，你连衙门里的薪水，和各处挂名差事的津贴，一共有一千七八百元了，这还不够你花的吗？"冉伯骐道："我不想多，就是八百元现洋，包给你老人家吧。"冉久衡道："据你这样说，七百元一月，应该是有的了。凭你夫妻两个人，带上两个小孩子过日子，有这些钱还不够吗？"冉伯骐道："怎样会够呢？您就照自己用度算一算，就知道我并不是说谎。就像虞美姝这回由上海来，您这里就给她垫了六七百块钱川资。"冉久衡道："那也是偶然的事情吧？而且她也是要还我的呢。"冉伯骐道："我看她家里开销很大，挣上来的，剩不了多少钱，未必能还钱吧？就是勉强挤出来，人家这趟北京又算白跑了，咱们也不忍心呢。"

冉久衡听了这句话，把小烟袋嘴的烟卷头向烟托子里敲着灰，对着烟出了一会儿神，笑道："你这话倒也有相当的理由。我若不问她要这一笔钱，这个忙可帮大了。"冉伯骐道："您还不知道呢。她得了您的钱，不但打算不还，现在又跟上我了，叫我替她帮忙。那意思，因为您编的两本戏，她没有行头，不能演，要我给她制几件行头呢。我自己都不得了，哪有那种闲钱给她帮忙。"冉久衡道："不能哪，我编的那两本戏，添三件行头就够了。而且三件行头，就有两件不值钱，我给她算好了，共总不过要一百二三十元，我已经给了她一百五十元，难道还不够吗？"冉伯骐道："怎么着？您另外又给了她一百五十元吗？"冉久衡皱了一皱眉道："她只是来麻烦，我也没有什么法子，只好答应她。"冉伯骐道："我看你老人家对于这些人，心太慈了，总是受她们的包围。我和她们也常有来往，她们若想要我的钱，那可不容易。"冉久衡道："我听了几十年的戏，这里头的弊病，我哪样不知道，你倒在我面前夸嘴。"冉伯骐道："那看各人的手腕如何，听得年数久不久，那是没有关系的。别的什么，我学不上你老人家，若说听戏这件事，绝不会赶你老人家不上。"冉久衡道："你听戏赶得上我，挣钱也要赶得上我才好。只学会了花，不学会挣，那算什么本事？"

冉伯骐心里虽然说老子没有捧角的本领，可是问他借钱来了，面子上总不敢得罪他。笑道："要到您这个位分，一国也找不到多少，叫我怎样学哩？以后没有别的法子，只有少花几个，补救补救吧。"冉久衡道："据你母亲说，你又在起糊涂心事，打算把汪紫仙讨回来，这话是有的吗？现在你一房家眷，已经弄得百孔千疮，你倒还要讨妾。"冉伯骐道："哪里有这件事？不提别的，这一笔款子，又从何而出呢？"冉久衡道："哼！没有款子，若是有款子，你早已把人家讨回来了。据说汪紫仙不上台了，就是你的关系。"冉伯骐道："那真是冤枉了，她原是和后台说好了的，五块钱一出戏。这已经是有一半尽义务，偏是领起戏份来，七折八扣，老是不痛快。她一发脾气，就告假不演了。这和我有什么关系呢？"冉久衡道："既然和你没有关系，她的事情，你又怎么这样熟悉呢？你有钱你捧戏子，我不管你，你要把这种人讨回来，我不能不管。你想，你的妇人已经病成这样，你还有心讨戏子回来，不把她气死吗？"冉伯骐道："绝对没有这件事，汪紫仙也拜过你老人家做干女儿的，不过有两三年没有来往罢了。您不信，打一个电话给她，叫她来问问。"冉久衡道："你不要用这种话来狡赖。我不要你讨汪紫仙，是怕你没有本事养活。并不是因为我认识汪紫仙，我就不许你讨。"

说到这里，冉太太由屋里走出来，冷笑道："你倒是一对贤父子，老子捧角捧得精力不够，有儿子接脚。老子认的干女儿，儿子就要讨了做姨太太。"冉久衡皱着眉，把手上的小烟嘴指着他太太，口里说道："嘻嘻嘻。"冉太太道："嘻什么呀？伯骐这样不成器，全是你带的。"冉伯骐走到他母亲身边，笑道："你老人家要骂就骂我吧。回头为了一点儿小事，大家又要生气。"冉太太道："还提生气！你媳妇快要给你气死了呢。"冉伯骐道："您别听她电话里说的那些言语。那全是她气头上的话，骗你老人家的呢。因为她要请德国大夫瞧，我说并不十分要紧，不要花那个冤枉钱，来一趟要十几块呢。她不服气，就告起上状来了。"冉太太道："本来的不服气吗！你们坐包厢有钱，捧女戏子有钱，请大夫吃药就没钱了。"冉伯骐走近一步，扯着他母亲的衣服，低低地说道："哪里有钱呢？这个月短好几百块钱的收入，全是和人借来花的。"说到这里，对冉太太一笑道，"嘿嘿。今天我就和您求情来了。您借个三百五百的给我，让我挡一挡债主子吧。"冉太太将衫袖一拂道："我没钱，你别来麻烦。有钱的坐在你面前呢，你不会求去？"

冉久衡一听他太太的话，就知道是指着他。把脸一板道："我哪里来的钱？这几天房钱没有收起来，你不知道吗？"冉伯骐道："这次借的钱，以一个月为期，到期一准归还。求您通融个二三百元吧？"冉久衡道："你的信用破产，我不能借给你。你既然到日子就可以还，何不和外人借去？"冉伯骐看看这样子，实在借不动钱。然而借不动也罢了，倒反挨了父母一顿臭骂，心里倒是有些不服。于是也不说什么，懒洋洋地走出来。正走出大门的时候，只见替他父亲收房钱的李老三提了一只皮包，走将进来。因问道："房钱收得怎样，不差什么了吗？"李老三道："天津的款子全收齐了，就是北京还差个二三百元。"冉伯骐道："天津的钱，是哪天来的？"李老三笑道："大爷，你要和将军要钱，就打铁趁热吧，钱是昨天下午由天津带来的，存在保险箱子里，还没有送到银行里去哩。"冉伯骐一笑，说了一声"劳驾"，出门自上汽车去了。便吩咐汽车一直开向虞美姝家而来。

那虞美姝的父亲虞德海，提着一只画眉笼子，正自出门，要去上小茶馆子，看见汽车到了，连忙向门里一缩。冉伯骐刚要下汽车，虞美姝便由屋子里迎了出来。冉伯骐一下车，携着她的手笑道："你猜不到这时候我会到你家里来吧？"虞美姝的母亲虞大娘也笑着走出院子来说道："哟！今天是什么风，把大爷吹了来呢？"冉伯骐道："虞老板昨天晚上请我来吃早饭的，你怎么装起糊涂来了？"虞大娘道："成！成！只要大爷肯赏面子，就在我这里吃早饭。"那虞德海因冉氏父子不大喜欢他，趁着他们说得热闹，提了画眉笼子，轻轻悄悄地一溜出门去了。这里虞氏母子，把冉伯骐引进北屋。虞美姝陪着说话，虞大娘就去张罗茶烟。冉伯骐笑道："我并不是到你家来吃饭，我是要请你去吃饭，不知道你肯赏面子不肯赏面子？"虞美姝道："大爷叫我去，我能说不去吗？"冉伯骐道："干脆，要去就去，我还有许多话要对你说。"虞美姝将嘴一撇道："你又要拿我开玩笑。"冉伯骐正色道："我那样没有事，老远地跑了来，找你开玩笑吗？我实在有一桩事和你商量，你准有好处没有坏处。虞美姝红了脸道："你既然请客，何必请我一个呢？顺水人情也请我妈一个不好吗？有什么话说，让她也商量一个。"冉伯骐知道虞美姝又发生了误会，笑道："你总不把我当老实人，青天白日，同去吃一餐饭，要什么紧？难道我还能吃你一块肉吗？"

虞美姝听他这样说，脸越红了，笑道："我也没说别的，不过要大爷多请一个客。大爷不愿请，也就算了，我能说什么呢？你等一等，我去换一件衣服。"她说完进屋子去了。虞大娘走过来道："怎么着？又要去花大爷的钱。"冉伯骐笑道："吃一餐小馆子不算什么，我还要送虞老板几套漂亮行头呢。你先别谢我，等到行头拿来了，一块儿谢我吧。"说毕，掉头见虞美姝换了衣服出来，戴上帽子就要走。虞大娘道："干吗这样忙？多坐会儿，也不要紧。"冉伯骐道："我商量的这一件事，时间很有关系，咱们就不必客气了。"一面说着，一面向外走，虞美姝也就跟了出来。两人坐上汽车去。冉伯骐就对车夫道："就在这附近找一家馆子吃饭，不要走远了。"汽车夫答应着，开着车子，只绕了两个弯，就停在新丰楼门口。冉伯骐笑道："回家去不远，也不耽搁时候呢。"

二人进了馆子，找了一间屋子坐了，冉伯骐马上要了纸笔，就开菜单子，自己先写了一样，然后就停着笔偏着头问道："你要什么？快说！"虞美姝笑道："什么事，你这样急法子？"冉伯骐道："把菜要好了，我自然告诉你。"虞美姝当真含着笑容，要了一个菜，一个汤。冉伯骐自己又开了两样菜，右手放下笔，左手两个指头，夹着写菜单子的纸条，向桌子当中一扔，对着站在一边的伙计说道："拿去。越快越好！"伙计走了，虞美姝道："你这样急，到底是什么事？你不说，我不吃你的饭了。知道你弄些什么玩意儿哩！"说着，将身子站了起来，两手扶住桌子，摇了摇头，笑道："我真憋不住了。"冉伯骐扯着她的衫袖道："你别走。坐下来，让我慢慢告诉你。"便将自己要行的计划，对虞美姝说了。然后笑道："事成之后，我谢你五百块钱，你还嫌少吗？"虞美姝听他说了一遍，只是含笑静静坐着听，还有些不肯信。现在冉伯骐居然说送五百块钱，这事倒是真的了。她用上面的牙，咬着下面的嘴唇，定着眼光，想了一想。冉伯骐道："你不用出神，这决计没有你什么事，你若不答应，可错过了一个好机会。"虞美姝道："老太爷若是知道这个事，我可不得了。"冉伯骐道："这样子办，他怎样会知道？不过据我估量的数目，怕也只有一千多块钱。若是上了两千的话，我就再分你两百。"虞美姝笑道："我倒不是说钱多少，就是和你大爷办这一点子事，又算什么呢？我实在怕老太爷要疑心我起来，我可受不了。至于上两千不上两千，大爷总应该知道，和我有什么关系。"

冉伯骐拿着两只黑木筷子，敲着桌子沿，忽然并住筷子，向下一拍。说道："好，不问上两千不上两千，我决计分你六百元，你看我这事对得起你，对不起你？"虞美姝道："你老疑心我嫌钱少，这事，我倒不得不办了。"说这话时，伙计已送上菜来。虞美姝笑道："你别忙，我去打一个电话，把老太爷安住在家里，回头咱们喝两壶，慢慢再去。"说毕，虞美姝果然就去打了一个电话。回头一进门便笑道："这电话打得真凑巧，他本来就要出去，现在在家里等我，不走了。老太爷反正在那里等着，慢慢地去，就不要紧了。"于是两人一面谈笑，一面吃喝，吃完了，冉伯骐握着虞美姝的手道："事成之后，我还要重重地谢你。"虞美姝将手一摔道："你这人真不好惹，托我办这大事情，你还要占我的小便宜。"冉伯骐哈哈大笑，这才会了账，两人分途而去。要知道他们究竟办的一件什么事，下回分解。

第七十一回

妙手说贤郎囊成席卷
壮颜仗勇士狐假虎威

　　却说虞美姝和冉伯骐出了新丰楼，雇了人力车，自行回家。到了家里，和她母亲通知了一声，说是暂时不能回来，便又雇了一辆车，直到冉久衡家来。冉久衡先接了她的电话，知道她要来，因此坐在外面一间小客房里等她。冉家的门房，知道虞美姝是冉久衡新收的一位干小姐，很是相爱，因此她来了，并不阻拦她到里面来。冉久衡只一听见听差说，"将军就在这外面客房里"，连忙笑着接住说道："是美姝吗？快进来。"虞美姝掀着门帘子，探进半截身子，先就叫了一声干爹。冉久衡坐在沙发上，连连招手，笑道："进来进来。你这孩子说话，还是有些给干爹开玩笑，说了一会儿就来，怎么这大半天的工夫你才来？真叫我等得不耐烦。若是别人这样约我，我就早走了。"虞美姝走了进来，也在那沙发椅子上坐了，一皱眉道："别提了，我刚要走，排戏的来了，啰啰唆唆，说了许多废话。他是为了正经事来的，我又不能不听，所以迟了一会儿。"说时，把手摇撼着冉久衡的大腿道："对您不住，要您等急了，您别生气。"冉久衡摸着胡子笑道："哪个和你们小孩子生气。我来问你，你今天来找我，说是有好话对我说，有什么好话要和我说，要什么吗？"虞美姝道："漫说是干爹，就是自己的爹，也不能来一趟，要一趟的东西呀？我是看到今日天气太好，要您陪我出去逛逛。"冉久衡点着头笑道："这是好话！这是好话！"虞美姝道："我很难得地请您一回，您既然答应了我，就得陪我好好地逛一回。"冉久衡用手理着胡子笑道："可以，你说，要到哪里去吧？"虞美姝道："我要到西山去玩玩。"冉久衡道："嘿！老远地跑出城去做什么？"虞美姝道："城里这些地

133

方，我都到过了，就是没有到过西山。我现在又没有车子，干爹不陪我去，我就没有法子去了。"说时，将身子一扭一扭的，鼓着两个腮帮子。冉久衡笑道："得了得了，你别闹了，我陪你去就是了。"于是就按着铃，吩咐听差，叫汽车夫开车，却又轻轻私下对听差说了，别让太太知道。

这个时候，已经有一点钟。冉久衡换了一件衣服，就要和虞美姝同走。虞美姝忽然想起一桩事情，说道："干爹，您等我一等，我要回家去一趟。"冉久衡道："那为什么？时候不早了。再要一耽搁，到西山，可就赶不回来了。"虞美姝道："我耳上戴着一副钻石环子，可是借的人家的，上山若是丢了，那怎么办？我送回去吧。"冉久衡道："傻子，就是这一点儿事，就把你愣住了吗？你不会存在我这里？"虞美姝道："这东西可小着哩，存在哪里呢？您出去，又不让干妈知道，我这东西放在哪里呢？"冉久衡道："放在我的保险箱子里，你还不放心吗？"他说着，将壁上一架穿衣镜只一碰，就现出一扇门来。里面却是一间很精致的屋子。这是冉久衡的外卧室，虞美姝也来过一次。一张小铜床后面，挂着一张放大的半身相片。将相片一推，露出一个保险箱子门。虞美姝问道："干爹，这是什么？怎么墙上嵌一块铁板子？"冉久衡道："傻孩子，这就是保险箱。"说时，他将保险箱的圆锁门，左转了几转，又向右转了几转。右转完了，复又左转了几转，然后随便一带那门就开了。虞美姝偷眼一看，只见那箱子里放了一堆钞票，另外还有些方圆小匣子，重重叠叠地放着。冉久衡随手拿了一只小盒子，将它打开，笑道："你有什么宝贝，都拿来吧。"虞美姝将两只耳环摘了下来，用手扶着交给他，他便放在盒子里了。将盒子放到箱子里去，又把箱门来关上。虞美姝笑道："这箱子也不见得有什么特别的地方，怎么叫保险箱？"冉久衡道："这箱子的锁门是私配的，锁门上有许多英文字母，由我们愿对哪个字，就对哪个字齐。我这个箱子门，必定要颠来倒去许多回，对上最后那个字，门才能开。这个箱子的开法，只我和你干妈两人知道，这还不谨慎吗？"虞美姝道："我不信，让我来开开看，碰巧，我也打开了。"冉久衡道："这个锁门，千变万化，你要得不着诀窍，一辈子也不能碰那个巧。"

虞美姝哪里信，用手去乱转一阵，哪里转得开？笑道："真邪门儿，我就真打不开。干爹，只怕你也打不开了吧？"冉久衡笑道："一物服一物，你瞧，我只要几下工夫，就可以打开了。要像你这样费劲，那还了得！"说时，冉久衡自己，便来开那锁。锁门先顺过去，对上一个 L 字，回头转过来，对了一个小写的 i 字，再又顺过去，对上一个小写的 e 字，末了，反过来对上一个 S。虞美姝也认识几个英文单字，光是字母，她自然分别得出来。她见冉久衡转来覆去地转着，笑道："好麻烦，就是您自己，也未必记得吧？"冉久衡道："不麻烦，还算什么保险箱呢？你瞧我这又打开了不是？"虞美姝笑道："原来保险箱子有这样巧妙，我明白了。"冉久衡将箱门一关，笑道："不要闹了，走吧。"于是和虞美姝二人，同走出门来，两人刚要上汽车，虞美姝忽然一笑道："您等一等，我还要进去一回。"冉久衡道："你哪里这样不怕麻烦。"虞美姝笑道："您等一等就得了嘛。"冉久衡猛然省悟，说道："好吧，我在车上等你。"虞美姝走到冉久衡小客室里来，先看一看，便到他私设的浴室里去。这浴室里安设有西式的秽桶，虞美姝也是来过的，进了门，就把门关上，停了一会儿，然后才出去上汽车，和冉久衡一路逛西山去了。冉久衡虽然风流自赏，究竟上了几岁年纪，看见少年人携侣游山，很是羡慕，以为自己哪有这样的机会，现在有这位花枝般干闺女，陪他出来游山，自然乐而忘返，因此留恋复留恋，一直到夕阳西下，方才同车而归。虞美姝因汽车之便，让冉久衡先送她回家，然后冉久衡才一人坐车回去。

　　冉久衡实在也有些倦了，到家便睡了一觉。及至一觉醒来，已是晚餐时候，冉久衡洗了一把脸，坐了一会儿，便和太太去吃晚饭。冉久衡虽然还有两个姨太太，但是他家太太的规矩，两位姨太太，让她另外一桌吃。所以吃饭之时，桌上只有老两口子，并无别人。冉太太便道："你这样一大把年纪了，还带着那十几岁的戏子城里城外乱跑，难道你就不怕人笑话？"冉久衡道："哪里就乱跑了哩？也不过是同去了一趟西山。"冉太太道："管他到哪里呢？反正你带着一个戏子同进同出，总有些不像话，漫说旁人说你，就是你儿子也有许多闲话，他说他钱不够用，和你要个一百二百的，你不肯。这房钱收来了，就一次好几百地赏给戏子。"冉久衡道："你听这混账东西瞎说呢。他是没有得着钱，特意在你面前来挑是非的，你真相信他这无聊的话吗？"冉太太道："上梁不正下梁歪，你也不要说他无聊。就是无聊，也是跟你学的。"冉久衡道："怎么你今天这样让着他？大概我出门去以后，他又来麻烦了半天了。"冉太太道："他来是来了，可是在外面闹了一阵子，在我这里说了几句话就走了。"冉久衡道："他知道这几天我手上有钱，一定要多来几趟。罢罢罢！明天我赶快把这钱送到银行里去，绝了他的念头，我包以后十天半月也见不着他一回面了。"冉太太道："我这里还有二百多块钱，我也不要用，你一块儿带去存吧。"吃过饭之后，冉太太便取了二百元现洋出来。冉久衡道："累累赘赘，给我这些个现洋，我又放到哪里去呢？不如暂且放在里面箱子里，明天再来拿吧。"冉太太道："你就放到保险箱子里去得了。明天要送到银行里去，拿了就走，也省得进来再拿。"

冉久衡在外面卧室里睡的时候较多，所以他就拿了钱到外面而来。因现洋在手上，先就去开保险箱子。这箱子一打开，冉久衡大为惊讶之下，所有的里面的珍珠宝石，现洋钞票一扫而空。只有一叠公债票和两份公司股票，留在箱子里。就是虞美妹留下来的一对钻石环子也卷去了。估计一下，约莫值一万二三千元。他说了一声"哎呀"，只一失神，把手上两包洋钱，落将下来，哗啦啦一响，撒了满地，口里连说不得了。外面听差听见，便跑了进来，问有什么事。冉久衡跌脚道："快请太太出来，快请太太出来。"上房和这里，只隔一重院子，冉太太也就听见一阵声音。因也赶到前面来，问有什么事。冉久衡道："你开了这保险箱子吗？"说这话时，可站在屋子中间发愣。冉太太道："我没有开你的箱子呀，丢了什么东西吗？"冉久衡拍手道："丢了什么？除几张公债票，东西全丢了。怪呀！除了你，谁还会开这保险箱子的门呢？这一丢，是福无双至，祸不单行，把虞美妹存在这里的一对钻石环子也丢了，这还得赔人呢，冤不冤？"冉太太道："她好好地把环子放在你这里做什么？"冉久衡就把上午存环子的事说了一遍。冉太太道："这还说什么，是你自己拖她扫帚打火，惹祸上身。"冉久衡道："你以为这钱是虞美妹拿去了吗？她和我一路出门，寸步未离，就是回来，还是我送她先到家的。她没有分身术，无论如何说不上是她。"冉太太道："我也知道说不上她。从前是咱们两人知道开这箱子，如今是共有三人知道开这箱子。船里不漏针，漏针船里人。我没有开你箱子，你自己不能说这话骗自己，又不是虞美妹拿了，难道这钞票和首饰放在箱子里，它会飞吗？"冉久衡道："我也是这样觉着奇怪。难道听差和老妈子拿了不成？可是他们不但不会开保险箱子，就是会开，也没有这么大胆。"冉太太道："虽然是这样说，人心隔着肚皮呢，谁敢说这话呀。咱们可以把老妈子和听差全叫来问一问，就是你两位姨太太，哼！也得问一问。"

冉久衡躺在一张睡椅上，望着那保险箱子门出了一会儿神，忽然往上一站，连连摇手道："不用寻了，不用说了，全是你那个宝贝儿子做的。他平常半月也不来一回，这两天是天天来，来了就是借钱。我看他样子，就有好些个不愿意。准是他一起恶心，所以把钱全拿去了。"冉太太道："他也不知道开这门呀。"冉久衡道："我们是无心的，他是有心的，也许他话里套话，把开这门的法子得去了。至于家里人呢……"说到这里，向外面屋子一望，只见挤了一屋子的人。一个老听差首先说道："给将军回话，听差谁都不敢走，谁走谁就有嫌疑。"冉久衡两个姨太太这时也来了，说道："我们都不敢走开一步，连箱子和身上，都可以检查的。"

冉久衡观测这种情形，家里人都不像拿了，便吩咐太太在家里看着，关上大门来，谁都不许走，自己就出其不意地坐了汽车，突然到冉伯骐家来。他们虽是父子，冉久衡一年也难得到儿子家里来一回的。这时门房看见老主人来了，忙着就要到上房去报告，冉久衡问道："大爷在家吗？"门房道："大爷到天津去了，汽车还是刚打车站回来呢。"冉久衡听了这话，就是一怔。走到上房里去，冉少奶奶听见公公到了，预料必定发生什么重大问题。只得叫老妈子搀着，走出正屋里来。冉久衡见她面色黄黄的，一绺散发，披到脸上，形容憔悴得可怜，便道："我是来找伯骐说几句话。你身体不好，何必出来呢。"冉少奶奶道："有什么要紧的事吗？他突然告诉我，要到天津去，也不知道为了什么？"冉久衡道："他不在京就算了，没有什么要紧的事。"于是坐着谈了几句家常话。冉久衡看她的态度十分自然，料想她没有什么虚心事，也不提起丢钱那一套话。

正在这时，乳妈牵着冉伯骐一个三岁的女孩子，由外面进来。冉少奶奶招手道："玉宝，来，爷爷来了。"玉宝果然走上前，叫了一声"爷爷"。冉久衡牵着她的小手正要和她亲一亲，只见她手上拿着一个锦绸小匣子，正是自己放一串珠子在里面，藏在保险箱子里的。冉久衡接了过来，仔细看了一看，里面空无所有，问玉宝道："你在哪里弄了这一个好花匣子玩？"玉宝道："是爸爸给我的，他还有呢。爷爷，你要吗？"冉久衡看见了这个真凭实据，实在不能忍耐了，将腿一拍道："不用提，这些钱一定是这混账东西拿了无疑。"冉少奶奶看见公公脸上，忽然变色，不知原因何在，倒吓了一跳，连忙站起来，正色问道："他又捣了什么乱子吗？"冉久衡便将保险箱子丢了东西的话，对他儿媳说了一遍。因道："拿了我的钱去，我不怪，还把一些珠宝也拿走了，这里面还有人家存放的钻石环子，也被他拿去。这样一来，我倒要买了去赔人家。想起来，叫人气不气？"冉少奶奶听了，倒觉得过意不去，极力地辩论，说是自己并不知道。冉久衡道："这是我自己的儿子不好，我怎样能怪你？我想他手边有钱，那几样首饰，不至于就会换掉，也许还放在家里，你若寻出来了，我可以分一点儿东西给你。"冉少奶奶道："您老人家怎样说这种话呢？寻出来了，还不该还您老人家吗？除非他带走了，若是没有带走，他再要回家来拿那东西，我一定要留下来。"冉久衡知道他儿媳还老实，既然这样说，也只好暂且按下，唉声叹气，坐着汽车回去了。

那冉伯骐携了他父亲这一笔大款，自然是十分快活，不过究有点儿骨肉之情，他到天津去的时候，坐在火车上，一人闷着想，老头子虽然挥霍，突然丢了这些钱，心里总不好过，难免要出什么岔子，越想越不妥，到了天津，当晚住在旅馆里，便打了一个电话回来，探问消息。他在电话里，只略问父亲那边有没有什么事？冉少奶奶就先告诉他，说是父亲来了一次，你拿了他的钱，他已知道了。钱他已不要，算你用了。可是那些首饰你得送回去。冉伯骐听了他夫人的话，当时随便地答应了，也就挂上电话。可是他夫人知道他在天津住的地方，就写了一封很详细的信给他，劝他把珠宝首饰拿回去。况且以后总还有请求父亲的日子，何必此次就做得这样绝情呢？这几句话倒是把他的心事打动了，就写了封信给冉久衡，说是实在为债务所逼，所以做出这样事来。钱是用了，珠宝没敢动，只要父亲再借个两千元出来，就把东西送回。那珠宝要值五六千元呢，冉久衡虽明知道他儿子存心讹索，还是拿钱赎回来的合算，因此又存了两千元在冉少奶奶那里，让她做赎票的，到一个礼拜之后，才把东西弄回来。

冉伯骐身边陡然有了六七千元的收入，回到了北京，花天酒地，就大闹起来。冉伯骐左右本有一班随着捧角的，他一有了钱，他们都知道了，天天晚上，找着冉伯骐听戏逛窑子。这一群人里面有一位侯少爷，名字叫润甫，倒是有几个钱，除了冉伯骐而外，没有人能和他比较的。有时冉伯骐误了卯，大家就专捧侯润甫一个人来抵缺。这一天晚上，暗暗的，满天飞着烟也似的细雨。虽然没有刮风，可是在屋外走着，却有一种冷气往人身上直扑。冉伯骐被人约去打牌去了，便懒得到胡同里去。这一班人里面王朝海马翔云二位，绰号叫哼哈二将，一天不让人花几个钱，心里不会痛快，这一天晚上找不着冉伯骐，便接二连三地打电话给侯润甫，要他出来。侯润甫吃过晚饭，不知怎么好，又想看电影，又想去看戏，倒是想隔一日再到胡同里去。偏是王马二位拼命地打电话，只得约着二人在球房里等候。

王马二人得了电话，便雇车一直到球房里去。他们刚一进门，球房里的伙计便笑着喊道："王先生马先生，冉大爷没来吗？"王朝海只点了一个头，却向地球盘这边走来。伙计问道："就您两位吗？"说着话，便沏了一壶茶来。球盘这时还有人占着，二人便坐在一边喝茶等候。刚喝了一杯茶，侯润甫便进来了。便问道："又打地球吗？扔得浑身直出汗，什么意思？打一盘台球吧。"王朝海道："我们本是在这里等你，谁要打球？你来了，我们就走，不打球了。"说时，掏了两毛钱算茶钱，扔在茶桌上，便拖他出来。侯润甫道："上哪一家呢？今天我们找一个新地方坐坐吧。我听说翠香班有一个叫拈花的，会作诗，很有些名声。我不相信，得瞧瞧去。"王朝海道："她不会作诗，那倒罢了。她要是会作诗，一盘问起来，我们不如她，那可是笑话。"侯润甫道："我总得去瞧瞧，把这个疑团解释了。我不信这里面的人，真比我们还强。"马翔云道："也好，我们去看一看。不合适，我们走就是了。"

翠香班离这球房本不很远，三个人说着笑着就走到了。他们三个人走进一间屋子，就由龟奴撑起帘子，叫了姑娘点名。点到拈花头上，只见一个姑娘，瘦瘦的一个身材，也是瘦瘦的面孔，不过眉宇之间还有一点儿秀气。她身上穿了一件绛色的薄绒短袄，倒很素净。侯润甫指着拈花道："就是她吧，就是她吧。"拈花转回身，正要走进自己房里去，龟奴却一迭连声地叫拈花姑娘。拈花只得走进房来，问是哪一位老爷招呼？马翔云指着侯润甫道："就是这一位小白脸，不含糊吧？"拈花微笑了笑，便说道："请三位到我那边小屋子里去坐坐。"拈花在前，三个人便随着跟了过来。进了这屋子，只见除了家具之外，壁上却挂了字画，也陈设些古雅的玩品。侯润甫正抬头看了一看正中间，悬着一副黄色虎皮笺的对联，写着行书的大字，有一边是"理鬓薰香总可怜"。王朝海背手靠住椅子背，却拍着念道："这字写得很好，理发薰香总可怜。"拈花含着微笑，问了各人的姓，却又接上问王朝海道："王老爷贵省是哪里？"王朝海道："江西靖安。"拈花笑道："原来呢，王老爷念的音和北京音不同呢。"他们二人随便支手架脚地坐着。拈花笑捧着一玻璃杯白开水，却坐在屋子犄角上，眼望着他三人，算是相陪。

马翔云觉得王朝海念别了字，一时想不出话来，把这事遮盖过去。他转眼一看，见茶几下层，乱叠着几张报纸，随手拿起来翻着一看，正是今天的日报。因对拈花道："究竟有文才的姑娘，与别人不同，天天还要看报呢。"拈花笑道："我这种看报，与旁人不同，不过是看看小说和笑话，还问得了什么国事吗？"侯润甫道："我就知道你看报，常在报上看到你的大作。"拈花笑道："那些花报上登的诗，全不是我作的，都是人家署了我的名字投稿的。在人家这自然是一番好意，其实真要我作起来，那个样子，也许我作得出。"侯润甫道："这样说，你的大作一定是好的了。何以自己不写几首寄到报馆里去呢？"拈花笑道："虽然可以凑几句，究竟见不得人。有一次，我寄了一张稿子到影报馆去，登是登出来，可是改了好多。"侯润甫道："一定是改得不好。"拈花道："就是改得好，改得我不敢献丑了。编这一类稿子的编辑，那位杨杏园先生，我倒是很佩服。"王朝海笑道："你和他认识吗？"拈花道："我也是在报上看见他的名字，并不认识。"王朝海笑道："我听你这口气，十分客气，倒好像认识似的呢！"

拈花被他一言道破，倒有些不好意思，说道："也许三位里面，有和杨先生认识的呢。我要是在人背后提名道姓，传出去了，可不是不很好。"马翔云道："你这话倒是不错，我们果然有人和他认识。"拈花听了就欣然地问道："哪一位和杨先生认识？"马翔云道："我们三个人都不认识，但是我们有一个朋友，却和他认识。这个朋友也是天天和我们在一处逛的，不过今天他没有来。"侯润甫道："谁和杨杏园认识？"马翔云道："陈学平和他认识，据说是老同学呢。听说这姓杨的也喜欢逛，后来因为一个要好的姑娘死了，他就这样死了心了。"拈花道："对了，那个要好的姑娘，名字叫梨云，还是他收殓葬埋的呢。这种客人真是难得。"侯润甫笑道："拈花，

140

你倒算得杨杏园风尘中一个知己。"拈花道:"侯老爷,你想想看,多少患难之交的朋友,一死都丢了手,何况是一个客人和一个姑娘呢?我在报上,看了他作的一篇《寒梨记》,真是写得可怜。"侯润甫见她老夸着杨杏园,心里却有些难受,只淡笑了一笑。王朝海道:"既然你这样钦佩他,不能不和他见一见。我一定叫我那朋友转告杨杏园,叫他来招呼你。"拈花脸一红道:"那倒不必,只要他来谈一谈,让我看一看他究竟是一个怎样的人。"侯润甫见她这样说,越发不高兴,坐了一会儿就走了。走到外面不住跌脚道:"真冤!你看她坐在屋子犄角上,仿佛我们会沾了她什么香气似的,老不过来,真不痛快。"马翔云道:"那就走过一家得了,这算什么呢?"侯润甫道:"我是挑新姑娘失败的,我还要挑新姑娘补上这个乐趣。"

正说话时,站在一家班子门口,电灯灿亮,有两个桃子形的白瓷电灯罩,上面写了银妃二字。侯润甫道:"就是这里吧?咱们进去看看。"于是侯润甫走前,王马两位在后,走了进去。侯润甫为了门口两盏电灯所冲动,指明了要挑银妃,恰好银妃屋子里,已经有了客人,就请他们在别人屋子里坐了。银妃穿了一件粉红色锦霞缎的旗袍,满身都绣着花,华丽极了,跟在他们三人后面,走了进来,只问了一句贵姓。然后站在玻璃窗边,对镜子看了一看后影,理了一理鬓发,搭讪着就走了,屋子里只有一个二十多岁的娘姨陪着。后来娘姨也走了,只一个十二三岁的小大姐,靠着窗子嗑瓜子,问她的话,她就冷冷淡淡地说一句。不问她的话,她也不理。侯王马三人,只是抽着烟卷,彼此找话说。约莫有半个钟头,那银妃也不曾来一回。侯润甫心里明白,这一定是看不起他三人,老坐也没味,就出来了。临走的时候,银妃才赶了来,说一句"何必忙着走"。侯润甫走出来,用脚一跌道:"好大架子,我怎样能出这一口怨气?"一面走着,一面跌脚。马翔云道:"你别忙,今天晚了,也来不及。明天我找了陈学平一路来,看他有没有办法?他是一个花界智多星,总有妙计。"侯润甫道:"好!我们明日在五湖春吃晚饭,在那里计划。"这一晚上,各人不逛了,垂头丧气地回去。

到了次日晚上,在五湖春集会,陈学平和马翔云先来了。马翔云把昨晚的事,对他一说,问可有什么法子出气。陈学平想了一想,说道:"法子是有一个,但是今天晚上万来不及了,只好等到明天吧。"马翔云道:"你要能办，今天就办了吧，又何必挨到明天去呢？挨到明天，我们又得多憋一天的气。"正说着，侯润甫来了，他一听陈学平说有法子报仇，比着两只衫袖，就和他连连作了几个揖。说道："昨天你虽然不在场，你是我们一党的人，丢了我的脸，也和丢了你的脸一样。"说着，将身子挺了一挺，举起手来，比着眉毛，行了一个军礼，笑道："这还不成吗？"陈学平道："既然这样，你们在这里喝着茶，先别要菜。让我把事办妥了，再来吃饭。我回来的时候，也许有几个客来，你们要好好地招待。"侯润甫道："你还要带谁来？"陈学平道："天机不可泄露，那就不能先说，反正是救兵就得了。"说毕，他掉头就走了，侯润甫也猜不出他葫芦里卖的什么药，只得等着。一会儿王朝海也来了，三个人互猜了一会子，也想不出什么妙计，便静等陈学平回来。

也不过四十分钟的工夫，只见他领着四个穿灰色制服的兵士，一路闯将进来。侯润甫最是胆小，脸一红，向后退了一步。王朝海和马翔云都坐在椅子上站不起来，只翻着眼睛，对陈学平望着。陈学平见他三人发怔的样子，知道是吓到了，便先道："这四位是我的朋友，就住在我的对门，我给你们介绍介绍。"侯润甫这才明白，原来是他请来的人，陈学平一介绍，一个叫刘德标，一个叫王金榜，一个叫蒋如虎，一个叫吴国梁。侯润甫一想，带了他们来，想大闹一场吗？那可玩不得，心里倒捏着一把汗。眼里望着陈学平，有句什么话要说，一时也说不出来。陈学平明白了他的意思，给刘德标四人各递一支三炮台烟卷，又斟了一遍茶。笑着对侯润甫道："这四位都是我的好朋友，我刚才对四位一说昨晚上的事，他们四位都说，彼此都是朋友，要和银妃开一回玩笑。"因就把预定的计划，对侯润甫说了一遍，侯润甫也禁不住笑道："这法子太好了，可是有些对这四位老总不住。"王金榜道："大家闹着玩，要什么紧，像你们先生们花了钱还直受气，真不值。要咱们弟兄给她闹闹，她才知道厉害。"侯润甫道："我们没有别的来谢，明日约四位老总，多喝一盅。"刘德标道："咱们交朋友吗，不在乎这个。"马翔云一看他们也很和气的，便说道："这四位老总真痛快，不要客气，就请要几个菜，我们好先叫做去。"

说时，把菜牌子送了过来。刘德标将手一拦道："咱们全不认识，瞧什么呢？"回头对那三位兵士道："你看咱们吃个什么？"蒋如虎道："有羊肉吗？我来一个炮羊肉。"吴国梁道："我要炸丸子。"陈学平一听，糟了，这是江南馆子，到哪里来的北方菜呢。便笑着说道："这个菜，全不值什么，来好一点儿的吧！"王金榜道："这馆子，咱们真没有来过，可不知道怎样吃。再说这大馆子的菜，还坏得了吗？"陈学平一想，他们大概是不会要菜，他们不讲究什么口味，给他来些大鱼大肉，就得了。于是将红炖肘子，青菜烧狮子头，大碗扣肉，一些肥腻些的菜，来了五六样，然后便请四位老总入座，侯润甫执壶劝酒。刘德标在四人之中，比较懂交际些，陈学平一定要他坐了首席。侯润甫举杯一敬酒，刘德标道："你们都是先生，我坐着在上面，可有点儿不得劲。"侯润甫道："刘老总，不要说那个话。你们都是替国家出力的好汉，我们算什么呢？"这一句话说出来，他们四人都笑了。吴国梁道："你这四位先生都好，咱们这朋友交上了。老刘，咱们喝一个痛快。"刘德标道："你别忙。今天吃完了饭，得给人家办一点儿事，喝醉了怎么办？人家明天还请咱们呢，留着量明天喝吧。"吴国梁举起杯子向口里一倒，杯子唰的一下响，然后说道："这事交给我了。"说着，把右手向桌子当中一伸，竖起他一个大拇指。吴国梁的身材最高，可以说得是个彪形大汉。马翔云笑道："吴老总这话对了，这件事总得他去。"蒋如虎笑道："谁不知道，他就叫吴大个儿。别说闹，瞧他这样子，就他妈的够瞧了。"大家一阵说笑，这四位佳客，被四个先生恭维得心满意足。饭吃得饱了，一个人嘴里衔了一支烟卷。刘德标道："咱们走啊，别老在这里待着了。"说了一声"再会"，他四个人径自走了。

走不多路，就到了银妃搭的那家班子，四个人一溜歪斜地走着，便闯了进去。龟奴看见四个人进来，就引他进了一间屋子坐了。龟奴还没有开口问，吴国梁道："把你们这里所有的姑娘，全叫了来看看。若有一个不到，我就揍他妈的。"龟奴看四人脸上都带着些酒容，一想这些人不大好惹，不敢作声，暗暗地通知了全班的姑娘，都送来给他们四人看。龟奴唱名一唱到银妃，她还穿的是昨天穿的那件粉红旗袍。蒋如虎笑道："他妈的，衣服真好看，她叫银妃吗？就让她陪咱们坐坐。"银妃没有法子，只得敬茶敬烟，远远地站着，陪他们说话。刘德标道："这是你的屋子吗？"银妃不敢撒谎，说道："不是的。"刘德标将两眼一瞪，拿着一只杯子，向地下一砸，说道："他妈的，你瞧咱们当兵的不起吗？咱们有子儿，不白逛。"

说着，掏了一块银币，啪的一声，向桌上一拍，银币由桌面向上一蹦，落在一只茶杯子里，把杯子又打了一个。银妃吓得不敢作声，满脸通红，靠着门像木头人一般，一句话也说不出来。

早有两个年纪大些的阿姨，抢了进来，放出笑脸，对刘德标道："老总，你别生气。因为她屋子里有客，所以没有请过去。现在就给诸位腾屋子，请你稍微等一等。"王金榜用脚在地上一顿，说道："叫他快一点儿腾屋子，老子不耐烦等。"银妃见有阿姨在那里敷衍，便想抽身逃走，脚刚一移动，王金榜喝道："你往哪里去？不陪咱们吗？咱们一样地花钱。"银妃吓了一跳，又站住了。一个阿姨笑道："她去腾屋子呢，哪里是走开？"娘姨一面说着，一面在茶杯里掏出那一块钱，交给刘德标道："老总，这个我们可不敢收，千万收回去。"刘德标接着钱，眼睛一瞪道："怎么着，嫌少吗？"阿姨道："不敢不敢，没有这样的规矩。"刘德标这才将钱收下。娘姨回头问屋子腾好了吗？外面答应腾好了。娘姨便道："四位老总请，请到我们屋子里去坐。"刘德标口里唱着梆子腔，便和他同志三人，一齐到银妃屋里来。四个人唱是唱，闹是闹，银妃坐在屋里笑又笑不出，哭又不敢哭，真是进退两难。

约有半个钟头，侯润甫一班人来了，银妃掀起一面窗纱，隔着玻璃，向院子外一看，认得这是昨天新认识的一班客，连忙招呼娘姨出去招呼。娘姨将他们引在隔壁屋子里坐了，轻轻地说道："诸位老爷，对不住。我们姑娘在屋子里陪上了几个大兵，走不出来。"侯润甫道："那要什么紧。你们也太胆小了。"娘姨道："我们总是不得罪他的好，坐一会子，他也会走的。"侯润甫皱着眉对陈学平道："这种情形，实在不好，我们得取缔取缔。"陈学平道："这事老头子一定不知道，给他一说，他必然要办的。"正说时，刘德标四人在银妃屋子里，高声唱蹦蹦儿戏，难听已极。侯润甫对着壁子喝道："是哪里来的这班野东西，这样胡闹。"那边吴国梁，听到有人喝骂，便抢出房门，站在院子里，骂道："那屋子里骂人的小子，给我滚出来。"班子里见他这个大个儿往屋外一挺立，早有三分惧怕。他不住地卷着两只衫袖，鼻子里出气，呼呼有声，大家越是吓得面无人色。在这个时候，刘德标、王金榜、蒋如虎都闯将出来，口里只嚷要打。满班子里人，都闪在一边，睁眼望着，以为今日难免要出人命的。

不料门帘一掀，侯润甫走了出来，这四人立刻软化了。各人的脚一缩，挺着身躯立正，同时向侯润甫行了一个举手礼。侯润甫背着两只手，站在他们当面，昂头冷笑了两声，说道："我说闹的是谁？原来就是你们。"说到这里，嗓子突然加紧，喝道，"你们这样闹，还要你那两条腿不要？我现在也不难为你们，你给我立正在这里，让大家看看，免得人家说我们没有军纪风纪。"这四个人立着像僵尸一般，哪个敢说话。于是陈学平、王朝海、马翔云都出来了。对侯润甫道："叫人家立正在这里，怪寒碜的，让他们去吧。不许他们以后再闹就是了。"侯润甫道："我向来不发脾气的，发了脾气，可就不好惹，我非……"陈学平不等他说完，便道："这里也不是管他们的地方，让他们回去吧。明天回去罚他们也不迟。"侯润甫于是对刘德标四人道："看大家讲情分上，饶恕你一次，去吧。"刘德标听说，又行了一个举手礼，然后出门去了。满班子里人一见侯润甫这种情形，才知道他大有来头，都叫痛快。

银妃先就觉得侯润甫是极平常的人，这样一来，她懊悔不迭，昨天不该冷待他们，一来几乎丢了一班好客，二来又怕侯润甫发脾气。连忙走过来，牵着侯润甫的手道谢。两个娘姨赶快给他们拿着帽子，就向自己屋里引。侯润甫坐着，银妃就站在他面前说笑。对于王朝海三个人，也是老爷长老爷短地称呼。侯润甫让她恭维得够了，起身要走，银妃一歪身，坐在他怀里，口里说道："我不许你走，至少还坐一个钟头呢。"侯润甫笑道："你就留住了我一个人，我几位朋友，是要走呀。"银妃听说，又将陈学平一一敷衍了一阵。最后又伏在侯润甫肩膀上，对着他的耳朵，轻轻问道："烧两口烟玩玩，好不好？"侯润甫道："玩两口倒可以，可是我们都不会烧。"银妃道："自然我来烧。可是您只玩两口得了，不要抽多了，抽多了要醉的。"又对马翔云道："你三位老爷，也来玩玩。"娘姨听见她说，早在橱子抽屉里拿出烟家伙，放在床上。银妃躺在左边，侯润甫四个人，轮流地躺在右边抽烟。又闹了一个钟头，侯润甫才走。银妃挽着他的手，直送到院子中央，还是十二分地表示亲热。他们四人出了班子，这才哈哈大笑。

第七十二回

漂泊为聪明花嫌解语
繁华成幻梦诗托无题

当时，在胡同里走着，向四个八大爷连声道谢。又道："痛快痛快，昨天晚上一股怨气完全冲出来了。那拈花虽然没有银妃那样冰我们，但是她也很瞧我们不起。我们再请这四位大爷到她那里去闹一闹。"陈学平道："闹一回还可以，那算是出气。若是闹了又闹，人家疑心我们拿她做幌子，那可不好办。"马翔云道："这事也用不着那样做圈套。拈花不是很羡慕杨杏园吗？叫老陈邀着杨杏园和我们一块儿去，她就会好好地招待了。"侯润甫道："要这样，今晚上可就去不成了。"陈学平道："本来也就不必今天去。好玩的地方，留着慢慢地玩，何必一天晚上，就把它玩一个干净哩？"侯润甫道："我们还走一家吗？"陈学平道："不必，打两盘球得了。坐久了，也该松动松动身体呢。"陈学平一提，大家都同意，又到球房里去。这打球也像抽烟一般，不抽烟倒也不过如此，一抽上了瘾，也非抽足不可，所以打一两盘球，决是不能休手的，他们一打球，一直就打到十二点钟方始回家。

到了次日，陈学平记着侯润甫的约会，一吃了早点心，便到杨杏园寓所里来。这个时候，已是阴历三月快完，天气十分暖和。院子里摆满了盆景，新叶子上一点儿尘土没有，生气勃勃的。那两株洋槐，稀稀地生出茧绸一般的嫩叶，映着院子地下的树影，也清淡如无。沿着廊沿下，一列有几盆白丁香花，一股香气，直在太阳光里荡漾。陈学平走进来，只见杨杏园捧着一本书在廊下走来走去地看。正要喊他，他已看见了，便请他进屋子去坐。杨杏园道："我们好久不见面了。初听说北京有一个老同学，便很

146

高兴地找到一处谈谈。见了几回面之后，究竟因为出学校门以后，年数隔得多了，性情都有些改变，见个一二回面，感情依然恢复不起来，所以又淡下来，你说是不是？"陈学平笑道："这话果然，我也这样想着，只是说不出所以然来。什么难事，经你们新闻记者一揣摩，就有头有尾了。"杨杏园笑道："这并不是揣摩，事实就是这样。就像你到我这儿来，不是很难得的一件事吗？"陈学平笑道："无事不登三宝殿，无缘无故我是不来。不过今天来，完全是为你的事，不是为我的事。"杨杏园道："为我的事吗？我很愿闻其详。"陈学平道："你有多久不逛胡同了？"杨杏园一合掌，微笑道："禅心已作沾泥絮……"陈学平道："我最讨厌佛学，玄之又玄，你别和我闹什么机锋。"杨杏园道："大好春光，什么玩的地方也好去，为什么要到胡同里去？"陈学平道："我的话还没说完，你先别拦着，让我说完了，你就知道我有提到的理由了。"因就把拈花钦慕他的话，说了一遍。

杨杏园笑道："你不要骗我，我不相信你的话。"陈学平昂着头叹了一口气，说道："拈花拈花，你这一番好意，真是埋没了。你很崇拜人家，人家绝对不肯信，我有什么法子呢？"说着，又望着杨杏园道，"这人实在是你风尘中的知己。你不去看她，那都不要紧。你说没有这一回事，连我听了都不服气。"说着将手上的手杖，戳着地板咚咚的响。杨杏园道："有就有，何必发急呢？"陈学平道："今晚上有工夫吗？我陪你一路去见一见这人。"杨杏园道："那倒不忙在一时，过两天再去吧。"陈学平笑道："你当着我面说不去，可别今晚上一个人溜去了。我有事，是常在胡同里走的，我若遇见了你一个人去，可不能答应你。"杨杏园道："我又不认识这人，一点儿感情没有，我何必瞒着人去呢？"陈学平不能瞒了，就把侯润甫受了冷落，要杨杏园给他去争面子的话，详细说了一遍。杨杏园听了这话，更不要去了。笑道："我又不认识那位侯君，怎样好去镶人的边？"陈学平道："那要什么紧，游戏场中，一回见面二回熟，只要我一介绍，就是朋友了。况且人家对你，本来就很欢迎，绝不嫌你去得冒昧的。"杨杏园道："也好，过个两三天，我再奉陪吧。"

陈学平倒信以为真，果然过着几天之后再来约他。但是杨杏园居心不和他去，后来陈学平两次打电话来找他，他都推诿过去了。四五天之后，是个阴天，早上下了一阵雨，下午虽然住了，兀自阴云暗暗的。先在前面邀着富氏兄弟研究了一会子汉文，讲得有些口渴，自回后面来喝茶，屋子里凉风习习，觉得身上有些凉，找了一件薄棉衣服穿上。恰好这两天，报馆里收到的稿子，异常拥挤，又没有什么事，摊书坐了一会儿，总是无聊。吃过晚饭，对着电灯枯坐，不由得乱想心事。忽然想到陈学平提的那个拈花，趁着今晚无事，何妨去看看。华伯平对我也曾提过，只是我没有留心，就抛开了。若据他们的话看来，竟是真有其人，我倒应该证实一下。若这话是假的，我坐一会儿就走，那也没有关系。这样想着，立刻就有要去的心事，于是换了件衣服，拿着帽子，就要去。转身一想，不去也好，不要由此又坠入情网。这样想着，把帽子摘下来，向衣架上一挂。接上第三个念头："若是不去，真辜负了这人的一番好意。我能说一句宁可我负天下人吗？"到底戴上帽子，坐车到了翠香班。

　　这天因为天气不十分好，胡同的游客并不多。杨杏园走进门去，先且不叫拈花，依然过了一道点名的手续。点到拈花头上，是个二十岁附近的女子，少不得仔细看了一眼。凡是一个人来寻花问柳的，妓女也就认为是专诚而来，况且今天人又少，一个人进来，越发是容易让人注意。拈花看见他这样，心里也就有所动。名点过了，杨杏园便对龟奴道："你叫拈花吧。"拈花正站在院子里听了这话，又猜上个两三分，便请他进屋子去坐。杨杏园不等问，便先笑道："我姓杨。"拈花脸一红，点点头道："哦！是的。"她屋子里有个三十多岁的阿姨，正拿着一把茶壶，要出门去，听了"我姓杨"三个字，手又着门帘子不走，却回转头来笑道："哎哟！我说呢。"又对拈花笑道，"我猜的话，也就有个五六成对啦。"拈花道："你倒是沏茶去，怎么站在门口？"阿姨笑着去了，有个十四五岁的小姑娘，送了果碟到桌上来，她将果碟放在桌上，两只眼睛，由头上至脚下，却把杨杏园看了一个够。杨杏园看她穿了一身绿格子布衣服，倒也干净。圆圆的脸儿，薄薄地敷了一层扑粉，倒显得两只眼珠分外的黑。杨杏园见她望着，便笑问道："你认识我吗？"小姑娘低头咬着嘴唇一笑，说道："我在报上老看见你的名字。"杨杏园笑道："你也会看报吗？"她道："认识几个字，不能全认。"杨杏园道："据你这样说，一定很好的了。你叫什么名字？"她笑了一笑，不肯说。杨杏园对拈花道："这大概是令妹了，怎样不肯把名字告诉我。"拈花笑道："她对生人，是瞒诌一个名字的，真名字，可是叫小妹妹。她对杨先生不肯说假名字，又不好意思说真名字，所以只好不作声了。”杨杏园道：“有其姐必有其妹，这小妹妹，又玲珑，又温柔，很可爱呢。”拈花笑道：“一个糊涂孩子，不要太夸奖了。”

杨杏园一面说话，一面抬头看时，见正中壁上，虎皮笺的对联，是“春花秋月浑无奈”，不由笑道：“一肚皮不合时宜，在这一副对联上很看得出来了。”拈花道：“这也是一个客人送的，我只觉得很自然，所以爱挂着，其实我是不敢当。”拈花说话，可就坐近了，和杨杏园只隔了一张桌子面。仔细看她脸色，虽然很是清秀，可是血气不足，未免露出几分憔悴。杨杏园一想，这人一定身世可怜，就是以目前而论，恐怕也很不得意。拈花见他对面平视，倒真有些不好意思。便拿着碟子里的纸包花生糖，剥了两颗吃了。低着头，目光射着手背，手上折叠着糖纸，笑着问道：“杨先生不大出来玩玩了吗？”杨杏园听她的口音，倒好像她知道自己从来爱逛似的。因道：“从前倒是在胡同里有一两个熟人，现在因为事忙，晚上不大出门了。”拈花笑道：“这样说，今天晚上何以又出来了哩？”杨杏园道：“这话恐怕老四未必肯信，今晚我是特意来拜访的。”

那阿姨进来倒茶。便笑道：“杨老爷怎么知道我们四小姐是老四？”杨杏园道：“因为知道，所以才特意来拜访。”阿姨笑道：“我们小姐，天天看杨先生做的那个报。”拈花笑道：“你就不要说了，编报都说不上来。”阿姨道：“我又不认识字，知道什么叫作编呢？杨老爷，我们四小姐，就喜欢看你做的文章，看了就对我们说。她说你有一个要好姑娘……”说到这里，回头对小妹妹问道：“叫啥个……哦？想起来哉，叫梨云，阿是？先是交关好嘘，到后来……”拈花笑道：“得了，别说了。这是人家自己的事，人家自己还不知道，要你来告诉他？”杨杏园道：“这事很奇怪，你们何以会知道呢？”拈花道：“我看大作，那些无题本事诗，就知道一些了。后来我们这里一个老六的阿姨，跟过梨云的，没有事的时候，她常和我们说这件事，所以我是知道很详细。我就常说，客人中果然有这样的好人，有机会我总要见一见他。”杨杏园笑道：“现在见着了，大失所望吧？”拈花道：“杨先生这话太客气，是瞧我们不起的话了。”杨杏园道：“果然是瞧不起，我又为什么来了？”讲着，便拉住小妹妹的手问道：“小妹妹，你说我这话对不对？”小妹妹笑了一笑。

拈花道："我虽是今日认得你杨先生，可是你的为人，我也猜到一半。"杨杏园道："那是什么缘故？"拈花道："就因为天天看报。"杨杏园道："老四天天看报？你喜欢看哪一门？"拈花笑道："照例天天先看小说和小品文字，再看社会新闻。"杨杏园道："紧要新闻不看吗？"拈花道："至多看看题目。我觉那些事，看了也没有什么兴味。像我们这种人，可以说是'商女不知亡国恨'了。"杨杏园只听了她这一句话，知道她果然有些学问。便笑道："老四的唐诗很熟，大作一定很好。据我的朋友说，你寄过稿子到我那里去，我可没有收到。"小妹妹在一边接嘴道："寄过的，还在报上登出来了哩。"杨杏园道："真的吗？我真是善忘，怎么不记得？"拈花道："不是您善忘，我是用外号投稿的。除了我几个熟人外，是没有人知道的。"杨杏园道："用的哪一个外号，我很愿知道。"拈花笑道："不要说吧，要是说出来了，杨先生回去把陈报翻出一查，就要羞死人。"杨杏园道："不是我自负一句的话，无论什么稿子，凡是经我的手发出去的，总可以看看。大作既然是登了报，大概总还好。"拈花笑道："我那几首歪诗，载出来已非真面目，杨先生改了好多了。"杨杏园道："呀啊，对不住，我是胡闹了，不要见怪。"拈花道："那个时候，我还和杨先生不认识，怎样客气得起来？就是认识，请杨先生改还请不到哩，哪有见怪之理？"杨杏园道："现在有什么窗稿没有，我很愿意瞻仰瞻仰。"拈花笑道："住在这样昏天黑地的地方，哪里还有什么窗稿？"

杨杏园心想，听她的口音，竟是十分厌弃这青楼生活。但是她为什么不跟着人去从良呢？难道她还有什么不得已的苦衷吗？心里想着，手上拿着桌上炮台烟的烟筒，只是转着抚弄，想出了神了。小妹妹以为他要抽烟，就取了一根烟，直递到杨杏园嘴边。杨杏园未便拒绝，只得抿着嘴唇，对她一笑。小妹妹又擦了火柴，给他点上烟。杨杏园将烟抽了两口，放在烟灰缸子上。抚着小妹妹的手，却对拈花笑道："这小妹妹善解人意，很让人家欢喜，读书一定很有希望的。现在还在读书吗？"拈花道："她自己倒愿意读书。不过我看认识几个字就可以了。认字认得太多了，徒乱人意。"说到这里，长叹了一口气。杨杏园笑道："老四，我们是初交，我自然不便多谈。但是徒乱人意，有些解法吗？"拈花道："'花如解语浑多事，石不能言最可人。'这就是我的解法。"杨杏园点头笑道："原来如此。"说时举着茶杯，嘴唇抿着杯沿，慢慢地呷茶，脸上现出笑容。拈花道："这一笑大有文章。杨先生笑我吗？"杨杏园连连摇头道："不是！不是！我很佩服你老四会说话。你若加入文明交际场中，是一个上等人才。"拈花道："嘻！什么上等人才？在这个时代，女子到了我们这步田地，堕落不堪了。第一，就是没有人格。"说到这里，她竟哽咽住了，眼睛里水汪汪的，就要滚下泪来。她自己不好意思对生人这样，便向北转身，对着橱上的玻璃镜去理鬓发。

话说到这里，杨杏园倒没有法子去安慰她。难道说青楼生活不是堕落，劝人家往下干不成？便搭讪着和小妹妹说道："你姐姐说，不让你读书，你的意思怎么样呢？"小妹妹笑道："不怎么样。"杨杏园笑道："这是菩萨话，小姑娘不许说这样的话。我可劝你读书，读了书，什么事，也不受人欺的。"拈花听说，走过来，仍旧在对面坐下，笑道："杨先生，你有这样的美意，倒不如给她找一个人家，就算成全了她了。"杨杏园笑道："好，可以，我路上还有几个很漂亮的青年朋友，都等着结婚呢。"拈花道："我是说老实话。你想，我已经自己害了自己，难道又害她不成？人家常说，胡同里的姑娘，五年一个世界，这是真话。漫说这是人间地狱，就是因为表面上的繁华，很可以不顾人格，但也不过五六年的事。一生一世，为了这五六年的繁华，牺牲个干净，那也很不值得。所以莫如趁她年纪不大，赶快找个安身之处，免得近朱者赤，近墨者黑，弄得没有好结果。"杨杏园道："老四这话，倒是实情。你的意思，要怎样的人才合适呢？"拈花道："我第一个条件，是要一夫一妻。第二，只要有碗饭吃。第三，是个有知识的人。别的我都可以不必管。至于坐汽车，住洋楼，那是难得的事，也不要希望了。多少人为了想坐汽车住洋楼，弄得不可收拾呢。"

杨杏园偷眼看那小妹妹，低头卷着衣裳的下摆，正静静地往下听着。阿姨在一旁插嘴道："四小姐倒是老早就有这句话的，不让她吃这碗饭。"杨杏园道："老四既有这一番好意，我先有两个前提，请你解决。其一，这脂粉队里，最会引诱青年的。你不让她吃这行饭，你就不要她到这里面来，我想老四也不在乎她给你做什么事。其二，你要趁她未成人，给她一些相当的知识。我这几句话，未免交浅而言深，你不见怪吗？"拈花道："杨先生这话，完全对的，我也就是这样想。可是我又有我的难处，我们就是姐妹两个，又没有租小房子，不让她跟着我，让她跟着谁呢？至于给她的知识，无非是读书。由我教她，现在也能写账，也能写平常信了，我以为就当适可而止。文字为忧患之媒，倒是糊涂一点子的好。"杨杏园笑道："何言之激也？"阿姨道："她倒不是着急，女人认字多了，究竟不好。你看，我们四小姐，可不是……"拈花接上长叹了一声。

这时，外面一阵吆唤，拈花又来了一帮客。她暂让小妹妹陪着杨杏园，又到隔壁屋子里去了。杨杏园笑问她道："你姐姐刚才所说的话，你都听见了吗？"小妹妹回手在背后挽了辫子过来，却用辫子梢去扫桌子沿，一只手撑了半边脸，不让人看见她的脸色。杨杏园道："这有什么害臊的，是终身大事呀！你现在若好好地拜托我，我一定给你找一个好好的女婿。到了春天，小两口儿，手牵着手逛公园逛北海，那是多么有趣呀？"小妹妹扑哧一声，两只手膀子伏在桌上，把脸枕在上面，藏在怀里笑。杨杏园笑道："这就害臊。将来我做了媒人，你还要不好意思呢。"小妹妹听说，只是藏着脸笑，不肯抬起头来，直到拈花进来，问道："这是为什么？"杨杏园笑道："我问她，她害臊呢。"拈花也笑道："去吧，有人问你呢。"她才站起来，对镜子牵了牵衣襟，扰了一下鬓发，然后走了。杨杏园道："这小妹妹，性情温柔，很有些意思。"拈花道："正是因为这样，我不肯让她也堕落了。从来是聪明误人，就是带着聪明相，也会没有好结果。这孩子虽不聪明，她的面相倒是带几分忠厚。我想她的身世将来或者比我好些，所以我对于她，总往安分一路上办。"拈花说得高兴，又坐下谈起来了。

这时屋里并无第三个人，杨杏园笑道："我们虽然初次见面，一见如故，谈得很痛快。将来我多一个谈心的地方了。"说着，看了一看茶杯。拈花连忙拿了茶杯斟了一杯茶，放在他面前。杨杏园举起，一饮而尽，笑道："足解相如之渴了。"拈花红了脸抿着嘴一笑，说道："我是不大会应酬的，杨先生不要见怪。"杨杏园道："我们谈得很合适，哪有见怪之理。"拈花又一笑。看她那种情形，有什么话要说，又忍回去了似的，所以她坐在桌子横头，身躯靠着椅子背，支着脚，不住地摇撼。杨杏园坐在一边，冷眼看她的态度，也有感触。小妹妹忽然进来说道："都想什么呢？还要拿我开玩笑吗？"杨杏园醒悟过来，便起身说道："坐得久了，改日再谈吧。"拈花伸了半个懒腰，强自地制住了，站起来笑道："我是不敢留，若是并没有什么事情，就请再坐一会儿。"杨杏园道："我们既然认识了，以后就可以随便地来往，倒不在乎一夜的畅谈。"拈花点头笑道："那也好。可是……可是……"杨杏园不知道她有什么转语，便道："自然是还要再来访的。"拈花笑道："不是那句话。我很冒昧地问一句，能把贵寓的地点和电话号码告诉我吗？"杨杏园道："可以可以。"便掏了一张名片给她："地点和电话号码，上面都有了。"拈花笑道："也许有一个日子，我到贵寓来奉看，不要紧吗？"杨杏园道："不要紧的。"小妹妹道："坐下吧！为什么站着说话呢？"拈花坐下了，杨杏园笑道："哪有再坐之理！再谈吧。"说毕，自走出房门。拈花在房门口，又着门帘子望着，杨杏园回头一看，和她笑着互点了一个头，这才走出这家班子来。

杨杏园既是一个人，也无别的地方可去，且自回家。这晚上，天气很是阴凉，拿了一本书，在电灯下看了两个钟头，只觉脚上一阵凉气，直冷到大腿以上来。一抬头，看到桌子上摆的小闹钟，已打过了一点，玻璃窗外，洞黑如漆，人声全都安息了。丢下书，正要上床睡，只听见前面屋里，一阵电话铃响。他知道大家睡了，便到前面去接电话。在电话里一问，正是陈学平打电话来找，心想，他们消息真灵通，怎样我去看了一趟拈花，他们就会知道了？那边一听声音，便问道："你就是杏园吗？"杨杏园道："怎么这时候，还打电话来？明天大兴问罪之师，还不算晚啦。"陈学平道："我不是和你开玩笑，我有要紧的事和你商量。"杨杏园也注意起来，便问是什么事？陈学平道："说起来，这个人你也认识的。一位叫任毅民的朋友，现在得了急症晕过去了。要想送到医院里去，又怕越搬动越出毛病。要请医生来看，手边一时也没有钱。这样夜深，请医生来一次，没有十块二十块是不行的。这位朋友，已经是很窘，我来看他，来得很急，又没有预备钱，这事十分棘手。我听说你有个医生朋友，你能不能做一点儿好事，打一个电话，请医生到平安公寓来一趟。至于医药费，我以人格担保，将来由我归还就是了。"杨杏园道："这位任君也是我的熟人。这是一桩小事，还说什么人格担保呢？"挂上这边的电话，于是打一个电话给他相熟的医生刘子明，请他就去。把医生约好了，这才去睡觉。

到了次日起来，刘子明也来了电话。杨杏园接着电话先道谢了一声。刘子明道："你不要向我道谢，我先向你道歉。你那贵友，我昨晚上到的时

153

候，人已不中用，没法子救了。"杨杏园道："死了吗？什么病？病得这样急。"刘子明道："并不是病，是服了毒了。我看那情形，很是凄惨。"杨杏园道："服了毒，很奇怪。这人是个很活泼的青年啦。"刘子明道："这事你一点儿不知道吗？为什么你又打电话找我呢？"杨杏园道："我也是接了朋友的电话，转达给你的。既然这人出了这种惨事，我倒要去看看。"挂上电话，并不耽搁，便到平安公寓来。

一进门便见西厢房门外摆了一张桌子，五六个人在露天里坐着，好像议论一件什么事似的。陈学平精神颓丧，也坐在一张藤椅上，两只脚却一直架到桌子上来，人倒仰在椅子上，闭着眼睛养神。杨杏园先叫了声"学平"，他睁眼一看，连忙站起来道："你怎么来了，知道这一件事吗？"杨杏园道："我是听见医生说的。他现在什么地方？"陈学平道："在屋里躺着。"杨杏园道："我和任君，也是朋友，虽然交情不深，人到这步田地，实在可惨。我要进去看看。"说时，顺手将房门一推，只见屋里的东西，弄得异常凌乱。桌子上摆满了茶壶茶碗药瓶药罐之类。靠着床两张椅子，上面堆了许多衣服和几双脏袜子，满地上是药片药汁棉絮，床上直挺挺地睡着一个人，脸上把一条白手绢盖着。他身上穿一件旧湖绉夹袍，上面也粘满了斑斑点点的痕迹。自然，这就是任毅民的尸首。杨杏园想他也是风度翩翩的一个少年，活的时候，是多么活泼，一口气不来，就躺在这里，一点儿事情也不知道了。他这样想着，正要走上前，伸手去揭面上那块白手绢。陈学平连忙执着他的胳膊。杨杏园回头看时，陈学平连连摆手说道："不要看吧，你若看了，你心里要难过的。你看看他那手，你就知道了。"杨杏园走近一步，俯着身子一看，只见他的手指全是紫的。手指甲，还变作青色。陈学平道："你看见吗？就此一端，其余可知了。出来坐吧，他这样一来，让我受了很深的刺激。不要尽看，越看越让人伤心。"

杨杏园和这任毅民，虽然不是深交，看见这样子，也是恻然不忍，便同到外面来坐，陈学平顺手就把门带上了。杨杏园道："他这人很活动的，何以出此短见哩？"陈学平道："正是因为他太活动了，所以落了这样一个下场头。"杨杏园道："是什么缘故呢？你能告诉我吗？"陈学平道："我很愿告诉你。你若隐去名姓，把他的情节在报上登出来，倒可以劝劝人。不过说起话长哩。"正说到这里，一阵五六个人，抬了一口白木空棺材进来。

又有一个人捧着一叠纸钱，三四束线香，一齐放在房门口。院子里这几个人，都张罗起来。杨杏园看这样子，现在才开始料理身后，人家各有事，不便在这里说闲话，便对陈学平道："有什么事要我办理的吗？"陈学平因为他和任毅民交情很浅，而且又是忙人，不便连累他，就说："身后的事，草草都已料理清楚了。已经打了一个电报到他家里去，预料一个星期之内，就要来人的。你有事，请便吧，两三天之内，我到贵寓来看你，可以把他的事，详详细细奉告。"杨杏园听他这样说，便回去了。

过了两天，陈学平手上捧着一本很厚的抄本书，来访杨杏园。说道："我不是在朋友死后，揭破他的阴私。这实在是一部惨史，少年人若知道这一件事，大可以醒悟了。"杨杏园接过随便一翻，就翻到了一页新诗。诗前面并没题目，只是写着二十七，二十八，二十九。大概是首数的次序，总题目在最前面呢。一页一页，倒翻过去，翻到最前面，原来题目是"无题"两个字。旧诗的题目，新诗倒借来用了，这很是奇怪的。于是先看第一首，那诗共有五句。诗说："人声悄悄，见伊倚着桌儿微笑。我正要迎上前去，摇动了孤灯的冷焰，我的痴梦醒了。"这也不觉得有什么意思，翻过一页去，再看前面写着"五"字的一首。那诗说："禽石填不平的恨海，我想用黄金来填它。黄金填不满的欲壑，我又想用情丝来塞它。青苔下的蝼蚁，哪能搬动芳园的名花？这都是自己的妄想，不成啊！怎样反埋怨着她？"杨杏园点了一点头，陈学平在一旁看了说道："你是反对新诗的人，怎样点起头来？"杨杏园道："我因为他偷了几句旧诗词，学着曲的口气一作，倒很是灵活。这一首诗的意味，和第一首的情形，大大不同，像是觉悟了。"陈学平摇头道："他哪里能觉悟？他要觉悟，就不会死了。你再往后看去，你就明白了。"杨杏园道："我不要看了。与其我看了来猜哑谜，何不干脆请你说出来呢？"陈学平的肚子里，早也就憋不住了，于是就把这一段小史说出来。

第七十三回

慷慨结交游群花绕座
荒唐做夫妇一月倾家

原来这任毅民家里倒也是小康之家。他的父亲希望他在大学毕业，得一个终身立脚的根基，就极力地替他筹划学费，整千的款子汇到北京银行里来存着，让他好安心读书，不受经济压迫。不料经济不压迫他，就放纵了他。他有的是钱，做了绸的，又做呢的。单夹皮棉纱，全做到了，又要做西服。衣服既然漂亮，就不能在家里待着。不然，穿了好衣服，给自己的影子看不成？所以天天穿了衣服，就到各繁华场中去瞎混。中央公园，北海公园，城南游艺园，这三个地方，每天至少要到一处，或者竟是全到。因此他的朋友和他取了一个绰号，叫作三园巡阅使。他听到这个绰号，倒不以为羞辱。以为朋友中只有我有钱，能够这样挥霍。这三园之中，男的有每日必到的，女的也有必到的，彼此都是必到的，就不免常常会面。而且这些地方去得多了，和戏场茶座球房的茶房也就会慢慢认识。认得了茶房，这三园出风头的是些什么人，无论是男是女，都可以打听了。

任毅民常遇到的，有一个十六七岁的女郎。她也是今日梳一个头，明日换一件衣服，时时变换装扮的人。任毅民看见，不免多注一点儿意。她出入三园，老和任毅民会面，也就极是面熟。有一晚，任毅民在游艺园电影场里看电影。休息的时候，见那女子也在那里，而且是一个人。任毅民便悄悄地问茶房道："那个女孩子，常到这儿来，你们认得她吗？"茶房笑道："任先生连她都不认识吗？她就是杨三小姐。"任毅民道："她叫什么名字？在哪个学堂里念书？"茶房道："那可不知道。反正她不怕人的，任先生和她交一交朋友，谈上一谈就全知道了。"任毅民道："我总看见她有两三个人在一处，今天就是她一个人吗？"茶房道："就是她一个人，今天要认识她，倒是很容易的。"任毅民听说，笑了一笑。

一会儿工夫，那杨三小姐忽然离位走出场去，沿着池子边的路，慢慢地走着。任毅民一时色胆天大，也追了上来。不问好歹，在后面就叫了一声密斯杨。杨三小姐回头一看，见是他，也没有作声，也没发怒，依然是向前走。任毅民见她不作声，又赶上前一步，连喊道："密斯杨，密斯杨。"杨三小姐回头一笑，看了任毅民一眼。任毅民越发胆大了，便并排和她走着，笑问道："怎么不看电影？"杨三小姐却不去答他这句话，笑道："你怎样知道我姓杨？"任毅民道："以前我们虽没说过话，可是会面多次，彼此都认得的。要打听姓什么，那还不容易？"杨三小姐笑道："你不要瞎说。我看你还是刚才知道我姓什么呢。你和茶房唧唧哝哝在那里说话，口里说话，眼睛只管向我这里瞧着，不是说我吗？我让你瞧得不好意思，才走开来的。"任毅民笑道："其实我们老早就算是熟人了，瞧瞧那也不要紧。"杨三小姐笑道："我倒是常遇见你，而且就早知道你贵姓是任呢。"两人越谈越近，便交换名片。原来杨三小姐名叫曼君，在淑英女子学校读书，现在虽然不在学校里，自己可还是挂着女学生的招牌。任毅民和她认识了，很是高兴，当天就要请她去吃大菜。杨曼君道："我们交为朋友，要请就不在今日一日，以后日子长呢。"任毅民觉得也不可接近得太热烈了，当天晚上，各自散去，约着次日在北海漪澜堂会。

这个时候，还在七月下旬。北海的荷花也没有枯谢。二人在漪澜堂相会之后，任毅民要赁一只小游船，在水上游玩。杨曼君说是怕水，不肯去，也就罢了。过了几日，这天下午，二人又在北海五龙亭相会，在水边桥上，择了一个座位，杨曼君和任毅民对面坐下。任毅民坐了一会儿，然后笑道："论起资格来，我是不配和你交朋友。但是在我个人的私心，倒只愿我一个人和你常在一起，你相信我这话吗？"杨曼君淡淡地笑道："有什么不相信，男子的心事，都是这样的。"任毅民笑道："口说是无凭的，总要有一点儿东西，作为纪念，那才能表示出来。"说着，就在身上将一个锦盒掏出，说道："这是我一点儿小意思，你可以带在身上，让我们精神上的友谊，更进一步。"杨曼君接过锦盒，打开一看，里面是一个人心式的金锁，锁上铸了四个字，乃是"神圣之爱"，锁之外，又是一副极细致的金链子。这两样东西，快有二两重，怕不合一百多元的价值。杨曼君笑道："谢谢你。你送这贵重的东西给我，我送什么东西给你呢？"任毅民道："我们要好，是在感情上，并不在东西上。我送这点儿东西给你，不过是做一种纪念品，何必谈到还礼的话。"杨曼君笑道："虽然这样说，我应该也送一样东西给你做纪念品才好。"说时，把一个食指点着右腮，偏着头想了一想，笑嘻嘻地自言自语道："我送你什么东西呢？"任毅民笑道："就是依你这种样子，照张六寸的相给我吧？"杨曼君道："要相片子，我家里有的是，何必还要新照一张？"任毅民道："只要你给我东西，无论什么，都是好的。"杨曼君笑道："既然这样，我到水中间摘一朵莲花给你吧？"任毅民道："也好，但是你怎样得到手呢？"杨曼君道："那还有什么难处！回头我们赁一只船在水里玩，划到荷叶里面去，就可以到手了。"任毅民笑道："荷花丛中，配上你这样一个美丽的小姐，真是妙极。我是一个浑浊的男子，不知可配坐在后艄，给你划船。"杨曼君眼睛一瞟，嘴一撇道："干吗说这种话？那是瞧我不起了。"任毅民因为上次请她坐船，碰了一个钉子，所以这几天总不敢开口。现在她自己说出来了，自然是不成问题了。不过要把这句话说切实些，还得反言以明之，所以带说带笑地试了一句。杨曼君风情荡漾的，反来见怪，那就是十分愿意同游的意思。任毅民得了口风，赶快就要去赁船。杨曼君和他丢了一个眼色，笑道："何必忙呢？等到太阳落山的时候，阳光不晒人再去吧。"任毅民巴不得这样，她先说了，自然是更好。坐了一会儿，又吃了些东西，等太阳偏西，然后赁了一只小船，划到北海偏西去。一直等到夜幕初张，星光灿烂，方才回码头。

到了次日，任毅民是格外地亲热，雇了一辆马车，同她坐着到大栅栏绸缎庄去买衣料。买了衣料，又陪杨曼君去听戏。听了戏，又上馆子吃晚饭。接连闹了几天，杨曼君才慢慢高兴起来。以先任毅民说家里怎么有钱，父亲怎么疼爱他，杨曼君听说只是微笑，并不答话，那意思以为任毅民是说大话。任毅民见她不相信，就不肯再说，免得在朋友面前，落了一个不信实的批评。这一天下午，二人在公园里玩够了，杨曼君要他在一家番菜馆里吃大菜，任毅民便陪着去。两人找了间雅座，一并排坐下。杨曼君笑道："今天不是我要你到这儿来，你一定不肯这样请我的，以为这是小番菜馆子呢。"任毅民道："我也不是那样的阔人，连这种地方，都当他是二荤

158

铺。况且这种地方阔人到的也很多呢。"杨曼君道:"我看你用钱,很是不经济,大概你府上,汇的学费不在少数吧?"任毅民道:"也没有多少钱,够用罢了。"杨曼君笑道:"我们还算外人吗?为什么不说哩?我知道,你府上是个大财主,你的日子很是舒服,你所说的话,我都相信了。不过有一层,府上既然这样有钱,难道你还没有……"说着,咬了一块面包,笑了一笑。任毅民忙道:"没有什么!没有什么!"杨曼君笑道:"你既然是个有钱的少爷,自有许多人家想和府上提亲。"任毅民正色道:"婚姻这一件事,我和家父交涉过多年,他早许了我,让我绝对自由的。"杨曼君摇着头笑道:"你没有少奶奶,这话我不相信。"任毅民见她如此说,赌咒发誓,恨不得生出一百张口来否认。杨曼君道:"没有就没有,何必发急呢?"任毅民笑道:"别人问上这话,我不急。你问我这话,我是要发急的。"说时,将手胳膊拐了杨曼君一下。杨曼君道:"不见得吧?"说时,笑着两肩只是耸动,低头用勺子去舀盘子里的鲍鱼汤喝。

任毅民看见这种情形,情不自禁,便握着杨曼君的手道:"我想找一个地方和你细细一谈,你同意吗?"杨曼君道:"什么地方呢?"任毅民道:"旅馆里你肯去吗?"杨曼君右手拿着勺子,依旧是舀汤喝,没有作声。任毅民摇撼着她的手道:"怎么样?怎么样?"杨曼君红了脸笑道:"我没有去过,我害怕。"任毅民道:"那要什么紧?去的多着呢。"杨曼君道:"我们感情既然很好,要向正路上办,就当正正堂堂地进行。这样……究竟不好。"任毅民道:"自然是正正堂堂地进行。但是……"说着对杨曼君一笑。杨曼君道:"有什么话,你就在这里对我说,还不行吗?"任毅民道:"话太多了,非找一个地方仔细谈谈不可。"杨曼君道:"那就过些时再说吧。"任毅民见她老老实实地这样说了,倒不便怎样勒逼她,便笑道:"过几天也好,我听你的信儿。"杨曼君道:"今天晚上,我不能和你一路出门了。我家里有事,我得先回去。"任毅民道:"真有事吗,不要是因为我刚才一句话说错了?"杨曼君笑道:"那是你自己做贼心虚了。我没有存这个心思。"任毅民道:"你没有存这个心思就好。我们是留得青山在,不怕没柴烧。"杨曼君也不再驳他,随他说去。当时二人吃完了饭,各自分手而去。

任毅民回家,筹思了半天,竟想不出一条妙法。到了睡觉的时候,左一转来,右一转去,倒做了一夜的梦。一直到次日清早,接到一封信,是朋友自天津寄来的，就在这一封信上触动了他的灵机，于是先和杨曼君通了一个电话，问今天有工夫出来玩吗？原来这杨曼君的父亲是个烟鬼，不管家务，生母早死了，现在是一位年轻的继母，乃是太太团里的健将，杨曼君在外面怎样交际，她不但不干涉，反极端地奖励，所以打电话到她家里去，那并没有关系的。当时杨曼君接了电话，带着笑音说道："我有四五个女朋友，昨天约我在中央公园相会。我打算临时请她们在来今雨轩吃饭，大概有大半天的应酬。我们是明天会吧。"任毅民笑道："我加入一个成不成？"杨曼君道："我不请男客。"任毅民道："我倒有个法子。回头在公园里找着你，你给我一介绍，统同由我请。她们不拒绝，自然很好，拒绝了，我们两人可以单独去吃饭，那也好。"杨曼君听说很为欢喜，便答应了。

　　到了下午一点钟，任毅民换了一套西装，先到来今雨轩去等候。不一会儿工夫，杨曼君带着一个时装女郎来了。据她介绍，是密斯邱丽玉，任毅民请她坐下，就添咖啡开汽水。不多一会儿，又来了林素梅、赵秋屏两位小姐，也在一处坐了。大家谈得热闹，杨曼君又打了电话，请着张五小姐张六小姐两人来。任毅民只一个人，陪着许多女宾，恍如在众香国里一般，花团锦簇，左顾右盼，极是高兴，便叫西崽在大厅里开下西餐，邀请众女宾大嚼。凡是做交际明星的女子，无非是爱男子的招待。任毅民虽然和这班女子不认识，但是由杨曼君从中介绍，她们也就不必客气，大家饱啖一顿。吃饭已毕，喝咖啡的时候，邱丽玉说道："今天中央戏院的戏太好，有人去听戏吗？"杨曼君道："诸位若是愿去，我可以奉请。"便吩咐西崽道："你给我打一个电话，问还有一级包厢没有？若是有，叫他不要卖，我这里就派人去买票。"西崽果然打电话去问，说是还有一个包厢。任毅民要在各女宾之前，表示好感，连忙站起来，拿着帽子在手，说道："我马上坐了车去买好，不要让别人捷足先得了。请诸位等一等，大概有三十分钟，我就回来了。"邱丽玉笑道："那就劳驾得很。"其余几位小姐，也是不住地叫谢谢。

　　任毅民听一片颂扬之声，不由得眉开眼笑，连忙就走出公园，坐上自己的包车，去买包厢票。买了票之后，又怕女宾惦记，赶紧又回来，果然来去不过三十分钟。这些女宾，见任毅民花了许多钱，又是这样殷勤，异口同声地把密斯脱任叫得山响。在来今雨轩闹到夕阳西下，大家便簇拥着任毅民在公园里散步。到了电灯上了火，大家又一阵风似的，一齐到中央戏院来。大家坐在一个包厢里，任毅民越发是和衣香鬓影接近，自有生以来，真没有享过这种艳福。一直到散了戏，各女宾纷纷散去，还依次地向任毅民道谢，说声再会。

任毅民见人都去了，便对杨曼君道："这儿不远，有家二美堂咖啡馆。我们同去喝点儿水，吃点儿蛋糕，你看好不好？"杨曼君今天见任毅民花了七八十块钱，于本人很有面子，这一点儿小要求，当然依允。两人同走到咖啡馆去，找了一副雅座坐着吃喝。杨曼君轻轻地道："到了这时候，你还不放我回去吗？我今天可陪了你一天。"任毅民道："你今天要多陪我一会子才好，因为明天我要到天津去了。"杨曼君突然听到这话，心里倒觉得若有所失，第一件，从哪里再去找这样慷慨的游伴？便道："我不信你这话。你好好地要到天津去做什么？"任毅民道："这是不得不去的。在天津我有几千块钱的款子，摆在那里，有好些日子了。我自己不去拿，那款子别人拿动不了的。我早就想在天津玩玩，总没有玩成功，现在我倒想趁这个机会，到天津去玩几天。"于是微微一笑道，"你也去玩一个，好吗？"杨曼君笑道："我在天津，又没有一个熟人，我去做什么呢？"任毅民道："我又何尝有什么熟人。我这一去，打算住在国民饭店，并不住到人家去。你要去的话，逛起来有个伴，就不寂寞了。"杨曼君道："你这一去，什么时候回来呢？"任毅民道："你别问我多少时候回来，我要问你去不去？"杨曼君端起杯子来，喝着咖啡，笑道："你几时回来，和我有什么关系呢？"说这话时，杯子举得高高的，将它高过鼻梁，眼珠刚打杯子上瞟过来。可是那种害臊的笑容，却看得出来呢。任毅民知道她愿意去了，又接上夸赞了天津一阵。杨曼君笑道："让我考量，明天再说吧。"任毅民道："不必考量了，我决定搭四点半钟的车去天津，早一个钟头，我在西车站食堂等你，你看好不好？"杨曼君听说，也就点点头。当晚两人高高兴兴地分手。到了次日，便一同到天津去了。

原来任毅民的父亲，在天津做了一笔生意，约莫有三千块钱的股本。早两个月，打折扣退了股，还存在店里，曾写信给任毅民，叫他放假的时候，到天津取了款子带回家去。这时交了杨曼君，很想和她结婚，杨曼君总是没有切实的表示。任毅民因为父亲的吩咐，住在学校寄宿舍，又不便要杨曼君去；两人总是公园戏园饭馆几处会面，很不方便。所以他就想到上天津去取款，两人好在旅馆里逗留些时候，解决这个婚姻问题。现在杨曼君果然和他到天津去，任毅民的计划总算成功。在天津玩了一个礼拜，两千多块钱的款子也拿回来了。任毅民在杨曼君面前，不肯说是父亲退股的钱，只说是随便拿了一点儿款子。杨曼君见他随便地就把钱拿来了，很是方便，用钱又挥霍，并不计较，对他说的话倒很相信。任毅民就和她商量，回京去，可不可以宣告结婚？杨曼君笑道："我们在天津住了这久，回去还结什么婚？我们回京去，干脆就说结了婚得了。"任毅民道："那也好，可以省了许多麻烦。不过我们一说结了婚，回京就得赁房子住下了。你同意不同意呢？"

杨曼君这时一点儿也不高傲，极端地服从。任毅民说赁房，就答应赁房。二人同回北京的时候，在火车上看报，见小广告里，登了有一则洋房召租。上面说明有房十间，电灯电话自来水俱全，并且有地板，有车房，极合小公馆之用，只租四十块钱。杨曼君就说这房子很好，而且价钱不贵。下了火车，便一直去看房子。进门一看，果然是洋式的房子，而且院子里有两棵洋槐，一个花台子。地下不铺石砖，有块绿毡子似的草皮。任毅民看了很是满意。问了一问看房子的，并不打价，倒只要交两份半，就可搬进来。任毅民手里有的是钱，既然愿意，也不再说二字，就付了定钱。接上就买家具，制新帐被，忙个不了。因为任毅民很急于成家，只五天工夫，便一律办妥。到了第六天，任毅民和杨曼君，都搬进新房子去住，他们用了一个老妈子、一个车夫、一个厨子，又是一个听差，如火如荼，家里很热闹。老妈子们自然也老爷太太地叫得嘴响。任毅民既成了家，又有一位很漂亮的夫人，一所很精致的小公馆，他不肯埋没了，因此接连请了两天客，帖子上大书特书的"席设本宅"。任毅民请了客，杨曼君又请客。

那些女宾，见她房子既好，屋子里家具又全是新式的，大家都极其羡慕。对于任毅民也格外地亲热一层。其中邱丽玉、赵秋屏、林素梅三人，和任毅民尤其是好，任毅民瞒着杨曼君，曾请过她们好几回，她们并不推辞，就受任毅民的请。赵秋屏于装束时髦之外，又会跳舞，常常和任毅民到华洋饭店去参与跳舞盛会，不到两个礼拜，任毅民也会跳舞了，觉得这种地方别有趣味，常常地来。礼拜六这一次，无论如何总要和赵秋屏到的。

跳舞场中的时刻，极是易过，不知不觉，就会到了半夜。杨曼君也问过几次，何以常回来得这样晚？任毅民只推在朋友家里打牌，她也不深究。有一晚两点钟回来，杨曼君也不在家，问老妈子太太哪里去了，却说不知道。这样一来，心里好个不痛快，抽着烟卷，背着两只手，只管踱来踱去。抽了一根，又抽一根，末了，打开那银的扁烟盒子，里面竟是空的。一直快到四点钟，知道杨曼君不回来了，这才去睡。到了次日两点钟，杨曼君才慢慢地回来。任毅民憋了一夜的气，少不得问一声，她也说是打牌来。任毅民道："既然是打牌，为什么事先不通知我一声？"杨曼君道："你在外面打牌，通知过我吗？我打牌为什么要通知你哩？"这理很对，任毅民不便驳回。便笑道："我打牌虽不通知你，可是当晚总回来的。"杨曼君道："我怎能和你打比哩？三更半夜，好在满街跑吗？我在外面打了一夜牌，你就这样盘问。以后我的行动，还能自由吗？"任毅民见她这样说，便不敢作声。

原来任毅民手上两千多块钱，经这样一铺排，就用去了三分之二。尤其是杨曼君的衣饰，没有力量担任，只好要个四五样，答应办一样。杨曼君由这上面，慢慢看到他的钱也不怎样多，心里大不高兴。任毅民越见她这样，反不敢说有钱，但是也不好意思说没钱。若说有钱，怕她要东西，若说没钱，又怕她嫌穷。因此只好遇事将就，打算双方感情好了，再把实情告诉她。可是邱丽玉那几位女朋友，又新自认识，舍不得就这样扔下。因此在家应酬新夫人，出外应酬女朋友，逐日还是流水般地用钱。那有限的几个死钱，哪里禁得住这样用，看看钱要用光。也不知杨曼君怎样得了信，逐次把用人辞退，最后只剩一个老妈子。一天任毅民不在家，她把老妈子也辞了，把所有细软东西，竟席卷而去。任毅民这一惊，自然非同小可。检查东西，还好，所有自己用的衣服，她没有拿去，随后在桌上发现了一封信，乃是杨曼君留下的。信上说：

毅民先生：

　　我向你道歉，我告别去了。我们本来没有结婚，自然也不算夫妇，各人行动，都可以自由。我虽然在名义上，暂时认为夫妇，但是我自己定了一个标准，没有五万元家财的男子，我是不能嫁的。你因为要图你个人的肉欲，就拿话来骗我，说是有十几万家产，我一时不察，上了你的当，被你破了我的贞操，我实在后悔不及呀。但是我自己意志薄弱，没有主张，受了男子的蹂躏，也要负些责任。现在我已看破你的行藏，本应当以法律解决。因为念你起初对我还有一点儿感情，只好算了。你所为我制的东西，俗语说送字不回头，你当然不能要回去。我的名誉都被你牺牲了，我拿去，不能赔偿万一，你也不能追究吧？不过，我走去，没有当面和你说声再会，这是我要道歉的！祝你前途幸福！

杨曼君启

任毅民看了这一封信，什么也说不出来，只气得两只手抖颤不已。这时，一个人陪着一所空洞的屋子，静悄悄也没有一点儿声息。一看厨房里，煤炉也灭了。提了一把水壶，在斜对门小茶馆里，要了一壶开水回来，关上大门，沏了一壶茶，坐在空屋子里慢慢地喝着想办法。喝了一杯茶，不觉又斟上一杯，茶干了，又沏上，就这样把一壶开水沏完了。这一壶开水喝完，心里依旧像什么燃烧着，不能减脱那火气。心里一烧人，肚子里也不觉得饿，天色刚黑，电灯也懒扭得，便和衣倒在床上去睡。到了次日，打电话，找了两个熟人来，把行李收拾一番，便搬到平安公寓来住。所有木器家具，就交给拍卖行里拍卖。热热闹闹地组织了一番家庭，到此总算过眼成空。

不过杨曼君虽然去了，赵秋屏这几位女友，感情还不算错，还和她们往来。可是赵秋屏见他用钱不能像以前慷慨，也就疏远许多。任毅民有一天打电话约赵秋屏到来今雨轩去谈话，赵秋屏回说对不住，有朋友邀去听戏。后来自己一个人到中央公园去，见她和一个男子并排在回廊上走着，说说笑笑。任毅民知道她们交际广，并不在意，老远地取下帽子和她点一个头，不料她竟当着不看见，偏过头去和人说话。他这一气非同小可，也不愿意再在这里玩了，便走出园来。到了园门口，又遇见林素梅。她也是出来只和任毅民点了一个头，却和一个小胡子嘻嘻哈哈同上一辆汽车去了。

164

任毅民气上加气，哪里也不愿去了，闷闷地回公寓来。心想这世界全是金钱造的，有了钱，就有了事业，有了家庭，有了朋友。没有金钱，一切全都失掉了。这时我手上若有个几万块钱，我一定要在这班妓女化的小姐面前，大大地摆一回阔。那时，她们来就我，偏着头和人说话的，我也用偏着头和人说话去报她。见了我以坐汽车来摆阔的，我也以坐汽车摆阔来报她。但是，我哪来的那些钱呢？任毅民这样想着，觉得积极的办法，已是不可能。于是又转身一想，看起来，爱情交情都是假的，有了钱，就买了那些人来假殷勤我，我虽然很得意，人家也会把我当个傻子，我又何必争那一口气呢？从此以后，什么女子，我也不和她来往，我只读我的书了。从这天起，他果然上了两天课，上了课回来，就闭门不出。但是自己逍遥惯了的，陡然闷坐起来，哪里受得住。自己向来喜欢作新诗的，便把无题诗，一首一首地作将下来。他最沉痛的一首是："小犊儿游行在荒郊，狮子来了，对着它微笑。我不知道这一笑是善意呢？还是恶意呢？然而小犊儿生命是危险了！"他作诗作到得意的时候，将笔一扔，两只手高举着那张稿子，高声朗诵起来。

这一天，天气阴暗暗的，没有出门，只捧了一本小说躺在床上看，看了几页，依旧不减心里的烦闷。一见网篮里，还有一瓶葡萄酒，乃是赁小公馆的时候，买了和杨曼君二人同饮的。看了这瓶酒，又不免触起前情，便叫伙计买了一包花生，将葡萄酒斟了半杯，坐在窗下剥花生，喝闷酒。正喝得有些意思，忽然接到父亲一封快信。那快信上说："天津商店的股份三千元，已经都被你拿去，不知你系何用意。家中现被兵灾，荡然一空，所幸有这三千元，还可补救万一。你赶快寄回，不要动用分文。"任毅民接到这一封信，冷了半截。那三千多元款子，已花了一个干净，父亲叫我分文不动，完全寄回家去，那怎样办得到？但是家里遭了兵灾，等钱用也很急，若不寄钱，父亲不要怪我吗？信扔在桌上，背着两只手，只在屋里蹀来蹀去，想个什么办法。心里尽管想，脚就尽管走，走着没有办法，便在床上躺着。躺了不大一会儿，又爬起来。足这样闹了一下午，总是不安。后来伙计请吃晚饭，将饭菜开到屋子里来，摆在桌上好半晌，也没有想到要吃。

正在这个时候，家里又来了一封电报。任毅民这一急，非同小可。急忙打开电报纸封套，抽出电报纸来，上面却全是数目字码，这才想起还要找电码本子，偏是自己向来不预备这样东西的，便叫了伙计来，向同寓的人借借看。伙计借了一遍，空着手回来说："有倒是有，一刻儿可又找不着。"任毅民只得临时跑到书馆子里买了一本电码回来译对。译出来了，除了地址外，电文说："款勿汇，予即来，敬。"这敬字是他父亲号中一个字，正是他父亲要来。他此来不为别的什么，正是因为家里遭了兵灾，不能立脚。在他父亲快信里，已经微露此意，不料真来了。不用说，父亲的计划中，总把这三千元作为重振事业的基本金，现在把它用个干净，他这一层失望，比家里受了兵灾还要厉害了。他想到此处，又悔又恨，心想父亲来了，把什么话去回答他呢？两手一拍，不觉把脚一顿，于是坐到桌子边去，将两只手撑着脑袋，不住地抓头发。

公寓里的伙计，送饭收碗送水，不住地进出，看见他起坐的一种情形，便问道："任先生，您晚饭也没吃，身上不舒服吧？"任毅民道："是的，我身上有些不舒服，我要出去买瓶药水回来喝。"说毕，取了一顶帽子戴上，就向外走。伙计道："任先生钥匙带着吗？我好锁门。"任毅民淡淡地一笑道："锁门做什么？东西丢了就算了，管他呢。"伙计以为他说笑话，也就没留意。不一会儿工夫，他拿来了一瓶药水，脸上红红的，倒好像酒意没退。他进房之后，就把门掩上了。伙计因为他有病的样子，不待他叫，水开了，就送到他屋里来，先隔着门缝向里一张，只见他伏在桌上写信，那眼泪由面上直掉下来，一直挂到嘴唇边。伙计也听他说了，家里受了兵灾，想是念家呢？就不进去，免得吵了他，又走开。过半个钟头，伙计再送水来，又在窗户缝里一张，只见药水瓶子放在一边，他手上捧着一只瓷杯，抖颤个不了，两只眼睛，望着一盏电灯，都定了神。脸上是惨白，一点儿血色没有。半晌，只见他把头一摆，说了一声"罢"，一仰脖子，举着杯子向口里一送，把杯子里东西喝下去了。伙计恍然大悟，大叫不得了，于是惊动了满公寓的人。此一惊动之后，情形如何，下回交代。

第七十四回

描写情思填词嘲艳迹
牺牲色相劝学走风尘

却说伙计一阵狂喊，叫来许多人，大家拥进任毅民屋子里去，只见他满床打滚，大家一看情形，才知道他服了毒。于是一面请医生，一面找他的朋友，分头想法子来救。无如服毒过多，挽救不及，就这样与世长辞了。

当日陈学平把这一件事从头至尾对杨杏园一说，杨杏园也是叹息不已。说道："他和那位杨曼君，前后有多久的交情呢？"陈学平道："自去年初秋就认识了，冬天便散伙。由发生恋爱到任毅民自杀，共总也不过十个月。"杨杏园道："于此看来，可见交际场中得来的婚姻，那总是靠不住的。"陈学平道："自有这一回事而后，我就把女色当作蛇蝎，玩笑场中，我再不去了。"杨杏园道："年轻的人，哪里能说这个话！我们这里的少居停，他就捧角。因为花钱还受了欺，也是发誓不亲坤伶。这一些时候，听说又在帮一个朋友的忙，捧一个要下海的女票友。将来不闹第二次笑话，我看是不会休手的。所以说，年轻人不怕他失脚，只要一失脚就觉悟，就可以挽救。但是个个少年人都能挽救，这些声色中人，又到哪里去弄人的钱呢？所以由我看来，觉悟的人很少。"陈学平笑道："你也把我算在很少之列吗？"杨杏园道："我不敢这样武断，但是根据你以前的历史，让人不放心呢。"陈学平仰在沙发椅上，伸了一个懒腰。笑道："这事不久自明。今天说话太多，再谈吧。"陈学平说完话，告辞出门，杨杏园送到大门口。

回转来到前进屋子，只听见富家骏屋子里有吟咏之声。便隔着门帘问道："老二很高兴呀，念什么书？"富家骏笑道："杨先生请进来，我正有一

167

件事要请教。"杨杏园一掀门帘子进来，只见他那张书桌上堆了许多书，富家骏座位前摊了一张朱丝栏的稿纸，写了一大半的字，旁边另外还有一叠稿纸，却是写得了的。前面一行题目，字体放大，看得清楚，乃是"李后主作品及其他"。杨杏园笑道："又是哪个社里要你做文章？这样费劲。"富家骏道："是我想了这样一个题目，竟有好几处要。倒是樱桃社的期刊，编得好一点儿，我打算给他们。"杨杏园道："你不是说了，摒绝这些文字应酬吗？怎么还是老干这个？"富家骏笑道："他们愣要找我做，我有什么法子？我要是不做，他们就要生气，说你搭架子，不是难为情吗？"杨杏园道："作稿子不作稿子，这是各人的本分，他为什么要生气呢？"富家骏道："若是和他们没有什么关系，他们也不能说这个话。无奈我也是他们社里一分子，我不作不成，因为他们作的稿子，或是散文，或是小说，对于文艺上切实些的研究文字，常常闹恐慌。所以我的稿子，他们倒是欢迎。"杨杏园道："你既然还是各文社里的社友，为什么又说要摒绝文字应酬？"富家骏笑道："因为他们要稿子要得太厉害了，所以发牢骚说出这句话来。其实作作稿子，练习练习也是好的。"

　　杨杏园一面听他说话，一面将那一叠稿纸拿起来看，开头就用方角括弧括着两句，乃是"做个才人真绝代，可怜不幸做君王"。下面接着说，这就是后人咏李后主的两句诗，他的为人，也可知了。杨杏园笑道："你不要嫌我嘴直，这样引入的话来作起句的，文字中自然有这一格。但是每每如此，就嫌贫。你这办法，我说过几回，不很妥当，怎么这里又用上了？"富家骏笑道："的确的，是成了习惯了，但是这种起法，现在倒很通用。"杨杏园道："唯其是通用，我们要躲避了。"富家骏笑道："管他呢，能交卷就得了。我为了找些词料，点缀这篇稿子，翻书翻得我头昏眼花，这样的稿子，还对他们不住吗？"杨杏园道："那就是了。找我又是什么事呢？"富家骏笑道："因为杨先生极力反对我作新诗，我就不作了。这几天我也学着填词。偏是有一天翻词谱，樱桃社的人来看见了，就要我给他们两首。我想着总可以作得出的。就指着词谱上的《一半儿》，答应给他们两首。不料一填起来，左也不是，右也不是，简直不能交卷了。"杨杏园道："像《一半儿》《一剪梅》这一类的小令，看起来极容易填，可是非十二分浑成，填出来就碍眼。你初出手，怎么就答应给人这个呢？"富家骏听说，便深深地对着杨杏园作三个长揖。杨杏园笑道："此揖何为而至？"富家骏道："就是为了这《一半儿》，我向来是不敢掠人之美，这一回出于无奈，务必请杨先生和我打一枪。"杨杏园道："不成，我哪有这种闲工夫填词？"富家骏又不住地拱手，说道："只要杨先生给我填两首，以后无论什么事，我都唯命是听。"杨杏园道："你为什么许下那样重大的条件？还有什么作用吗？"富家骏道："并没有作用，不过是面子关系。"

　　杨杏园见他站在门帘下，只是赔着笑脸，那样又是哀求，又是软禁，便只得坐在他位子上提起笔凝神想了一想："这事太难了。海阔天空，叫我下笔，我是怎样落笔呢？"富家骏笑道："杨先生这句话，正问得好，已经有个现成的题目在这里，我正踌躇着不敢说，怕杨先生说我得步进步哩。"说着，在抽屉里拿出两张美术明信片，给杨杏园看看。看时，都是香闺夜读图。一张是个少女，坐在窗户下。一张是个少妇，坐在屋子里电灯下。笑道："这题目倒还不枯涩，让我拿到屋子里去写吧。"富家骏两手一撒开，横着门道："不，就请在这里作。"杨杏园笑道："你这种绑票的手段，不是请我打枪，分明是考试我了。"富家骏连说不敢不敢，又斟了一杯茶，放在桌上。笑道："先请喝一杯茶，润润文思。"杨杏园笑了一笑，对他点点头。于是放下笔，慢慢地喝着茶，望着那茶烟在空中荡漾，出了一会儿神。富家骏笑道："我看杨先生这种神气，就有妙作，可以大大地给我装回面子了。"杨杏园道："你先别恭维我。我写出来了，未必就合你的意呢。"于是先把那个少妇夜读的明信片，翻转来写道：

　　　　月斜楼上已三更，水漾秋光凉画屏。莫是伊归侬未醒，倚银
　　灯，一半儿翻书一半儿等。

　　杨杏园写一句，富家骏念一句。写完了，富家骏笑道："正合着那面的画，一点儿不差，可是……"杨杏园道："怎么样？我知道你不满意呢。"富家骏道："阿弥陀佛，这还不满意，我是可惜这是说闺中少妇呢。"杨杏园点头笑道："你这话，我明白了。我再写那阕给你瞧吧。"于是又在那少女夜读图反面写道：

绣残放了踏青鞋，夜课红楼三两回，个里情思人费猜，首慵抬，一半儿怀疑一半儿解。

富家骏拍着手道："对对对！就要这样才有趣。"杨杏园道："词实在不好，但是很切题。你要送给那位密斯看，大概是可以交卷了。"富家骏道："那倒不是，这不过是给一个同学要的。"杨杏园道："管你给谁呢！我只要看你怎样实行唯命是听这句话就得了。"丢了笔，便笑着去了。

这天下午，富家骏下了课，就没有回来。次日晚间吃饭的时候，他却不住夸着昨晚看的电影片子好。杨杏园道："看电影，为什么一人去，何不请请客？"富家骏一时不留神，失口说道："昨天就是请客。杨先生那两阕词，我也拿给我那位朋友看了，他不相信是我作的。我怕人家再考我，我就直说不是我作的了。"杨杏园道："哪有这样不客气的朋友，我不相信。"在桌上吃饭的富家驹富家骥都笑了。杨杏园知道富家骏新近和一个女同学发生了恋爱，一天到晚，魂梦颠倒，都是为了这件事奔走。他本来是爱漂亮的人，新近越发是爱漂亮。做新衣裳不但讲究面子，而且要讲究里子。头发总是梳得漆黑溜光，一根不乱。同在桌上吃饭，杨杏园正和他对面，他穿的玫瑰紫的哔叽夹袍，外套素缎的坎肩。浅色上面，套着乌亮的素缎子，配上白脸黑头发，自然是净素之中，带了一种华丽。这坎肩的袋子里，露出一撮杏黄绸，正是现在时兴的小手绢，塞在那里呢。

杨杏园笑道："老二，你上课也是穿得这样俏俏皮皮吗？"富家骥道："上什么课？哪天下午，也不上学校里呢。他穿着这衣服，不在公园里来，就是看电影来。"富家骏道："别信他。这几天下午，都没有课，我去做什么？"杨杏园笑道："男女互爱，这是青年绝对少不了的事，瞒什么，只要正当就是了。我最不懂的是，对朋友不肯说，在报上公开作起文字来，倒只怕没有这样的好材料。有了，固然尽量地说，没有还要撒谎装面子。"富家骏笑道："我可没有在报上发表过这样的文字。杨先生不是暗指着我说吧？"杨杏园道："我绝不欢喜这样妇人气，做那指桑骂槐的事。"富家驹笑道："杨先生这句话有语病。妇人就是指桑骂槐的吗？"杨杏园笑道："果然我这话有些侮辱女性哩。"大家说着话，不觉吃完了饭，杨杏园斜在一张软椅上坐了，富家骏屋子的门帘卷着，正看见他洗脸。见他将香胰擦过脸之后，在书橱一层抽屉里，拿出好几样瓶子盒子。先是拿了一块石矾，洒上一些花露水，在脸上一抹。抹了之后，在一个很精致的玻璃罐子里，用指头挖了一点儿药膏，拓在手心，对着壁上的大镜子，将脸极力摸擦一顿。杨杏园一想，是了，这是美国来的擦面膏，要好几块钱一小瓶呢。看他擦过之后，把湿手巾将脸揩了，再抹上润容膏，对镜子先看了一看，再将放在桌上的玳瑁边大框眼镜戴上，又对镜子一照。

杨杏园不觉失声笑道："谈恋爱者，不亦难乎？然而，这该在头上抹上凡士林，罩上压发网子了。"富家骏一回头，见杨杏园还坐在外面，不觉红了脸，笑道："我有一个毛病，脸上喜欢长酒刺。虽然不痛不痒，脸上左一粒红点，右一粒红点，不知道的倒是疑是什么脏病。这一年多，我是不断地在脸上擦药，好了许多。我为预防再发起见，所以还擦药。"杨杏园笑道："这酒刺另有雅号的，叫太太疹，研究性学的少年，倒是有八九这样。"富家骏笑道："疹子这个名词，出在北方，南方人就没有这句话。至于太太疹，尤其是没有来历了。"杨杏园道："这正是一个北京朋友告诉我的话，怎么没有？他还解释得明白，据说，娶了太太，这疹子就会好的。似乎这类毛病，为太太而起，所以叫太太疹。太太来了，疹子就会好。又好像这种毛病专候着太太诊似的。太太疹太太诊，一语双关，这实在是个好名词了。老二脸上，倒不多，偶然有一两颗罢了。这是还没有到那种程度，并不是擦的香粉香膏有什么力量。据我说，下药要对症。倒不必每次洗完了脸，下这一层苦工。"富家骏笑道："杨先生作这种旁敲侧击的文字，真是拿手，从今以后，我不擦这些东西就是了。"杨杏园笑道："我是笑话，你不要留了心。今天晚上，你还要出去拜客吗？"

正说到这里，听差进来说道："外面有女客来了，要会杨先生。"杨杏园心想，这倒好，我在笑人，马上就漏了。问道："这时候，哪有女客来会我？谁呢？你见过这人吗？"听差道："没见过。"杨杏园道："多大年纪？"听差道："一个十八九岁的样子，又一个，倒有二十好几。"杨杏园道："怎么？还是两个吗？她怎样说要会我呢？既然是你不认识的人，为什么不和她要张片子？"听差道："她一进门，我就问她找谁？她说找你们老爷。我说是找杨先生吗？她说是的。我和她要片子，她说不必，杨先生一见面就知道的。"这话越问越不明白，杨杏园叫听差请那客到客厅里去。自己随便洗了一把脸，便出来相见。

　　刚进客厅门，两个女子，早是迎面深深地一鞠躬。在电灯之下，仔细一看，果然年岁和听差所报告的差不多。二人都是穿着灰布褂，黑绸裙，而且各蹬着一双半截漏空的皮鞋。那年纪大的梳了头，小的却剪了发，不用说，这是正式的女学生装束。但是这两个人，面生得很，并没有在什么地方会过。杨杏园心想，或者是为新闻的事而来的，但是何以知道我住在这里呢？便道："二位女士请坐，可是我善忘，在哪里会过，竟想不起来了。"她两个人听说，就各递一张名片，恭恭敬敬，送到杨杏园手上。他看时，大的叫赵曰娴，小的叫卢习静。大家坐下，赵曰娴先问道："阁下就是杨先生吗？"杨杏园道："是的。"卢习静未说话，先在脸皮上泛出一些浅红，然后问道："杨先生贵处是……"杨杏园道："是安徽。"卢习静抿嘴一笑道："这样说，我们倒是同乡了。"杨杏园道："密斯卢也是安徽吗？可是口音完全是北京人了。"卢习静道："来京多年了，现在简直说不来家乡话了。"赵曰娴道："杨先生台甫是……"杨杏园又告诉她了。可是这一来，心里好生奇怪，她们连我的名字和籍贯全不知道，怎样就拜访我？正这样想着，赵曰娴又道："衙门里的公事忙得很啊？"杨杏园想更不对了，她并不知道我是记者，当然不是为新闻来的了，问我干什么呢？当时沉思了一下，便笑道："我是一个卖文的人，没有衙门。"赵曰娴道："啊，是的。杨先生也是我们教育界中人。"杨杏园道："也不是。"心里可就想着，我何必和她说上这些废话哩？便道："二位女士到敝寓来，不知有何见教？"赵曰娴起了一起身，笑道："鄙人现在朝阳门外，办了几处平民学校。开办不过三个月，学生倒来得不少。就是一层，经费非常困难。鄙人做事，向来是不愿半途而废的，而且这种平民教育，和国家前途，关系很大。我们应当勇往直前，破除障碍去做。绝不能因为经费上一点儿困难，就停止了。因此和这位密斯卢相约合作，到处奔走，想在社会上找些热心教育的人，出来帮一点儿忙。"

　　杨杏园听了这话，正要答言。卢习静含着笑容也就说道："杨先生也是教育界的人，对于这事，一定乐于赞成的。"说时，赵曰娴已把放在身边的那一个皮包拿了起来，打开皮包，取了一本章程，一本捐簿，一齐交给杨杏园看。口里可就说道："总求杨先生特别帮助。"杨杏园万不料这两位不速之客，却是募捐的。心里算计怎样答复，手里就不住地翻那捐簿。只见捐簿第一页第一行，大书特书韩总理捐大洋一百元。第二名刘总长，捐洋五十元。心想这就不对了，哪有写捐的人在捐簿上自落官衔的？再向后翻，就是什么张宅捐五元，李宅捐三元。最后几页才有书明捐一元捐几角的。杨杏园翻了一翻捐簿，接上又翻章程。见上面三个学校的地址，都在朝阳门外。有一处还在乡下。赵曰娴站在身边，见他注意校址，便道："同人的意思，以为城里各校的学生，都办有平民学校，平民求学的机会，不能算少。可是九城以外，就没有这种学校了。所以我们决定以后办学，都设在城外。将来南西北三城，也要设法子举办的。杨先生若肯去参观，是十分欢迎的。"杨杏园道："有机会再说吧。"卢习静笑道："这事还请杨先生多帮一点儿忙。"

杨杏园心里正在计算，应该捐多少。听差却进来说道："杨先生，我们三爷请。"杨杏园对二位女士道："请坐一会儿。"赵曰娴笑道："请便请便。"杨杏园走到北屋子里，富家骥跳脚道："杨先生，你还和她说那些废话做什么，给她轰了出去就得了。这两个东西，我在北海和车站上，碰过不知有多少回，她哪里是办平民学校？她是写捐修五脏庙啦。"杨杏园道："别嚷别嚷！让人听见，什么意思？"富家骥道："这种人，要给她讲面子，我们就够吃亏的了。我去说她几句。"说毕，抽身就要向外走。富家骏走上前，两手一伸，将他拦住，笑道："不要鲁莽。人家杨先生请进来的，又不是闯进来的。这时候把人家轰走……"杨杏园道："我倒没有什么。她就只知道我姓杨，从来不曾会过面。"听差道："我想起来了。她也并不知道杨先生姓杨。她进门的时候，我问她找杨先生吗？她就这样借风转舵的。"杨杏园笑道："大概是这样的，谁叫我们让了进来呢？说不得了，捐几个钱，让她走吧。"富家骥道："做好事，要舍钱给穷人。像她们这样的文明叫花子，穿是穿得挺时髦的，吃是吃得好的。"富家骏道："别胡说了。穿得好，这让你看见了。吃得好，你是怎样地知道？"富家骏道："你是个多情人，见了女性总不肯让她受委屈，对不对？"杨杏园道："你兄弟两人也别抬杠。我有一句很公平的话，照理说，这种人等于做骗子，我们不必理他，无奈她是个女子，总算是个弱者。而且她见了我，是左一鞠躬，右一鞠躬，就算她是个无知识的女叫花子，我们既然把她叫进来，也该给她一碗剩饭。

173

况且听她的口音，说话很有条理，很像是读过书的人。兔死狐悲，物伤其类，一个读书人，落到牺牲色相，沿门托钵，这也就很可怜。我们若不十分费力，何不就捐她几个钱，让她欢欢喜喜地走？若一定把她轰出去，我们不见是有什么能耐，而且让了人家进来，轰人家走，倒好像有意捉穷人开心似的，那又何苦呢？"他从从容容地说了一遍，富家骥才不气了。杨杏园道："她们和我太客气了，我倒不好意思给少了她。可是给多了，我又不大愿意。不如让听……"一个差字还没有说出来，富家骏道："让我出去打发她们走吧。"

富家骏说着，就走到客厅里去，富家骥老是不愤，也跟了去。那赵曰娴卢习静见他二人进来，同时站起，含着笑容，两手交叉胸前弯着腰，先后各行了一个深深的鞠躬礼。富家骥原来一肚皮不然，一进门来，见是两位斯斯文文的女学生，先有两分不好意思发作。再见人家深深的两鞠躬，越发不便说什么。富家骏见了那种情形，比他兄弟又要不忍一层，便向赵曰娴说道："我们这里，也是寄宿舍的性质，并不是什么大宅门。不过二位既然来了，我们多少得捐一点儿。"赵曰娴听说，又是一鞠躬，笑道："总求先生多多补助一点儿。这不比别的什么慈善事业，这是提倡教育，是垂诸永久的。"富家骏本来想捐几毛钱，见赵曰娴笑嘻嘻地站在面前，一阵阵的粉香，只管向鼻子里钻，甜醉之余，真不忍随便唐突美人。便故意回转头来，好像对富家骥做商量的样子说道："我们就捐一块钱吧。"富家骥还没有什么表示，那卢习静却也走上前来，先笑着对富家骥看了一眼，回头又笑着对富家骏道："还求二位先生多多帮忙。"富家骥笑道："我们也是学生，并不是在外混差事的。这样捐法，已是尽力而为了。"卢习静听说，嫣然一笑，望着富家骏道："正因为是学界中人，我们才敢来要求。若是官僚政客，我们倒不敢去写捐了。先生现在在哪个学校？"富家骏见她说话很有道理，更是欢喜。便答道："在崇文大学。"卢习静道："有个密斯李，先生认识吗？"富家骏道："我们同学有好几位密斯李，但不知问的是哪一个？"卢习静道："先生认得的是哪一位呢？"富家骏道："是密斯李婉风。"卢习静道："对了。我和她很熟。未请教贵姓是？"富家骏便告诉姓富。她道："密斯脱富，请你问一问密斯李，她就知道我了。"富家骏见她说是同学的朋友，又加了一层亲密，只得再添一块钱，共捐了二元。心里还怕人

174

家不乐意，不料她竟笑嘻嘻接着，鞠躬去了。

杨杏园迎了出来，笑道："老二你究竟不行。怎样会捐许多钱呢？"富家骏道："她是我同学的朋友，我怎好意思少给她钱呢？"杨杏园道："你糟了，怎把她的话信以为实呢？你们说话，我都听见了。你想，姓张姓李的人最多，她随便说一个姓李的女学生，料你学堂里必有。就是没有，也不过说记错了，要什么紧？所以她说出个密斯李，就是表示还有正式学生的朋友，洗清她的身子。偏偏你又说有好几个密斯李。她只得反问你一句，你和哪个认识，你要说和李婉风认识，她自然也和李婉风认识的。你若说和李婉雨认识，她也曾和李婉雨认识的。"富家骏仔细一想，对了。笑道："有限的事，随她去吧。"杨杏园笑道："这倒值得作首小诗吟咏一番，题目也得了，就是'写捐的两个女生'。"富家骥也不觉笑了。

这一天晚上，杨杏园见富家骏对于女性，到处用情，不免又增了许多感触。因为月色很好，便在院子里踏月。那些新树长出来的嫩叶，在这夜色沉沉之间，却吐出一股清芬之气。在月光下一缓步，倒令人精神为之一爽，便有些诗兴。杨杏园念着诗，就由诗想到去秋送李冬青的那一首，有"一轮将满月，明夜隔河看"十个字，那天晚上的月亮，和今天天上的月，正差不多，忽然一别，就不觉半年了。这半年中，彼此不断地来往信，这二十天，信忽断了，这是什么缘故呢？想到了这里，便无意踏月，走回房去，用钥匙把书橱底下那个抽屉打开，取出一大包信来，在灯下展玩。这些信虽都是李冬青寄来的，可有三分之一，是由史科莲转交的。信外，往往又附带着什么书本画片土仪之类，寄到了史科莲那里，她还得亲自送来。杨杏园以为这样的小事，常要人家老远地跑来，心里很过意不去，也曾对她说，以后寄来了信，请你打一个电话来，我来自取。一面又写信给李冬青，请她寄信，直接寄来，不要由史女士那里转，可是两方面都没有照办。杨杏园也只好听之。这时翻出李冬青的信看了一番，新近她没有来信，越发是惦念。心想，我给她的信，都是很平常的话，绝不会得罪她，她这久不来信，一定是病了。但是也许信压在史科莲那里没有送来，我何妨写一封信去探问呢？于是将信件收起，就拿了一张八行，很简单地写了一封给史科莲。那信是：

科莲女士文鉴：

　　图画展览会场一别，不觉已半越月。晤时，谓将试读唐诗三百首。夏日初长，绿窗多暇，当烂熟矣。得冬青书否？仆有二十日未见片纸也。得便一复为盼。

杏园　拜手

信写好了，用信封套着，交给听差，次日一早发了出去。到了晚上，回信就来了。信上说：

杏园先生雅鉴：

　　尊示已悉，冬青姐于两星期以前，曾来一函，附有数语令莲转告。因莲功课忙碌，未能造访。下星期日上午，请在贵寓稍候，当趋前晤面也。特此奉复。

科莲　谨白

　　这天是星期五，过两天便是礼拜日了。杨杏园因为人家有约在先，便在家恭候。平常十二点吃午饭的，今天到了十二点钟，还不见客来。就叫听差通知富氏兄弟，可以先用饭，不必等了。一直等到十二点半，史科莲才来。因为这里的听差，已经认得她，由她一直进去。她一进那后院子门，杨杏园早隔着玻璃窗看见了。见她穿一件杏黄色槟榔格子布的长衫，梳着一条松根辫子，听着步履声嘚嘚，知道她穿了一双皮鞋。连忙迎了出来，见她满脸生春，比平常却不同了。史科莲先笑道："真对不住，要您久候了。走到街上，遇着两位同学，一定拉到她府上闲坐。她们还要留我吃饭，我因为怕您候得太久，好容易才告辞出来了。"杨杏园道："那就在这里便饭吧。"史科莲道："还有别的地方要去。"杨杏园道："我也没有吃饭，又不费什么事，就是平常随便的菜，又何必固辞呢。"史科莲道："倒不是固辞。我看见前面桌上的碗，还没有收去，猜您已吃过了。吃过了，再预备，可就费事。"杨杏园道："那是富氏弟兄吃饭的碗，我却没有吃饭呢。"史科

176

莲道："杨先生为什么不吃饭？"杨杏园道："我因为密斯史约了上午来，上午来，自然是没有吃饭的了。既然没有吃饭，我这里就该预备。但是请客不能让客独吃，所以我就留着肚子好来奉陪。"史科莲笑道："这样说，我就不敢当。以后要来，我只好下午来。"杨杏园道："下午来，就不能请吃晚饭吗？"史科莲一想，这话很对，不觉一笑。

　　当时杨杏园就叫听差把饭开到屋子里来，菜饭全放在写字台上。杨杏园让史科莲坐在自己写字的椅子上，自己却对面坐了。史科莲一看那菜，一碟叉烧肉，一碟炝蚶子，一碟油蒸马头鱼，一碟糖醋排骨。另外一碗素烧蚕豆，一碗黄瓜鸡片汤。不由笑道："菜支配得好。这竟是预备好了请客的，怎样说是便饭呢？"杨杏园道："我呢，自然没有这种资格，可以吃这样时新而又讲究的菜。可是我的主人翁，他们是资产阶级……"史科莲连忙笑着说道："您错了，您错了，我不是那个意思。因为这菜里面，有好几样是广东口味，平常的人是不大吃的，尤其是这马头鱼，简直不曾看见外省人常吃。所以我料定了杨先生特设的。"杨杏园道："既然指出破绽来了，我也只好承认。可是这样的请客，未免太简单，我只好说是便饭。一指明，我倒不好意思了。"史科莲道："就是这样办，已经十分客气了。再要嫌简单，二次我就不敢叨扰。而且吃东西，只要口味好，不在乎多少。从前我寄居在敝亲家里，对于他们每餐一满桌菜，我很反对。因为吃东西和逛名胜一样，逛名胜要留一两处不到，留着想想，若全逛了，结果，容易得着'不过如此'四个字的批评。吃东西不尽兴，后来容易想到哪样东西好吃，老是惦记着。若是太吃饱，就会腻的，一点儿余味没有了。"杨杏园笑道："密斯史这一番妙论，扩而充之……"史科莲笑道："我不敢掠人之美，这是冬青姐说的话。"杨杏园道："是，她的主张总是如此，以为无论什么都不可太满足了。许久没有来信，难道也是这个缘故吗？"史科莲道："这却不是。她给我的信，也只一张八行。说是她的舅父方老先生，要到北京来，有话都请方先生面告。她只在信上注了一笔，问候您，没说别的话。"杨杏园道："那位方老先生要来，那倒好了。有许多信上写不尽的话，都可面谈呢。"二人说着话，就吃完了饭。

　　坐下来，又闲谈了几句。杨杏园因看见她的新衣服新皮鞋，想起一件事，便道："我从前曾对冬青说过，人生在世，原不能浪费，但是太刻苦

177

了，也觉得人生无味。密斯史你以为我这话怎样？"史科莲道："我倒是不怕刻苦。不必刻苦，自然更好。就像前些日子，我那表姐忽然光临了，送了我的皮鞋丝袜，又送我许多衣料。我不收，得罪了人，收了不用，又未免矫情。"杨杏园见她说话，针锋相对，倒又笑了。史科莲因无甚话可说，便道："密斯李给我的信上，就是刚才那两句话。其实我不来转告，也没有什么关系，只要打一个电话就得了。可是她总再三嘱咐，叫我面达，我只得依她。杨先生这样客气招待，我倒不好意思来了。"杨杏园道："我觉得这很随便了。密斯史既然这样说，以后我再加一层随便就是了。"史科莲笑道："那么，过几天，我还要来一次，看看方老先生来了没有？因为密斯李信上说，他到了京，先上您这儿来。因为我的学校太远，怕他没有工夫去，让我出城来找他。"杨杏园道："他来了，我就会打电话到贵校，绝不误事。"史科莲站起来，牵了一牵衣襟，意思就要走。杨杏园道："时间还早，何妨多坐一会儿。"史科莲道："我还要去找两个同学，过一天会吧。"抬手一指壁上的钟道："我和她们约好了时间，现在过了二十分钟了。"说毕，匆匆地就走了。

第七十五回

辛苦补情天移星替月
殷勤余恨史拊掌焚琴

　　史科莲走过之后，杨杏园见她坐的沙发椅子上，却扔下了一条白绸手绢。拿起来看时，又不是手绢，乃是一条白纺绸围脖，叠得好好的放在那儿。她进门的时候，并没有围着，就是拿在手上的。大概向来朴素，突然时髦起来，有些不好意思，走的时候，却忘了带去呢。便拿进屋去，顺手搭在床的栏杆上，打算一两日之内，专人送给她。就在这天晚上，李冬青来了一封快信。杨杏园未开信之前，见那里面厚厚的，预料就有什么事，要谈判。这时，他也来不及坐，拆开信，站着在桌子边，便看起来。那信是：

　　杏园吾兄：

　　　　迭接手书，倍增思慕。偶然羁复，不觉两旬，非不复也，言之而碍在口，置之而疚于心，徘徊复徘徊，不知如何言之而始妥耳。最后思之，吾侪为文章性命之交，更有手足金兰之义，生死可共，热血可倾，更奚得以儿女子态，略嫌猥亵，遂误大事耶？

　　杨杏园看到这里，不由得心潮鼓荡起来，她如今忽然回心转意了吗？更向下看是：

　　　　故青乃决计暴露真相，以去兄疑。更为炼石补天之计，以减自误误人之罪。以青观之，瓜熟蒂落，水到渠成，今日言之，正其时也。青与兄所言者，非他事，乃吾侪之婚姻耳。去秋在京兄屡以秦晋之好相要，青皆伪为不知。最后一书，则直使兄绝望。在兄观之，必以为青为人特忍，不知青优柔寡断，正病在不能忍。使能忍而不与兄为友，或直言我之绝不能以身事兄，则兄即不以不祥人视我，亦必等于水月镜花，淡焉若忘。唯青终不忍出之，使兄两年来徒为我作画饼充饥之计，真我之大罪也。今愿一倾所言，请兄细细读之：

杨杏园念到这里，觉得真怪了，这是些什么话，简直不解。她既说要细细地看，倒不可忽略，于是拿了那一叠八行信纸，坐在沙发上，反手扭着电门，将墙上那电灯拧着，躺在沙发上，从从容容地往下看：

去秋青致兄书，不已言乎？青自呱呱坠地以来，即与人世姻缘无分，此非诈言，乃属事实。盖青得自先天，即有暗疾，百体未全，世之赘人也。青深闺弱质，原不解此，七八岁时，家慈一度求医，仿佛犹忆其事。及已成人，伯叔诸长，每以废物相呼，言侵堂上。青不能堪，辄为痛哭。而家庭多故，又戈操同室，青羞念交集，遂一举而自立门户。此青终身隐事，虽手足有不能告者，独对兄告之。无他，以兄爱我之深，望我之切，青不直言，兄必不娶。我以一不祥之身，增父母之累，遗家庭之羞，更因兄爱我而使兄终身为鳏夫，我不忍也。古人谓身体发肤，受之父母，不可毁伤，孝之始也。此其言虽略近于腐，然为人子女者，不能以其身为父母博物质之享受，不能为父母博精神上之愉快，则仿佛我之于父母，仅有权利而无义务，今转以其遗体，使其大增痛苦，则人又何贵乎有子女？而为人子如青者，呱呱坠地，即与父母以不堪，此我之每一背人，便泪珠洗面也。夫此事既牵累父母，多一人知之，即青多增一分不快，亦青多增一分罪恶，曩之山穷水尽而不立告者，正在于此。然家慈洞烛其隐，严责以不得因小节而误人大事，此又青之卒为兄言之也。

此语一出，则兄对青以前一切所为，必可涣然冰释。于是爱冬青不必娶冬青，不娶冬青，亦不虞其为人所得矣。虽然，青尤不肯以我不负兄，便认其事已毕也。更进一步，则青当为兄谋一终身伴侣，以补我此生不能追随左右之遗憾。且青宿有此心，已非一日，曾屡屡于女友中注意之。顾就我所知，其足为吾兄偶者，百不得一二。即得之矣，两不相识，又作合之无由。填海有心，移山无日，怅望前途，固不禁负负徒呼也。乃为日无多，卒得一人，而此人于兄，固不胜其钦仰，即兄与彼，亦为于青而外之第一良友。青不能事兄，则兄之伴偶，舍此莫属矣。然兄与彼，以有青在，初未丝毫涉及爱情范围，又青所可断言。青之言此，初非有他，实以兄与彼，为最可配偶之人，不应失之交臂也，其人为谁……

杨杏园看到这里，便将下面剩下的几张信纸，暂按住不看，心里不由跳荡起来。看到前面一段话，倒好像是事实，后面这一转，却有些可怪了。这种说法，无论如何，不能成立，我必得写一封信去，痛驳她一番，迟疑了一会儿，再看下面是：

我言至此，即不明言，兄亦当知之也。彼史女士者，除识字略逊于青，则容貌品行以至年龄，无不胜我数倍。而其天涯沦落，伶仃孤苦，则又吾兄所每为扼腕。以彼代青，青甚安心，史女士得夫如兄，夫复何求。兄得此良伴，及其少年，又正可收一闺中弟子，从容以陶镕之而成为人才。故青此谋，乃一举三得之事也。青为此谋，原不敢必吾兄之同意与否，然既不能娶青，则当无拒绝史女士之理。遂不嫌冒昧，竟为吾兄言之。同时，青以我之所以不嫁，与夫劝兄之必娶，亦已尽情函告史女士，更以我之所谋，征史同意，彼果洞悉此中曲折，绝无异词。敝亲方老先生，已启程来京。来京后，当与吾兄向史老夫人道达一切，而史老夫人亦必欣然以其一线孙枝之有托也。吾书至此，言已尽矣，然尚有一事，不能不郑重告兄者，则此书一字一句，皆自青之肺腑中掏出，绝无丝毫之虚伪与勉强。兄能爱我，必能信我，能信

181

我，当又无不从我之所请也。千里引领，敬候好音。冬青再拜。

　　杨杏园将这信从头至尾，看了三四遍，信倒相信了，但对于她这种办法，却不能同意。当日晚上，就想一夜，要怎样地回她一封信？既而一想，方好古日内就要来，却等他来了，看他说些什么再作道理。自己这样想着，不料到了次日，方好古便来了，杨杏园陪着他，说了一些闲话，后来方好古摸了一摸胡子，正色说道："杨先生，你知道我来京的意思吗？我虽然为私事要来，可是展期到明春，也无妨碍。一大半的原因，就是为了你老兄的婚事。因为我受了舍甥女的重托，不能不来。"杨杏园道："方老先生要到北京来，我是知道的。至于是为了我的事来，我的确不知道。"方好古道："冬青来了一封快信，收到了吗？"杨杏园道："收到了。"方好古道："既然收到了，我的来意，杨先生怎样又说不知道呢？"杨杏园道："李小姐给晚生的信，确已提到了晚生的婚事。但是她信上，只赘了一笔说方老先生要来京。"方好古哈哈大笑道："这话就对了。北京人所说，喝冬瓜汤，我想你老兄这一碗冬瓜汤，是非给我喝不可的了。"杨杏园很淡漠的样子微笑道："老先生虽有这番好意，恐怕也未必能成功吧？"方好古道："那为什么，难道那一方面不同意吗？我想绝不至于。我倚老卖老，要在你们少年面前，揭出你们的心事。在杨先生一方面，是很想和敝亲结为秦晋之好。就是舍外甥女，我不是替她说一句，论性情，说模样儿，也是可相配。"说到这里他叹了一口气道，"嗐！她这人是要以处女终身的，一段好姻缘只算戏台唱戏一般，总是假的。但是这样的隐事，别人哪会知道？我那贤甥女，她真是有计划的人，她早早就暗中留意，给你另外物色了一个来代她，不但物色好了，而且给你双方，想了种种的法子，让你们接近。这一套把戏，我在去年这时，同在舍亲家里吃寿酒的时候，我已看在眼里了。"说时，只理他颏下的胡子。

　　杨杏园一想，这话果然不错，那回行击鼓催花令，那花两次都不是由史科莲递到我手上鼓便停了吗？便道："这却未必。"方好古笑道："这却未必！你老哥怎样会认识那史姑娘呢？"杨杏园道："那是李小姐介绍的。"方好古笑道："却又来。只要在此一点儿，慢慢去推想便明白了。"杨杏园道："现在男女社交公开的时代，一个女朋友又介绍一个女朋友，这也是

　　　　　　　　　　　　　　　182

很平常的，有什么可想？"方好古道："说是这样说，但是冬青的心事，却实在是这样。不过她起初有这番意思，也不过尽人事。至于你二位是不是能成为很好的朋友，她也未必能担保。据她对我说，也是皇天不负苦心人，你二位相处得果然不错。"杨杏园听了这话，连忙说道："那是冬青误会了。不但那位史姑娘无可议论，就是晚生绝不会想到婚姻头上去。"说时，脸上挣得通红。方好古笑道："老弟台，你不要性急，我的话还没有说完哩。我所说相处得不错，也不过是朋友之谊罢了。因为这样，冬青就想到移花接木的办法。"杨杏园道："你老先生不用说了，这事我全明白。今天晚上，晚生就写一封信给冬青，把这事详细解释一番。史老夫人那里老先生千万不要去说。"方好古道："你老兄这样坚决拒绝，倒出乎我的意料之外。到底是持的什么理由呢？"杨杏园道："你老先生，和我们的长辈一样，而且对这事又知道很详细，我就不必瞒了。我原和冬青有约，非她不娶，现在把她抛开，另娶史女士，不但我无面目见她，就是我一班朋友，恐怕都要说我这人负情，此其一。我的年龄，和史女士相差很远，婚配极不合宜，此其二。史女士也是不能十分自主的人，提到婚姻，恐怕有纠葛，此其三。而且还有最大一层障碍，这半年以来，我有点儿金钱资助史女士，我若娶她，我以前所为，就是居心示惠，于我的人格攸关，此其四。"方好古笑道："老弟台！你所说的几个理由，都很勉强。最后一层，也说得有几分是。但是彼此既然是朋友，朋友有通财之谊，你接济她一点儿款子，这也不见得就可以限制你不能和她结婚。"杨杏园道："无论如何，反正这事，我不能从命。至于有理由无理由，我都不必管。"方好古道："这话也长，暂不必说。我肚子饿了，老弟能陪我去吃小馆子吗？"杨杏园道："可以可以，就算我给方先生洗尘吧。"说毕，套了一件马褂，便和方好古一路去吃小馆子。在吃小馆子的时候，方好古偶然提到婚姻的事情，杨杏园还是坚决谢绝。方好古一想，此次在京还有一二月耽搁，有话慢慢说，何必忙在一时，因之也就放下不说。

杨杏园和方好古各人存着心，静默了一会儿，只听隔壁雅座里，有一男一女，带说带笑的声音，闹个不歇。女子是上海口音，男子是云南口音。那男子声音，杨杏园听着很熟，一时却想不起来是谁。这雅座是木板隔开的，到处露着板缝，靠着板向那边张望一下，恰好那男子面向着这板壁。

仔细一看，记起来了，在舒九成请客的时候，和这人同过一次席。虽然是一个官僚，倒也是个很洒脱的人。他叫甄大觉，正捧一个唱戏的餐霞仙子。当时他主张餐霞仙子拜在自己名下为女弟子，好跟着学诗，所以很和他敷衍了一番。那餐霞仙子正是上海人，听这个女子的声音，大概也是她了。当时杨杏园看了一下，回转头来，脸上还带着一点儿笑容。方好古道："笑什么，有什么趣事呢？"杨杏园道："隔壁是一个熟人。"杨杏园说这句话，声音略微高一点儿，那边的甄大觉却听见了，连忙走到门外，接着说道："可不是杏园先生吗？我听了这声音，似乎很熟，却不便过问呢。"说着话，便闯了进来，杨杏园给方好古一介绍，甄大觉十分客气，便要给这边会账。杨杏园道："大家都是请客，各便吧。"甄大觉笑道："我并不请客，也是熟人呢。"便对着壁子喊道："餐霞到这里来坐坐吧，杨先生也在这里。"餐霞听了这话，果然走过来了。

方好古一看，见她有二十岁上下，瓜子脸儿，倒是一对黑溜溜的眼珠，和一口雪白的牙齿，增助了她不少的秀色。她穿了绛色印花印度绸的短旗袍，露出下面一截大腿，穿着米色丝袜，和黄色半截漏花皮鞋，十分时髦。甄大觉笑道："我介绍她做你的门生，你怎样不肯收？"杨杏园道："笑话了。我于戏剧一门，完全外行，怎样谈得上这句话哩？"甄大觉道："我早就声明在先了。她是崇拜你的学问，跟着你学些文学。要说跟你学戏，把杨先生当作梨园子弟了，那怎样敢呢？"餐霞笑道："杨先生是有学问的人，收这样无用的学生，不但没法儿教，倒要连累他的大名呢。"杨杏园道："这样说，越发不敢当。倒是餐霞女士的戏，我还没有领教。哪一次有机会，一定要去瞻仰的。"餐霞笑道："后天我在春明舞台唱《玉堂春》，很欢迎杨先生去，指教指教。"于是回转头对甄大觉道："包厢留下了，你就陪杨先生去。"杨杏园道："我听戏与人不同，愿意坐池子，不愿意坐包厢，不必费事。"甄大觉道："反正留有两个包厢的，又何必不去呢？"杨杏园道："既然如此，我就准来。"甄大觉听说，就对杨杏园表示好感，一定抢着会了饭账，杨杏园和方好古有事，先走了。

甄大觉却对餐霞道："我们一路到廊房二条去，去买网巾抓髻珠包头那些东西吧。"餐霞道："你带了多少钱？"甄大觉道："钱虽带得不多，讲好了价钱，让店里派伙计到家里拿去。你现在正式上台，不像从前那样客串了。客串不好，人家可以原谅，现在你老老实实地唱大轴子，样样都得过些讲究。现在我给你算一算，像你的行头，至多只能唱十五出戏，新学的《贵妃醉酒》，就没有行头，我算这一件红缎女蟒，和一条缎裙，一件绣花宫妆，还有云肩，珠子点翠凤冠，倒要一笔大款。至少也得一百三四十元，才能制完。"餐霞道："我倒很想唱《奇双会》，可是又没有红缎花披和绣花斗篷。"甄大觉道："不要在这里算计了，先去买些小件。买一样是一样。"餐霞听了，果和他各坐一辆包车，到廊房二条去买了东西。买了东西之后，甄大觉又亲自送她回家。餐霞的母亲蒋奶奶看见又买了这些东西，喜欢了一阵。甄大觉道："蒋奶奶，你看我可办得好。将来餐霞唱红了，有的是钱，你就要发财享福了。"蒋奶奶笑道："这事都是甄老爷捧的。将来我家大姑娘红了，总忘不了你。"甄大觉笑道："现在的这个时候，你说得很好。到餐霞不要人帮忙的日子，就未必记得我了。"餐霞笑道："不要说那些废话了。你说作稿子到报上去登的，报上登出来没有？"甄大觉道："靠着一两条戏界新闻，哪里捧的起来？我已经作了一个广告底子，送到报馆去登，明天你瞧吧，足能引人注意的了。现在你没有事，到我家里去打小牌，好不好？"餐霞道："这一个月，我倒有二十天在你家里，今天我是不去了。甄大觉道："你不是要看报上的广告吗？你到我家去，明天一早，就都可以瞧见了。"餐霞道："真是！我刚回来，又要跟着你去。"蒋奶奶道："你就去吧。明天回来，不是一样吗？"餐霞见母亲也是这样说，只得去了。

　　原来甄大觉在京混差事多年，太太在云南，没有接来，在北京却另外娶了一房姨太太。这姨太太虽是北里出身，过门以后，却添了两个女孩子，也就和正太太无异了。因为她向来是持开放主义的，甄大觉拼命去捧蒋餐霞，她却毫不过问。后来甄大觉索性在家里另辟开一间屋子，让餐霞下榻，姨太太叫她蒋家妹子，两个女孩子称她为小姨，差不多像一家人，简直不分彼此了。这天，餐霞跟着到了甄大觉家，次日早上起来，脸还没洗，蓬着头找了衣服，便叫老妈子拿了报到床上来看，将报一翻，就见新闻版的论前，登着酒杯来大"餐霞仙子"四个大刻字，大字下面，才是五号字的广告，那广告说：

　　　　蒋静芬女士，别署餐霞仙子，为缙绅后裔，学界名媛。女

185

士籍隶江南，幼居燕北，素爱丝竹，善操皮黄。论其貌则闭月羞花，论其艺则升堂入室。前次登台客串数日，九城轰动，色艺之佳，可以想见。现本舞台再三礼聘，蒙允再现色相。逐日专演拿手好戏，以尽所长。女士既系出名门，又复学问高深，一鸣惊人，绝不可与凡艳同日而语，欲一瞻女士丰彩者，曷兴乎来？

春明舞台谨启

餐霞看了这个，接连翻了几份报，每份报上，都是如此说。这才相信甄大觉替她鼓吹的话，并不是假的。当日在甄家吃过午饭，才由甄大觉亲自送回家去。又过了一天，第二日，便是餐霞登台的日子了。甄大觉总怕餐霞红不起来，自己花了两三千块钱，费了一年多的心血，那都不算，她是一个好面子的女子，受了打击，一定要大大伤心的，这却使不得。因此头一天就包了六个厢，定了三排座，专门请自己的朋友，和朋友的朋友，都来听戏。可是一般看报的人，看见广告中"缙绅后裔，学界名媛"八个字，好奇心动，来看的人，却实在不少。接连这样唱下去，餐霞的名声，大红而特红。春明舞台和她订了合同，每个月是一千二百块钱的包银。

餐霞有了这样的身价，人就抖起来了，就不像以前那样天天到甄大觉家里去。甄大觉以为她白天上台，晚上在家里学戏，实在也没有工夫，也就原谅她。可是餐霞的戏越进步，甄大觉就捧得越厉害，一面给她制行头，一面又给她请名师教戏。在餐霞唱了一个礼拜戏之后，忽然休息一天。甄大觉便雇了一辆汽车，约着餐霞一路去逛西山，到了西山饭店，对着山拣了一副座位，并排坐下。甄大觉笑道："蒋老板，你现在是红人了。请你来逛，你还肯来，将来你一成了坤伶泰斗，再要请你那怕就不容易了。"餐霞笑道："为什么好好地把话来损我？"甄大觉道："人情都是这样，并不是故意这样说。"餐霞笑道："也许有例外。"说到这里，把颜色一正，说道，"我唱戏将来若是站得住脚，无论如何，你这一番盛意，我总记得。所有你的花费，我必定双倍奉还。"甄大觉道："你猜错了我的意思了。我和你提这话，难道是和你讨债吗？"餐霞道："我并不是说你和我讨债，因为你提到人心不好，所以我说这句话。对你是受恩深重，你要疑心我负情，我怎样不急呢？再要说到报答你一层，我们大家心里，都也明白。谁不知我蒋某人和你甄老爷的关系呢？我想我的牺牲，也不小吧？"甄大觉笑道："你若以为有了这一层关系，不大合适，我倒有一个解决的法子。"餐霞道："有什么解决法子？"甄大觉笑着摆了几摆头，说道："你就不能跟着我姓甄吗？"餐霞呼的一声，从鼻子里笑了出来，说道："我今天老老实实告诉你吧，你要我做姨太太的姨太太，那是办不到的。"甄大觉道："你就为的是这个吗？这不是什么难解决的事呢。"当时甄大觉不往下说，餐霞也不往下说，二人都靠在椅子背坐着，呆呆地看山。正好有两个外国人，一男一女，并肩而行，由面前走上山去。女的背着花绸伞，荷在肩膀上。走远了，看不见他俩的头，只觉在路上停了一停，两人是越发挤到一处。甄大觉笑道："他两人好甜蜜的爱情呀。"餐霞听了，也不作声。坐谈了一会儿，又同坐汽车回城。

这天晚上，甄大觉没有到餐霞家里去。次日整整一天，也是没有去。到了第三天下午，餐霞正要上戏园子去，甄大觉高高兴兴地跑到她家来，见了餐霞，便笑道："好了好了，我们的事解决了。"餐霞摸不着头脑，问道："我们什么事解决了？"甄大觉道："你不是嫌我还有一个姨太太吗？我回去和她一商量，可不可以离婚，她正埋怨我捧你捧得过分，一口气便答应愿离婚。多了也不要，少了也不肯，只要我一千块钱的离婚费。昨日我筹划妥了，就把款子交给她，现在她已走了，就搭四点钟的火车上天津去，她算不是我家人了。"餐霞很惊讶地道："什么？你和她离婚了？你姨太太为人很好呀，你为什么和她离婚呢？你这人太忍心了。"甄大觉道："嘿！你还不明白吗？我……"餐霞道："我赶快要到戏园子里去了。去迟了，来不及扮戏，就要误了。"说着，匆匆地出了大门，坐上新雇的包月马车，径自走了。

甄大觉是每日一个包厢，一排椅子，专为捧餐霞而设的。他虽不去，也请得有人去听戏。但是自己有一天没有到，心里便过不去，所以餐霞去了，他也跟着去。散了戏，又先到餐霞家里来等着她。餐霞见他又在这里，便高声喊着道："妈，我累极了，我先睡去。若是睡着了，就不必叫我吃饭吧。"甄大觉笑道："怎么着？累着了吗？今天的戏，是吃力呢。你先别睡，我有几句话要对你说。"餐霞因为他老实地说出来了，不能不听，只好坐下听他说。甄大觉道："先因为你要上戏园子里去，我们的话，还没有说完。你不是说我为什么和她离婚吗？我为什么呢？就为的是你一句话啊！"餐霞道："你这话可奇怪，我几时说过这句话，要你和你姨太太离婚？"甄大觉道："你虽然没有说，你因为有了她的缘故，才不肯到我家去，这是你一再表示过的。现在我没有了她，你总可以跟我了。"餐霞用手在嘴唇上摸了一摸，笑道："我和你站在一处，人家还以为我是你的女儿呢。"甄大觉见餐霞嫌他养了胡子，默然不语，也就由此过去。

　　到了次日，他走到一家上等理发馆去理发，对着镜子，坐在理发的活动椅上，向镜子里一看，只见嘴上的胡子，倒有一寸来长。心里想，怪不得她不愿意，这也实在长了。正在这里出神，理发匠站在身边问道："理发吗？"甄大觉也没听清楚，就点了点头，心里可就想着，我一剃了胡子，她就无可说的了。尽管沉思，理发刮脸，都已办完。伙计拿了帽子来，甄大觉一照镜子戴帽子，只见嘴上胡子，依然存在，心里好个不快。便向理发匠道："你刮脸，怎么不把我胡子剃下去？"理发匠道："先生，你那胡子大概蓄了好久的，不是新长的。您不说，我们怎样敢剃呢？这不像别的东西，剃下了，可没法再插上去。"甄大觉道："剃下来就剃下来，谁要你插上去？"理发匠笑道："您别着急，这个很容易办的。您坐下来，给您剃掉就是了。"于是甄大觉重新坐下，这才把胡子剃了。理发匠笑道："您这一剃胡子，真要年轻十岁。我们这里，有美国搓脸药粉，给您搓一搓脸，好不好？那药粉真好，只要搓上几回，脸上的斑点小疙瘩儿，全可以去掉。您要是常搓，真会老转少，你别提多么好了。"甄大觉听他一说，心里又欢喜了，抬头一看那价目表，搓脸一次三毛，那也有限得很，便搓了一回脸。于是头上是油香，脸上是粉香，一身香气扑扑的，直向餐霞家里来。

　　两人一见之下，都不觉一笑。甄大觉笑道："你还认得我吗？"餐霞一撇嘴道："就凭这一剃胡子，我就不认得你吗？就是脸上重换一层皮，我也认得你。"甄大觉以为她总会说两句好听的话，不料自己一问，倒反惹出她一句骂人的话。大为扫兴之下，停了一停，便拉着餐霞坐在一张长榻上，说道："我看你现在的态度，很不以我为然了。"餐霞道："那是你自己多疑了。现在我是这样子，从前我也是这样子。"甄大觉道："那我也不管了。干脆，你答应我一句话。起先你嫌我有姨太太，我就把姨太太休了。

其次你要我剃胡子，我又把胡子剃了。事到如今，你究竟怎么样呢？"餐霞道："你这话问得好不明白，什么事究竟怎么样？"甄大觉笑道："你何尝不知道，存心难我罢了。我就说出来，那也不要什么紧，就是你能不能和我结婚？"餐霞道："哼！我和你结婚？"说着就把嘴又一撇。甄大觉见这样情形，未免难堪。便道："怎么样？我不配和你结婚吗？"餐霞道："并不是配不配的话。你想，你多大年纪？我多大年纪？我一个刚到二十岁的女子，倒要嫁你这年将半百的人，人家看见，能说相称吗？你这样不自量的心事，少要妄想吧。"甄大觉道："餐霞，你不嫁我不要紧，你不要用这样的重话来攻击我，我们虽不必有什么结合，旧日的感情，总是有的。"餐霞道："有什么感情！不过你花了几个钱，赁了我去取乐罢了。"

甄大觉花了许多钱，又费了许多心血，自以为可与餐霞合作。不料到了现在，事情大白，她竟没有一丝一毫的心事留在自己头上。而且她词锋犀利，叫人一句话也回答不出。当时也只得冷笑了两声，就回去了。一到家里，一看自己两个女孩子，一个只有七岁，一个只有五岁，没有人照应，很是可怜，大悔自己孟浪，不该和姨太太离婚。他知道姨太太离婚以后，是到天津去找一个亲戚去了，便写了一封自己后悔的信，加快寄到天津去。那姨太太也是中年以上的人了，离了甄大觉也不容易嫁人。甄大觉既然后悔，她就不必追究。接了信，第二天就回来了。到底因为离了一次婚，二人之间添了许多的猜忌，无知识的妇人家，心肠又是窄狭的，对甄大觉常常就有点儿冷讥热讽。最难受的两句话，就是："你不要我吗？人家也不要你哩！如今你才明白我不错呀，我若是个男子，丢了女人，再弄不到一个，宁可做一生的寡汉，我也不把丢了的再弄回来。"甄大觉先听了这话，以为姨太太是要出一口气，且自由她。

这个时候，餐霞还在春明舞台，逐日唱戏。和她同台演戏的，有一个程再春，戏虽不十分好，长得倒还不错。程再春是由天津来的角色，却很希望人捧。甄大觉因餐霞的关系，曾和程再春见过几面，现在在家里不免受姨太太的气，就改变方针，到戏园子里来捧程再春。一来自己消遣消遣，二来故意做给餐霞看，好让她生气。那蒋餐霞看见他这种样子，知道他居心要来扫面子的，更加恨他一层。有一天，餐霞和她母亲由外面进戏园子来，恰好顶头遇见了他。蒋奶奶究竟抹不开面子，依旧上前招呼。餐霞就

189

不然，只当没有看见，把头偏到一边。甄大觉鼻子里，接连呼呼地哼了几声，也就冷笑着走了。这天凑巧餐霞演双出，一出是《坐楼杀惜》，一出是《彩楼配》，听戏的人，个个满意，就拼命地叫好。她在《坐楼杀惜》的这出戏，把阎婆惜骂宋江的话，故意改变些词句，暗骂台下的甄大觉。甄大觉面红耳赤，一肚子牢骚，走了回去。

偏是那姨太太又犯了前病，只管说甄大觉无良心无用。甄大觉道："我虽要不到别人，你这种人，我还要不到吗？你要走，只管走，我不留你。我这才明白最毒妇人心那一句话。"姨太太知道他又在捧程再春，认为这人是无合作诚意的，听了甄大觉又叫她走，她第二句话也不说，收拾了东西，立刻就预备走。甄大觉道："我对你说，我一两天内，就要离开北京了。我这要去四海漂流，我不能带这两个女孩子，你带了去吧。"姨太太道："你不要，我才管不着呢。孩子跟你姓跟我姓呢？凭什么我要带了去。"她也不和甄大觉多说，叫听差雇了车子，拉着行李，就上东车站去。那两个女孩子，正在门口买糖葫芦吃，见母亲坐上车子，连问妈上哪里去。姨太太先是硬着心走，这时两个小孩子追上来问，倒觉有些不便。便用手绢擦了一擦眼睛，说道："好乖儿，你在家里等着吧，我打牌去。打牌赢了钱，我买吃的回来给你。"两个孩子都站在车子边，手扶车把。大的女孩子道："妈，你可别冤我，我望着你的吃的呢。"姨太太道："好吧，你等着吧。"说毕，正用手去抚摸这孩子头上的头发，猛抬头，只见甄大觉出来了。她见了甄大觉就有气，也不顾小孩子了，踏着车铃叮当叮当地响，催车夫快走。车夫一听铃声，拉了就跑。两个女孩子眼见母亲坐车去了，不带她们去，都哇哇地一声哭了。小的在门口，把手揉着眼睛哭。大的张着两只手，口里直喊妈呀，妈妈呀。但是车子跑得快，一转眼就不见了。

甄大觉一只手牵一个，把她牵了进去。当晚气得在家里睡了，哪儿也不去。自己仔细想想，天下的妇女，简直没有一个靠得住的。我见这个钟情，见那个钟情，真是一个傻瓜。由此看来，世界上的人，都是人哄人，绝不能谁有真心待谁。我不必在外混了，回家去吧。不过这里到云南，路太远，这两个小孩子，没有一些像我，我就很疑心。而今看她母亲这一番情形，并无意于我，这女孩子未必是我的吧？她母亲都不要她，我还要她做什么？甄大觉这样一想，倒觉得无挂无碍，无往不可。抬头一看，只见墙上挂着一柄胡琴、一柄月琴。这两柄琴，正是甄大觉和餐霞女士要好的时候，一弹一唱，取乐的东西。现在自己是双倍失恋的人，看了这种乐器，越是愤火中烧。自己一气，按捺不住，就把两柄琴一块取了来，拿到院子里去，在地下一顿乱砸。砸坏了还不休手，找了一些煤油，倒在上面，擦了取灯，将它点着，自己却拍着手笑道："痛快痛快，我脑筋里不留一点儿痕迹了。我对于琴是这样，对于人也是这样。我要下一个绝情，全不要了。"一个人自言自语，又鼓掌笑了一阵。

到了次日，将老妈子散了。叫了听差和包车夫来，当面告诉他们，可以把这屋里的东西全拍卖了，卖了的钱，两个人可以去分着用。这两个女孩子，大的让听差带了去，小的让车夫带了去。听差和车夫听了这话，先是不肯答应。甄大觉说让他们先带去，养几个月。自己现在要到云南去，不能带孩子。几个月之后，也许再到北京来，那时送回来就是了。听差和车夫贪着他家东西，可以拍卖几百块钱，也就勉强答应了。甄大觉见诸事均已料理清楚，自己带着两百块钱川资，逍遥自在地出京去了。这时只可怜那两个小女孩子，父母都抛了，却改叫用人做爸爸。那车夫带着个五岁的孩子，心想餐霞或者会可怜她，又可以弄几个钱，便带她到蒋家来。谁知餐霞一见，便说了令人难堪的话，连车夫都哭了。要知餐霞说的什么，且听下回分解。

191

第七十六回

入户拾遗金终惭浙脸
开囊飞质券故泄春光

　　却说甄大觉的车夫，带了那个小女孩子到蒋家来。意思餐霞念起甄大觉一番交情，对于这女孩子，总会可怜她的。就此就好弄几个钱了。因此到了蒋家之后，自己站在院子里，却让那小女孩子去见餐霞。那女孩子听见餐霞说话的声音，在外面就叫起小姨来。一面叫着，一面向里跑。餐霞一见她，便问道："嘿！怎么你一个人来了？"女孩子道："车夫送我来的。"车夫也站在院子里头，遥遥地叫了一声蒋小姐。餐霞听说，便走出来问道："有什么事吗？"车夫因她一问，就告诉主人如何和姨太太又离了婚，如何将东西和女孩子丢下，因道："蒋小姐，您想想看，我们这小姐，娇生惯养，寄在我们家，那个苦日子，怎么对付得过来呢？"餐霞冷笑道："他丢了妻儿不管，一个人走了吗？活该！谁叫他向来不存好心眼？现在落得这个样子，那是报应了。我和他早就翻了脸，他的孩子，你别带到这里来。将来出了三差二错，我担不起这个责任。"说时，便喊着那小孩子道，"二丫头，你走吧，不是我不让你在这儿玩，实在因为你爸爸不成个脾气，别为了你，又来和我麻烦。"说着，在身上掏了几个辅币，就交给女孩子道："拿去吧。"女孩子哭道："小姨，我爸爸我妈全走了，我要跟你呢。"餐霞道："别胡说了，谁是你小姨？"小孩子哭着，以为餐霞必然来安慰她。不料事情恰恰相反，竟碰了一个钉子。这样一来，越发哭得厉害了。车夫一想，我们老爷在这臭娘们身上，用了好几千块钱，事后一句好话也落不到，这是捧角的下场头。想到这里，一股酸劲，直冲脑顶，几乎要哭出来。便对着那女孩子道："二小姐，咱们走吧，别在这里现眼了。"把那小孩子牵过来，又接过她手上几个辅币。他用手托着，看了一看，冷笑道："这倒够煮两餐细米粥喝的，可是人要饿死，靠喝两餐细米粥，也活不了命。"说着，捏了那几个辅币，向屋顶上一抛，骂道："去你的吧。得了人家的钱，将来怎样报恩呢？"说毕，牵着孩子走了。

这里餐霞看见这种情形，只气得浑身发抖，脸都黄了。蒋奶奶道："嗐！你真叫爱生气，为什么和拉车的一般见识呢？"餐霞也不回她母亲的话，跑进屋去，倒在床上大哭了一场。一直到两点钟，擦了一把脸，弄点儿东西吃着，才上戏院子去了。到了后台，脱了穿的旗袍，便去扮戏。只听那边有人吵起来。一人说道："姐姐一百块钱的包银全是你拿了，我挣的戏份，也是有一天，你拿一天，这还要怎么着？抽大烟也不要紧，抽的是我自己钱，又没花你的。给你钱，你胡花了，人家讨债，我管得着吗？"餐霞听这声音，是唱花衫的纪丹梅说话。伸头一看时，她母亲纪大娘也站在那里。大概纪大娘和她女儿要钱，女儿不给，母女二人就吵起来了。餐霞走了过来，拉着纪大娘的衫袖道："哟！什么事？你娘儿俩又吵起来？"纪大娘一回转身，见是她，便蹲着身子，请了一个安，笑道："蒋老板，叫您看见真是笑话。没有钱，跑到这儿来打吵子来了。"餐霞道："谁家也是这样，那要什么紧？不知道要多少钱用？"纪大娘道："倒不是要多少钱，只差个四五块钱罢了。"餐霞道："大概大妹子手上是真没钱，在我这里先挪几块钱去用吧。"说时，在身上掏了一张五元的钞票，交给纪大娘拿去了。原来餐霞当了一个台柱子，正要拉拢几个角儿，在一处合作，对于纪丹梅，特别表示好感，所以纪大娘没有钱用，她连忙就来拿出，垫给她使。

纪大娘得了五块钱，买了一两烟土之外，还多了一块钱，非常高兴回家去了。她一进门，恰好她的大姑娘纪玉音也从戏院子回来了，笑道："妈又买回来了，今天有得抽了。"纪大娘道："你别废话，这是我借钱买来的土，你别想。"纪玉音道："这两天我一个子儿也没有，您分一点儿给我抽抽，也不要紧。"纪大娘道："我不想抽你的，你倒抽我的，真是岂有此理？"纪玉音道："您别说那个话，我若是挣的包银，自己能留着一半，我也不会这样叫苦。现在我的包银，是没有到日子你就拿去了，一个子儿捡不着，我怎样不着急呢？"纪大娘道："唱戏的坤角儿，都要靠着包银吃饭，那要饿死人了。你不埋怨自己没有本事找钱，倒要说我花你的呢。"纪大娘一面啰唆着，一面熬烟。纪玉音虽然不愿意，可是她母亲脾气很厉害，也不敢十分得罪，当时就算了。不过她正等钱要做夏衣，又被她母亲的话一激，就盘算了一晚弄钱的办法。她原是个唱小生的，捧的人，没有捧小旦的那样多。不过她的戏，确乎不错，要扮扇子小生，正当得风流潇洒四个字，而且她一张嘴又会说，倒懂得一点儿交际。所以有些受捧的旦角，给她介绍介绍，显然得不着像男伶一样的老斗，熟人倒也不少。这其中有个李三爷，是财政机关的人，年纪又不很大，钱又松，纪玉音若是穷了，常常就望他通融。李三爷因为要得不多，也就不断地给钱。现在纪玉音没有钱了，又想到了他。次日清早起来，洗了脸，吃了一点儿粗点心，便来拜访李三爷。

到了李三爷家，门房认得她，笑道："嘿！纪老板今天真早。"纪玉音道："三爷在家吗？"门房道："在家是在家，可是没有起来。"纪玉音道："他睡在外边，还是睡在里边？"门房道："昨晚上打牌回来，夜深了，就睡在外面书房里呢。"纪玉音笑道："你别作声，让我去吓他一下。"门房因她是常来，又不受拘束的人，就随她进去，并没有加以拦阻。纪玉音走到李三爷书房里，外面屋子是没人，里面屋子，可垂下了门帘子。掀开门帘子一看，只见李三爷睡在一张小铁床上。只用了一条厚毯子，盖了腹部，弯着腰睡着了。纪玉音就把一只手撑着门帘子，站在门边，向里面叫了一声"三爷"。那李三爷正睡得有味，哪里听见，纪玉音见叫他不应，便走到床边来摇撼他的身体，连叫了几句三爷，笑说道："醒醒吧，客来了，客来了。"李三爷被她吵不过，用手揉着眼睛一看，见是她来了，就笑道："来得真早。对不住，我实在要睡。"说毕，翻了一个身，又睡着了。纪玉音道："嘿！这样爱睡，我真没有瞧见过。"偶然一回头，只见临窗那把围椅上，乱堆着袜子带子。一件哔叽长衫，也卷着一块，半搭在椅子圈上，笑道："昨晚上回来，大概是摸不到床了。你瞧他乱七八糟，就塞在这儿。"因此走上前去，提起长衫的领子，倒是一番好意，想要把这衣服挂起来。只在这一抖之间，忽然有一件东西，卜突一声，落在地下，低头看时，原来是一个皮夹子。挂起衣服，将那皮夹子捡起，捏在手上，里面鼓鼓的，像有不少钞票。因对着床上笑道："昨晚上准是赢了吧？这里可像不少呢。我瞧瞧成不成？"说时，见那李三爷依然好睡，并不曾醒过来。纪玉音道："你装睡吗？我把你这皮夹子拿了去，看你醒不醒？"说着，就把皮夹子打开。见里面大大小小果然塞着不少的钞票，抽出来一数，共有一百二十多块钱。她又举着钞票对床上一扬道："三爷赢了不少啦。借几个钱给我，好不好？"那李三爷还是睡着的，不曾答言。纪玉音见李三爷始终不曾醒过来。心里不免一动，心想乘他没醒，我何不拿了去？他未必就知道是我拿的。他就是知道了，我慢慢地和他纠缠，钱在我手上，料他也不好意思就拿了回去。这样一想，将钱揣在身上，就轻悄悄地退出房来。幸亏李家的人全不知道，拿了钱，太太平平地回家。

到了家里，第一项就是拿出四块钱来，买了一两烟土。纪大娘一见她有了钱，先笑道："大姑娘，你先别忙着买，我这里还有好些个呢。你先在我这里挑一点儿膏子去抽，抽完了再买，不好吗？"纪玉音道："昨天我只问了一句，您就骂上了。这会子人家自己买了土，你又做起人情来。"纪大娘道："我昨天说的，和你闹着玩呢。"纪玉音道："所以哪，一个人就别量定了别人不会挣钱。在昨天，你是对我说，只会挣包银，不会找零钱，怕我抽你的烟。现在我有了钱，要想抽我的烟，就说昨天是闹着玩的了。"纪大娘道："凭你这样说，我成个什么人了。"

母女两人正在辩论，只听屋檐下悬的拉铃一阵乱响。这院子住了三家人家，都是女戏子，一家屋檐下各悬了一个拉铃。门口拉铃绳头上，标明了哪一家。现在响的，正是纪家的铃。纪玉音道："这又是谁来了，拉铃拉得这样紧。准是面铺里送面的那个小山东。我讨厌那小子，天天来的人，不送进来，倒要拉铃。"纪大娘道："也许是关上大门了，我瞧瞧去。"她说着，就上前来开大门。一看时，门却是开的，只见门外停着一辆包车，一个穿纱马褂、哔叽长衫的人，当门立着。纪大娘认得，这是纪玉音的好朋友李三爷，可是他和纪玉音虽十分要好，这儿还没有来过。当时满脸放下笑来，便道："哎哟，我说是谁，原来是李三爷。难得来的，请里面坐。"李三爷道："你大姑娘在家吗？"纪大娘走近来，看他说这话时，脸上没一点儿笑意，而且目光灼灼，直射到人脸上，说话的声音也很是急促。这一副情形，分明是来找碴儿来了。就不敢直率地说在家，便道："她到戏园子里去了，您找她有事吗？"李三爷道："现在刚到十二点钟，她到戏园子里去做什么？我要见一见她，有几句话要说。"纪大娘笑道："我还能冤您吗？他们今天排戏哩，所以去得格外的早。"李三爷道："那么，我告诉你也成。我就对你说清楚。"这纪大娘先还请人家进去坐哩，这个时候绝没有拒绝人家道理，只得让他进去，身上可只流汗，也不知道是为了什么事，不定见了玉音，会闹起来。

但是李三爷在外面说话，纪玉音早听见了。她知道李三爷必是为了钱来的，赶快就向屋子里一缩。李三爷走到院子里，她早藏起来了。纪大娘一看正中屋子里没有人，知道她已藏起，这倒心里落下一块石头。李三爷跟着纪大娘，进了正中屋子坐下。因道："我来不是别事，就因为你大姑娘有件事做得太不对，我向来待她不坏，她不该拿坏意待我。"纪大娘道："她有什么事得罪了您吗？"李三爷道："得罪了倒不要紧。她今天上午到我家里去，趁着我没醒，把我一百多块钱拿走了，请您告诉她，叫她若是把钱全拿出来，我就一笔勾销，不然的话，我一定要报区，给她仔细算一算这笔账。"纪大娘道："啊哟！我也一点儿不知道。让我问问她看。若是玉音她拿去，一定还三爷，一个也不能短少。"李三爷道："好在这里到戏园子里也不远，我在这儿等一会儿，你就去问一问，看她怎样说？她若是不承认，我自有我的办法。"纪大娘道："三爷，您先请回去。若是她拿了……"这李三爷的脾气极坏，将手向桌上一拍，说道："怎样不是她拿了？她拿我皮夹子的时候，我仿佛之间，听她说了一声，因为要睡得厉害，所以没理会，后来，我一醒，想起这事，你大姑娘是不见了。我皮夹子里的钱也不见了，我住的屋子里，除了你女儿而外，以后有三四个钟头没有人进去，这钱不是她拿了，是谁拿了？"纪大娘听了他的话，想起纪玉音刚才买烟土，和她躲起来两件事，就断定李三爷所说不冤枉。为面子关系，不好马上就承认。现在见李三爷这样子，也未免有些怕，便道："你别急，我问她去就是了。"李三爷道："要走我就一块去，你别冤我在这里老等，你倒跑了。"纪大娘道："那怎样能够？我为冤您，把家全都不要了吗？"

正这样说着，她的二姑娘纪丹梅恰巧回来了。她见母亲和李三爷拌嘴似的，便问是什么事。纪大娘不等李三爷开口先抢着说了。纪丹梅笑道："您还在乎此吗？为这点儿小事情，今天用得着生这大气吗？"李三爷见她媚着一双眼睛，显出两个小酒窝儿，只管含笑向这边看来，一腔肚子怨气，不由就消了一半，因道："并不是我爱惜这几个钱。你姐姐这个事，做得太要不得了。体体面面的朋友，就借个三百二百，那都不要紧。唯有这样暗下拿人家的，这事不是咱们应做的事。"纪丹梅道："您说的是，我姐姐这事，做得要不得。您也别和她当面，一来免得您生气，二来也不好意思见您。请您赏她一个面子，回头我见着了她，一定把钱要了来，亲自送到您府上去。您不疑心我也靠不住吧？"李三爷听不得纪丹梅这样从容婉转地好说，笑道："令姐要像你这样懂事，我就不生气了。我就信你的话，听你的回信。"纪丹梅道："准没有错，今天下午五六点钟，一定到府去奉看的。"李三爷没话可说了，站起身来便走。纪丹梅笑道："三爷是难得来的，来了就这样走。茶也没喝一杯，我很不过意。要不三爷还坐会儿，好不好？"李三爷笑道："那倒不必客气，下午我在家里候你得了。"说毕，他负气而来，竟是无气而去了。

纪玉音由屋子里伸出一个脑袋，先望了一望，然后才走出来。纪大娘将一个食指，在脸上掐了几掐，将脸对她一伸，说："你，你好！把咱们家的脸都丢尽了。没有钱用饿死了也只好认命，怎样去偷人家的呢？"纪丹梅道："事已然做了，说也无益，但不知道人家那个钱动了没有动？"纪玉音道："我已经用了十块了。要我拿还他，我可拿不出来。"纪丹梅道："我们既然答应他送钱还人，就得全送去。缺个十块八块的，为事不大，依然还落了一个不好的名声。"纪大娘道："你倒是说得对，钱是让她花了，这会子哪儿找钱补上去？"纪丹梅道："无论如何，也要把原款子凑着还人家。若是钱不够，可以把我的行头拿去当几块钱凑上。"纪大娘道："那可不成。你明天用着的呢，哪一件也不敢当。"纪丹梅道："我自然有我的法子，保管两三天之内，就会取出来。"纪大娘道："你又有什么法子？"纪丹梅脸一偏，脸先红了，笑道："我和宋旅长借几个钱赎行头，他还能够说不肯吗？"纪大娘道："那倒是成。可是他不在城里呢。"纪丹梅道："今天进城来了。刚才我看见他坐在包厢里。我下了装，要派人去问个信儿，他先就派人到后台来了。说是他约了几个人晚上在平安饭店打牌，叫我一会儿就去。"纪玉音道："那我也去一个。"纪丹梅道："晚上你还有戏呢，能去吗？这两天我劝你安静一点儿的好，今天要不是我，这事可就闹大了。你是听到有钱得，又想去呢。"纪玉音被她妹妹说破心事，倒不好说什么，也就默然无声。纪大娘果然依着纪丹梅的意思，把几件行头当了十块钱，凑上李三爷的款子，叫她在下午送去了。

到了晚上，纪丹梅依着宋旅长约定的时间，便到平安饭店来。这宋旅长名叫汉彪，是个老军务，而且他办理军需多次，手上也有几个钱。当那承平之时，无所事事，就常常进城来听戏。无意之中，看上了纪丹梅，因此就不断地到春明舞台来。这一天，他看纪丹梅的《梅龙镇》触动了情绪，越是忍耐不住。便叫着包厢里的茶房过来，叫他买一点儿点心，搭讪着和茶房说起话来，便对着纪丹梅的年岁住址，问长问短。茶房笑向隔壁包厢里一指道："您问这位赵先生，他就能全告诉您了。"宋汉彪向隔壁包厢里一看，一个西装少年，独坐在那里。自己还没有开口，那少年早站起来点头。宋汉彪也点头笑道："到我这边来坐坐，好吗？"那赵先生听说，果然过来了。一问起来，他叫赵文秀，乃是这戏园子股东的表兄弟，在这戏园子里也担任点儿稽查的职务。宋汉彪还没有说出来意，赵文秀先就笑着说道："宋旅长觉得这纪丹梅的戏还不错吗？我可以给您介绍介绍。"宋汉彪忍不住笑道："真的吗？要怎样地能和她认识呢？"赵文秀笑道："容易极了。只要宋旅长请她吃饭，就可以认识了。"宋汉彪道："从来不认识，怎好请她吃饭呢？我真请她，她知道我是谁？"赵文秀道："她不认识宋旅长，她可认识我。只要我一说明，她就会来的。"宋汉彪笑道："说来说去，我倒想起一件事。你老哥怎样会知道我姓宋，而且是一个旅长。"赵文秀道："我们这里的茶房，大概都认得宋旅长了。何况是我呢。"宋汉彪笑道："这大概为我常来的缘故，所以许多人认识我。也许台上的那个人，也就认得我了。"赵文秀道："请你稍等一等，她还没有走，让我到后台去问她一问看。"说毕，他匆匆地就走了。

不多大一会儿工夫，赵文秀笑嘻嘻地走来，说道："我已和她约好了，咱们在新丰楼相会。咱们先到，她一会儿就来。"宋汉彪道："戏完了再去不成吗？"赵文秀笑道："宋旅长，你对于捧角这个事，真是外行。捧角的规矩，你是捧谁，谁的戏完了，你就得走。若要往下瞧，你就是听戏来了，不是捧她来了，你怎样花钱，她也不会领你情的。走吧，您跟着我学，准没有错。"宋汉彪见他说得还有几分理由，将信将疑的，便跟着他走。两人到了新丰楼，沏了一壶茶，刚只倒了一盅喝了，就听见外面伙计喊道："宋旅长吗？在四号。"说话之间，门帘一掀，进来一个长衣女郎，正是纪丹梅。宋汉彪却不料赵文秀有这样大的魔力，说办到就办到。当时见了纪丹梅，只是张着嘴乐，一刻儿工夫，不知怎样说好。倒是赵文秀从从容容的，从中给他们介绍。从此以后，他们就认识了。认识的时候还不到一个月，宋汉彪已经花了好几百块钱，也是赵文秀给他出的主意。每逢进城，就在平安饭店开一个房间，然后叫纪丹梅来，吃大菜抽大烟，足乐一阵。

这天纪丹梅到平安饭店的时候，宋汉彪另外还约着几个朋友。一个是师部参谋长孙祖武，一个是旅长吴学起，一个是军需孔有方。纪丹梅一进房间，宋汉彪正和孙祖武两对面，躺在床上抽大烟。吴学起和孔有方坐在沙发上，拍着大腿，摆脑袋，合唱《武家坡》。吴学起一见纪丹梅，先迎上前去，握着她的手道："嘿！真俊！下了台，比在台上还要好看。"纪丹梅出其不意地被一个粗黑大汉拿住了手，倒吓了一跳。孙祖武丢了烟枪，坐了起来，哈哈大笑道："吴大哥总是这样性急，人家还不认得你是谁，你就和人家开起玩笑来。"宋汉彪也起来了，这才给纪丹梅一一介绍。吴学起道："老宋，上次你介绍的那个小赵儿，怎么还没有来？他是对我说了，也给我找这一个呢。你知道他家电话，打一个电话催一催吧。他要不来，我不在这里干着急，我要逛胡同去了。"宋汉彪听他这样说，既然邀他来了，只得去打一个电话。

赵文秀原曾和吴学起会过一面，见他那一副样子，不大好惹，若是给他介绍一个坤伶，一见之后，恐怕人家不愿意，所以会面时，含糊答应了，并没有诚意给他介绍，今天宋汉彪在平安饭店开房间，就不敢来。现在宋汉彪打电话到戏院子里一催，不来，又怕得罪了人，想弄点儿小差使的希望，也不免断了，如此，只得告诉就来。挂上电话，却低头想着，介绍哪一个好呢？这电话室，正在经理室隔壁，忽听有男女谈判之声。有一个女子说道："这样说，是不成了，咱们再见吧。"赵文秀伸头一看时，是一个十八九的女孩子，穿了一件淡蓝竹布长衫，头上戴了一顶四川软梗草帽，脸子长得倒还清秀，就是鼻梁高一点儿。这人见过几面的，她在天桥唱戏，还有一点儿小名，现在很想在大舞台搭班呢。不过她的名字，一时记不起来，不好叫她。让她出去了，自己开了屋后门，绕道抢到她前面去，两人顶头相遇，赵文秀不管她认识不认识，先笑着点了一个头。那女孩子见有人招呼，也就站住了脚。赵文秀道："瞧你这样子，好像又没有说妥啦。你的戏，很不错，我是看见过的，正用得着你这样一个花衫。可惜刚才我不在当面，我在当面，一定给你说好。我姓赵，这里经理是我的亲戚。"那女孩子听他这样说，便笑道："您现在还能给我去说一说吗？我只要戏码排得后一点儿，什么我都可将就。"赵文秀道："那就很好办。你瞧你叫什么名字，一刻我回想不起来了。"那女孩子笑道："我叫周美芳，赵先生记得吗？"赵文秀道："对了对了，这样极熟的名字，我会想不起来，该打该打。"周美芳笑道："赵先生真客气。只要您和我多说两句话，我就很谢谢了。"赵文秀笑道："要说请人说话，这里有个人比我还有劲，可惜周老板不认得他。"周美芳道："是哪一位？"赵文秀道："他也是我的朋友，平常老在一处谈的，他可不是个平常的人，他是个旅长呢。"周美芳道："他是这样一个人，那就没法子认识了。"赵文秀道："怎么没法子？只要您有工夫和我去会他一会，就认识了。他今天正和一个姓宋的旅长，在平安饭店打牌呢。"周美芳道："哪个宋旅长？就是捧纪丹梅的那个人吗？"赵文秀道："这算被你猜着了。纪丹梅现在也在那里呢，你去不去？"周美芳听说，低了头将竹布长衫牵了一牵。赵文秀道："周老板若是愿去的话，回家去说声儿也好，我可以在这里等你。你雇个来回车儿也很快的。"

周美芳见赵文秀说的话，无不合她的心意，十分欢喜。当真雇了个来回车儿，回到家去，换了一套绸衣服来。她初见赵文秀，倒好像难为情，赵文秀却毫不理会，又同她雇了车，一路到平安饭店来。周美芳坐在车上，心里可就想着这不是活该！正在为钱逼得没法儿办，现在若和这旅长认识了，还愁什么？不多大一会儿工夫，两辆车便停在平安饭店门口。赵文秀和周美芳下了车，便向饭店里走。走到楼梯当中，赵文秀停住了，对着周美芳轻轻地说道："无论如何，你别说是在天桥唱戏的。你就说向来在京外唱戏，现在回京来搭班，还没有说妥呢。"周美芳笑道："我正想这样说呢。就怕不能撒谎，所以没跟您提。"赵文秀笑道："你敞开来撒谎吧，他们是不懂的。可是还有一层，你那个名字，在天桥用过没用过。"周美芳道："我在天桥出台的时候，名字叫小玉铃。后来在家里学戏，就用的是现在这个名字。原是为着天桥的名字不能用，才改的。"赵文秀笑道："那就好，算是一点儿破绽也不露了。"商议已好，两个人便到宋汉彪开的房间里来。吴学起见宋汉彪拉着纪丹梅坐在软榻上，卿卿我我地说话，急得他只抓耳挠腮，现在见赵文秀带着一个漂亮女子进来，不由龇嘴一乐，便道："嘿！小赵儿，这是你给我介绍的朋友吗？"赵文秀笑了一笑，回头对周美芳道："这就是吴旅长。"周美芳心里想着的吴旅长，也不过是个赳赳武夫罢了，倒不料是这般一个长大黑汉，一见之后，未免愣住了。吴学起笑道："咱们一回见面，二回就熟啦，别害臊，请坐吧。"周美芳一想，自己干什么来的，怕什么？这样一想，就对吴学起嫣然一笑。吴学起哪里见得这个，便拉着她问长问短。孙祖武笑道："嘿！吴大哥，你真不客气，这位来了，咱们都没有交谈，你就先和她好上了。以后有这种好事，还敢请您加入吗？"吴学起笑道："我是一时大意，把你们耽误下了。"于是牵着周美芳的手，一一给她介绍。

纪丹梅知道周美芳是天桥的角色，很瞧她不起，只是和宋汉彪说话，不大理她。宋汉彪横躺在床上抽烟，纪丹梅便伏在床沿上，拿着十几根取灯，在烟灯边摆字。宋汉彪笑道："这么大人，还是淘气，你给我烧两个泡子吧。"纪丹梅笑道："我烧泡子，很费烟，弄得不好，就给烧焦了，这事我办不好。别抽烟了，坐起来咱们谈谈吧。"说时，在衣袋里掏了一阵，掏出一面粉镜，一叠粉纸，对着烟灯的光，就照着镜子，将粉纸向脸上扑粉。在她扑粉的时候，无意之间，粉纸里面，忽然落下一张字纸，宋汉彪眼快，伸手便捡来一看，原来不是别物，乃是一张当票，当了什么东西，那是看不出来，当的钱，却是七两二钱银子。宋汉彪轻轻将她的衫袖一扯，笑道："你掉了东西了。"因把当票，给她看道："这是你的吗？"纪丹梅一把抢了过来，便向袋里一塞。笑道："怪寒碜的，你别嚷。"宋汉彪道："我看那上面的日期，是今天送去的呢，你有什么急用，这样等不及？"纪丹梅道："我们有什么等不及，还愿意吗？可是欠人家的，人家真等不及呢。"宋汉彪道："你既然早知道要和我会面的，为什么不等着和我见了面再说呢。"纪丹梅道："我原知道旅长会帮我的忙，可是我不好意思说。"宋汉彪笑道："这有什么不好意思。我们这样好的交情，还在乎吗？"说时，拉了纪丹梅的手，让她把身子就过来，却对着她耳朵，轻轻说了两句话。纪丹梅夺了两手，向怀里一藏，对宋汉彪笑着呸了一声。宋汉彪就爱这个调调儿，当时哈哈大笑。坐了一会儿，他一声不响，掏了两张十元的钞票，塞在纪丹梅手里。纪丹梅在家里就料定了可以和宋汉彪借钱。不料自己还没开口，人家的钱就送来了，这真是痛快极了。因此，她便专门陪着宋汉彪说话。

那个周美芳也是和吴学起纠缠在一处，因就乘机向吴学起道："我是由京外回来搭班的，他们都不很大理我。您能够抽出一点儿工夫，再捧我一捧吗？"吴学起道："你无论哪个班子里，我都会去捧你。"周美芳道："哪有那么容易，无论哪个班子都能去哩？我现在想搭春明舞台那个班子，他们排挤得很厉害，不让我搭上呢。您能不能给我想个法子？"吴学起道："班子有的是，你为什么一定要到春明舞台去露？"周美芳道："这自然有原因的。因为春明舞台有的是钱，能照着数目给包银。而且在那里看戏的，多半是有些身份的人，只要能搭个周年半载，自然就会红起来。"吴学起笑着将大腿一拍，啪的一声响，笑道："这话有理，非在春明舞台露一露不可。露了本事，人家都说好，这名声就算打出来了。"周美芳笑道："你知道这不就结了。"他们这两对人情话绵绵，赵文秀可就不敢搭腔，只是有一句，没一句，找着孙祖武孔有方两人说话。

吴学起突然地对赵文秀笑道："小赵儿，我派你一个差事，你可愿干？"赵文秀听了这句话，真觉得吴旅长是十二分痛快，连忙站了起来，眯着两眼笑道："随便吴旅长派我什么差事，我都从命。我虽然不懂军事，在学堂里也学过兵式操，先生也给我们讲过一些军事学，军佐的事，总担任得下。"吴学起把头一摆，微笑道："你别犯官迷了，哪里有这样没人干剩下来的军佐，让你当去？我是派你去说合一件小事，不是叫你去当差事，你可听清楚了。"赵文秀碰了这一个大钉子，不异喝了三斤花雕，浑身火烧一般，觉得是站着不好，坐下来也不好。孙祖武究竟是个识字的人，觉得赵文秀很难堪，便笑道："吴旅长是跟你开玩笑的。也许他真有事托你，你给他办得好好儿的，他自然就会给你差事。"吴学起道："这话算我承认了。我来问你，你不是和春明舞台的经理是亲戚吗？你给周老板帮个忙，给她来一份儿怎样？你可别推诿，我全知道了，你们那儿的经理，是前后台一把抓，他也能请角儿的。"赵文秀这才定了一定神，把脸上的颜色，转白了一点儿，也笑道："我要能说上，还不说吗？可是我的话不灵呢。请吴旅长问一问周老板就知道。依我说，莫如吴旅长把经理找着当面，只要一提，事准成。"吴学起道:"我又不认识那个经理是张三李四,怎样能够找?"赵文秀道:"那我倒可以介绍。就说吴旅长是我的朋友,要找他谈一谈,他一定会见您的。"吴学起笑道:"嘿!我是你的朋友?可给你露脸。得!看在周美芳的情分,就那么办吧。咱们是哪一天见面?"赵文秀笑道:"择日不如撞日,撞日不如今日,我这就去找他来,您看怎样?"吴学起走过来,用他的大巴掌,拍着赵文秀的肩膀道:"好小子!这样办,算你有出息,这朋友算咱们交上了。"赵文秀被他骂了,心里虽然一阵难过,面子上倒也不好怎样反对,只当"好小子"那三字没有听见,便笑道:"我这就去。若是要快一点儿,最好借您汽车我坐一坐,就是车外边站着的两个护兵,也得跟了去。这样办,敝亲他不知道有什么要紧的事,一定来得快了。"吴学起道:"好!我全依你,快去快来吧。"就吩咐饭店里伙计,把护兵叫来,告诉了他这话。于是赵文秀坐着站了两名护兵的汽车,向春明舞台而来。

第七十七回

颊有遗芳半宵增酒渴
言无余隐三字失佳期

　　这个赵文秀的表兄王实公，这两天是常在戏院子里办事，所以赵文秀来找他，是十拿九稳可以会着的。当时汽车到了戏院子门口，门口站岗的巡警，也不知道来了一个什么阔人，赶紧靠旁边一站。及至车门一开，却是赵文秀走出来，倒出于意料以外。向来赵文秀进出，是和门口巡警要笑一笑的，这时下了车，昂着头进大门，巡警和他笑时，他却没有理会。走到了经理室，王实公正在写信，抬头一见是他，刚要说话，接上又看见他身后站着两名挂盒子炮的兵士，倒不由得吓了一跳。赵文秀先笑道："表哥，我的好朋友吴旅长，现在平安饭店。刚才我是坐了他的汽车来的。这两位就是他的护兵。那里还有宋旅长，孔军需官，孙参谋长。"王实公听他说了一大套，却是莫名其妙，只白瞪两眼，望着他，他这才道："我的好朋友吴旅长，他有几句话要对你说。特意来找你去谈谈。"王实公道："哪个吴旅长？我又不认识他。"赵文秀道："不认识他不要紧，他是我的好朋友，你和我一路去见他得了。"王实公道："若是有事，非我去不可，我一定去。但是你也要说出原委来，究竟有什么事要找我去。"赵文秀怕王实公不去，就把吴学起要荐角的事说了一遍，只是没有提到这角儿是谁。王实公听了一个详细，心里这才放下一块石头，原来是不要紧的事。依着王实公，便要坐自己的小汽车去。赵文秀道："何必呢，我们就同坐吴旅长的车去得了。"回头一看，见两个护兵已走，便低低地笑道："坐他的车，车子外站着两个兵，那是多么威风？而且车子开得飞也似的跑，坐在上面，真是痛快。"说时，催着王实公就要他走。王实公被催不过，只好和他一路去。

到了平安饭店，和吴学起会面，一眼就看见周美芳，恍然大悟，原来荐的就是她。吴学起笑道："王先生，这周老板，大概你也认识？"王实公道："我们原是极熟的人。"吴学起道："既然是极熟的人，贵园子里怎样不请她唱戏呢？"王实公道："原有这个意思。"说着，皱了一皱眉毛，因道："无奈人是早请好了的，这个时候，实在不敢加人。"吴学起见他有拒绝的意思，就很不高兴，脸上的颜色，由黑里泛出一层浅紫来。眉头一耸，眼睛一瞪。王实公见他大有不以为然的样子，怕得罪了他，赶快说道："不过吴旅长介绍的人，总要想法子的。让我回去，和后台商量商量看。"吴学起道："不用商量了。你要回去商量的，不是为着怕花钱吗？这一层没关系，该花多少钱，由我拿出来。你瞧怎么样？"王实公笑道："那是笑话了，哪有这种道理呢？"吴学起道："怎么着？你瞧我不起，说我不能花这个钱吗？"宋汉彪怕两人言语闹僵了，要闹出什么笑话，因就对王实公道："我这位吴大哥可是说得到做得到，并不是客气话，王先生就斟酌办吧。"王实公道："吴旅长有这样的好意，那是很感激的，可是那样办，不敢当。"吴学起道："你戏园子里自己舍不得花钱，人家花钱，你又不好意思。说来说去，那我荐的人，一定不给面子了。"王实公道："不敢，不敢，周老板本很好，我们就打算请。有吴旅长这样一介绍，格外地要请了。不过……"吴学起道："别又不过不过的，干脆你就算请了她。至于钱多少，我们满不在乎，可就是要这个面子。"

　　王实公见吴学起一再地说，不在钱之多少，料想是不要多少钱，不如就此答应了，遂答道："既然吴旅长这样帮忙，我就负一些责任，算是请了周老板。至于包银多少，让我回去商量定了，再答复吴旅长。"吴学起道："你说这话，就不通。我还在平安饭店待个十天八天，等你的回信吗？一了百了，有什么话，当面说了就结了。"王实公被他一顿硬话相撞，倒弄得不好意思。又是宋汉彪说道："王先生，你不必考虑，索性把这责任担一下子。你当面把包银说定了。"王实公笑道："兄弟在戏院子里虽然是个经理，只有请那二三十块钱的杂角儿，可以随便调遣。至于好些的，总要和股东会几个出头的人，商量商量。"吴学起道："我瞧你这样子，也未必能出个三百二百的。若说百儿八十，那不在乎，我每月只给周老板打一场牌就准有了。你不是说二三十块钱，能负责任吗？现在我三十块钱也不要你出，只要你出二十块钱就成了。"说到这里,回头又对周美芳道:"你别嫌钱少,我每月给你添上一百。这一百块钱是我出,我倒不怕戏园子露脸。"说时,脸又向着王实公道:"你们对外可别说实话,若是我荐的人,只够二十块钱,可就骂苦了我了。"

王实公不料吴学起费这么大力量荐一个人,仅只二十块钱包银,真是一场怪事。当时便答道:"果然如此,兄弟就是可以负责答应。但不知周老板愿意什么时候登台?"吴学起笑道:"这个我可不能做主。世上的媒人,只能给你找新媳妇,可不能给你包养小子。"周美芳听他说话真粗,倒有些不好意思。吴学起见她没有作声,便道:"怎么着,你嫌钱少吗?你放心。我答应了的钱,若不算事,我吴某人,就不是人造的。"他这一起誓,满屋子人都笑了。吴学起道:"别笑,我这是真话。纪老板,咱们办的这事,你可别对外人说。你一说了,周老板就怪寒碜的。"纪丹梅还未答言,吴学起又掉过头来,对赵文秀道:"你可得给她鼓吹鼓吹。你不是要我找差事吗?你就得把这件事办得好好的,我就给你设法。你听准了,姓吴的说话,没有失信的。"赵文秀心里是欢喜,恨不得立刻答应几个是字。无奈当着许多人的面,不好意思说那话,只是干笑了一阵。王实公问周美芳几时登台那一句话,始终没有问出来,自己逆料,这未必就谈得到什么头绪。谈了一会儿,约着周美芳在戏院子里再商量,告辞先走了。

赵文秀在平安饭店又胡混了一阵,直到只剩宋吴二旅长纪周两老板,他才走了。他听了吴旅长可以给差事的话,就盘算了一宿。心想要捧周美芳,论到钱,我是不够资格,除非在报上替她鼓吹鼓吹。这影报的编辑杨杏园,和自己曾有点儿交情,不如去找找他看。他若肯在副张上画出一块地盘给我作戏评,我就可以尽量捧一捧了。但是突如其来地找人,人家不疑心吗?赵文秀想了大半晚上的法子,居然被他得着一个主意。到了次日,便来拜访杨杏园,因道:"上两个月,我就说了,要请您去听戏的。只因为事情一忙,就把请客的事忘了。昨天有两个朋友,要我请他听戏,我就忽然把这事想起来了。因此再也不敢耽误,今天特来拜访,请您自定一个日期,将来我好来奉请。"杨杏园道:"那是很感谢的。但是你老哥并没有邀我听戏,恐怕是您自己记错了。"赵文秀道:"不错,不错,恐怕杨先生正事多,把这个约会忘了?"杨杏园对于人家来请听戏,总不能认为是恶意,便道："这几日很忙，没有工夫去，怎么办呢？"赵文秀道："若是事忙，可以晚点儿去，只听一两出好戏得了。我们那儿，有一个现成的包厢，随便什么时候去，那儿都有位子空。只要您去，您先招呼一声，我就给您预备一切。明天的戏，我看不大好，不来请了。后日的戏，好还不算，还有一个极美丽的新角儿上台，可以请杨先生去看看。只要杨先生说一声好，报上再一鼓吹，那么，就是一经品题身价十倍了。"杨杏园笑道："您说这话，我可不敢当。而且我的事很多，哪有工夫去作戏评？"赵文秀道："那不要紧。您若不嫌我的文章狗屁胡说，我就给杨先生担任这项工作，每日送五百字到府，请您改正。"杨杏园一想，他是一个皮黄研究家，很懂一些戏理，若是每日能送四五百字的戏谈，倒是一笔好买卖，不可失之交臂，便笑道："若能帮我这一个大忙，我是感激不尽，要我什么交换的条件呢？"赵文秀道："尽纯粹义务，什么条件也用不着。杨先生若一定要报酬，至多有什么不要的旧小说书，送两套给我看看，那就成了。"杨杏园笑道："当编辑先生的人，有人送好稿子给他，犹如厨子得着人送大米一般，岂有不受之理。你老兄有此一番好意，就请早早地把大稿赐下吧。"赵文秀道："我虽愿意班门弄斧，还不知道杨先生的主张如何。我们就以后天的戏，作为标准，一面看，一面讨论，讨论完了，我记起来，就是一篇好文字了。后日之约，请你务必要到。"杨杏园正有所求于他，也就答应一准前去。

到了那天，赵文秀好几遍电话相催，正午打过一点钟，就去了。等到周美芳上台，唱的是《女起解》，杨杏园认为很好，不觉夸赞了几句。一会儿工夫，赵文秀离开包厢，不知道在哪里去了一趟，然后笑嘻嘻地走来，说道："杨先生，你说这周美芳不错不是？她也认识你。"杨杏园道："这是荒唐之言了。我虽爱听戏，却和戏子向无往来，何况她是一个新到京的坤伶，和我怎会认识？"赵文秀道："这里面，自然有一层缘由。一说出来，你就明白了。杨先生同乡里面，有没有和你借川资回家的？"杨杏园笑道："你这话越说越奇了。周美芳难道还是我的同乡吗？"赵文秀笑道："我不说破你不能明白。这周美芳虽不是贵同乡，她有一个跟包的，可是你的同乡。这同乡姓名不传，只叫老秋，有这个人没有？"杨杏园笑道："不错，有这一个人。他在北京漂流得不能回南，和同乡告盘缠动身，我略略地资助了一点儿。但是这事有好久了，他还没有走吗？"赵文秀道："可不是，他现在给周美芳跟包了。他对周美芳一夸奖你，凑上我一介绍，周美芳就说，明天要到贵寓去奉看。"杨杏园道："那我预先声明，要挡驾了。并不是我不愿见，我的居停，他最喜欢捧坤角，我就常劝他。坤伶再要去拜我，我未免太矛盾了。"赵文秀道："既然如此，我带你到她家里去玩玩也好。"杨杏园道："向来不认识，前去未免冒失吧？"赵文秀笑道："她们本来就是抱开放主义，现在初上台，更要广结人缘。你去，她极欢迎，一点儿也不冒失。"杨杏园一看周美芳出台，就觉得她很有几分秀气，经不得赵文秀一再鼓励，只得答应去了。赵文秀也不等散戏，就带着他到周美芳家来。这里相距很近，只穿过一条马路就到了。

这是市政公所新盖的一带上海式的小土库门平房，一幢房子一个小天井，三面包围着四间屋子，两排房子夹成一个小胡同。屋子小，人家多，泔水桶土筐破桌椅之类，都由门里挤到胡同里来。走过一条小胡同，拐弯的地方，有个窄门儿，半开半掩着，门框上贴一张小红纸条，写着"周寓"两个字，又有一块小白木板，写着"李寓"两个字。赵文秀道："这就是了。"上前将门环敲了两下。正面屋子伸出一张白面孔来，见人就一笑。她正是周美芳，马上对赵文秀点了一点头，又叫了一声"老秋"。那老秋向外一闯，看见杨杏园，连忙说道："周老板，这就是杨先生。"周美芳直迎了出来，让他屋子里坐。杨杏园看那屋子里正中有一张光腿桌子，桌子下堆了一堆煤球。又是大半口袋白面。四围乱放着几张不成对的椅子，墙上挂着一张面粉公司月份牌美女画，还有几张富贵有余的年画，就别无所有了。所幸倒还干净，可以坐下。杨杏园万不料美人所居，是这样简单，不免有些惊异的样子。倒是周美芳看出来了，笑道："我们这屋子实在脏，可真不能招待贵客，怎么办呢？"赵文秀道："不要紧的。让你拿了大包银，赁了大屋子，再来请我们喝酒得了。"老秋搓着两手，站在屋门口，笑道："我们这儿周奶奶，正要请赵先生，可是她又刚刚出去了。"周美芳道："何必还要她在家呢。"便对杨杏园笑道："就在这街口上，新开了一家江苏馆子，我请二位，到那里吃一点点心去。您二位要是赏这个面子，就请同去。不赏这面子，我也不敢愣请。"赵文秀笑道："去的去的，我就不客气。"杨杏园一想，推辞就太俗了，回头接过来会东得了，也默认了去。周美芳听说，便换了一件月白绸衫，和他俩一路到江苏馆里来。

208

三人找了一个雅座，解人意思的伙计，早把门帘放下来。周美芳含着笑容，指着上面对杨杏园道："您坐这儿。"说时，赵文秀已和她坐在两边，只空了下面。杨杏园要让也没法可让，便笑道："恭敬不如从命，我就坐下了。"周美芳和伙计要了菜牌子，笑着交给赵文秀道："赵先生，请你代表吧？我可不会写字。"赵文秀道："你不是说吃点心吗？"周美芳道："不！我请您二位喝一盅，来两样儿菜吧。"杨杏园有心要做东，就不辞谢。赵文秀和周美芳更熟，越不推辞，就要了笔墨，开了菜单。周美芳问杨杏园道："您喝什么酒？"杨杏园道："我不会喝酒。"他说话时，手本在抓桌上的瓜子。周美芳却把手心按住杨杏园的手背，瞅着一笑道："总得喝一点儿。"她一笑时，两腮微微的有两个小酒窝儿一晕。杨杏园手背一阵热，觉得有一种奇异的感触，他便笑道："一定要我喝，我就能喝一点儿黄酒。"赵文秀道："那就好。这里正有陈绍兴呢。"

　　说定了，就先要了半斤黄酒。菜单交下去，不多大一会儿，酒菜都来了。周美芳接过小锡酒壶，提着壶梁儿，伸着雪白的胳膊，就向杨杏园大酒盅子里斟上。杨杏园来不及举杯互接，只把两只手来扶着杯子，连说好好。斟完之后，赵文秀倒是不客气，已经端起杯子，架空等候了。周美芳给他斟上，自己也斟上了大半杯。周美芳笑着说了一声"没菜"，就端起杯子，向杨杏园举了一举，杨杏园也笑了一笑，举着杯子喝了。从此以后，周美芳一端杯子，就向杨杏园举一举，笑着一定要他喝酒。杨杏园却情不过，接连喝了三大杯。周美芳看他喝干了，伸着壶过来，又给他斟酒。杨杏园笑道："周老板，不要客气了。我的量小，实在不能喝。"周美芳手上提着酒壶的高粱，悬在半空，不肯拿回去，笑道："您不接着，我可拿不回来了。"杨杏园却情不过，又喝了一杯，于是把一只手盖着酒杯，向怀里藏，对周美芳笑道："实在不能喝了，我是向来没有酒量的。回家路很不少，若是醉了，很不方便。"周美芳一笑，两个酒窝又是一动，便道："得，再喝个半杯，这就来饭。你看怎样？"杨杏园道："若只是半杯，那还勉强。"说着，将杯子伸出去接酒。

　　不料周美芳趁着这个机会，把酒壶对着杨杏园的杯子，拼命一倾。杨杏园笑着把酒杯向怀里一藏。酒杯子里酒一荡漾，溢了出来，便把胸面前的衣服，泼湿了一块。周美芳笑着身子向回一缩，说道："我这人不知怎么办的，斟酒也不会。"说着，便在身上掏出一方手绢，走了过来，俯着身躯，给他揩胸前的酒痕。杨杏园接住手绢，自己拂几拂。周美芳连说对不住。杨杏园笑道："这对不住，是南方人老说的话，周老板怎么也学会了。"周美芳笑道："这也是听来的。说得不对吗？"杨杏园笑道："极对。但是你这样客气，还要说对不住，那也太难了。"带说着，可就把酒杯子送到旁边桌上去。赵文秀笑着对周美芳道："你就别敬酒吧！你再要敬酒，杨先生非逃席不可了。"周美芳回头一看杨杏园，果然面上红红的，大有醉意，也就不再劝酒了。杨杏园向来不肯努力喝酒，也就没有醉过。这种黄酒，进口并不觉得厉害，不料喝下去一会儿，酒在肚里发作起来，便觉头脑有些昏沉沉的。平常很爱吃的菜，这时吃起来，却又是一种口味。勉强要了半碗凉稀饭喝了，心里才觉舒服一点儿。于是便悄悄地掏出一张五元钞票，交给伙计，叫他去算账。一会儿伙计将账单和找的钱一路送来。杨杏园笑道："账已会过，我们不让了。"周美芳一见，笑着只说使不得，但是钱已交柜，也就只好算了，笑道："得，过一天再请吧。"那赵文秀倒是很老实，将上的菜汤，陆陆续续，舀着向饭碗一淘，更把汤汁将饭拌，唏里呼噜，连菜夹饭，自吃他的。

杨杏园总觉心里有些乱，生怕闹起酒来，在人当面吐了，很不像样子，因此和周美芳敷衍了两句，便告辞先回家。回到家里赶紧叫听差泡一壶浓茶来。一面喝茶，一面出神。想到周美芳人很清秀，沦落到以色相示人，还要用酒食来联络人，可见世上吃饭之难。但是这样殷勤招待，也就难得了。想着，一直把一壶茶喝完，还是口渴。这个时候，酒意兀自浓厚。杨杏园便点了一支安息香，插在铜炉里，坐住定了一定神，看见桌上横着一支自来水笔。因为笔头没有套起来，偶然将笔拈起，就拿桌上练习英文的横格厚纸，用笔写着玩。也不知道顷刻之间，怎样会记起两句唐诗，便写道："当时我醉美人家，美人颜色娇如花。今日美人……"写到这里，又记不起来了，把纸一推，把笔套起，站立起来，伸了一个懒腰，不觉大有睡意，因招呼听差，有了开水，把茶还沏上，便拿了一本书，坐在沙发椅上看书，再等茶喝。先看半页书，还能了解书上的话，看过半页以后，就不知道书上说些什么，渐渐地连坐在这儿干什么的，都也忘了。

及至睁眼一看，屋子里电灯，光烂夺目，窗户里吹进晚风来，扑在人身上，有点儿凉阴阴的。除了窗子外墙脚下，有几个小虫，唧唧喳喳叫着外，其余并没有一点儿声音。向窗子外看时，天黑如漆，只能看见对面一点儿屋脊影子，暗沉沉的。原来夜色已深，人全睡了。坐着静静一想，我怎样会靠在这里睡着了。就在这个时候，微微地有一阵酒气，夹着花香，在若有若无之间，隐约可闻，想道："我真是醉了。怎样睡了这久，还是有这种酒的幻象？"于是静静地注意了半天，看这花香酒气究竟是从哪里来的？闻了一会儿，忽然大笑起来。原来酒气，不是由哪里来的，正是自己口里呼出来的气。自己静静地在这儿坐着，就会闻到这种气味。心想这正是所谓芳留齿颊间了。这一场酒东，虽然是自己出了钱，可是周美芳的厚意，也觉可感。

坐着想了一会儿，因为喉咙里依然十分干燥，又把一温水壶开水，全倒出来，倾在茶壶里，正要找杯茶喝，只见桌上一张白纸，盖了一样东西，纸上写着有一行字道："何事痛快，使兄烂醉如泥。来时好梦正酣，不敢惊动。特买黄柑一盘，置兄案上，以备不时之需。月斜风定，城上三更，断梦初回，余醒何在，揭纸乍睹此物，得毋惊喜互半乎？一笑。剑尘、碧波同白。"杨杏园看那茶盘子里，果然陈列着八个黄柑。而且自己那把裁纸刀，也擦得干净雪白，放在一边。他正在口渴，又想吃凉物之际，遇到这种东西，极是合意，用刀子切着黄柑，一口气就吃了三个。吃到四个头上，才觉口渴好一点儿了。吃了一顿黄柑，方才上床展被而睡。

到了次日醒来的时候，已是上午十一点钟了。披衣起床，只见桌上放着一封信，还有张相片。看那信是史科莲的笔迹。拆开看时，只寥寥几句话，说是冬青姐有两张全家影片存在敝处，嘱将其一，交与先生，以便与贵处所留李伯母相片，一并寄交青姐，收到此片，请回一信，以免悬念。此外并没有提到别的什么。杨杏园也明知双方有一层缔姻的关系，踪迹已疏，她当然不好在信上说什么了。当时杨杏园毫不踌躇，顺便就把桌上的英文格子纸，写了一封回信，不过是说相片业已收到，那反面，自己曾在昨晚上写了几个字，却没有留意，匆匆地便封好，让人拿去寄了。昨日既玩了半天，今日又起来得迟了，这工作自然紧挤到一处，就要忙起来，因此房门也不曾出，极力地作稿编稿，到了下午六点钟，把各事才算办理完毕。五六个钟头，不曾停笔，这人也就十分疲倦，便在外屋子里沙发上，半坐半躺地靠着。直静坐了半个钟头，也不曾动一下。

忽听外面院子里有人说道："怎么这样静悄悄的，伤了酒吗？又病了？"又一个道："非关病酒，不是悲秋。"听那声音，先一个是何剑尘，后一个是吴碧波。杨杏园便假装睡熟，且不理他，他二人进来，一直就奔里屋。何剑尘道："怎么没有人？"吴碧波道："虽去不远，你不看见桌上的稿子，堆着没理，墨盒子也没盖。"何剑尘道："我们给他开个玩笑，把这稿子收起来。回头他回来了，你看他找吧。"吴碧波道："最妙是把稿子收起来，另外弄几张纸烧了灰，放在地板上，就说把……"说到一个把字，只见杨杏园正睡在外面屋子里，笑道："我们还打坏主意呢。主意还没有想好，人家全知道了。你瞧，他不睡在外面？"杨杏园依然不理，只是装睡，何吴却都走了过来，连连叫道："醒一醒，来了客了。"何剑尘道："看这样子，怕叫不醒，大概他太辛苦了。"杨杏园笑着站起来道："不要白心痛我了，还打算要下毒手烧我的稿子呢。"何剑尘笑道："我的主意，只是收起你的稿子就算了，还没有要烧纸来吓你。这个毒主意是碧波出的。"吴碧波道："他太快活了，我们应当要吓他一吓。"杨杏园道："我什么事太快活了。觉是人人有得睡的，这也算快活吗？"吴碧波笑道："当时我醉美人家，美人颜色娇如花。"杨杏园道："啊哟，就是为这个吗？不错，仿佛昨天晚上把这十四个字，写在什么地方来着，你怎么看见了？"吴碧波道："你吃了我们留下的蜜柑没有？"杨杏园道："吃了，谢谢。"吴碧波道："我们就为了你那十四个字，才买蜜柑给你吃的。今天我们要来问问你，你醉的是哪一个人家？好汉就不要撒谎。"杨杏园道："这是很公开的事，我为什么撒谎？"因就把昨天下午听戏，以及周美芳请吃饭，自己会东的话全说一遍。

何剑尘道："幸而是你会的东，要是她会东，你又够麻烦的了。"杨杏园道："那为什么？"何剑尘道："吃了人家的口软，拿了人家的手软，这是两句老话，你有什么不明白的？周美芳和你有什么大交情，怎能一见面就请你吃饭？"杨杏园道："这一层，我早已明白，无非是要我们在报上替她鼓吹鼓吹。她是一个初出山的人，偶然揄扬一二，这也是栽培脂粉的意思，有什么不可以。"吴碧波道："你这话简直就是给她鼓吹，怪不得在社会上办事，第一件就是要请客，请客难怪有这样的好处。其实那种人物，倒也罢了。"杨杏园道："现在不是社交公开的时代吗？男子可以请女子，女子也可以请男子。为什么坤伶请客，就不能到呢？"何剑尘道："我的意思，不是那样说。以为坤伶之联络报馆里先生，无非是想报馆先生给她鼓吹鼓吹。吃了以后，你还是鼓吹还是不鼓吹呢？若是不鼓吹，你对不住人家，若是鼓吹，你愿意捧角吗？"杨杏园道："你这话也顾虑得是。但是坤伶的艺术，果然不错，我们也该奖励几句。不能因为有捧角的嫌疑，遇到坤伶就骂。"何剑尘道："我并没说坤伶该骂。但是周美芳的艺术，你也未曾看见，你何以说应该奖励几句？"杨杏园笑道："你二位不辞辛苦而来，就为的是要驳这一件事吗？"何剑尘道："不辞辛苦而来，这被你猜着了。至于干涉你捧角，那倒不是。我们负有很重要的使命，要和你谈谈，你能不能容纳？"杨杏园道："我并不知道你商量什么事，我怎能先容纳你的要求？设若你要砍我的脑袋呢，我也糊里糊涂先答应下来吗？"吴碧波笑道："虽不至于要砍你的脑袋，但是这件事说了出来，有相当的麻烦。"

　　杨杏园一听他两人的话音，又看了看他两人的脸色，就明白这事十之八九，却依然装为不知道，笑道："既然这样说，我越发要你们说得详详细细的了。"吴碧波望着何剑尘微笑道："你说吧。"何剑尘微笑了一笑，且不说话，对杨杏园的面孔凝视着。杨杏园道："这为什么？有话只管一说啊。"何剑尘道："说我自然说。我声明一句，大家实事求是地说话，不许唱高调。"杨杏园道："这样就好，我最怕的是唱高调呢。请说吧。"何剑尘笑着，凝了一凝神，然后说道："你是一个聪明人，我们这样郑而重之地说起，你还有什么不明白的。我们来谈的，并不是别事，就是你本人的婚姻问题。"说到这里，杨杏园身子坐在椅子上微微一起，就有要说话的样子。何剑尘将手一伸，连摆了几摆，说道："且慢且慢，你让我说完。照说，你的婚姻大事，当然无我们插嘴之余地。不过我们受了人家的重托，既然有话，也不能不对你说。"吴碧波笑道："你且听清楚了这话，这是明白交代，不要当是一个虚帽子。"何剑尘道："不要和他开玩笑吧。这样一来，他越发不注意我们的话了。杏园，我想你自己的事，你是有一番打算。可是到了推车抵壁的时候，你就得自己转弯，不能一定要冲过壁子去。前天那位方老先生特意请我两个人吃饭，说是密斯李有万不得已的苦衷，不能和你的感情再进一步。而且这类苦衷，你也完全知道，对于李女士这类态度，

213

十分谅解。因为这样，李女士很不愿因为她个人的关系，耽误了你的婚姻，所以她就荐贤自代。至于这位史女士呢，我们见面很少，不能知道她的学问如何。但是就外表看来，也是一个聪明俊秀的人物。不过因为年龄的关系，较为活泼，不能像李女士那样极端地幽静。"

杨杏园道："你二位不用提了，你们所要说的话，我全知道。我这事不但要二位来劝我，就是我自己，也时时刻刻劝我自己。不过我现在感到婚姻这件事，与其带些勉强的意思，不如无有，绝不是对人问题。我是实说了吧，现在已计划定了，秋后回南去，一度省视老母，然后再谈这一件事。在我未回南以前，暂且不提。"吴碧波道："你既然说得这样坚决，你会了伯母以后，要不要去找李女士呢？府上和琵琶亭畔，只一衣带水之隔，前去是很便利的。"杨杏园道："我虽愿意前去，她若不见我，我又怎么办呢？所以这个主意，我现在还没有拿定。"何剑尘道："你也不用提了。你所要说的，我全知道。你的意思，无非要和李女士当面解决这个困难问题。在未和李女士面谈以前，你不能拿定宗旨。所以对于任何人来说婚姻事件，你是不能接受的。对与不对？碧波，算了。我们空计划了一阵子，据他这样说，我们的话，是没法可以入耳的，不必说了吧。我托你请褒扬的那一件事，倒很要紧，还是去办那一件事吧。"

吴碧波笑道："这是你们新闻记者所常用的话，就这样急转直下地把这一个问题揭了过去吗？"何剑尘道："不急转直下怎么办？还要不识时务，老和他谈不入耳之言不成？"杨杏园道："你这全是骂我的话。我是主意打定了，不但今生不望褒扬，就是定我及年不婚的大罪，我也愿意承当。"何剑尘道："胡说，我说请褒扬是一件真事。"杨杏园道："是谁请褒扬？怎么要经碧波的手，你不会直接去办吗？"吴碧波笑道："我现在是专门做这种生意，到处兜揽。你路上有人请褒扬没有？我可以包请，极快，两个星期，准可以下来！"杨杏园笑道："我看不出碧波，得了一度挂名差事的便宜，就这样官僚化起来。"碧波道："你以为这是什么乌七八糟的事吗？这是极公开的买卖呢。现在内务部是不发薪水，每个人倒存着百十元的代用券。这种代用券，扔在大街上，让人捡起来，还有一弯腰之劳。不过在本部有一层好处，若拿这个代用券去请褒扬，一块钱当一块钱用，不折不扣。所以有人到部里去请褒扬，现钱就会由经手的人落下，给你缴上代用券。请褒扬的人，没有什么损失，他一转手之间可就把废纸换了现钱用了。这种事情，只有主管司科的人得着，旁人岂能不眼红。因之部里索性公开起来，无论是谁，只要是本部的人都可以介绍请褒扬。主管的人和介绍的人，另订一种调剂的办法。这一来，他们就四处打听，有人请褒扬没有？只要你肯请，阿猫阿狗，都可以办。而且另外订几个优待条件，可以照章程上的价目，打折扣缴款。并且可以指定日子完事，不像从前，平常请褒扬，拖了整年的工夫才能发表。"杨杏园道："这倒有趣，是打几扣呢？"吴碧波道："这就早晚市价不同，神而明之，存乎其人了。"

杨杏园道："你并不是内务部的人，你为什么倒要出来兜揽这件事情哩？"吴碧波道："这我自有缘故在其中。我有一个亲戚，在那边办事，穷得了不得。他自己上了几岁年纪，懒在外面兜揽，却把那事拜托了我。我想一个两个人，那是有限的事情，我就和剑尘约起来，各人分头写信到南方去，问有要办的没有。说明了，只要来请，准可办到。不料成绩很好，在一个月工夫里，我们两人凑起了十几位请褒扬的，有几百块钱的买卖。我想和敝亲商量，并案办理，代用券换下来的现金，就三一三十一，各人分一点儿，留得看电影吃小馆。这种事，一方面救济了灾官，一方面又替人请了褒扬，一功而两得。虽然从中挣几个手续费，也不能算是造孽钱吧？"杨杏园笑道："挣钱的人，他都有要挣钱的理由，不过像你二人，还少这几个钱用吗？我觉得你们这样办，未免细大不捐了。"何剑尘笑道："不劳而获的钱，又管它多少呢？你等着吧。将来我得了钱，可以请你吃饭。"杨杏园笑道："我是贪泉勿饮，请你不必做这个人情吧。"何剑尘道："这样说，我们可以从今天起，画地绝交，因为我还是个贪人呢。"吴碧波笑道："你别忙，你看有了钱，请他吃小馆子，他去是不去？剑尘，你在这儿等一等，我到敝亲衙门里去一趟，若是他有相当的答复，今天晚上，我们就先吃一顿。"说时，拿着帽子在手，站起身来就要走。何剑尘道："好，你快走吧。我静等着你的好音。"吴碧波听了他的话，当真笑着去了。

第七十八回

一局诗谜衙容骚客集
三椽老屋酒借古人传

这个时候，在下午两点钟，正是衙门里当值的时候。吴碧波的亲戚梁子诚，是一个老部员。除了上衙门，也没有别的事情，他是天天必到的。吴碧波要找他，到衙门来找，比到他家里去找，还要准些，所以毫不踌躇，一直找到部里来。到了他这一科，隔着玻璃窗户一看，只见俯在一张桌子上，有一个三十来岁的人，戴着大框眼镜，拿着笔，文不加点地写下去，好像在拟什么稿子。仔细看时，并不是拟稿，是将一张报，叠了放在面前，对于报上一篇什么文字，在那里圈点。口里念着，头是摆着，好像很有趣。这邻近一张桌上，有两个人，对坐在那里谈话。一个笑道："今天我得早些下衙门，东安市场有一个饭局。"又一个说道："是谁请客？"那个道："是同乡一个姓吴的，在刘省长那里当机要秘书。那回刘省长出京，他是再三要我走，可惜我没有跟了去，不然，现在也抖起来了。"这个道："我这两天的口福也不坏，明天上午有一个饭局，后天下午是两个饭局。"他们说到这里，回头一看见吴碧波在窗外，便道："子诚子诚，有人找你的来了。"

梁子诚正伏在桌上打盹，听见有人叫他，连忙将头向上一抬。那枕着手的半边脸，睡得红红的，而且被衣服折印了两道直痕，嘴上的口水，直往下淋。他伸了一个懒腰，又哎呀了一声。那两个人都笑道："好睡好睡。"梁子诚揉着眼睛，笑道："科长呢，下衙门了吗？"一个人道："今天总次长没来，他坐了一会子也就走了。"又一个向窗外一摆头，笑道："没有走，到对过打诗条子去了。"说这话时，吴碧波早已走了进来。梁子诚笑道："你才来，我正等得不耐烦了。"吴碧波道："这是怪话了。你办你的公，我来迟来早，和你并没有什么关系。"梁子诚道："我要知道对过打诗条子，我早就过去赶热闹去了，还等你吗？"说到这里，和吴碧波丢了一个眼色说道："晚上你到我家里去一趟吧。"吴碧波道："那就更好，哪里打诗条子，你引我先看看去。"梁子诚道："不大便吧，引了一个生人去，他们要见怪的。"吴碧波道："他们也不会知道我不是部里人，关起门来，都是一家。谁还瞒得了谁吗？"梁子诚道："就怕科长在那里，他认得你，其余的人，倒是不要紧。"吴碧波道："科长若在那里，我不停留，马上走开得了。"梁子诚也是急于要去看，就不再问，取了一根烟卷，燃着吸了，背着手，对吴碧波道："走，我们瞧瞧去。"

这对面屋子，和这边隔一个院子，也是一科，和这边的情形，正差不多。梁子诚口里抽着烟卷，背了手慢慢地走过来。到了这时，先隔着窗户，向里面看了一看，果然各人桌上，都干干净净，墨盒也盖上了，笔也插好了，不见放着一件公事纸，倒有一张桌上，两个人在那里下象棋，其余的人，便拥在西边犄角上。梁子诚吴碧波一路走了进去，一直就奔西边桌上。果然七八个人，围住一张桌子。正位上坐着一个人，口里衔着一根假琥珀烟嘴，向上跷着，身子向后一仰，靠在椅子背上，静望着众人微笑。桌上有一个印着官署衔的信封，正中却用墨笔写了四个字，乃是"钩心斗角"，信封敞着口，套了一叠字条，露着大半在外，乃是用部里公用信笺，裁开来的。面上那张字条，写着"风风雨雨落花时"一句诗，五六两个字，没有写出，画两个圈来替代，这句诗一边，写着暮春，落花，太平，劝农，嫩寒，一共十个字，是每两个字作一组，这就是让人猜的了。梁子诚一见，便笑道："哟！今天学海兄的宝官，一定不弱。"文学海道："凑凑趣罢了。子诚兄何妨也试一试？"

梁子诚挨身向前，靠住桌子，口里便哼哼地吟道："风风雨雨暮春时，风风雨雨落花时，好，落花时好。"说时，又摆了一摆头。在他身边，站着一个老头子，用手摸着胡子笑道："不然吧？据我看，应该是太平时好，五风十雨为尧天舜日之时，风风雨雨，就是风吹得不大不小，雨下得不多不少，这岂不是太平之时？风风雨雨太平时，好，这很有含蓄，我就押太平这两个字。"又有一个酒糟鼻子小胡子的人，笑道："这样说来，劝农时更好了。风调雨顺，天时顺利，岂不是劝农之时吗？"先那个胡子点点头道："学曾兄这一猜也很有理。"当时你一句我一句，就乱七八糟，乱评了一顿。吴碧波听了，觉得都不大对劲儿。这时，却有一个人笑着说道："无论如何，风风雨雨嫩寒时是对的。不是这样，这诗的价值，也要减除一半了。"说着，在身上掏了一块现洋出来，啪的一声，向桌上一扔，却用两个指头，将洋钱按住，笑道："我押定嫩寒两个字了。学海兄，你让我押这多的钱吗？"文学海道："我们都是好玩，并不是赌钱，何必下那大的注子。吕端明兄，少押一点儿，留着慢慢地玩吧。"吕端明见文学海一定不让他下许多钱的注，便猜死了，这诗条子一定隐着嫩寒两个字，便道："那就下一半的注吧。"文学海道："大家都是三毛两毛的，目的都只在取乐，并几个钱，好买东西吃吃。唯有你这个人特别，偏要干大的。我现在可声明，只有一回，下不为例。"吕端明笑道："别废话了，你开诗条子吧，我猜就是我中了。"

　　说到这里，大家都已下了注。吕端明也是非下嫩寒两个字不可，多少钱，都不在乎，无非是现一现自己的手腕。文学海看各人的款子都押定了，便抽出诗条来，大家看诗，却是"落花"两个字。吕端明一团高兴，以为文学海心虚，见自己押中了，所以不让下那许多钱。谁知道他偏偏不是的呢，这也怪了。当时便问道："学海兄，你既然看到我所猜的不对，为什么不让我押了，你好收钱呢？"文学海道："我为人不图眼前便宜的。赢了你的钱，你还要押的，这个例就是由我而破了，我又何必呢？"吴碧波心里想道："怎么都是些穷酸？很风雅的事，这样一闹，就无味了。"梁子诚却站在那里，不住地点头，口里说道："我就猜这风风雨雨之下，应该是落花时。风风雨雨，不见落花之时，是什么之时呢？"说时，把脑袋画圈圈儿摇着，十分得意。在这个时候，文学海揭过去一个诗条，上面一张，乃是人与黄花瘦一秋。旁边注比、与、共、似、爱，五个字。这一下子，大家的议论又出来了，那个酒糟鼻子道："这句诗是很熟的。'帘卷西风，人比黄花瘦'，谁不知道。"梁子诚道："那是两句词，分作九个字，那样念好听。现在七个字并拢一处，用比字不妥当。"说时，比着两手，在屋子里踱来踱去，却不住摇头念道："人与黄花瘦一秋呀，人爱黄花瘦一秋呀。共字好，人共黄花瘦一秋吧。"

　　说到这里，猛一抬头，笑道："刘科长来了。"大家昂头一看，果然，

218

见刘科长从外面进来。刘科长笑道："你们下象棋打诗条子，我倒是不反对，不过你们要斯文些才好。这样议论纷纭，闹得里外皆知，却不大好。"大家听见科长说，望着他笑笑，科长也不说什么，在身上取出一只眼镜盒子，拿出一副大框眼镜，就向鼻梁上一架，于是坐在公事桌去，拿了一份报，映着阳光来看。吴碧波对梁子诚轻轻地说道："倒是好好先生，大有无为而治之势。"梁子诚笑道："实在也没有事可办，他不让科里的人，找一点儿事消遣，大家怎样坐得住呢？做官上衙门，无非是这么一回事。"吴碧波笑道："国家造了这大一个衙门，又花了许多薪水，专门养活你们这班人，来消磨光阴吗？"梁子诚连连摇手，叫吴碧波不要说，免得大家听见了。

吴碧波一回头时，见一群人后面，有一张小桌子，有一个人独坐在那里，比较沉静。心想这个人倒也是铁中铮铮的一个。但是他也执着笔，好像在写什么似的，不定也是在圈点报纸呢！因慢慢地绕到那人身后，看他写些什么。只见他面前铺着一张纸，正在那里一行一行地写着，文前面写了一个题目，乃是《花城一夕记》。后面随写了几行小题目，乃是《李红宝多病多愁》《史香云有情有义》《走花街笑逢王老骚》《过柳城巧遇张小脚》，文下署名是"怡红公子"。再看那正文是：

> 星期六之夜，雨窗寂寞，甚觉无聊。乃电约双八、九二、长弓、口天诸君，作八埠之游。先至莲香部画到，访红宝校书，校书虽为北地胭脂，面似梨花，身如杨柳，莲步盈盈，纤腰楚楚，真个是多愁多病，令人魂消。月里嫦娥，不过如是。而校书九二之心头肉也。

吴碧波看到这里，那人猛一抬头，见着似乎有些不好意思，便将稿子纸一翻，把字覆在桌上，将白纸朝着外。吴碧波也觉自己冒失一点儿，便掉过脸去，再看桌上打诗条子。一直看了半点钟，忽然想起何剑尘还等着回信，便别了梁子诚回去。梁子诚一直送出重门，轻轻地对他说道："晚上我在家里候你得了。我还等着钱用，最好是快一点儿进行。"吴碧波道："这又不是做买卖，可以想法子拉拢。这是国家奖励人民的事。"梁子诚连连说道："得了，得了，不要说官话吧。过两天，我请你吃小馆子，报答你这一番盛情，那还不成吗？"吴碧波道："你既然请客，我就不用客气。是哪一天，请你说明，我也有个指望。"梁子诚笑道："你真是厉害，一点儿也不饶人。就是明天下午吧，至于什么地点，由你和那位何先生商议好了，我们晚上再定，你以为如何？"吴碧波道："天气热，我们上公园逛去，唯有那样吃，才能够痛快。"梁子诚点头道："好！就是这样办，可是你也要把事情凑成功，才好意思去吃我的哩。"吴碧波一笑而去。

　　到了杨杏园这里，何剑尘和他买了一大包蟹壳黄烧饼，在那里一面闲谈，一面喝茶吃着。吴碧波一看，就连挑了两个葱油椒盐的吃了。笑道："这种烧饼，在上海的时候是很容易有的吃。北京城里，却很稀奇，只有南城八大胡同里，有两三处有得卖。我们住在东城的人，很不容易碰着了。"何剑尘道："胡同里的江苏人多，他们是专做烧饼给江苏人吃的。他要到内城去，到哪里去找这种吃烧饼的知音？"杨杏园笑道："不是我说句刻薄话，自从北京有了南班子以后，对于南北人情风俗，他们倒是沟通不少。"吴碧波道："何以见得？就在这蟹壳黄烧饼上，能看出若干吗？"杨杏园笑道："可不是！现在有许多北方人，吃了蟹壳黄之后，觉得酥薄香美，远在北方烧饼硬厚糊淡之上，于是也常常派人到胡同里买蟹壳黄吃，这岂不是一证？其他如拆烂污揩油种种名词，也是由胡同里传出的。南班子能沟通南北人情风俗，于是大可见了。"何剑尘道："幸而我们都是南边人，若有北方人在此，南方人究竟以此事为荣呢，还以此事为辱呢？"

　　杨杏园道："这南方两个字，在北京说出来，太广阔了。他们对于各省的人分法，只有几：其一，东三省的人，都叫奉天人，三特区的人，叫口外人，山东叫老杆或叫山东儿，山西叫老西儿，陕西甘肃人，都不大理会。此外无论是哪一省，都叫南边人，连河南江北都归入南边之列。这其间有一省有不漂亮的事，其余各省，远如云贵，近如豫皖，都要沾光，未免说不过去。所以人家说南边人怎样，我是不在意。"何剑尘道："这样分法，固然是不对，但是南方人也未尝不承认。你看那江苏人挑担子卖南菜的，他是遇到大江以南的人的住宅，都要去撞一撞，他就是大南方主义。"吴碧波道："我也知道他们那里有南货，全是稻香村贩来的。就靠他那一口苏腔，引起人家同乡之念来卖钱罢了。"何剑尘道："说你们不肯信，有一个卖南菜，发了几万银子财哩！"吴碧波杨杏园都不肯信。何剑尘道："怎么没有？而且这个人的生意，还在做呢。这个人叫王阿六，是上海人，一个大字也不识。他不知道怎样到北京来了，无以为生，就挑了一担南货，到南边人家去卖。他走的人家，和别人不同。别人挑了南货是到大宅门里去卖，他挑了南货，却到南方姑娘小房子里去瞎闯。无论人家买不买，他总说了一顿闲话再走。因此这些老鸨和龟奴，他认识的实在不少，熟悉了，生意自然也不坏。后来他幡然改计，不干这生意，却花了一大笔运动费，在津沪海轮上，弄了一名茶房当着。靠着他在北京南班子里人眼熟，就常替他们向上海带东西。北京的南班子，和上海的长三堂子多是有关系的，东西带来带去，无非是班子堂子之间。日子一久，上海长三堂子，他又认识了不少人。这一来，南北跑的姑娘，没有人不知道王阿六，来往坐船，也非等王阿六这条船不可。甚至有些老鸨子不能亲送姑娘，简直就送王阿六多少钱，请他包接包送。连北京到天津这一段火车，王阿六都代为照应。因为这样子，他另请一个人替他茶房的职务，自己却北京上海两头跑，带贩烟土私货，带为姑娘解款项珍宝。总而言之一句话，京沪之间，窑子里的事，他无所不办，无往不弄钱。"杨杏园道："我仿佛听风有个姓王的茶房，在北京盖了两幢房子，就是他吗？"何剑尘道："对了，就是他。盖的两幢房子，也是离不了吃窑子，全是赁给窑子里的人住。据人说，他手上大概有两万多了。做一个茶房，能挣到两三万，我们衣冠楚楚之士，得不了他十分之一，说起来，岂不令人愧煞。"杨杏园道："茶房挣两三万，你就觉得多吗？我听说，闵克玉家里有一个听差，家私快到十万了，那不让我们听了，要恨无地缝可钻吗？"吴碧波道："你两个人所说的，还不算奇。我倒知道一个最妙的财主。不知道你二位，有银行界的朋友没有？若是有，应该知道银行界里有一个甄厨子。"

说话时，茶几上一大包蟹壳黄已经吃完，只剩一个椒盐的。杨杏园是坐着，吴碧波是站着，不约而同的，两个人都伸手来拿这个烧饼。杨杏园坐得近，就先拿到了，因笑道："我倒不知道有这样一个名人，真是枉为新闻记者。你既知道，我很愿闻其详，这个烧饼，我就算是报酬吧。"说时就站了起来，把这个烧饼塞到吴碧波手上。吴碧波也就接着，笑道："这要加点儿作料子作一篇稿子，投到上海各报上去登，准可以弄个块儿八毛的稿费，还不止一个烧饼吃着的价值呢。"说着，用两个指头钳了烧饼吃着。杨杏园让他将烧饼吃完，笑道："不管酬金多少，你既然无法退还，当然要给我们新闻了。"吴碧波笑道："实在我说得高兴，你就不行贿赂，我也是要说的，你又何必多送一个烧饼给我吃呢？我这就告诉你吧。这个甄厨子，他向来是在大华银行包厨的。行里有上百行员，都是由他开上等伙食。他们可放着下餐饭不吃，每人又凑出十块钱，另办伙食吃。他们总裁的伙食，每席是十二块钱。总裁一高兴，也许不要现成的，另外开了菜单子去办。你想，要办的不必办，却又来办菜可以挣钱，这样双倍的进款，岂有不发财之理。而银行里的钱，都是现款，什么时候要，什么时候有，甚至于菜还没办，钱还可以先支。此外有些阔人，慕甄厨子之名，家里办酒，以得甄厨子办的为有面子。"杨杏园道："你先是郑而重之地说，这甄厨子有趣，现在说了一大串，一点儿也不趣。"

吴碧波道："先要不趣的，才有趣的，你慢慢听呀。这甄厨子是不好听，但是你见本人，却看不出来。上年有个林总裁，就任还没有多久，一天自己行里办公已毕，刚出门口，只见一辆光亮的大汽车，又快又稳，一点儿声音没有，便停在大门口。汽车门开了，走出一个大胖子，穿了一件哈喇呢袍子，罩着玄呢哔叽马褂，胸面前纽扣上，挂着一串金表链。头上戴着厚呢帽子，脸上架玳瑁边大框眼镜，手上拿了一根很精的司的克。"吴碧波说时，在壁上取下一根笛子，当一根手杖拿着，走出客厅门去，一摆一摆地走进来。杨杏园笑道："这为什么？这就是那阔人走路吗？"吴碧波且不答复这个问题，依然摇摇摆摆地走着，笑道："林总裁一见他这种情形，以为是什么阔主顾到了，不免全副的精神望着他。那大胖子顶头碰到了林总裁，先要躲闪来不及，只得取下帽子，对他微微一鞠躬。林总裁正想回礼时，恰好他的听差站在身边，因抢上前一步，轻轻地说道：'这是甄厨子。'林总裁听了这话，立时把笑容收起，板着面孔，只望了他一望。到了次日，林总裁到行里来了，就和李副总裁说：'这还了得，我们行里的厨子，都要坐汽车跑来跑去，我们这应该坐什么车子呢？'这位李副总裁，名声不如林总裁，家私比他就大得多，很见过一些奢华的场面。因道：'那有什么法子呢？他有钱，他自然可以坐汽车。'林总裁道：'虽然这样说，他究竟是我们行里一个厨子。外面人看见他这样举止阔绰，岂不要疑心我

222

们奢侈无度吗？'副总裁觉得他这话有理，就不好怎样再驳他，只笑一笑。这话被甄厨子听见了，吓得有半个月不敢坐汽车。这些行员，知道他得罪了总裁，故意和他找岔。甄厨子怕火上加油，把事真弄僵了，因此对于各项伙食，一例加厚，就是极普通的饭，间个三餐两餐的，就有红烧鱼翅或烤肥鸭。有一次我去找朋友，还扰了他一餐哩。"

何剑尘道："我听说银行界里的人，喜欢在观音寺吃福兴居。捧甄厨子倒没有听见过。"吴碧波道："也不见大家喜欢吃福兴居。不过有一批小行员，专在那里聚会，聚会之后，贪一个逛窑子听戏都方便。好比传说教育部的人喜欢到穆桂英家去，其实也只有一小班人。"杨杏园道："我也仿佛听见说，有一家穆桂英牛肉庄，可不知道在什么地方。"吴碧波道："怎么着，穆桂英这个地方，你都没有去过？那你在北京二十年三十年，算白待了。"杨杏园道："听这个招牌的名字，好像居停是异性，而且很漂亮。"何剑尘也笑道："漂亮极了，现在虽然有几家新开的商店，用女店员来招待，究竟是小家碧玉出身的多。不能像穆小姐那样弱不胜衣，幽娴贞静。"杨杏园笑道："你不用往下说，我全明白了。她那家馆子所以脍炙人口，原因就在于此，未必菜好吃。"吴碧波道："那可有些冤枉了，她那里的菜，都是家传秘诀，穆小姐按着食谱，分别弄出来的。"杨杏园道："这穆小姐认得字吗？"何剑尘道："怎样不认得字，还当小学教员呢。"杨杏园笑道："此教育部部员所以光顾之由来乎？也可以说是肥水不落外人田了。这样说来，那馆子里，一定陈设得很雅致的。"何剑尘道："可不是！就是一层，地方小一点儿。"吴碧波在屋子里踱来踱去地说道："山不在高，有仙则名，水不在深，有龙则灵，馆子不在大，有女主人则成。"杨杏园道："我看二位，也是捧她的，何妨请我到那里去吃一餐。"何剑尘笑道："我想你的目的，未必在于吃，恐怕是要看一看这位穆柯寨的女大王吧？"杨杏园道："我不敢说是风雅。但是好奇心，是人人都有的。我听到说有这样一个以异性为主干的馆子，我就想看看，到底是怎样一个情形？"吴碧波笑着对何剑尘道："他既这般高兴，我们何妨陪他去吃一餐。"何剑尘道："好吧，马上就去。"

杨杏园真也是好奇心重，说走就走。这时三个人坐了车一直就到穆桂英家来。下了车，杨杏园一抬头，只见是一个小小的窄门面，窗门洞开。

门内一列土灶菜案子，油味煤气熏天。七八个人在那里搓面切菜，原来是一家纯粹的北方小馆子。杨杏园把一腔钦慕风雅的念头，早已减了一半。走进屋子去，首先便见几个伙计中间，有一个五十来岁的老太太，那位老太太，人不过三尺多高，倒有五尺来肥的腰围。额头前面，荒着大半边头发，后面打疙瘩似的，挽了一个髻。她虽上了年纪，却还是面大如盆，腮上两块肉，向上一拥，把一双单皮眼挤成了一条缝。耳朵边下又印着一搭黄疤。她身上穿一件深蓝布褂子，两只衫袖卷得高高的，露出两只胳膊，有碗来粗细，一只手拿手巾在头上擦汗，一只手掌着铁勺，却不住地向头上揩汗。他们进去，正走她身后经过。她却回转脸来笑着欢迎道："您来啦。"大家点了头，就进去了。走进去，是一个大敞座，人都坐满了。伙计一见是三位主顾，不愿让他走了，便道："三位请上楼吧，楼上有雅座。"

三人也是既来之，则安之，便一同登楼。上得楼来，原来是个灰房顶，倒也开阔凉爽。屋顶靠后有两个小屋子，一排列着，大概那就是雅座了。那里面都有人说话，已经也坐满了人，就不必进去。只有这屋顶平台上，摆了四张桌子，倒有一张桌子是空的。三人坐下，何剑尘笑道："你看这儿怎样？不亚于真光开明的屋顶花园吧？"吴碧波也笑道："你瞧见穆桂英没有？小鸟依人，多么美丽呀！"杨杏园笑道："不就是那位老太太吗？你们也够冤我的了。女居停这一个哑谜，算我打破了。我再来尝尝这里的菜怎样？"何剑尘道："这里的炒面片有名，我们一个人来半斤。此外便是炖牛肉、炒疙瘩、炒牛肉丝、酸辣汤。还有一个拌粉皮，不必要了，留作他们做敬菜。"伙计站在一边，也笑起来。说道："这位先生，真是老主顾，全知道了。"吴碧波道："不，你们这里还有一样，我喜欢的，就是酱牛肉。"伙计笑道："是，切一盘尖子来下酒，很不错。"何剑尘道："我们就是这样吃，你去办吧。"杨杏园道："旧式馆子里敬菜的习气，实在不好。有一次在鲜鱼口吃烤鸭，伙计敬了一碗鸭杂样，我们另外给五毛钱小账，他还不以为多。"何剑尘道："此非论于穆桂英。穆桂英敬菜是真敬，不算钱的。"杨杏园笑道："照这样说，也许这是以广招徕之一道。人都是贪小便宜的，只要有点儿小便宜，花了大钱去赶，也是愿意的。譬如中央公园的门票，不过一二十子，只要一开放，准有人花五六十个子的车钱来白逛的，这不是一个例子吗？"

　　大家一面闲谈，一面候菜。不料一候不来，再候不来，一直候过去一个钟头，伙计才端了一壶酒、一盘酱牛肉来。大家将酒喝完，将牛肉吃光，又继续地等着，还不见动静。杨杏园笑道："这样的等法，恐怕不上馆子还不见得饿，一上了馆子，就一辈子也不会饱。"伙计听了，在一边笑道："您四五点钟来就好了。这个时候，可是正上座哩。"何剑尘轻轻地说道："你瞧，楼上楼下，这些个主顾，全凭女大王一双巧手去办，怎样不要等？"杨杏园道："北京人吃馆子，真是有毅力，只要看中那家馆子，等座儿也行，等菜也行，非达到目的不可。而且只要中意，馆子还不论大小。这在南方，无论什么地方，都是不能有的。"三人又说了半个钟头的话，这才等到酒菜齐上。虽然吃得还有点儿味，究竟等得过久，也就乐不敌苦了。

　　杨杏园吃饱，便问道："该谁会东，我可要走了。"吴碧波道："你若有事，你就请吧。"杨杏园不耐烦再坐，真个走了。吴碧波道："杏园为人，现在变了，事业心很重，不像从前那样逍遥自在了。"何剑尘道："他哪是事业心重，他是因情场屡次失败，有些灰心了。"吴碧波笑道："失败乃成功之母，也许将来结果十分圆满呢。"何剑尘道："你这叫胡说了。别的事，失败了可以再来，情场失败了再来，是没有意思的。譬如一面镜子，把它来打破了，你虽想尽了法子，将它粘在一处，然而总留下一道裂痕了。"何剑尘又笑道："我听说你有一位腻友，热度很高，大概将来是一面又平又滑，又圆又亮的镜子了。"吴碧波道："你有什么根据造我这种谣言？"何剑尘道："大概不至于假，我在电影院碰见过两回哩。"吴碧波笑道："你大概是认错了人吧？"说到这里，他就说些闲话，把话扯了开去。何剑尘也是高兴，要话里套话，把他的话套出来。于是会了饭账，要吴碧波到家里去坐坐。吴碧波不知是计，而且有请褒扬的事要接洽，果然到何剑尘家里去。

225

第七十九回

妙语如环人情同弱柳
此心匪石境地逊浮鸥

这个时候，何太太早添了一个男孩子，就叫小贝贝。这"贝贝"两个字是由英语里"小孩"译音的，差不多快一岁了。奶妈正抱着小贝贝站在门口望街，他穿着一件又短又小的海军衣，露着又胖又光的胳膊和小腿。头上的红胎头发，蓄着半寸来长，在头上弯弯曲曲地卷着，见着他父亲来了，眼睛看着眯眯地笑，两只手在空中乱招。何剑尘走上前在他额角上亲了一个吻，便抱着走进去。走到屋里，何太太迎了出来，首先一句，就问吃了饭吗？顺手就将帽子接了过去。何剑尘道："吃过饭了。我们带着杏园拜访了穆桂英哩。"何太太道："又是在那种小馆子里吃了来，恐怕手巾把子，也没有一个干净的。"于是笑着对吴碧波道："还要擦把脸吧？"吴碧波点头道："很好，很好！可是一来就要嫂嫂费事了。"何太太抽身转去，老妈子舀了一盆洗脸水来，何太太也就送着香胰子来。吴碧波明知何太太要何剑尘洗脸，自己不过沾一点儿光，只胡乱擦了一把。何剑尘对小贝贝额角上，亲了一个吻，将他交给奶妈抱，自己却大洗大抹了一阵。脸盆端过去，何太太就拿一只绿瓷海，斟了一杯茶，放在何剑尘面前。何剑尘对她一望，何太太笑着往后一退，将脚顿了几顿，于是对吴碧波道："我这人真该打，有客在这里，都忘记了。"遂把杯子放在吴碧波面前。他一看杯子里的茶，绿阴阴的，微微有点儿菊花清香。因笑着对何剑尘道："当你进大门前时候，小贝贝一伸手，我心里就是一动。一直到闻着这杯香茶，我有四五个感想，风驰电掣而过。你和嫂子，固然是相敬如宾，异乎寻常。但是就以普通的人而论，多少也有些室家之乐。"

何太太正另外找了一个茶杯，斟了一杯菊花茶，放在何剑尘面前，见吴碧波说话，眼光只注意自己的行动，便已了然。因笑道："剑尘每天回来，我都是这样伺候他的，我想他工作辛苦了，应该安慰安慰他，所以……"何剑尘笑道："得了，得了，人家正感到寂寞哩，你还故意给我装面子，碧波你别信她，这样客气，一年也难逢几次呢。"吴碧波笑道："你怕我妒忌吗？欲除烦恼须无我，各有因缘莫羡人。"何剑尘道："你这人说话，简直自相矛盾。刚才你说有四五个感想，风驰电掣而过，这会子又说各有因缘莫羡人。"何太太笑道："吴先生，你怎样不结婚？"吴碧波道："嫂嫂这句话，问得奇怪，我一个人怎样结婚呢？"何太太顺嘴笑道："现在年轻的人，尽管说社交公开，切实论起来，一点儿也不公开。人家都说吴先生有个女朋友，吴先生自己就一回也没有提到过。"何剑尘道："你这话越发不通。社交公开起来，男女朋友，这就更是平常平常。怎样有了女朋友就可以结婚？难道认识多少女朋友，就结多少次婚吗？"吴碧波笑道："这算何剑尘说了一句公道话。"何剑尘道："尽说闲话，把正事都忘了。我问你，托你到内务部办的事，怎么样了？"吴碧波道："我那敝亲，见钱眼开，已经答应请我们在公园里吃饭，把这事完全决定，而且还可以给杏园吃一顿。"何太太道："剑尘你出去的时候，不是给杨先生做媒的吗？怎么样了？"何剑尘一皱眉道："我不愿提这事了。这是一个负情的三角恋爱，说起来真有些酸溜溜的。"

吴碧波捧着茶杯，一口一口，慢慢地呷着。眼睛望了桌上摆的一盆盆景，尽管微微笑着出神。何太太道："吴先生笑什么？有什么办法吗？"吴碧波笑道："我想这新式结婚的事，有女方肯不肯发生问题的，没有男方肯不肯发生问题的。"何剑尘道："那也不见得。"吴碧波道："怎样不见得？我只听说男子向女子求婚，没有听见女子向男子求婚。而且男子求婚，只要女子一答应，事就成了，这岂不是一个证据。不但此也，男子对着女子总不忍让她难堪的。只要女子有爱男子的意思，男子总会软化的。所以现在与其和杏园提婚事，莫如向那位史女士提婚事，只要史女士依允了，杏园就不好不答应。若是不答应的话，他和史女士交情也很好的，未免太对不住朋友了，他忍心吗？况且史女士又是无父无母，原也是个清秀人物。第一，杏园就不能说不好两个字来。他所以不愿者，无非为了李女士。可是这件事，就是李女士希望他们成功的，也就无所谓对不住。"

何太太听了这话，仔细一想，觉得也有理。因道："这位史女士，我也很熟的。明天我到她学校里去看她一次，探探她的口风怎么样？若是她愿意，再和杨先生说，也许可以成功。"吴碧波道："我这话不错不是？犹之乎画画，总要先把全局的轮廓画好了，然后信手一挥，便可成就。"何剑尘笑道："碧波现在很喜欢研究美术，动不动就谈画，我倒有一把扇子，想找人画，你路上有会画画的人没有？"说这话时，趁碧波不留意，给他夫人丢了一个眼色。何太太会意，却接着说道："扇子上画西洋画是不大好看的，要画中国画才好，吴先生路上，有这种人吗？"吴碧波见他夫妇二人正正经经说着，不带着笑容，倒信以为真。当时他答应道："你们要画什么画？彩笔的呢，还是墨笔的呢？"何剑尘道："我想要张山水，墨笔彩笔倒是不论。"吴碧波道："那也很容易，为什么就料我办不到。但不知你们几时要？"何剑尘道："现在天气很热了，扇子正当时，自然是越快越好。"吴碧波道："好吧！今天拿去，明天我们一块儿吃晚饭，我就带来交给你。"何剑尘脸上一点儿不带笑容，说道："那就好。我想画国粹画的，一定是老前辈，请你人情做到底，转托那位老先生，要署上下款。"吴碧波笑嘻嘻地望着何剑尘道："看吧。那也看人高兴吧。"何剑尘果然就到里屋子里去，拿了一柄仿古雕刻檀香骨的扇子交给吴碧波，还说道："这东西就雅致，老先生一看就中意。"吴碧波丝毫未曾留心，谈了一会儿，拿着扇子去了。何太太笑道："你的意思，我全明白，怎样他一点儿不知道呢？"何剑尘笑道："我们别自负吧。人家是不是中我们的计，还不知道呢！"何太太道："倒是他说史女士的话，我有些相信，明天我到史女士学校里去一趟，你看怎么样？"何剑尘点点头。

到了次日，何剑尘也没提到这话，吃过饭，何太太就预备去。她是有个学生癖的人，现在要到女学校里去，更要学生装束，换了一件白底蓝色梅花点的长袍。脖子上纽了一条芽黄色嫩绸围巾，穿着褐色皮鞋，米色丝袜。长袍底摆，小得非凡，一走起来，两只膝盖，只撑得衣服前一突，后一裹，何剑尘不觉失声"唉"了一句。何太太正拿了一只水钻头发夹子，对镜站立，在那里将双钩式的头发来夹着。她听见何剑尘唉了一声，便扭转身来问道："为什么，不愿我出去吗？"何剑尘笑道："你不要这样扭着身

228

子了。这样一来，衣服裹在身上，越发现了原形。我不是个画家，是个画家，我倒不用得出去找曲线美了。我给你商量商量，把你那衣服的下摆解放解放，不要太小了，我看你走路，迈不开两条大腿，怪难受的。走还罢了，一跑起来我看着真有些像戏台上审李七戏里的强盗。走起来，那高跟鞋一跳一跳，像戴了脚镣一般。"何太太"呸"了一声，说道："啥个闲话，现在大家在是格样穿，在说好看，就是奈看勿过。啥个解放哩，我勿曾上过一学堂，奈勿要把我当女学生。"何太太说话一说急了，就要把苏州话急出来的。何剑尘又最爱女子说苏州话，何太太每和他闹小别扭，他倒乐意，便笑嘻嘻地不言语。何太太一想，也明白了，便不再啰唆，就转着身子，四处找东西。何剑尘道："这样乱翻，你找什么？"何太太道："我一支自来水笔呢？"何剑尘道："你该打嘴不是？叫人不要把你当女学生，自己学女学生，还唯恐学不像。你不信到街上铺子里买东西的时候，保管掌柜的称呼你作小姐，不称呼你作太太。"何太太道："废话少说吧。今天我打算邀史女士上北海五龙亭，回来晚了，请你去接我。成不？"何剑尘道："现在早着呢。还有大半天的工夫，还不够你玩？"他的意思，就是不能去接。但是他的话还没有说完，何太太早已走得远了。

何太太以前曾到这明德实业女校来过两回，所以进门的时候，当一个女学生走了进去，一直就闯到史科莲寝室里来。她那寝室门是半掩着，推门伸头一望，只见史科莲穿了一件齐腰短褂，散着大脚短裤，踏着一双半截鞋，躺在一张藤椅上，左手拿着一本半卷的线装书，右手拿了一把蒲扇，有一下没一下地扇着。门一响，她昂头一望，连忙抛书笑着站了起来。说道："啊呀，原来是何太太，少见少见。"何太太走了进来，说道："怎么你们学堂里静悄悄的，一点儿声音也没有。"史科莲道："现在是暑假时候，留堂的学生极少，所以这样安静。平常这屋子是五个人睡，现在却只我一个人睡。你瞧，多么痛快。"说时，让何太太在床上坐着，就拿桌上的茶壶斟茶。恰是茶壶干了，滴不出一滴水来。史科莲开着门，就要叫老妈子。何太太连连说道："不必不必，我现在不喝茶。你有工夫没有，我们一块儿逛北海去。"史科莲笑道："我除了睡觉吃饭，全是工夫。"何太太道："好极了，好极了，请你换一件衣服，我们一块就走。"史科莲道："大远的道来了，应当休息休息。"何太太道："出门就坐车子，再远的道也不要紧。

要休息上北海去休息吧。"史科莲道："什么事，这样忙法？难得来，来了又不肯多坐一会儿。"何太太笑道："正因为难得来，这才愿意和你去多玩一会儿，别客气了，我们走。"史科莲因为她催得极厉害，果然不招待，和她一路到北海。

她们进的是大门，走过了琼岛春阴，何太太便觉得受累，因笑道："我怕走，我们到漪澜堂去坐船吧。"史科莲道："走这一点儿路就嫌累，那还了得？越怕累，越不运动。越不运动，也就越怕累。将来身子一点儿也不结实，风一吹雨一洒，就会生病。"何太太笑道："要运动也不在今日这一天。你别鼓励我，鼓励我，我也要坐船的。"史科莲也笑道："遇到你这种人，就是有金玉良言劝你，也是枉费的了。好吧，就依着你吧。"二人走到漪澜堂码头上，刚好，有一只小船，就要开走。买了票，史科莲先一脚踏上船头，何太太却牵着一只旗袍的下摆，先慢慢地在码头上移了几步。一直移到和船相近了，这才伸过一只脚来，做那试试的样子。史科莲走上前，便牵着她一只胳膊，向怀里一带，何太太未曾留意，就站立不住，早是人向这边一歪，那只脚也不由自主地走过来了。何太太不料她有这一着，吓了一身汗。史科莲却没有事似的，引了她一路进船舱来。因笑道："天下无论什么事，越顾虑越胆子小，一鼓作气地干，倒是十有八九成功，你相信我这话吗？"何太太定了一定神，笑道："我相信你这话。"说时，对满舱里一望，见有许多人，便道："我们再谈吧。"

大家默然坐了一会儿，船已行到海心。这时满海的荷叶，层层叠叠，堆云也似的长着，一片的绿色，不看见一点儿水光。荷叶丛中的荷花，开得正好，高高低低，都高出荷叶一尺或数寸，风一吹来，如几千百红鸟飞舞。荷叶中间，一条船行路，只有丈来宽，并没有荷叶，两边的荷叶，倒成了绿岸，这仿佛是一条小水沟了。太阳晒着荷叶，蒸出一种青芬之气，一坐在船上，时时可以闻到。史科莲伏在栏杆上，正看得出神，何太太却在她肩上摇了一下，说道："看看，那边有熟人来了。"史科莲见前面来了一只船，船头上站着一个人，点头向这边微笑。正是杨杏园，手上拿了一柄折扇，摺着拿在手里，不住地敲着船篷，态度好像很闲雅。两只船越走越近，走得极近，两船相挨而过。何太太便笑道："杨先生几时来的？怎样往那边走？"杨杏园道："我早来了，现在回去呢。"何太太道："怎样回去这样早？"杨杏园笑道："我是一个人，太无聊，回去吧。"何太太道："现在我们来了，剑尘也会来的，待一会儿回去，好不好？"杨杏园道："我现在到了那边，复又回来，那往来得一个钟头，太费时间了。怎么二位同来？"史科莲笑着点了点头。说话时，两边相去渐远，只好遥遥相望。

过了一会儿，船停在一排大柳树荫下。于是史科莲与何太太一路登岸。这时五龙亭一带的人渐多起来，树荫底下人来人去，很是热闹。史科莲道："我们别上前去吧，那亭子里全是人，乱七八糟。"何太太道："嘻！你们天天嚷解放，男女平等，还这样怕人。"史科莲道："不是怕人。我们不是来乘凉休息的吗？怎样到人堆里头去挤呢？"两人沿柳荫，在岸边一面说，一面走，只是徘徊不定。突然有个人在身后说道："两位小姐，这里不错，很凉爽，就在这里坐吧。"何太太回头看时，见一个穿半截蓝布长衫的伙计，肩膀上搭了一条长手巾，站在面前，还没有理会他，他又笑道："这儿好，没有人，我给您搬桌子椅子来。"何太太对史科莲道："要不我们就在这里坐一会儿吧。"一言未了，那个伙计早向着柳荫那边茶柜上嚷道："打两条！"一刹那间，半空里飞来一卷白手巾，只听啪的一声，这个伙计，已在空中捞住。他将手巾卷打开，便给何太太史科莲，各人送上一条。二人接了人家的手巾把子，再不好意思不坐了，只得听着伙计的支配，就在这里坐下。

史科莲坐下时，脚踏着一丛青草，椅子背又靠了一棵树，忽然想起去年和李冬青在这里喝茶的时候，有一个杨杏园加入，自己也是坐在这个地方，和杨杏园开始做正式的谈话，时光容易，这不觉已是一年了。那事恍惚如像昨日一样，李冬青已迢迢在数千里之外了。史科莲想出了神，手扶椅子站着，竟不晓得坐下。何太太看见，笑了起来，说道："史小姐，你在想什么，都忘记坐下了。"史科莲被她一句话提醒，笑道："我真是想出了神，我记得去年这个时候，和密斯李，也在此地坐着喝茶，一转眼工夫，不觉倒是一年了。"何太太道："那天就是你两个人吗？还有别人没有？"何太太绝对不知道，那一回还有杨杏园在座，不过白问一声，史科莲被她逼得不觉脸上红了一阵。好在那天在座是三个人，而且自己还是和杨杏园初次搭谈，这也就无须乎隐讳，自己的椅子，本来不和何太太对面，乃是朝着水的，因搭讪望着水里的荷花，说道："那天还有那位杨先生在座。去

231

年这个时候，我还不大十分认得这位杨先生，我看密斯李和他感情极好，结果，是不必猜的。刚才我们在船上遇见那位杨先生，现在我又坐在去年谈话的地方，可是密斯李，就不知是哪时会面了。她待我太好，简直和我亲姐姐一样，我十分感激她，所以遇到这种可做纪念的地方，我就要受很大的刺激。"

何太太一听她的话，知道她误会了，所以引了许多话，自来辩白。正在肚子里计划，怎样把这话掩饰过去。现在她偏重于李冬青个人，正好把这问题接了过来。因道："我也是这样。她虽然不过大我一岁，可是我的见识和学问，和她差一万倍。她就老实不客气，遇事指教我。"史科莲道："指教我们那都罢了。最难得的是她对人说话，总是蔼然可亲的样子。别说她的话有理，就是她那诚恳的态度，也可以感动人。"何太太道："正是这样。自从她离京以后，我以为有两个人最难堪。第一个自然是那杨先生，第二个就是我。据你说，现在你也是一个了。"史科莲手上，端了杯茶，头上的柳树影子，正倒映在杯子里。她看了杯子里的树影，又出了神。何太太说了一套话，她竟会没有听见，何太太是个绝顶聪明的人，情场中的变幻更是熟透，她看见史科莲这种情形，也就知道她心里有很大的感触，也就默然。

两人坐了一会子，闲看着那些小游船在水里走，这时有园里一个采嫩荷叶的小船，直撑进对面荷叶深处。船的浑身都看不见了，船上两个人，就像在荷叶堆里溜冰一样。史科莲手指笑道："你看这两个人很有意思。"何太太道："这还不好，若是换上两个十几岁的女孩子，那才像图画上的美人儿哩。"一语未了，只见离船前面，不到一丈远，一只雪白的野鸭，扑通一声，飞上天空。这一只刚飞上有两三丈来高，接上又飞起一只。两只野鸭，比着翅膀，一直飞过金鳌玉蛛桥去了。何太太笑道："这一对野鸭，藏在荷花里面，也许在那里睡午觉。这两个人一来捣乱，可就把人家好梦打断了。"史科莲笑道："密斯李她就喜欢说这种呆话，你这说的，倒有些相像。"何太太道："怎么会不像呢？这就叫有其师必有其弟了。"史科莲笑道："我在密斯李当面，也这样说过。我说她愁月悲花，近于发呆。她就说虽然是发呆，但是扩而充之，却是一种博爱心。人有了这种心，才是一个富于感情的人。你瞧，这种话，她也言之成理，我们能反对她吗？"何太

232

太道："这是因为她书读得太多了，所以见解得到。我们书读得少，就比她不上了。"史科莲道："虽然如此，她这人有些地方，性情也太孤僻些。在这种社会上，太孤僻了，是没法生存的。"何太太道："可不是。最奇怪的她有些地方，很不近人情。这种时代，大家总是愁着找不到相当的人物，不能有美满的婚姻，她是找到了相当人物，有美满的婚姻，又偏偏要抱独身主义，我觉得这事实在有些不对。"史科莲道："这件事我又和她同情了。美满的婚姻，虽然是人的幸事，但是谁能保证可以美满到底。若是抱独身主义，反正是我自己一个人，就没有问题了。"何太太道："若是为了这种顾虑，就不结婚，岂不是因噎废食？你要知道婚姻这事，不过一男一女，两人有一个往美满路上走，就是一半成功。对方更迁就一点儿，就有七八成希望了，还有什么不成功？"史科莲笑道："据何太太这样一说，这简直是不成问题一件事。"

何太太道："可不是不成问题的事，谁说是成问题事呢？说到这里，我有一个很好的譬喻，从前有一对表兄妹，感情很好。这表兄就是一个书呆子，不知道什么叫作爱情。"史科莲笑道："何太太这一向子，喜欢在家里看鼓儿词。大概这又是新从鼓儿词上得来的材料。"何太太道："你别管我是哪里得来的，你让我说完了再说。这表兄原先是在家里读书，后来就到姑母家里读书，无意之中，就和他表妹认识起来。久而久之，这书呆子就想讨那表妹。他的姑父知道了，笑说老实人也会有这种意思，我是料想不到。因看见院子里，一丛竹子边，开了一丛桃花，就出了一个对子给他对。那对子是'竹傍桃花，君子也贪红杏女'。"史科莲笑道："这君子是指竹，红杏女是指桃花，很双关了。"何太太道："我也是这样说。但是我也和密斯李谈过，她可说是很浅薄，你说奇怪不奇怪？"史科莲道："别管她了，你且说那个书呆子怎样对呢？"何太太道："那个书呆子书读得不少，可是没有这种偏才，想不起来，想了一会子，始终没有想出。到了晚上，他一想，这个对子，是姑父试他才学的，如若对不出来，就休想娶那表妹。因此睡觉也睡不着，只在书房外，院子里走来走去。这院子里正有一棵杨柳树，一轮刚圆的月亮，照在树头上，那月光可从柳树里穿了过来，那种清光，映着绿色，非常好看。他灵机一动，忽然想了起来，马上跑到上房去捶姑父的房门，说道：'我对着了，我对着了！'姑父正在好睡，让他吵醒过来。连忙开了门，问是什么事。"史科莲笑道："你这也形容得太过了。有对子到明日对出来也不迟，为什么连夜赶了去对？"何太太道："这有什么不明白？男子对于求婚的事，都是这样着急的。当时那人的姑父一问，他说是对子对得了，姑父也不由得好笑起来。就问他怎样对法。书呆子就指着天上的月亮说：'月窥杨柳，嫦娥似爱绿衣郎。'他姑父听了这七个字，知道他也双关着对的。便笑着点了点头说：'倒不大勉强，总算你交了卷了。'到了第二日，这姑父要探一探女儿的意思如何，就把这副对子，说给女儿听。那女儿说：'出面很好，对得不响亮。'"

史科莲笑道："这事吹了，书呆子算白忙一会子了。"何太太道："一点儿也不吹。那位姑娘提起笔来，把窥字改了穿字，似字改了原字。就文意一看，这还有什么话，于是乎就把女儿许了这个书呆子了。由这段故事看起来，我觉得有了美满的婚姻，千万不可错过。不要远说，就好譬这一棵柳树，若是长在马棚外，臭沟边，那就没什么意思。现在生长在一片大水边，又有板桥水亭来配，就像图画一般。若是晚上再添上一轮月亮，那真好看了。若是说这一棵柳树，不爱美满，一定要把它移到马棚外，或者臭沟边下，那岂是人情？所以你刚才说的话，我极端反对。"史科莲笑道："何太太说了一段鼓儿词，原来是驳我的话。但是一个人怎样能用柳树来比。我觉得你这话有些不合逻辑。"何太太笑道："你这完全是个学界中人了，说话还要说什么逻辑。你要早一年和我说这句话，那算白说，我一点儿也不懂。后来常听到剑尘说什么逻辑逻辑，我才知道是怎么一回事。就照逻辑说，我这话也未尝不通。就好譬我们两人吧，在这水边上喝一碗茶，还要选择一个好地方。可见无论什么人，无论在什么地方，都愿找一个很稳妥很美观的所在。为什么对于婚姻问题，就不要稳妥和美观的呢？"史科莲道："你这话也很有理，但是各人的环境不同，也不可一概而论。"何太太笑道："我要说句很冒昧的话，就照史小姐的环境而论，对于婚姻问题，应该怎么样办呢？"

史科莲不料她三言两语的，单刀直入，就提到了自己身上，红着脸，沉吟了半晌，说不出一句话，只是望着水里的荷花出神。何太太道："我们见面虽不多，但是性情很相投。我今天说一句实话，我看见史小姐一个人孤孤单单，很是和你同情。但是我猜想着，史小姐对于将来的事，一定有把握。我很愿意知道一点儿，或者在办得到的范围内，可以帮一点儿忙。"史科莲被她一逼，倒逼出话来了，因叹了一口气道："咳！我还有什么把握，过一天算一天罢了。但是我也不去发愁，做到哪里是哪里，老早的发愁，也是无用。"何太太笑道："你所说的，误会我的意思了。我是问你将来的话怎么办？"史科莲道："我也是说将来的话呀。"何太太笑道："我说的这个将来，有些不同别人的将来。"史科莲笑道："将来就是将来，哪里还有什么同不同？"何太太笑道："你是装傻罢了，还有什么不懂得。我和你实说吧，我今天请你来逛北海，我是有意思的，要在你面前做说客呢。我有言在先，答应不答应，都不要紧，可不许恼。"

史科莲听她这样说，脸越发地红了，搭讪着抽了大襟上的手绢，只是去擦脸。何太太道："这是终身大事，你还害臊吗？"史科莲将脸色一沉道："何太太有什么尽管说，我绝不恼的，但是我的志向已经立定了，你说也是白说。"何太太道："你的志向立定了吗？我倒要请教，是怎样的定法？"史科莲道："我愿意求学。"何太太扑哧一笑道："说了半天，还是闹得牛头不对马嘴。你求学尽管求学，和婚姻问题有什么关系？"史科莲道："怎么没有关系？"说完了这句话，她依然是没有话说，把一只胳膊撑住了桌子，手上拿了手绢托着头，还是瞧着水里的荷花出神。何太太看她那样子，抿嘴一笑，因道："史小姐，我这就说了，这话也不是由我发起，是李先生的舅老太爷方老先生提的。他到北京而后，就到我那里去了两回，要我和你说这一件事。我觉得这里面周转太多，不好提得，可是前两天李先生直接写了一封信来，是给剑尘和我两个人的，要我两个人分途办理。我想那一方面，大概是没有问题的，总得先问一问你这一方面的意思，才好说。"史科莲道："谁是这一方面？谁是那一方面？我不懂。"何太太道："你是这一方面。刚才我们在水中间，遇着对面船上的那位杨先生，就是那方面。这话你可听明白了？"

史科莲以为自己一反问，何太太总不好再向深处说的，不料她毫不客气，竟自老老实实地说了出来。因道："这是无稽之谈，你怎样相信起来呢？"何太太道："怎样是无稽之谈？"史科莲道："我虽和这位杨先生认识，但是交情很浅，决谈不到这一件事上去。况且杨先生和密斯李的关系，又是朋友都知道的，怎样会把这种话，牵涉到我头上来。"何太太道："因

235

为这个缘故，就是无稽之谈吗？第一层，这事原不是你们自己主动，是一班热心朋友，要玉成这件事。第二层，我和你都已说了，李先生她自己避开婚姻问题。她因为自己没有这种希望，不愿将这美满的姻缘送与别人，所以她亲自出面来做介绍人，希望你承当。她这事，有种种好处，第一，那位杨先生情天可补，不算失望。第二，史小姐也就有个人和你合作，不像现在孤苦伶仃了。第三，李先生自己，也就很痛快了。"史科莲道："说起此话，密斯李这人十分聪明，这件事可糊涂得厉害，自己要避免的事情，要人家去上前，那是什么意思呢？我姓史的就没有价值，是该给人补缺的。"何太太道："史小姐，你可别说这话，你要说这话，埋没了人家一番好心。咱们平一平心说，像杨先生这种人，和史小姐不能平等吗？"史科莲道："我虽十分不懂事，何至于说杨先生不如我。"何太太道："这个人性情不好吗？"史科莲笑道："怎说起这种话来？况且杨先生少年老成，我很佩服的。"何太太道："再不然，他有什么事，你不满意他？"史科莲道："你越说越远了。他和我不过是个平常朋友，井水不犯河水，我为什么对他不满？"何太太道："这也不是，那也不是，那么你就没有反婚的理由了。"史科莲道："怎么没有？"何太太道："若是有，你就说出来听听。若是你的理由充足，我就不再说。可是有一层，你不要再牵扯到李先生头上去，因为她已经说得很明白了，不能谈婚姻问题。"史科莲道："这就是我唯一的理由，不说这一层，我还说什么呢？"何太太道："好！我说了半天，算得了一个结果，你的意思，是替李先生为难。现在我就写信给李先生，请她抽出十天半个月的工夫，亲自到北京来一趟，给你当面解除一切误会，你看这个办法怎样？我本来早有这个意思，请她自己来说。但是怕你在这一层之外，还有别的意见。现在既然说明了，就只这一点，我可以请她来了。至于她能得好结果不能得好结果，那看她的手腕怎样，我们这班干着急的朋友，就不必多事了。"史科莲道："千里迢迢，叫人跑了来，那是何苦？"何太太道："那么，不用得她来，你也可以依允吗？"史科莲不由笑了起来，说道："你说话老是断章取义，我不和你说了。"说着将身子一扭。

何太太见她有些不好意思，就觉得话不是怎样十分难说。跟着她的视线看去，见她正望着西边荷花中间，一片白水，两个小白野鸭，在水面上漂着。何太太道："你看看这两个小野鸭子，来来去去，总是成双。一个人

236

还要不如一个鸟吗？"史科莲依旧望着水里，却没有说什么。何太太道："这种婚姻问题，是自己一生幸福的关系，要怎样就怎样，老老实实地办去，用不着一丝一毫客气。谁要客气，谁就是自己吃亏。我常听见剑尘说，人生得一知己，可以死而无憾。若是遇着一个知己，男未婚，女未嫁，若不结合起来，那真是个傻子。"史科莲还是不言语，斟了一杯茶，回转身去捧着，斜望对面的景山，慢慢地喝着。何太太笑道："两方我都是朋友，我很希望这事办成功，从明天起，我要努一努力。我也不要你们什么报酬，只别在我面前说谎，那就得了。"史科莲喝完了茶，扭转身来，将茶杯放在桌上。恰好和何太太四目相射，她就不由得一笑，因道："我看你一个人叽叽咕咕说到什么时候为止？这真有味，好像一个傻子一样。"何太太笑道："哼！就算我是傻子得了。但是我心口如一，有话可不放在心里不说。"史科莲点了一点头笑道："好吧，我就算心口不如一吧。"何太太道："什么时候有工夫，我打算请史小姐到我家里去吃便饭，史小姐肯赏这一个面子吗？"史科莲道："请我吃饭，我是到的。但是不必专请我，最好是我哪天到府上去，撞上早饭，就吃早饭，撞上晚饭，就吃晚饭。"何太太笑道："撞上我们吃窝窝头，也就让我们拿窝窝头请客吗？那究竟不好。依我的意思，是要约定一个日子，好预备点儿菜，我也不请外人，就找几个极熟的人……"史科莲道："谢谢！谢谢！我是最怕正式赴席的。"何太太道："一点儿也没有吃到我的，怎么就来了许多谢字？"史科莲笑道："这就叫礼多人不怪了。"

何太太探她的口风，她竟是不肯去，也就不再向下说。便谈了一些别的事，谈到后来，一轮红日，落在水西边树丛头上，水光反射着琼岛上的塔顶，金光灿灿，史科莲指着景山头上，过去一群乌鸦，因对何太太道："时候不早，我要回学校去了。"何太太道："在这里是闲坐，回去也是闲坐，有什么早晚。"史科莲道："这时候回去，已经赶不上吃晚饭。再要晚些，厨子走了，要吃什么也弄不上来了。"何太太道："就在这里弄点儿东西吃吧。"史科莲道："你不必客气，府上到这儿路远，也可早回去。"何太太抿嘴笑道："不要紧的，我家里有人来接呢。论到这一层，这又觉得结了婚的女子，有一点儿好处了。你瞧，他走来了。"

史科莲跟着何太太指着的一只手，向对面望了去，只见那游船码头上，

237

果然是何剑尘缓步而来。不一会儿工夫，走到面前，史科莲想来让座。何剑尘道："请坐请坐，好久不见了。今天会着是难得的，我要请史小姐在这里吃晚饭。史小姐没什么事吗？"史科莲道："我刚才和何太太提到，正要回去呢，趁着天色还没有黑，我要先告辞了。"说着这话，史科莲站起身来，牵了牵衣襟，就有要走的样子。何剑尘笑道："这倒是我来得不好了。来了，就催着史小姐要走。"史科莲道："我本来要走的，不信请你问何太太。"何太太道："你不是怕回头一个人回家去，嫌孤单吗？回头我两个人一块儿送你回去，你看好不好？"史科莲道："那何必呢？这时候我先走，省得二位送，不更好吗？"她于是将头微微弯着，对何剑尘道："再会。"何太太连忙走上前，牵着她的手，笑道："怎样？真要走。"史科莲道："改日再谈吧。"于是二人牵着手，沿着海岸，向前走去。

第八十回

满座酒兴豪锦标夺美
一场鸳梦断蜡泪迎人

一会子工夫，何太太回来，何剑尘道："怎么一回事，她见了我来，就一定地要走？"何太太道："她倒是先说要走，你一来，她更要走了。因为杨先生那一件事，我已经和她提了。"何剑尘将眉毛皱了一皱，说道："嘻！你怎么性子这样急，若是说决裂了，把一件好事从中打断，岂不可惜？"何太太道："我说决裂了吗？"说时，用一个食指指着鼻子尖，笑道："你们这样想主意，那样想主意，都是瞎扯。我就凭一个钟头，已经就把这事说妥了。"何剑尘道："真的吗？若是真的，这事只在杏园一人身上，那就容易得多了。她既走了，我们回家吃饭吧。我今晚，要早一点儿见着他，和他切实地谈一谈。"何太太道："你刚来，又要走，要跑死车夫了。"何剑尘道："我是坐汽车来的。"何太太道："你又花那冤钱做什么？我早知道，就不该让你来接。"何剑尘笑道："事情还不清楚，你先别褒贬人。我这车子是白坐，不花钱的。"何太太道："是谁的车？"何剑尘道："这人你还没有会过，是我一个老朋友，他现在关督理那里当副官。"何太太道："就是你常说的傻二哥柴士雄吗？"何剑尘道："正是他。他特意到我们家里要见见你，你不在家，他就要走。我随便说借他的汽车用一用，他一口就答应着，自回南华饭店去了。他说那边今晚开钱行大会，汽车有几百辆。他有事，可以随便借一辆坐，我们尽管迟些送去，不要紧。他的意思，还要留一个护兵跟车，我怕人家见了笑话，极力地辞掉了。"何太太道："既然有汽车，可以回去吃饭，我们走吧。"

何剑尘会了茶钱，夫妇二人坐了汽车回家，到家不大一会儿，那柴士雄便来了电话。何剑尘以为他是要汽车，说马上就叫车开回来，柴士雄在电话里说道："你骂苦我了，我还不知道你回来没回来呢。现在咱们大帅用不着我，正乐着呢。同事的全逛去了，跑得一个鬼毛也没有，我闷死了。我想请你来，咱们找个乐儿。"何剑尘道："我的老大哥，我怎能和你打比呢。我这吃了晚饭，就要上报馆去了。"柴士雄道："哦！我倒是忘了。但是你来吃一个大菜也没有工夫吗？"何剑尘道："那个我倒可以请你。"柴士雄道："我住在饭店里，怎么要你请？当然吃我。你来吧，越快越好。"何剑尘挂了电话，坐着汽车，就到南华饭店来。一到饭店这条马路上，汽车和汽车相连，停在马路两边，中间只剩了两三尺宽一条人走路，于是车子只得停下。

何剑尘下车，走进饭店，只见来往憧憧，全是挂着盒子炮吊着刺刀的武装护从。那一种喧哗笑语的声浪，只觉四处都是，也不知从何处出来，夹着来往的皮鞋，踏着地板声，震耳欲聋。何剑尘看见穿了白色制服的茶房，连问几个人关督理的柴副官住在哪儿，茶房点了一点头道，在这儿，或者说在几号，一句话没说完，马上就走过去了。就在这个时候，两个一对，三个一群的妓女，打扮得奇装异服，都由面前上楼而去。何剑尘见没有人过问，等了一个茶房过来，抓住他的衣服，非要他引去见柴副官不可。茶房无法摆脱，只得将他带去。

那柴士雄站在屋子当中，一只手拿了一瓶汽水，口对着瓶子咕嘟咕嘟只往下喝。一只手拿了一份小报，眼睛对住，正看那上面的戏单子。他见了何剑尘，放下瓶子，握着何剑尘的手道："你是怎么回事？让我真等久了。"何剑尘道："今晚上这饭店里太乱，我竟没法子找你。"柴士雄道："可不是，乱极了。今天晚上，阔人窑姐儿到齐了。"何剑尘笑道："你这是什么话，要让阔人听见了，真是吃不了，兜着走。"柴士雄道："我是说真话，并不是骂他们。"何剑尘道："怎么样？今天大叫其条子吗？"柴士雄道："哪里是叫条子！就是传差。你要听个新鲜事儿，这里全有。"何剑尘笑道："我是没有工夫了。你不是请我吃饭吗？我们就去吃吧。"柴士雄道："大饭厅里是他们占上了。我们找个小雅座儿吃去吧。"于是，他引着何剑尘在一间小屋里谈天吃大菜，把这些阔人的秘史下酒，越说越高兴。何剑尘因为时间到了，咖啡一来，喝了两口，就告辞而去。柴士雄许多好

240

话，都未曾报告，他心里倒好像有些不自在，怏怏地走回房去，顶头碰见一个马弁，他笑道："柴副官，大帅请你说话。"柴副官道："这个时候，大家都乐着啦，找我干什么？"马弁道："大帅问有谁在家里，我就说出柴副官来，他听说，就传副官去。"柴副官道："人都跑光了，这不定有什么麻烦的事来交我办。"马弁见柴副官不愿意，就不敢作声。但是关督理传下令来了，柴士雄也不能不去。只得认了倒霉，找着军帽戴了，直上大饭厅里来。

这个时候，满饭厅全坐的是阔人。关督理坐在一张大沙发上，一边坐着一个姑娘。左边一个姑娘，歪着躺到关督理怀里来，伸着手去摸督理的脖子。右边坐着一个姑娘，捏了两个小拳头，只管给他捶腿，他却伸了一条粗腿，横搁在一张小方凳上。嘴角里斜衔着一支烟卷，要抽不抽，那样子自由极了。柴士雄走上前，举手行了一个军礼，关督理也不起身，也不回礼，笑道："你怎样还没有走？"柴士雄道："这儿的人，都走光了。我怕大帅有事吩咐下来，没有人办，所以不敢出去，在这儿伺候大帅。"和关督理坐得最近的，是顾国强督理，他听了这话，点了点头，叫着关督理的号，说道："孟纲兄，你这个副官，倒是不坏。"关督理见人当面一夸奖，这面子就大了。因对柴士雄道："你这样做事，很不错，我就升你做副官处处长，另外赏你四百块钱，你可以在北京买点儿东西回去给你们太太。你看大帅做事，公道不公道？"柴士雄不料留何剑尘在家里吃了一餐饭，升了处长，又落了四百块钱，真是做梦也想不到的事。当时给关孟纲督理行了一个军礼，就退出去了。顾国强笑道："关督理办公事是公道，办家事可不公道。"关孟纲道："你这话是怎么说法，我倒有些不懂。"顾国强道："我请问你老哥，这次到北京来，为什么把许多如夫人丢在衙门里，就只带一个人来呢。"关孟纲哈哈大笑道："这可让你问倒了，其实我是走得匆忙，抓了一个，就让她跟着上火车，并不是爱谁就带谁来。要是爱的话，这儿还搁得住这两个。"说话时，一只胳膊，环抱着一个姑娘，用巴掌在她两人肩膀上，轻轻地拍着。这其中有个杨毅汉总司令，和关孟纲是个把兄弟，常常和关孟纲闹着玩的。因道："嘿！老大哥，今天晚上看你要迷糊了，你是见一个爱一个的，你瞧今天在座这些个，爱哪一个好呢？"关孟纲笑道："这话算你说着了，我真不知道爱哪一个好。我现在想了一个法子，把到场的小姐儿都用纸写上名字，搓成纸阄儿，放在一处。回头咱们用筷子夹那阄儿，夹着谁，就是谁。大家看这个办法好不好？"一个好字未问完，满堂的贵客，早已叫起好来。

就在场的贵人而论，第一就算关孟纲督理，因为他带着几十万兵，正在挟天子以令诸侯的时代。其次就是杨毅汉总司令、顾国强督理、乌天云督理、魏元高参谋总长、王泰石督理。再次是几个内阁的总长不过是来凑趣的，那就无足重轻了。至于征的妓女却是用十八辆汽车在胡同里分批接了来的，稍为好一点儿的妓女都叫来了，一共有四五十位。这大饭厅花团锦簇，人都挤满了。关孟纲提到抓阄，顾国强很是赞成，笑道："这个法儿最好，大家有缘法。她们谁也不能卖手段，咱们谁也不能偏心。"关孟纲怀里搂着的那两位妓女，听到这句话，都鼓着两片小腮帮，扯着关孟纲的胳膊，把身子不住地扭着，说道："那样不好，那样不好，就是我们伺候大帅吧。"关孟纲笑道："别吃那个飞醋了，我抓阄儿还不知抓着谁呢。也许抓着你两个人那不更好吗？"这两位姑娘，都紧紧地挨着他坐下，把头枕在他怀里，只是摇撼，鼻子里也不住地作蚊子哼。关孟纲笑道："好吧，你两个人也算我的，我也要另外给钱，两人都有一份这不成了吗？"这两个姑娘，听见他说照样地给钱，也就无话可说。这里在场的人，都是捧关孟纲的。关孟纲出了主意要抓阄，早就有人忙着找了纸笔，将姑娘的名字一一写好，折成小纸捻，放在桌上，又找了一双牙筷，放在纸捻边。在场的贵人，由关孟纲起，每人用筷子夹一个纸捻起来。夹着了，打开来一看，上面写的是什么人的名字，就由什么人坐到身边来陪。关孟纲本来有两个了，再又添上一个，前后围了三枝花，说说笑笑，好不热闹。当他们将阄抓过以后，就正式入座吃大菜。这是一列长桌子，因为没有正式的主人翁，关孟纲却坐了横头的主席，所招呼的三枝花，左边坐两个，右边坐一个的。这三个人，一个给他在面包上抹酱，一个给他用刀叉切盘子里的菜，一个给他拿玻璃杯子，接茶房斟的酒，只有他面前最忙。此外桌子两旁，坐着两排人。两排人身后，便紧贴着两排姑娘。把这一群战甲初卸的将领，全围在衣香鬓影、绮罗丛里，自然是一番盛会。

吃过头一道冷菜，姑娘们就开始要唱。因为这种场面不同，除了拉胡琴乌师，另外有四个人帮助，一个是掌鼓板的，三个是配琵琶月琴三弦子的。远远地靠住饭厅侧门，摆了四张方凳，他们把脑子板成紫色，一点儿笑容也不敢露，侧着身子坐下。这里茶房解事，早将一玻璃杯白开水，送到关孟纲附近，看见一个姑娘，将手绢握住嘴，微咳嗽了两声，就将杯子递给她。那个姑娘接住杯子喝了几口水，便掉过脸去，向乌师微微的声音，说了一句"格板，《珠帘寨》"，便唱将起来。她唱完了，大家就乱嚷了一阵子好，于是各人抓彩式招呼的姑娘，都轮流各唱几句。完一段，换一个拉胡琴的乌师。由关孟纲吩咐，每个乌师给二十块的赏钱。大家唱完一圈，大菜吃到了上咖啡，也就快完了。关孟纲站了起来，笑道："大家知道的，我老关见着娘儿们，是见一个爱一个的。今天到这儿来，咱们算有交情。有主儿的，我算做一个东，一人送一百块钱。"在座阔人听说这话，都叫了一声好。关孟纲对着厅门外，叫了一个来字，进来一个马弁。关孟纲道："你进到我睡觉的屋子里，把头底下压着的一个小皮包拿了来。"马弁答应着出去，不多一会儿，就将皮包拿来了。关孟纲将皮包向桌上一放，揭开来手在里面一掏，就掏出一沓用绳捆扎的钞票，他将钞票向空中一抛，又用手接着。笑道："他妈的，不能再好了，这票子都是五十块钱一张的，每人两张，数也不用得数。"说时拿了切大菜的小刀，将绳子割断，掀了两张钞票，两个指头捏着，向空中一晃，说道："要的就来，客气可是自己吃亏了。"

当姑娘的人，虽然无非为的是钱，但是要得好有光彩，当着大庭广众之中，走上前去接钱，究竟有些不好意思。关孟纲见钱没有人来接，笑道："真邪门儿，这年头儿，会有钱没人要。"因对坐得最近的一个姑娘道："你要不要呢？"这个姑娘，正是一个倒霉的人，怎好说不要，只得红着脸走上前，说了一声谢谢，伸手将钱接过去了。有一个人开了端，这事就好办，因此挨挨挤挤，一个一个地走到他面前来接钱。关孟纲笑得翘起两撇胡子，来一个就盯着眼睛望一个。人家伸手接钱，他就把钞票向人手心里一塞。一个一个地将钱领下，关孟纲就笑嘻嘻地说了一声"痛快"。乌天云笑道："关大哥是痛快，我们这些人就白了吗？"关孟纲道："我虽然送这一点子小礼，谁和我也没关系。她们还没有走，诸位爱怎么乐就怎么乐。你别瞧我各人送钱，我是得来不痛快的钱，现在要痛快用。我这次到北京来，费了许多的事，才弄到五万块钱的现饷。说是说还有八十万可以拿到，但是还不知道哪一天到手呢。这五万块钱，我想也办不了什么事，把它花掉了拉倒。"杨毅汉笑道："关大哥的算盘，倒算得挺干净。但不知五万块钱现在还剩多少？"关孟纲将皮包一拍，笑道："多没有，还有两万元。怎么样？咱们吃狗肉。"杨毅汉道："关大哥的牌九，推得太厉害，我不敢领教。这儿人多，摇一场摊，倒是热闹。"乌天云道："别耍钱了。叫这些条子，咱们该在这上面乐一乐，为什么把人家丢开，咱们闹咱们的呢。"关孟纲道："吃也吃了，唱也唱了，我想不出一个乐儿来。"顾国强笑道："咱们一点儿余兴，好不好？"关孟纲问："什么叫余兴？"顾国强道："就是闹完了，还来一段很有趣的事儿。"关孟纲道："这个我很赞成。但是这有趣的事儿，是怎样的来法呢？"顾国强走近前来，把一只手掩住半边嘴，俯着身子，对了关孟纲的耳朵，卿卿哝哝一遍。关孟纲笑道："这个事情有趣，可是真的假的，咱们也没法子预先知道。"顾国强轻轻地道："咱们先叫人问好了，若要不是，咱们就罚他。"关孟纲哈哈大笑道："笑话，笑话，事后要罚人家，也忍心啦。"杨毅汉道："二位鬼鬼祟祟，笑一阵子，说一阵子，到底闹些什么。好事别一个人知道，说给大家听听。"关孟纲道："说就说，要什么紧？顾二爷的意思，别人是不问，咱们住在这里的人，明儿早上就要走，得留个纪念。咱们一共四个人，四个都找一个人儿，给她点大蜡烛，咱们哥儿们来个临时的新郎官，你看好不好。"关孟纲个子又大，声浪又高，站起身来一说，把姑娘丛中几个清倌人听了，都臊得低了头。关孟纲笑道："咱们的事情，是敞开来办，在场的姑娘，有点红蜡烛资格的，自己可得说出来，不说出来，就都不许走。这话可又说回来了，不说出来，我们也问得出来的，反正有关大帅在场，绝不能亏你们，你们把领家找来，我们这就开支票给他。"

　　这些姑娘，谁也知道关孟纲是能花钱的。可是同时又怕他蛮不讲理。因为这个原因，上前应卯是不好，不上前应卯也是不好。有些彼此认识的，都对着几个清倌注意。有几个放肆些的，索性把认识的清倌推上前来。这些清倌含羞答答地低着头拈衣弄带，上前两步，便又站住。关孟纲一看，一共倒有六个之多，因笑道："我怕还找不着呢，这倒有得多了。"在他们说笑之时，这些窑姐儿里面的人，早已打了电话，报告关系方面。这南华饭店，距离八大胡同正不甚远。不到二十分钟的工夫，各清倌的关系人，都悄悄地在木饭厅外面听信。饭厅里面笑语喧哗，正闹成一片。各清倌人轮次地溜了出来，和自己领家商量。领家的目的只是要钱，其余的事倒在所不问。现在这些大帅，一个个只说点红蜡烛，可是并没有提到赏钱上面，未免着急。而且这里是满堂阔人，又不便上前去问，十分为难。

就在这个当儿，走来一个黄色制服的人，说道："你们的姑娘，都是清倌吗？"大家硬着头皮答应一声是。那人道："金厅长在前面屋子里传你们问话。"大家平常听到金厅长三个字，就骨软毛酥。如今金厅长要当面问话，大家不由心里扑通一跳，但是有人在这里传见，要躲也躲不及了。只得跟着那人一路来见金厅长。金厅长坐在一张沙发上，有意无意地抽烟卷，进来六个领家，有胆小些的，便跪了下去。金厅长道："你们认得我吗？"大家死命地挣扎着，才答应出来认识两个字。金厅长道："既然认识，那就不用多说了。现在你们自己说，你们的姑娘，谁真有点红蜡烛的资格？"金厅长见了上司，笑得两眼会合起缝来，但是他见治下，那就威严得不得了。所以他见了这六位领家，面孔早是板得铁紧，黄中透紫，现在说到谁真有点红蜡烛的资格这一句话，自己就也忍俊不禁，略略放出一点儿笑容。将两个门牙，咬住下嘴唇皮，瞪眼望着他们，静等回话。大家都硬着头皮，说有那个资格。金厅长微笑道："你们可不要说得那样干脆，若是不对，是领不到赏的，恐怕还要受罚。我是知道的，许多红倌人喜欢冒充清倌人，而且她们清不清，你们也许不知道呢。"说到这里，索性大笑起来，因道："你们糊里糊涂，就能保那个险吗？去吧，和你们的姑娘去商量，共推出四个人来，再来回我的信。我这里先给你们四张支票，都是一千块钱，可并不拿你们当差，你们别鬼头鬼脑的。这不是叫条子打茶围，我是没好处的。"说时，摸着两撇八字胡子，对这六位领家，也就如见了六位上司一般，眯眯地笑起来了。

这六位领家，见金厅长也随便说笑，各人的胆子才大了些说道："让我去问问吧，反正请厅长预备五对大红蜡烛得了。"金厅长笑道："我没有那个福气，我预备什么？"有一位领家，格外讨好，却问金厅长道："那有什么难处。厅长若是愿意，我倒可以做一个媒人。"说时，也是望着他傻笑。金厅长笑着挥手道："去吧去吧，你还是去办你自己的事是正经。"这六位领家叫了姑娘，彼此商量一阵，结果，就推出了四个姑娘来点红蜡烛。金厅长得了消息，马上就向关孟纲来报告，乐得关孟纲翘起两撇胡子，笑个不已。他和顾国强、乌天云、王泰石三督理，一共四大金刚都是明天要走的。所以大家凑趣，来这一套余兴。其中唯有王泰石年纪大些，性情也老实一点儿，笑着摇手道："我可以不来，让给毅汉吧。"关孟纲道："嘿！二哥。你客气什么？咱们是明天要走。金厅长办这点儿小差，给咱们送信来了。你要是不干，人家可没有面子。"乌天云道："关大哥说话老是夹枪带棒，你说人家没有面子，是金厅长没有面子，还是姑娘没有面子呢？"金厅长站在一边，脸上红将起来，笑着叫了自己的名字说道："佩书有什么面子不面子？"正说着，那四个清倌也和领家商量好了，重进饭厅，脸上都是断红双晕，喜气洋洋。杨毅汉看见，先鼓着掌道："嘿！好漂亮新娘子。"他一声喝着，全堂的人都鼓起掌来。杨毅汉笑道："这应该送新人入洞房了，预备了大红蜡烛没有？"关孟纲笑道："不要胡说了。点红蜡烛，那是一句话，谁见人真会点起红蜡烛来。"杨毅汉笑道："为什么不能真点，真点起来，才是有趣！不瞒你说，我早给你预备好了。"说到这里，便对马弁道："叫他们拿上来。"马弁答应一声退出去。却引着四个人，捧了四对锡制大烛台，各插着一支胳膊粗也似的大红蜡烛。拿了进来之后，没全放在大餐桌上。杨毅汉用手对在场的姑娘一点，还有十二个人，笑道："好极了。"因对她们笑道："遇到这种好喜事，你们也别闲着呀。劳你们的驾，请你们自己分配，用八个人捧烛台，四个人搀新娘子。捧烛台的在前走，搀新娘子的在后跟着，各是三人一组。办完了，我给你讨喜钱，好不好？"

　　这事本来就有趣，加上杨总司令当面说了可以讨喜钱，这班姑娘遇到这种事，无不眉飞色舞。先有两个大方些的上前点烛，其余的也就一拥而上。四位清倌人可就各红着脸，坐到一边的矮沙发上去。这些姑娘也就凑起趣来。说道："去呀，到新房里去呀。"清倌人都笑着把身子扭几扭。关孟纲哈哈大笑道："慢来慢来。你们说送新娘进房，不问三七二十一，向哪里送？哪个新娘是我的？哪个新娘是别人的哩？这样吧，咱们再来抓一回阄，抓着是谁就是谁，大家看好不好？"在场的人，都是爱闹的，就不由得叫了一声好。关孟纲笑道："这阄还不让别人写，我才相信没有弊端。"因要纸笔，写了四个纸块，自己郑郑重重，一笔不苟，写着"一、二、三、四"四个字。关孟纲当众写字，这却是大家少见的一桩奇闻，大家都异常的注目。及至他写完，却原来是"一、二、三、四"四个字，大家又要好笑起来。他把四个小纸块卷纸煤儿似的卷着，然后用手点着四个清倌道："你是一，你是二，你是三，你是四。话可说明，这一会子，你们暂且别动，让我们把阄拈过去了，这就分出一个彼此来了；你爱怎么样办，就怎么样办。"说着，把四个纸阄向桌上一抛，因道："这个纸阄儿是我做的，我可不能先拿，你们来吧。"顾国强究竟爽直，他走上前，就拿了一个。乌天云见有人拿了，笑着摸摸胡子道："看我和谁有缘？"于是也取了一个。王泰石坐在一边，只是微笑，却不肯上前来取。关孟纲道："王大哥，这是怎么着？剩了两个，你全要让给我吗？"王泰石笑道："让给你就让给你，那也没有什么关系。"关孟纲笑道："究竟不能够。咱们说好了，是一个人一个的，这会子我要一箭双雕，可就有些不讲理了。"他于是拖了王泰石一只手，给他按住在桌上，王泰石就趁此机会，抓起一根阄来，各人依着阄上的字，各人带笑去亲热所得的姑娘。杨毅汉拍着手笑道："得了得了，别闹了，应该送人家入洞房了。"关孟纲笑道："就这么办。哪二位是我这一边送红烛的，跟着我，请在头里走吧。"果然有两个姑娘捧着烛台，跟住了他。更有一个姑娘搀住那位新娘一只胳膊。这新娘因为饭厅人太多，越坐越不好意思，低头走了。这一下子，两支红烛引着一个清倌，就分头各向各房间去了。

关孟纲这屋子里的，叫着美情，今年才十六岁。小小的身材，穿了一件豆绿银条纱的长袍，露出一大节白丝袜。小腰只好一把大，配上一条漆黑的辫子。辫子梢蓬蓬的，有四五寸长，就像一把黑丝穗子一般。美情处处是小孩子打扮，越显得身材瘦小。和关孟纲这一个彪形大汉一比，真正是个两走极端了。关孟纲见美情一挨身在床面前沙发椅上坐了，雪白的圆脸，添上两道深晕，电灯一照，像苹果一般娇艳，心里大喜之下，一摸身上，还揣着一沓钞票，于是将送新人进房的三个姑娘，一人送她一张五十元的钞票。这三人都是喜出望外，称谢而去。接上杨毅汉率领着一些阁员，闹进房来。有一位教育总长曹祖武，倒是和关孟纲接近的人，因之他说笑起来，比较自由些。他这时看着美情羞不自胜，含情脉脉坐在那里，却也看出了神。关孟纲和其他的人说话，眼睛可放在曹祖武身上。他衔着一支很粗的雪茄，仰着躺在一张睡榻上。睡榻边正是一张桌子，他却用胳膊平放在上面，屈着五个指头，将桌面当军鼓打。不料曹祖武看呆了，竟不曾理会到关孟纲身上。关孟纲一把无名火起，放开巴掌，轰的一声，将桌子一拍。把桌上放的几个茶杯，震动得翻过来了一个，呛啷呛啷，滚到地下，在地板上砸了个几多块。他接上嚷道："曹祖武，好小子，你不要脑袋了！"曹祖武正看出了神，突然被关孟纲一喝，惊出一身冷汗，一颗心几乎要由口里跳将出来。他呆住了脸，望着关孟纲，不知为了什么事。关孟纲道："我的人，你看得这样眼馋为什么？你的意思，打算怎么样，要割我的靴子吗？"曹祖武听了，心里越跳得凶。这位先生说恼就恼，翻起脸来，是不认得人的。因站起来勉强笑道："大帅有所不知。这位姑娘，非常像我的舍妹。"关孟纲被他这样一解释，早去了三分怒气，因瞪着眼睛问道："真的吗？"曹祖武道："实在太像了。我是越看越像。"关孟纲道："你令妹几时丢的，不会就是她吧？这可不是闹着玩的。"曹祖武："舍妹现在天津，并没有丢。不过这一位姑娘，实在像得厉害，若不是她说出话来，口音不对，我真要认错人了。"关孟纲哈哈大笑道："闹了半天，不过是有些像，我倒以为真是你令妹呢。这也不要紧，难得遇得这样巧，你们两人就拜为干兄妹吧，今天晚上，你可临时做了个大舅子。"这话说出来，曹祖武臊了通红一张脸。关孟纲倒毫不以为意，坐到美情一张沙发椅上去，拉着她的手，指着曹祖武道："认这样一个哥哥，还对你不住吗？"曹祖武见关孟纲有些很喜欢美情的样子，也上前一步，站在面前说道："若论起来，像是真有些像。你若不嫌弃，我就算老大哥了。"说毕，也接上一阵哈哈大笑，这才把难为情掩饰过去。大家见关孟纲的情形，似乎不愿意人在这里闹，因此大家借着这点儿事情，一哄而散。

关孟纲见屋子没有了人，便笑嘻嘻地拉住美情的手道："你今年十几岁？"美情将牙齿咬住下嘴唇皮，半晌，才笑道："十六岁了。"关孟纲在身上一掏，掏出一卷钞票，便向美情手里一塞，笑道："你拿去花吧，以后你就知道我这人不错。"美情知道那票子，都是五十元一张的，估量着约也有四五百元。她真不料这人有这样慷慨，不由得从心里笑出来，连叫了几声谢谢。关孟纲笑道："我讨你做姨太太，你愿意不愿意？"美情道："没有那好的福气。"关孟纲道："怎样说没有福气？我是愿意的了，只要你一愿意，这事就算成功。有什么福气不福气呢，你到底愿意不愿意呢？"美情点头道："愿意的。"关孟纲伸手轻轻地拍着美情的脊梁道："你这小小的东西，倒会灌米汤。"美情抿嘴一笑，说道："大帅想想，我是初做生意的人，今天大帅招呼了，以后就伺候大帅，那我就算有始有终了。"美情这几句话，正中了他的意思，笑道："你这话是不错，可是我的姨太太很多，你知道吗？"美情道："这要什么紧，各看各人的缘法罢了。古来的皇帝，还有三宫六院，七十二妃呢。"关孟纲被她几句话说得心痒难搔，连说："好孩子，今天这个不算，明天我再给你钱。"美情心想这个钱，是没有第三者知道的，大可以私落下来的。关孟纲多给一个，自己就多得一个，千万不可放松。因为心里一打算盘，就斜靠着在关孟纲怀里，逗他玩笑，关孟纲笑得前仰后合。指着桌上点的那对红蜡烛笑道："你瞧瞧这一对蜡烛，点得这样红红亮亮的，这个彩头儿不错。你若是愿意做我的姨太太，对着这红蜡烛，咱们就这样一言为定。"美情心里一想，答应就答应，反正我是有领家的，我也不能做主，因笑道："好！就是这样说，只要将来大帅多疼我一点儿就是了。"关孟纲连连点头道："成！成！不过你也要好好地听话呢。"两个人你劝我，我劝你，这一番情形，实在浓密到了极点。

但是关孟纲闹着点红烛，原是饯行酒之后闹一点儿余兴，已经和几位要出京的阔人约好，明天早上八点钟，就一律出京。这句话，本来要和美情提一提，因怕提了之后，美情要不愿意，先就没有告诉她，后来说到要讨美情做姨太太，这话更不便告诉她了。到了晚上三点多钟，府里忽然来了电话。说是总统吩咐下来，四位督理动身之前，五点半钟要到府里去开会。他睡觉的屋子里就有分机电话，关孟纲接了电话一听，只是唯唯答应，也不说什么。年纪轻的人是爱睡的，早上四五点来钟更是正好睡觉的时候，当关孟纲起床进府去之际，美情一个人正睡得又酣又甜，哪里知道一点儿。

等到美情醒了过来，已经是九点钟了。睁开眼睛一看，床上没有人，屋子里也没有人。静悄悄的，只听见桌上放的那一架闹钟的摆轮，嘎叽嘎叽地响，窗帘垂着，并没有卷起，屋子里是阴暗暗的。美情心里好生奇怪，在床上撑起半截身子来一看，屋里放的几件行李却也不见，这分明是人走了。别的倒罢，不知道昨晚上关孟纲给的一卷钞票如何，赶紧将手在枕头底下一摸，还在那里。掏出来一看，依然是原来的数目，并未少却一张，美情将钱揣在袋里，坐在床上，发了一会子呆，究竟也猜不出这是怎么一回事。穿了鞋，走下床来，掀起窗帘，向楼外一看，只见人家屋顶上，已是一大片太阳，回过来一看钟，这才知道是快到九点了。饭店里的客人都睡得极迟，所以到了这般时候都未起床，依然是沉静。美情看那桌上关孟纲应用的小件东西，都已带走，唯有一把茶壶，几只茶杯，是饭店里的，却依然还在。杯子里有半杯剩茶，还是自己斟给关孟纲喝的，放在桌子沿上，倒没有动。那一对高锡烛台点的红烛，不知几时点完的，由烛签子一直到烛座上油淋淋的，堆了大片蜡泪。美情随身向沙发椅上一坐，自己呆呆地想着，倒不料昨晚上有这一件事。他和我昨晚才认识的，说了许多废话，今天一早，他倒跑了。不知道的，说我不会做生意，我还有面子吗？美情想到这里，倒真疑心关孟纲是生了气，一怒而去。他这一去不要紧，无非走一个客人而已，若是领家追究起来，为什么把客人得罪了，何言答对。将来姐妹班里，把这一件事传扬出去，说是给美情点大蜡烛的客人，不到天亮，就生气走了，这岂不是生意上一场大笑话，以后还怎样站得住脚。因此越想越害臊，越臊越害怕，一个人不由哭将起来。

正在这时，只听见房门上咚咚打几下，一迭连声，有人叫老五。美情一听，是自己房间里的阿姨的口音，连忙擦了擦眼泪，站起来开门，谁知门已锁上暗锁了，竟开不动。美情道："这门是谁锁上了。这屋子除了我这里没有人，一定是由外面锁上的，你找一找茶房，叫他打开吧。"阿姨在外面听见，便找了茶房来。茶房将门推了一推，见是锁的，也奇怪起来。说道："这门的钥匙，是在屋子里抽屉里的，里面不锁上，外面没有钥匙，怎样锁上的呢？一定是里面的姑娘锁上了，她不肯开门呢。"阿姨一想也是。没有人住在里面，反来锁上门的，于是捏了两个拳头，又咚咚地打着门。口里喊道："老五不早了，还开什么玩笑呢？要睡回去再睡吧。"美情在里面顿脚道："谁开玩笑呢，我也是刚醒，我怎样会锁起门来。我又不寻死，关了门做什么？"这一说，大家更是不解，里头没锁，外面没锁，是如何锁上的？要知道这门怎开法，且听下回分解。

第八十一回

药石难医积劳心上病
渊泉有自夙慧佛边缘

　　却说美情被锁在房间里，里外都没有钥匙开门，大家非常地着急，阿姨便问茶房道："你们这房门的钥匙都差不多的，你不会到别处借一把钥匙来开门吗？"茶房笑道：若是别间屋子的房门，也可以同用这房间的钥匙，那就不谨慎了。"阿姨道："那怎么办？就把人锁在这屋子里一辈子吗？"茶房道："你不要发急呀，这又不是我锁的，哪能怪我。今天早上关督理走的时候，是我在这里侍候的，并没有关门。不过他留了一个副官在这里，也许他知道，让我去问问看。"美情在里面拍着门道："快去吧，我要急死了。"茶房因关督理还留了副官处长柴士雄在这儿，便去问他知道不知道。柴士雄在衣袋一掏，掏出一把钥匙来，笑道："在这儿，那姑娘醒了吗？"茶房道："早醒了，关着不能出来哩。他们班子里又来了人，站在房门外，只管要我开门。"柴士雄道："这是我忘了，我好意倒反成恶意，我去开吧。"因此在前走，走到房门口，见阿姨一手撑着门，站在那里发呆。因笑道："你不能怪我，我是好意。督理走得早，这房门虚掩着，一个小姑娘睡在里面，可是危险。你别瞧这些茶房，全没有好小子，他要趁天不大亮，冒充我大帅……"那阿姨笑着顿脚道："我的太爷，你就开门吧。人家正等得发急哩。"柴士雄开了锁，一推门，见美情蓬着一把辫子站在一边，就向她一笑。美情看见人进来，退了两步，红着脸，用手去理鬓发。阿姨还不明白，她睡着了，并不知道关孟纲已走。因问道："关大帅一早就走了，没说什么时候回来吗？"美情点了点头。柴士雄站在一边，却对她微笑。美情道："大帅昨天晚上，并没有说今天早上要走，突然走了，我倒是不知道。你们知他为什么事走了吗？"柴士雄笑道："你问这个话，问别人不成，你得问我，昨天晚上的支票，还是我开的呢。"美情对他点点头。阿姨道："究竟关大帅到哪里去了，您知道吗？"柴士雄道："他上哪儿去了？他回任去了。这个时候，火车开过五六百里地去了。"说时，望着美情微笑道，"早上她睡得真熟，大帅走了，这门是虚掩着。是我在抽屉里找了钥匙把门关上了。你瞧我这人好不好？"美情一想，自己睡着的时候，他一定进房来了，倒不好意思，也并没开口。阿姨却很诧异道："什么？关大帅回任去了吗？"柴士雄道："可不是！不但关大帅回任去了，昨晚上住在这里的四位督理，都回任去了。"

　　说话时，乌天云招呼的那位姑娘艳妃，听见这屋子里有人说话，披了一件蓝色的印度绸单斗篷，两手向前抄着，也是蓬着头发，走进房来。对美情道："老五，你刚醒吗？我们乌大帅，也是一早就走了。要走的时候，他只说是到府里去见大总统，一会儿就来的。现在听说是回任去了，是吗？怎么一点儿也不对我们说哩？"柴士雄笑道："漫说是在这儿，就是在衙门里，什么时候要走，太太也不知道呢。"大家一听，才觉得这些大人物对于儿女私情，实在是无凭证的。姑娘让大人物招呼了，犯不着去贪他们什么虚荣，只要弄他几个钱，也就是了。倒是美情看到柴士雄给他关房门，其情非常可感，不住地看了柴士雄几眼。柴士雄笑道："你在哪家班子里？有空，也许我可以去看看你。"阿姨连忙说道："我们在五云楼，你老爷若是肯去，我们是极欢迎的。"柴士雄点点头笑道："一二天之内，也许就来。"说到这里，美情才实实在在知道关孟纲是回原任去了。男子汉是这样能忘情，倒是预猜不到。刚才以为怕是把人家气走了，吓得哭了一场，真是白费眼泪了。这饭店里也无所留恋，大家都怅怅而去。

　　柴士雄跟着后面，送到大门口，目睹美情艳妃阿姨三人坐车而去，自己便站在饭店门口，闲望着街上。不到五分钟工夫，只见何剑尘坐了自己包月车，飞驰而来。下得车，柴士雄便笑道："来得早啦，昨晚上扰了我一顿，没有够，这又要来让我请你吃早茶吗？"何剑尘道："别在街上嚷了，进去说吧。"二人走进去，到了柴士雄屋子里，何剑尘笑道："我这早来，一半为私，一半为公。为私呢，昨天我接了你的电话，你升了处长，应该请我。为公呢，听说这四巨头，一早就进府去了，然后出京的，望你把确实的情形告诉我。"柴士雄伸了大拇指，笑道："噫！报馆里的人，耳朵真长，怎么全知道了。"何剑尘道："你们遇到这样的上司，真是不错。他若有什么军事行动，叫你们卖力，你们也只好硬干了。"柴士雄微笑道："那可又是一件事。"何剑尘笑道："要听你这话，当军阀的真要冷了大半截。像老关这样待你们，你们还不能卖力，若是待得更不如你们的，可想而知了。"柴士雄道："干脆一句话，谁愿卖命？不过到了那个时候，一半跑不掉，走不脱，一半又想再升官发财，只好干罢了。"何剑尘道："想发大财，总是要冒险吃苦的。像我们吃不了大苦，也发不了大财了。"二人接上又谈了一阵，何剑尘已得了不少的消息，便告辞回去。

柴士雄想何剑尘陪他玩，很是客气，又要把他的公事汽车来送。何剑尘因坐了自己车子来的，倒是谢绝了。到了家，何太太道："那位吴先生来了，他说内务部的那一位亲戚，请你今天晚上在来今雨轩吃晚饭，他们七点钟在那里相会。这大概就是请褒扬的事，他要谢你们了。他这事由你们经手，要分个二八回扣，另外还要人家来请，你们也特难了。"何剑尘道："有什么特难！那是他们自己愿意的。你想，他们熬两三个月，才可以望到五六成薪。这一下子，他们落下现款，把代用券缴账，就要得百十元，何乐而不为。"何太太笑道："我不是说他，我是说你和那吴先生，为什么要敲人家的竹杠。"何剑尘道："我们给他弄一笔财喜，就白尽义务吗？我们这已经是万分客气了。听说介绍请褒扬的，还有对半分账的呢。"何太太道："做官的人，做到了这种样子，那也没有意思。要是我，我早就改行了。"何剑尘道："太太们只会说便宜话的。改行谁不知道，没有本领，怎么去改行呢？"说时，乳妈正抱了小贝贝来了，何剑尘接着抱了。笑道："将来你做官不做官？"小贝贝舞着两只手，只是傻笑。何剑尘笑道："你这孩子倒不怕吃苦，愿做灾官。"于是把两只手将小贝贝举着，逗他说笑。

一眼看见他胸前悬着一块玉，用豆绿丝线打了络子，挂在脖子上。何剑尘道："嘻！你真有闲工夫，这一块玉，你还打一个络子给他挂上呢？你不知道这是杏园给我们开玩笑的吗？他照着《红楼梦》上所说贾宝玉那块玉的样子，让玉器店里给洗磨出来，分明说我们的孩子是贾宝玉。我是存了这个心愿，等他娶了夫人，头一胎就添个女孩子，我马上照着薛宝钗的锁样，打一把金锁送他。这个时候，让小贝贝戴玉去，我看他怎么办？"

何太太笑道："你那种笨主意，等到哪一年才实行呢？况且杏园娶了太太，不见得头一胎就是小姐，你这条计，不是白想了吗？我现在这个玩笑，就给他开得很大了。昨天我把硬纸剪了一个样子，请史小姐打个络子，我只说给小孩子络一块宝石。她毫不思索，就答应了。她是一个快性人，说办就办，昨晚上就做好，她刚才就让校役送来了。我想这玉是杨先生的，络子是史小姐做的，把他两人的东西，并拢在一处，让他明日来看见了，那才有趣呢。"何剑尘道："这个却使不得。杏园正避讳这一件事，你这样给他纠缠上去，仔细他为这一点儿小事恼羞成怒。开玩笑看什么时候，这个日子，哪能和他们说这种笑话呢？"何太太笑道："你倒看得郑重其事，我不挂就是了。提到杨先生，我倒记起一件事。听他前几天旧病复发了，现在好了没有？"何剑尘道："这几天，他还照常到报馆去的。他没有什么痛苦的样子，也不知道他的病怎样。据他说，十八岁的时候就吐过一回血，后来好了。到北京来过一回，不大重。这两年来，他境遇还不十分坏，身体强壮得多，更不会生肺病。不知道近来怎么一回事，他常说有些头昏脑晕。我看不是传染的肺病，莫是用心过度吧。这倒不要紧，让他休息两天就是了。我因为他照常到报馆去，所以没有留心。报馆里不便说心事，今天我让他到公园里去谈谈，看他究竟怎么样？"何太太道："你们有人请吃饭，叫他去白望着吗？"何剑尘道："杏园为人，就是这样容易交朋友，他绝对不拘形迹的。我告诉他，让他吃了饭去得了。"何剑尘说毕，就用电话通知报馆听差，说是杨先生来了，请他打一个电话来，我有事和他说。听差答应了。到了下午四点钟，杨杏园到了报馆，就给何剑尘通电话。何剑尘将用意告诉了他，问他可到。杨杏园道："正想走走公园。"便答应了来。

到了下午七点钟，何剑尘到来今雨轩去，外面平台的天棚下已经坐满了人。吴碧波梁子诚在靠栏杆的一个座儿坐了。吴碧波站立起来，在椅子上拿了草帽，向空中一招。何剑尘见了，老远地点了点头，走到一处。梁子诚一面拱手，一面站立起笑道："诸事都费神帮忙，非常感激。"何剑尘笑道："这也无所谓，不过碧波对我说了，我是落得做一个人情。"梁子诚早就递了一根烟卷过来，又问是喝汽水，还是喝茶。何剑尘坐下说道："我们免除客套，一切随便，我想什么就要什么。"梁子诚道："那我就不客气了。何先生现在恭喜还在哪个衙门？"何剑尘笑道："我就是干新闻事业，此外没有兼差。从前倒也混过几个挂名的事。如今办事人员都拿不到薪水，何况挂名的，所以我索性不想这种横财。"梁子诚道："当然是财政部或者交通部了。"何剑尘微笑点了点头。梁子诚道，"他们都不错呀。从前交通部路政司长是敝亲，兄弟倒也兼了一点儿事。别的什么罢了，就是应酬大一点儿。那边陈次长是个大手。"说着，把大拇指伸了一伸，笑道，"每日非打牌逛胡同不乐的。为了公事，他也常传兄弟去谈话，待僚属却很和气。有一次，他打牌凑不齐角儿，一定要我算一个。我没法子推诿，四圈牌几乎输了一个大窟窿，以后我们就很认识了。他现在南边很得意，我打算去找他。"何剑尘道："他是在南边很得意，不过去找他的人也很多吧？"梁子诚道："正是这样。"

说到这里，将眉毛一皱，又道："可是北京这地方，山穷水尽，也实没有法子维持下去。今年翻过年来，半年多了，只发过一次薪。那还罢了，衙门里的办公费，也是穷得不可言状。这两个多月以来，部里的茶水，都是茶房代垫。他们不但领不到工钱，而且还要凑出钱来买煤球烧炉子，买茶叶沏茶，本也就很为难了。自从前天起，他们约着大罢工，不发薪不沏茶，也不打手巾把。我事先又不知道，那天坐了半天，连喊几声都不见一个答应。我们部里的茶房，这两个月来，本来就成了茶房大爷，不来也就算了。拿起茶壶，斟了一杯茶，却是半杯开水。我刚说了一句浑蛋，屋子里的十个同事，连连摇手说：'你就算了吧，这一壶开水还是大厨房里弄来的，已经费尽九牛二虎之力。你还想喝茶吗？'我一问，这才知道是茶房罢工了。这两天以来，衙门里地也没人扫，公事桌也没人收拾，糟得不像个样子，至于茶、水二字，更是不必提了。"梁子诚越谈越有劲，说得忘其所以。吴碧波笑着轻轻地说道："不要哭穷了，这里人多，让人听见，成什么意思？"何剑尘笑道："这事很有趣，大家也是乐于听的。"吴碧波笑道："别告诉他了，他这是采访新闻呢。"梁子诚道："我正也是希望报上登出来，看政府里那些阔佬，天天大吃大喝大逛，见了报上登着这段消息，惭愧不惭愧。"吴碧波道："这也不算怎样穷。穷得不能开门的机关，还有的是呢。"

梁子诚听了他这话，接上又要说。吴碧波笑道："我肚子是饿了，我们一面吃一面说吧。"对茶房招了一招手，叫他拿了菜牌子过来，大家看了，随便换了一两样菜。梁子诚是个守旧的人，用起刀叉来，就觉得不大合适，所以不很大吃大菜。这会子别人换菜，他不知道哪样好，哪样不好，将牌子看了一看，就交给茶房道："好吧，就是它吧。"一会儿，茶房托了一托盘小碟子来，里面全是冷食。他见吴碧波和何剑尘挑了几样冷荤放到盘子里之外，又另外要了些小红萝卜去，碟子里小红萝卜就只几个，吴何二人都爱吃，竟是包办了。临到他面前，素的除了几碟酱菜之外，便是一碟生白菜叶。他见人家并没有吃酱菜，又以为素菜是不能不要的，于是叉了一大叉白菜叶在盘子里。何剑尘笑道："梁先生也喜欢吃生菜？"梁子诚道："是的。"他也没加酱油和别的什么，将叉子向白菜上戳了一阵，菜叶贴在盘底上，老不上叉。就把刀一夹，向刀尖上一送，这一下子，倒不算少，便很快地送进嘴去。嘴里一咀嚼，不但清淡无味，还有一种生菜气触人。吐是不便吐的，只得勉强咽下去了。所幸盘子里还有冷荤，赶快吃了两片灌肠，才觉得有些味。第二下子，是红柿牛尾汤，他看见通红的一盘子汤汁，热气腾腾，有些牛肉膻味。自己向来不吃牛肉的，这不知道是牛肉不是牛肉，只好用勺子舀着喝了。这一份汤喝下去，倒不怎样，第二盘菜，却是罐头沙丁鱼。何吴二人，都换了别的什么，梁子诚却是原来的。茶房将一盘沙丁鱼放在他面前，他看见是大半条鱼，旁边有些生菜叶。生菜是领教了，这鱼是圆滚滚的一节，料想还不会错，举起刀叉，就叉了一块，送到嘴里去。咀嚼以后，既觉得腥气难闻，又是十分油腻，而且很淡。这一块叉得太大了，简直难于下咽。勉强吞了下去，再要继续地吃，实在不能够。不继续吃下去，又觉原物端了回去，怪难为情的。正踌躇着，吴碧波可看出来了。笑道："怎么？这沙丁鱼，你忘了换吗？这个东西，除非吃鱼腥有训练的人，不然是吃不下去。我就最怕这个。你大概以为是炸桂鱼，所以没换。我劝你不要吃吧，吃着下去，腻人得很。"梁子诚道："我倒是不怕腥。但是这口味不大好，我也不要吃了。"

　　说到这里，吴何都向平台外点头，梁子诚却也认得是何吴的朋友，杨杏园来了。梁子诚站站了起来，连忙让座，说道："好极好极，平常请不到的，大家在一处谈谈。"于是就叫茶房递菜牌子给杨杏园。杨杏园摇手道："请不必客气，这几天不大舒服，平常只吃一点儿汤饭和稀饭，荤菜也不爱沾，西餐更罢了。"吴碧波让他坐下，笑道："我是半主半客，我做主，请你吃一份布丁如何？"杨杏园道："我怕那种怪甜味。来一份柠檬冰淇淋吧。"何剑尘道："什么？西餐不能吃，倒能吃冰淇淋？"杨杏园笑道："凉东西我是一概怕沾，就是不嫌这个。"吴碧波道："这里的冰淇淋，大概是熟水做的，吃了不碍事，就让他来一份吧。"梁子诚道："就是不吃饭，也可以吃些点心。"杨杏园道："我向来是不会客气，倒不论生熟朋友，在吃上我不肯吃亏。"梁子诚笑道："既然如此，我就不敢勉强了。"在这一阵周旋，梁子诚已让茶房把沙丁鱼端去，这倒减轻了一层负担。

他们吃大菜，杨杏园陪着慢慢吃冰淇淋。梁子诚道："杨先生身上有贵恙吧？"杨杏园道："是的。可也说不出来是什么病，就是觉得心头像火烧一般。一个人好好地会发生烦恼，在表面上看，是一点儿病也没有。"梁子诚道："请大夫瞧了没有？"杨杏园笑道："那未免太娇嫩了，这一点儿小病，何必去诊治。"何剑尘道："不然。小病不治，大病之由。况且你这病，好像潜伏在心里，你还是请大夫瞧一瞧的好。就是病不要紧，检查检查身体，也是好的。"梁子诚道："不知道杨先生是相信中医还是相信西医？"杨杏园道："中医的药是不假，就是治法不对。我以为西医是根据科学治病，总比较稳当一点儿。"梁子诚道："若是杨先生相信西医，我倒可以介绍一个人。这人既然懂中医，又在日本医科大学毕业，用西药治中国人的病，极是对症。他叫陈永年，自己私立了一个医院。"吴碧波道："不必介绍了。他自己有个很好的朋友，是位西医，何必再去求别人呢。"杨杏园道："你不是说刘大夫吗？他也说了，对于我这病很疑惑，怕要成肺病，主张我静养。我不相信他这话，倒要另请一个人诊察诊察呢。"何剑尘道："既然如此，你就到这位陈大夫那里去看看得了。若果是肺病，只要吐些痰，让大夫去化验化验，总看得出来一点儿。"杨杏园一皱眉道："我情愿害别的什么重病，睡个十天半月。我却不愿意害痨病，不死不活，拖着很长的日子。而且害这种病，总是自己不卫生所致。"何剑尘道："那倒不尽然，凡是忧思过度，或积劳过度的人，也容易害这种病。"杨杏园道："果然如此，我就难免了。"

梁子诚笑道："杨先生若是为了第一个问题，怕要生病，我倒有一个法子，可以来治。这叫作心病还要心药医。"吴碧波笑道："你以为他是害相思病吗？"梁子诚正用刀在那里切盘子里的烤野鸭，手上连忙将刀举起来，摆了几摆，笑道："不是不是。"说这话时，脸都红了。杨杏园笑道："不要紧的，我们在一处，不开玩笑，心里是不会舒服的。我果然如梁先生所说，心里好像有一种什么事放不下去，每每一个人会发起牢骚来。"梁子诚道："我说句冒失的话，这是失意的青年人同有的毛病。若要治这个病，又有四个极腐败的字，乃是清心寡欲。这欲字并不一定指着淫欲之欲，一切嗜好，都可以包括在内。一个人要做到清心寡欲，那是不容易的事。但是第一步，就要看佛书。兄弟于佛学倒有些研究……"他说到这里，吴碧波却把脚在桌底下轻轻地敲杨杏园的腿，脸上略略有点儿笑容。杨杏园以为他是生朋友，还是很注意地听。梁子诚不明就里，见杨杏园听了入神的样子，却笑说道："杨先生不嫌这是迷信吗？"杨杏园道："佛学也是世界上一种伟大的哲学，并不是说研究佛学的，就是婆婆妈妈似的，要逢庙烧香，见佛磕头。不过看了佛家的书，减除嗜欲，发现人的本性。"

梁子诚被他道着痒处，将刀叉一放手一拍桌子道："这非深于佛学的人，不能斩钉截铁说出这一针见血的话。我会到许多谈佛的人，他们都谈得不对劲。以为佛学，不修今生，就是修来生。若果如此，学佛倒成了运动差事，恭维那位大人物，就想那位大人物给他事了。不瞒你先生说，自从衙门不能发薪，家里又发生许多岔事，比前几年高车驷马，肥鱼大肉的日子，真是相差天壤。但是我因为平常看了几本佛书，心事自然淡了许多，倒不怎样难受。就是一层，对于家庭有骨肉之情，抛不开他。既抛不开，还得干事。学佛是学佛……"吴碧波笑道："以下几句，我替你说了吧，要钱是要钱，做官是做官，吃大菜是吃大菜。"杨杏园道："你不懂佛学，所以这样说。其实佛叫人出家做和尚，未尝不知强人所难。这也不过是取法乎上，斯得乎中。但愿人安分守己，知道一切是空的，不强取豪夺，也就很好了。"

梁子诚越听越对劲，用三个指头拍着桌子，不住地点头。何剑尘拿了一把干净的刀子，平着伸了过来，轻轻地敲了杨杏园两下手背笑道："你从哪里学得这一套？"杨杏园道："你就藐视我不能看佛书吗？早两年我就看过一部《金刚经》。不过因为没有注解，只粗粗地懂得一些大意，觉得有些道理。这些时候，朋友送了好几部详注的经书给我，我一看之下，恍然大悟。原来这书上的问答，正和《孟子》一般，越辩驳越奇妙，越奇妙理

258

也越明了。"梁子诚道:"那《金刚经》,本来有大乘有小乘,是佛家预备雅俗共赏的书。若是《莲花经》《楞严经》,还有那《大乘起信论》……"吴碧波皱着眉道:"得了,我们谁也不能去做和尚,管他九斤八斤。我们还是谈我们生意经吧。我们的款子,一切都预备好了,明天就可送到府上。只是公事日期,望您催着提前一点儿。干干脆脆,我就是这几句话。因为天一黑,何先生就要回报馆去的。"梁子诚笑道:"你这小孩子,总是这样顽皮。我们做不了好人,说说好话也不成吗?"吴碧波道:"不能做好人,光说好话,那更是要不得。还是我这人坏嘴也坏,胡闹一起好些。"梁子诚本来佛学谈得很起劲,无奈吴碧波极力地在里面捣乱,没有法子说下去,只好休手。

西餐吃完,梁子诚会了账,大家散开,吴何二人,便陪着杨杏园在园里大道上散步。杨杏园笑道:"碧波,你今天又没喝酒,怎么疯疯癫癫的?"吴碧波道:"你是说我不该和那位亲戚开玩笑吗?你不知道,他有两件事,不可以和人谈。一件是衙门里的穷状,一件是佛学。若是一提,三天三晚,都不能歇。偏是你都招上了,我不装疯拦住怎么办呢?"

何剑尘道:"既不是失恋的病,为什么你心里老感着不痛快?"杨杏园道:"我也莫名其妙,也许是积劳所致。"吴碧波道:"这位梁先生介绍你去请一位陈大夫瞧瞧,你何妨试试。"杨杏园道:"若是要住院呢?……"吴碧波道:"我可以替你两天工作。"何剑尘道:"病也不是那么沉重,不致要住院。果然要住院,我们自然责无旁贷,替你工作。"杨杏园笑道:"若我死了呢?"何剑尘道:"当然由我们替你办善后。可是你要去治病,或者早去或者晚去,不要中午去。那个时候,正是这位大夫出诊的时间哩。"说话时,将社稷坛红墙外的树林大道,已经绕行了一周。依着吴碧波还要到水榭后面,山坡上走走。杨杏园说了一声"哎哟",扶着走廊的栏杆柱子,一挨身就坐下。两只手捏着拳头,不住地捶腿。何剑尘道:"你这是怎么了,真个有病吗?"杨杏园道:"精神有点儿疲倦似的,我要回去了。"吴碧波道:"你不要把病放在心里,越是这样,病就越要光顾了。走,我们还走走。"杨杏园也不作声,微摆了一摆头。站起身来,背着两只手,随着走廊,就哼了出来。吴何二人随到门口,各自坐车回家。

这时,天色已然昏黑,街灯全亮了。杨杏园回得家来,见富氏兄弟把桌子移到院子中间，就在月亮底下吃饭。杨杏园道："今晚的月亮又不大亮，怎么不把檐下的电灯扭着来？"富家驹道："一扭了电灯，就有许多绿虫子飞来，满处乱爬，讨厌极了。"杨杏园说着话，人就向里走，富家驹连忙喊道："我们这还没有吃哩，杨先生怎不吃饭？"杨杏园道："我不想吃饭，有稀饭倒可以来一点儿。"富家骏道："您真是有病吧？我看您有好几天不能吃饭了。"杨杏园道："大概因天气热的缘故。"说着，自己便走进自己屋子来，扭着电灯，见桌上茶杯凉着两满杯菊花茶，地板上又放一盘绿丝卫生蚊香。心里就想着，主人翁如此待我且忠且敬，样样妥帖。人生只要有这样的地方可住，也就可以安然过日子，何必一定要组织家庭呢。脱下长衫，于是就在一张藤椅上躺下。心里仿佛难过，可是又不怎样厉害，只得静静的，眼望桌上铁丝盘里，杂乱无章地叠着许多稿子和信件，都得一一看过。报馆稿子，一点儿也没预备，还有两篇自己要动手撰述的文稿，也还没有一个字。翻过手背上的手表一看，已有九点钟。这都是明天一早就要发出的稿件，现在还不动手，等待何时呢？一挺身站了起来，不觉长叹了一口气道："春蚕到死丝方尽，蜡炬成灰泪始干。"坐到书桌边来，喝了一杯菊花茶。往日是不大喝凉茶的，今天心里焦灼难过，喝下去，倒像很是舒服。索性把那一杯也接上喝了。心里凉了一阵，似乎精神一爽，于是把铁丝盘里的信稿，一件一件地料理。工作起来，就不觉时间匆匆地过去。

忽然听差捧着大半个西瓜，又是一碟截片的雪藕，一路送了进去。杨杏园问道："你们少爷，刚吃饭，又吃凉东西吗？"听差道："这都快十二点了，还是刚吃饭吗？你是做事都做忘了。"杨杏园道："哎呀，这样久了，我倒要休息一会子。"身子向后一仰，只见一把铜勺子，插在西瓜里。听差道："我知道您是不大吃水果的。可是您说心里发烧，吃一点儿这个不坏。"杨杏园看了这凉东西，也觉得很好似的，扶起那白铜勺子只在瓜里一搅，就搅起一大块瓤来就吃。吃在嘴里，不觉怎样，可是吃到心里去，非常痛快。放下勺子，于是又接上吃了几片藕。有意无意之间，不觉把一碟白糖藕片都吃完了。西瓜究竟不能多吃，就让听差拿了走。这时心窝里觉得有一丝凉气，直透嗓子眼，人自然是凉快的。于是继续地赶稿子。稿子赶完了，就着脸盆里的凉水，擦了一把脸。一看手表，还只有一点钟。料着富氏兄弟或者乘凉还没有睡，正要踱到前院来找他们说话，忽然肚子里咕噜一声响，肚子微微有点儿痛。心里想，不要是西瓜吃坏了吧？正自犹豫着，肚子就痛得一阵紧似一阵。于是拿了手纸，绕出这里的走廊，到后院厕所里去大解。果然是凉的吃坏了，大泻特泻起来。事毕走回屋子，两只大腿麻木得不知痛痒，走起来，脚板仿佛也没有踏着地。扶着窗台，走进屋去，洗了一把手，便想找点儿预备的暑药吃，偏是肚子里又闹起来。一刻儿工夫，来来去去，倒跑了七八回。

夏天夜短，一宿没睡，就看见窗外的天，由淡淡几个星光里，变成鱼肚色，由鱼肚色变成大亮。一片金黄色的日光，就由树叶子里，射到另一边墙上。富家骏屋子的窗户正对后院，听见杨杏园一宿跑来跑去，知道他闹肚子，一清早醒了，推开窗户，见他背着手，在院子里徘徊。说道："杨先生昨晚上吃了一个亏。"杨杏园一回头，脸瘦削了不少，两只眼睛眍，凹下去很深，他笑道："这都是那半个西瓜，一碟糖藕的毛病。"富家骏道："西瓜是新破的，不会有什么毛病。就是那藕，是用冷水洗过的，怕不大好。"杨杏园没说什么，皱了皱眉毛又转向后院去了。他回来之后，精神已是十二分疲倦，扶到床上，便睡了。恰好有些南风，天气还凉爽，一直就睡到下午一点。醒过来肚子还是不能舒服，预料今天万难工作，只得把所有的事，一齐让听差打电话告了假。

他本来是有病的，这一来，越是身体支持不住。富学仁早得了子侄们消息，便特意来看他。他这屋子窗格上，新换了绿色铁纱，房门外又挂着一幅绿纱帘子，映着院子外的树荫，屋子里阴沉沉的。富学仁走进屋子来，见他侧着身子睡在床上，盖了一床白绒毯。床面前放了一张茶几，上放一把茶壶，斟了一杯极浓的茶，在那凉着。他枕头边斜放一卷木本《妙法莲华经》。这边竹案上，花瓶里，插了一枝半凋萎的玉簪花。又是一个黑色古鼎，烧了两支线香。不由得笑道："病态太重了。"这句话却把杨杏园惊醒了。一翻身起来，见是富学仁，笑道："学仁兄怎样知道我病了，特意来探病的吗？感谢感谢。"富学仁见他一笑，露出一排白牙，正是显得瘦瘦，说道："杏园兄，你这病不能一味蛮抵抗了，应该瞧瞧去。"杨杏园笑道："闹肚子不过一天半天的事，不久就会好的。"富学仁道："我不是说闹肚子，我是说前几天那精神疲倦的毛病。"杨杏园道："我正要去看病，不想又闹起肚子来。我是先想吃点儿药，去除肚子里的杂病。"富学仁道："那倒不用请大夫，我家传有个清暑秘方，好人都可吃。尤其是伏天吐泻以后，可以吃这个清清肺腑。回头我就叫他们给你到同仁堂先抓一剂试试。"杨杏园虽不赞成中医，料到这种平常药，可以当茶喝，用不着拿科学的眼光去看它，便点了点头。富学仁见他如此说，就坐在他做事的位上，开了那方子，交给他看了看。上面除了二三样特别的药而外，其余也不过竹叶甘草之类，于是大胆吩咐听差照单去抓药。富学仁道："不知道杏园兄看佛经是好玩呢，还是研究佛学？近来我看你是常看这东西呢。"说着，指着他枕头边的《莲华经》。杨杏园道："原是好玩，现在有些研究的意味了。"富学仁道："既然如此，我有些东西奉送，你得了必然十分满意。我是与佛学无缘，留在家里，也是废物。"杨杏园道："好极，我猜必定是些很好的经书。"富学仁道："我现在且不说明，让我送来了的时候，你再看吧。"便问他还想吃什么不想？杨杏园道："只因为嘴馋，才病上加病，这应该饿两天了。"富学仁道："你静养静养吧，我不和你谈话了。"说毕便自走了。

　　这天下午，他果然送了许多东西来。杨杏园看时，有一尊一尺高的乌铜佛像、一挂佛珠，又一副竹板篆刻的对联，乃是集句，一联是"一花一世界"，一联是"三藐三菩提"。另外一轴绢边的小中堂，打开一看，却是画的达摩面壁图。杨杏园非常欢喜，马上就叫听差挂将起来。那个时候听差把那剂药抓来，已经给他熬上了。杨杏园喝下去之后，觉得舒服些，便拿了一卷《楞严经》，躺在藤椅上看。人一疲倦，安然入梦。醒来，电灯又亮了。富家骏在窗外听见屋子里响动，便问道："杨先生好些了吗？我叫他们熬了一罐荷叶粥等你吃呢。"杨杏园道："好些了。也许是你府上那个清暑秘方有些灵验，心里居然舒服些。"富家骏说着话，就踱进来了。说道："既然如此，就多吃两剂吧，明天照旧再抓去。"杨杏园听了，倒也不置可否。富家骏一见佛像高挂，笑道："了不得！杨先生已经是沉迷佛学了，现在家叔又送了这些东西来，越发是火上加油。我很反对。我们又不是七老八十岁，为什么要这样消极。前途很大，我们应当奋斗，造成一番世界。为什么抱这种虚无寂灭的主义，把自己好身手毁了。"杨杏园手上正拿着一本经，望了他一望，又微笑一笑。富家骏道："杨先生笑什么，您以为我不配谈佛学吗？"杨杏园道："不是不配，不过你们年青的人，正是像一朵鲜

262

艳的香花一般，开得十分茂盛，招蜂引蝶，唯恐不闹热。我们是忧患余生，把一切事情看得极空虚，终久是等于零。用你的主观，来批评我学佛，那完全是隔靴搔痒。"富家骏微笑道："无论怎样说，我总觉得和尚是世界上一种赘物，大可不要。"杨杏园笑道："我又没有做和尚，你怎能因为反对有和尚，就反对我学佛学？"富家骏因为他是师兼友的人，不便极力和他辩驳，而且他是病刚有起色，也不愿意和他多说话，只得微笑一阵。后又道："杨先生这病，其实是虚火。既然那种清暑秘方吃得很对劲，明天就可以继续地吃。"杨杏园道："反正当茶喝，我也赞成。"

　　富家兄弟对杨杏园的感情，本来极好，听了这个话，知道杨杏园是不反对。到了次日，因为上街之便，就亲自到大栅栏同仁堂去抓药。这个时候，沿着柜台外面，一个挨一个，由东到西，整整站了一排买药的人。富家骏见无隙可乘，只得站在一边稍等。背着手看那柜台里的铺伙来来往往，只是忙着开药架上的抽屉，却是有趣。忽然眼面前有一个影子一动，已经有一个买药的走了。富家骏正要上前去补那个空，忽然有个女子和他一样，不先不后，也要前去补那个空，各出于无意，几乎撞了一下。这一下子，彼此都注意起来了。

第八十二回

一榻禅心天花休近我
三更噩梦风雨正欺人

原来那女子正是杨杏园的朋友史科莲。富家骏与她虽未交谈过，但也认识。于是两人各笑着点了一个头。史科莲要让富家骏上前，富家骏却又让史科莲上前，两个人互相谦逊起来，史科莲只好上前。因为不便不理人，要理人一刻儿又找不到一句相当的话，不觉就问了一句："杨杏园先生在家吗？"富家骏道："他病了，我正是给他抓药。"史科莲道："前几天会到他，不像是有病的人。"富家骏道："他原来身上有点儿小病，前天又加了新症，因此就躺下了。"史科莲道："哦！是这样。富先生回去，请您转告一声，说是我本当就要来看他，但是家祖母在亲戚家里也病得很厉害，离不开来，请他不要见怪。"富家骏笑道："那是不至于的。"史科莲抓完了药，对富家骏道："我先走一步了。"说时点了点头，就先出店门去了。她本雇的是来回车，抓药的时候，车子在铺门外等着。她这时坐上车去，车子拉了几步，她又连忙喊道："停住！停住！"车夫以为她遗落了什么东西在铺子里，果然停住。史科莲下了车，复又走进药店。富家骏一回头，见她又来了，问道："密斯史丢了东西吗？"史科莲道："没有丢什么……丢了一条手绢……"说着，对地下略看了一看，说道，"一条破手绢丢了算了。富先生您回去见了杨先生，请您告诉他，我现在回亲戚家里去了。明日上午，我去看他。"富家骏道："可以可以。他这几天，我们劝他在家里静养，一定在家里的。"

史科莲道了一声"劳驾"，然后坐了车，上她姑父余家而来。到了余家，提着药包，一直走回史老太太的屋子里，这时史老太太睡的一张旧铜床上，垂着那灰旧的珍珠罗帐子，史老太太将一条毯子盖了半截上身，侧着面孔向里睡。帐子外边，放了一把小茶几，上面放着半碗稀饭，一碟子什锦咸菜。史科莲一看，定是祖母吃了稀饭，已经睡了，且不去惊动她。窗外走廊上，本有小炭炉预备熬药的。因就在窗台上拿了药罐，自己到烧茶水的小厨房里，上了一罐自来水。由这里正要经过余三姨太太的房后面。忽然有一句话送入耳朵，是："老的若有个三长两短，这孩子还不是跟人跑吗？我们这里不能容留她，她也不会要我们容留，她有的是朋友接济她的钱，怕什么？你不信，就算她的学费，老的有几个钱津贴她，她出去以后，做了不少的新衣服，又是哪里来的钱呢？哼！这事情总很糟吧。"

史科莲听了这话，不由得浑身抖颤，手上拿的那个药罐子，一松手，就向地下一滚。所幸这里两边是很深的草地，只中间一条石路是人走的。药罐子里装满了水，是实的。又落在草地上，没有硬东西抵抗，只流出去一些水，罐子未曾打破。老人家是最忌讳打破药罐子的，以为这是根本解决。因此药罐子一落下去，她脸都吓变了色，现在捡起来一看，并没有破坏，赶快去重上了水，送到走廊下去熬药。端了一个一尺大的小凳，便坐在炉子边候着药好。忽然屋子里哼了两声。史科莲赶快走了进去，便隔着帐子，叫了一声"奶奶"。史老太太慢慢翻着身过来，史科莲给她将一边帐子挂起。史老太太揉了一揉眼睛，抬起头，看着她的脸道："你又哭什么，我不见得就会死哩。"史科莲笑道："我哪里哭了。我是刚才咳嗽一阵，咳出眼泪来了。"说时，在大襟纽扣上抽下手绢，便去擦眼泪。史老太太道："我刚才做了一个梦，梦见李小姐来了。她是来了吗？"史科莲笑道："您怎么把做梦当真事呢？"史老太太道："我倒是很惦记她。前天，那位方老先生还到这里来了，我就说望她来。"史科莲听了祖母如此说，就知道要提到自己婚姻问题上去。便道："您好好养病吧，不要挂念旁的事。病好了，什么事都好办。"史老太太道："前天方老先生说，那杨先生人有些不大舒服，是真吗？"史科莲道："我今天到同仁堂去的时候，碰见他那富家的学生，在给他买药，听说躺在床上呢。"史老太太道："你没问什么病吗？"史科莲道："大概不会轻。要是轻的话，那富家的学生何至于亲自来和他抓药呢？"史老太太道："这话很对。你应该去看看才是。人家待我们不错，这一点儿面子上的人情也不敷衍一下，心里过得去吗？"史老太太是有病

265

体的人，说了许多话，精神就来不及了，头躺在枕头上，望着史科莲静等回话。

史科莲心里，凭空添了许多感触，祖母一问，要完全说出所以然来，又不好意思。若直截答复不去，又觉不对。好久不言语，史老太太很是诧异，问道："你为什么不言语？平常送信接信，你也去过的。人家病了，正大光明去瞧瞧，有什么不好意思？你若是觉得不便，就说我吩咐你去的得了。"史科莲道："去一趟倒不算什么，他们这里人多嘴杂，恐怕又要生出是非来。"史老太太道："你去一会儿就来，谁也不会知道的。"正说到这里，余太太派了老妈子来问，外老太太吃什么不吃。史老太太回说不吃什么，老妈子自去了。随后余瑞香买了一大包梨脯葡萄干蜜枣之类，陪着谈了一阵，她祖孙的话，就不好说了。史科莲自向长廊下去煎药煮茗。史老太太对余瑞香道："你表妹回来，什么东西也没带，我明天还叫她到学堂里去一回，也好把换洗衣服带来。"余瑞香道："就随她去吧。要换洗衣服，把我的衣服先换一换得了。"史科莲隔着窗户说道："我还要去拿我的书呢。"余瑞香道："姥姥，你听听，她还是分彼此分得这样厉害。"史老太太道："她要去拿书，也是实情。你想我这病，这一闹下去，知道哪一天好。我的病不好，她也不能离开的。这日子一长久，又把书送还先生。她拿了书回来，闲着的时候看看，倒也不坏。"余瑞香道："什么时候去？表妹，我们一块儿去，好吗？"史科莲正冲了一小盏西湖藕粉进来，便笑着点点头说："明天再说吧。"但是有了这一层约会，史科莲倒显得为难。到了次日，只得在九点钟出门，这个时候，余瑞香还没有起床，自然是不知道了。

史科莲出了门，坐着车子，一直就向杨杏园寓所来。到了那里，前面富氏弟兄早已上学去了，史科莲故意把脚步放响些，踏着地的嚓的嚓响，接上又轻轻咳嗽了两声，站在走廊上停了一停。这时走出来一个听差，伸头一望，便笑道："史小姐，您好久不来了。"史科莲点头笑了一笑，问道："杨先生病好些吗？"听差道："倒是好些，现在看佛经呢。您请里面坐。"他就在前面引路。走到后院，就闻到一阵沉檀香气，在空飘扬。帘子静静地垂下着，一点儿声息没有。就在这时，杨杏园在屋子里，笑了出来。史科莲也不知道怎么一回事，比往常到这儿来不同。脸上先是一阵发热，不觉低了头。因问道："杨先生不大舒服吗？家祖母也是人不大好，让我前

266

来看看您。"杨杏园把她让到自己屋子里来坐，自己却坐在一张沙发榻上。

史科莲见他穿了一件哔叽长衫，乱蓬蓬的一头长发，两脸显出苍白色，瘦削了许多。那榻上几卷木刻大本书，又是一串黄丝线穿的佛珠。看那样，那书就是佛经了。案上古鼎里，正燃着一撮细檀木条子。史科莲笑道："这久不见，杨先生佛学的功夫，又有进步了。"杨杏园笑道："病里头借这个消磨光阴罢了。"说这话时，声音似乎很急促。史科莲道："您躺躺吧，不必客气。"杨杏园道："不要紧，有人谈谈我倒愿意坐起来。"史科莲此来之目的，是在问病，但是仔细地盘问，又像过于关切，似乎不便。除了这个又没有什么话可说，反而沉默起来。杨杏园见她如此，便问道："快开学了吗？"史科莲见他忽然谈到学校去，倒以为他又是什么资助的意思。便道："倒还有两个星期。现在经济方面，比较活动一点儿，倒可以安心读书了。"说了这句，依旧是默然起来。史科莲走近前，拿了一本佛经，翻着看了一看。杨杏园道："史女士，这上头的话，也懂吗？"史科莲摇着头笑道："一点儿也不懂。倒好像译音的外国人名地名一样，都是在字面上看不懂的。杨先生看这个看得很有趣，就奇怪了。"杨杏园道："研究佛经，不是趣味问题，要看这人有缘无缘。"

正说到这个缘字，外面院子里，早有人叫了一声杏园。杨杏园一听，是何剑尘的声音，便道："请进吧。"何剑尘走进，何太太也来了。何太太一见史科莲，连忙走上前，拉着她的手笑道："你早啊。"史科莲道："家祖母也病了。昨天到同仁堂去抓药，遇到这儿的富先生，他说杨先生也是身体不舒服，所以我一早就来看看。我也是刚到呢。"何剑尘只和她稍微周旋了两三句话，因对杨杏园道："今天怎么样，你觉得舒服一点儿吗？"杨杏园道："舒服一点儿了。不过没有气力，想照常工作还是不行。"何剑尘道："既然如此，你就躺着吧，都不是外人，不能说你是失礼节。"杨杏园道："坐坐也好。有人谈话，心里一痛快，就忘记疲倦了。"何剑尘道："既然如此，我们就老早地来，很晚地去？整日地陪你谈话吧，让你精神上多痛快一点儿。"

何剑尘本是一句无心之言，但是说出来之后，何太太下死劲地盯了他一眼。何剑尘忽然醒悟过来，才想到自己的不对，连忙说道："你这病应该切实地瞧瞧，不要马马虎虎，喝点儿药水就了事。头回他们不是介绍一个陈永年大夫吗？我劝你明天可以去看一趟。"杨杏园道："过两三天再说吧，真是不见好我就瞧去。"史科莲道："这个陈大夫医院，可在东城，这儿去，不见得远吗？"何剑尘道："只要把病瞧得好，路远倒是不要紧。杏园你明天早上去试一试吧。"杨杏园却也同意，点了点头。史科莲还要上学校去拿东西，不敢耽误久了，马上要告辞，大家挽留，也挽留不住。

　　史科莲去了之后，何剑尘笑道："你们的友谊不错啊，她来探病，比我们倒先到了。"杨杏园道："这真是骑驴撞见亲家公，知道你非说闲话不可。但是都敞开来说，朋友交情是朋友交情，婚姻关系是婚姻关系，不能因为史女士到这儿来了，就是婚姻问题有了进步。"何剑尘笑道："刚才你们谈些什么呢？我仿佛听到什么有缘似的。"何太太皱了眉道："你这人说话，真是有些不知进退。"杨杏园笑道："不要紧的，不要紧的，事无不可对人言。不错，我是提到了有缘无缘这一句话。但是我所谓有缘无缘，是指学佛而言，并不是说别的什么事情。"何剑尘道："人家来探问你的病，你倒对人谈一阵子佛学吗？"杨杏园道："可不是！"何剑尘笑道："从前维摩有病，我佛差天女前去散花，群弟子围坐，道心坚定的，天花就撒不上身。你呢？"杨杏园微笑道："我虽然不敢说道心怎样坚定，但是在这一刹那间，果然有个天女前来散花，我想这天花不会撒到我身上来。"何剑尘微笑道："果然是真吗？你刚才和史女士说话，你的坐相是怎样的，你还照那个样学给我看看。"杨杏园听说，便收住笑容，正着胸襟，目不斜视的，垂了头坐在软榻上。左手上拿着佛珠，就一个一个地用大拇指头掐着。何剑尘笑道："好，这个态度不错。我来问你，你为什么不动心？"杨杏园道："絮已沾泥便不飞。"何剑尘道："不带一点儿强制的性质吗？"杨杏园道："蚕到三眠哪有丝。"何剑尘道："这样说，你不是逃禅，你是无可奈何而出此了。"杨杏园道："阅尽沧波自到天。"何剑尘道："现在还在半渡吧？"杨杏园听他说到这里，扬眉微微一笑道："天外灵峰指顾中。"何剑尘道："如此说来，你是决定出家了。"杨杏园道："石自无言岂有情。"何剑尘道："一切一切，你都放得下手吗？"杨杏园被他问到这里，不觉心里一动，半晌没有答应出来。对着何剑尘点了一点头道："长城万里关山在，天下如今不姓秦。"何剑尘道："解得透彻，算你觉悟了。我来问你……"

　　何太太道："你两个人闹些什么？尽管打哑谜，我一点儿也不懂。还要往下说吗？我给你腻死了。"何剑尘笑道："不但你不懂，就是把你老师李女士请来，也不能全懂。"何太太道："要说就说，要问就问，为什么要那样文绉绉的？我觉得真有些酸味。"何剑尘对杨杏园道："你听，这也是催租吏打断诗兴了。"杨杏园笑道："不谈也好，若是老挂在口头，那真成了口头禅了。"何剑尘笑道："当然是口头禅，难道还是心头禅不成？我来问你，设若李女士来了，你能不能转一个念头，当为空即是色呢？"杨杏园笑道："她绝不能来，就是来了，我也是不更改态度的。"何剑尘听说，对他夫人望了一望。何太太笑道："杨先生，你这话说得不大好，将来要露马脚的。现在李先生已经来了信，说是一个月之内，准到北京来。你要是满口要做和尚，岂不让她伤心？"杨杏园笑道："这种话，没有真凭实据，我是不相信的。"何太太忍不住了，在衣袋里一掏，掏出一封信来，交给杨杏园，笑道："请你看一看，这是她本人的亲笔，我们能撒谎吗？"

杨杏园抽出信笺一看，果然是李冬青亲笔，约定一个月之内就来，请何太太给她预备一间住房。信很简单，并没有提到别的什么，也没有说为什么要来。将信交还何太太道："这很奇怪，好像只有她一个人要来，究竟为着什么呢？"何剑尘道："我敢猜个九成九，必定是给你做媒来了。我们在家里研究了一天，以为她决计不是自己答应你的婚事。要是她自己答应你的婚事，写一封信来一切都解决了，何必自己来呢。"杨杏园道："你说得很对，然而未免多事了。"说毕，头便靠在沙发上的高头，微微叹了一口气。何剑尘道："前后你陪两批客谈话，未免太累。你好好地休息吧，我们去了。明天上午你务必到陈大夫那里瞧瞧去，不要自己误自己的事。"杨杏园笑道："人没有不怕死的，我为怕死起见，也要赶快去医治的，这倒不会误自己的事。"他说时，已经站起身来。何剑尘道："你就躺着吧，用不着你送了。"他夫妇二人，告别而去。

杨杏园真个觉得累了，一歪身躺下，便睡了一大觉。醒来时，只见书桌子上，放着两样装潢美丽的锦匣，拿过来看时，一匣子是西湖藕粉，一匣子是杭州白菊花。匣子旁边，放着一张史科莲的名片。那名片上写着："杏园先生，尊恙请多珍重。送来微仪两样，极为可笑，聊表敬意而已。"字是用钢笔写的，大概就是出去以后，买了就叫人送来，掏了随身的自来水笔，写了这几个字。听差恰好进来，杨杏园便问东西是谁送来的。听差道："你睡着了的时候，史小姐又来了，她走到前院，把东西交给我，又去了。我见您睡着了，只虚留了一声，没怎么样留她。"杨杏园知史科莲困难，受了她这两样东西，老大过意不去。但是东西已留下，也无可如何了。

到了次日，自己急于想病好，便在早上九点到陈永年医院去诊治。正好看病的人多，只好在候诊室里坐着。不料坐不到五分钟，史科莲也来了。杨杏园很诧异，便上前问道："密斯史，怎么你也来了？"史科莲道："我们那儿到这里很近。家祖母也想到这里来医治，让我先来打听住院的规矩。杨先生今天可好些？"杨杏园道："还是这样。还没有看，究竟不知道是大病潜伏在身上不是？"史科莲道："若是病症不轻，我很主张杨先生住院。有医生和看护妇照应，总比住在别人家里好得多。就是我因为路近……也可……以多来探望几回。"说这话的时候，声音低微极了，断断续续，几乎听不出来。杨杏园道："是不是住院，我自己也没有把握，只好听大夫吩咐吧。"说到这里，诊病室里出来一个治眼疾的，院役就叫杨杏园进诊病室里去诊病。一推开门，围着一个花布六折屏风，那陈永年大夫，穿了一身白布衣服，坐在屏风边，圆圆的脸儿，沿上嘴唇蓄着一小撮短胡子，架着大框眼镜。见了杨杏园进来，只略微点了点头，用手指着面前一张方凳，让人坐下。桌上本放着一张挂号单子，他一面看那单子，一面拿桌上的听脉器，将两个橡皮管的塞子，向耳朵里一塞。杨杏园知道要听听胸脯面前的，便将衣服的纽扣解开了。他拿了那个听脉器的头子，在胸口，乳旁，两肋，各按了一按。摘下听脉器，拿了一个小测温器，便交给杨杏园口里衔着。大概也不过两三分钟，取出测温器，举起来就着阳光看了一看。于是抽了钢笔，便将桌上铜尺镇压的纸单，抽了一张，连英文带汉字，横列着开了四五行，就对杨杏园道："这不要紧，吃两瓶药水就好了。"杨杏园道："这是肺病吗？"大夫偏头略想了一想，说道："大概不是。"说话时，已经按了铃，叫了院役进来，把配的单子交给他，随对他道："传十二号。"杨杏园看这样子，只六七分钟的工夫，病已看完了，只得走出来。一出门，却是一个治烂腿的进去了。杨杏园因问院役道："你们这儿，几位大夫？"院役道："就是我们院长一个人。"杨杏园道："内科外科小儿科花柳科全是你们院长一个人包办吗？"院役笑道："是的，忙也就是早上这一会儿。"杨杏园道："你们早上能挂多少号？"院役道："总挂四五十号。"

说这话时，史科莲已迎上前来，问道："杨先生就看完了吗？真快。"杨杏园笑着点点头，因道："你看这廊下长椅上，还坐着十三四位呢，他要不赶快一点儿看，两个钟头之内，怎样看得完？怪不得治外科另外要手续费，因为看一个外科要看好几个内科，实在是耽误时间。"史科莲道："这院长很有名，这医院也很有名，何以这样马虎？"杨杏园道："因为有名，他才生意好。生意好，就来不及仔细了。"史科莲道："看医院外面，很大一个门面，倒不料里面就是一个大夫唱独角戏。杨先生打算怎样？"杨杏园道："我的朋友都说这里好，所以我老远地跑来。这位陈大夫，本事是有，不过只凭四五分钟的工夫，就说能诊断出我的病来，我不大相信，吃了这药下去再说吧。"杨杏园说话时，看见走廊尽头还有一张长椅，一挨身就坐下去了。史科莲道："杨先生，看你这样子，很累，药还没有拿吧？我给你拿去，好不好？"杨杏园觉得坐一下也好，便拿了钱让她到配药处去取药。她把药取来，一直等到杨杏园上了车，将药瓶子交到他手里，然后自己雇车回家去。

到了家，一直就回到祖母屋子里去。一看史老太太，还是睡着的，就不作声。就是刚才看见杨杏园的事，本来要完全告诉她，也就一字不提。顺手抽了一本书，也坐在床面前看。她在学校里拿回来的书，本都摆在一张小条桌上。另外有一个小匣子，就盛着自己一些来往的书信，以及账单之类。这时刚伸手到桌上去拿，只见书都摆列得参差不齐，好像有人动了。再看那个匣子，盖子并没有合拢，露出一条缝，在那缝里，正好露出一截信封。自己的东西，向来是收得好好的，何以会这个样子呢？抽开盖来，只见里面，文件乱七八糟，原来分类整理的，这全都变动了。这用不着猜，一定他们曾来搜查文件。想到这里，不由自己冷笑一声："我一点儿错处没有，哪怕你们查。就是有错处，我早也收起来了，还会让你查着吗？是谁来查了，祖母一定知道的，等她醒了，她一定会说，先且不要问她。"因此也就安然放心，没有搁在心上。

不料史老太太病就由此加重，睡了老是昏迷不醒。史科莲一急，更不能挂记旁的事了。但是从这天起，余家人见了她，都带一种冷笑的样子，越来越凶，竟会当面说起俏皮话来。有一次，又是到茶水灶上去冲水，余三姨太太房后过。三姨太太隔了窗子，看得明白，她提高嗓子说道："而今

271

是改良的年头，女孩子什么不知道，先就谈自由恋爱。见了人鬼头鬼脑，好像二十四分老实。一背转身，和男朋友酒馆进旅馆出，有谁知道。女孩要到外面去读书，都是假，要结交男朋友倒是真。"史科莲听三姨太太这种话音，分明是骂自己。好在自己早已知她们有这种闲言闲语的，却也不睬她。那三姨太太又道："来来往往，那也罢了，为什么还要把这种事写在信上，不怕糟蹋笔墨吗？"史科莲听到这里，心里一动。刚才搜检我的信件匣子，就是她吗？但是我自信没有什么亏心事，也没有什么文件，可以做她们的话柄，她这句话，从何而来。无奈自己不能问她，也只得罢了。上了一壶水回房来，重新把木匣子打开，将信件查了一查，想起来了，内中有两封杨杏园写来的信，已经不见，一定是他们拿去了。这信上都是冠冕堂皇的话，并不涉于暧昧事情，这有什么可以说的。若要捉我的错处，除非说我不该和男子通信，其余的话，我是不怕的。检着信件，靠住桌子，发了一会子呆。只见史老太太躺在床上，还是双目紧闭，昏昏地睡觉。两个颧骨高高地挺起，越发见得两腮瘦削。在颧骨下面，微微地有一层惨淡的红晕，那正是温度增高，烧得那种样子。人睡在被里，一呼一吸，两脯震动得那盖的被也微微有些震动。就只这一点，看去病人无恙。不然，老人家直挺挺地睡着，真不堪设想了。史科莲一想，自己因为有一个祖母，所以不得不寄人篱下。自己总想奋斗一番，找点儿事业，来供养老人家。现在一点儿成绩没有，倒惹了一身是非，而且老人家也是风中之烛。想到此，眼睛一阵热，泪珠儿突然落下来。

就在这个时候，房门一推，余瑞香伸进半截身子来，轻轻地问道："姥姥睡了吗？"史科莲道："老人家的病，怕是不好，睡了老是不知道醒。"余瑞香就轻轻进来，说道："表妹，老太太在病里头，遇事你忍耐一点儿。她们说什么话，你只当没有听见。"史科莲道："你这话从何而起？"余瑞香道："你又何必瞒我呢？刚才我就在三姨太太屋子里，看见你过去，她才嚷起来。我知道你对于她说的话，心里是极不痛快。"史科莲道："我到府上来，实在是因为奶奶的关系，不然，我何必那样不知耻地来打搅呢？既然三姨太太不高兴，今天我就和奶奶一块儿搬到医院里去住。"余瑞香拉着她的手道："你瞧瞧你，这样子你倒好像是和我拌嘴似的。我来说是好心，不要误会了我的意思。"史科莲道："表姐说的是实话，我说的也是实话。

你想三姨太太说的那种言语，我听了还不打紧，若是她老人家听见，那还了得吗？不如搬出去，省得老人家心里多加一层不痛快。"余瑞香望着床上便说道："呆子，人是这个样子了，还搬得吗？"说到这里，又微笑了一笑，低声说道，"你这个人做事，也不仔细，究竟露出一点儿马脚来。"史科莲听说，脸就是一红，便板住面孔道："说话是说话，玩笑是玩笑。你说，我有什么马脚露出来？"余瑞香道："你总是这样不服气。"因在身上一掏，掏出一封信来。史科莲一看，正是杨杏园给她的。便冷笑道："这就算是露了马脚了吗？不见得吧？"余瑞香道："男女来往通信，那本也算不得一回什么事。但是你这信上，无缘无故写几句诗在上面做什么？"史科莲道："并没有题什么诗句呀，你话从何而起？"余瑞香笑道："你这就不对了。为什么对我也不说实话哩？"于是掏出信来，将信的反面给史科莲看道："这不是，是什么？"史科莲一看，乃是写洋文的横格纸，上面写了两行字是："当时我醉美人家，美人颜色娇如花。今日……"又有一行字是"今夕何夕，遇此良人"。反过一面，正是杨杏园写来的一封信。这才想起来了，不错，前些时候杨杏园的来信，是有一张洋文纸的。但是，当时看这面的信完了，就完了事，匆匆的仍折叠着插进信囊里去，绝不料信纸那边，还题有什么诗句。要说这诗是另一个人写的，可没有这种道理，因为这字的笔迹，和杨杏园的字是一模一样，丝毫不差。但是杨杏园为人端重不端重，那算另一问题，自己并没有和杨杏园在哪里醉过一回。况且他对于本人的正式婚事，还避之唯恐不及，哪会用这种轻描淡写的句子前来挑拨。因此一想，未免呆住了。

余瑞香见她呆呆的，倒以为她是不好意思，话也就不好继续地向下说。便笑道："男子汉写信，总是尽量地发挥，没有一点儿含蓄的，这也不能怪你。"史科莲道："老实对你说，他写的这几行字，不是你今日提起，我一辈子也不会知道。他是什么意思，我简直猜不透，非写一封信去问他不可。"余瑞香道："你是真不知道吗？那倒不必去问人家，问起来反会感到不便。我想朋友来往得熟了，在书信上开一两句玩笑，这也是有的，不算什么稀奇。"史科莲道："表姐，连你对我都不相信，这旁人就更难说了。"余瑞香道："得啦，这一桩事把他揭过去算了，老提他做什么？我看姥姥的病，越沉重了，应该换一个大夫来看看才好。"史科莲皱了眉道："我现在一点儿主意没有了。先是请中医看，中医看了不好，改为西医，西医还是看不好，依旧得改中医。这样掉来掉去，没有病，也会吃药吃出病来。我看现在就是用西医医治到底吧！"余瑞香道："我们是隔了一层的人了，不敢硬做主。既然你的意思是如此，那就决定这样办吧。"

说到这里，三姨太太却和余瑞香的父亲余梅城来了。余瑞香的继母余太太也跟在后面。史科莲向来是不很大和他们见面的，这次回到余家之后，因余梅城常来看岳母的病，倒是多见了两回。余梅城觉得她祖母一死，更是可怜，却也很亲爱地说了两次话。这时史科莲迎上前去，叫了一声姑丈，却不料余梅城的态度大为变更，板着脸要理不理的样子，只鼻子里哼了一声。也不问史科莲，老人家的病如何，却是自己走到床边，伸手抚着史老太太的额角。回过脸来对二位夫人摇了一摇头道："这样子，老人家不中用了。支出一笔款子来预备后事吧。瑞香，你在这屋子里多坐一会儿，不要大离开。有什么变动，就来告诉我。"他说这话，脸却不朝着史科莲，三姨太太却对余瑞香笑道："只管在这儿坐，可别乱翻人家东西。有些东西，人家是要保守秘密的。"说着，便和余梅城一路走了。余太太是无所谓，看是来敷衍面子的，并不作声，跟着来跟着去。史科莲明知道这话是暗射她的，无可奈何，只得忍受着。若在往日，拼了和他们翻脸，也要说几句。无奈祖母的病十分沉重，一心只望老人家化凶为吉，对于这种谣言，也只好由他。

余瑞香和她同坐了两个钟头，先说些闲话，慢慢地又谈到那封信的问题。后来余瑞香道："我是听见梅双修说，李冬青要给你做媒，这话是真吗？若是真的，我倒赞成。"史科莲道："我心里已经碎了，你还有心和我开玩笑。"余瑞香道："我不是和你开玩笑，我是实心眼儿的话。那位杨杏园先生，我倒也见过，似乎是个忠厚少年。他的生活能力也还可以，不至于发生问题。姥姥这大年纪了，你还能依靠她一辈子不成？设若她有个三长两短，你的前途，也有个归宿。要不然，我也不说这句话，姥姥的病到了极点了，你不能不早点儿打算盘。今天厨子上街买菜，回来说……"说到这里，望着史科莲，又微微一笑。史科莲忽然想明白了。是了，今天早上到医院里去看杨杏园，曾送他上车，一定被厨子撞上了。怪不得今日一回家，门房里就在自己身后有一阵嬉笑之声。今天他们对我的舆论格外不好，大概就是为这事引起来的了。便正色道："不错，我今天是到医院里去看望过姓杨的，我自信是正当的行为。"余瑞香笑道："你这人真是多心。我是一番好意，才这样把直话告诉你，你倒以为我是说你不正当吗？"史科莲道："我并不是说你，我也不是说哪一个。但是这种行为，我是知道为社会所不能谅解的，那也只好由它了。"余瑞香笑道："你的心里正难受，不要再提这个了。坐在这里，也怪闷的，我们来下一盘象棋，混混时间。"说着叫了老妈子取了棋子棋盘，就摆在床面前一张茶几上。

史科莲道："我心里乱极了，哪里还能安下心去下棋。"余瑞香道："原是以为心里乱，才要你来下棋，好混时间。"史科莲也是觉得无聊，只好由着她。但是下不到四五着棋，史科莲已经就把士象破了一半。余瑞香下了一个沉底炮去将军，史科莲只知道撑起士来，却不走士路，把士撑到象眼里。余瑞香道："你是怎样走的？士走起直路来了。"史科莲两个手指头，夹着一个棋子，却不住地抖颤。勉强笑道："我实在心慌得厉害，没有法子下了。"说着，就把棋子一推，两只手伏在棋盘上，头又枕着两只胳膊，好像是要睡。余瑞香见她这样，知道她心里已是难过万分，便不下棋了。将手推了一推她道："不许只是想心事了。吃饭吧，我去叫把我的饭开到这里来，我们两个人吃。"史科莲正怕见余家人，她说在屋子里吃饭，正合其意。这一天，两个人吃饭在一屋里，谈话也在一屋里。十个月以来，姐妹们的感情生疏已极，这样一来，又似乎恢复原状了。

这天过去，病人依然是昏睡，没有大变动。到了次日清晨，便是阴云暗暗，不曾有日光放出。这已是七月下旬，西风吹将起来，阴天格外凉快。风吹在院子里树上，树叶子吹得沙沙作响。史科莲一肚皮心事，一早就醒了。身上只穿了一件单褂，便在院子里背靠着树，两手互相抱住，抬头看那树叶子翻动，却发起呆。伺候余瑞香姐妹的胡妈，正来问病，见史科莲一清早就靠着树发愣，也觉得她心里一定异常难过，不免也动了恻隐之心。便道："史小姐，您老太太病了，您应该保重一点儿。为什么这一早响，就出来站住。院子里又刮风又下雨，您不怕着凉吗？"史科莲道："哪里下了雨？"胡妈道："您不瞧瞧地上？"史科莲低头一看，果然，院子里面的砖块和花盆上的叶子，都已湿了。这里并排的两棵树，树荫底下却依旧是干的。干湿显然，这里倒成了一个白圈圈。不觉失声道："下雨了，我倒一点儿也不知道。"于是走到树外抬头一看，那半空中的雨，细得像烟丝一般。风一吹，无千无万的小点，攒成一团，向人身上扑来，格外有一种凉气。史科莲一人自言自语地道："斜风细雨，好凄凉的天气。"胡妈听说道："你说天气凉，为什么还穿了一件裙子，站在院子里招凉哩？凉了可真不好，进来吧。"史科莲也觉手凉如铁，便带胡妈一路进去看史老太太。胡妈却逼她换了一件裙子，另外还加上一件坎肩。史科莲笑道："谁也不理会我会害病，要你这样挂心。这就冷了，在大雨里头拉车的，那不是人吗？"胡妈还没有答话，史老太太在床上就说了。说道："我不冷，倒是想点儿茶喝。"史科莲听说，连忙伏到床沿上，连叫了几声奶奶。史老太太披着苍白的头发，微微睁开一线目光，哼了两声。史科莲道："你老人家觉得心里舒服些吗？"史老太太在被里伸出一只枯蜡似的手，让她握着，微微地点了一点头，慢慢地拖着声音道："好一点儿了，我要茶喝。"胡妈听她这话，早已斟了一杯温热的茶，在床边等着。于是史科莲托住了她的头，将茶送到她嘴边下。史老太太将嘴抿着茶杯，一直喝了大半杯茶，才睡下去。史科莲问要吃什么不要，她又说冲一点儿藕粉吧。史科莲见祖母的病已有转机，心中十分欢喜，高高兴兴地伺候。上午大夫没有来，也不曾去催，以为药水还有，大夫缓一个钟头来，也不要紧的。

　　不料到了这天下午，史老太太依然是昏迷不醒。呼吸也慢慢地感到不灵，只是喘气。两点钟的时候，大夫来了，坐在床边拿着听脉器听了一会儿，那态度异常地冷静。将测温器放在史老太太嘴里停了一会儿，抽出来一看，依然还是不作声。史科莲贴着床柱，静静地站着，就禁不住问道："先生，病不要紧吗？"大夫已经站起身来，有要走的样子，便道："沉重多了。上了年纪的人，血气衰了，这也是自然的归宿。"说着一面向外走。史科莲跟着出来问道："不要给点儿药水喝吗？"大夫就停住了脚，说道："本可以注射一针。但是老太太的病太沉重了，不注射也罢。"史科莲听了他这话，加倍地呆了，站在走廊下，一步移不动，眼泪如抛珠一般，由脸上直向下滚。也不知几时，余瑞香走到了她身后，抓住她的胳膊，说道："你站在这儿哭做什么呢？你还是到屋子里去看啦。"史科莲哽咽道："据这大夫说，人是无用的了。我想还求求姑父，再找一个中医来瞧瞧看。明知道是不中用的了，尽尽心吧。"余瑞香见她这样，也是眼圈儿红红的。说

276

道:"这个你放心。老人家事到临危,无论如何,医药钱是不会省的。我这就去说,马上请中医,你回房去吧。"史科莲听了,掏出手绢,勉强擦干眼泪,就悄悄地进了房。走到床面前,看看祖母还是昏迷的样子,那嗓子里的痰声,格外响得厉害了。

余家三位太太,知道老人家是不行,也来看了两次。并吩咐两个老妈子,常川在屋子里看守。余佛香这一向子,是寄宿在西山一家亲戚的别墅里,得了电话,知道外祖母病重也回来了。史科莲虽然十分悲哀,幸而各事都有人料理。过了一会儿,果然请一位中医来了。中医按了一按脉,也没有开方就走了。史科莲更觉无望,想起十余年来,一老一小,漂泊天涯,相依为命,不料到了现在,竟要分手。索性屋子里也不坐了,端了一张小方凳坐在走廊下,两手抱住膝盖,看着院子里树叶发愣,尽情地流眼泪。眼泪淌下来,并不去擦,由面孔上向下流,把两只膝盖上的衣服湿了一大片。这个时候,天气已经昏黑了。满院子都是蒙蒙的细雨烟,被风一吹,直刮上走廊来。人身上也不觉有雨扑了来,但是有一阵一阵寒气袭人罢了。院子里树叶上细雨积得多了,也半天的工夫,滴一点雨点到地下来。这种雨点声,最是让人听了心里难受。史科莲坐在走廊下哭了一阵,不知道屋子里的病人怎样,又擦干眼泪进来。

到了晚上,史老太太醒了过来便问几点钟了。史科莲道:"奶奶,九点钟了。你老人家……"说到这里哽咽住了。史老太太喘着气,举着枯蜡也似的手,对床面前站的余佛香姐妹招了一招。二人便都挤上前,伏着床沿上,叫了一声姥姥。史老太太道:"好孩……子,我我……不成了……看你死去的母亲面子,照应这妹妹一点儿吧。"她姐妹俩听了,也禁不住流下泪来,各执着老人家一只手,说了"您放心"三字,就说不出来。余佛香掉过身来对胡妈道:"赶快请老爷来,外老太太不好了。"一声说完,这屋子里已哭成一片,一会儿余家人都来了,大家围着床,史科莲倒挤不上前。她抱着史老太太睡觉的一个旧枕头,倒在旁边一张小藤榻上,只是乱滚。哭也哭不出声,将脸偎傍着枕头,用手抚摸着枕头,口里不住地叫道:"奶奶呀,我的奶奶呀,可怜的奶奶呀!我只剩一个人了,怎样得了呢?"大家看她哭得这样惨恸,就有止住了哭来劝她的。史科莲哪里禁得住,只是嚎一阵,流泪一阵,她足哭了两个钟头,一时心里发慌,竟是晕了过去。

大家便抬着她在隔壁屋子去睡下。

史科莲醒了过来，已经有一点多钟了。睁开眼一看，并没有和奶奶睡在一个屋子里，不知如何睡到这里来了，也不知奶奶的病怎样了。在枕头上犹豫了一会儿，这才想起祖母已经去世，自己是哭晕过去了的。一阵心酸，又流下泪来。这屋子里是向来史老太太抽旱烟袋和人讲闲话的地方，临窗一张躺椅，就是她常坐在那上面的，现在只有椅子，却不见人，越发是酸上心来。屋子里并没有多人。只有两个老妈子，共围着一个大柳条篮子，在那里折金纸锭儿。柳条篮上，却针插着一根佛香。她们一声不言语，只是折了金纸锭儿，就往篮子里扔。这个时候，雨已变大了，风吹着一阵一阵的雨点洒在树叶上，哗啦哗啦作响，让人听了，心里更加凄惨。史科莲哼了两声，便坐了起来，扶着床柱，就想要走。老妈子看见，便道："史小姐，你躺躺吧，你哭得晕过去了，这就好了吗？"史科莲道："不要紧的。"于是扶着壁子走，一步一步走到间壁屋子里来。史老太太睡床，已下了帐子，用一床被将她盖了，脸上另盖着一块红手巾。床面前，摆了一张茶几。茶几上一对烛台，插上两支高大的白蜡。有一个小瓷香炉，斜插着一束信香，一口大瓦盆烧满着纸钱灰，将屋子里酿成一种奇异的气味。史科莲一眼看见老太太那个绿色的眼镜盒子，还挂在壁上，便伏到老太太床脚头，又放声哭了起来。她就是这样停了又哭，哭了又停，足闹了两天两夜。余家因为官场中人，虽然是个外老太太，也不能不照俗例办丧事。一直到送三之后，史科莲才不是那样混哭。然而嗓子哑了，眼睛也肿了，人更是瘦得黄黄的，一点儿血色没有。混一下子，便是头七。过了头七，余家便不能让棺材停在家里，次日就出殡，将灵柩停在道泉寺。余家并无多人送殡，只派余佛香姐妹，共坐一辆汽车前来。灵柩在庙里安妥当了，史科莲又是一头大哭，哭得人又晕过去。余瑞香看得她伤感过甚，已经有了病，便自行做主，送她到美国医院去医治。

第八十三回

柳暗花明数言铸大错
天空地阔一别走飘蓬

史科莲原不是内症，在医院住了三天，病也就好了。因为依着看护妇的吩咐，要在院子里散散步。就走出来，倚着栏杆站立了一会儿。只看见杨杏园穿了一件深蓝色的湖绉夹袍，戴了呢帽，慢慢地由上面诊病室出来，因此就远远地叫了一声。杨杏园见是史科莲，走上前来便问道："密斯史也看病吗？我看你这样子，病像很重呢。"史科莲道："没有什么病，可是家祖母去世了。"说到这里，嗓子一哽，便无法说下去。杨杏园道："什么？老太太去世了。"史科莲道："今天已去世十几天了。我觉得她老人家很可怜。而且她老人家一去世，我越是六亲无靠，怎样不伤心？是我表姐做主，一定要送我到医院里来。依着我，倒不如死了干净。"杨杏园一想，她真成了毫无牵挂的孤独者了。听她说，也未免黯然。低着头，连顿两下脚，连说了两个"咳"字。杨杏园不说话，史科莲更是不能说话，于是两个人对立着半天，也没有作声，静静地，默默的，彼此相望着。

望得久了，倒是史科莲想起一句话，问道："杨先生怎样还到医院里来，病体没有见好吗？"杨杏园道："病是好一点儿，但是身体老没有复元，一点儿精神没有。现在我是每天到这里来看一趟病，密斯史身体怎么样？不要紧吗？"史科莲道："要紧不要紧，那成什么问题。就是一病不起，也不过多花亲戚一副棺材钱。"杨杏园微笑道："老人家这大年纪寿终正寝，这也是正当的归宿，没有什么可伤的。密斯史又何必说这样的话。嘻！像我这样的人，有了白发高堂，不能侍奉。反是常常闹病，让千里迢迢的老母挂心，更是罪该万死了。"史科莲道："男子志在四方，这也不算

279

什么恨事。杨先生办事，是肯负责任，若是能请一个月半个月的假，回乡去一趟，就可以和老太太见面了。像我呢，现在睁开眼望望，谁是我一个亲近的人。"两个人站着，你劝我几句，我劝你几句，话越说越长，整整地谈了一个钟头。看护妇却走到史科莲身后，轻轻地说道："密斯史，你站得太久了，进去休息休息吧。"史科莲被她一说，倒红了脸，便道："我并不疲倦。"看护妇道："你们家里来了人了。"杨杏园也不便就这样老站着，点头道："再会吧。"径自去了。

偏是事有凑巧，今天来看病的，正是史科莲的姑父余先生。他本来随着看护妇走的，一见史科莲和一个男子站着说话，便停住不上前。史科莲见姑父前来看病，以为是破格的殊荣，很是感激。那余先生一见面，便问是和谁说话？史科莲因为这事值不得注意，便随口告诉他道："是一个同学的亲戚。"余先生听了，也没说什么，也不进养病室，掉转身，径自走了。这时史科莲才恍然大悟，姑父对于这件事不满意。心里一想，早就和余家脱离关系了，因祖母病，才回去的。自己本就打算依旧搬到学校里去的，只因为害了病，可耽搁了几天。现在姑父既然还是不以本人为然，连医院也不住了，就回学校去吧。至于后事如何，到了那时再说。主意拿定，这天且住了一宿，到了次日，也不问医院同意不同意，硬行做主就出了医院。好在身上还有些零钱，也不怎样痛苦。所有存在余家的东西，就写了一封信给余瑞香，请她捡了送来。这个时候，到开学时间已经很近，寄宿的学生纷纷地来了，很是热闹，自己一肚子苦闷也就无形中减去不少。不过开学时间既近，学校里的学膳宿费都得预备缴了。自己的意思是原等李冬青来京以后，再和她从长计议，把自己的终身大事也解决了。现在学校里催款催得厉害。没有法子，只好不避嫌疑，再去找杨杏园，仍旧是求他接济。

这日下午，照着往日去访他的时候，到杨杏园寓所来。进了前座院子，富氏弟兄都出去了，前面空荡荡，没有一个人。后面院子里，却有两个人说话，声音很高，史科莲一听，是杨杏园和方好古老先生说话。自己心里一动，走到月亮门边那牵牛花的篱笆下，就不愿上前。且站一站，听着自己是否可以进去。若是不能进去，大家一见面更难为情了。当时就听见杨杏园道："你老先生不用说了。只要李小姐到了北京，这事就会明白的。"

方老先生说："冬青所以要到北京，实在是她愿意牺牲，完成你二位的婚姻。你以为她来，还是为着自己不成？"杨杏园道："我说了半天，你老先生完全没有了解我的意思。老实说，我是为着灰心到了极点，反正今生无婚姻之分，认识女友，也不要紧。所以我不避嫌疑，就帮助她。若是我现在和史女士谈到婚姻问题上去，我这人未免其心可诛了。李女士苦苦地给我和史女士说合，真是给我一种痛苦。我原以为她身世飘零，才认她做一个朋友，常常帮助她一点儿。若是这样，仿佛我对她别有用意，我只好不再见她了。"史科莲听到这里，不由得心里一阵发慌，连忙向后一闪。贴住了月亮门边的白粉墙，呆呆地站着出了一会儿神。心想还站在这里做什么？于是叹了一口气，低着头就走出大门。自己要想走路，已经分不出东西南北，胡乱雇了一辆车子，就回学校去了。进了寝室，衣鞋也不脱，就伏在叠被上，直挺挺的，已是人事不知。同寝室的学生见她形迹可疑，也惊慌起来。便连连地叫她，哪会答应，这至少是晕过去了。同学一阵乱，把学监请了来，赶紧就打电话找医生，幸而医院路近，又是校医，不多大一会儿工夫，医生就来了。据他说是不要紧，给史科莲注射了一针，又灌了一小瓶药水，人就清醒些。学监将她移到养病室里，让她好好地养了两天，也就复原了。

史科莲这两天一个人睡在养病室里，十分清静无事，消磨时光，就把杨杏园的话前后仔细一想，自己心里为自己解释，李冬青和杨杏园感情好极了，为什么要回绝他的婚姻呢？从前我老是不明白，我现在觉悟了，原来为的是我。我因为杨杏园很接济我，感谢他的心事是有的，谈到婚姻二字，我是知道有冬青在前，哪里会想到呢？不过祖母在日，老有这个意思。我虽然反对，她和冬青说了也未可知。况且我在冬青面前，既常说不忘杨杏园的好处，又和杨杏园常常往来。这样一来，冬青必然疑惑我和某人有缔婚的意思，因为爱杨杏园，不忍叫他不快活，所以自己愿退出这个爱情的范围，让我们成就好事。唉！这实在是她错了。偏是我一刻又没想到，并不反对这桩亲事。于是冬青格外灰心，极力举我代她。杨杏园以为有我，弄得他的爱人疏远，就最怕和我提亲事。不过可怜我，又不愿和我断绝关系。所以这个问题，就越闹越纠缠了。史科莲想到这里，以为我其始对杨杏园并无所谓，我何必不和杨李二人表白一番，退出是非圈，让他们团聚。

而这样一来，不但把他两人的痛苦可以解除，就是水落石出，余家对我一番揣测，也自然明白。我就只一个无挂无累的身子，能活就多活一天，不能活就死，到哪里也是方便的，我又何必要什么婚姻。

主意决定，心里宽了许多，便静等李冬青来了，把话和她说明。顺便和她商量，请她想一个法子，解决自己生活问题。心里一宽慰，病也就爽然若失。学校里会计和她催款，她就一口答应，十天之内，做一次缴齐，绝不少一个铜子。若是没有钱缴清欠账，马上搬出学堂。会计见她说得这样斩钉截铁，料想她一定有把握，就老实等她十天。过了两天，那方老先生接到李冬青一封信，说是一星期之内准到，又特意到史科莲学校里来，把话告诉了她。史科莲就更安心等了。不料过了一天，又是一天，一直到史科莲自定的限期，只剩一天了，依然没有消息。打电话到方老先生公寓里去问，他也说是不知道。自己是说了硬话的，到十天一定缴款，现在怎样办呢？本来自己生活问题还没有解决，读书不读书更谈不到，现在若把自己的衣物当了卖了来缴学费，把后路断绝，更不是办法。不如再等冬青一星期，看她有消息没有？若是依旧没有消息，自己就做自己的打算。如此一想，倒先去见了会计，说款子有点儿事延误了，还得过六七天。会计因她是先声明的，也就答应了。史科莲说了这话之后，头两天实在很急，课既不上，吃饭也吃不饱，睡觉也睡不安。一天到晚，只觉得心里像火一般，自己也说不出来，究竟有什么痛苦。过了三天，心里复又坦然，无论遇到什么事，觉得也无意思。这个时候，就是有人走上前来，不问三七二十一将自己饱打一顿，也觉得不必和人计较。心里不是那样吃了辣椒似的，只感到空空洞洞，胸中绝没有一件事记挂着。饭到了时候就吃饭，睡觉的时候，倒在床上，也安然入梦。一天到晚，见人就微笑，却并不上课。同学们见她先是发愁，现在又很快乐，也不知道为什么这样喜笑无常。她自己却不在乎似的，并没有留心有人注意。

到了第六日，恰好是星期，同学们都走了，她却关了寝室的门，写了一天的信。这许多信中，就有一封给李冬青的，有一封给杨杏园的。信写好了，把其余的信暂收在箱子里，给杨李两封信，便藏在身上。当日下午，便一直到何太太家里来。何太太正盼望着她，见她来了，很是欢喜。及至史科莲说祖母死了，何太太道："怪不得呢！我到贵校去了两回，说你搬回去了。我想我又不认识余府上，不便去拜访你。预料你总有什么事耽误了，不然，你不能离学校这样久。老太太这大年纪归西去了，也是人生落叶归根的事，不必去伤心。你是难得来的，我要留你吃晚饭，肯不肯吃？"史科莲笑道："可以，我正有话和你谈呢，本不能来了就走的。"何太太道："这样就爽快。你有事就说吧，我早就承认极力帮忙了。"史科莲知道她犹自误会了本人的意思，笑道："我没有什么话说，我就是有两封信，请你转交给两个人。"说时，便在身上将信取了出来，交给何太太。何太太一看，是交给杨杏园和李冬青的，心里就有些疑惑，冬青总是要来的，有话可以面谈，何必要写两封信，让自己去转交呢？

史科莲见她踌躇的样子，便也猜中了她的心事，因笑道："这里面写什么，你就不管了。这两封信，请你在一个礼拜之后，才可以拿出来。一个礼拜内，无论如何不要发表。"何太太皱着眉偏了头呆想。史科莲笑道："我事先不便说，一个礼拜之后，拆开信来，反正也瞒不过你，你又何必想呢？"何太太见她笑嘻嘻的，逆料这里面有许多儿女私情，既然她要一个礼拜之后交，想必有她的理由，自己也就未便追问，笑道："好吧，我就猜一个礼拜的哑谜。将来打开信来，我看究竟有些什么奥妙。"史科莲道："自然有奥妙。可是一层，你若不到时候就发表，那是不灵的。"何太太道："好！我一定忍耐一个礼拜，看你是怎样的灵法？"史科莲见她答应了，心里很痛快，有说有笑。当晚在何氏夫妇家里吃晚饭，还喝了一点儿酒。晚餐的时候，何剑尘也同席，她这样欢喜，却出乎意料以外，以为她究竟年轻，现在婚姻有了着落，连祖母丧事也都忘了。吃过饭之后，史科莲要走，对何太太道："送送我吧，又不知道什么时候再会面呢！"何太太听说，果然不替她雇车，送出大门口，还陪她走了一条大街，她这才雇车去了。坐上车还连说了两声再会。

何太太见她很高兴地回去，以为她今天必然是十分满意而归，回家就对何剑尘道："史小姐对于杨先生的婚事，总是千肯万肯十分满意的了。但是杨先生老是咬定什么嫌疑不嫌疑，这件事叫我们旁边人怎样去措辞。"何剑尘笑道："不要忙，我有一个机会。上次我们探吴先生的口气，他不是有了情人吗？昨天晚上，我探得最确实的消息，他和同乡朱韵桐女士，已经在西山订了婚了，我们正要捉住他，喝他的喜酒呢。碧波的字写得很好，朱女士又会画中国画，因此他办了许多合作的扇面条幅，预备宣布婚约后，就分送男女朋友，作为纪念。你想他两人雅人深致，快活不快活？"何太太道："这和杨先生又有什么相干？"何剑尘道："青年人见别人结婚，没有不羡慕的。我要对碧波说，叫他招待宾客宣布婚约的时候，办得热热闹闹，把史女士也加入这宴会。杏园自然是到的，就趁那个时候，向他进言。"何太太笑道："我以为你真想了什么法子，原来就是这样一头屎主意。要是杨先生那样容易受感动，早就解决了，还等今日吗？"何剑尘笑道："其实我是真没有法子，不过这样说得玩。我倒要在李女士没有来以前，探探他的口气。若是他非娶李女士不可，我们就转过来劝李女士吧。"何太太笑道："你简直是傻瓜，越说越远。李女士要愿意结婚，还用得着我们现在来劝吗？"何剑尘道："这样也不行，那样也不行。各人自扫门前雪，随他们去吧，我不管他们的闲事了。"何太太笑道："你说出这话来，简直该打五百下手心。你不想想当年我们的事，人家是怎样帮忙的。到了现在我们就不应该帮人家一点儿忙吗？"何剑尘笑道："你这人倒是知恩报恩，今天晚上他要上报馆来的时候，可以对他说说。"何太太道："他的病好了吗？"何剑尘道："哪里好了！他自己不好意思请假，勉强做事呢。他不但照旧做事，而且又另外加了两件事做。"何太太道："那为什么，不怕受累吗？"何剑尘道："我也是这样劝他，据他自说，这两年以来家道中落，南边全靠他寄款子接济，他自己的钱又用空了，不能不努力。"何太太道："我就常说杨先生不知道什么叫算账，这是他一个大坏处，这个样子，每月挣一万也是穷。"何剑尘道："你以为天下人都要像你们一样，抱着一本奶奶经，掐着指头过日子不成？"何太太道："又是杨先生那句话了，银钱生不带来，死不带去，但是余积几个不好吗？杨先生若是能余积几个，何至于现在生病还要卖苦力做事呢？"何剑尘道："各人有各人的心胸，你以为这话有理，人家还以为这话是多事呢。我不和你说了。"何剑尘说到这里为止，也就上报馆去了。

到了编辑部，只见杨杏园撑着头，一只手在桌上写字。身边站了一个排字小徒弟，正在等稿子。何剑尘一偏头看他，见他紧锁着两眉，一语不发。手上捏的正是一支无尖秃笔，只听得一阵细微的瑟瑟之声，在纸上响。连书带草，在那儿赶着作稿子。电灯映得他那两颊，越见得苍白。再看那作的稿子，是一篇散文，已经写好题目是"三大快活主义"。何剑尘不由笑了起来，说道："你贫病交加，还说三大快活主义，你真是一个能苦中作乐的人了。"杨杏园道："我干的这个买卖，不是要给读者一种兴趣吗？依你说，我该天天对了读者痛哭才对呢。"何剑尘道："不是那样说，你既然有病，应该多休息些时候，何必这样拼命地挣扎着来作呢？"杨杏园长叹了一声道："我的责任太重了，我的负担也太重了。春蚕到死丝方尽，宁人负我吧。"

何剑尘本来要慢慢地和他谈到婚姻上去，现在见他满腹牢骚，就不愿意再谈那个，因笑道："碧波的事情，你知道吗？他和朱女士订婚了。"杨杏园道："我原也仿佛听到这一句话，但是不知道他为什么要守秘密。今天上午伯平来看我的病，我问他，他说碧波有些小孩子脾气，还是顽皮。打算择一个日子，他和朱女士各人单独地下帖子，请各人的客，这地点可在一处。等客到齐了，他们做起主人，临地宣布婚约，让人家意外惊讶，而且还有许多合作的书画小件，当场送人。不过这事究竟守不住秘密，他已经公开了，打算三五天内就要请客。请客的地点也特别，在香山甘露旅馆。约好了地点齐集，他赁了两辆长途汽车载鬼，一车装了去。"何剑尘笑道："不要胡说，人家是喜事，去的客都也沾些喜气，你怎样把宾客当鬼，那主人翁成了什么呢？"杨杏园笑道："我一时不留神，说出这句话，你千万不要和碧波提起，他纵然不忌讳，也不能认为这是好话。"何剑尘道："那自然。你和两方面都认识，大有做证婚人的资格。"杨杏园道："不错，这朱女士是李女士的朋友，我也在李女士家里会过两次。她怎样认识碧波的，我倒不知道。"何剑尘道："碧波这上十个月，不是开始研究图画，加入了什么书画研究会吗？这就是他们认得的缘由了。"杨杏园道："是真的。现在男女社交，还不能十分公开，大家只有借着什么研究会，什么文学社的幌子，来做婚姻介绍所。我也疑心碧波怎样好好学起画来？原来他是学着画眉呢。"说话时，杨杏园已将文稿作完，将笔一扔，昂头长叹了一声说道："累够我了。"何剑尘道："你回去吧。稿子若是不够，我来和你设法子。"杨杏园对他拱了一拱手，微笑道："感恩匪浅。"于是立刻就坐车回去。到了家里，脱衣上床便睡。

富家骏这几天正赶着修理自己的旧作，预备出单行本。每天晚上，总要到十二点钟以后才能睡觉。他房后一扇窗户，正对着杨杏园的房间，他理一理稿子，抬头一看，只见对面屋子里黑洞洞的。心想刚才电灯亮了一阵，怎样又灭了，难道杨先生没有回来吗？正好听差进来沏茶，一问时，他说杨先生今天回来，茶也没喝一杯，就睡下了。富家骏知道杨杏园的病没有好全，怕是病又复发了，因此轻轻地走进他屋子去，将电灯一扭着，只见杨杏园向里侧身而睡，桌上有一个贴着快信记号的信封，旁边乱铺着几张信纸，有一张信纸，却落在地下。因俯身给他拾了起来，无心中却看见上面有一行触目的字样。那字是："今年岁收荒歉，家中用度，愈形紧迫。信到之后，务须查照前信，筹洋一二百元寄来。"富家骏只看了这几个字，知道是杨杏园的家信，不便往下看，就给他放在桌上。那么，杨杏园所以力疾从公，也大可以想见了。当时也不惊动他，依旧熄了电灯出去。到了次日，特意回去，见了富学仁，把杨杏园经济恐慌的话告诉了他。富学仁道："既然如此，我这里开一张两百块钱的支票，你送给他，就算是你们的束脩。他是不乱要钱的人，你这话可要好好地说。"富家骏也觉他叔叔这事办得很痛快，趁杨杏园不在家，把一个信封将支票封了。信封写了几个字："奉家叔命敬献薄仪以代束脩，学生家骏上。"杨杏园回来，将信拆开一看，就知道富学仁是有心救济自己。不觉叹了一声道："生我者父母，知我者鲍叔也。"自己正要钱用，用不着虚伪谦逊，就收下了。吃晚饭的时候，亲自告诉富氏兄弟，叫他转为致意道谢。次日便忙着把款子汇回家去，款子刚汇走，当日又接了家里一封信，说是银钱周转不过来，家里要卖了房子还债，以后接济家款，日子就不可差移，免得再举债。本来想这款子寄回家去，就要辞了一两件事，轻闲轻闲，看到这封信，又不敢着手了。自己转身一想，天天这样干下去，也不见有什么痛苦。大夫虽说病根未除，做医生的人，是过分地细心，用话来吓病人的。自己又不痛又不痒，有什么病呢？这样一想，把继续工作的心事，复又决定。过了两天，也不觉得有什么痛苦，不过饭量减少，懒于动作而已。

这日清早起来，刚一醒过来，忽听得听差在外面说，赶快去告诉杨先生，这是一件喜信，他听见了，一定十分快活的。杨杏园听了此话，以为是李冬青到京的信来了，一翻身爬起来，趿着鞋，走到玻璃窗下，掀起一块窗纱，向外看去。只见听差手上拿了一个很漂亮的信封，由外面进来。杨杏园便问道："是我的信吗？拿进来瞧瞧。"听差送进来，接过来看时，是一个洁白纸面，上面一个犄角，印着几片绿色的叶子，间着两三朵菊花。用红丝格框了一个框子，中间就写着收件人的姓名。那字写得非常端正秀丽。杨杏园一看，就知道是吴碧波的笔迹。翻过来看时，却是红色印的仿宋字迹。那字道的是："我们因为彼此情投意合，一个月以前，已经订婚了。近来许多好友，曾问及这一件事。而且许多好友，只认识韵桐或碧波一个人。我们为彼此介绍和诸位朋友见面起见，特定于月之一日，在香山甘露旅馆，洁樽候光。当日并备有长途汽车迎送。诸位好友，均请至西四亚东茶点社齐集，以便登车，务请光临。朱韵桐吴碧波敬启。"杨杏园心想这样好的纸和这样美丽的印刷，我以为要写上些很雅洁的小启，不料却是这样平俗的文字。碧波也是之乎者也，常常咬文嚼字的人，何以遇到这样好的机会，不卖弄卖弄呢？正在这时，何剑尘来了电话，也是说接到了这一封帖子。杨杏园便告诉他，这帖子何以用白话写？何剑尘道："我听到说了，他本来打算作一篇好四六小品的，这位朱女士说，他们的朋友新人物多，若要那种文字，是丢在臭茅坑里三十年不用的东西，恐怕朋友们要笑的。而且他也说了，料得你的佳期，也不过在重阳佳节前后，这一段风流韵事，情愿让给你去干了。"杨杏园在电话里听了，也笑个不止。何剑尘道："如何？猜中了你的心事不是？"便商量着要不要送喜礼。杨杏园道："订婚是用不着送礼的。不过我们交情不同，我本可作几首歪诗贺他。既然他跟着夫人转，嫌腐败，我们就买点儿雅致些的小纪念品得了。我这一向子疲倦极了，不能上街，东西就全由你买。等他结婚的日子，再送礼吧。"何剑尘道："你身体弱到这样，西山还能去吗？"杨杏园道："到那天再说吧。"

挂上电话，杨杏园拿了那帖子出一会儿神。心想以情而论，不能不去，刚才不该说再看的话，很是后悔。偏是何剑尘又把这话通知了吴碧波，说是杏园身体弱，你可以劝他，香山不必去了。吴碧波觉得也是，又亲自来见杨杏园说道："由宫门口到甘露旅馆，上山有半里之遥，若是找不到轿子，恐怕你上去不了，你就不必去吧。"他这样一说，杨杏园觉老友体贴周到，越是要去。说是并没有什么病，应该参与喜事，让精神上愉快愉快。吴碧波道："你若一定要去，我另雇辆车子接你吧。长途汽车，坐得不舒服。"杨杏园笑道："那自然是好，但是你未免太破费了。"吴碧波笑道："那也说不得了。谁叫我们的交情很厚呢？"杨杏园见他如此说，更是要去，便认定了必到。可是就在这日晚上，有些发烧。到了次日，烧得厉害，竟睡了大半天的觉。

好在赴香山的日期，只有一天，料着也总不会恰在这个时候就会生大病的。晚上要表示无病，还挣扎到报馆里去了。何剑尘等他稿子发完了，就拉他到编辑室隔壁屋子里去，笑嘻嘻地道："恭喜恭喜，你的红鸾星动了。"说时，在身上掏出一封信，交给他道："你看看，这是那位史女士托我转致的一封情书。你什么时候能作答呢？"杨杏园接那信封一看，上面写着"烦代交杨杏园先生启史托"。杨杏园倒很为诧异：她为什么有信不直接寄我，要转交过来呢？心里默计着，总不外婚姻问题。在这里看了，是有些不便，就微笑了一笑，揣在身上说道："又不知道你们弄什么鬼，等我回去看了再说。"何剑尘道："这可不干我事，人家托了，我不得不交给你。至于信上说的是些什么，我一点儿不知道。"杨杏园道："这时我也不和你分辩，让我看了信再作计较。"当时各不言语，杨杏园先自回家，坐在车上一路想着，史女士为什么写信给我呢？答应我的婚姻吗？不能够。无论女子如何解放，没有反先向男子谈判婚姻问题的。拒绝我的婚事吗？也不对。我和我的朋友，只是背地里讨论这件事，并没有谁正式和她提到这一层。我的意思如何，她也不知道，又怎样能无的放矢地来拒绝哩？一路想着到了家，什么事也不管，首先就把这一封信拆开来看。倒是厚厚的有几张信纸。那信道：

杏园先生急鉴：

在您看到我这封信的时候，我已经到了上海了。我这次南下，没有一定的方针要到哪里去，也不必计划着到哪里去，反正活一天算一天就是了。原来我的意思，只图报您和李冬青女士的恩惠，别的事情，我是不计较的。

杨杏园劈头看了"我已经到上海了"一句，心里已经是扑通一跳。看到这里，这次南下，却是为着本人，这就很可诧异。我有什么事得罪她，逼得她要南下呢？这倒要看她所举的理由。再向下看时，那信道：

> 二位对我的恩惠，也不必来说，您二位当然也认为有的。我虽不能像夫子所说的话去做，以德报德，但是无论如何，我总不能以怨报德。我既不能以怨报德，我就只有一走了之，是最好的一着。因为先祖母去世以后，我孑然一身，就灰心到了极点。我在北京没有家，到别处去，也是没有家，所以我就觉得无论走到哪里去，无非是一个人，走与不走，没有关系。不过因为许多朋友，曾把先生和我，涉及婚姻问题，我为这件事，考量又考量，就决定了等李女士来再说。这话怎样说呢？以先生品学情谊和我来缔婚，我当然无拒绝之余地。但是我仰慕先生，或者有之，先生对我，恐怕谈不到爱情二字。既没有爱情，婚姻从何而起呢？

那信原是八行纸写的。第一二张，还行书带草，写得匀匀的。现在写到这里，字迹更潦草了。字体固然大了许多，墨迹也很淡。下面写的是：

> 我很不明白李冬青女士的意思，为什么苦苦要促成你我的婚姻。其先我一想，或者李女士疑您待我很好，含有爱情作用，所以这样办。但是无论如何，您和李女士的爱情，也是公开的，我万万赶不上百分之一，她何以这样不解您的意思哩！其后我又想，她或者怜惜我，让我有终身之靠。所以宁可牺牲自己，来帮我的忙。然而这下井救人的行为，我也不大信任。最后我听人说，她立誓要抱独身主义，她落得做个人情，促成你我的婚姻，而且多少有些荐人自代的意思。我原不敢答应这件事。因为您和李女士两方面的关系人，都来劝我，我想您两方必然早商量好了的。我有这好的婚姻，倒也不可失之交臂。不料我有一次到贵寓处，听见您和方老先生谈话，您和李女士的情爱，是万万不破裂的，朋友提你我的婚事，乃是多事。您不愿意这件婚事，那已是丝毫不错。但是李女士又何必退后呢？是了，李女士必然疑

惑我感谢，我们有缔婚的意思。不过碍着她，不好进行罢了。因此，她特意退出情爱范围，来主持这件事。这正是她爱您之极，不愿您不快活。同时也是成全了我的一生，她却不知这完全出于误会。先生原不曾爱我，我又何曾望嫁先生呢？总而言之，都是为了我，使您和李女士横生了一种隔阂。由此说来，李女士忽然消极，为的是有我。先生坚决地要李女士到北京来，也为的是有我。我不去，二位的互相误会，恐怕不容易明白。不但不会明白，也许再添些纠缠，我与其费许多唇舌笔墨，来解释这个误会，不如釜底抽薪，先行走开。那么，李女士一到京，听我走了，自然把疑云揭去。先生也不疑心我有所谓了。

杨杏园看到这里，才把一天云雾拨开，情不自禁地将脚一顿道："她自己完全误会了，还说是我们误会，这不要命吗？"再往下看是：

因为如此，我就在写信的第二日动身南下了。我将我所有的东西，和先祖母所遗留下的东西，一齐变卖，共得一百多元。我得了这个钱，我就可以去找我的归宿之所了。我第一步，是到上海去找我一个远房的叔叔。听说他在一个工厂里管账，我和他找点儿工作。若是不能，我就设法回云南故乡去，因为那里还有些家长，或者可以给我一点儿安身之所。不过我有一句题外的话，要告诉先生，我受了一回教训，我决计守独身主义了。不独守独身主义，除了找生活的地方而外，不和一切亲戚朋友来往了。因为我觉得人生在世，不得人的谅解，就不必往来。然而谁又能谅解谁呢？自然，一个十几岁的女子，守独身主义投身到社会上去，是很危险的事，但是我已把生死置之度外了，还有什么危险可怕呢？

杨杏园看到这里，心里未免有些恻然不忍，叹了一口长气道："聚九州十三县铁，不能铸此大错也。"再看下去是：

既然我不怕死，哪里也可以去。纵然是载途荆棘，我也看成是阳关大道。有一天路走不上前了，我就坦然坐着，等死神降临。所以从此一别，也许三十年五十年后我才死，也许三十天五十天我就死。人总有死的一日，我不必欢迎死神，我也不必苦苦地和死神去抵抗。这就是以后我的下场，请您转告我的朋友吧。大家永久不见了，也不必挂念了。先生对我援助的地方，今生不能报答，若有来生，来生绝不忘的。若无来生，就算天下多一个负您的罢了。除函告先生外，并另有一函，将此意告之李冬青女士。言尽于此，望先生前途珍重。

史科莲　谨白

　　杨杏园反复将信看了两三次，越看越心里难过。心想一个十几岁的女子，要孑身只影，去飘荡江湖，这岂不是危险万分的事。若是她有些好歹，又是"我虽不杀伯仁，伯仁由我而死"的一种形势了。我好意助她，倒不料生出种种误会，种下这种恶果。看她这信，竟是很钟情于我的，不知道听了我什么话，愤而出此。我一向梦梦，不知她是很有意于我的，我真负疚良深了。几张信纸，散乱着摊在桌上，他却两手相抄，向后一仰，靠住椅背斜坐了，只是出神。半晌，自言自语地又叹一口气道："今生已矣。"这个时候，业已夜深，杨杏园尽管坐着，只觉两只脚冰冷。冷到极点，也坐不住了，只得上床去睡。

第八十四回

爽气溢西山恰成美眷
罡风变夜色难返沉疴

次日还未起床，华伯平就来了，站在床面前连连喊道："杏园！杏园！怎么还不起来，今天有盛会，忘了吗？"杨杏园醒过来，用手揉了一揉眼睛，见是华伯平，便坐了起来，强笑道："你来得早呀！"华伯平道："起来得早吗？今天碧波在香山请客，还要把汽车……"说到这里，逼近了他的脸看了一看，问道："呀！这是怎么了？你的眼睛有些肿了。脸上也似乎清瘦了许多，你熬了夜了吗？"杨杏园道："昨晚上睡得很早，并没有熬夜。不过我的电灯用得光太强了，常常总是眼睛闹毛病。"华伯平摇摇头道："你这不是光闹眼疾，精神也很颓丧。你这一向身体不好，自己又不善于保重，常害病，我看你是劳动不得。今天你到不到香山去呢？"杨杏园道："我自然去，他还为我另雇了一辆汽车，我能说不去吗？"华伯平道："能去固然是极好。但是我一看你脸上的气色极是不好，不要为了这个再受了累。"于是就把旁边茶几上放的一面小镜子，交给他手上，说道："你照一照看。"杨杏园照了一照，将镜子向床上一扔，笑道："这算什么病容，不过昨晚睡觉没有睡好，把眼睛睡肿了，过一两个钟头就会好的。"说着打起精神，就坐起来穿衣。衣服穿好，一看桌上的小闹钟，还只八点半钟，笑道："伯平，天气很早，我们到胡同口上咖啡馆里去吃一些点心吧。你看看，吃起来，我就不像病人了。"华伯平见他谈笑自若，也以为他真没有病，果然和他上咖啡馆去吃点心。回来之后，又高谈了一个钟头，汽车才到。

这小车就只华杨两个人坐，很是舒服。开到香山宫门口，正有吴碧波两个同学，穿了西装，胸前挂了一个小红条子，站在宫门口，见了华杨二人，就上前招呼。杨杏园原怕自己走不动，想骑头上山驴子到甘露旅馆去。现在有人招待，不便先说，就由一个招待员引导，顺着上山大道，步行而去。上了几次台阶，只到旅馆大门，杨杏园就有些支持不住了。他们又不休息，接着就一直向上去，弄得他面红耳赤，气喘不止。到了食堂，只见东西对列，摆着两张长桌子，里里外外有许多男女。最可注意的，就是去年给李老太太贺寿那一会儿的女宾，如梅双修、朱映霞、江止波都在这里。那梅双修和史科莲李冬青比较是亲切一些的朋友，所以她也认识杨杏园。当时见了他，笑着微微一点头。杨杏园也就笑道："梅女士，我们好久不见了。"梅双修道："密斯李回南去了，好久不见。那位史女士怎么也好久不见？"杨杏园随便答应一句道："是，也有好久不见了。"说到这里，有一个西装少年和梅双修打个照面，他就走开了。当梅双修说话时，见她手指上戴着一个订婚戒指。现在看那西装少年手一扬，也戴有订婚戒指，这就了然了。梅双修穿了一件墨绿绸旗衫，那少年穿一身青哔叽便服，都把皮肤反映得雪白，真是一双璧人。杨杏园看着，真添了无穷的感慨。心里正这样想着，又看见朱映霞和梅守素一对未婚夫妇，同站在石栏边，向着山头指指点点。

忽然有人在背后轻轻地拍了一下，笑道："什么事看得这样出神？"回转头看时，却是吴碧波。见他穿了一件新制的西装，领襟上插了一朵新鲜的小紫菊，便握住他的手摇了两下，笑道："老弟台，大喜呀！"吴碧波未曾开口，那朱韵桐女士，正走过来。只见她穿着一件浅霞色的素缎旗袍，漆黑的短头发上，又扎了一根浅霞色的丝辫，在左耳上，扎了一个小小的蝴蝶儿。这浅霞色就是俗传的印度红，颜色非常鲜艳，她人本清秀，今天又薄薄在脸上敷了一层粉，在两颧之上，又浅晕了一层胭脂，真个是明露朝葩，东风醉蝶，虽浓艳却不伤雅，而且喜气洋洋，和别人的气色又不同。彼此原曾认识，杨杏园和她彼此一点头，吴碧波笑道："这不用得我介绍了。"杨杏园笑道："还是要你介绍的，从前是朱韵桐女士，现在……"说到这里，忽然一想，这话说糟了，现在人家未结婚，还是女士呀，便改口道："虽然还是朱韵桐女士，和从前不同，从前不过是朋友认识的朋友，而今因为你的关系，直接是朋友了。在这个关键上，你负有说明的责任啦。"吴碧波微笑，朱韵桐却在颊上更增了一层红晕。杨杏园笑道："人事真是不

293

可料想的。我在李女士家里赴寿会的那一天，认识了朱女士，不想今天会由朱女士来请我。"吴碧波笑道："说这话，似乎有些感慨系之呢。但是一时的失意，你也不必介意，不久的时候，我相信你的问题，也就解决了。"杨杏园笑道："我的什么事快解决了？我倒不明白。"朱韵桐以为杨杏园有意装傻，就向之嫣然一笑。不过他一对未婚夫妇，今日是主人，要到处招待客，和杨杏园只说了几句话，就走开了。

这个时候，客已到齐多时，吴碧波就请大家入席。那两张大餐桌，一边是吴碧波主席，一边是朱韵桐主席，其他的客一席上，都已写好男女来宾的位次纸片，却是不分男女，间杂而坐。吴碧波特别看得起杨杏园，竟将第一席分给了他。他的紧邻，是那位杨爱珠女士，对面恰又是梅守素朱映霞夫妇二人，杨杏园看了，正踌躇着，华伯平在他身后牵了一牵他的衣服。杨杏园会意，就跟着他走到一边去。华伯平轻轻地笑道："你知道吗？碧波的意思，是要一对一对地排下坐着。若不是一对夫妇，他也要用别的方法，想法让你配成一对儿。你看你的紧邻，不是杨爱珠女士吗？你姓杨她也姓杨，这也勉强可以说是一对儿了。"杨杏园一想，果然，笑道："这未免太无聊了。我宁可不入席，我也不坐。"华伯平道："写好了位次，那是不许再让座的。你要再让座，就画蛇添脚了。"

说时，吴碧波已亲自走过来，拉他入席，杨杏园为情面所拘，只得坐下。一看满席的人，都是翩翩少年和红粉佳人，席上自融和着一片芬芳馥郁的脂粉气，别有风趣。不过他自己这一次上山，极是受累，到了甘露旅馆，人便是勉强支持。这个时候入席吃东西，他简直不知道是什么味，慢慢地有些头昏。在场的人说笑话闹酒，他只是莫名其妙地发出一种微笑，向人家望着。后来大家一阵起哄，要吴碧波演说，碧波红了脸，勉强站立起来，用手去理面前摆的刀叉，好半晌才笑着说道："今天请到这里来，无非是介绍各位朋友彼此见面，蒙诸位老远地来了，我很荣幸。但是实在没有什么可演说的。"有几个调皮青年，就非要他说订婚的经过不可。碧波逼得没有法，只得继续说道："订婚是恋爱的结晶，这原不必说的。我们订婚，也不过如此。现在诸位一定要我说订婚的经过，我可以略略报告。碧波是个喜欢美术的人，朱女士也是一个喜欢美术的人。因为如此，我们就都在美术研究会成了朋友。后来彼此因性情相合，就订了婚。碧波希望许多未婚的男女，尤其是我的友人，若是要去找终身伴侣，最好在朋友里面去找。这样办，才可以彼此知道为人，容易结合。这是我一点儿经验，就此可以供献给诸位。诸位到此，我也不过是请吃平常的例菜，不成敬意。但是对着这清爽的西山秋色，是可纪念的一件事。恭祝在座友人健康，请大家干一杯。"于是举起玻璃杯对两边座上举了几举，大家陪了一杯。有些人不肯依，说是敷衍了事，非朱韵桐演说不可。许多女宾跑上前和她交头接耳，牵衣扯袖。朱韵桐无论如何不肯。

后来大家公推何剑尘演说。他背了两手，站起来笑嘻嘻地说道："剑尘今天且不谈恋爱，我先主张大家要注意宪法。宪法上说，人民有聚会结社之自由。我们知道这一点，未婚的青年，第一件大事，赶快多办些研究会同盟会联合会，要男女会员都有。"大家先听到他说要注意宪法，都很诧异，今天这一会，与宪法有什么关系呢？后来他说到宪法有聚会结社之自由，有些神经过敏的，就猜他是要提到男女社交公开上去，便发出微笑来。后来他果然如此说，大家就是一阵哄堂大笑。何剑尘停了一停，然后说道："好在宪法上定了的，结社自由，在社以内的正当交际，那是可以受法律保障的。于是男会员女会员，因志同道合，可以变到情投意合。由情投意合一变呢？这就不必我多说，在座的诸位好朋友，必然知道的。"大家笑着一阵鼓掌。何剑尘正了一正颜色道："我这话似乎很滑稽，其实是有理由的。因为男女的交际场合，现在很少，能够在集会结社的中间，带寻终身的伴侣，那是最正大光明的事。而且在聚会结社里，还有这样一个机会，作为奖励，可以使得一班人对于会务，格外热心了。"在座正有几个人在学生会和同乡会的，听了这话，倒有些中了心病。知道这一层的，又狂笑着鼓起掌来。何剑尘道："吴碧波先生，朱韵桐女士，这一次婚事，又光明，又美满，很可以给未婚者做一个榜样。我现在请大家干一杯，与主人翁祝福。"大家听他的话很高兴，都干了一杯。

何剑尘和杨杏园却隔了一张桌子，先是未曾注意他的状态，现在偷眼看他，见他脸上虽然带有笑容，却是气色很坏，而且腰部微弯，没有一点儿振作的样子，酒也不喝，菜也不吃，料他是病体不能支持，就不敢多闹，让大家自然地结束。不多一会儿，咖啡已经送了上来。杨杏园倒是觉得这个对劲，趁着杯子还在冒热气，端了杯子咕嘟一声，一口气就喝了大半杯。

喝下去，觉得精神好些，因站了起来，对何剑尘点了点头。何剑尘走过来轻轻问道："怎么样？我看你很有些精神恍惚，不要是受了累吧？"杨杏园眉毛微微一皱说道："我身体实在支持不住了。不过碧波是喜事，我又不便说生病，坏了他的兆头。"何剑尘道："好在汽车在山下等着呢，我私私地送你回去得了。留我内人在这里，碧波问起来，就说我陪你到双清别墅去了，那也就不关事了。"杨杏园道："那也好，劳你驾，你就扶着我下山吧。"何剑尘看他样子，实在不行，私下对茶房说了，叫他在山下雇了一乘小轿，停在旅馆大门外。然后和杨杏园像闲谈似的，一路走出门来。杨杏园坐上轿子，何剑尘也跟着在后面慢慢地走下山来。

何剑尘到山下时，杨杏园已斜躺在汽车里多时，何剑尘坐上车，车就开了，因问道："杏园，你今天何必来呢？你这个身体坏极了，实在不能再受累呀。"杨杏园道："碧波有这样一段美满姻缘，我很欢喜，我怎能不来呢？"说时，将手握住何剑尘的手道，"老大哥，我们交情，不算坏呀。我看我是不行了。我很喜欢这香山下临平原，形势宽展，我的身后之事，你自然是有责任的，你能不能把我埋在这里呢？"何剑尘笑道："你简直胡说，多大年纪，就计算到身后的事了。"杨杏园道："你别忙，我的话还没有说完呢。我想那义地里没有什么意思，最好你把梨云棺材也挖了搬来，我也有一个伴。"何剑尘道："你何必记挂到这上面去。你要知道你的病这样延下去，一来常因你心灵不解放，二来就为你工作太多。你休息不休息，还在其次，第一件，你就该解放你的心灵，凡事都不要抱悲观，向快乐方面做去。"杨杏园斜躺在汽车犄角上，汽车一颠动，他的身子也是一颠动，人只是懒懒地躺着，那手握住何剑尘，兀自未放，叹了一口气道："我这种环境，叫我怎样解放心灵呢？你昨天所给我的那一封信，又是我催命之符，你不知道吗？"何剑尘道："这话从何说起？史女士难道对你还有微词吗？"杨杏园摇了一摇头，半响才说道："非也。到了我家里，我将信给你看，你就明白了。"说完，他就默然。何剑尘无论说什么，他都不作声。何剑尘见他面色苍白，想到他家境不好，情场坎坷，把一个词华藻丽、风流自赏的少年，憔悴到这般田地，也为之黯然。两个人都寂然。

汽车到了寓所，杨杏园将何剑尘引进屋，一声不言语，就把史科莲的那一封信，交给他看。何剑尘从头至尾一看，连连跌脚道："嗐！怎么会弄成这种错误。"看杨杏园时，只见他伏在桌上，按住一张纸，挥笔狂草。何剑尘看时，却是填的一阕《浣溪沙》。那词道：

欲忏离愁转黯然，西风黄叶断肠天，客中消瘦一年年。
小病苦将诗当药，啼痕犹在衍波笺，心肝呕尽更谁怜？

莫道相思寸寸灰，离魂欲断尚徘徊，碧天雁字正南飞……

　　何剑尘见他填得字句这样凄楚，不等他将第二阕写完，便用手来夺去。杨杏园道："你为什么不让我写下去？你以为我还是无病呻吟吗？"何剑尘道："你病到如此，怎么无病？不过我不主张你在这伤心之境，再做这种伤心人语，你尽管好好休养。只要有人在，婚姻问题经济问题都容易解决。"杨杏园昂着头淡淡一笑道："我用不着解决这两件事了。"说这话时，手扶住桌子椅角，说道，"我头晕得很，我要睡了。"何剑尘道："大概是坐汽车颠的。"杨杏园道："不但是头晕，而且心里有一种说不出的痛苦。似乎是饿了，又似乎喝了空肚子酒，烧得心里难过。又似乎心里有几十件事要安排，都没有安排得好。"说话时，吐了一口痰。因没有够着痰盂子，就吐在地下。何剑尘一看，竟是一朵鲜红的血，不觉浑身一阵发麻，急出一阵热汗。连忙将身一闪，闪了过来，遮住那口血。因扶着他的右肋说道："你实在也是倦了，我扶你上床去睡吧。"杨杏园听了他的话，就由着他扶上了床。他和衣睡下，何剑尘把他那床青罗秋被，轻轻展开，给他盖了。不到三十分钟，竟睡熟了。

　　何剑尘悄悄走出房门，对听差说，把那血扫去了。然后到了前面，会富氏兄弟说话。正好他们都在家，富家骏受杨杏园的熏陶最深，听了杨杏园吐血，连顿两下脚道："真个是种瓜得瓜，种豆得豆。杨先生做文章凄凉感慨，富于病态，我就料他和纳兰性德一样，要不永年……"富家驹抢着道："你简直胡说。杨先生好端端的，你怎说他不永年。少年人吐血也是常事，不见得就会怎样？"何剑尘皱眉道："看他的气色，可实在不好呢。"富家骏道："既然如此，那就赶快把杨先生送到医院去。在家里医治，那是不如医院里周全的。"何剑尘道："送到医院里去吗？可有问题呢。吐血

297

自然是肺病，有肺病的人，医院里认为是传染症，不肯收的。"富家骏道："西山天然疗养院，是治肺病最好的地方，他那里收治肺病的人，不如把杨先生送了去吧！"何剑尘摇摇头道："不行，不行。他就为了上一趟香山，劳累得病势加重，哪里还可以出城呢？说不得了，请贤昆仲多费一点儿神，看护着他。千万不可对他说已吐了血。害病的人，是不能知道病势沉重的。一受惊骇，危险就会加重。我事又忙，不能在这里守着他，我先请大夫给他来瞧瞧，等大夫来了，我就好走。"于是翻着电话簿，请那位刘子明大夫来。偏是刘大夫又出诊去了。急得何剑尘在屋子里走来走去，走了几遍，在身上掏出一盒烟卷，取了一支烟卷，衔在嘴里。因为找不到取灯，也不抽，也不扔。右手三个指头，将烟卷夹着，呆立着不动，把烟卷都夹得松开了。富家骥道："何先生，你若有事，你就请便吧。大夫来了，我们会引他去诊脉的。何先生把事办完了，回头再来就是了。"何剑尘道："事倒不要紧。不过我不知道他究竟是什么病，等大夫来了，瞧过了病，究竟好不好，说出一句话来，我也好放心。"说时，又悄悄地走到杨杏园屋子里来。见他双目紧闭，睡得正是沉酣，这脸色却分外地苍白，微微显出两个颧骨影子。何剑尘走上前，伸着手抚摸了他的额角，又伸手到被里去摸了摸他的手，觉得他微微有些发烧。想到平常人说，害肺病的人是不能发烧的，胸口上不由得扑突扑突接连跳了几下。轻轻地将手缩出来，站在床面前，对他的脸，望着发了一会儿呆。忽听得屋子外的挂钟当当敲了四下。四点半钟，自己还有朋友到家中来会，不能久等，就先走去。

　　到了家里，何太太也回来了。何太太手里拿着一封信，高高举起笑道："你瞧，今天也望，明天也望，居然把这个人望到了。"何剑尘道："是李女士来了快信吗？"何太太道："她说发信后两三天，就可以动身。这个时候，也许在汉口登车了。"何剑尘接过信来一看，果然是如此说。点了一点头道："这一封信，比一千元一剂的续命汤还要值钱。刻不容缓，就该送给杏园去看。不过我在家里，要等一个朋友，马上走不动，你先拿了信送去吧。"何太太道："那忙什么？晚上你和他见面，送给他也不迟呀。再不然，先打一个电话告诉他也可以。"何剑尘跌脚叹道："嗐！事情大变了，你哪里知道呢！"于是将史科莲的信，杨杏园的病，说了一个大概。何剑尘说一声，何太太嗐一声，何剑尘一说完，何太太果然就拿了李冬青寄来的一封信走了。何剑尘在家里等那客，先是久等不来。等得来了，又是谈个滔滔不断。糊里糊涂一谈，不觉天色已晚，好容易把客送走，就该吃晚饭。这时太太又不见回来，恐怕杏园的病，是没有好现象，心里只是安放不下，一面吃饭，一面想着。他忽然将碗一放，便走去打电话，问杨杏园的病况。那边听差，知道是何剑尘，便叫何太太来接电话。何太太道："你吃饭吧，我暂不回来了，我在这里等你。你快点儿把事办完，你就来。"何剑尘道："杏园的病怎样？"何太太道："倒不怎样。不过我看他很可怜，我在他这儿陪着他谈谈吧。"

何剑尘听他夫人如此说，心里倒放下一块石头。这才去吃饭。不过心里念着杨杏园的病，总觉不大放心。在报馆里编稿子的时候，好好地将笔一放，两只手捧住胳膊，望着电灯呆了半晌，叹一口气。同事的史诚然，和他正在大餐桌的对面坐了。因道："剑尘，你和杏园的友谊实在不错。他的病重一点儿，你就这样惦记。"何剑尘道："人生得一知己，可以死而无憾。我们虽不能说是知己之交，我觉得杏园，实在是和蔼可亲的朋友。失去了，未免太可惜了。而且我们一段婚姻，尤得他的协助不少。我对于他的困难问题，丝毫不能帮忙，我心里异常抱歉。他若是病没有起色，这种人是这样下场，我也要灰心跟着他学佛了。"他一说，编辑部同人，大家都议论起来。虽然也有素来对杨杏园表示不满的，这时也很原谅他。何剑尘听了这种言论，心里越是难过。也不到稿子办完，抽身先就走了。

到了杨杏园寓所，恰好是这一条胡同的电灯线断了火，漆黑黑的。摸着门环打了四五遍，才有听差出来开门。听差手里拿着一个蜡台，插着半截洋蜡，黄色的淡光在风中摇曳不定，照得人影子一闪一闪。听差关上门，举蜡在前面引路。走不到半截走廊，那洋蜡就吹灭了。院子里黑沉沉的，什么也看不清楚，只有模糊的树影子被风吹着颤动。上房那窗户纸上，露出一片黄光，仿佛像那斜阳落土，照着一抹余光在人家土墙上一样。而且纸上，立着人影子晃晃荡荡，更带着一些神秘的意味。何剑尘本来含着一腔凄楚，对了这种情况，越发觉得心旌摇摇不定。黑暗中到了杨杏园房门口，只听见他轻轻地说道："人生在世，一天也是死，一百岁也是死，我倒处之坦然。不过我很替家母难受，暮年丧子……"何太太道："杨先生，你不要说这种话，你一说，我心里就一跳。"

何剑尘就在这时，已踏进房去。见富家驹富家骏坐在床面前两张小方凳上。自己夫人坐在写字台边，三个人都微微皱着眉毛，向杨杏园呆望。杨杏园已脱了外衣，盖着半截薄被，露了大半截身子在外，侧着头向外，颧骨上面微微现出两道青纹，眼眶落下去许多。他见了何剑尘进来，头也不曾动，只转了眼珠望着，下颏略微点一点，表示知道他进来了的意思。何剑尘道："大夫来过了吗？怎说？"富家驹望着他道："据说不要紧，不过是受累了吧。"一回头，见何太太也对自己望着，心里就明白。杨杏园淡淡一笑，在干燥的嘴唇边，露出两排白牙，说道："要紧不要紧，成什么问题……唉……我……"何剑尘走上前一步，握住他的手，说道："病人最要紧的是提起精神，你千万不要抱这种颓废的思想。"杨杏园道："是吗？然而我应当容纳你的忠告。"他说完了这话，脸上又放出惨笑来。富氏兄弟对望着默然，何剑尘夫妇也对望着默然。

这时，夜渐深了，这僻静的胡同里，是格外的沉寂，只是远远地有卖晚食的吆唤声，还若有若无。偏是隔壁的钟吱咯吱咯，把它的摆锤，一下一下，摆动着响得清清楚楚。这种钟摆声，平常时节，人家是不大理会，你越烦闷，钟摆越响得平均沉着。这时一间屋子五个人，都听到了钟摆声。半晌，杨杏园道："现在什么时候了？"说话时，头微微抬起。何剑尘道："快十二点钟了。"杨杏园道："夜深了，你带嫂子回去吧。家里还有小贝贝呢。"说到小贝贝，嘴角微动一笑，又道，"这孩子我喜欢他，我明天要送他一点儿东西给他玩玩。嫂子，你回去吧，我不要紧的。"

何剑尘见他神志很清楚，料着也不要紧，就安慰了杨杏园几句，和太太一路出门。走到院子里，首先一句话，就问太太，大夫来瞧病的时候，究竟怎样说？何太太道："照大夫说，那太可怕了，吓得我都不敢走。"何剑尘道："他怎样说？"何太太道："那大夫原和杨先生是朋友，听了脉之后，坐在外面屋子里沙发椅上，抽了两根香烟，一句话也没有说。手胳膊捧着手胳膊，呆望着杨先生屋里出神。出神一会儿，接上就微微地摆几下头。我看他那样子，都一点儿办法没有。我问有危险没有？他淡淡地说，总不至于吧？"何剑尘道："他都这样说，那还有什么希望？这……"说到"这"字，不由得走路也慢了。慢慢地停住，犹豫着一会儿，说道："我还看看去。"于是复又走进房来。将衣襟上拍了一拍，笑道："我一条新手绢，

300

不知道丢到哪里去了。"在屋子四周看了一看，像要找什么似的。然后复又走到床面前，执着杨杏园的手道："杏园，你保重点儿，我明日再来看你。"在这一握手的时候，杨杏园见他目光注视着自己，手微微有些颤动。就是说话，声音也有些颤动不能接续。心想，他有什么不如意的事吗？正要问时，何剑尘已抽身走了。

富氏兄弟，就斜对面坐着，有一句没一句地谈闲话。杨杏园都听在耳朵里，有时很觉人家的话略嫌不对，但又不愿去驳，只是搁在心里，渐渐地就不大留意，然后不听见了。忽然眼前一亮，屋子里电灯已经亮了。床面前富氏弟兄已不在这里，房门已虚掩着，大概他们走了，朝外带上房门了。那电灯在半夜里，电力已足，照着屋子四壁雪亮，反觉得惨白。脸朝自己写字台的后壁，那上面一幅秋山归隐图，向来不曾加以注意的，现在忽然注视起来。觉得画上的一草一木，一人一物，都耐人寻味。就是树梢上那一行雁字，是几个都可以数清了。看了半天的画，越无聊越是看下去。那一带黄叶林外，一个人骑在一匹小黑驴上，好像蠕蠕欲动，要向山缝里走。以为眼花了，再看别处，只见窗纸上有几点墨迹，鼻子眼睛都有，好像人的脸。脸形的地方，有一处很像人的嘴，那嘴上下唇，竟会活动起来，原来是窗户纸被风吹得闪动着。在这个时间，无论看什么地方，都觉得会勾起一种幻想，造出一种幻境。对了灯睡，总是不大安稳，于是翻一个身，将面朝里，不要看这些东西，免得心里不大受用。闭着眼睛，就想设法子安睡。因为想起数一二三四，可以安息，于是心里就默数着数目字。但是自一二三四数到几千，越数人越新鲜，始终没法子睡着。心里烦恼起来，朝里睡又感到太沉闷，因之更翻身向外。一向外，又会看到壁上窗户上幻起种种图案。因之一个人时而向外，时而向里，翻来覆去，一夜工夫，也不能安息。一阵鸡啼，窗户纸就慢慢明亮，屋子里电灯，就慢慢清淡。四处市声一起，就天亮了。在这时候，只觉自己口渴，心里烦躁，嗓子里忽然一阵痒，咳嗽一声，一口痰向床下吐来。当时自己也未曾注意，一只手撑住了头，斜躺在床面前，对了窗子望着，尽管发呆。右手撑得酸了，把手放下来，又将枕头叠着，将头斜靠住。就是这样静沉睡着，不觉听到外间屋子里的钟，已敲过八下。

听差一推门进来，见杨杏园睁着双眼，清清醒醒地睡着。便问道："杨先生，你早醒了吗？"正问这话时，眼睛望到床面前，突然向后一缩。杨杏园看他那样子，竟是十二分惊讶。于是就跟随着他的目光，向床下看来，自己不觉"哎呀"一声。这时，床面前地板上，正留下杨杏园吐的一口痰，痰之中，有一大半是红的物质。杨杏园糊里糊涂病了几天，并不知道自己是什么病。现在一看吐红痰，这自然是患了肺病吐血。万不料自己极好谈卫生，竟会惹下这一种讨厌的病！心一阵惊慌，心里止不住忐忑乱跳。躺在枕头上，半晌说不出话来。

听差见他向地板上一看，人向后一倒，就不曾作声。看那样子非常地不自然，连忙走过来一看，只见他半睁开着眼睛，紧紧闭着嘴唇。脸色白得像一张纸一般，两手撒开在被头上，一点儿也不会动。听差伸手一摸，竟是两只冰柱。听差吓得倒退几步，跑到院子里喊道："大爷二爷，不好！杨先生要不好了。"富氏兄弟本就料到杨杏园病状不妙，但不料有这样快。一听这话，都向后院跑。富家骏由回廊上斜穿过院子，忘了下台阶，一脚落虚，向前一栽，脸正碰在一盆桂花上，青了半边，一件淡灰哗叽夹袍，半身的青苔。痛也忘了，爬起来就向里走。富家驹一只脚穿了袜子鞋，一只脚跂着鞋，一只手拿了一只黑线袜向里走。富家骥一手拉着听差问道："怎么了？怎么了？"还是富家骏先到屋子里，一步走到床面前，先握住杨杏园的手，按了一按手脉，又伸手到鼻子边，探了一探鼻息。因回头对富家驹富家骥道："不要紧，这是昏过去了。停一停，他就会好的。"富家骏原曾一度学过医，因此大家才放下心去。听差早就打了电话去请刘大夫。过了一会儿，刘大夫就来了。刘大夫来时，杨杏园的形势已经和缓许多。他听了一听脉，说道："这是不要紧的。不过受创太深了。"他于是注射了两针，又开了一个字条，叫听差在家里取了一瓶药水来，亲自将药水给他喝了。直等着他清醒过来，这才回去。

然而这个时候，已经是十点钟以后了。富氏弟兄也不曾上课，就不断地在杨杏园屋子里闲坐。吴碧波华伯平这一班好朋友，也前后来探他的病。他见了各人，虽不能多说话，但是将一床厚被，叠着当了枕头，靠住了厚被斜躺着，还能对了人望着，听人说话。到了晚晌，又喝了一碗半稀饭。闲坐得腻了，还一定叫人给他一本书看。富氏弟兄捏着一把汗，这才放心。大家也就以为他或者从此有转机了。

第八十五回

落木警秋心吟持绝命
抚棺伤蕹露恸哭轻生

自这天起，一连几日，都没有十分好晴天，院子里不住地刮着西风，把树上的秋叶，不时地噼卜噼卜，打在窗户纸上。低一点头，向玻璃窗外看去，靠窗子这一边的一棵洋槐，竟露出许多桠枝。杨杏园心里默念，糊里糊涂，也不知到了什么时候了，光阴容易，不过搬到此处一年，人事沧桑，也不知有多少变更了。想到此处，郁郁不乐，就是这样望着窗户。天色渐渐昏黑，便见有一块亮光，在窗外隐约可见。仔细看时，原来是天上的月，穿过萧疏了的秋树，更映在玻璃窗上。偶然一看，就像有一块什么金器映着灯光一闪。这窗户是让槐树密密层层掩护着，看不见天日的，今日突然看见天上的月光，这树叶子就落得可观了。正在这时，窗外一阵凶猛的风吹了过去，将落叶刮得沙沙一阵。同时窗上那一道月痕，如筛银播玉一般，尽管摇乱不定。也不过两三分钟，沙沙的响声已经停住。月光也不见摇动，不过漏月亮的地方，又漏出一两颗星星来了。这屋子本就沉静，加上杨杏园害病以后，听到人说话，就感到一种烦躁。因此大家只要可以省说的话，都极力地去忍耐。于是这后进院子里越发沉静了。

杨杏园靠了叠被，静静地坐着，倒觉舒服。忽然有人在院子外嘿了一声，接上说道："怎样这后面屋子里没有灯？"就听见听差答道："这几天，杨先生每天都不爱点灯，说是好看窗外树里的月亮。"那人道："你去扭着灯吧。这样黑漆漆的地方，天气又很凉，一点儿阳光也没有了。"说时，杨杏园屋子里电灯一亮，进来的人乃是吴碧波。他见杨杏园坐着，因道："你病得这样，还不减雅人深致，竟会灭了灯来看月亮。"杨杏园微微一叹道：

"嘻！我到于今，还有那种豪情？只因为对了灯坐，就非常地烦恼。所以把灯灭了，暗地里坐。你来了正好，请你给我做件事，你把桌上那面镜子拿来让我看看。你当然不会迷信那句话，病人看不得镜子。"吴碧波道："并不是为了别的，病人看不得镜子。因为害病的人，一定气色不好的。总怕病人看了会烦恼，所以不把镜子给病人，也是医理上所应有的一条。"杨杏园对桌上指了一指，又微微点一点头，吴碧波听了他的话，只得依着他，把桌上的镜子取了过来，交给杨杏园。

杨杏园拿了镜子在手，低着头，仔细地看。看了之后，将镜子覆在棉被上，静静地出了会子神。呆着半晌，复又把镜子拿起来，仔细端详一会儿，于是点了点头，长叹道："我亦负君君负我。"将镜子交给吴碧波，又道："索性劳你的驾，请把我写字台右边那第五个抽屉打开，里面有几张相片，给我拿过来。"吴碧波不明白他是什么用意，又照着他的话，将纸袋相片拿了过来，完全交给杨杏园。他将纸袋打开，取出里面的相片，一张一张地拿出来看。后来他抽到了一张六寸的半身相片，两手捧着高举一些，好像是对着表示敬意。碧波在侧伸头看时，相片上是一位慈祥恺悌的老太太。吴碧波知道这就是杨杏园的太夫人。杨杏园到了这时，对着自己的慈母，自不能不更加忆念。只见他两目注视着相片，脸上变了几次颜色，两只眼睛里的眼泪，只是在眼眶上活动，几乎要流将出来。半晌，只说了两个字："唉！妈！"便用两手抱着被里的腿，伏在棉被上。吴碧波也是一个天涯游子，家里一般地有一个孀居多年的老母。看到杨杏园这种情形，不由得自己心里，也替他一阵难过。因拉着杨杏园的手道："你病体很沉重，应该好好地养病，不要把这种很苦闷的事放在心里。只要你的病好了，你要回去见老太太，那还不是极容易的事吗？"杨杏园伏着好久好久，然后才抬起头来，那棉被上已经有两块湿印了。

杨杏园执着吴碧波的手道："老弟，这个时候，不是用空言安慰的时候了。"他说这话，声音极低，手执着吴碧波，却十分地紧。人靠着棉被，两目注视着吴碧波。吴碧波心里很不安，默然半晌，说道："我劝你不要伤感，并不是空言安慰，正是告诉你养病的要诀。"杨杏园道："我也不是自己望自己死，但是我觉得生意毫无了。老弟，我们是好朋友，我死后，你当然有一副亲撰的对联挽我。你何妨先写出来，让我亲眼看看。"吴碧波正色道："杏园，你这种思想完全不对，连'亲在不许友以死'，你都不知道吗？"杨杏园道："老弟，你说这句话，不算我的知己了。我现在是为谁死呢？你以为我情场失败，我就死吗？那绝不对。若是如此，我早就死了。"慢慢说到这里，停了一停，再说道，"我到现在，我明白了我不起的原因。一个是我对家庭对事业对朋友，责任心太重，受累过分了。一个是失意的事太多。我一律忍耐，不肯发泄出来，精神上受了打击。再加上病一来，身体和精神，没有法子去抵抗。"说到这里，实在没有气力再说话来解释了，就伏在被上不动。许久许久，然后对吴碧波道："知己如你，都不免误会我弃亲为友而死，社会上一般人的批评更不可逃。我就是死了，我真也不安于心了。"

吴碧波自知失言，懊悔万分，于是坐在床沿上，对着杨杏园很亲切地说道："我不是误会了你的意思。不过我觉得我们天涯游子，有白发高堂在家，我们总要保重身体。人的祸福，自己的精神可以做一半主。精神愉快，事情就容易乐观。"杨杏园淡笑道："这话是人人能说的。但是精神无论如何好，是抵抗不了病的。颜回是个大贤，还有什么过不去的。周瑜是个大将，还娶着个小乔做夫人，享尽了荣华富贵。然而这两人都短命死了。我到了现在，我是没有挣扎的力量了。"他说着话，把身边一叠相片，就向枕头下乱塞，闭了眼睛，养了一会儿神。然后睁着眼睛问吴碧波道："今晚剑尘来不来？"吴碧波道："大概来的。"于是他在被上点了点头道："请你打一个电话去告诉他，叫他十一点钟到西车站去。"吴碧波道："那做什么？"杨杏园在身上摸索一会儿，摸出一个小表来，将表门一开，门后嵌着一个女子相片。吴碧波接过来一看，是李冬青的像，问道："是李女士要到，派人去接她吗？"杨杏园又点点头。吴碧波道："你怎样知道？"杨杏园道："我算来算去，她今天该来了，我正等着她呢。"吴碧波听了他这话，不觉毛发悚然。见他那黄瘦的脸儿，蓬乱的头发，心里那一阵凄楚，就像有一种说不出的一股寒气，直透顶心。反而比病人还难受，有话说不出来。杨杏园有气无力，慢吞吞地说道："你去问吧。我是真话，并非和你开玩笑。不管对不对，你姑且对他说一说看。"吴碧波也是不忍拂他一番意思，只得照样地打了一个电话给何剑尘。

何剑尘以为杨杏园得了什么消息，或者是电报，知道李冬青今天一定

305

来，因此赶着回去，邀了夫人一同上车站去欢迎。到了车站，买了月台票进站，车是刚到。何剑尘夫妻二人，站在月台当中东张西望，看火车上下来的旅客。只要是个女子，就狠命地看上一眼。一直等人走尽，也不见李冬青的影子。何剑尘还不放心，在头二三等车，都上去看了一看，何曾有什么李冬青的影子？何太太一听说李冬青要到，在家里就计算好，见面怎样招呼，怎样说话，而今扑了一个空，好不扫兴。对何剑尘说道："你在哪里听到了这样一个消息？糊里糊涂把人拖来，真是冤枉极了。"何剑尘道："你别埋怨。也许是我们没有接着，她先下车出站去了。"何太太道："也许是这样。她一下了车，不到杨先生那里去，就会去找我们的。我们赶快走吧。"于是二人赶忙又坐车回去。但是到了家里，也并不曾见客到。何剑尘因怕杨杏园挂念，而且特地去报告。到了那里时，吴碧波正迎出院子来。他一见便问道："李女士呢？"何剑尘道："我上了你的当，空跑一趟，哪里有什么李女士张女士。"吴碧波连连对他摇手，又回身指指屋子里，走近一步轻轻地道："他以为马上就到呢，精神倒好些，现在正睁开眼睛躺着等。若是没有到，把他振作精神的一种希望，又要完全打退回去了。"何剑尘道："没有到的话，总要告诉他的，难道还让他等到天亮不成？"吴碧波道："你就对他说，火车误了点，没有到……"说到这里，上面屋子里哼了一声。何剑尘道："我既然来了，进去看看他吧。若不去看，他也会发生误会的。"于是和吴碧波走进房去，只见杨杏园已将头偏着靠了肩膀睡着了。

何剑尘悄悄地在旁边椅子上坐下，随手翻弄他桌上的书籍。忽然看见一部《大乘起信论》里，夹着半截纸条，露在外面。抽出来看时，上面写着字道："如今悟得西来意，香断红消是自然。"便交给吴碧波道："你瞧，他这种消极的态度，未尝不是佛书有以致之。"吴碧波道："学佛原不是坏事。像他这种学佛，犹如打吗啡针治病，那是越治越坏的了。"回头看杨杏园时，只见他闭着双眼，睡在梦里微笑。手握住了被角，握着紧紧的。脸上慢慢紧张，忽然双眼一睁，接着又复闭上，停了一会儿，睁眼见何吴二人在此，便道："怎么样，她没有来吗？"何剑尘道："火车误了点了。"杨杏园微笑道："你不要信口开河了。先前我对碧波说的话，是神经错乱，胡说的。其实她又没有给信或打电报给我，我怎能知道今晚上来哩？"他已自认了，何剑尘也就不再遮掩，说道："那也总快来了。"杨杏园道："其

306

实……唉……不来也好……可也少伤心些。"于是昂头睡着，半晌无言。只觉头上的汗，一阵阵向下落，用手去抚摸时，又没有什么，睁开眼，一只手握了何剑尘，一只手握了吴碧波，慢慢地道："我简直不敢闭眼了。闭了眼我又做事，又会遇到朋友，又在旅行，又……忙死我了，怎么办呢？"何吴听了他这话，心里都万分难受，当夜并未回家，就在这里胡乱睡下。

杨杏园也昏昏地睡去，睡得正浓的时候，梦到李冬青穿了一件浅绿哔叽的旗袍，剪着新式双钩短发，站在床面前道："大哥，我来了。"杨杏园想着，她不会这样时髦的，这梦梦得有趣了。我不要动，一动，就会把梦惊醒来的。冬青握了他的手道："大哥，你不认识我了吗？怎样不作声。"杨杏园觉得自己的手，果然被人握着，而且说话的声音，又很清楚。因问道："我现在是睡着的，还是醒的？"说着话时，随望着南向的玻璃窗启了半边窗纱，望见院子里的那一棵槐树带着一些七零八落的树叶子，露出一带阴暗暗的晚秋天色。这不是梦，这是自己家里了。于是对李冬青脸上仔细看了一看，微笑道："呀！果然不是梦！不料我们还有见面的日子。人生的聚散，是说不定啊。你的来意，全是为着我吧？事已至此，叫我怎办呢？"李冬青不像从前那样避嫌疑了，就握了杨杏园的手，侧着身子坐在床沿上说道："你病虽重，精神还好，慢慢地总会好的。"杨杏园点头微笑。将她动身和到京的日期，略问了两句。李冬青说是一个人来的，刚下车先到何家，因为听见大哥身体不好，马上就赶来了。杨杏园道："多谢你，我何以为报呢？"李冬青听了他的话，默然不语。见这屋子里，壁上挂着佛像，地下放了蒲团，越是有一种感触。李冬青陪他坐了大半天，不觉到了黄昏时候。杨杏园道："外面什么响，下雨了吗？"李冬青低了头向窗外一看，天上略现两片淡红色的云，三三两两的乌鸦掠空归去。那些半凋零的树叶子，被几阵风吹得乱转。因道："没下雨，是风声。"杨杏园道："我有几句诗，请你给我写一写。"李冬青道："不要去枉费心机吧。"杨杏园道："不要紧的，我不过消磨消磨时间罢了。"李冬青听说，果然搬了一个茶几到床面前来，在桌上拿了纸笔，坐在床边提了笔，等候他说。杨杏园念道：

可怜茧束与蚕眠，坠落红尘念七年。

一笑忽逢归去路，白云无际水无边。

他念一个字，李冬青写一个字。因为他是一顺念下去的，就不曾拦住他。写完了，李冬青将笔一放道："这种诗，我不能写。等你病好了，要我写多少都可以。"杨杏园将头抬了一抬，说道："你不写，我自己来写。"李冬青将左手按住他的肩膀，说道："我写吧……"只说了这三个字，以下便哽咽住了。杨杏园又念道：

王侯蝼蚁各空回，到此乾坤万事灰。
今日饱尝人意味，他生虽有莫重来。

李冬青抄到这里，一阵伤心，已是不能抬头。杨杏园道："冬青，无论如何，你得忍痛给我抄完。这是我一生的大事，你不要忽略过去。"李冬青点了点头。他又念道：

白发高堂怆客情，三千里外望归程。
明宵魂断江南路，黄叶村前有哭声。

莫向知音唤奈何，人生会合本无多。
只愁残照西风里，为我高吟薤露歌。

李冬青听他念第三首，不知不觉地，在写的纸上，接连滴了两点水。先还不知道水是哪里来的，后来因为眼睛里滚热，才明白是自己流泪了。直到第四首，是对朋友而发，连送殡都说了。实在不能写了，就伏在胳膊上。杨杏园见她如此伤心，实在不忍再向下说，便默然无语了。李冬青伏在茶几上，半天也不能抬起头。许久，才对杨杏园道："你如何作出这种诗来？我的心都碎了。"杨杏园道："你以为我是故意地这样说吗？其实……"他说到这个实字，见李冬青两行泪珠，有如抛沙一般，再也不能容忍，自己也滴下两点泪，一翻身，便向里睡了。

李冬青手捧那张诗稿，只是呆看，什么话也不说。何太太却打了电话来了，叫听差请她说话。她在电话里说："李先生，你的行李，车站上还有没有呢？你放下行李就走了，我们又不知道是几件。"李冬青道："管他几件呢。人都不得了，还管什么行李。"何太太没头没脑碰了一个钉子，却是莫名其妙。问道："你到我这儿来吗？"李冬青道："杨先生的病，我觉得太沉重。我在这里多坐一会儿吧！"说毕，挂了电话，又走进杨杏园的屋子里去。杨杏园面朝里依然未动，似乎是睡着了。李冬青也不惊动他，只拿了一本书，默然地坐在一边看。看不到三两页，便走近床来，用手抚摩抚摩他的额角，或是抚摩抚摩他的手。但是他是一味地睡，什么也不曾感觉。自上午守到傍晚，中间也有几度人来瞧杨杏园的病，李冬青并不避嫌疑，依然在屋里照料。

富家骏是旁观的人，却看得清楚。这位李女士自进门以后，不曾吃东西，也不曾要茶水，太是奇怪。到了这时，进屋来看了看杨杏园的病，便问道："李女士，你不曾用饭吧？"李冬青道："没有，但是不饿。"富家骏道："是上午饿到这时候了，岂得不饿。杨先生这病，实在是沉重，但是也没有法子。"富家骏说完这话，心里忽然一动，这话未免过于着实一点儿。但是李冬青丝毫也不曾注意，沉着脸子道："可不是吗！听说今天上午医生来了一趟，我想还是催一催医生来吧。"富家骏一面和她说话，一面看着床上的人，不由得浑身有些颤动，强自制定，走到椅子边，扶了椅子坐下，竟忘了应该说什么话了。李冬青本来就懒得说话，心里慌乱，更不能说话，屋子里是更沉寂了。富家骏坐了一会儿，便自出去。他富氏兄弟原是不断地进房来看病的，因为李冬青在这里，他们就不进来了。只叫厨子下了一碗素菜面，另外摆两碟子冷荤，送到屋子里来，给李冬青吃。李冬青扶起筷子，只将面挑了两挑，随便吃一点儿就不要了。

时间易过，不觉到了晚上九点钟，杨杏园醒了。睁着眼睛，四周望了一望，将手对桌上指了一指，李冬青一看，是指着笔墨。问道："大哥，你又要写什么吗？"杨杏园点点头。李冬青将笔蘸好了墨，拿了一张信笺过来，都放在茶几上。杨杏园道："我要自己写呢。"李冬青心想，人是不中用了，让他自己写点儿东西也好。于是慢慢将他扶起，靠着叠被。先将笔递给他，然后侧着身子捧了纸让他写。杨杏园咬着牙，用力写道：

事业文章，几人得就，永别不须哀，大梦醒来原是客。

国家乡党，唯我皆违，此行终太急，高堂垂老已无儿。

杨杏园自挽

李冬青两只手捧着，只把那纸抖颤得乱动。杨杏园写完，李冬青的眼泪已经流到两腮上了。杨杏园微笑道："呆子，哭什么，迟早都是要回去的。你还拿一张纸来，我的意思还没有尽呢。"李冬青一面揩着眼泪，一面又拿一张纸来。杨杏园又作了第二副挽联，写道：

生不逢辰，空把文章依草木！

死何足惜，免留身手涉沧桑！

杨杏园再自挽

把笔一扔，长叹一声道："可以去矣。几点钟了？"李冬青把手上的纸放在茶几上，两只手握住他的手，哽咽着道："哥哥，你去不得啊！你的大事，一件也未曾了啊。"杨杏园先流了几点泪，后又把手抬起，要擦泪。李冬青一手抱着他的脊梁，一手抽了手绢，给他揩泪。杨杏园收了泪，放出淡淡的笑容，两边腮上，有一层薄薄的红光。因道："好妹妹，你不要搅扰我，你去给我焚好一炉香，让我定一定心。"李冬青信以为真，就在抽屉里寻出一包细劈的檀条，在书架上拿下那只古铜炉焚起来。焚好了，送到床面前茶几上。只见杨杏园掀开薄被，穿了一套白布小衣，靠了叠被，赤着双脚，打盘坐着。两手合掌，比在胸前。双目微闭，面上红光，完全收尽。见李冬青一过来，他眼睛要睁不睁的，看了一看，于是两手下垂，人向后靠。李冬青知道他学佛有些心得，不敢乱哭。伸手探一探他的鼻息，已细微得很。不觉肃然起敬，就跪在茶几前，口里道："哥哥！愿你上西方极乐世界。"再起来时，杨杏园两目闭上，他已然圆寂了。

李冬青在屋子里和杨杏园说话时，富氏兄弟几次要进来，又退了出去。富家驹站在窗子外，把身子一闪，只见李冬青在地板上跪下去，很是诧异。

及至她起来时，只见她伏在床沿上，已哭成泪人儿了，便隔了窗子问道："李女士，杨先生怎么样？"李冬青原还不曾放出声来。有人一问，就哽咽着道："他……他……他去了。"只这一声"去了"，再禁不住，就放声大哭起来。富家驹嚷道："你们快来啊，杨先生过去了。"本来这里的人都提心吊胆，一听说杨杏园死了，大家都走进房来。连听差厨子车夫都站在屋子里，望着床上垂泪。富氏兄弟，总算是学生，就各含着愁容，对杨杏园三鞠躬。接上在屋子里乱转，不住跌脚叹气。听差忙得去打电话，到处报告。还是厨子说："大家别乱。问问李小姐，杨先生过去多少时候了，也好记个时辰。"李冬青道："大概有十分钟了。他是清清楚楚，放心过去的。你们瞧，瞧，瞧！他……他……他不是像参禅的样子吗？"说时，用手指着那涅槃的杨杏园。富家驹道："我以为他学佛，是可以解除烦恼的，不料他先生竟是这样撒手西归。"说毕，也是牵线般地流泪。一面掀袖口看了一看手表说道："正是十点刚过去，十二时辰之末。"

一言未了，只听院子外，有一种颤动的声浪，由远而近，喊道："杏园老弟，好朋友，你你你就这样去了吗？"那何剑尘满脸是泪珠，跌跌倒倒，撞了进屋来。他一见杨杏园这样，反不能言语，就走上前执着富家驹的手，相视放声大哭。这一哭，李冬青更是伤心了。大家哭了一阵子，何剑尘见杨杏园的尸身还是坐着，因对李冬青道："他虽皈依佛教，究竟未曾出家，这样不成样子。"李冬青点点头，大家就走上前，牵开被褥，将杨杏园的尸身放下。

这个时候，一班故友，男男女女都来了。何剑尘有事走出院子去，顶头碰到吴碧波。电灯光下，见他愁容满面。何剑尘叫了他一声，他倒放声哭起来了。何剑尘牵了他的手进屋，他看见纱帐低垂，里面躺着个其白如纸的面孔，不住顿脚问何剑尘道："你是什么时候接到电话的？"何剑尘道："我没有接到电话。我编稿子的时候，只是心神不灵，我心里一动，莫是杏园不好吧？于是我丢了事不办，特意走来看看。不料一进门，就听到里面一片哭声，人已经过去多时了。"吴碧波道："他的后事怎么样呢？"何剑尘道："他是一点儿积蓄没有。但是有我们这些朋友，还有两家报馆东家，几百元是不成问题。可怜他卖文半生，殡殓虽不必从丰，也不可太薄。也用不着阴阳生僧道之类，也不用得焚化纸钱，只是给他开一个追悼会就行了。他虽没有遗嘱，他生前的论调就是这样。照他的主张去办，我想他英灵不远，一定同情的。"李冬青不等吴碧波答话，就插嘴道："就是这样好。依我说，连杠夫都不用。只用一辆长途汽车，把灵柩送到义园，然后由朋友抬到地上去。我，我，我就愿抬一个。我对他是无可报答，只有这一点儿敬意了。"说着又哭起来。何剑尘道："这话很对，我们也主张这样办。这些后事，我们朋友都竭全力去办，你不要挂心，我们总会办得好好的。"李冬青什么话也不说，蓬着一头的头发，坐在杨杏园素日坐了写字的椅上，只是流泪。

大家分头去办衣食棺木，闹了一夜到天亮，大家都乏了。李冬青哭得成了一个傻子一样，什么话也不说，而且嗓子也哭哑了。说一句话，一大半是暧暧之声。她把两只胳膊，放在椅靠上，十指互相交叉；头偏了靠着右肩，就是这样望了床上，目不转睛。何剑尘见她那种样子，脸子黄黄的，煞是可怜，便道："李女士由汉口来，在火车上已经累了两晚。昨晚又是哭了一宿，精神实在困倦了，不如去睡一会子吧。"李冬青摇摇头。何剑尘道："这时没有什么事，不如休息一会儿。回头寿材来了，就可以预备收殓，应该由李女士在旁边照应，所以这时还是先睡的好。"李冬青一听这话也是，现在也顾不及什么仪节，就在外面沙发椅子上斜躺下。不多一会儿工夫，就睡着了。醒来时，已经挤了满屋子的人，何太太和朱韵桐女士也来了。

李冬青和朱韵桐还是别后初见面。都不能有笑容，只是拉了一拉手。朱韵桐叹气道："想不到杨先生就是这样下场。前几天我们在西山请客，他也到了，还逗着我们说笑话呢。"李冬青昨天曾听到何太太说，朱韵桐和吴碧波订了婚，现在她左一句我们，右一句我们，当然是兼指吴碧波而言。人家多么亲密。也叹了一口气道："人生如朝露，真是一点儿意思没有。我现在觉得他学佛，大有理由在里面了。"何太太和朱韵桐极力地劝她一顿，她也觉心里宽慰一点儿，偶然站起来，只见七八个人吆吆唤唤，抬着一口棺材，直送进里面院子里来。李冬青看见棺材，不由得又是一阵心酸，泪珠向下直滚。何太太拉着她的手道："人已去了，伤心也是枉然。你不要这样闹，苦苦地伤坏了自己的身子。本来呢，大家相处得很好的人，忽然分手起来，心里自然难过。莫说是你和杨先生像手足一样。就是我们，也觉可……"可字下还不曾说出，劝人的也哭起来了。那屋子里，何剑尘早已指挥人将杨杏园殓好。本来用不着等时候，所以即刻就预备入棺。吴碧波悄悄对何剑尘道："入棺时候，我看最好是避开李女士。不然，她看见把人送进去，格外伤心，也许出什么意外。"何剑尘道："这个时候，要她离开这里是不可能的，有什么法子让她避开呢？"吴碧波道："我倒有个法子。可以把杏园的书件文稿一齐送到前面屋子里去，请她去清理出来。就说我们要把他的得意之作列个目录，登在明日的报上。如此一说，她必然尽心尽意去清理的。那时候就可以轻轻悄悄把杏园入棺了。"何剑尘道："很好很好，就是这样办吧。"于是把话对李冬青说了，还要朱女士何太太二人去帮忙。

李冬青信以为真，在杨杏园屋子里，搜罗了两篮子文件，到前面去清理。李冬青认为这事很是重要，仔仔细细地在前面料理。检了约有一个钟头，忽然听到隐隐有一片啜泣之声。心里一动，忽然想到要到后面去看看，于是就走出来。何太太一把拉住道："那面乱七八糟，人很多，你不要去吧。"这样一来，她更是疑心，把手一摔，向后院子就跑。走进那篱笆门，就看见上面屋中间，用板凳将棺材架起，许多朋友，围了棺材流泪。几个粗人抬了棺材盖，正向上面盖住。李冬青忘其所以了，将手一举，乱嚷道："慢着，慢着。"一面如飞似的就向里面跑。不问好歹，一头就向棺材头上撞去。何剑尘见她跑进来的时候，情形不同，早就预备着。等她向前一奔，身子向前一隔，李冬青这一撞，正撞在何剑尘的胸口上，把他倒撞得倒退了几步。何太太和朱女士都赶上前，各执着她一只手，苦苦地相劝。李冬青哭着道："何先生吴先生都是朋友呀，为什么不让我和他最后见一面呢。打开盖来啊，打开盖来呀，我要看一看。"说时，尽管向前奔，别人哪里拉得开。吴碧波拦住道："李女士，您别忙，请听我两句话。这话，我也对杏园说过的，就是亲在不许友以死。李女士这样地苦恼，就不替老太太想吗？见一面的话，原无不可。但是要知道，不见是可惨，见他睡在那里面更可惨了。我们都不忍多看呢，况是李女士呢？"这几句话，倒打入了她的心坎，她把两只手掩住了眼睛，猛然一转身，跑进里面屋子里去，伏在桌上放声大哭。大家和杨杏园都是朋友，自然都不免有些伤感，所以李冬青那样哀哭，不但禁止不住，引得各人自己反哭泣起来。混闹了一日，

313

大家都疲乏已极，一大半朋友都在这里住下。因为李冬青不肯走，朱韵桐女士也在这里陪着她。

又过了一天，正中屋里已布置了灵位。棺材头上，便挂了李冬青所献的加大花圈。花圈中间，是原来杨杏园的半身相片。屋子半空，正中悬了一根绳，挂着杨杏园自挽的两副对联。灵位前的桌子上，挂着白桌围，上面只有一个古铜炉，焚着檀香。一只青瓷海，盛了一杯清茶。一列摆着四大盘鲜果，两瓶鲜花。李冬青穿了一件黑布夹袄、一条黑裙子，一身都是黑。蓬蓬的头发，在左鬓下夹着一条白头绳编的菊花。她本来是个很温柔沉静的人，这样素净的打扮，越发是凄楚欲绝。她不言不语，端了一张小方凳，就坐在灵位旁边。两三天的工夫，就只喝了一碗百合粉，两碗稀溜溜的粥，不但是精神颓废，而且那张清秀的面孔，也瘦得减小一个圈圈儿了。这日下午，何太太自家里来，看见正屋里那种陈设，旁边坐了这样一个如醉如痴的女子，也替她十分可怜。走进来，李冬青望着她，只点了点头。一手撑着灵桌，托了腮，依然是不言语。何太太道："李先生，我看你这样终日发愁，恐怕会逼出病来。今天下午，到我家里去谈谈吧。"李冬青摆了一摆头，轻轻地说道："我一点儿气力没有，懒于说话，我不去了。"何太太道："我是天天望您到北京来。好容易望得您来了，一下车，就到这儿来了没走。我有许多话要和您说，可是一句也没有谈上。您瞧，我可也闷得难受。您就瞧我这一点儿惦记您的情分，也不好意思不去。"李冬青明知道她这话是激将法。无奈她说得入情入理，未便过于拂逆。便道："不是我不和你去谈谈。但是我丧魂失魄，语无伦次，要我谈也谈不上来的。"何太太道："就是因为您精神不好，才要您去谈谈。也好解一解闷。"

李冬青心里虽然十分难受，表面上也不能不敷衍何太太。只得和朱女士一路，一块儿到何剑尘家去。当时也不觉得怎样，不料在吃晚饭的时候，李冬青手上的筷子落在桌上，人已坐不住，就向旁边一歪，倒在地板上。何太太和朱女士连忙过来将她搀起，只见脸色白里变青，双目紧闭，嘴唇带了紫色。何太太跳脚道："不好哟！不好哟！"何剑尘道："不要紧，这是她两天劳累过分了，人发晕。"就叫老妈子搀她到床上去安息，一面打电话叫医生来看病。据医生说，也是不要紧，不过精神过于疲倦，要多休息几天。何剑尘是格外体谅，自己搬到书房里去住，却在何太太隔壁屋子里，另外设立了一张小铁床，让李冬青在那里睡。

　　李冬青当天晕倒以后，到晚上八九点钟，也就清醒过来。无如人是累极了，竟抬不起头来，眼睛里看的东西，仿佛都有些晃动，只好微微地闭着眼。何太太几次进房看她，见她闭着眼睡着，也就不作声。不过枕头上湿着两大片，她的眼角也是水汪汪的。何太太叹了一口气道："也难怪人家伤心。"说到这个字回头一见她两颗泪珠流到脸上，就不敢作声了。当时拿了一点儿女红，就坐在这屋子里做，陪伴着她。一直做到十二点钟，李冬青才缓缓地睁开眼来。何太太便问道："李先生要喝点儿茶吗？"李冬青摇摇头。眼睛却尽管望着窗户出神。何太太问道："李先生，你望什么？"李冬青道："很奇怪，我似乎听到有人在窗户外面叫我的名字。"何太太道："没有，谁有那么大胆呢？"李冬青道："刚才有谁进了屋子吗？"何太太道："没有。我坐在这里也没有动身。"李冬青道："那大概是梦了。我看见杏园走进来，摸着我的额角。他说病不要紧，不过小烧热罢了。他还是那个样子……"李冬青只见何太太听了，脸色都呆了，只是睁着眼看人。她想起来了，她是害怕，就不向下说。何太太道："怎么样，杨先生说了什么吗？"李冬青道："我看你有些害怕，我不说了。"何太太道："怕什么？我和杨先生也熟得像家里小叔子一样，只因是刚才李先生说话，我也仿佛听见有杨先生说话的声音，所以我听下去呆了。"李冬青道："咳！人死如灯灭，哪里还有什么影响？这不过我们的心理作用罢了。"何太太见她说话渐渐有些气力，就让她喝了一碗稀饭。何太太因为大夫说，李冬青的病并不怎样重要，所以也不主张她进医院。以为在家里养病，究竟比在医院里便利，而且也不至于感到孤寂。李冬青自己是精神衰败极了，哪管病在哪里养，所以静静地在何家养病，关于杨杏园的身后事务，由一班老朋友去料理，并没由她操一分心。

　　光阴易过，一眨眼就是十天过去了。李冬青身体已经大好，据何剑尘说，明天就和杨杏园开追悼大会，要公推李冬青做主祭人。李冬青道："这是我不容推辞的。不过我想另外作一篇祭文哀悼他，我要单独地祭一祭才好。"何剑尘道："李女士身体是刚好，还要这样去费心血吗？"李冬青道："我和他的文字因缘，这是最后的事，我想我就费些心血，也是应该的。"何剑尘想了一想，点头道："那也好。追悼会的时间，是上午八点到下午四

315

点。我想把白天的钟点，缩短一小时，李女士就可以在四点钟另祭。"李冬青道："缩短时间，那倒不必，就是晚上去祭也好。我不过表示我对死者的一点儿敬意，时间是没有什么问题的。"何剑尘道："晚上祭也好。不过李女士的祭文，不要洋洋万言才好。作得太长了，念祭文的人，恐怕有些念不过来。"李冬青道："我想请何太太念一念，何先生答应吗？"何剑尘道："那有什么不可以，不过她肚子里的字有限，她能念得过来吗？"李冬青道："大概行吧。让我作好了之后，把祭文的大意，对她先讲一讲。她自然会念了。"剑尘道："好，就是这样办。我今天下午也不在家。李女士可以到我书房里从从容容去作。我想李女士这篇文章，一定是很沉痛的，我很愿先睹为快呢。"李冬青却淡笑了一笑，没有作声。在她这一笑，究竟是哭是笑，也就难说了。

第八十六回

旧巷吊英灵不堪回首
寒林埋客恨何处招魂

　　这日下午，何剑尘果然避了开去，把书房让给李冬青。何太太把花瓶子里插的菊花，换了两朵洁白的。又替她沏了一壶极好的清茶，放在桌上。李冬青坐了起来，先在屋子里坐着，休息了一会儿，定了一定神。然后走到何剑尘书房里去。自己心里一腔幽怨，只待机会发泄，祭文的意思，早就有了。所以文不加点地不到两小时，就把那篇祭文草就。写完之后，自己看了一看，文意倒还流通，就不更改了。那祭文道：

　　　维重九之后三日，义妹李冬青，敬以鲜花素果，清茗古香，致祭于如兄杨君杏园之灵前而言曰：

　　　嗟夫！天之处吾二人，何其遇之奇，而境之惨也！吾识兄今才两年又八月耳。去年此日，吾人既有生离之怅惘，今年此日，更有死别之悲哀。人生最苦者，厥唯生离死别，而吾与兄，只相识二年，只于此二年中乃备尝之。似天故布此局以待吾人之来而匆匆演之以终其场也者。造化不仁，吾欲无言矣。不然，何其遇之奇而境之惨也？

　　　妹之瓣香吾兄，在读兄和梅花诗十首之时。吾诚不知此诗何以得读之也。假使妹不读此诗，虽见兄犹不见也，则亦无从用其眷眷矣。即读兄诗，而未有何剑尘君家之一晤，终其身心仪之而已。而又不料兄适为何君之友，致妹之与其夫人友，而绝不能不识兄也。妹之于兄，则不过世俗所谓红粉怜才之一念，何以如此，殆不得言其所以然。而兄之于我，或亦如是，唯其如是，乃足以见吾二人情谊之笃。妹尝发愚想，必将此事，与兄一详尽讨议之。顾犹不得尽除儿女子态，未能出于口而笔诸书。今欲出于口而笔诸书，又孰能答之？孰可知之者？呜呼！吾兄英灵不远，聆妹之言，殆亦悠悠而入梦乎？痛矣！

妹自知不祥之身，不足以偶吾兄，更不能与此世界有姻缘之分。故其初也兄友我，则亦友之，兄弟我，更亦师之。城府不置于胸，形骸遂疏于外。而兄不知，竟直以我为终身之伴侣。妹欲拒之，情所不忍。妹不拒之，事所不能。迁延复迁延，卒以一别以疏兄之眷眷。兄苦矣，妹亦未能忽然也。然兄诚人也，其爱人也，而不拘拘于形迹之远近。唯其诚而远，则思慕愈切。妹不才，以凡人视兄，而兄乃以超人之态度待我。妹之去，不仅苦兄，且不知兄也。兄以我为知己，我乃适非兄之知己，更因非兄之知己，而使妹之知己如兄者，悠悠然以思，郁郁然以病，昏昏然而铸成不可疏解之大错。妹之负兄，将于何处求兄在天之灵以原宥之？呜呼！亦唯伏地痛哭而已。

妹之自知非兄之知己，固非自今日始也。当去秋致书吾兄之后，已自知觉其措置之谬误，遂以古人炼石补天之言，以为李代桃僵之举，惨淡经营，以为可于异日作苦笑以观其成。乃妹知兄不拘于形迹之远近，而独不悟兄情爱精神之绝不磨灭。愈欲知兄，乃愈不知兄，遂在兄精神间斧凿无量之创痕。兄之不永年，妹安得不负咎耶？妹之在赣也，为兄熟计之久矣。来京而后，将如何以陈我之痛苦，将如何以请兄之自处，将更如何以保持吾人之友谊，使其终身无间。且预料妹果言之，兄必纳之，乃于冥冥中构一幻境，觉喜气洋洋，其华贵如我佛七宝琉璃法座，灿烂光荣，不可比拟。且妹直至长辛店时，回忆兄去年送我之留恋，恍然一梦，以兄乌料有今日更能见我？今故不使兄预闻，及时突然造君之寓，排阖而入兄之书斋。时兄左挥毫而右持剪，粟碌于几案之间。忽然翘首见我，将为意外之惊异，妹喜矣，兄之乐殆不可思议也。呜呼！孰知妹之所思者，适与事相背也哉！

当妹至何君之家，闻兄小不适，以为兄体素健，年来劳顿过甚，倦焉耳。乃造兄寓，则见仆役惶惶然走于廊，药香习习然穿于户，是室有病人，已不啻举其沉重以相告，我未见兄，我已心旌摇摇矣。及见兄，更不期其昏沉如梦，消瘦可怜，更有非我所可思及者。于是妹之所欲言，不及达一词于兄耳，妹之所欲为，不得举一事于兄前，我之筹思十余月，奔波三千里，排万难以来京者，不过为兄书挽联二副而已。妹之来，犹与兄得一面，此诚大幸。然一面之后，乃目睹其溘然长逝，目睹其一棺盖身，将人生所万万不堪者，特急就以得之，是犹不如少此一晤，各有以减少其创痕也。虽然，兄之遇我者厚，知我者深，苟兄之得一面，有以慰其长归之路，则妹又何惜加此一道创痕？今欲吾二人再加一道创痕，尚可得乎？妹为不脱旧礼教羁绊之女子，未尝与人有悻悻之色。闲居自思，赋性如此，何其境遇之遍处荆棘又如彼？乃遇兄也，乃知道德与遭际，实为两事，兄之为人，苟其心之所能安，而遭世之唾弃，在所非计。妹自视勿如兄，而兄之身世，初乃不胜我，于是坦然而无所怨于身外矣。今也，兄乃弃世长去，年且不及三十，其遭际更不可以因果之说论之矣。嗟夫！天道茫茫，果愈长厚者天愈以不堪待之乎？

兄自挽之诗曰：今日饱尝人意味，他生虽有莫重来。人生如此，果不必重来矣。虽然，使兄不遇我，而其遭际或稍稍胜此，吾二人何其遇之奇而情之惨也。吾闻之于吾兄，亲在不许友以死，小人有母，亦复如兄。妹爱兄思兄敬兄德兄，虽有任何牺牲，所不能计，而身则不能随之以去，尊重吾亲，亦复尊重吾兄之旨也。虽然，不随兄以入地者，身耳，心则早赠与吾兄矣。今而后，妹除力事砚田，以供吾母外，不仅声色衣食之好，一例摒弃，即清风明月不费一钱买者，妹亦不必与之亲且近矣。何也？一则妹已无心领略之，二则声色衣食之好，以及清风明月，皆足动我今昔不同之悲思，而成伤心之境也。

兄逝世之后，旬日中，未尝一亲笔砚，今勉强亲作此文以告兄，但觉千言万语，奔腾腕下，既不知应录何语，亦不知应不

319

录何语，且哭且书，且书且忘其做何语矣。兄知我方寸已乱，当
知应言者不言，不应言者且漫无伦次也。妹之言不尽，恨亦不尽
耳。吾兄在天之灵不远，其有所闻乎？呜呼！尚飨。

李冬青把这一篇祭文作完之后，用了一张洁白的纸誊好了，便折叠
了放在桌上，将一根铜尺，把来压了。恰好何太太走进来，见李冬青已
是坐在这里，默然无言地向着书案，便笑道："李先生，你的大文，作完
了没有？我想是一定好的，要请你讲给我听听。"李冬青将稿子一抽，送
给她道："你先看看吧，若有不懂，你再问我，我希望你明天给我念念祭
文呢。"何太太将祭文接过去，从头至尾，先看了一遍。其后把几处不懂
的，提出来问一问，竟是大致了然。李冬青道："这回我到北京来，没有
工夫和你谈到书上去，不料你的学问却进步得这样快，再过两年，何太
太要赶上我了。"何太太道："这句话，往那一辈子吧。漫说我没有那个天
分，就是有那个天分，以后也不行了。这一年来，多读些书，全靠剑尘
每天给我上一课古文。他现在嫌着麻烦，不愿干了。"李冬青一只胳膊靠
撑住了椅背，托着右腮，半晌未说话，却吁的一声，叹了一口长气，接
上说道："各有姻缘莫羡人。"何太太虽然懂得她一番意思，却不好怎样劝
她。停了一停，陡然想起一件事，便问道："李先生，史女士给你那封信，
那天交给你，你匆匆地就拿去了。你看了没有？"李冬青点了点头。然后
回转头对房门外看了看，遂轻轻地对何太太道："有话我不瞒你。"说到
这里，她那冷若冰霜的脸，竟也带些红晕。何太太知道她的意思，说道：
"我是不乱说话的，你还不知道吗？"李冬青道："那天我陪着杨先生，曾
提到这件事。我心里所有的话，甚至乎对你不能说的，我都对他说了。"
她说到这里，又顿了一顿。她半月来憔悴可怜的面色，却淡淡地带了一
点儿笑容，然后说道："杏园被我一场披肝沥胆的话提醒了，他很觉对不
住史女士，便说'史女士这一去，不知道往什么地方去了。若是她还肯
回北京，本人决计向她求婚'。因此把史女士给他的信，也给我看了。那
个时候，我虽然觉得痛快，但是我知道挽救不及，只算是我们这段伤心
史的回光返照罢了。不过我一天不死，我决计把史女士找到，同在一处，
过惨淡无聊的日子。"何太太听说，不觉站起身来，握住了她的手，笑

320

道："李先生，你若是这样办，你积的德大了，将来自有你的好处。"李冬青叹了一口气道："我们还谈个什么因果吗？"何太太怕勾引起她的一腔心事，也就把话撇开。

到了次日，已是杨杏园追悼会的日子，一直到了下午四点钟，人已散净，何太太雇了一辆马车，将李冬青买好的四盆鲜花，一提盒水果，一路坐了车带去。到了杨杏园寓所，门外已是搭了一座白布牌坊，垂着白布球，被风吹得摆荡不定。门外原是土路，横七竖八，散了满地的车迹。下得车来，只见墙上贴了很大的字条，"来宾请由西门向前进，领纪念花入内"。但是这个时候，西边夹道门已经关上了。因此李冬青和何太太还是由东门进去，前进也是挂了青黄白布的横披和长球。一进后面篱门，墙上就满贴的是挽联，大小花圈，靠于墙摆着。正面门户尽撤，扎了孝堂，靠墙有一个大茶壶炉子，一张桌上，兀自陈列百十只茶杯。孝堂上四壁的挽联，是一副叠着一副，非常地拥挤，简直看不出墙壁的本色来了。正中的灵位，几乎是许多花圈，把它堆将起来。秋尽冬来，天气是十分的短促，这个时候，已经是暮色苍茫。院子里带着一片浑黄之色，孝堂上留了几盏电灯，也是黄不黄，白不白，发着一种惨淡之光。

李冬青一见一丛白色的鲜花里，拥着一块白木灵牌，上写"故文人杨先生杏园之灵位"。不由得一阵心酸，双泪齐下。何剑尘和富氏弟兄，自然是在这里的。吴碧波一对未婚夫妇，因为李冬青一人私祭，也前来帮忙。这时他仍吩咐听差，忙着把水果用瓷盘盛了，供在灵前，几盆鲜花也都放在灵位左右的花架上。因为这是何剑尘预为她留下的地位。那鲜花上，李冬青自己剪了白绸带，系在花枝上。绸带上书明"故如兄杨杏园灵右，义妹李冬青敬献"。花果陈列得好了，将一只古铜炉的沉檀焚着，重新沏了一杯香茗，放在一张茶几上。于是大家商议了一会儿，恭推富家驹吴碧波司仪。他们站在灵位的左右，先喊主祭人就位，李冬青穿着一身黑衣裙，站在灵位前两三尺的所在。先献花，朱韵桐拿了一束鲜花，递到李冬青手里，李冬青一鞠躬，插在桌上花瓶里。第二是上香，朱韵桐递了一束小檀香条给李冬青，李冬青又一鞠躬，添在炉里。最后进茗，朱韵桐将茶杯送到她手上，她双手高举呈到桌上，退后一步，三次鞠躬。李冬青进茗已毕，司仪的就呼主祭者致敬，读祭文。李冬青又行个三鞠躬礼，便低着头静默。这个时候，灵位上放着杨杏园的一张半身大像，兀自向人露着微笑。香炉里的沉檀，蓬蓬勃勃，向半空里卷着云头，伸将上去。那半身像被烟挡着时显时隐。何太太拿着誊写清楚的祭文，在李冬青的右手前两步站着。略一鞠躬，将祭文高举念了起来。她倒不晓得念祭文的老腔调，只是读书一般，把祭文清清楚楚读将起来。这样读法，大家倒是听得很明白。李冬青始终不曾抬头，一篇祭文念完，胸襟上点点滴滴添了许多泪痕，吴碧波见她呆立着，面向里，喊道："李女士，已经祭完了，请里面坐，谈谈吧。"何太太也觉她是伤心极了，牵着她的手，蛮拉到杨杏园卧室去坐。

李冬青一句话不说，总是牵线一般地下泪。何剑尘道："李女士，我有一件事要和你商量。就是杏园在日，他和我说过笑话，说他死后，要埋在西山脚下。但是我的意思，埋在义地里为宜。因为他还有老太太在堂，保不定是要迁柩回南的。况且那义地里，有一位梨云女士，正好做他九泉的伴侣。论起交情来，我们都是好友。不过女士和他多一层兄妹之情，还是取决于李女士。"李冬青道："当然暂葬在义地里。万一不迁回南，我们在他墓上栽些花木，也有管园的人管理。若葬在西山，日子一久，朋友四散，那就无人过问了。"吴碧波道："我也以为葬在义地里比较葬在香山好。既然李女士也是说葬在义地里，我们就决定这样办。剑尘，我们明天抽大半天工夫，先到义地里去看一回，然后再布置一切。"何剑尘还未曾答言，李冬青就说道："我反正没事，我也可以去。"何剑尘道："路太远，不必去。等送殡的时候，李女士再去吧。"李冬青不明原因，问道："有什么关系吗？"何剑尘望着吴碧波道："你瞧那种地方，又在这种暮秋天气，你以为如何？"吴碧波点了点头。何太太道："你们不必打哑谜了，李先生还不知道你们什么用意呢！李先生，你猜他们什么意思？他们以为那地方遍地都是坟地，你看了是很伤心的。你少去一趟，就少流一回眼泪了。"李冬青默然，半晌，叹了一口气道："事到于今，哭死也是无益，我又何必呢。"说时，手撑在桌上，扶着额际，两目直看了桌面，竟像睡着了一般。何太太道："李先生，你很疲倦了，我们回去休息吧。"于是牵着她的手，她也随随便便，跟了她低头走去，对何吴等都未曾打一声招呼。不过出孝堂的时候，回头对灵位上的杨杏园像望了一望而已。大家都觉得这一回追悼，是异常惨淡，都也没说什么。可是不多一会儿，李冬青又慢慢走回来了。何剑尘道："李女士丢了东西吗？"李冬青摇摇头，轻轻地说道："不是。"何剑尘道："有什么话要说吗？"李冬青道："没有什么事。不过……"说时，对朱韵桐淡淡一笑道："我好像有什么事要对你说似的，可是我又记不起来。我这人怎么回事，恍惚得很。"朱韵桐眼珠一转，心里很明白，便笑道："密斯李请回去吧。待一会儿我也来，我们有话再说吧。"李冬青道："好，我在何太太这里等你。哟！何太太呢？我们同走啊！"朱韵桐道："她不是和密斯李一路出去的吗？大概她还在门口等你哩。"李冬青又淡淡一笑道："哦！是的。"点了点头，匆匆地就走了。吴碧波向朱韵桐道："她有什么事要对你说？"朱韵桐道："我哪里知道。我看她神经有些错乱，就因话答话，敷衍了她走，好回去休息。你看她连同一路出大门的人，她一转身就忘了，不是失了常态的一个明证吗？"大家一想，此话果然，未免又叹息一番。

这时，天色越发黑了，大家各自散去。只有富家骏一人，在院子里散步。屋檐下的一盏小电灯，光线斜照着院子里。院子大，灯光小，光线带些黄色。那两边半凋残的盆景，石榴花夹竹桃之类，都将模糊的影子斜倒在地下。加上左角上那洋槐的树荫，掩护着一边墙，一只院子犄角，阴森森的。很凉的晚风，从矮墙上吹过来，把那些花影子颠倒着。富家骏想起去年此时，杨杏园曾在那墙角下种菊花，那天的声音笑貌，只一回想，好像都在眼前。这样想着，偷眼看那几盆大夹竹桃后面，影子摇动，真有人在那里似的。富家骏虽然是和杨杏园很好，但是想到这里，也有些毛骨悚然。再回头一看孝堂，只剩一盏清淡的电灯，在白布围里。灵位上香炉里的香，只剩了一条细线，向上直冒。那杨杏园的遗像，似乎对着这一缕轻烟，向下看着微笑。富家骏看他的像，还和生前一样，这又不怕了。在院子里蹀来蹀去，只是想过去的事，回头看看杨杏园那卧室，黑沉沉的，窗户上破了许多纸，也没有人管，让晚风吹得一闪一闪。一个大蜘蛛网，就在撑窗户的铁钩上结成一个八卦。富家骏一想，人生就是这样。杨先生在日，常说希望找一个清清楚楚的女子，给他料理书房和卧室。而今蛛网封门，也管不着了。回头再看杨杏园的遗像，依然还是向下微笑，富家骏感慨极了，离开院子。但是走过篱门，偶然回头，那遗像还笑着呢。也不知什么缘故，他心里好像很空，从当晚起，就说不希望什么了，决计做和尚去。

富家骥笑道："你这是受了一点儿感动，就说做和尚去。一遇到密斯李要你去看电影，密斯张要你去逛公园，你就觉得做和尚没有味了。"富家骏道："你这话不然，杨先生也是有一两个女友的人，何以他生前就学佛呢？"富家骥道："他是不得已而为之罢了。"富家骏道："你们没有慧根，不懂这个。我看只有那李女士，是个有慧根的人，她纵不当姑子去，迟早会去学佛的。你看今天回去，神经受很大的激刺，外表却不露出来，要不是她说两句话，谁知道呢？"富家驹笑道："你是神经过敏，怎样知道李女士就受了刺激。"富家骏道："你不信就算了。我猜她这一回去，就得躺下，明天你听听她的消息看。"富家驹听说，始终认为他是揣测之词。不料次日何剑尘来给杨杏园收拾东西，果然对富家驹说，李冬青回去就病了，口里乱说，幸而发觉得早，医生给她安神药吃了，现在只是病着睡了。一言未了，只见富家骏一掀门帘子，说道："你瞧怎么样？"何剑尘看他时，见他穿了一件湖绉薄棉袍，脸上黄黄的，两太阳穴边，贴了小指大小的两张头痛膏药。脚下趿了一双鞋，靠住门说话。何剑尘道："家骏，你一夜之间，何以也闹成这个样子？"富家驹笑道："他昨晚上一个人在后院子里，追想杨先生的事。他说看见杨先生相片，对他微笑，他吓出病来了。"富家骏道："胡说，你这话对何先生说不要紧，知道你是说着玩。若是让外人听了，说出许多疑鬼的话，岂不是侮辱杨先生？我生平最不愿意人家骂死人，因为他是不能出面辩护的。我不过受了一点儿凉，病什么？"

富家驹自知话说错了，不敢再辩。可是这话让听差听到，当着一件新闻，便对富家来的人说。富家的妇女们，说是这一幢屋子有邪气，一天病了两个人，立逼着富氏弟兄搬回家去。富学仁因为富家驹兄弟原是和杨杏园住在一处，补习国文。杨杏园一死，当然不必再住在外面。所以对他搬回去，也不反对。于是一幢房子，两天之内，里面只剩下一具灵柩，把大门锁了。这样一来，这一幢房子，顿时变成凄凉愁惨之场。何剑尘和吴碧波一商量，不必久占住了富家的房子，就把杨杏园的葬期赶快提前。这已是阳历十月中旬，到了秋暮了。择定了一个日子，邀了一班友人，就来移杨杏园的灵柩出城。他们是照李冬青所说的办，用了一驾长途汽车，扎满了鲜花，算是灵车，就把这个载着灵柩，车子上随带着八名杠夫。所有执绋的友人，都也是分坐了六七辆车一同走。

吴碧波、何剑尘要布置坟地，同坐一辆车，先走了。出了永定门，汽车在往南苑的大道上走。两边的柳树，叶子都变成焦黄色。路外村庄上的树木，在风里吹着忽突忽突地响，露出许多疏枝。庄稼地上，割得空空地一片平原。有时树着光秃秃的几根高粱秸儿，被风摇得咯吱咯吱响。乡下人家菜园里，也是空撑着倭瓜架儿，垂着些干柴似的枯藤。吴碧波黯然道："这条道，我来三回了，三回不同。一回是清明来的，小路上杏花正开着。一回送梨云，乃是大雪天。那两回都不觉得怎样。这一回恰好是满天黄叶的残秋，对着这凄凉的秋郊，我心里很难过。"何剑尘道："送梨云的时候，我们还议论着呢，不定明年今日谁送谁？不料不到两年，我们又来送杏园。一句无聊的话，不料成了谶语。"吴碧波嘴里，连吸两口气。叹道："唉！我看那李女士真是情痴。"何剑尘摇摇头道："别提吧，我不忍向下说了。"两人默然了一会儿，汽车开上小道，就到了同乡义园。

义园门口满地的树叶子。吴何二人下了汽车，足下踏了堆着的枯树叶子，还发出一种唏喳唏喳的响声。那位管理员还在这里供职。他听了门口汽车喇叭响声，早在壁上抢了一件马褂子加在身上，一面扣纽扣，一面走了出来，见了何剑尘，远远并了脚跟站定，比齐袖口，对着他就是三个长揖。然后笑着迎上前来，说道："督办，您好，两年不见了。"何剑尘这才想起从前说的那一回笑话，现在要更正也来不及，只得答应了一声"久违"。那管理员道："前几天有人到这里看地，我还不知道是谁。直到昨日那一幢石碑抬来了，我才知道是杨先生。这样一个好人，不料在青年就殇了。"何剑尘随便答应着话，便一路走进园来，只见各处的树木，都剩了桠桠权权的空干。梨云墓上，罩着枯黄的草根。墓前栽的几种树，倒是长得好。虽然并没有叶子，却有两丈来高，树身子也有茶杯粗细了。那石碑和坟台相接的地方，被风卷来的落叶，也有黄的，也有红的，也有赭色的，聚着一小堆，把坟台附近所栽几本丁香榆叶梅的小棵花，都埋了半截。右边地已刨了一个大坑，砌了一层椁砖。有个工人在那里工作，另外一个人在那里监督着。何剑尘认得，那是富学仁的大管家。他一见便鞠着躬。何剑尘道："这几天，你着实受累了。"他笑道："那是应当的。一来杨先生是我们老爷朋友，二来又是我们少爷的先生，再说他待我们下人都不错，没有重说过一声儿。替杨先生办这一点儿小事，那算什么？"何剑尘点点头对吴碧波道："公道未亡于天壤。我就觉得这种话不是金钱所能买的。"

两人说着话，在坟前坟后看了一番，吴碧波不由得哎呀一声。何剑尘见他望着一块石碑，倒退两步。看那石碑上刻着大字，乃是"故诗人张君犀草之墓"。吴碧波道："前年春天我和杏园在这里遇着，因为看见张君的坟墓，彼此伤感得很。不料今日，此碑还在。一同伤感的人，又要我们来伤感他了。"何剑尘道："这还不算奇。杏园的那一块碑，你还没有看见吧？我引你去看看。"于是二人走到一棵大杨树下。见一块雪白的石碑，斜靠着杨树，立在浮土面上。那石碑上刻的字用朱红来涂了，上写"故文人杨君杏园之墓"。何剑尘一指道："这两幢碑一先一后，他们在九泉之下就德不孤了。"吴碧波道："杏园附近，还有个梨云呢，比那位张君的夜台寂寞生活，又差胜一筹了。"何剑尘道："不要去为张为杨叹惜吧。知道我们死后，又是谁来给我们料理？"二人彼此谈论，嗟叹不已。不多时候，灵车也就来了。一班杠夫，将棺材抬进园来，送殡朋友，都在后面纷纷乱乱随着，却不见李冬青和何太太。朱韵桐早在人丛里走上前，扯了吴碧波的衣袖道："李女士在半路上哭晕了。何太太已坐了车回去，送她进医院。我特意来给你们一个信。"何剑尘道："那是怎么办呢？"吴碧波道："我在这里照料吧，你先回城去。事情闹得这样落花流水，实在不能再出岔事了。"

何剑尘心里很乱，出了门，坐上汽车，就催汽车夫开走。车进了永定门，何剑尘才想起一件事，并没有打听李冬青是到哪家医院去了。除了自己太太而外，又不知向谁去打听，只好坐了车子回家。到了家，坐着闷闷等候。闷不过，自己查着电话簿，向各家大医院打电话去问，偏偏不是电话叫不通，就是没有确实的答复。闹得坐又不是，站又不是。因为何太太身上又有孕了，很怕他夫人受累，又出什么毛病。一直到天黑了，何太太打了电话回家，问何剑尘回家没有。这才问明就在这街口上一家医院，偏因为它近，不曾想到。当时挂了电话，就匆匆地到医院里，问明房间，寻着推门进去。只见李冬青让白被包住了，只有一张绯红的脸，蓬了一头头发，偎在那白色的软枕里。她双目紧闭，似乎已睡着。何太太坐在一边看报，见了何剑尘也没有起身，将嘴对床上一努，轻轻说道："闹了半天，这才睡了。你们一个人也不来，把我急死了。"何剑尘道："她闹些什么？"何太太道："倒没有闹什么，就是嘴里乱说。"正说到这里，只见李冬青一翻身，闭着眼睛说道："那岂不是无谓的牺牲？你这样办，我良心上说不过去。"说了这三句，又寂然了。何太太道："你瞧，她就是说这一类的话，好像就和杨先生对面说似的。先不是看护妇在这里，我真听得有些害怕。"何剑尘道："医生怎么说呢？"何太太道："医生说她受了刺激，医院里住一个礼拜，就会好的，不过我非陪着她不可。"何剑尘道："你自己的事，你不知道吗？你怎样能伺候病人？"何太太眼皮一撩，对床上一努嘴，低声道："不要胡说了。"正在这时，房门一推，看护妇进来了。何剑尘有话要说，又不好说，坐了一会儿，只得先回去。

恰好吴碧波一对未婚夫妇来了，说是坟仅今日大半天，可以筑好。树要到明春，才能补种。何剑尘道："那都罢了，只是李女士又住在病院里，我只好让内人陪着她。"吴碧波笑道："你糊涂，嫂子哪能受那个累。"何剑尘道："大概不要紧。她不过是坐在一边陪李女士而已。而且她也不肯回来，把李女士一人扔在那里。"朱韵桐正坐在一边，拿了一张报看，吴碧波走上前，两手撑了椅子，身子俯将下去，笑着轻轻地对她说话。何剑尘虽听不出说什么，也料吴碧波是请示去了，若是碰钉子，他一定不大好意思。于是背转身，假装了寻火柴抽烟。吴碧波忽然笑道："劳驾，我明天再谢你。"何剑尘回转身看时，只见朱韵桐已站起来，身子向后退了一退，微笑道："我和李女士也是多年的朋友，她病了，我去看看她也是应该的，何必要你劳驾呢？"何剑尘笑道："客气一点儿，倒不好吗？你们是相敬如宾哩。不过碧波向来是好说话的。"朱韵桐道："何先生你又说俏皮话了。要知道我到医院里去是替何太太回来。何先生要谢谢我才对。"何剑尘笑道："你这话太老实了。我和碧波是多年的老友，彼此帮忙。朱女士现在帮了内人的忙，放这一笔债，将来让内人去还债，那不好吗？"吴碧波对朱韵桐笑道："你不要说了。剑尘是有名的会说话的人，你和他斗嘴，你总只有上当。现在我们无事，就到医院里看看去吧。"于是吴碧波就带着朱韵桐到医院里去，催着何太太回家。何太太本也挂念她的那个少爷，所以不客气，也就回去了。

李冬青整整地在医院里睡了一个礼拜，人才回转过来，身体虽然很疲乏，脑筋可复原了。她先是只知道有朱韵桐在医院里伺候她，却不明白这里面和她自己有没有关系。一个礼拜之后，每日就看到吴碧波要到医院里来一趟。来了之后，而且是好久不走。李冬青心里明白了，他们正是一对快要结婚的夫妇，那种日月，其甜如蜜，本来也就感到不大容易离开。最好的游公园吃馆子看电影的，总在一处。现在把朱女士整个的礼拜关在医院里，一定有许多好机会都给耽误了，心里老大过意不去。便对朱韵桐说，自己愿一个人在医院里，请她不必在这里。朱韵桐猜中了她的心事，哪里肯走。又过了三四天，李冬青只好勉强搬出院来，依旧回到何剑尘家里去住。在医院里看到吴碧波一对，到何剑尘家里，又看见他们一对。一对是未婚的，一对是已婚的，各有一种风情。李冬青病里无事，只是闲看他们的言语动作，来消磨自己的光阴，当时看了是有趣，倒是过后一想，又太难堪了。这个时候，李老太太未接冬青去信，已接连来了两封快信，问她的究竟。何太太是不肯给她看。现在见她的病好了些，也不便久瞒着，只得告诉她了。李冬青也怕母亲挂念，立刻回了一个简单的电报。又勉强起来，写了一封快信。因为这样，她的宗旨立刻变了，急于要回九江去。就和何剑尘商量，请他陪着到杏园的坟上去一回。何剑尘以为她不能再受刺激，总是推诿。李冬青也明了他的意思，索性将此事一字不提。过了两天，托辞说要雇一辆汽车，满城访一访朋友。访了之后，就要回南。何剑尘对于她这话，并不见疑。

李冬青等汽车叫来了，提着一个小手绢包儿坐上车去。先在街买了一些鲜花水果、檀香果酒之类，然后才告诉汽车夫出城。恰好这辆汽车，就是上次送何剑尘到义地来的，车夫是熟路，毫不踌躇，就开到义地里来。李冬青是没有到过这地方的，车停住了，四围静悄悄的，一点儿声音没有。义园门里，一片敞地，两只长尾巴喜鹊和着七八只小麻雀，都散在太阳地下找野食吃。人来了，它们轰的一声，都飞走了。李冬青让汽车夫拿了东西，就走进来。见靠北有一列矮屋，站在门外，先微微咳嗽两声，然后问道："有人吗？"那管理员原已听见汽车响声，正满屋子里找马褂，现在听到是个女子的声音，隔了纸窗窟窿眼里向外一看，就不穿马褂了。他随便地走了出来，对李冬青周身上下打量了一番，见她穿得很朴素，料得是一位女学生，便淡淡地问道："小姐，您是来上坟的？"李冬青道："是的，那位杨杏园先生的新坟，在什么地方？"那管理员将手一指，说道："往西一拐弯，靠北的那新坟就是。"李冬青道："那就是了。劳你驾，请借四个碟子，一个香炉给我。"管理员道："您不是摆供品吗？碟子没有，只有饭碗，您对付着使吧！"李冬青道："真是没有，就将就吧。"管理员便叫了一个园丁拿了饭碗香炉，一块儿送到坟上去。汽车夫要守汽车，不肯再向里走，李冬青只得将买的东西，自己拿着。走过一条冬柳下的黄土便道，转过矮矮的一丛扁柏篱笆，早就看见雪白石碑的后面，一个黄澄澄土堆的新冢。那碑上一行朱红涂的刻字，依旧是鲜艳夺目，老早就可以看清楚，乃是"故文人杨君杏园之墓"。冢的紧邻，也有一堆老冢，一猜就着，这是梨云的墓。李冬青走到墓边，将供品放在地上，手扶了碑，呆呆地站了一会儿。那个园丁倒还好，给她将一蒲包鲜果都打开，分为四碗盛了。他问道："小姐香炉有了，你没带纸钱吗？要不要火。"李冬青道："不用纸钱。你给我拿盒取灯来就行了。"那园丁去了。

李冬青周围一望，倒是树木丛密，不过这树木的叶子，完全落了，刺猬似的，许多秃枝儿纵横交加，伸张在半空里。树枝上露着两团大黑球，乃是鸟窠。树外半天里，飘着几片淡黄的云彩。有风吹来，把树枝在半空里摇撼着，越发显得这天空是十分萧瑟。李冬青低头一看，这一堆寸草不盖的黄土，对了这寒淡的长空，已觉万分清凉，何况这黄土里面所埋的，正是自己平生的第一知己呢。这时柔肠寸断，泪珠尽管直涌了出来。那园丁去不多久，已把火柴取来了。李冬青打开手绢包，将一包香末放在香炉里。擦了火柴，将香末点上，然后把檀条一根一根插在里面。自己倒退两步，站在草里，就对石碑鞠了三个躬。默然的一会儿，然后把四碗供果，一炉檀香，一齐移到梨云这边坟上。也就对着石碑，鞠了一个躬。回头一看，不见园丁，便叹了一口气道："梨云妹妹，你们虽生而不能同衾，也就死已同穴了。你们的家乡都在江南，在这里很寂寞的，然而你们是一对儿，比他人又好些了。"呆呆地又站了一会儿，便绕着坟前坟后，看了一番。

不知不觉的，又走到杨杏园坟上，将手扶着碑，偏了头对碑说道："大哥，后天我就回去，今生怕不能再有机会祭你的坟了。我现在虽看不见你，还看得见盖着你的土，我们相去，还不到一丈路，以后就算了。我今天带了一个照相机来，把你的坟摄了影去，我带回南，以后我就对着这坟的相片，和你本人相片来祭你了。"说毕，在手绢包里，取个折叠的小照相机，退在一丈以外，先对杨杏园的墓，左右照了两张相片。照完之后，又稍远两步，把杨杏园和梨云两个人的坟墓，一块儿照了进去。自己总不放心照得很好，因此把镜箱子里所有的半打干片，完全摄去。正在这时，忽听见叽呱叽呱几声凄惨的声音。接头看时，有一群断断续续的归鸦扇着翅膀，喳喳作声，掠空而过。因为这一抬头，看见那轮黄日，已偏到西天去了。原来几片似有如无的淡云，复又由黄变成了红色。

李冬青出城的时候，本来就不早，加上在街上分头一买东西，把工夫耽搁多了，所以到了这义地里，时间已经显得很迟。这时她一见夕阳半天，余霞欲暗，分明是快黑了。自己对这故人之墓，虽依依不舍，一个孤身女儿家，若是关在城外，也是一件可虑的事。因此也不敢多徘徊，在一棵矮柳树上，折下两枝二三尺长的树枝。一面在手绢包里取出个白纸剪的招魂标儿来，在一根树枝上给它拴上了一个。亲自爬到杨杏园坟头上，给他插上一枝。然后把那一枝插在梨云的坟顶上。恰好有一阵轻轻的晚风吹来，把那两个纸标，向着站人的这一方，吹得飘飘荡荡，似乎和人点头一般。李冬青不觉失声叹了一口气道："碧空无际，魂今归来。"一语未了，真个有两只单独的白鸟，一先一后，悠然无声，由北向南飞去。

李冬青看那天色，已益发昏暗，便叫了园丁，收去东西，那供品就送他了。园丁道了一声谢，李冬青又在身上掏出两块现洋交给那人，说道："这杨先生的坟墓，和那连着的何小姐的坟墓，请你多照顾一点儿，明年我们有人来，还是给你钱。"那园丁接了钱，满脸都是笑。说道："您哪，这可多谢。明年您就来瞧吧！要是照顾得不好，我算是畜类。"一面说着，一面屈了腿，向李冬青请安。恰好这个时间，那管理员出来，见园丁得了四碗水果，又向身上揣着钱，倒有些后悔。于是也走上前来，笑着对李冬青道："这位小姐贵姓？"李冬青道："我姓李。"她心里正是万分难过，走了两步路，又回头向着坟墓看看。管理员和她说话，她实在没有十分留心，所以说着话，也就走过去了。管理员见她不理，心中十分不高兴。一个人自言自语地道："这年头儿，什么都有，哪有一个大姑娘，跑了来祭别人的坟的。"见李冬青走得远了，便对园丁咬着牙道："我看这位，来路就不大正。她给了你多少钱？"园丁还没有答言，李冬青又走回来了。她见着管理员道："这园子就是你先生管理吗？"管理员道："是的。"他一面说话，一面偷眼看她，见她已伸手到衣服里去掏东西，好像是要给钱，便鞠了躬笑道："李小姐有什么事要和我说吗？请到屋子里去坐坐吧。不要紧，天气早，还可以赶得进城的。我叫园丁们给您烧一点儿水，喝点儿茶再走吧。"李冬青道："不用喝茶了。"说时，那手可就掏出来了，手上拿了一张五块钱的钞票。那管理员满脸就堆下笑来。李冬青将那张钞票，顺手交给他道："我要请你明春买一点儿树苗，在坟的前后栽种。若是钱不够用，请你向那位吴碧波先生去要，他会如数给你的。"管理员接着了钱，连连向李冬青拱手。眯了两眼笑道："小姐，这个钱，尽够了。你不坐着喝一杯茶去吗？"李冬青点了点头，便出门而去，坐上汽车，呜的一声开走了。李冬青由汽车玻璃窗内向外一看，只见义地园里，一片寒林，在苍茫的暮色里，沉沉地树立着。林外横拖着几条淡黄色的暮云，益发是景象萧瑟。这个地方，埋着许多他乡的异鬼，也就令人黯然了。不过这一个时机最快，一会儿工夫，就看不见一切了。

李冬青进城时，已经天色很晚，满街的电灯都亮了。恰好这汽车回到何剑尘家，却走李冬青旧住的那条胡同经过。一进胡同口，她心里就一跳。走到自己门口，却支了棚，停着马车人力车，塞了半边胡同。汽车被挡着，一时开不过去。她仔细一看，门口悬了一盏大汽油灯，雪白通亮。门框两边，贴了两张斗大的红纸喜字。有几个穿红绿衣服的男女孩子，进进出出，正是新住户在办什么喜事呢！胡同里的车，挪移了半天，才能让开路。由这里过去几家，便是杨杏园的寓所了。大门是紧闭，门环上倒插着一把锁。斜对过有一盏路灯，照着这边门上已经贴上了一张招租帖子。汽车呜的一声开了过去，这条胡同便成了脑筋中的一幕幻影。到了何剑尘家，何太太一直迎到门外来，握了李冬青的手道："我的小姐，你到哪里去了这一天？可把我急着了。"李冬青微笑道："那急什么呢？别说已经坐了汽车出去，就是走出去，这样大人，也不会跑了。"何太太道："不是那样说。因为你身体初好，受不得什么刺激，恐怕你出城去了。但是这个样子，是出城去了吧？"李冬青道："不要紧的，病不病，死不死，我自己都有把握。"

何太太一面叫听差去开发车钱，一面又叫老妈子预备茶饭。李冬青却默然地坐在一边。何太太忽然笑道："李先生，我告诉你一件想不到的事。那梅双修小姐，这大半年都住在天津，昨天到了北京来了。她听见你来了，欢喜得什么似的，今天和了朱小姐一路来看你，恰好你走了。"李冬青听说梅双修到了，添了一个久别好友，心里一喜。便问道："她来做什么？为我来的吗？"何太太道："不是，她是到北京来完婚的，而且就是后天的日子哩。她是新娘子，怕明天没有工夫来看你。她住在静园饭店，希望你去看她呢。她去后，补来了两份帖子，一份是给我们的，一份是给李先生的。"说时，便拿了一份红纸金字喜帖给李冬青看。李冬青拿了帖子在手，眼睛虽看到上面有字，但是字上说些什么，却一点儿也没有看出来，只淡笑了一笑，说道："她也结婚了。"何太太道："明天去不去看她呢？"李冬青道："不必吧。后天下午去贺喜就是了。她真是福慧双修啊！"何太太道："其实一个女子，总有这结婚的一日。这是人生常事，也算不得什么福慧双修。"李冬青道："凡是一个人，都有和人结婚的一日吗？未必吧。"她这样一反问，何太太却也默然。李冬青故意表示不以为意的样子，便问道："这男的叫什么名字？"何太太笑道："那帖子上不是有吗？怎么样，李先生没有看见吗？"李冬青笑道："你瞧，我真是心不在焉了。"再拿过帖子一看，帖子上面，写的是"梅双修华仁寿敬订"。李冬青道："这华仁寿是干什么的？梅小姐那种漂亮人物，是非美少年不嫁的哩。"何太太道："听朱小姐说，是个公子哥儿。"李冬青道："当然是如此。我是决定了，到后天他们结婚的时候去贺喜。平常，我是少不得秀才人情纸半张，送他们一些词章，现在是没有这种兴趣。就请你去办礼物，用我两个人的名字，一块送去就是了。"何太太知道她遇到这种事，是格外感触的，因此买了东西来，也不给她看就送去了。

到了次日，李冬青就把东西收拾了，说是两三天后就要回南，东西先收好，以便随时要走随时就拿。到了下午，她又说舅父方好古前些日子去天津，现在来了，住在前门外旅馆里，我要把行李先搬到一块儿去，将来由那里上火车，也路近些。何太太虽然留她，因为她是同舅父一块儿去，当然不便拦住，便道："李先生东西搬去了，我希望这两天还是天天来才好。"李冬青道："当然。我晚上还是在你这儿睡，好多谈几句话哩。"李冬青又微笑道，"说到这里，我不免要高谈佛学了。无论什么事，都是佛家一个'缘'字。有了缘，凡事不必强求，自然会办好。若是缘法尽了，一点儿也强求不得的。我们呢，或者还有短时间的缘法。"何太太道："你这样一个文明人，怎么大谈起迷信来？"李冬青笑道："你没听见人说，人到穷途迷信多吗？无可奈何的时候，迷信却也是一个解闷的法子。譬如死犯到了受刑的时候，什么也没有得可想了。可是他一迷信起来，就有办法了。他说人是有来生的，死了之后，马上就可以去投生。所以他说，过了二十年又是一条好汉。"何太太点头道："这话是说得有理。李先生看世事，实在看得透彻。"根据这一点，两人又大谈起来。这天李冬青比什么人都高兴，越谈越有趣，直到夜深始睡。

到了次日吃过午饭，李冬青便和何太太一路去贺喜。那华仁寿梅双修结婚的地方，是在会文堂大饭庄子里，她们去的时候，门口停满了车马。走到里面，佳宾满堂。李冬青的女友，差不多就是梅双修的女友，所以李冬青一到，女宾这边招待室里，早是珠围翠绕的，一大群人将她围上。如江止波、李毓珠、朱映霞、杨爱珠没有知道她回北京来了的，于是这个问一句，那个问一句，弄得她应接不暇。不多时候，门外一片军乐之声，大家轰的一声，向礼堂上一拥而去，说是新娘到了。李冬青在人丛中看时，红男绿女，站着散开了一条人巷。早有四个穿舞衣的小女孩，簇拥着四个花篮进来。花篮的后面，两个穿湖水色长衣的女郎，头上勒着水钻花辫，身上也是以水钻辫子滚边，珠光灿灿的。这边一个是余瑞香，那边一个是杨玛丽，正是一对如花似玉的新式美人，做了一对不长不短的女傧相。她俩后面，便是新人梅双修，她穿了一身水红衣裙，披着水红喜纱，把一副喜洋洋的面孔，罩在一层薄纱的里面。新人后面，还有两个粉抟玉琢的女孩子，给她牵了喜纱。新人走上礼堂来，大家簇拥着进了休息室。

梅双修一眼就看见李冬青，连忙走上前，握了她的手。李冬青先笑道："大喜大喜。我居然喝到了你的喜酒。"梅双修笑道："你好哪，怎么到了北京来，也不给我一个信儿？直等到我会到密斯朱，才知道你来了好久了。我一定要和你畅谈畅谈。"李冬青笑道："你很忙啊，哪有工夫畅谈呢。"梅双修道："我有什么忙？"李冬青笑道："陪新姑老爷啊，不忙吗？"梅双修将手一点她的头道："你一个老实人，怎么也和我开起玩笑来。"李冬青笑道："你没听见江南人说过吗？三日不分大小呢。"梅双修道："我们许久不见面，怎么样见了面，倒说这种话？"李冬青再要和她说时，许多女宾一齐拥上来，把她挤退了后。那一班人，围着了梅双修，更是有说有笑的了。一会儿工夫，已到了行礼时期，行礼之后，既有演说，又是摄影，还有来宾闹余兴，乱极了。李冬青和何太太站在一边，只是含笑看着。那新郎也不过二十多点儿年纪，雪白的面孔，穿了青色的燕尾礼服，自是漂亮。那新郎站在新娘一处，脸上总是笑嘻嘻的。照相的时候，共是两次。一次是两个新人同照，二次是将在礼堂上的男女来宾，完全照了去。当第二次照相的时候，李冬青看了一看手表，却对何太太笑道："新娘子的照相片，是要到处送给人看的，我们不要在这里面照相吧。"何太太道："那不好意思。主人翁不明白这道理，反以为我们有什么不满之处哩。"李冬青见她如此说，也就没有深辩。这时，礼堂上人挤成一片，何太太一转眼，却不见了李冬青。其初还不以为意，后来有个老妈子手上拿了一张名片来，问道："您是何太太吗？"何太太道："是的，谁找我？"老妈子道："没人找您，有位李小姐叫我送个名片给您。"何太太接过一看，果然是李冬青的名片。片子上写道："眼花心乱，不能稍待，我去矣。梅女士前，善为我一辞，切要切要。"何太太一想，这人也是太固执，为什么就不多等一会儿？但是既然走了，也只好由她。新人的婚仪，一切完毕了，便是吃喜酒了。梅双修脱去了喜纱，周围一看，不见李冬青，便问何太太道："密斯李呢？"何太太笑道："她的身体还是刚刚好。来道喜都是勉强，实在不能久待，回家休息去了。"梅双修也知道她是愁病交加的人，当着许多人的面，不便明问。也就和何太太点了点头，表示知道，不向下追问。这一餐喜酒，一直闹到晚上八点钟，方才了事。

何太太回得家去，却没有见李冬青来，倒怕她是真不舒服。这晚上，何剑尘报馆事忙得很，也就没有去过问。到了次日，何太太午餐预备了两样菜，等李冬青来吃午饭，等到了一点钟，竟不曾来。何剑尘道："不要等了，也许她又出城到杏园墓上去了。"何太太道："前天去的呢。"何

334

剑尘道："她心里记挂着那里，就是一天去一趟，也不见多啊。我明天若是死了埋下地去，你就只看我一次吗？"何太太道："别胡说八道了，吃饭吧。"夫妻两个人坐在堂屋里吃饭，奶娘却抱着小孩儿站在椅子上，在一边逗笑。屋子外面，忽有女子声音笑道："赶午饭的来了。"何太太道："正预备了一点儿菜，请加入，请加入。"说时，人走进来，乃是朱韵桐，后面跟着吴碧波。何剑尘笑道："你二位现在是形影不离啊。"因回头对何太太道，"我们这个时候，过去好几年了。"朱韵桐笑道："何先生总喜欢开玩笑。"何剑尘道："不是开玩笑。这是恋爱的过程，应该有的。"吴碧波弯腰看了一看桌上的菜，笑道："不错，我们坐下来吃吧。"于是说笑着，把一餐饭吃过了。吴碧波道："我们来是有用意的，要给李女士饯行哩。"何太太道："我正发愁哩，昨日她搬到旅馆里，和她舅舅同住去了，现在还不知道在什么地方呢。"正议论时，外面听差送了一封信来。何剑尘接过一看，是写给夫人的信，认得那笔迹，是李冬青的字，便道："李小姐来信了，什么事呢？"何太太连忙接了过去，拆开一看，不由"哎呀"一声。何剑尘道："什么事，她病发了吗？"何太太道："她走了。你看奇怪不奇怪？"吴碧波道："哪里去，回南去了吗？"何太太道："你们瞧这一封信，她劈头一句，就是'吾去矣'三个字，不是走了吗？"大家听了这话，心里都有一阵惊慌。何太太知道大家急于要看那信，便把信摊在桌上，大家同看。那信道：

慕莲吾姐爱鉴：

　　吾去矣。吾人相交虽暂，相知尚深。今敢为最后一言，我非忘情之人，亦非矫情之人，乃多情之人也。唯其多情，则无往而不受情感之支配。既受情感之支配，顾甚爱惜其羽毛，又不肯随波逐流，以了其患难余生。因是我之一生，无日不徘徊于避世入世之路。不但朋友难解，我亦无以自解也。生平以为能解我此事者唯杏园兄，有彼为我伴，则入世与避世，犹能于最后之五分钟，决定取舍之道。今则伴我者去，将终身徘徊于歧路矣，能不悲哉！我既在歧路，则一切庆贺聚散之场合，皆宜力避，以免所见所闻徒伤我心，而滋多事。故此次回南，所有友好，一律不为

335

通知，以免祖饯之筋，临歧之泪，又增无谓之伤心。且以青之身世，与夫今生不幸之遇合，友好相怜，无不为悲惋。若目睹我一弱女子，形容憔悴，行李萧条，襟怀满泪，千里孤征，当未有不肠断者。我又何必多事，因自己之凄凉，而增人之不乐耶？是则我宁失于礼，不失于情也。

何剑尘道："说得是多么沉痛。就是舍其事而论其文，也让人不堪卒读了。我真不知道她不辞而别，原来还有这一番深意。"吴碧波等且不理，只向下看。那信道：

人世富贵因缘，自知与我无份，今复遭此次奇变，愈增感慨。凄凉旧事，本为池底之灰。惆怅前途，永做井中之水。自后化鹤归来，闭门忏悔，养母而外，不做他事。天涯朋友，明知未免念我，但青百念都非，与人往还，亦不过添人怆恻。故知己之交，亦恕我将来之少通音问矣。数年笔砚之交，一朝永别，实为凄然。好在吾姐力求上进，又益之以好家庭，前途必佳。青亦不必多念，姐亦无须思我也。赋诗一律，另纸书呈，以见我志。此书可传观友好，以当告别，恕不一一走辞矣。百尺竿头，诸维珍重。

李冬青临别赠言

大家将信看了，又将那诗念了。何太太和朱韵桐都不懂诗的，何剑尘便将诗拿在手里，一边念着，一边解释给她们听，都叹惜得了不得。这两对夫妻，四双眼睛，彼此相望。何剑尘笑道："在我们这种月圆花好的队里，她这一只孤雁，也难怪她不堪了。不过这一首诗，倒可作为一种纪念，留起来吧。"于是他果然将那张诗笺裱好，放在镜框子里，悬在壁上，给杨杏园一生，添了一种纪念。那诗是：

人亡花落两凄然，草草登场只二年。

身弱料难清孽债，途穷方始悟枯禅。

乾坤终有同休日，天海原无不了缘。

话柄从今收拾尽，江湖隐去倩谁怜。

（原载 1924 年 4 月 16 日—1929 年 1 月 24 日

北京《世界晚报》副刊《夜光》）

图书在版编目（CIP）数据

春明外史．第三部／张恨水著．—北京：中国文史
出版社，2018.3

（民国通俗小说典藏文库·张恨水卷）

ISBN 978 – 7 – 5034 – 9870 – 1

Ⅰ．①春… Ⅱ．①张… Ⅲ．①章回小说 – 中国 – 现代

Ⅳ．①I246.4

中国版本图书馆 CIP 数据核字（2017）第 319280 号

责任编辑：卢祥秋
点　　校：清寒树

出版发行：中国文史出版社
网　　址：http：//www.chinawenshi.net
社　　址：北京市西城区太平桥大街 23 号　　邮编：100811
电　　话：010-66173572　66168268　66192736（发行部）
传　　真：010-66192703
印　　装：廊坊市海涛印刷有限公司
经　　销：全国新华书店
开　　本：720×1020　1/16
印　　张：21.75　　　　字数：345 千字
版　　次：2018 年 3 月第 1 版
印　　次：2018 年 3 月第 1 次印刷
定　　价：63.00 元

文史版图书，版权所有，侵权必究。

文史版图书，印装错误可与发行部联系退换。